「十四五」国家重点图书出版规划项目
国家社会科学基金重大项目「中国近代日记
文献叙录、整理与研究」（项目编号：
18ZDA259）阶段性研究成果

中国近现代稀见史料丛刊【第九辑】

张剑 徐雁平 彭国忠 主编

姚觐元日记

（清）姚觐元 著

董婧宸 董岑仕 整理

本辑执行主编 彭国忠

凤凰出版社

图书在版编目（CIP）数据

姚觐元日记 / (清) 姚觐元著 ; 董婧宸, 董岑仕整理. -- 南京 : 凤凰出版社, 2022.10
（中国近现代稀见史料丛刊. 第九辑）
ISBN 978-7-5506-3730-6

Ⅰ. ①姚… Ⅱ. ①姚… ②董… ③董… Ⅲ. ①日记—作品集—中国—清代 Ⅳ. ①I264.9

中国版本图书馆CIP数据核字(2022)第167033号

书　　名	姚觐元日记
著　　者	(清)姚觐元 著　董婧宸　董岑仕 整理
责任编辑	单丽君
装帧设计	姜　嵩
出版发行	凤凰出版社(原江苏古籍出版社) 发行部电话025-83223462
出版社地址	江苏省南京市中央路165号,邮编:210009
照　　排	南京凯建文化发展有限公司
印　　刷	江苏凤凰通达印刷有限公司 江苏省南京市六合区冶山镇,邮编:211523
开　　本	880毫米×1230毫米　1/32
印　　张	14.875
字　　数	387千字
版　　次	2022年10月第1版
印　　次	2022年10月第1次印刷
标准书号	ISBN 978-7-5506-3730-6
定　　价	118.00元

(本书凡印装错误可向承印厂调换,电话:025-57572508)

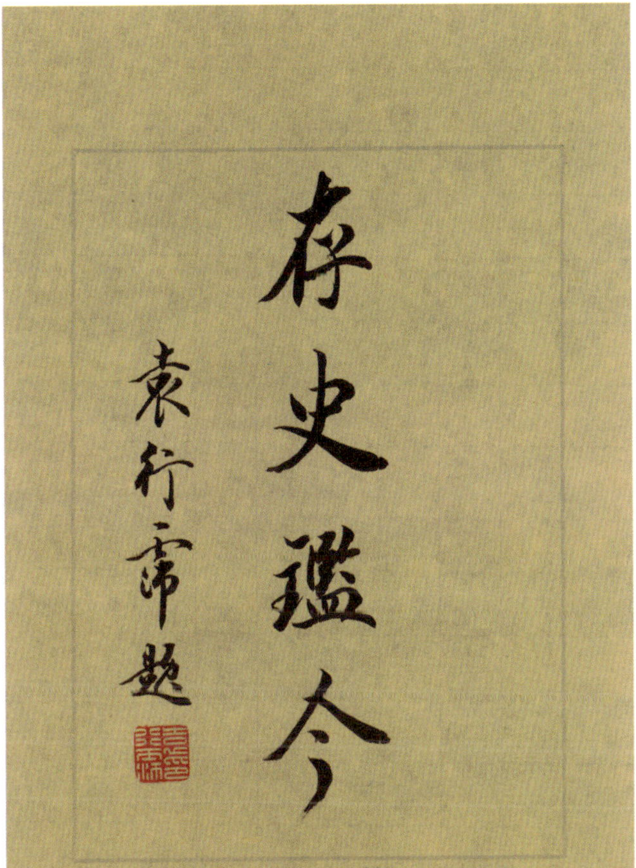

袁行霈先生题辞

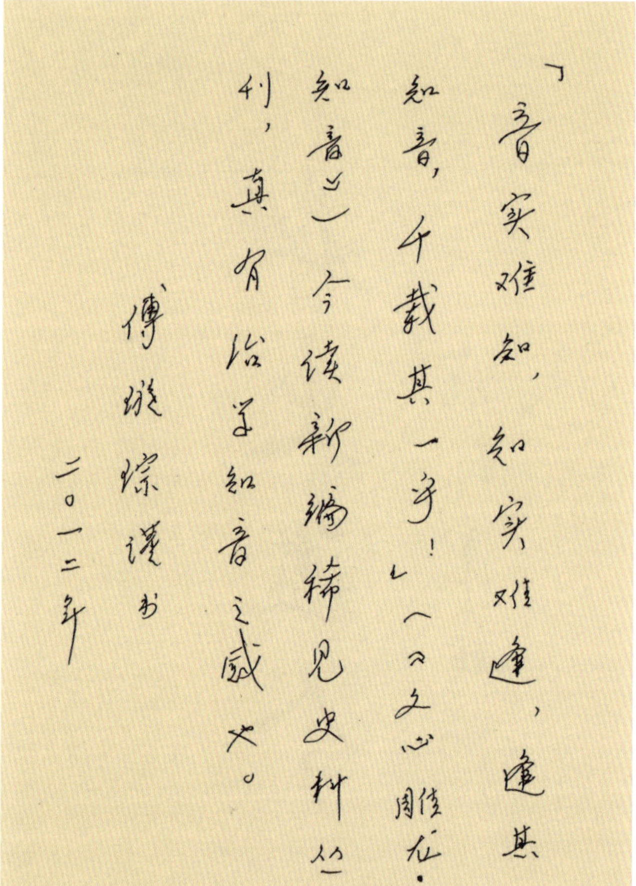
「音实难知，知实难逢，逢其知音，千载其一乎！」（文心雕龙·知音）今读新编稀见史料丛刊，真有治学知音之感也。

傅璇琮谨书

二〇一二年

傅璇琮先生题辞

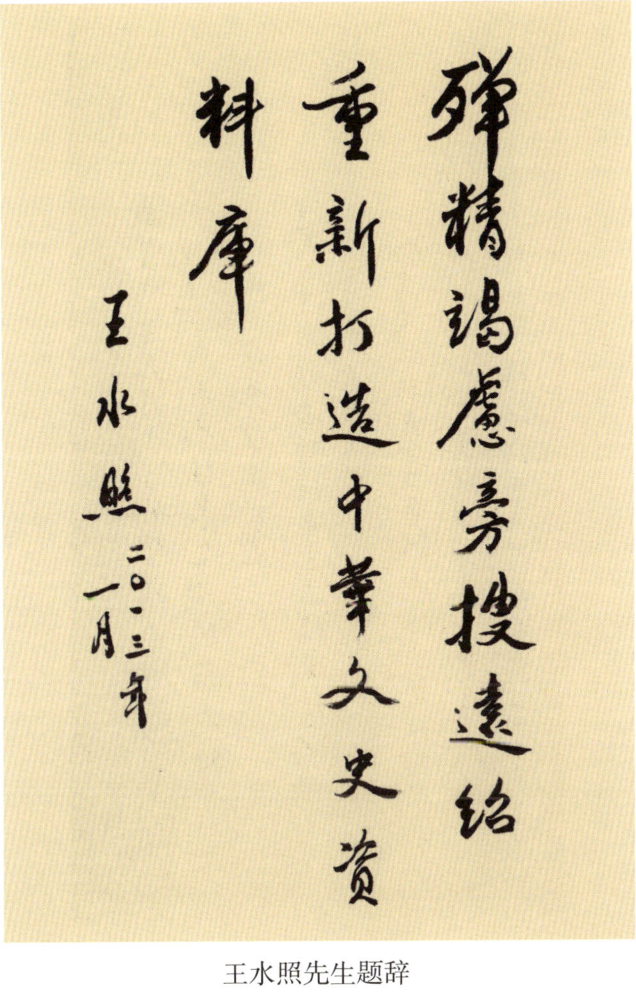

王水照先生题辞

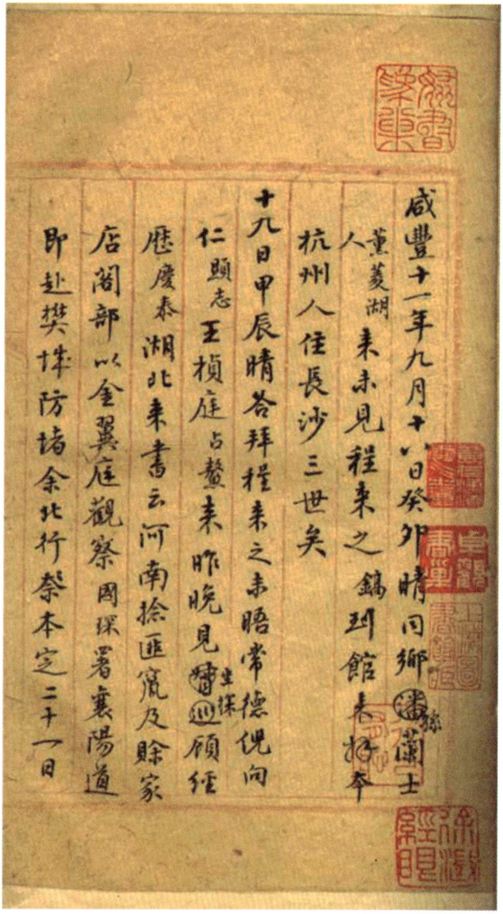
咸豐十一年九月十八日癸卯晴同鄉孫蘭士董菱湖人來未見程來之鎬到館來拜杭州人任長沙三世矣
十九日甲辰晴答拜程來之未晤常德倪向仁頤志王禎庭占鰲來昨晚見生撫顧經歷慶泰湖北來書云河南捻匪竄及賒家店閻部以金翼庭觀察國琛署襄陽道即赴樊城防堵余北行恭本定二十一日

《咫瞻日识》稿本

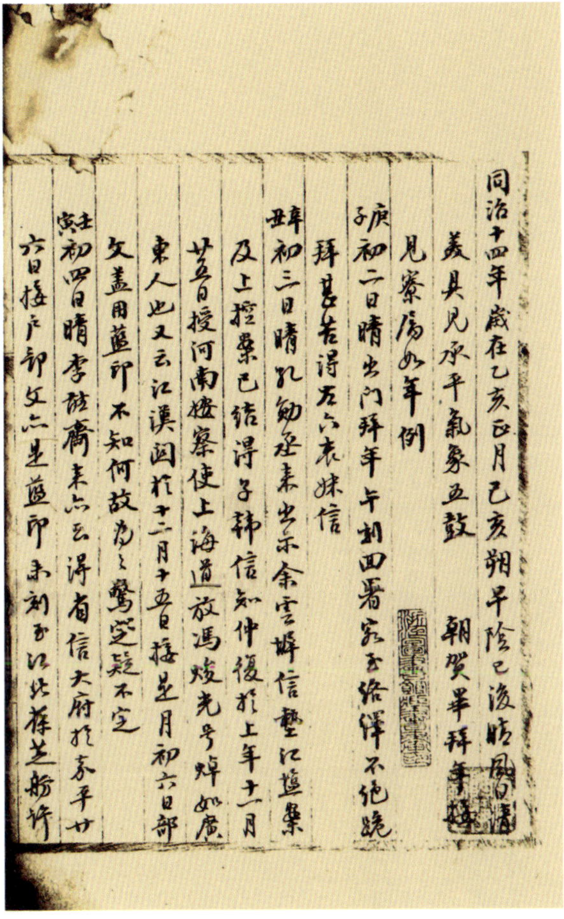
同治十四年歲在乙亥正月乙亥朔早陰巳後晴風日清
美具見承平氣象五鼓　朝賀畢拜年嬉
見察局如年例
庚子初二日晴出門拜年午刻回署客至絡繹不絕晚
拜慕蓉得左六表妹信
辛丑初三日晴孔勉斯來出示余雲岫信暨江藍集
及上控案已結得子韓信知仲復於上年十一月
廿五日授河南按察使上海道放馮焌光號竹如廣
東人也又云江漢關於十二月十五日接是月初六日部
文蓋用藍印不知何故為之驚疑不定
壬寅初四日晴李蔭齋來亦云得省信大府於本年廿
六日接戶部文亦是藍印未刻於江北蘇芝舫許

《姚觐元日记》稿本

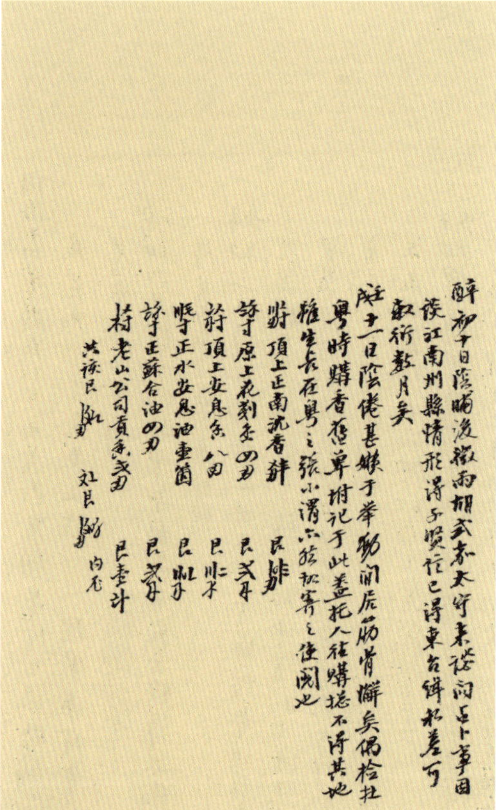

《弓斋日记》稿本

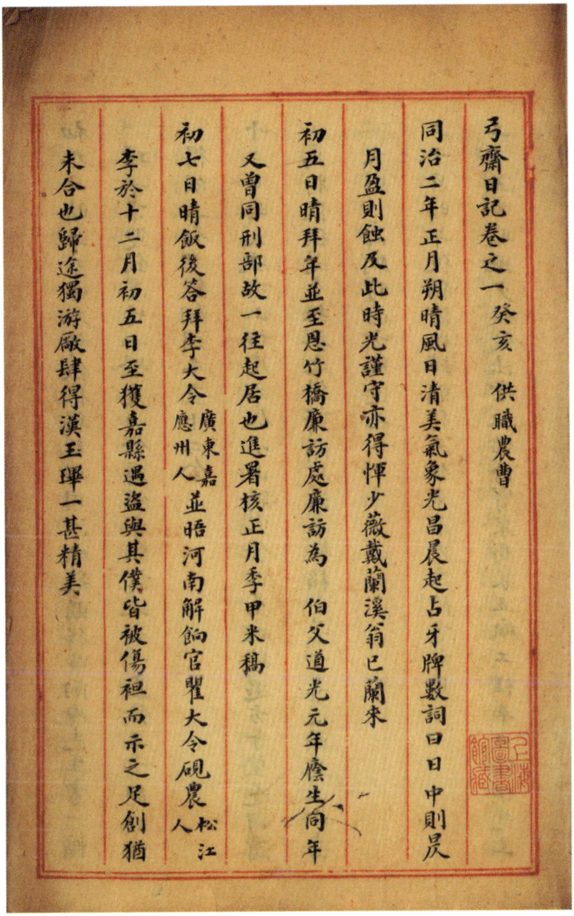

弓齋日記卷之一 癸亥 供職農曹

同治二年正月朔晴風日清美氣象光昌晨起占牙牌數詞曰日中則昃月盈則蝕及此時光謹守亦得惲少薇戴蘭溪翁巳蘭來

初五日晴拜年並至恩竹橋廉訪處廉訪為 伯父道光元年廕生同年又曾同刑部故一往起居也進署核正月季甲米稿

初七日晴飯後答拜李大令（廣東嘉應州人）並晤河南解餉官瞿大令硯農（松江人）李於十二月初五日至獲嘉縣遇盜與其僕皆被傷袒而示之足創猶未合也歸途獨游廠肆得漢玉璏一甚精美

《弓斋日记》抄本

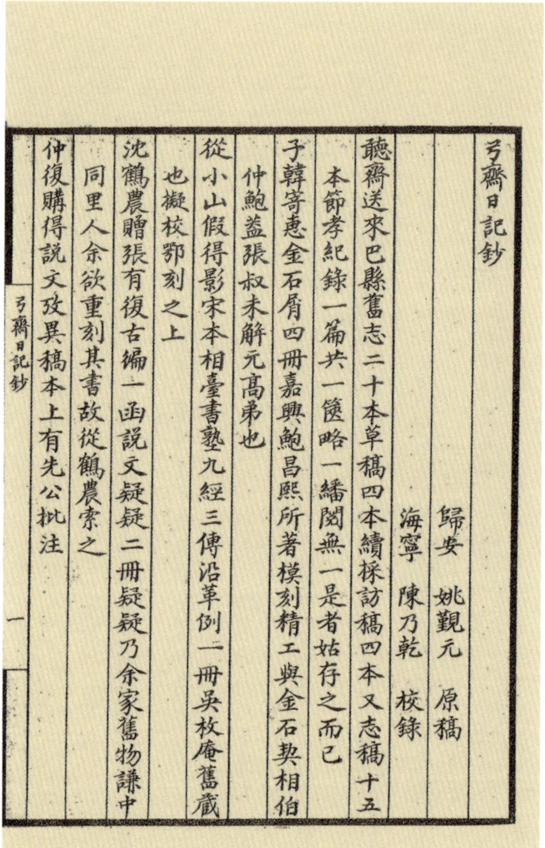
弓齋日記鈔

歸安　姚覲元　原稿

海寧　陳乃乾　校録

聽齋送來巴縣舊志二十本草稿四本續採訪稿四本又志稿十五本節孝紀録一篇共一箧略一繙閲無一是者姑存之而已

子韓寄惠金石屑四冊嘉興鮑昌熙所著模刻精工與金石契相伯仲鮑蓋張叔未解元高弟也

從小山假得影宋本相臺書塾九經三傳沿革例一冊吳枚庵舊藏也擬校鄂刻之上

沈鶴農贈張有復古編一函説文疑疑二冊疑疑乃余家舊物謙中同里人余欲重刻其書故從鶴農索之

仲復購得説文孜異稿本上有先公批注

弓齋日記鈔　一

《弓斋日记钞》抄本

《中国近现代稀见史料丛刊》总序

在世界所有的文明中，中华文明也许可说是“唯一从古代存留至今的文明”（罗素《中国问题》）。她绵延不绝、永葆生机的秘诀何在？袁行霈先生做过很好的总结：“和平、和谐、包容、开明、革新、开放，就是回顾中华文明史所得到的主要启示。凡是大体上处于这种状况的时候，文明就繁荣发展，而当与之背离的时候，文明就会减慢发展的速度甚至停滞不前。”（《中华文明的历史启示》，《北京大学学报》2007 年第 1 期）

但我们也要清醒看到，数千年的中华文明带给我们的并不全是积极遗产，其长时段积累而成的生活方式与价值观具有强大的稳定性，使她在应对挑战时所做的必要革新与转变，相比他者往往显得迟缓和沉重。即使是面对佛教这种柔性的文化进入，也是历经数百年之久才使之彻底完成中国化，成为中华文明的一部分；更不用说遭逢“数千年来未有之变局”、“数千年未有之强敌”（李鸿章《筹议海防折》），“数千年未有之巨劫奇变”（陈寅恪《王观堂先生挽词序》）的中国近现代。晚清至今虽历一百六十余年，但是，足以应对当今世界全方位挑战的新型中华文明还没能最终形成，变动和融合仍在进行。1998 年 6 月 17 日，美国三位前总统（布什、卡特、福特）和二十四位前国务卿、前财政部长、前国防部长、前国家安全顾问致信国会称：“中国注定要在 21 世纪中成为一个伟大的经济和政治强国。”（徐中约著《中国近代史》上册第六版英文版序，香港中文大学 2002 年版）即便如此，我们也不能盲目乐观，认为中华文明已经转型成功，相反，中华文明今天面对的挑战更为复杂和严峻。新型的中华文明到底会怎样呈现，又怎样具体表现或作用于政治、经济、文化等层面，人们还在不断探索。这个问题，我们这一代恐怕无法给出答案。但我们坚信，在历史上曾经灿烂辉煌的中华文明必将凤凰浴火，涅槃重生。这既是数千年已经存在的中华文明发展史告诉我们的经验事实，也是所有为中国文化所化之人应有的信念和责任。

不过，对于近现代这一涉及当代中国合法性的重要历史阶段，我们了解得还过于粗线条。她所遗存下来的史料范围广阔，内容复杂，且有数量庞大且富有价值的稀见史料未被发掘和利用，这不仅会影响到我们对这段历史的全面了解和规律性认识，也会影响到今天中国新型文明和现代化建设对它的科学借鉴。有一则印度谚语如是说："骑在树枝上锯树枝的时候，千万不要锯自己骑着的那一根。"那么，就让我们用自己的专业知识与能力，为承载和养育我们的中华文明做一点有益的事情——这是我们编纂这套《中国近现代稀见史料丛刊》的初衷。

书名中的"近现代"，主要指1840—1949年这一时段，但上限并非以一标志性的事件一刀切割，可以适当向前延展，然与所指较为宽泛的包含整个清朝的"近代中国"、"晚期中华帝国"又有所区分。将近现代连为一体，并有意淡化起始的界限，是想表达一种历史的整体观。我们观看社会发展变革的波澜，当然要回看波澜如何生，风从何处来；也要看波澜如何扩散，或为涟漪，或为浪涛。个人的生活记录，与大历史相比，更多地显现出生活的连续。变局中的个体，经历的可能是渐变。《丛刊》期望通过整合多种稀见史料，以个体陈述的方式，从生活、文化、风习、人情等多个层面，重现具有连续性的近现代中国社会。

书名中的"稀见"，只是相对而言。因为随着时代与科技的进步，越来越多的珍本秘籍经影印或数字化方式处理后，真身虽仍"稀见"，化身却成为"可见"。但是，高昂的定价、难辨的字迹、未经标点的文本，仍使其处于专业研究的小众阅读状态。况且尚有大量未被影印或数字化的文献，或流传较少，或未被整合，也造成阅读和利用的不便。因此，《丛刊》侧重选择未被纳入电子数据库的文献，尤欢迎整理那些辨识困难、断句费力、裒合不易或是其他具有难度和挑战性的文献，也欢迎整理那些确有价值但被人们习见思维与眼光所遮蔽的文献，在我们看来，这些文献都可属于“稀见”。

书名中的“史料”，不局限于严格意义上的历史学范畴，举凡日记、书信、奏牍、笔记、诗文集、诗话、词话乃至序跋汇编等，只要是某方面能够反映时代政治、经济、文化特色以及人物生平、思想、性情的文献，都在考虑之列。我们的目的，是想以切实的工作，促进处于秘藏、边缘、零散等状态的史料转化为新型的文献，通过一辑、二辑、三辑……这样的累积性整理，自然地呈现出一种规模与气象，与其他已经整理出版的文献相互关联，形成一个丰茂的文献群，从而揭示在宏大的中国近现代叙事背后，还有很多未被打量过的局部、日常与细节；在主流周边或更远处，还有富于变化的细小溪流；甚至在主流中，还有旋涡，在边缘，还有静止之水。近现代中国是大变革、大痛苦的时代，身处变局中的个体接物处事的伸屈、所思所想的起落，借纸墨得以留存，这是一个时代的个人记录。此中有文学、文化、生活；也时有动乱、战争、革命。我们整理史料，是提供一种俯首细看的方式，或者一种贴近近现代社会和文化的文本。当然，对这些个人印记明显的史料，也要客观地看待其价值，需要与其他史料联系和比照阅读，减少因个人视角、立场或叙述体裁带来的偏差。

知识皆有其价值和魅力，知识分子也应具有价值关怀和理想追求。清人舒位诗云“名士十年无赖贼”（《金谷园故址》），我们警惕袖手空谈，傲慢指点江山；鲁迅先生诗云“我以我血荐轩辕”（《自题小像》），我们愿意埋头苦干，逐步趋近理想。我们没有奢望这套《丛刊》产生宏大的效果，只是盼望所做的一切，能融合于前贤时彦所做的贡献之中，共同为中华文明的成功转型，适当“缩短和减轻分娩的痛苦”（马克思《资本论》第一卷第一版序言）。

《丛刊》的编纂，得到了诸多前辈、时贤和出版社的大力扶植。袁行霈先生、傅璇琮先生、王水照先生题辞勖勉，周勋初先生来信鼓励，凤凰出版社姜小青总编辑赋予信任，刘跃进先生还慷慨同意将其列入“中华文学史史料学会”重大规划项目，学界其他友好也多有不同形式的帮助……这些，都增添了我们做好这套《丛刊》的信心。必须一提的是，《丛刊》原拟主编四人（张剑、张晖、徐雁平、彭国忠），每位主编负责一辑，周而复始，滚动发展，原计划由张晖负责第四辑，但他尚未正式投入工作即于2013年3月15日赍志而殁，令人抱恨终天，我们将以兢兢业业的工作表达对他的怀念。

《丛刊》的基本整理方式为简体横排和标点（鼓励必要的校释），以期更广泛地传播知识、更好地服务社会。希望我们的工作，得到更多朋友的理解和支持。

2013年4月15日

目　录

前　言

姚觐元，原名经炳，字彦侍，号弓斋。浙江吴兴人。道光三年十二月初二日（1824 年 1 月 2 日）生于北京，道光二十三年（1843）中顺天乡试举人，同治元年（1862）签分户部云南司，加三品衔。同治十一年（1872）任川东分巡兵备道，光绪四年（1878）升任湖北按察使，光绪五年（1879）升任广东布政使，光绪八年（1882）罢官，晚年侨寓苏州，光绪十六年十月初七日（1890 年 11 月 18 日）去世。

姚觐元为嘉庆四年（1799）状元姚文田之孙，历宦京师、四川、湖北、广东，曾刊印《集韵》《类篇》《礼部韵略》《说文解字系传》《咫进斋丛书》等书。姚氏与张之洞、缪荃孙、潘祖荫、陆心源、钱恂等藏书家、校勘家互通书籍，藏书目有《咫进斋善本书目》。姚氏身后，大部分藏书经端方协调，于清末归清学部图书馆，今多藏于国家图书馆。

姚觐元日记，今存稿本三种，抄本两种，各本情况如下：

《咫瞻日识》一册，稿本，为咸丰十一年日记，今藏上海图书馆。姚氏原封手题"咫瞻日识"四字，后装外封题"咫瞻日识（归安咫进斋主人姚彦侍先生手写日记稿本）"，钤"汉万石君后""经饴旧主"印。卷端钤"徐澂经眼""行己有耻""卓观书巢""意在潇湘云水之麓""能书为巢""上海图书馆藏"印。日记末页钤"归安姚绳武藏书""咫进斋传书"印。夹叶钤"柴门临水稻花香""卓观斋"印。

《姚觐元日记》一册，稿本，为光绪元年（署同治十四年）日记，今藏浙江图书馆，钤"浙江图书馆藏书画印"等印。

《弓斋日记》十二册，稿本，为同治十三年、光绪四年、光绪五年、光绪八年、光绪九年、光绪十年、光绪十三年、光绪十四年、光绪十五年、光绪十六年日记，今藏上海图书馆，周越然言言斋旧藏。钤“言言斋善本图书”“曾留吴兴周氏言言斋”“吴兴周越然藏书之印”“周越然”“上海图书馆藏”印。姚氏日记，各册稿本所用稿纸不一，今十二册本业经改装，部分册首叶或外封有姚氏题署，如第一册（同治十三年）首叶有“甲戌”字样，第三册（光绪四年）外封有“戊寅日记”字样，第七册（光绪十年）外封有“甲申日记上”“起正月朔讫九月五日”字样，第九册外封有“甲申日记中”“起九月六日讫十一月三十日”字样，第十册（光绪十三至十五年）外封稍有残损，有“丁亥日记，戊子续记，己丑再续”“起戊子〔似旁改作‘丁亥’，旁改字残〕正月，讫己丑二月。内〔下残，旁注‘此下缺“自四月十二”计五字’〕日至十月晦因大病，未记。老〔下残〕”字样，第十二册（光绪十六年）外封有“弓斋日记”“庚寅”字样。

《弓斋日记》二册，抄本，上海图书馆藏。抄本共八卷，分别为同治二年、同治四年、同治七年、同治十年、同治十三年、光绪元年、光绪二年、光绪三年姚觐元日记之摘抄。其中，卷五同治十三年、卷六光绪元年部分，今存姚觐元稿本。以稿本与抄本比勘，可知抄本系自姚觐元稿本摘抄，内容大体可靠，间有日月记事前后移易合并者。其余六年日记，则姚氏稿本散佚，今仅存摘抄本，弥足珍贵。

《弓斋日记钞》，抄本，上海图书馆、常熟图书馆各藏一册，内容大体相同，署“归安姚觐元原稿，海宁陈乃乾校录”，俱出陈乃乾校录抄本，内容全自周越然旧藏《弓斋日记》十二册稿本摘出。陈氏摘抄不录年月，但录关乎书籍掌故者，间附陈乃乾按语，介绍相关书籍递藏等情况。常熟图书馆所藏，当为瞿凤起抄本，天头间有瞿氏按语。

姚觐元出生于状元之家，而以军功入仕。他在日记中翔实记载了历官、交游情形，抄录了其获见获知之邸抄、科考内容，亦记录了其购藏刊刻金石图书之经历，史料价值颇高。

本次整理，据存世之姚觐元日记稿本、抄本，依日记所涉年份编次整理。其中，咸丰十一年、同治十三年及光绪元年、四年、五年、八年、九年、十年、十三年、十四年、十五年、十六年日记，存稿本，以稿本为底本整理，并参校《弓斋日记》抄本，附入《弓斋日记钞》中陈乃乾、瞿凤起案语。同治二年、四年、七年、十年及光绪二年、三年日记，未见稿本，仅存《弓斋日记》抄本，以抄本为底本整理。姚觐元日记稿本，于咸丰十一年、同治十三年及光绪元年、十五年、十六年各年日记末，有杂项若干，为姚氏录以备忘之同僚字号住址、收发信函记录、亲友生日记录、诗文底稿、书籍摘抄等，今谨按年编次，移入书末附录。

数年前，为研治宋代别集流传、清代《说文》学等问题，屡屡于白石桥、文津街等地获见钤有姚觐元印章、存有姚觐元批校之古籍善本，渐留意姚文田、姚觐元、姚慰祖生平著述；后访书于四川省图书馆等地，续见不少相关古籍稿本、抄本、校本。姚觐元日记整理，发轫于此，其后，得北京大学张剑教授、上海图书馆沈从文先生、中华书局许庆江先生、北京大学赵兵兵博士等师友襄助，并赖凤凰出版社樊昕先生、责编单丽君女史之信任支持，终成定稿。整理中不当之处，还望读者不吝赐教。

婧宸　岑仕

辛丑岁杪初草，曩寓尔雅居。

壬寅初夏定稿，时庐尘葕高。

咸丰十一年[①]

九　月

咸丰十一年九月十八日癸卯(1861年10月21日)　晴。同乡孙兰士薰,菱湖人来,未见。程来之镐到馆来拜,本杭州人,住长沙三世矣。

十九日甲辰(10月22日)　晴。答拜程来之,未晤。常德倪向仁显志、王桢庭占鳌来。昨晚见坐探顾经历庆泰湖北来书,云河南捻匪窜及赊家店,阁部以金翼庭观察国琛署襄阳道,即赴樊城防堵。余北行本定二十一日,又须一候消息,不果行矣。

二十日乙巳(10月23日)　阴。同乡杨小田名泰来别驾来。饭后,与卢午桥游皇仓街骨董肆,皆敝败不堪之物,不得谓骨董也。

二十一日丙午(10月24日)　晴。同张云谷至穿新泉观菊花,尚含英未吐。闻黔匪围龙山。

二十二日丁未(10月25日)　晴。至吕慎伯许陪吊一日,闻捻匪至赊家店,居民坚壁自守,而使人赂以白金千二百两、洋药二千两。匪受贿而去。又知何子愚丈于明日携眷入都,若然,则北路已通,我亦将行矣。

二十三日戊申(10月26日)　晴。晓起,至子愚处送行,慎伯太夫人出殡,步送出南门,还至贡院西街拜宋小崖大令太安人寿。下午,王春波大令开运来。晚,观汉砖研及小琅嬛田黄石印,皆阮文达

---

① 此年日记据上海图书馆藏《思瞻日识》稿本整理。

故物也。

砚左侧原文:黄龙元年建。

右侧刻:阮伯元挍十三经研。

下侧刻:阮氏八砖之二。

墨池上刻:噫,此西汉物也。谐研斋与五凤砖研,共宝臧之。

背下方近边横刻:张氏石鼓亭。

按,汉宣帝、吴大帝皆以黄龙纪年。宣帝改于壬申,是岁十二月帝崩。大帝起己酉,讫辛亥,凡三年而改嘉禾。是砖文曰元年,则为汉为吴,正未可知。张氏题曰西汉物,文达信之,其诸附会之失欤?

二十四日己酉(10 月 27 日) 晴。次翁招,同何子贞太史、子愚观察饮李氏园林。夜,小雨。

二十五日庚戌(10 月 28 日) 晴,暖甚。雇定花跨船一只,送沙市。晚,宋小厓刺史招饮。闻捻匪于十二日窜及樊城,若然,则途间又有阻矣,如之何!如之何!得羽报并澧州刺史廷芳宇兄桂来书,云湖北来凤于十五日不守,十六日龙山被围,次翁请于中丞,调常胜营师船咸丰九年次翁守常德时所立,防澧与辰,而使岳州师船承其乏。即覆芳宇一书,又寄小山信,并琴二张,托解京饷委员耿司马维中,号子持,行十带。

二十六日辛亥(10 月 29 日) 阴。方仰昕太守臻大来,未见。吴子敦太史嘉善来谈吴门旧事,相与欷歔久之。闻樊城贼已于十四日退去,惟数百里传舍悉为灰烬,河南之路尚未可行。文方伯及毛中丞仓廉访遣往接眷之人皆在襄阳守候。次翁力劝勿行,而余归志已决,意终不可止也。夜大风雨,颇冷。

二十七日壬子(10 月 30 日) 雨。宋小厓来叙世谊。小厓之叔名佩纬,后改佩缙,道光乙酉选拔,先文僖公丙戌阅卷所取士也。晚,次翁邀吴云门、许清溪、程来之、林菽皋饮,邀作陪。寄芳宇一书,托陆心农带。夜雨滴沥不止,纸窗竹几,一灯荧然,不胜羁旅之感。

二十八日癸丑(10 月 31 日) 雨。饭后回拜潘兰士、方仰昕,并拜陆心农太守增祥、刘子迎刺史达善，皆京华旧雨也。晚，何贞丈、杨小田招饮，饮贞丈斋中。

二十九日甲寅(11月1日) 雨时作时止。子迎来谭。申刻，至黄南坡冕观察许，偶论淮盐事，南翁劝往曾帅军中。自揣无拨乱之才，婉谢之，然意则可感也。晚，小田招饮。

三十日乙卯(11月2日) 小雨竟日。晓起，整顿行装，待舟人不至，其亦惮于行乎？晚，饮子迎斋中，同座龙星伯解元、王纫秋、冯述甫。偶检军需局簿籍，附记于左：

升字营副将朱升开，部勇五百名，月支银二千八百四十两。

阳字营候选知县杨安臣已裁撤，部勇一千名，月支银五千六百八十两。

章字营副将王永章，部勇一千名，月支银五千六百八两二钱。

武字营副将周达武，部勇一千名，月支银五千六百八两二钱。

精捷中营记名道江忠义味根，部勇一千四百五十九名，月支银八千二百八十七两一钱二分。

精捷左营即选知县邓子垣，部勇六百四十二名，月支银三千六百四十六两五钱六分。

精捷右营参将江忠朝，部勇六百二十二名，月支银三千五百卅二两九钱六分。

精捷前营副将陈希祥，部勇六百二十二名，月支银三千五百卅二两九钱六分。

精捷后营副将权元灿，部勇五百六十六名，月支银三千二百十四两八钱八分。

永清水师中营总兵刘培元，部勇一千二百七十二员名，月支银五千五百卅五两八分三厘。

永清水师前营游击谢泰平，部勇五百六十八员名，月支银二千三百六十三两四钱。

永州镇李明惠，部勇五百名，月支银二千一十三两六钱。

和字营记名道赵焕联号玉班，坐防省城湘勇一千八百名，月支银八千一百二十一两。

和字右营副将赵福元焕联弟，部勇二千名，月支银一万一千三百六十两。

和字中左营赵福元，部勇一千二百名，月支银六千八百一十六两。

质字营同知魏喻义，部勇马队共二千名，月支银一万九百十一两六钱。

精毅营江西即补知府席宝田，部勇一千一百名，月支银六千二百四十八两。

靖勇营即选同知戈鉴，部勇四百三十名，月支银一千七百二十两。

长胜军都司滕加洪，部勇五百名，月支银二千两。

芳字营守备王占鳌，部勇五百名，月支银二千两。

印字营副将周洪印，部勇六百名，月支银二千四百两。

十　月

朔丙辰(11 月 3 日)　雨。访樊城消息，不得，闷甚。得俞名年同年书。

初二日丁巳(11 月 4 日)　阴。子迎来谈。未刻，黄南翁招饮。闻樊城尚可行。又整疏装矣。

初三日戊午(11 月 5 日)　雨。汤斐国子学正、齐世文煊来。

初四日己未(11 月 6 日)　雨。龙山之贼未退，而粤西股匪自庆远来犯楚边，至靖州之青林界，羽书旁午，不患寡而患贫，杞人之忧日切矣。

初五日庚申(11 月 7 日)　立冬。晴。子迎来谈。折弁归，见小山信，知京寓都好，旅人之念少慰。樊城无事。汴梁一带均可畅行。颇悔过听，误我归程也。

初六日辛酉(11月8日) 雨。至各处辞行。晚,饮仲云观察芋园。

初七日壬戌(11月9日) 雨。晓起,至各处辞行。午刻,孙兰士招饮。晚,饮胡恕堂中丞退园。观贞丈作书。含墀来。

初八日癸亥(11月10日) 雨。汤斐翁、宋小匡、魏镜如式曾,长沙,今庚子举人来。晚,同年蔡善化省吾式钰招饮。晤王茶陵述恩,谈都门事甚悉,又云樊城之路若不通,可绕道山西,由老河口十站至茅津渡,由茅津渡二十一站至京;若不到太原省可少一站。

初九日甲子(11月11日) 晓微晴,午阴,夜大雨。筱恬、子迎来。拟登舟,次翁坚留不令去。

初十日乙丑(11月12日) 雨。筱恬来谈。寄沈菁士一书。筱恬言淮盐事甚悉,若借运鄂引,雇夹板船,至汉口销售,其利不可胜计。次山拟试行之,以佐军饷之不足,留为经理其事,荐筱恬自代。

十一日丙寅(11月13日) 微晴。在子迎处食蟹。得竹生六月廿六日书。大行皇帝遗诏到长沙。

十二日丁卯(11月14日) 晴。李仲云来。杨显臣总戎名声率其旧部,自武陵来投效。显臣,桃源人,本徽防将,其初则常德提标行伍也,以失地褫职家居。在武陵时,曾识之,故来丐为推毂也。晚,权长沙太守李武冈茂斋逢春招饮,同席易海卿前辈、夏小润比部、江又读观察忠濬。覆竹生书,托筱恬寄。筱恬来,知淮盐事已有先我而为之者。次翁意犹未决,可惜也。叔词云,南瓜初花时,掐其梗取汁,治误吞生鸦片,神验。

十三日戊辰(11月15日) 晴。杨显臣来。次翁收其部伍五百人,号曰迭胜营,以其为迭勇巴图鲁也,使防永定也。得蒋辑五驾部书,论澧州边防形势,了如指掌,惟欲使鄙人长其曹,为综戎事,则所见谬矣。然而人材亦真难得也。徐虚舟表叔书来,知新野大捷,北路畅通,随州于月朔光复,可喜也。雨帆自许昌致次翁书,八月廿八日已生一子,可喜之至也。

十四日己巳(11月16日) 阴。显臣来。寄陈竹伯中丞、孙春皋大令两书。

十五日庚午(11月17日) 阴。显臣、子迎来。下午，至两君处。显臣未晤，与子迎纵谈。黄南翁寓书，约早返楚。作函答之。于郭意城中翰许，索邓先生书《西铭》及《雪浪斋铭》墨本，盖先生之子传密守之所刻，携至长沙者也。今在青石街盐茶局中。《西铭》墨迹向存倪方伯良耀家，前年于役吴门，方伯之子小舫大令举以赠余，今藏京邸涵秋阁中。吴门沦陷，此物幸免劫灰，其亦有数存耶？附识之。

十六日辛未(11月18日) 晴。早起。至张凯章廉访运兰处，论东征大局。凯章谓欲恢复苏、常，必先保固杭、湖，而深叹东南人物之不数觏。凯章以病乞假三月，现鲍军门攻取宁国，左太常在信州，拟略为后路布置，亦即由此进兵，因与约俟楚军到广德，即约会竹生并力合谋，为恢复嘉、苏、常之计，即寄竹生一书。饭后，拟登舟，因子迎之弟子逊欲同行，复为少留。晚，子逊来。

十七日壬申(11月19日) 晴。与子逊约定于十九日登舟，二十开行。广西主试洪幼元编修、龚幼安仪曹来。得廷芳宇兄书。附蒋辑五武部一械。

十八日癸酉(11月20日) 晴。至子逊、幼元、幼安处。途遇黄荷汀芳，约傍晚时在家相待，既而爽约。

十九日甲戌(11月21日) 晴。访黄荷汀，还至子迎处畅谈。饭后，与卢午桥至二圣庙观相，其人以言试，皆笑而不答，遂无道着语。

治烂脚方：黄丹三钱，轻粉二钱，飞滑石三钱，枯矾三钱，共为细末。

晚，得芳宇书。作家书一件，又覆芳宇书。

二十日乙亥(11月22日) 小雪。晴。申刻登舟。同行恽叔词、刘子逊、余与子湘，凡四人，并为次翁携刘、李二妪入都。

二十一日丙子(11月23日) 晴。辰刻开船，西北风，三十里，三叉矶泊。早，辛桂来，令带呈外姑一书。夜半解维，已睡熟矣，闻橹声始知之。推篷闲睇，月色皎然，因成一律：

欹枕续残梦，忽闻柔橹声。大江流月白，曙色接天明。贾谊才难及，屈原恨未平。长沙凄切地，凭吊不胜情。

二十二日丁丑(11月24日) 晴。八十里，师篁棚泊，益阳所辖也。隔岸则湘阴境。子迎题留智庙楹联曰："从龙逐鹿两茫然，我思妙用无方，何害英雄如妇女；黄石赤松皆戏耳，独悟全生有术，不遭烹醢即神仙。"子逊述。

二十三日戊寅(11月25日) 晴。泊西泠港。自省至此，百二十里，水涸讦折，行不知几许也。

二十四日己卯(11月26日) 晴。泊沅江县，东南风颇利，惜湖水清浅，多行途耳。徐兆兰蔚、陈九峰耀奎来。九峰赠虾菜、银鱼。初更，闻鸡鸣。

二十五日庚辰(11月27日) 晴。六十里，羊角碛泊。

二十六日辛巳(11月28日) 晴。六十里，青草湖泊。次翁家有婢羸瘠而无人色，其形可怜。牙中人以"阎王点心"呼之，戏作《可怜歌》，附录于此：

书卿先生颇好奇，一婢羸瘦一痴肥。秾纤长短各有态，瘦者尤足解人颐。四座且勿喧，听我歌《可怜》。可怜生小黔苗女，一朝选入宦衙里。暮寒每自怯衣单，朝睡往往呼不起。起来日已红，对镜梳妆慵。朱提银液瑶台雪，团团之面真如楪。昂头一望怖杀人，髑髅戴肉未生血。朱樱半启瓠犀呈，一笑直比黄河清。高谈雄辩腾广座，蚯蚓窍作苍蝇鸣。两目昏昏若醉梦，亦或微微露一缝。忽然伸口只一嘘，宛若日下开沟渠。口气秽也。一跌一跌复一跌，晃晃荡荡兼兀兀。家凫出水龟上阶，如此形容难仿佛。蒲葵一握重不胜，欲坠不坠双手擎。敝衣袭体不掩肘，但见啮肤蚊如蝇。玉山无故忽倾倒，咫尺之地犹未扫。可怜真是可怜虫，如此可怜天下少。我闻阎摩世界别有君，往往以人作点心。可怜不死又不活，得毋尺籍已书名。再拜上书阎天子，庖有肥肉何必此？阎摩得书笑不禁，不彀寡人塞牙齿。

二十七日壬午(11月29日) 雨。龙阳小泊。五十里,留鸦觜住,无风,寒甚。《汉书·张汤传》:"郎有醉小便殿上,主事白行法,安世曰:'何以知其不反水浆邪?'"又仲景《伤寒论》亦有大便小便云云,是小便二字甚古,今人以为俗说,谬矣。

二十八日癸未(11月30日) 晴。六十里,黄花障武陵所治镇龙庵畔泊,俗所谓金线吊胡卢地也。落日淡黯无色,可以熟视不瞬。

淳于公少女缇萦上汉文皇帝书:"妾父为吏,齐中皆称其廉平。今坐法当刑,妾伤夫死者不可复生,刑者不可复属,虽后欲改过自新,其道亡繇也。妾愿没入为官婢,以赎父刑罪,使得自新。"

二十九日甲申(12月1日) 晴,大风寒。三十余里,杜家河泊。

汉武帝天汉三年二月初榷酒酤,如淳曰:"榷音较。"韦昭曰:"以木渡水曰榷。"师古曰:"榷者,步渡桥。《尔雅》谓之石杠,今之略彴是也。禁闭其事,总利入官,而下无由以得,有若渡水之榷,因立名焉。韦说如音是也。"

近人书蛮夷语,辄偏旁加口,梵书亦然,解者多不得其意,蒙以为夷语、梵书皆有声无字,译者就其音之近者书之,故识以口,若曰译者之译云然,此其滥觞,后遂习而不察耳。

《前汉书·律历志》:"权者,铢、两、斤、钧、石,所以称物平施,知轻重也,本起于黄钟之重。一龠容千二百黍,重十二铢,两之为两。二十四铢为两。十六两为斤。三十斤为钧。四钧为石。"所谓两者,盖两龠二十四铢之谓,今人两而十之曰钱,而泯铢之数,然则钱者,盖古二铢四十黍也。读仲景书者,宜以是忖之。

十一月

朔乙酉(12月2日) 晴。五十余里,羌口泊,安乡所治也。今年夏大水,流庸未尽还。

《刑法志》:"景帝元年,丞相刘舍、御史大夫卫绾请:'笞者,棰长五尺,其本大一寸,其竹也,末薄半寸,皆平其节。当笞者笞臀,毋得更人，毕一罪乃更人。’”按，此即今之板责。

“昭帝始元四年秋七月，诏曰：‘比岁不登，民匮于食，流庸未尽还。’”师古曰：“流庸，谓去其本乡而行，为人庸作。”

初二日丙戌(12月3日) 晴。东南风，八十七里，新洲住。

《张耳传》共七十六字。

初三日丁亥(12月4日) 晴。午刻，到津市，常胜营水师外委蒋庆寿、陈亮彩、李华贵、刘辉亮号光彩、龙通文号焕章，行二，皆来迎。州判黄雪逵续亦至。申末，至澧宝塔湾，闻东门水浅，绕南门，滩流湍激，欲上不上，会日暮乃止。作子明书。

初四日戊子(12月5日) 晴。辰刻，到州署。芳宇兄正欲下乡查团，少谭即去。晤令子石如及沈晴岩昆仲。饭后，拜客，唯蒋辑五、吴莱庭回家，余俱见。酉刻，归船。权岳常道万星六启台来。寄次翁一书。芳宇交来次翁伉俪廿二、三日两书并京信二件。

初五日己丑(12月6日) 晴。沈晴岚霁岩、张尧民吏部、蒋云帆太守来。晚，万星六招饮。宿芳宇衙斋。星六赠刘文清楹帖。

初六日庚寅(12月7日) 大雪。晴。为晴岚、云帆诸君子作书。芳翁令子端昶、石如招饮。宿州牙。晴岚赠邵香伯荷花一立轴。

初七日辛卯(12月8日) 早晴，午后雨。陆心农来谈。晚，饮晴岚斋中。宿州牙。寄次翁一书。

初八日壬辰(12月9日) 雨。申刻，芳宇回城。莱庭、尧民招饮。宿州牙。

初九日癸巳(12月10日) 晴。芳宇留饮。与子逊、叔词、子湘同宿州牙。心农来送，托带京信廿二件。蒋辑五武部自安福夜来，席散即去。与芳宇谈至四鼓，始卧。

初十日甲午(12月11日) 阴，微雨。午后，登舟，即解维。酉刻，到津市泊。州判黄雪逵来。闻吁门制府奏调子迎入川办军务。

扬雄《解嘲》：“不遭臾跗、扁鹊。”师古曰：“二人皆古之良医也。”

《循吏传》：“黄霸，武帝末以待诏入钱赏官，补侍郎谒者，坐同产有罪劾免。后复入谷沈黎郡，补左冯翊二百石卒史，冯翊以霸入财为官，不署右职。”按，此则霸亦訾郎也。今人但知张释之、司马相如，罕有及霸者。

十一日乙未（12月12日）　阴。早起。假黄雪逵肩舆答拜，遂至吴玉堂通守毓瑛、陈三平大令安处。通守未晤。昨芳宇约，有家书托带，待至未正犹未至。遣人促之，以此不得解维。戌刻，穆启坤持芳翁书来。雪逵、三平来送。雪逵云：“都门琉璃厂何广顺乐器店卖琴弦，极佳。以杭州蜡弦为上，白色者不堪用。”夜半，亥时二刻，天大雷电，以风雨如注水。寄次翁书。

十二日丙申（12月13日）　朝晴，午后阴。风大，不能行，泊新洲。

《前汉·儒林传》：“房授东海殷嘉、河东姚平、河南乘弘，皆为郎、博士，繇是《易》有京氏之学。”

《王莽传》：“封姚恂为初睦侯，奉黄帝后。”服虔曰：“姚，舜姓，故封为黄帝后。”

莽又曰：“虞帝之先，受姓曰姚，其在陶唐曰妫，在周曰陈，在齐曰田，在济南曰王。”

春三二月，三二。弹罢七弦琴。五二。望三三径里，三长。绿暗红稀，六四。吹过了几番风信。四二。两眼望苍冥，六二。两泪飘零。幺长。天长地久，两头分。六幺。听孤鸿，五夜凄清，五幺。听孤鸿，五夜凄清。五幺。〇缺少巫山一点云，六五。梅花帐绝尘。五长。三更三点，三长。绮窗人静，四长。怎能够双双厮并。二长。天涯滞客星，六长。天涯滞客星，六长。辜负我一表人才，半天风韵。六幺。抛却梅妻，五长。两地成孤另。幺长。〇曾记得长板桥头，二长。梅花三弄，五三。系不住孤舟，六三。载远人，四长。分别在十里短长亭。六四。我也曾细语丁宁，二幺。你一去三年，三幺。你一去三年，三幺。经久无音信。五四。这相思可不止五分六分。六五。〇害得我三番四覆难安顿，四三。只落得一年四季子细推寻。四幺。

十三日丁酉(12 月 14 日) 早晴,午阴,日昳雨。行六十余里,夹洲泊。

十四日戊戌(12 月 15 日) 阴雨。三十五里,焦溪泊。安乡所治。晚晴,月色皎然,夜半复雨。

《游侠传》:"字谓邑曰:'公子贵如何!'"楼护。"分付诸客,诸客奔走市买,至日昳皆会。"原涉。

十五日己亥(12 月 16 日) 阴。六十里,塞口泊,公安所治。至此始出湖南境。宵中暴风怒号,雨至如撒菽。

《楼护传》:"与谷永俱为五侯上客,长安号曰'谷子云笔札,楼君卿唇舌',言其见信用也。"

《佞幸・董贤传》:"上有酒所,从容视贤笑。"师古曰:"言酒在体中。"

"太皇太后召大司马贤,引见东箱。"

十六日庚子(12 月 17 日) 颠风断渡,雨时作时止。夜半雷电,大雨雪。

十七日辛丑(12 月 18 日) 大风雪,严寒不可耐。

十八日壬寅(12 月 19 日) 雪止,风飗飗然未已。饭后,勉行二十里,至溪里泊。晚晴,月明如昼。

十九日癸卯(12 月 20 日) 快雪初晴,风日清美。行八十里,黄金口泊。薄暮,大雾起水上,顷之弥漫布濩,咫尺不可视物。

二十日甲辰(12 月 21 日) 北风,雨雪。冒寒行二十里,泊李家口孱陵驿下,雾霭,水面如釜上气,竟日不断。晚,下发,肝气痛数日矣,今晚颇剧。

《刑法志》:"县道官狱疑者,各谳所属二千石官,二千石官以其罪名当报之。所不能决者,皆移廷尉,廷尉亦当报之。廷尉所不能决,谨具为奏,传所当比律令以闻。"

廿一日乙巳(12 月 22 日) 冬至。晴。风帆顺利,申刻出太平口。行八十五里,抵沙市。夜,同子逊持莱庭所付津市益源号邓君书，访刘君培田。刘，江西吉安人，在巡司巷隆兴公栈，为津市正祥裕号主会计。

廿二日丙午(12月23日) 阴。早起，同子逊过刘君许。饭后，往江陵，见徐虚舟表叔，皤然老矣。是晚，宿县牙。西席周商山葆恩榜，名芝，江夏人，癸卯同岁生也。又委员一人，幕宾七人，附记于左：

路少林运业，溇阳人、徐栩生杰，无锡人、艾辑亭联瑞，上元人、胡蔚生佑文，扬州人、陈蓉轩鼎，杭州人、俞石初□□，长沙人、周子棋涛，绍兴人、李小渠□□，长沙人、候补知县张鲁峰□□，长沙人。

廿三日丁未(12月24日) 晴。午刻，诸君强索作书，纸墨笔无一佳者。写大幅并对十余联。归舟已曛黑矣。

廿四日戊申(12月25日) 阴。过堤，易小舟。沙市巡检张笙陔兆兰，安徽人。

廿五日己酉(12月26日) 阴。辰刻，解维。六十里，焦尾泊。夜雨。

廿六日庚戌(12月27日) 晴。平旦，渡长湖。一百里，新洲镇泊。

廿七日辛亥(12月28日) 阴。晚晴，五十里到沙洋。自沙市至此，凡过桥十有八，坝二。

廿八日壬子(12月29日) 晴。巳刻，过堤，换襄阳五舱船。南风颇竞，惜不及行也。有樊城慈器街黄百顺车行人来接，询知雨帆已于月初过彼，梁朴臣之母与姊亦同来。想其诸径泛洞庭，故未相遇与？

廿九日癸丑(12月30日) 阴。微有雪，舟人恋恋不能行。巳刻，解缆，五十五里，黑茅断泊。和子迎《游丝》诗。

十二月

朔甲寅(12月31日) 晴。黎明即行，七十里，华家湾泊，水落沙出，舟屡胶，不得速焉。

初二日乙卯(1862年1月1日) 晴。八十里,新河店泊,对岸即安陆府城。再赋《游丝》诗四首,叠前韵。夜阴,天色如墨。会成玉在京师前门外冰窖胡同美玉店内。沙市经手人郝儒升、郝镇沅。

初三日丙辰(1月2日) 晴。八十里,周家鮆泊。

初四日丁巳(1月3日) 晴。八十里,古河堰泊。自平旦至既昏未停棹,所行止此,盖水涸,河似钱塘之折,故多迂途,然舟人之力尽于此矣。

徐树人方伯《咏炭》,警句云"一半黑时犹有骨,十分红后便成灰",颇佳。

初五日戊午(1月4日) 微阴。七十五里,明经店泊。

初六日己未(1月5日) 小寒。阴。早起,上滩,水急风斗,与子逊舟合力互引,先后行至小河口,风愈厉,挽之不上。薄暮,势少定,复行十里,泊关帝庙。是日共行廿五里。

初七日庚申(1月6日) 阴。三十余里,泊独树。

初八日辛酉(1月7日) 阴。五十里,抵樊城。晚饭后,移至慈器街高升店住。

初九日壬戌(1月8日) 晴。雇定轿车四乘,每乘价银二十一两五钱。傍晚,装车,寄次翁一信,交王国治带。又,徐虚舟表叔一书,托店家觅便带。

初十日癸亥(1月9日) 晴。早起,视车,因太重,复添雇一两。午刻开行,至叶家店,未尖。子逊之车覆焉。六十里,宿吕阳驿。环樊城数十里,树木荡然。闻金翼亭之勇,颇为民扰,半为其所伐,半则民恐其伐而自伐之也。一路茅舍尽毁,而瓦屋无恙。樊城新修土城,匪至亦未得逞志,不似传闻之甚也。

十一日甲子(1月10日) 晴。四十里,新店铺镇尖,汉来歙故里也。饭后,过河三十里,新野县宿,未至数里,马仆,车与人俱无恙。捻匪过此,未得犯城,城外亦未甚残毁。

十二日乙丑(1月11日) 晴。重赂仆夫,使兼程,行六十里,瓦店尖。六十里，宿里河店，失道，夜行，不知凡几里，二鼓余始至。

十三日丙寅（1月12日） 阴。八十里，赵河万安寨尖。四十里，宿裕州。

十四日丁卯（1月13日） 阴。四十里，独树尖。五十里，宿旧县。自独树至此，泥深没马股，幸冻耳，然从者之车屡陷焉。问途于野人，野人曰："予我钱千，我为而导。"从之行，无辙，乃谢去。野人有一老父来前引之，初昏而至。

十五日戊辰（1月14日） 晴。五十里，汝渍尖，俗曰鲁班桥，音转之讹也。四十里，襄城县宿。自叶县以北，路少平，然日融冰泮，时濡轨焉。其南则泥深如昨，旧县寨中尤甚。仆夫曰："宛、叶之间多泥淖，恒患苦之。今计里而过，亦幸矣。"晚，遇湖南解京饷委员江司马肇成，号雨田，行十六，广西人。作次翁一书，托其转交襄城令邮递。是日，子逊、子湘及仆子刘升之车并覆。

十六日己巳（1月15日） 晴。九十里，石固尖。六十里，新郑县宿。到店已三鼓，闻有浙人从都来，问之，则鲍听泉大令之子吉斋也。子逊与相识，呼之起，述京中事甚悉。闻芳宇之弟同行，住他店，夜深未见。余之车覆于颍桥之北。

十七日庚午（1月16日） 晴。平旦，芳宇之弟荫圃来，略谭即别。一百，至郑州尖。欲至黄河边岗岭宿，闻彼店已尽于贼，无驻车处，遂止宿焉。遇陕州吏目赵德洙号少泉，南丰人。叶砚农之眷属自许赴孟县，托带吴子韫一信。

十八日辛未（1月17日） 晴。夜半即行。四十里，黎明至河干，适龚仪曹自荥泽来。同行刘孝廉敬中，号莲丞，桂林人，仪曹新得士也。待其渡而渡，已日昳，尚幸东南风耳。过河，二十五里，黄露营尖。闻亢村驿不得入寨，遂宿。

十九日壬申（1月18日） 晴。九十里，新乡县尖。五十里，宿卫辉府。防勇未撤，旅舍皆为所踞，至城厢极北始得小屋栖止，亦苦矣哉。

二十日癸酉(1月19日) 晴。百三十里,宜沟驿尖,先贤子贡故里也,舍宇半为灰烬,气象可惨。五十里,魏家营宿。

二十一日甲戌[1](1月20日) 大寒。晴。百里,杜村,东汉杜乔故里尖。晓行得句云:"残梦初回未五更,驱车又复向前程。板桥霜重无人迹,第一冲寒是我行。"五十里,宿邯郸县,题壁曰:"神山富贵两无缘,弹指光阴四十年。真亦懒为何况梦,人能不朽莫须仙。中原鼓角悲多故,乡里风烟信渺然。忧国忧家无限恨,夜深都到枕头边。"

二十二日乙亥(1月21日) 晴。百二十里,顺德府尖。六十里,宿内丘县。沙河县北鄙有梅花亭,以唐宋文贞赋名之也,已颓废。高宗御笔书画尚陷壁间。文贞墓在道西里许,鲁公书神道碑在焉,惜未及一往。

二十三日丙子(1月22日) 晴。百二十里,赵州大石桥尖。桥为隋大业间石工李春所造,相传仙人张果坠驴处,有明嘉靖癸亥、甲子两碑。五十里,宿栾城县,未至十里,日已暮,有二骑士及二人荷戈及火枪相送,每过窝铺辄一然,守者击柝和焉。虽具文,然亦倦矣。初更抵旅舍,人家祀灶而不闻爆竹声。

二十四日丁丑(1月23日) 晴。五十五里,正定十里铺尖。遇庐江刘吉士秉章号仲良。饭后,渡滹沱,舆梁成,不用舟楫。六十里,伏城驿宿。

二十五日戊寅(1月24日) 晴,大风寒。七十里,明月店尖。六十里,宿清风店。

二十六日己卯(1月25日) 晴。五十五里,方顺桥尖。六十里,保定省宿。

二十七日庚辰(1月26日) 晴。五十里,安肃县尖。六十里,宿定兴北河。

---

① 原稿误作"甲申",径改。以下至二十九日顺改。

二十八日辛巳(1月27日) 晴。六十里,新桥尖。八十四里,榆发宿。

二十九日壬午(1月28日) 晴。五十里,黄村尖。四十里,到京。

同治二年[1]

正　月

同治二年正月朔(1863 年 2 月 18 日)　晴。风日清美,气象光昌。晨起,占牙牌数词曰:"日中则昃,月盈则蚀。及此时光,谨守亦得。"恽少薇、戴兰溪、翁已兰来。

初五日(2 月 22 日)　晴。拜年,并至恩竹桥廉访处。廉访为伯父道光元年荫生同年,又曾同刑部,故一往起居也。进署,核正月季甲米稿。

初七日(2 月 24 日)　晴。饭后,答拜李大令广东嘉应州人,并晤河南解饷官瞿大令砚农松江人。李于十二月初五日至获嘉县遇盗,与其仆皆被伤,袒而示之,足创犹未合也。归途独游厂肆,得汉玉珌一,甚精美。

初九日(2 月 26 日)　晴。早至雪岑许,饭后与耕娱同游厂肆,购得黄陶庵先生书一幅;项子京双钩墨竹一幢,直四金;《尔雅》《孝经》注疏各一,直钱三千。耕娱购得胡三省《通鉴》翻刻本,直十二金。

十三日(3 月 2 日)　晴,大风。次山初度之辰,小山觞客,食已,至厂肆,过方子望,遂同游焉。将散,复遇杏耘,与之俱归。购得汉玉搬指一,盖古之篴头,其上四喜文,则高庙时尚方所造也。

二十日(3 月 9 日)　晴。午后,独游厂肆,购得元板《东莱先生

---

① 此年日记据上海图书馆藏《弓斋日记》抄本卷一整理,卷端题作"《弓斋日记》卷之一癸亥,供职农曹"。

隋书详节》。

二十五日(3月14日)　晴,风少杀。钱法堂派估修宝泉局泉五厂工程。平旦,偕伊芝山、瑞芝亭两员外,叶兰台主政,并钱法主事穆荣舫、方子望入朝,白崇齐二长官事。

二十九日(3月18日)　晴。早至宝泉局勘工,申刻归。

二　月

初二日(3月20日)　晴。入署,购得先理学公《礼记疑问》一部,皋文先生《茗柯文》一册,《归震川集》一函,常熟严虞惇《文献通考详节》八本,殿板初印《孝经注疏》一卷。

十八日(4月5日)　晴。饭后,偕程式如游城南诸寺,于陶然亭文昌阁拈得第二十五签,词曰:"长沙谪去古今怜,绣被熏香独自眠。赖得官闲且疏放,巴童蜀道共随缘。"吾郡石门胡梁园比部枚,督学贵州,实心校士,以主持风教自任。堂立碑铭云:"穷极勿贿卖关节,苦极勿需索供应。忙极勿抛掷文字,怒极勿凌虐生童。"嘉庆癸酉,值拔贡之期,悉心校选,得士极盛。桐乡陆以湉敬安《冷庐杂志》。

十九日(4月6日)　晴。入署,请会试假,堂派署现审处正红旗主稿,辞之。

三　月

初二日(4月19日)　晴。游龙树寺,即宋之兴诚寺也。槐已无存。俗曰龙爪槐。新植者未盈拱,寺屡兴废,道光初,僧月亭重修,庭有顺治二年碑记,今又将址矣。

二十三日(5月10日)　晴。进署销假。

二十七日(5月14日)　阴。巳刻,至锡厚安农部家,瑞南星先在坐,有持画求售者,厚安属审定,为择三种:一王石谷山水册,早年作,虽真迹而未尽善;一中州周良树石册,虽小品而颇工致;一奚铁生墨笔写生册,自题醉后所作,则随意挥洒,无不精妙。三者之中,以此为冠。厚安又出旧藏姜西溟墨迹同观。

四　月

初四日(5月21日)　晴。早,至宋雪翁许,午刻,至宝泉局早餐,偕芝山、诒庭、兰台验局库并五厂工程。西厂在安定门西城根千佛寺,北厂在交道口。

宋艺祖以受禅开基,《通鉴》自不得以魏为篡。高宗以宗枝再造,《纲目》自不得以蜀为伪。此说甚精,见萧山王縠塍大令宗炎《晚闻居士集》。

初九日(5月26日)　晴。放榜。余与杏耘俱落第。会元黄体芳,温州人,珊枝获隽。

十二日(5月29日)　晴。入署,堂派军需局专办厘金洋药税。

赵竹生景贤被羁贼中诗:

岂待孤城破,方嗟力莫支。从来疆守义,敢以死生辞。乱刃交挥处,危冠独坐时。相待不相杀,鼠辈尔何如?

裂眦呼狂寇,奚烦讲说多。断头身自分,抗手意云何?厚貌徒为尔,孤臣矢靡他。空劳尊酒献,骂坐更高歌。

猝为群盗困,遑敢学文山。且尽从容义,聊惊丑类顽。单词明顺逆,正气慑神奸,反覆谁家子,相看只厚颜。

是岂天良见,环观涕泗挥。但期能悔祸,岂必与生归。伏剑余何憾,投戈汝莫违。漫收吾骨葬,暴露益光辉。

大清同治纪元立秋后六日苕上赢笙氏作。

二十五日(6月11日)　晴。入内白事,进署,同绶卿拟李鸿章奏捐输米石章程速议稿,酉刻方散。

五　月

初七日(6月22日)　阴。申刻,微雨数点。入署议覆御史丁寿昌筹备京仓管见四条。

初九日(6月24日) 入内白事,堂派现审处正黄旗主稿,是日始视事。

十五日(6月30日) 晴。堂派兼山东司帮办正主稿。

二十五日(7月10日) 晴。平旦,入内白事,过内阁,知昨日奉有议减苏松太粮额恩诏。还入署。

二十七日(7月12日) 晴。入署,日中,拟定议覆光禄卿潘祖荫请减苏松漕额、福建道御史丁寿昌请减苏杭漕额折稿。耕娱秉笔,绶卿修饰之,余亦参末议焉。

六　月

朔日(7月16日) 晴。早,谒滇生师,访瑞南星太守,均遇,南星尊人春辂公乙酉乡榜,先文僖所取士也。其伯春熙公亦乙酉同榜,春熙公之子□□又与余癸卯同得解,两家谊最深,曩者固未之知也。是日奉杭嘉湖减漕恩旨。

十八日(8月2日) 宝泉局收铜。

七　月

初二日(8月15日) 晴,早至杨实斋春华处,遂同访周少山。巳刻,赴宝泉局查估工程,钱法堂额,相传为分宜书,笔力紧劲,与嵩他书不同。丹墀铜狮二,右者座下南面有阳款文曰:“万历己未中秋宜章铜匠曾槐造。”左者额上刻文曰:“崇祯二年四月。”舌底刻文曰:“崇祯五年二月。”理不可晓,其诸移置之岁月欤?

初四日(8月17日) 晴。派办捐铜局,始视事。

初十日(8月23日) 晴。入内白事,遂入署,日月色赤如血,递宝堂说帖。

二十七日(9月9日) 晴。宝泉局偕伊芝山、叶南雪收天津洋铜。

明仁宗时,夏忠靖公原吉拟旨多云“某部知道”。或以问公,公曰："予夺之柄，非臣下所敢专，故付之六部，定其可否，而复取上裁，则有所分，而权不下移。"旨哉言乎。宜至今因之不改也。桐乡陆以湉《冷庐杂志》。

八　月

初八日（9月20日）　晴，大风。峨卿约游三海，以有工程，故得入也。初登紫光阁，观功臣画像，遂至丰泽园、春耦斋，登瀛台，由勤政而出，至北海，由庆霄楼登白塔山，复至湖光浮玉后宫，登阅古楼，观三希堂石刻，由大西天、阐福寺、浴兰轩出琉璃门，归寓。

十四日（9月26日）　晴。早至兰台仲方家，巳刻到局，饭罢，偕兰台同勘东南两钱厂工，至芝师、滇师并怡悦亭制府丈处拜节。

十五日（9月27日）　晴。未刻，偕与轩、炉青至会馆，检点器具，并同至西砖胡同看屋，同与轩出知单，约郡人之有印结费月出五厘，如分银十两，酌扣五钱。作公用。夜，月色皎然。

十六日（9月28日）　晴。入内白事，还至铜局。饭后，偕南雪游厂肆。得蔡申甫先生书联一副："禄薄俭常足，官卑廉自尊。"见明姚宣《闻见录》，左忠毅公光斗官中书时，尝以题其堂联。

九　月

廿四日（11月5日）　阴。访王又沂，嘱择日修吴兴会馆。寒甚，如深冬。

廿八日（11月9日）　晴。到局。饭后入署，是日会馆兴工修葺，费绌，补缀而已，不能完美也。

十　月

初六日（11月16日）　晴。为竹生予谥事，访鲍子年舍人丈，舍人赠净业泥拓本。

竹生赐恤已数月，而谥法未下，问内阁，则云礼部文未至；问礼部，则云故事：凡照某官赐恤，应予谥者，由部请旨，得旨，予谥，而后行文内阁。特旨予谥者，则径由内阁撰拟。以是告子年，子年曰：言则诚然矣。然九月中汉黄道王寿同亦特旨予谥者，彼固行文，何耶？

初八日(11月18日) 晴。早，入内白事，还入署。申刻，过仪曹访琴石、莘农，遇之，询竹生事，则祠祭所司，良久，吏人捧牍至，云已于六月行文，细视内阁典籍厅数字，与上不类，殆惧诘责而续书于下者。琴石令即备文行催，郑重而别。归寓，已日暮矣。

十六日(11月26日) 晴。霜雾弥蒙，屋瓦尽白。到局，饭后入署，会馆工竣，偕与轩视之。

十七日(11月27日) 晴。偕瑞治、廷裕、锡之、孔玉双赴宝泉局，以监督请煎炼渣土钱法，两堂派往查勘也。钱法堂之右，有额曰"权衡九府"，岁月及署款处皆镵去，相传亦为分宜书，未知是否。

十八日(11月28日) 晴，大风。早至袁镜堂家，所居先文僖旧第也，舍宇依然，花木则枯槁尽矣。周巡廊庑，慨然久之。

十九日(11月29日) 晴。到局，饭后入署，与商人程玉振论煎炼事，暝时方散。

二十日(11月30日) 晴。到局，饭后，滇司会军机兵工部议覆协办大学士两江总督曾国藩奏筹备京仓折，兵部未到。

二十四日(12月4日) 早，微雪，午后，晴。到局，饭罢入署，兵部来会议。

三十日(12月10日) 晴。入署寄刘子迎书。子迎托查黄方伯淳熙谥号，内阁初拟忠壮，已得旨矣，既而祠部复行文至阁，阁臣忘前事，复拟贞介，上遂又赐谥贞介，一人而得二谥，斯亦奇矣。然官事一何可笑。[①]

---

① 抄本此后有一句："谨按：癸亥日记，十一月以下全佚。甲子日记，全年均佚。"

同治四年[①]

正　月

同治四年正月初六日(1865 年 2 月 1 日)　阴,午后独游火神庙,遇冯士贞述甫。购得青藤道士墨荷一幅,套红小烟壶一枚,作鱼形,尾与鬣皆赤,腹刻"乾隆年制"四字。

初七日(2 月 2 日)　微雨雪,竟日阴霾。屋瓦皆冻,地滑不可驻足,仲复云名"地介"。

十七日(2 月 12 日)　晴,严寒未解。到署,画浙省减漕奏稿。

二　月

初三日(2 月 28 日)　晴。访宋雪翁与秦谊庭,遇雪翁,约同早餐,观仇实父《上林羽猎图》,后有待诏楷书《上林赋》精工之甚,待诏跋语谓实父画阅十三寒暑而成,无怪其神妙若是也。又有麓台烟客、南田画扇、石谷中幅、新罗巨轴、张雪鸿山水,均佳。饭罢,观舞鹤。

初六日(3 月 3 日)　雨雪。早至滇师处下帖,初十日癸卯团拜,例请座主也。午刻到局,又到署,还过方子望兄少坐。

初十日(3 月 7 日)　晴。早入内白事,癸卯,团拜,假平介会馆,演四喜部,公请滇师。

---

① 此年日记据上海图书馆藏《弓斋日记》抄本卷二整理,卷端题作"《弓斋日记》卷之二乙丑,时官户部"。

十一日(3月8日) 阴,微雨雪,地介。到署,朱俊卿得坐粮厅差,堂派署军需局总办蔡又臣,署余所遗总办上行走。

十三日(3月10日) 阴。得汉章八弟书,知先茔无恙,老屋已成焦土,为之怃然。

二十日(3月17日) 晴。早,入内白事,午刻,至厚安家,偕绶卿至宝泉西厂监放黝土。

廿六日(3月23日) 晴。到署,江苏奏报海运米石,二月初十日开,至十滧守风北上,是日堂派验米差。

五 月

初六日(5月30日) 阴。偕吴蕙吟起身,酉初到通,嵩俊卿先来,祥小竹后至。酉刻,雨,住北门内白马关帝庙。

初八日(6月1日) 申刻,微雨,后晴,晚间闻雷。答拜沈孚泽,并拜世文、程俊卿杰,得峨卿、小亭书,为采买米石,责成经纪押运事,即刻加函转致绶卿诸君,遣人赴部,附致师伯骏兄信。

十二日(6月5日) 晴。发各堂禀,并致滇司信。头运前起米船到坝。子固来。

十三日(6月6日) 晴。巳刻,随同星使至大光楼,恭祀河神。楼在石坝前,临运河,所谓祭坝也。祭毕,登舟,星使、仓场共一舟,随员坐粮厅共一舟,皆泊而不行,少憩,验米。星使、仓场共验十艘,余与小竹验十四,蕙吟、俊卿验十三,峻卿、次坡亦十三。故事,验米者各持册,凡分五等,皆判其上。曰起,就舱斛收也。曰过,米微潮,遇风也。曰倒,潮较甚,过舱抖晾也。曰上,潮颇甚,上舱面风晾也。曰下,潮大甚,兼有搀和,下地晒晾且簸扬也。仓场以此次米色过潮,笞船户各数百,统令下地。星使如之,凡验者皆如之,归行馆,已向暝矣。

十四日(6月7日) 晴。卯刻至土坝,随星使验白粮五十艘,米湿如昨,笞船户有差,仍统令下地风晒焉,十段委员白前起下地米整顿如法，以样进星使，曰可，乃斛收。饬石坝州判转输大通桥，凡八千八百余石。

十五日（6月8日） 早阴，午晴，夜雨。第二运前起到坝，辰刻验白粮七艘，遂至石坝，将验军粮，津委员马钺等以船户逃失告，乃止斛收，第一运起米。

十八日（6月11日） 晴。委员以船户误验，畏罪自匿，现已来归，请宽其既往，准予验收来请。星使准之，定明日赴坝。

十九日（6月12日） 晴。验第二运前起军粮，拟办理章程并开斛口期奏稿。

二十日（6月13日） 阴。验第二运后起漕白粮，督钱廷标写折，三鼓方卧。

二十二日（6月15日） 晴。星使奏事，竹翁留通。卯刻进内，午刻到署，闻同年杨咏春太守来，夜往访之。

廿三日（6月16日） 卯刻，偕杨鹄山、定佑亭、沈炉青入内白事，聚丰朝餐。巳初三刻，起身回通，申初到，迟小竹不至，乙夜方来，盖乘舟多阻也。

廿四日（6月17日） 晴。验第四运前起漕白粮。酉刻，大雨如注，筱翁归。

廿五日（6月18日） 晴。验第四运后起漕白粮。咳嗽大作。

廿六日（6月19日） 晴。验五运前起白粮。是日，仓场验收奉天粟米，故军粮停收一日。

廿七日（6月20日） 晴。验五运前起漕粮。委员钱履端，十余龄童子也，为船户所要，奔走殊苦。咳嗽未愈，服二陈汤。

廿八日（6月21日） 阴，微雨，午后晴。未验米。程式如来，娄倬堂来，云天津大船头已至。未出见人。谒钟筱翁。

天津十七州县大船头，充当者皆有身家，其小船头，则若辈雇役，不足恃也。闻现在潜至者三人，孙长清、刘焕文、萧国安。

廿九日（6月22日） 晴。验五运后起漕粮，六运前起白粮。倬堂来，云孙长清等已为其所留，是日起米一万余石。

唐官屯千总刘玉魁，绰号刘四虎子一号，刘瑾本天津道辕门，凡剥船皆听其指挥。

闰五月

闰月朔(6月23日) 各官来贺，仍以京官礼处之，不谒长官，不答拜。遣人问小岩侍郎病。辰刻，出北门验第六运前起漕粮，后起白粮。舟中闷热，苦不可言。薄暮始归。

《史记·吕后本纪》"后九月"，文颖曰："即闰九月也。时律历废，不知闰，谓之后九月也。""以十月为岁首，至九月则岁终。后九月则闰月。"

初二日(6月24日) 晴。验六运后起漕粮，七运前起白粮。酉刻，大风沙。

初三日(6月25日) 晴。验七运前起漕粮，未验白粮。酉刻，偕方次坡抽掣土坝，白粮欠六合至二合不等，责经纪斛手有差。

初四日(6月26日) 晴。验七运后起漕白粮。天津道遣武弁带总船头三名，即孙长清、刘洪升、萧国安也。

初五日(6月27日) 早晴，验八运前起漕粮。晡时大风，雷雨暴下如注水。

初六日(6月28日) 阴，午微晴，未刻，大雨。验八运前起白粮，拟续收海运折并提验东粮片稿。

初七日(6月29日) 晴，申微雨。至石坝，收前日下地米未竟。娄倬堂回津。

初八日(6月30日) 晴。卯刻，竹翁进京，峻卿、蕙吟从，未刻至石坝。

初九日(7月1日) 晴。递折未回，作书竟日，坐粮厅，未邀赴坝。李子丹来谈。

初十日(7月2日) 晴。竹翁回通，蕙吟、峻卿未至。

十一日(7月3日) 晴。验收八运后起军粮。石坝地窄,白粮数多,仅验一半,峻卿来,蕙吟未至。晚,英萼田招饮,尽醉而归。

十二日(7月4日) 晴。未刻,至坝楼,视昨日下地未完米。偕小竹至里河抽掣斛面。酉刻,乘舟至石坝,验收白粮,水浅舟胶,长年极力推挽,四刻余方到。

十四日(7月6日) 晴。至萼田处。

读《史记·天官书》:"正月旦决八风。风从南方来,大旱;西南,小旱;西方,有兵;西北,戎菽为小雨,趣兵;北方,为中岁;东北,为上岁;东方,大水;东南,民有疾,岁恶。"东南,巽方也。与今时钦天监所奏风从巽地起,主"人寿年丰"截然相反。

十六日(7月8日) 晴。收九运军白粮,筱翁起视事。江苏正漕验收讫。

十七日(7月9日) 晴。东粮催提到坝,山东四卫二所十帮漕船六百四十六只。

十八日(7月10日) 晴。巳刻,祭坝,奖赏运弁旗丁如例。验收山东德州卫正帮米麦豆,均干洁可喜。

十九日(7月11日) 晴。收东粮未竟,小竹来。

二十日(7月12日) 晴。收东粮下地米。

二十一日(7月13日) 晴。验济宁卫左帮米豆四十一票,一票者一旗丁,应运之粮也。或一票一船,或二三票一船不等,凡验者皆乘舟薄漕艘而泊,使舍人逐舱签样阅视,其分别起下,一如海运法。是日水浅拨多,往返甚远,自巳至酉方竣事,回船餐饭。

二十二日(7月14日) 晴。乘舟覆验米色,遂至河口外查看水势,至杨家墒而还。

二十四日(7月16日) 晴。验济左帮米豆二十一票,水浅甚。

二十五日(7月17日) 早晴。验济左帮米豆二十票,晡时大雨雹,津星使来,日入,答拜昆厚山兄,并谒雪帆侍郎。

二十六日(7月18日) 晴。验收济左未起米石,辰刻,谒鹤峰大司马，未见。峨卿、小亭、铁臣、吉人来。禺中至坝，还过峨卿诸君寓，畅谈，即邀四君子晚饭。

《左传》："卜楚丘曰：日之数十，故有十时。"杜元凯注，则以为十二时虽不立十二支之目，然其曰夜半者，即今之所谓子也；鸡鸣者，丑也；平旦者，寅也；日出者，卯也；食时者，辰也；禺中者，巳也；日中者，午也；日昳者，未也；晡时者，申也；日入者，酉也；黄昏者，戌也；人定者，亥也。一日分十二时，始见此。《吴越春秋》，时加日出，时加鸡鸣，时加日昳，时加禺中，则十二名古有之矣。

选择家以子初为壬时，丑初为癸时，寅初为艮时，卯初为甲时，辰初为乙时，巳初为巽时，午初为丙时，未初为丁时，申初为坤时，酉初为庚时，戌初为辛时，亥初为乾时。《记·大传》疏："周建子，商建丑，夏建寅，是改正也；周夜半，商鸡鸣，夏平旦，是易朔也。"自汉武太初以来，皆以寅为正，而朔不复论矣。

《颜氏家训》："或问：'一夜何故五更？'答曰：'汉、魏以来，谓为甲夜、乙夜、丙夜、丁夜、戊夜，亦云一更、二更、三更、四更、五更，皆以五为节。所以然者，假令正月建寅，斗柄夕则指寅，晓则指午矣；自寅至午，凡历五辰。冬夏之间，虽复长短参差，辰间辽阔，盈不至六，缩不至四，进退常在五者之间。更，历也，经也，故曰五更。'"

二十七日(7月19日) 晴。验济宁右帮米二十票。酉刻，大风，雷雨。

二十八日(7月20日) 阴。河水陡涨，收下地米。俊卿乞假未回。

二十九日(7月21日) 阴。小雨，乍止乍作，申刻，稍霁，微见日。验济右米二十六票。

三十日(7月22日) 乍阴乍晴。至坝上，收昨日下地米，拟报正漕完竣并东粮开斛日期奏稿。雪翁列衔。

六 月

朔(7月23日) 海运采买米到坝,查验官拨二十只,民拨六只,日旰而罢。

德正,四十七只。东昌,二十一只。济左,八十二只。济右,五十六只。临东前,六十四只。临东后,四十五只。濮州,十只。东平,十九只。济前,十八只。济后,十二只。

右闸外各帮本到通船数。

铁扇散:

象皮四钱,切薄片,微火焙干、龙骨四钱、古石灰四两,须数百年物方可用、枯白矾四两、寸柏香即松香之黑色者,四两、松香四两,与寸柏香同化,倾水中,取出晒干。

共研极细末,收瓷罐中,遇刀石破伤,或食嗓割断,或腹破肠出,用药急敷创口,以扇扇之,立时收口结痂,忌卧热处,如伤处发肿,煎黄连水,以翎毛蘸涂即消。

初二日(7月24日) 阴雨,午晴。辰刻冒雨入城,未刻到家,城河水涨,为数年所仅见,与小山、月槎畅谈,晚,蒋蕙林招饮福兴。

初三日(7月25日) 晴。递折仓场笔帖式。巳刻到署。晚,邀小山、月槎、杏耘、晋莱、仲京、时丰小饮。鹄山来。

初四日(7月26日) 晴。巳,兰虎臣咏华雪臣。吉人来。晚,鹄山、吉人招饮,广和、绶卿后至。两月来,农曹各事畅谈颇悉。小山、月槎回津。

初五日(7月27日) 阴,晚微雨。访咏春同年,谈古文奇字。晚,咏春来,赠以完白翁《阴符经》墨刻。

初八日(7月30日) 阴。巳刻,冒雨行舟中,不蔽风雨,仍乘车行双桥小憩。申正到通,晴霁,至坝上。

初九日(7月31日) 阴,微有雨,晚晴。验海运采米,自初一至此,全数告竣。

初十日(8月1日) 雨竟日不止。为英萼田题毛毓璘墨梅幛子，篆书楹帖十二联，扇五柄。

国朝画手推金农，华光以后此最工。毛生画笔更奇绝，不务立异不苟同。披图忽睹夭矫势，拔地飞出双虬龙。墨池天寒水清浅，月痕淡淡烟朦胧。江妃危立瘦蛟瘠用句，啼妆洗尽残脂红。暗香疏影呼欲出，直追魂魄遗貌额。乾坤清气固有在，照耀颜色徒为丛。绛跗绿萼总粗浊，岂独桃李称凡庸。愿君永保此真色，莫以涂泽争鲜秾。

十一日(8月2日) 晴。卯刻，赴坝收海运米。

十二日(8月3日) 晴。提验山东后帮漕粮二十票。

十三日(8月4日) 平旦大雾，午晴。验东粮二十五票。日昳，大风，至夜不止，凉甚。少青遣人来。

十四日(8月5日) 晴，凉甚。提验东平卫漕粮二十票，拟完竣奏稿欠米附片。晚，周镜芙来。

十五日(8月6日) 晴。验东昌卫漕粮十五票。晚，昆厚山兄招饮文昌阁，阁在南门城上，为潞河游览之胜。是晚，月色皎然，颇有高处不胜寒之意。

十六日(8月7日) 晴。验东昌卫七票，濮州所十票。晚，英萼田兄招饮。

十七日(8月8日) 晴。宋雪翁进京奏事，峻卿、蕙吟从。验山东前帮二十二票。

十八日(8月9日) 阴。递折，验临东前二十二票。下晡微雨。

十九日(8月10日) 晴。验临东前二十票，拟覆命并保举二折一片稿。凡登启事，皆堂上酌定，筱翁自书官阶姓名，交付秉笔者奉行而已。

二十日(8月11日) 晴。早至石坝，午刻，仓场祖帐，在王恕园。

二十一日(8月12日) 晴。所验之米均斛收，过坝讫，至各处辞行，仓帅以下均来送。

二十二日(8月13日)　晴。卯刻回京。

二十三日(8月14日)　晴。入内谒见各堂，饭后到署。星使覆命，保奏出力人员，觐元蒙恩赏四品衔补缺，后以本部郎中遇缺即补。晚，雪岑招饮，毓兴刘子迎来。[1]

① 抄本此后有一句："谨按，乙丑日记，自六月二十四日以下佚。丙寅、丁卯日记，两年全佚。"

同治七年[1]

正　月

同治七年正月元旦(1868年1月25日)　风日清美。盆梅欲笑,坐涵秋阁大川淀寓斋,意甚适。

初十日(2月3日)　接塘报,闻贼已至开州德云,以办兵差留宿京兆署。

十一日(2月4日)　偕杏耘游火神庙,购得《隋书》一部、《水经注》一部、钟进士一小轴、旧端砚一方。

十二日(2月5日)　同邑蒋彪来。彪,双林镇蒋家埭人,父曰守志,以军功积官至副将,署山东胶州协。同治五年坐事失职,遣其妾及二子归,至台儿庄,遇捻匪张总愚。妾投水死,彪被获,隶总愚妻刘三姑娘帐下,三姑娘,故角妓,率马贼五百人,骁勇善战,总愚惮之,六年十二月,至西安。彪乘间逃,为官军所执,递解至宣府,幕客李君,同郡人也,白太守省释,乃走京师,赵稼轩武部怜而收之,闻守志在济宁,遂为醵金遣归焉。彪陷于贼者二年,年十七矣。李幼兰孝廉知其人。

十四日(2月7日)　偕子俊、京士、吉人、鹄山游厂肆,购得官窑瓷碟十一枚、画兰碗二只。得左瑞九信,闻贼逾保阳,有窜涿鹿之信。

十五日(2月8日)　游厂甸,购得《湖州诗录》二函、《续录》一

---

① 此年日记据上海图书馆藏《弓斋日记》抄本卷三整理,卷端题作"《弓斋日记》卷之三戊辰,供职农曹"。

函、宣德铜盂一枚。闻贼有西窜信。

十六日(2月9日) 闻捻匪仍在保定迤南,曰定兴,曰涿州,曰易州者,盖张曜、宋庆之勇绕出贼前,见者误以为贼,怖而却走,遂传闻致误耳。

十七日(2月10日) 傍晚,至德研香太守处畅谈,二鼓始归,见示坡公墨迹书《江上愁心千叠山》一首,精妙绝伦,与余家手札相类。

二十一日(2月14日) 研香来谈,出石涛白描罗汉见示,甚佳。

二十五日(2月18日) 访雪老,复过研香,观所临青藤册三十六页,奇纵恣肆,妙不可言,又覃溪先生响拓《兰亭》落水本,则左规右矩,不失累黍,皆传作也。

二十六日(2月19日) 过博古斋,观鲜于伯玑、康里巎巎手札,精妙之至,购得端砚一方。

二十八日(2月21日) 涵秋阁宴客,至者钟筱岩侍郎、丁濂甫太仆、许涑文侍讲、杨雁湖考功、鹄山民部,观研香作画,乐甚。

二　月

初十日(3月3日) 袁小午鸿胪招饮,观宋雪翁手书《大洞经》,笔笔沉着,真山阴嫡嗣,有明吴太学名印,当是其所藏,曾入《石渠宝笈》,不知何时流落人间,诚希世珍也。

二十一日(3月14日) 堂派天津验米差。

二十三日(3月16日) 徐祖姑丈七十初度,循俗例作冥寿,在广济寺,寺历金、元、明,有戒坛铁树、方缸铁树,已枯,僧静涵斫为琴十二,见麟文瑞师碑记。

三　月

初五日(3月28日) 入内辞堂,初九日到通,十四日到北仓。

道书载有二鬼,一曰语忘,一曰敬遗,能使人难产,知其名而书之纸则去。《滦阳消夏录》卷五。

题陈抱潜司马元禄《受研图》

君住泉唐上，吾家霅水东。论交三代久，同学卅年中余与抱潜同受业于胡砭斋先生。薄宦嗟分辙，微生类转蓬。析津重握手，相对已成翁。

一片端溪石，先公手泽留。烟云惊幻化研已失，故作是图，图画赖传流。剧喜清芬诵，何劳故笏求。期君同努力，各保旧箕裘。

读《荀子·成相篇》，苦不得解，又苦于句读。嘉善谢氏墉曰："《成相》之义，非谓成功在相也。篇内但以国君之愚暗为戒耳。《礼记》'治乱以相'，相乃乐器，所谓舂牍。又古者瞽必有相。审此篇音节，即后世弹词之祖。篇首即称'如瞽无相何伥伥'，义已明矣。首句'请成相'，言请奏此曲也。《汉·艺文志》'《成相杂辞》十一篇'，惜不传，大约托于瞽蒙讽诵之词，亦古诗之流也。《逸周书·周祝解》亦此体。"又曰："此篇通例，两三句，一七字句，一四字句，又一七字句，如此五句为一章也。"谢氏本精工之极，盖乾隆五十一年金圃先生督学江南时所刻也。

闻贼由东昌窜茌平，德州告警，崇侍郎檄道员，余承恩迎头截剿，承恩时在泊头镇也。

四　月

初二日(4月24日)　闻贼窜东光，南皮告警。

初四日(4月26日)　闻贼窜沧州，诸君布置城守，闻贼踪已逾沧州边马至静海县属之唐官屯。小梅前辈来，云苏局员绅颇惶遽。

初五日(4月27日)　辰刻出城验米，令沙船将防海器械整顿停泊东岸，自相联络，以备非常。贼自静海直驱天津郡，副将邓起元等击败之，遂屯稍直口，而遣其党四出掳掠，刻亥驰奏保护米石情形，陈济清、邓起元等皆至。潘鼎新、郭松林、善庆、杨鼎勋、王心安、温德勒克西亦率师来会。

初六日(4月28日)　由土阛至海光寺，谒地山侍郎。土阛周三十六里，河缺处以炮艇守之，登陴之士，市人耳。而行列甚肃，以为守可矣。贼大队趋东南地，翁遣陈济清、余承恩、邓起元追剿，南望数里，村落中烟火蓬勃，隐隐有旗帜甲马，或曰贼也，盖疑兵，冀牵制我军耳。亥刻，星使奏军情紧迫，请饬各路官合力夹击，由六百里驰递。

初七日(4月29日) 潘鼎新勇入市市物，俶装诡异，邦人大恐，自初五至此，贼游骑时薄海河，均经宁沙船击之而退，是晚风鹤之警特甚，一以镇静处之。

初九日(5月1日) 东军在萧庄小屯迤北与贼接仗，获胜，贼向东南海下等处窜逸，是夜，望火光离县境四五十里。

初十日(5月2日) 闻贼窜盐山。

十二日(5月4日) 得北山莲槎信，闻贼窜乐陵，是日始篆《孝经》开宗明义章第一、天子章第二。

十五日(5月7日) 篆《孝经》诸侯章第三、卿大夫章第四。

十六日(5月8日) 篆《孝经》士章第五、庶人章第六、三才章第七。

十八日(5月10日) 闻贼为武定乡团所击，有回窜之信，获奸细，云贼党剃发来者数十人，邦人大恐，始办保甲。是日，篆《孝经》孝治章第八。

十九日(5月11日) 闻获奸细，有伪作女装者，若然，则真长发无疑矣。篆《孝经》圣治章第九。闻贼窜齐河。

二十一日(5月13日) 闻贼窜沧州。夜半，官军击走之。次日，左恪靖之军亦至。

海光寺谒崇地山侍郎兼呈司农公

寺在天津南门外，咸丰八年，余从大学士桂文端公经理四国和约，每议事，必集兹寺，时侍郎方任清河道，同与斯役。

猎猎旌旗棨戟开，望中犹此旧楼台。十年我尚羁郎署，百战公今列上台侍郎佐僧邸最久。已向洛阳求剧孟时津门寇警，司农公令绅士张锦文举办民团，漫从马邑忆王恢和议时曾伏兵此寺，以备非常。晋公他日登临处，诸吏还应载酒陪谓司农公，用昌黎女凡山语。

二十七日(5月19日) 为梦岩隶书便面，系以小诗。

论书我亦辽东豕，识字谁知白下羊。为问梦岩老居士，世人若个似中郎。

闰四月

闰月初六日(5月27日) 张叔宪来，晚饭后去。陈抱潜兄赠汲古阁许氏《说文解字》，纸版未精，上有朱笔校勘，不著姓氏。

初八日(5月29日) 闻贼回窜沧州，距城二十里，星使会崇少马奏，请拨兵扼守减河。

十一日(6月1日) 周仲阮铁崖令郎、高莱堂同年赐孝、谭癖云石门湾人三孝廉来，癖云携魏履厚积甫同来。积甫，石门人，明经，月潭己酉副贡之同祖弟，咸丰十年，年九岁，避兵德清乡曲，为粤匪掳至苏州，苏城克复，依秀才尤某，宛转而至京师，为歌者陆巧福所得，号之曰亦秋，于是月潭死矣。其别兄曰端甫，癖云友也，将求之京师，顾莫得其居处与所谓亦秋者也。会吴兴沈镕经云谷成进士，觞客，召酒佐，积甫与焉，与之语，禾人也，异而诘之，即癖云之所求也，乃大惊喜，以告海盐朱申庵太守，约禾人之居京师者，醵金赎之，交癖云，携以归。

竹素园记

豫峰曹长截竹为甬，以储不律，属为题识，戏作此篇。

竹素园者，中书君之所居也，君性圆和，而志刚锐，凡朝廷诏令、官司简牍、私家著述，下至闾巷琐屑质剂之事，皆非君不办。君之友翰林先生，将造五凤楼，谋诸君，君曰：是我职也。乃奋身振袂，昼夜擘画，凡先生所指授，皆一一如其意之欲出，阅若干日工毕，而君亦倦矣，于是先生择管城中地之大者，为辟斯园，君来辄居之，名曰竹素，纪其实也。园既成，乃歌以落之。歌曰：昔昌黎之传毛颖兮，实系出于中山。君岂其苗裔耶？何管城之多贤。唯兹园之初辟兮，非规方而削圆。砚山峙其左兮，玉蟾蜍水出其前。君休浴其来处兮，与众君子而盘桓。乱曰：矫矫君子，体锐用圆。毫端视相，节操挺然。功垂竹帛，身隐林泉。优哉游哉，于万斯年。

题申锡之大令画山水结隐图

芙蓉葱蒨波蝉娟，天然图画开湖山。韬光灵隐足幽胜，白波青嶂非人间。使君夙抱烟霞癖，吏隐乃在湖山边。文章吏治两臻极，余事更以丹青传。湖山到处皆粉本，公余拄笏开心颜。兴酣落笔似神助，蹴踢文董凌荆关。生平蜡着屐几两，丘壑往往胸中填。意之所至笔亦到，欲仕不必更买田。我家亦在山水窟，岘椒弁岩常跻攀。劫来沧桑几更变，峰峦无恙青依然。披君此图三太息，买山有志囊无钱。愿君作守吴兴郡，他年重结山水缘。

挽张芸轩秉铎副戎伯母之丧，联曰：

获画共贻谋，犹子从容能杀贼；

萱枝偏厄闰，女中解脱即升仙。

二十日(6月10日) 陈小蕃约同吉人观画，米颠、大痴二卷，未确。董书画一卷，盖晚年笔也。

五　月

初二日(6月21日) 赴紫竹林验米。

题陈句山先生遗像

天目之英，苕水之灵。含苞启闷，太仆挺生。巍巍词科，国之巨典。弓旌所招，公实无忝。珥笔簪毫，词林冠冕。帝心简在，遂跻通显。正色立朝，訚訚侃侃。归兮归兮，小子狂简。经师人师，纪纲明备。训诂既通，兼及经义。至于六书，乃其余事。惟公之德，温恭且俭。中丞绳武，匪躬蹇蹇。宫詹太史，清华递跡[1]。继世郎史，循良竞选。懿欤我公，泽长流衍。

---

① 按，此“跡”字出韵，疑抄本有误。

初八日(6月27日) 验米事竣,辞行,登舟。

代大农作《安一事斋诗集序》:

诗者,圣人之教,凡以言志而已,不见夫《三百篇》乎?游歌之作,燕喜之章,何其锵然如韶钧,蔚然如虎豹也?而伯奇行迈,简子忧心,又何其悠然而思,悄然而悲也?盖其遇不同,故其志不同,而发为诗歌,亦不同如此,非有作意于其间也。后世为诗者,狃于穷而后工之说,几于无病而呻。往往达官巨卿,少不如意,辄自同于末僚之屈;抑一官半刺,偶涉遐方,即自比于逐臣迁客。夫达官巨卿而同末僚[1],则末僚之屈抑将何如?一官半刺而比迁逐,则逐臣迁客又将何如?此大蔽也。南海谭大令石甫,早岁以文章名世,及壮,始领乡解,又不得志于有司,出佐鄜州,稍迁略阳宰,未竟其治,复移吴堡,卒于官。举不过乙科,仕不过百里,且宦游之地,又率皆土瘠民贫,无富庶丰盈之乐,其所遇可谓穷矣,乃读其诗,夷然旷然,所谓悠然而思者,无有也;恬然涣然,所谓悄然而悲者,无有也。使石甫登金门,上玉堂,而作游歌,赓燕喜,意必有锵然如韶钧,蔚然如虎豹者,惜乎所遇仅止于是也。所遇如是,而作诗如彼,是可以观石甫志矣。吾粤多诗人,若石甫者,其诸得圣人之教欤?年月日□□□序。

曩余篆《孝经》,至圣治章,置之久矣。水窗无事,乃续录之。篆纪孝行章第十至感应章第十六,凡七章。感应章"鬼神著矣",《说文》未有,余意"表著"与"著作"意相近,"著作"今假借作"箸",则"表著"字似亦可从,质诸梦岩,以为未安,行笈无书可检,姑阙疑,以俟归而求之耳。

十三日(7月2日) 得邸抄,海运事竣,某蒙恩交部从优议叙。篆《孝经》毕。考秦碣石颂"辠箸仪巨","箸"即"著"也,然则以"箸"为"著",固无疑矣。又丧亲章第十八"哭不偯",陆德明音义:"偯,於岂反,俗作哀,非。《说文》作怒,云痛声也,音同。"考《系传》二十心部:

① "同"字原作空字,据上下文校补。

“悠，痛声也。从心依声。《孝经》曰：‘哭不悠。’臣锴曰：‘声之曲引也。今《孝经》作偯。’殷岂反。”“悠”与“偯”字形相似，盖唐以前已有错误，故陆氏引《说文》证之，而刊注疏者，又因“悠”与“怒”字形相似，讹“悠”为“怒”，皆传写之过，校者未察耳。

十五日(7月4日) 东河、雪帆两侍郎召饮文昌阁。阁在城东南隅，依雉堞作楼观，可以眺远潞河之胜境也。忆四年转漕事毕，昆厚山、朱俊卿太守曾于此祖帐，今忽忽四年矣，余频年行辙元年恭送显皇帝梓宫，四年葬定陵，随扈，是年冬从戎奉天，五年自奉天回京，六、七年转漕天津，胥在是州，亦奇事耳。[①]

---

① 抄本此后有一句：“谨按，戊辰日记原本已佚，兹于抄本过录，悉仍其旧，未尝有所增损也。其己巳、庚午两年日记，则已全佚矣。”

同治十年[1]

正　月

同治十年正月朔(1871年2月19日)　晴。巳初初刻雨水。日丽风微而气特凛冽，然较之除夕，则已和矣。早起，祠天、地、先祖。午刻出门拜年，酉刻甫归。

偶读《山左金石志》，录吉羊于后：

乐我父兄，饮飤诃歌字舞楚良臣余义钟。

长宜子孙汉铜钩、汉镜。

大富贵昌宜长乐羊镫。

宜子孙□宜子大吉汉撒帐铃。

长宜子孙汉双鱼洗。

宜子孙大吉利汉铎。

日利千金汉鼎。

长保二亲乐无已汉十言镜。

长保二亲乐富贵汉尚方十二辰镜。

作吏高迁车生耳汉许氏四神镜。

君宜高官汉镜。

长宜孙子汉白圭镜。

寿如金石佳且好兮汉长宜子孙镜。

---

① 此年日记据上海图书馆藏《弓斋日记》抄本卷四整理，卷端题作"《弓斋日记》卷之四辛未，供职农曹"。

延年益寿汉镜。

增年益寿服者侯王大吉羊汉众神镜。

位至三公汉镜。

日有憙，宜酒食，长贵富，乐无事汉日有憙铭。

日有憙，月有絢，乐无事，常得意，万人亨，芋瑟侍，贾市𦈢，万物平，老复丁同上。

辟除不祥宜吉市，长保二亲利孙子，为吏高官寿命久汉青盖镜。

君宜官位汉宜君镜。

子孙众多贺君家受大福，位至公卿修禄食，幸得时□获嘉德，传之后世乐无极。大吉汉乐无极镜。

张尹作竟宜侯王，家当大富乐未□。子孙备具居中央，长保二亲世世昌晋张尹镜。

初二日(2月20日) 晴。巳刻到署视事。未初，至文昌馆内阁团拜，兼赴锡厚安、穆容舫、成竹铭、沈炉青、张吉人、沈再青之招。酉刻，至安徽馆，赴枢直诸君约，丙夜方归。故事，枢直团拜，皆在才盛馆。今年始移于此。

初三日(2月21日) 俗所谓小年朝也。风日晴和可喜，遣皂儿出门拜年。竟日在家，为胡云楣比部作篆四大幅，明窗净儿，意殊适然。

《山东金石志》卷十第二十六页"小铁山摩崖残字八种"，阮跋一："'刻实性男子菩萨'一行，凡七字，在'佛善'二字之右。'萨'字，六朝、唐人皆不从'产'。孙观察星衍云：'萨即薛字异文，故《一切经音义》作"扶薛"，盖声之转耳。'"

又卷十第二十四页"水牛山佛经摩崖"，阮云："首曰舍利弗，凡五十二字。弗即佛字。"

初五日(2月23日) 晴。颇暄暖。冶如来。饭后到署，与鹄山商榷，覆吴玉臣侍御加增捐项奏稿。申刻同散，独游厂甸，购得铜镫、王翁仲、陈渌晴山水小轴各一。

初六日(2月24日) 晴。独游厂肆,购得宋板《后汉书》、曹刻《集韵》各一部,褚筠心、陈东之对各一联。

《后汉书·许劭传》:"邑人李逵,壮直有高气。"

初八日(2月26日) 晴。早入内白事,晚同郡消寒第八集,饮陈云裳铨部寓斋。

初九日(2月27日) 晴。鹄山、次典约观梨花,未往。偕厚安昆仲、子隽共游厂甸,购得林文忠对一联。

初十日(2月28日) 晴。大风,独游厂肆,购得张得天楹榜一联。晚,鹄山招饮寓斋。

十一日(3月1日) 晴。午刻到署,散后游厂,购得汉玉翁仲一枚,扬州倪灿画一轴,吴让之对一联。倪,嘉、道时人,吴,则上年甫作古人也。

阅《后汉书》,中多讹字,且有明板羼入,还之。

十二日(3月2日) 晴。早起,入内白事,饭后游厂肆,购得明拓曹全碑一本,汉印二十方。

十四日(3月4日) 晴。鹄山招同泉孙、杏耘、次典在猗香馆作竟日谈。先游火神庙,购得旧玉杯一,汉军假司马铜印一。

十六日(3月6日) 晴。未刻,次典招饮,临春、结绮先游火神庙,购得李复堂芍药一轴、左田先生山水一轴。晚,余庆堂同乡公祝炉青。

十七日(3月7日) 晴。到署,晚,消寒第六叙集,子森寓斋。另有同郡消寒局,以体中不适而归,未及赴。

二十日(3月10日) 晴。入内白事,饭罢,偕厚安共游厂肆,购得汉铜印牛缯之印一方,甚佳。

二十二日(3月12日) 晴。早起,冶如来。客络绎不绝,为容舫篆书团扇,字小而多,未刻而毕。

二十五日(3月15日) 晴。早起,入内白事。送恩竹樵方伯之官江苏。午刻,至文昌馆捐铜局团拜,并偕鹄山、次典、雅堂、寿甫、少虞、文伯、让卿、辛锄九人，公请同署友人。

二十七日(3月17日)　晴。到署，判八十余牍，以数日未视事也。

二十九日(3月19日)　晴。到署。购得汉关中侯、部曲督铜印各一，又李春子母印，皆精好。晚，同郡消寒末集，在咏华家。

二　月

朔(3月21日)　入内白事，到署，晚，消寒第七集，在伯华寓斋。

初五日(3月25日)　晴。入内白事，得汉铜印四，别部司马军、假司马二、董泰印信，皆完好。

初七日(3月27日)　晴。到署。申刻，至江右乡祠赴饭，银处诸君子之招，年例，祭库神即觞客，凡曾充是差者皆与焉。

十三日(4月2日)　晴。幼亭、鹄山、炉青、梅笙、诗龛来。骨董雷生持《魏黑女碑》求售，覆刻也，尚有神采，购得汉铜十方。

二十四日(4月13日)　阴，竟日黄沙迷漫，不睹日色，晚大风，天黑如墨。到署。未刻至才盛馆，赴徐季和宫允之招。

二十九日(4月18日)　晴，大风。杏耘游极乐寺，甫驾车，茂文至，谈久之，久之方去。出城，已未正矣。寺在西直门外，海棠最盛，惜风狂如虎，阖户而饮，殊少佳趣。酉刻，偕泉孙、鹄山连骑入城，至五星联珠室，呼酒不至，遂赴雪翁、石华、墨妙之约。夜雨，兼有雪。

三　月

初五日(4月24日)　晴，大风。到署，叶子固兄来，以少裳奉檄权石坝州判事，约为指示也。

初八日(4月27日)　阴，大风，未、申快雨，晚晴。午刻雁湖、鹄山约同泉孙花之寺看海棠，宾主四人，竟日欢甚。

十三日(5月2日)　晴。赴鼓楼查工。楼为京城最高处，窗户洞豁，巷陌街衢，历历在目，大观也。自辰至午方讫事，腹馁甚，足亦疲矣。未刻，偕鹄山出城，聚奎亭共饭，于楼东大街玉森堂书肆购得抄本《水龙经》一，先文僖书《朱文正墓铭》墨本一。

十四日(5月3日)　晴。到署判牍毕，天尚早，鹄山忽动饮兴，遂同文伯、吉人至如松，驰使约雁湖，而子森适至，相与共醉而散。晚，月色皎然。

十七日(5月6日)　朝阴，午后微雨，晚晴。早至蒋申甫、郭鹿泉暨莲槎兄处。晤莲槎，复至鹄山处少坐而归，午后，与家人同游龙树寺，茗饮甚适。[①]

---

① 抄本此后有一句："谨按，辛未日记，自三月十八日以下佚。又，壬申、癸酉两年日记均佚。"

同治十三年[1]

正　月

同治十三年岁在甲戌正月乙巳朔(1874 年 2 月 17 日)　阴，五鼓，朝贺行香，贺同城各官毕。回署。祖先神像前行礼。各同寅皆来。故事，凡庆贺皆投谒，不见，惟元旦则随谒入。重庆守以下次第行礼毕，各官先退，府厅县延坐，待茶而出。维时重庆守为瑞蕴谦亨，江北厅为葆芝舫荇，权巴县事则候补直牧王个山鳞飞也。周养恬观察来晤。申刻有蝙蝠止于皂保书室之帘，驯甚，拂之不去。

丙午初二日(2 月 18 日)　阴，申后小雨，竟夜不止。联星阶总戎、琦闻庭游戎、徐琴舫太史、延小颜刺史来，皆晤。瑞蕴谦进省拜年，桂次园撤任回省，来辞，亦均晤。巳刻出门，至蕴谦、星阶、闻庭、琴舫、小颜并中营刘云从处少坐而归，以年例必须登堂也。晚约王子范汝砺、陈赓九星垣比部、张药农鸿绩、施寿峰毓龄便饭，子范，京华旧雨也。得子湘及徐龙伯信。

丁未初三日(2 月 19 日)　丑正一刻十四分雨水。阴，微雨时作时止。竟日未见客。

戊申初四日(2 月 20 日)　早晴，始见日，申后阴。辰起，过江北拜年，出太平门，至朝天门，行沙堤中，甚适。芝舫新筑室十余楹，尚精洁，强名曰园，实无丘壑林泉之胜。惟小阁中望江景尚佳耳。周鼎

---

① 此年日记据上海图书馆藏《弓斋日记》稿本整理；八卷抄本载卷五，卷端题作“《弓斋日记》卷之五甲戌，分巡川东”。

铭赴江津，来辞。谢庆恩来，闻新用熊姓差役与未用张姓，皆为回龙石之蠹，令斥去之。王个山来，巴县举人，官箴偕计吏入都来辞，其人素称好事，然貌颇文雅，因以微语告诫之。

己酉初五日(2月21日) 阴，微雨，从葆芝舫索得龚旭斋冬季束脩十金，即付之。申刻，个山招饮，观剧，此春酒之始也。

庚戌初六日(2月22日) 阴，微雨。劳鹭卿从夔关来。

辛亥初七日(2月23日) 阴，微雨。午初一刻见日，即隐。拟游老君洞未果。饭后为胡元廷军门作篆四大幅。王子范来辞行，明日走。得曹恬波信。晚，约鹭卿便饭。

壬子初八日(2月24日) 早阴，巳刻微晴，已复阴，晚雨。送子范还京，未遇。至鹭卿舟中谈半时，归。申刻，湖宁会馆团拜，浙人皆至，不限以两府也。作会馆二厅对，厅即团拜及宴会观剧处。“苕霅集同人，且共将巴里笙歌，消除旅况；枌榆联旧社，更莫把镜湖风月，牵惹乡情。”

癸丑初九日(2月25日) 阴。署奉节熊令来。鹭卿来谈。晚，联星阶六兄招饮。署彭水庄令定棫范村来，带到王咏卿信物。

甲寅初十日(2月26日) 阴。任长寿廷赞、田綦江秀粟均来。晚，约熊燮臣、任文卿诸君便饭。

乙卯十一日(2月27日) 微晴，午刻见日。约幕僚诸君子游江东山寺。辰刻，渡江，先至龙门浩禹王宫，次至觉林寺，再上至真武殿，折而左至老君洞，皆涂山也。禹王宫、真武殿无足观览，觉林寺山泉处处皆是境，颇幽胜，惜结构不佳，老君洞为诸兰若之冠，然较之江南，则有殊矣。是日，同游者上元李希郦仙根、□□曹励成莲生、善化马沅莘庐、阳湖余恩鸿云墀、石门胡坤子贤、华阳曾光禧仁甫、儿子慰祖也。晚，施寿峰、田子实来，得枚生书，知代觅先世父茔地，已立券。又得子韩书，云内子即欲归来，属派勇往接。味荃遣赵安来，以本有来渝之约，因本州阋灌口滩，不果也。

丙辰十二日(2月28日) 晴。王个山、乔寿泉、丁伯度来，以个山决三原会馆案未协，舆论与子实前关官，且关中人亦有龃龉，属寿泉、伯度为之和会也。汪生世芳、宋生楠来，辞入都朝考。晚，芝舫招饮。孔勋丞面白教堂得信，常保禄、梁乐益已于初六日随同刘巡检由水路赴黔，濮牧亦于初八日由陆路前往。

丁巳十三日（3月1日）　畅晴。署永川令陈堉敬持来邀同城文武公宴。

戊午十四日（3月2日）　晴。为芝舫书扁。夜，月色皎然。

己未十五日（3月3日）　晴。早起。至文昌宫吕祖祠行香。未刻，延幕僚及府厅县幕友春宴，年例也。丙夜方散。

庚申十六日（3月4日）　晴。暖甚，换穿补褂。午刻，约徐琴舫、吴子权、明鹏南暨各学校官春宴。得子湘暨李少莲亲家书，知颐女有归宁之信，为之喜而不寐。子湘寄到汉印四方。

辛酉十七日（3月5日）　阴。未刻，约绅士春宴。寄味荃信，交赵安带。钱翰如荣瀚来，叔父之戚也。

壬戌十八日（3月6日）　子正三刻十二分惊蛰。薄晴。作家书并子韩信，遣军功白云高、张友升率亲勇党超群、杨国治、陈占魁、夏玉春至宜昌接内子，令白云高先往汉口探信，附寄子韩藏香一匣、云茶二饼方块、贵州皮印箱、珠合、翎桶各一，茶船十。皂保入学。晚，宴翰夫先生，延幕府诸君作陪。巴县禀知换听差家人吴春。

癸亥十九日（3月7日）　阴。午微晴，奉大府书。

甲子二十日（3月8日）　阴。考东川书院生童。生题“里仁为美，择不处仁①，焉得知”，诗“稍闻决决流冰谷”②，得“冰”字；童题“里仁为美，择不处仁，焉得智”，诗“尽放青青没烧痕”。二语坡公句也。

乙丑二十一日（3月9日）　阴。闻有在外招摇生事、嫁名皂保

---

① “仁”字原脱，据《论语·里仁》校补。

② “流”，原作“留”，据苏轼《正月二十日往岐亭郡人潘古郭三人送余于女王城东禅庄院》诗改。

所使者，查系杜瑞之重台罗升，即发差管押，请孔勋臣、余云墀、钱清臣来署，同曹莲生、童翰夫阅书院卷，出示驱逐倡伎。得蕴谦书，知十二日到省。

丙寅二十二日(3月10日) 阴。渠县招解徒犯王高升过堂，提讯罗升，笞责发县惩办。出门拜客，晤吴子权、琦闻庭，闻庭言有著名痞棍李辉亭、廖辉亭，最为闾阎之害，即日饬县密拿。子实辞回县。

丁卯二十三日(3月11日) 阴，微寒。子实复来，拟严拿飞石稿，会镇台出示。购得《梦溪笔谈》《清江贝先生诗文集》《古诗源》各一部。得袁小午宫詹书，为祖母太夫人百龄征诗。夜微雨。

戊辰二十四日(3月12日) 微雨，寒甚。寄南院寿礼，托蘧庵送。巴县禀拿获李辉亭、廖辉亭，即饬令严办。晚，保甲局绅公请。得吴枚生兄书，知比部公茔地已买成立券，慰甚。不言地在何处，想券交内子耳。夜微雪。

己巳二十五日(3月13日) 微雨。堂期，接见各官，派江北同知葆芝舫、候补通判孔勋丞、候补知县徐子临讯三原会馆控案，即日拟结。晚，中军游击刘云从、右营都司叶清臣公请。得子韩信，云内子有正月初二日自苏起身之说，海珊同来。邸抄：顺天举人徐景春文理荒谬，考官全协揆、胡总宪、童少宰、潘少农均降二级调用，同考官革职。刑尚崇实授左都，贺寿慈升吏左，殷兆镛补户左，宋晋授刑左，刘有铭升鄂抚，吴元炳升湘藩，涂宗瀛升湘臬，崇福补省抄，王子坚陛见，英豪卿署藩司，傅哲生署臬司，黄翔云署盐茶道，宝玉堂署建昌道。得恽君硕十一月初八日自常州来信，内附家书一件托转递。获痞棍龚福。

庚午二十六日(3月14日) 阴。得鲍蓉生禀，知余克林案已覆验，一伤不符，即日转禀大府。

辛未二十七日(3月15日) 阴，微雨。得徐葆芝信。晚，左营琦闻庭招饮。是日，县试。

壬申二十八日(3月16日) 阴，微雨，午见日。寿泉、百度、勋丞、仲清、小泉、润之、少传约游清水溪，饭至善堂。巳刻，出太平门，渡渝水，从龙门浩登岸，渡小石梁，其下即瀑布也。由觉林寺折而东南，有小聚落，聚落尽处，有茶亭。从亭旁石磴逶迤至山半，循山腹行，径甚仄，约六七里，得涧水，盖已入深山矣。复循涧水曲折行，涧绝处豁然开朗，即清水溪也。至善堂者，渝之巨商大贾公建以赡穷乏及旅殡之无归者，在棋盘山下，中为神堂，堂后即山，山上有亭二，可以瞻眺。亭左右皆修竹，间以杂木。桃李始花，梅已落，有二柏极夭矫。堂之侧为圃，亦树桃李之属，有梅一株颇巨，似数十年物，其中听事三楹，盖歌舞地，鄙陋无足观。听事外有台有榭有池，亦鄙陋无足观。山灵有知，能无齿冷？归，复渡渝水，自东水门入，已薄暮矣。夜大雨。

癸酉二十九日(3月17日) 阴雨。奉督府札，内务府奏，候选知府李光昭，广东嘉应州人，呈请报捐修理圆明园木植，由四川等省运京。饬查所管产木地方，有无李姓客商购存木料。拟陈管见，商诸仙根，以为然。得廉甫、龙伯书。

二 月

甲戌朔(3月18日) 阴雨。早起，至龙神、火神、城隍庙行香。得范若瑟书，言黔江所买之屋有拆毁痕，又欲留人看守。余克林等尸棺，遣孔倅、丁丞前往理谕之。瑞蕴谦回郡。寄叔父、子湘、少莲、迪甫信，交蔚丰。又寄子韩书，托转寄稚川信，交胡万昌。贺子权夫人寿。

乙亥初二日(3月19日) 阴雨。蕴谦来。禀大府，李光昭捐运木植，流弊滋多，请奏明分拨湖南、湖北、四川、贵州、福建、广东，自行筹款委员办理，限三年运京。以李光昭所称有购留木植直十万金在此六省，限十年运毕也。寄恽伯方信，内附君硕家书，交颜委员振源带至彭水，交庄大令专差送。涪州禀覆验余克林等尸身情形。

丙子初三日(3月20日) 阴雨。五鼓，祠文昌。重庆守乞假，未至。仙根出示静山书，云文相还朝以后，黔事大章，公道有不可迁就之语，为黔民庆幸，并为天下之民庆幸矣。

丁丑初四日(3月21日) 丑正一刻一分春分。阴雨。五鼓，诣府学，祠至圣先师。蔚丰送来一条，系恬波刺。去年汇款，于十二月初三日收到。曹仁甫回省。巳刻，冒雨行，为弟娶妇也。赠京靴一，线绉、袍褂料各一。

戊寅初五日(3月22日) 早晴，未后阴，夜微雨。黎明出城，祭社稷坛。覆黔江信，交专差，内附傅石君家书，托转寄。禀覆制府合州孙天寿案。得茂文信，附小颜家信，即转交。是日县试。初覆川东地方木植经由及聚集处所：

小河木筏，由绥定城口厅出保宁、巴州界，在渠河、三溪河聚集发卖，路过合州，分发保宁、叙宁、重庆。叙宁似是遂宁之讹。

大河木筏，由嘉定、永宁、泸州到渝，内多楠木。又有贵州仁怀杉木，由合江、江津到渝。

下河涪州柏木，系贵州邑梅、梅潭等地所出，聚积涪州江口杨泗庙分贩，上至渝城，下至酆、忠、夔、巫等处。

叙州经历德麟号惠泉，系琦闻庭长子。

己卯初六日(3月23日) 阴雨。张文光来。奉大府书，抄示总署。寄件墨缘，专差寓书，为滇中馆事也。晚，接小山嘉平廿八日苏州来信。又接内子人日信，以待颐女行期中止。送山长春夏季修二百金，交薛校官。

庚辰初七日(3月24日) 阴。覆墨缘书，劝其静待巴县发审馆，并附寄莲塘书，赠《隋金轮寺舍利塔铭》及《唐田公墓志铭》墨本各一分。塔铭在奉节，墓铭在彭水，皆上年新出土者。闻巴县隶卒庇匪纵凶，严饬之。得子韩书。

辛巳初八日(3月25日) 薄晴，夜雨，雷始发声。奉督府函。晚，约蕴谦、小颜、子临、小蝶便饭。祭昭忠祠，并祀吕祖。县试二覆。

壬午初九日(3月26日) 阴。得子湘书，方刺史德堃惠田带来。又得汪泉孙书，知顾祠捐款及炭金均收到，并悉鹄山保送直牧。

癸未初十日(3月27日) 薄晴。发东川书院收录榜。祭文昌庙。周养翁、徐琴舫来。

甲申十一日(3月28日) 畅晴，晚月色皎然。寄书卿、均仙、小山信，并子韩书。小池种藕。

乙酉十二日(3月29日) 薄晴。发大府禀函，并酉阳、黔江札。又致蓉生一书。晚，蕴谦招饮。孙霁帆来。

丙戌十三日(3月30日) 早阴，午后晴。出门拜客。送霁帆归贵阳。换白袖头。

丁亥十四日(3月31日) 晴，夜大风。县试末覆。

戊子十五日(4月1日) 阴。平旦，文、武庙行香。覆徐保之二兄信。县试发榜，案首徐承平。

己丑十六日(4月2日) 阴雨。五鼓，祭武庙礼毕，复祠火神。制造礼器开局，在府学，督办候补令余恩鸿，会办训导薛启材，监造坐补南充县典史王圻、候补州吏目颜振源、候补从九品陈泳。得枚生正月廿三日上海书。

庚寅十七日(4月3日) 阴。星翁来。委试用府经历德慎、张峻藩，县丞徐桐、许庆銮，巡检罗端云，未入流吴清臣，至巴县等三十四厅州县，送黔捐照。

辛卯十八日(4月4日) 巳午晴，已而复阴。鲍令禀，洋人于十一日赴西。德慎请假辞札，盖避府试巡捕差也，改委从九沈松龄。县试武童马箭，王令有疾，府委经历周兆庆监射。

壬辰十九日(4月5日) 卯正二刻十四分清明。晴。新选酆都令刘树义来。辰刻，礼普门大士，遂祀先祖。讯结赵蔚泰等控告四大盐号赵春元等案。县试，看马箭毕。得罗惺四禀，大致与鲍同。

癸巳二十日(4月6日) 薄晴。平旦，祭龙神祠。覆蓉生信。晚，约萧农部、刘酆都及同乡吴岑帆便饭。萧名湘，号文波，刘号寅生，皆云南人。吴名锡壬，改园先生之孙也。再得蓉生信。赠墨三种。朱海门来，未上岸，次日即行。

甲午二十一日(4月7日)　晴。午后，出门访吴子权，未遇。至周养丈及星阶、闻庭处少坐而归。覆惺四信。奉大府函札。又得子湘暨叔父家书，并吉人、迪甫信，各家谢信。委孔倅赴江北问案。

乙未二十二日(4月8日)　晴。接筹饷报销局来文，奉大府札，准黔抚来咨，保奏川省筹饷各员。觐元蒙恩赏二品顶戴，换穿棉衣。

丙申二十三日(4月9日)　晴。添委从九周鼎铭至江北查案，从孔倅请也。晚，鹾纲公宴。齐安公所观剧，年例也，重庆守不到。寄恽伯方信，交朱升。沙益山回籍，来辞。

丁酉二十四日(4月10日)　晴。辰刻，祠后土，以修四赏亭，筑君子馆也。徐子临来，言昨晚储奇坊差至朝天门外瞿鸿发栈房捕贼，彼此口角，经本厢劝散，鸿发转邀武童将本厢团防打毁，并殴伤操丁，恐其中另有别情。即饬其确查回报。前归安令雷君来，名兆常，号乐山，行第一，成都人。得味荃十四日信。暖甚，换穿夹衣。督家人抖晾皮裘。倩寿泉致书易春卿荐曹莲生。阅府试卷。颜皂保书室曰“福履堂”，题曰：“同治甲戌元旦，有蝙蝠来止斯堂，蝠者，福也。履端而受福，人以为余贺，余滋惧矣。书此以纪事，兼以自警焉。”

戊戌二十五日(4月11日)　晴，暖甚。堂期，接见属僚，饬查瞿鸿发事，又查得县差徇私疏纵荷校痞匪廖辉亭等，令一并枷示。瑞重庆言，拟派岁试巡捕三人，钟濂、杨杰、金毓松。得恬波信，内附经老及各家谢函。祗领到同治十一年十月初九日覃恩诰命三轴，先大父、先考皆赠通奉大夫，先妣赠夫人，先世父母亦皆貤赠如例。又祗领到同治十二年二月初十日覃恩，本身妻室诰身一道。稠叠天恩，至优极渥，真捐糜顶踵莫能报也。得鲍令禀，查覆教案起衅缘由。未刻，出太平门祭孙太恭人，雷归安母也。湖籍到者四人：赵司马权徐州判世潢、徐县丞桐、姚未入钧、罗未入瑞云也。出差未到二人：沈典史邦荣、吴未入清臣。病而未到者一人：朱府经权。非湖籍而到者一人：李大令光烈。晚大风，夜半大雷雨。

己亥二十六日(4月12日) 阴,夜雨。平旦,祠先农,遂行耕耤礼。陇亩春水瀌瀌,禾苗已茁,豆麦秀实,皆欣欣有向荣意。还过临江宾馆小憩。牡丹三丛皆紫色,已谢,无足观,惟杜鹃正盛耳。

庚子二十七日(4月13日) 阴。辰刻,至东川书院,送肄业生童入学彩服。先至文昌前行礼,次拜山长,主人揖,宾三顿首,复揖,宾答拜,亦如之。诸生序立阶下,拜山长,以次拜道府县监院,皆立受二礼,答以长揖,免二礼,三揖,退。是时山长为酆都徐太史昌绪琴舫,监院则重庆府学训导□□薛启材西□也。得惺四覆书。巳刻,禀大府黔江教案情形。未刻,卓庵来相度君子馆地势。芝舫约赏牡丹。星翁未到。送雷归安回成都。

辛丑二十八日(4月14日) 阴,早微雨,午后薄晴。接苏州寄来香稻米、南枣、药梅、茶膏,吴心宇送来。云南提督马如龙进京过此,未来拜。云峰,行一。

壬寅二十九日(4月15日) 晴。领饷委员饶宪章浦云,行三、陈鸿恩来。委李檀代钟濂查漏厘,李廷模代金毓松查保甲。马军门来,赠茯苓四枚。徐琴舫来谈。书院斋长禀请添派学长鲁承周、王国琬,即批准牌示并札知监院。寄叔父、子湘各一书,并银五十两。晚,得内子初六日自苏来信,附子固、子湘函,云颐女准于正月廿一日自京起程。

三 月[①]

癸卯朔(4月16日) 阴。平旦,文昌、吕祖庙行香,答拜马军门。送陆馥轩赴成都。接子韩二月望信,言颐女出京,与苏信同。又言李光昭向在汉口贸易,不甚安分,去年曾因筑堤一事,妄控汉阳地方官于都察院,此案已发武昌谳局讯办。李光昭未经到案,正初忽在汉阳设一公馆,门首悬衔牌,有"奉旨办运四省圆明园木料"等字样,

---

① 稿本作"二月",抄本亦然,实为"三月"之笔误,径改。

经汉阳令禀知督院，并言即京控案中之人，督院谕以案归案办。汉阳令即行票传，李光昭亦即赴武昌投到，遣家人递清供，俨然以官自居。武昌守必欲本人到案。李光昭潜由汉口乘轮船东下，闻已赴香港，当道不知，以为赴沔阳之新堤办木料也。内务府另咨派湖北办大木三十枝，有长十二丈，围圆一丈二尺者三枝，业已拨银三万两，委伍守继勋会同湖南采办矣。李光昭办运木料一事，当道亦无如之何，惟闻拟派员跟踪察看，并饬各厘卡严查而已。以上子韩信。奉大府札，转行内府派办木植，令察看情形丈尺，由藩司转行，尚未到。吴子权来。覆子韩信。又寄墨缘信，并帖四张。又致傅哲生，问加衔应否呈请代奏谢恩。白云高等禀来，已到汉。子韩假以钱十四千，令唤其侪辈一并至汉。江南举人杨楫常州人磨勘斥革，考官刘有铭、黄自元均降二级调用，胡小蘧以互参案降五级调用，刘抚部降三品顶戴，黄孝侯升刑侍，沈彦征补陕西道御史，潘司农以有革留处分，降调应革任，赏编修，仍在南书房行走。见邸抄。

甲辰初二日(4 月 17 日) 早阴，午后晴。蕴谦来见，禀明日府试开棚，即晚锁院。钱倅宝鋆襄阅试卷。明晋煜自石砫春查回销差，言田忠普尚在酆都。奉大府批答，饬密查能否向就近商人采买木植起运。李光昭事，俟此事略有端倪，再行入告。即日委乔寿泉办理。覆余云卿、王小香信。闻会垣泉粟为妖，斗米至二千八百文，钱法日敝，银一两可易二千八九百文。窃盗贼滋多，王咏清被窃一空，丰年也而如此，异哉。夜，真武山灯火灿若繁星云，年例上巳有会。

乙巳初三日(4 月 18 日) 阴，晚薄晴。得子湘、子固元宵信，颐女准于正月廿一日出京。翁馥卿夫人同行，子固、廉甫送渠。县典史陆鸿禀揭署令汪立镛纵家丁非刑揢索军犯，饬立镛明白禀覆。寄味荃信。

邸抄，童华仍在上书房行走，编修张英麟、检讨王庆祺均弘德殿行走，文端揆病，请开缺，赏假两月。正月十二三。

得杨葆初孝廉信，属为向蔚丰代那三百金。闻吴筱翁言，外闻传说有拿获灯花教之事，又言江津有民教交争事，东川书院斋长梅树南禀出外就馆，请另派人充斋长，即日批准，以考录第三名文生李垲承其乏。

丙午初四日（4月19日） 阴。薛校官来缴斋长牌示，云李垲近日为人不足当诸生领袖，又言见温千总，云拿获灯花教余堃。周鼎铭来，云江北教案已令各绅粮为之调处。王个山来，言灯花教首陈合顺已会营在中兴场拿获，供认传教，并无聚众情事，不知各场何以纷纷搬移。中兴场、公平场、彭家场、六角场、跳石河、鱼洞溪、龙岗场。饬其迅速出示安民。王子坚方伯来，赴都展觐也。索去黔江教案节略一纸。

初二日府试，荣昌正场，已冠题"子曰齐"一变章，未冠"动容貌"，次题"养也"共；定远，已冠"子曰晋"文公谲而不正章，未冠"出辞气"，次题"射也"共；江津，已冠"子曰鲁"卫之政，兄弟也，未冠"正颜色"，次题"教也"共。诗题"三月三日天气新"得"新"字。

丁未初五日（4月20日） 未正一刻十分谷雨。阴。免衙参，送王方伯入都。巴县妇人黄江氏禀伊夫万骞被押，服毒身死，批县讯验。藩司移送内府采办木料尺寸清册至。致陈香池信，索刻字匠双流人王绍文。得子韩二月廿一日信，云颐女已到苏，内子定十七八起程，约廿一日可到沪。

戊申初六日（4月21日） 早畅晴，午后阴。王个山来，言教匪已惩办。乔寿泉言大木无人敢办，渝关所报围圆之木料乃建昌板，向以其宽之尺寸作径一围三计，故时时有之，非真大木也。又言黄万骞实是在家病故。前工部郎王君丙号叶轩来，言在筱坞处保三品衔知府，进京分发有酉、秀、黔、彭鹾务来此清理。邹宗灏转馕赴贵州，派徐咏虞代管库务，兼收呈词。

己酉初七日（4月22日） 阴。许庆銮送照回。温千总来，言灯花教余党尚多，请饬各属一体访拿。金含章来言万骞事，与乔同，惟伯度所云反是，未知孰信。巳刻，得惺四禀言梁乐益等不肯对质，遣勋丞等问范若瑟。申刻，后山小阁上梁，经始君子馆。田令禀周渭臣率卫队老营，于廿七日由黔入川。即刻转陈大府，并飞致田令挽留所部驻綦。巴县禀黄万骞案牵涉差役，请委邻封相验，黄江氏亦恳改委邻封，即刻批重庆府照例办理。夜子刻，奉大府覆函，云总署来函，热使重在伪示，已将现办情形详致总署。

府试，初覆题，江津，“为能尽其性，能尽其性”，经题“与天地合其德”；定远，“则能尽人之性，能尽人之性”，经题“与日月合其明”；荣昌，“则能尽物之性，能尽物之性”，经题“与四时合其序”。诗题“春入山村处处花”，得“春”字。

庚戌初八日(4 月 23 日)　阴，午刻微晴，已复阴，夜雨。勋丞言范若瑟现在乡间，已饬仝韫章将各语转述。申刻，至桂香阁观新制礼器，模范已成，尚可观，特未能工致耳。夜，奉大府札，据范若瑟函，称黔案受哄，江北有迭劫之案，东道漠然不理。饬查明秉公究办。

辛亥初九日(4 月 24 日)　阴，早雨。孔勋丞言，黄万骞实系服毒身死。陆鸿禀军犯□□□卡毙，即日札绥定府委员查办。得味荃信，送鹭卿之弁勇归。邸抄，童华补副宪，袁保恒升阁学。

壬子初十日(4 月 25 日)　晴。堂期，葆芝舫言，相验黄万骞系服鸦片毒身死，并无别伤。酉阳招解谋杀胞弟绞犯吴大帮过堂，署左营守备吉贵来辞回省。禀大府，黔案原告不肯在酉阳听质，并江北民教斗殴情形。接范若瑟函，欲遣人复往黔江。沈未入密禀船户在卡申诉，有痞匪梁申巴县人，住临江门外会地、赖喜生住朝天门外惯在城外冒充局卡差役，阻挠包揽偷漏厘金，并有搕诈船户殴打扯毁厘票情事，当饬密拿。

府试二覆，通场题，“孟子曰：仁之实，事亲是也”一章，“敬一人而千万人悦”论。荣昌，诗题“烟花三月下扬州”，得“花”字；定远，“词必己出”，得“词”字；江津，“渔舟逐水爱山春”，得“山”字。

为仙根致徐禧寿及邹秋帆书，托办黔捐。

癸丑十一日(4 月 26 日)　晴。琴舫来。接子韩二月廿七日信，附叔来二月十八日书。颐女二月望到苏。廉甫因乃翁病，仍回京。

内子定廿一日起程。田令禀,渭臣于初九日到綦,已将所部挽留,驻扎邑之城外各庵观寺院。即日转陈大府,委翁在玥、彭蕴遂分赴江津、酆都清理捐务。夜巡行街衢,获犯禁者,扑二人,笞四人臀。子贤得家书,有丧明之痛,大泣辞去。

甲寅十二日(4月27日) 晴。周渭臣军门暨其营务处黄观察湖南宁乡县人,丁卯举人,名沛翘,号绶芙来。勋丞、伯度自教堂回,言范若瑟刁狡状,难以理喻。令再婉图之。

府试二棚,正场,铜梁,已冠题"达而已矣",未冠"子谓子贡曰",次"孔子在陈";安居乡,已冠"诈而已矣",未冠"子谓子夏曰",次"孟子之滕";长寿,已冠"恕而已矣",未冠"子谓仲弓曰",次"孟子去齐";璧山,已冠"质而已矣",未冠"子谓颜渊曰",次"鲁君之宋"。诗题"霜止出秧",得"秧"字。

乙卯十三日(4月28日) 晴,午后薄阴。渭臣武字营管理洋枪炮英人麦士尼姓为能来,自言号问皋,十二岁入中国,在汉口住六年,各海口都到过,惟未至天津牛庄。今三十二岁,同治六年至贵州。娶有妻室,今同来,家有父母,欲归省视,有弟在江汉关管税务。又言闻张司铎言,上年有敝同乡京华陀来,不知中国礼仪,多有得罪云云。语极清晰,貌亦不似洋人。未刻,假湖宁公所公宴渭臣及绶芙,邀吴子权、陈蔚如、延小颜作陪。

丙辰十四日(4月29日) 晴。渭臣借拨军饷银八千两,以盐厘无款,于货厘项下补足平色支给,即咨省局,于拨饷时扣还。勋丞、伯度来,言范若瑟坚执不肯赴质,意盖欲拖累,遂其贪惏之计也。令拟稿陈明大府。联星翁来,云有信署提督,尚未见照会。送渭臣赴成都。渭臣赠诗扇一柄,诗与书皆斐然可观。迩日诸将帅多游心六艺,有轻裘缓带风,诗书变化气质,诚中兴之景象也,可胜欣幸。托渭臣葆初事。

十三日府试,荣昌、定远、江津,终覆题,"安之""信之""怀之",各作一小讲。"三月春阴正养花"五言八韵一首。"河鲤化龙赋"以题为韵。"秧马""竹马"七律各一首，不限韵。

江津案首钟祖芬、定远案首卢文炳、荣昌案首喻嵩龄。

得徐少青信。又得子湘、少莲书，通知颐女起程日期。子湘信即送别后所发也。子固保案已到。又得雪岑信。寄子湘书，附覆杨葆初一函。

丁巳十五日（4月30日） 早阴，晚晴。城隍、龙神、火神庙行香。奉到二品顶戴恩旨，望阙叩头谢恩。骞子和令弟来。夜半，天大雷电以风，巨霆隆隆然，若击物而未中者，雨下如注水，鸡鸣方止。星阶得照会，署理提督军门。

戊午十六日（5月1日） 晴。禀大府范若瑟刁难情形，请示遵办。致惺四、蓉生信，附转行黔江札。得伯方三月五日沿河司来信，为关捉逸匪与惺四龃龉，即日附致惺四。

府试二棚，初覆文题，安居乡，"有诸乎？孟子曰否"；铜梁，"有诸？孟子曰否"割烹节；长寿，"有诸？孟子曰否"尧以天下节，"有诸？孟子曰否"至禹德衰节。经题"德惟善政"，诗题"一枝国艳"得"丹"字。

夜，护月经历以代本府行礼，不能到，派伯度、勋丞、寿泉、云墀随班行礼。

己未十七日（5月2日） 晴。月有食之。四川行省食八分九秒，初亏十六日亥初二刻八分，食甚夜子初一刻一分，复圆十七日子正三刻八分。得子韩上巳前一日书，内子尚未到楚。星翁来谈。夜半雨，至晓方止。

联星翁八字：庚辰、辛巳、壬寅、癸卯。

庚申十八日（5月3日） 阴。奉到大府书。晚，约星翁、仙根便饭，乙夜方散。得龙伯信。蕴谦来。赵念劬寄钓鱼城摩崖拓本，翁午棻寄逍遥山会仙友拓本，毡蜡不精，翁本尤谬。

辛酉十九日（5月4日） 早雨，午后晴。翁复卿自江津回署。江津令国璋子达京口驻防来。致豪翁书。接徐保之信。

府试二棚，二覆题，"其为气也，至大至刚"两节，"进思尽忠，退思补过"论。诗题，安居，"竹报平安"得"安"字；铜梁，"铜柱旌功"得"波"

字；长寿，“长门献赋”得“捐”字；璧山，“日月合璧”得“明”字。

壬戌二十日(5月5日)　早雨，阴。堂期，接见僚属，验看俸满。石硅西界沱巡检丁逢熙同年，云南呈贡令丁逢吉，心葵之胞弟也。答拜国江津。至星翁许少坐，归。星翁来辞行。范主教书来，请提宁卜荣等。星翁赠锦鸡二、猿二。周兆庆丁母忧。

癸亥二十一日(5月6日)　丑初初刻七分立夏。阴，晚晴。换戴凉帽。申刻，约子达、勋丞、个山、伯度、云墀便饭。子达尊人庆云公，壬午举人，戊戌进士，江西知县升宁都州，捐升道员，补盐法道，被议，号书五，京口驻防。先建昌公之官豫章时，书五先生方任南昌令，又与季父风裳先生壬午同年，故觐元稔闻之，不知子达即其嗣也。云墀以新铸簠簋来观，工不精而度亦讹，饬另改铸。

渝关书役陈其宗唐才，渝城老木商余怀孟，年九十余，自云采办木植已阅三世。

甲子二十二日(5月7日)　晴，夜雨。勋丞五十初度，往祝，未见。至星翁处送行。为子达、镕九诸君作书，笔墨与纸皆不能如人意，塞责而已。

府试二棚，终覆题，“公则说”“操则存”“明则动”，以上均作小讲。樱桃赋以“紫禁朱樱出上阑”为韵。赋得“万国衣冠拜冕旒”得“冠”字。“无弦琴”“无腔笛”七律二首，不拘韵。

廿一日，府试三棚题，大足，已冠“子曰圣人”，未冠“訚訚如也”，次则“天下之士”；綦江，已冠“子曰善人”为邦章，未冠“行行如也”，次则“天下之商”；涪州，已冠“子曰南人”，未冠“侃侃如也”侍侧章，次则“天下之农”。赋得“兰池清夏气”得“清”字。

乙丑二十三日(5月8日)　阴雨。五鼓，恭诣会府，祝嘏礼毕，少坐，即出城至两路口，送星翁之官成都。

丙寅二十四日(5月9日)　阴雨。仙根北行登舟，仍回署，应良日也。晚为仙根祖帐。

丁卯二十五日(5月10日)　晴。堂期，接见僚属。奉大府函，饬提黔案来渝，发委审局研讯。得子韩十二日信，知内子于月朔方自苏解维，初八日方到上海，十二日尚未到汉口。致蔡云壑、朱雪岑、何子森书，交仙根带。

府试三棚，初覆题，涪州，“乐则不得其正”；綦江，“惧则不得其正”；大足[①]，“患则不得其正”。经题“蚕事既登”，诗题赋得“日长如小年”得“长”字。

戊辰二十六日(5月11日) 阴雨。徐琴舫来谈。送仙根谒选入都。山阁告成。

己巳二十七日(5月12日) 阴，早雨。过江北，贺芝舫嫁女。云南鹤丽镇杨总戎玉科到渝，遣人来候，适芝舫馈席酒，即以遗之。札提黔案交伯度专勇去。江北留养。

庚午二十八日(5月13日) 阴雨，夜大雨。杨总戎来，号云阶，无飞扬跋扈态，惟粗率耳。貌不魁梧，右手有白点风，佩带翡翠至多。子权云迤西精华，皆在其橐中，信不诬也。上大府禀，请提黔案。下午，子权来谈。曾叙五自省奉差来，秉烛见之。得吴熙台书，嘱为仲瑾荐王介卿太守馆，候补知府杨守福、萃小泉来，同云阶入都也。

府试三棚，二覆题，大足，“人皆有之，恭敬之心”；綦江，“人皆有之，是非之心”；涪州，“人皆有之，恻隐之心”。“天之生物各赋一性”论。赋得“江送巴南水”，得“江”字。

辛未二十九日(5月14日) 阴。送杨云阶入觐。复过养翁、子权处小坐。得子湘及京中各友信，李听斋带省寄来，内附定子寄子权一书，即日交去。购得《金石广例》《说文辨字正俗》《画史汇传》《履园丛话》各一部。

壬申三十日(5月15日) 晴。得子韩书，内子十四日到汉口，十八日解维，由沙市换船至宜昌。何处起旱尚未定。寄叔父、子湘书并银九十两。祖姑母、叔父、子湘，各卅。杨柳坊绅士候选知府段凤澜等

---

① “足”，底本脱，据文意校补。

公禀保正宋万发不法情事，并将娼家田腁子、田家四所拐女子江秀送辕。据秀供：年十二岁，遂宁县鱼箭坝人，有祖母及父母兄弟，父名江从柯，在县参房及教书度日，乳名明娃子。同治十一年，不记月日，是扯胡豆时，母亲回娘家去，我在乡间玩耍，田腁子哄我说，是母亲叫他来接我，遂被他拐来。他是开门户人家，先在磁溪口一带住，后来城内租大梁子段家院内住，因时常有客来往，又见将我时时打骂，不与饭吃。段家问明情由，不依同邻佑，将我送交戴委员处，今又将我送至此地云云。

邸抄，宝鋆着以吏部尚书协办大学士。三月初四。龚自闳补授阁学。周寿昌补授詹士。

会试正考官万青藜，副考官崇实、李鸿藻、魁龄，同考官黄毓恩、钟骏声、陈振瀛、胡聘之、李汝霖、张鸿远、王先谦、钮玉庚、梁仲衡、叶大焯、陈启泰、昆岗、夏献馨、郭从矩、刘瑞祺、沈源深、吴廷芬、陆光祖。

府试四棚，正场题，合州，已冠"子曰回也"违仁章，未冠"由也果"，次"其庶乎"；江北，已冠"子曰回也"庶乎章，未冠"求也艺"，次"其天乎"；永川，已冠"子曰回也"助我章，未冠"赐也达"，次"其恕乎"。诗赋得"雨余天气初清润"得"初"字。

四 月

癸酉朔(5月16日) 晴。早至文、武庙行香，书《佛图关铭》，自廿八日起，至此日方毕。

府试三棚，终覆题，"其余"慎言、违仁、骄吝各作小讲。麦秋赋以"是月也农乃登麦"为韵。赋得"一帘烟雨琴书润"得"帘"字。"樱桃宴""樱桃梦"七律，不限韵。

甲戌初二日(5月17日) 晴。祝勋丞太翁寿。闻太翁有疾，赠家藏先大夫自制再造丸一粒。得鲍春霆书。教民宋学胜、梁明洪、雷尔谷呈控秀山县绅谭再鹏等拆毁教堂，叩请另行委员提究，以前委员刘兆亨解黔案来渝也。定远坊委员李丕基禀，操丁田光明即田双发，违示开灯，亲提责革。

乙亥初三日(5月18日) 晴。石柱绞犯向谷资、忠州斩犯邓星奎过堂。星奎翻供，发巴县覆讯。闻听斋回任，甚慰。得周叙卿信，言华商冒充洋商事。复卿言信和管事丁澄江说，实访得公泰管事艾维垣在渝城包揽子口税单，其已办者，现有西广顺、长盛通、仁和长、世茂公、源兴长五家，仁和长现为夔关搜出底簿云云，令再确切访之。

丙子初四日(5月19日) 晴。文静轩副戎升摄重庆镇，到渝，出城迓，向例也。得蘧庵信。

府试四棚，初覆题，江北，"此之谓洁矩之道"，《诗》云"乐只君子"；合州，"而后可以教国人"，《诗》云"其仪不忒"；永川，"而后可以教国人"，《诗》云"宜兄宜弟"。经题"四月秀葽"。赋得"绿树阴浓夏日长"得"浓"字。

丁丑初五日(5月20日) 阴雨。堂期，接见属僚。祝静轩太夫人寿。静轩来。复卿又访得冒充洋商西帮魁盛隆、诚意丰、元兴长、同生义四家，连前共八家，信和递禀，语颇近情，允为查办。得听斋信，送墨缘关聘，即日交革庐专人送往龙安。

戊寅初六日(5月21日) 未正二刻四分小满。阴雨。奉大府函覆并札，准提黔江教案，并添委同知吕烈嘉、典史祝俊棻前来随同经理。金卓庵来，饬办子口事。寄子韩信，内附条幅一张，交胡万昌。

己卯初七日(5月22日) 晴。得蘧庵书。静轩、闻庭来。

府试四棚，二覆题，合州，"圣人既竭目力焉，继之以规矩准绳"；永川，"既竭耳力焉，继之以六律，正五音"；江北，"既竭心思焉，继之以不忍人之政"。"德义可尊，作事可法"论。赋得"芭蕉分绿上窗纱"得"分"字。

庚辰初八日(5月23日) 晴。答拜静轩、闻廷。王介卿家眷来，带到蔡云壑武部信一函内附鹄山一纸、《律例便览》廿一部。至保甲局看缫丝，湖种每茧一斤，得丝一两四五钱，比川种收成倍之，色亦纯净，有宝光，盖至是巴民始渐识蚕桑之利矣。局绅言种桑需腴地，其瘠土以棉花为宜。巴人未有种者，即日饬其购种散导。

辛巳初九日(5月24日) 晴。文静轩赠藏香四匣。提审开县脱逃斩犯之长解李学等。程丞寅清来，号赞堂，行一，宜兴人，回避改捐湖北，博齐保之之妹夫也，携有季荭表叔书；又贵州候补令曾忠，号履廷，行二，仁甫本家，自京引见回；又前任铜梁令杨君利川，号东之，引疾回湖北本籍，均来见。寄子实书。

府试五棚，正场题，巴县，已冠"君子人与"，未冠"辨惑"子张问章，次"诵尧之言"，赋得"巴山夜雨"得"山"字；南川，已冠"君子人也"，未冠"辨惑"樊迟从游章，次"行尧之行"，赋得"南浦朝云"得"南"字。

壬午初十日(5月25日) 晴。堂期，接见属僚。接子韩三月廿六日书，云十八日上海因法人欲筑四明公所义冢地为马路，滋生事端，枪毙华民六人，受伤五人，烧毁洋房三间，洋人租住之民房十余间，延烧民房四十余间。经地方官弹压，幸即罢息。现议定不准法人在四明公所界内开筑马路，准宁波人自造围墙，以清界限，案尚未结。昨闻日本人忽欲以三千兵赴台湾，不知意欲何为？应敏齐是经手换约之人，须彼到沪再说。又三月廿四日，汉口有俄兵酗酒杀伤一老妇云云。并寄天青地片金五尺。又接味荃信。购得道光庚寅钱塘振绮堂汪氏仿宋本重雕《咸淳临安志》一部，其直五金。又接仲清三月十四日自苏来信，汇去蔚丰厚银六十九两。内子在上海所用，合英洋百元也。寄钟蘧庵书。

甲戌会试题，"子曰：君子坦荡荡"，"自诚明谓之性"，"孟子曰：君仁莫不仁，君义莫不义"。赋得"无逸图"，得"勤"字。

遣武泰至万县接内子，带去衣包一个。晚，月色皎然。

府试四棚，终覆题，一一贯章、二盍彻章、三孟敬子章，各作小讲。"鸟能歌舞花能言"赋以题为韵。赋得"乡村四月闲人少"得"村"字。"养心亭""悟真洞"七律，不限韵。

癸未十一日(5月26日) 晴。得枚生自京来信。

甲申十二日(5月27日) 阴。委赵仲清合州盐卡差。得戴海珊弟三月晦信,知内子于四月朔自沙市换舟入蜀。巴县禀邓星奎供死者邓星副乃其功服堂兄,罪名出入攸关,即日札查忠州。

乙酉十三日(5月28日) 晴。遣承差李明赴万县促武泰由水程迎接内子,带家信一函。覆味荃信,带去《律例便览》一部。

府试五棚,初覆题,巴县,“悠久所以成物也博厚”;南川,“渊泉而时出之溥博”。经题“滕侯、薛侯来朝”,诗题“静吟斜倚老松身”得“斜”字。

丙戌十四日(5月29日) 晴。早至吕祖祠行香,俗云仙初度也。前云南普洱守何君泽春湛园来。得墨缘信二件。

丁亥十五日(5月30日) 晴。早起,至文昌宫、吕祖祠行香。戌刻,响水桥不戒于火,延烧二十五家。

戊子十六日(5月31日) 晴。仪宝生日。徐琴舫、吴子权来。委未入陈嘉澍办礼器款识。江北留养忠州、酉阳招犯过堂。

府试五棚,二覆题,巴县,“孟子曰:天下之言性也”全章;南川,“孟子曰:人之所不学而能者”全章。“生民之道以教为本”论。赋得“良苗亦怀新”得“新”字。

己丑十七日(6月1日) 晴。得周渭臣军门公牍。蒙恩交部从优议叙。徐秋生力求荐馆,即属仲清延之。

同治十三年三月十九日内阁奉上谕,片奏请将征兵筹饷、保境援邻之司道等奖励等语,四川布政使王德固、按察使英祥、盐茶道傅庆贻、川东道姚觐元、建昌道黄云鹄、永宁道延祐,均着交部从优议叙试用。道黄沄仍以道员,遇缺尽先补用,并赏加布政使衔,补用知府,即补直隶州知州。田秀栗着准候补缺,后以道员用,以昭激劝。余着照所议办理,该部知道,片二件并发。钦此。

庚寅十八日(6月2日) 晴。得罗惺四信。又得恽伯方信并银一千五百两,托汇京,又汇费三十两,又还上次欠款十五两,集义生盐号汇来，即令蔚丰厚自取，并信二件一系庄范村专足带回，即日寄京，交君硕。

府试五棚，终覆题“善哉”樊迟从游，又齐景公问政，又齐宣王问，均作小讲。“不知流麦”赋以题为韵。“平生志不在温饱”得“生”字。“招贤馆”“怀清台”七律，不限韵。

邹秋帆回渝，知仙根捐事已成，共用银九百五十余两，可谓便益。徐椿寿覆书谓实已省之无可再省，诚非虚语。即令秋帆寻鲍庸五算账，并以所存开县郑柯亭馈项三十金交庸五，属其汇寄仙根。因专咨未到，须少迟专人，即日先用邮筒递书云阳，通知仙根。

辛卯十九日(6月3日) 晴。重庆守考试毕，未见。经武中营邵镇率所部来渝，奉调赴叙永也。即日支给饷银一月，促其拔队前进。未刻，得味荃十八日辰刻专差来信，云合江绅士吴敬之大镛面禀，昨晚伊本家出一抢案，盗有数十人，抢劫后下船放枪，扬帆东下等因，伏思该匪等必自一往直到下游，若俟勘验后再为查拿，必已远走。不揣冒昧，先派干差到渝，如有消息，伏乞饬知县中，准其带回云云。问知捕差尚未到，即刻密饬个山踩缉，并责成萧贵、皮成专办，许以重赏。酉刻，复味荃信，交专足。又覆伯方书，交集义生。邹秋生交来仙根新照一张、旧照□张、清账一纸、椿寿信一函，暂存，俟专咨到，再一并专送。

壬辰二十日(6月4日) 晴。堂期，接见寮属。王个山言，合江案已拿获本地匪犯二名：王文州并其妻周斐氏，李松山即李福望，并松山所狎妓张王氏。又于广泰栈获犯七名，贺绍其、蒋洪顺、伍文魁、刘万元、王春林，以上五名皆往行劫。又吴元兴、冯玉山二名未去，起有赃物，专待合江文到办理。即刻飞致味荃。巳刻发，五百里排单。此事可谓神速，实萧贵、皮成之力，其报口则王平山也。

癸巳二十一日(6月5日) 晴。寿泉接渠县汪令信，实访得该县管卡家丁姚炳于敲搕军犯毙命后，即潜逃渝城。现匿豪奴夏□家。饬县协拿未获。奉大府函谕，是日有江津武生至货厘局，以十年所给旧票换新票，不听，将用武。有司以告，乃召校官使理谕之，而以勇丁随其后，遂大慑服，以其人属校官。重庆陋习，凡武试，辄恃其众，横行街衢间，莫敢撄其锋。自官长以至于庶民，无有不被其害者，至是稍戢焉。接周叙卿信，即日覆，交胡万昌。

甲午二十二日(6月6日) 卯正初刻七分芒种。晴。考试东川书院生童，不候点名，辄先入，遣监院谕之，不从，乃自部勒之，始就约束。生题，“德润身，心广体胖”，“奇文共欣赏”，得“移”字。童题，“吾无隐乎尔，吾无行而不与二三子者”，“疑义相与析”，得“居”字。天久不雨，炎热如三伏时，终日踯躅，不知所为，因思各州县外监所系，多非极恶之人，其苦必更有什陌于我者，致书各令长省恤之。

乙未二十三日(6月7日) 晴。令巴县祈雨。味荃书来，并寄到二百金，即日赏之。是日姚炳亦就获。夜大风，惧祝融之肆虐，传谕各坊厢委员巡行街衢以警众，复自出督之。委员大率不至，其至者徐令溥、何令宝荣、县丞徐元亮、未入流范寿昌而已。府试武童起。

丙申二十四日(6月8日) 晴，热愈盛。闻苗有枯槁者，真忧心如痗矣。酉刻，酉阳委员从九品吴辅元解黔江案犯谢裁缝等至。陈悰发中途服毒自尽。据罗牧禀，系服生葱、蜂蜜，相反之物，因而致死。然乎？否乎？接武泰来禀，十五到万，十六日即赴下游迎接内子，尚未知行抵何处。

丁酉二十五日(6月9日) 晴。堂期，接见寮属。发大府禀，派勇四十名护解合江人犯。得熙台悟安信，嘱荐仲瑾馆事，或龙安，或伯度，云伯度轮委首屈一指矣。

戊戌二十六日(6月10日) 晴。在城隍设坛祈雨，禁止屠宰。寅刻，偕静轩上香。申刻，复诣上香。徐琴舫赠纪慎斋《祈雨法》一卷，即八卦坛也。蜀中自徐梅桥先生颁为令甲，至今遵行，特道士辈奉行不尽如法，乃按书整齐之，令重庆府经历曾鷁董其事。得蘧庵信，云听斋初三日出省，十三日接印。

己亥二十七日(6月11日) 晴。仍在城隍庙祈雨，早晚行香。

闻荣昌谭令丁内艰。

庚子二十八日(6月12日) 微阴。遣重庆府经历曾鸘至龙门浩取水,仍在城隍庙祈雨,早晚行香。得徐椿寿信。寄到仙根部咨一分,误以户为吏,无用也,非更换不可。覆听斋数语。瑞蕴谦来,云谭荣昌丁艰,拟委永川兼摄。

辛丑二十九日(6月13日) 阴,微雨数点,天忽凉。闻四乡有雨,大小河一时并涨,小河至三丈有奇,是上游得大雨矣。由城隍庙步至龙神祠,祈雨早晚。回寄椿寿信。为仙根换咨文,交邹秋帆专差。又寄子湘信,附少莲、庭芒各一函。廉甫保举行知一件、直督文一件,在少莲函内。得墨缘书,即日作覆,并寄王莲塘一函。又得周叙卿专差来信。又得海珊四月初十信,知内子于是日由宜昌登陆。

五　月

壬寅朔(6月14日) 早阴,午后晴。仍自城隍庙步至龙神祠祈雨,早晚同祈雨法。有以虎头骨系铁绠下放龙潭或井中者,盖取相激之意。曾目睹其验,询之父老,此地亦尝行之。先于龙神祠井中,不应。然后至清凉山龙潭,遣知县徐溥试行之,不应而转日出。岂祷者之不诚耶?忧心如焚,不可言说矣。管理盐厘局曾守传道因病出缺,委试令余恩鸿代理。得李篁仙农部信,寿蓉已捐升道分发湖北,其令弟寿芝荇仙行六现在成都,由双月主事拟改直牧。作集腋计,托为招呼。

癸卯初二日(6月15日) 晴,晚阴,夜微雨数点即止。早晚步祷如前,不应。琦闻庭言,曾在绥定行除旱魃法,以纸作旱魃形,置之丛冢间,使军士百许人合围,以枪环击之,然后系絷城隍庙,令道士祷之。如雨,则酬以牲醴焚送;不雨,则斩以徇。黄深如云,泸州亦尝行之,皆有验,令姑试之,仍派通判陈溥至清凉山取水,约初六日重设祷坛。复卿云得丁澄江信,海珊等行李船已于廿三日下午到夔州。

甲辰初三日(6月16日) 晴,晚阴。得味荃信,云劫案内尚有杨春山未获，系巴县鱼洞溪人，仍令萧、皮物色之。又得迪甫万县、垫江二次信，知内子廿六日自万起程，廿七日到垫江，准初四日可到。未刻，王个山得差信，万县起程日期同。戌刻，得长寿信，知初二日到彼。遣子贤、陈福往迎。

乙巳初四日(6月17日)　早晴，晚阴，微雨。内子率大女于未刻到署。迪甫同来。

丙午初五日(6月18日)　早晴，晚阴。出门，祝琦闻庭寿，宴幕僚诸君。

丁未初六日(6月19日)　陈倅自清凉山取水回。辰刻，在城隍庙设坛祈祷，即行除旱魃法。午刻雨，未刻大雷电，雨下如注水。

戊申初七日(6月20日)　阴雨。出门谢客。晚大雨。寄苏信。

己酉初八日(6月21日)　阴雨。幕僚诸君子醵金演剧作贺，却之不得，乙夜方散。

庚戌初九日(6月22日)　阴雨。张松崖来。秦涛安欲乞假回省，交代丰豫仓谷，允以一月为期。范若瑟遣人具呈，谓江北民教交争事审断不实，盖教民争宠，自相谗构，谓仝韫章受团民赂也，仝非君子，而此事则诬，真歧之中又有歧也。寿泉、百度、云墀、润之、勋丞、小泉、念劬亦醵酒作贺，即邀幕府诸君子同饮。

辛亥初十日(6月23日)　阴雨。置酒答诸君子。覆李仙根兄信，交云阳来差，内附椿寿、庸五各一函。得味荃信。

壬子十一日(6月24日)　阴，午晴，复阴。周养翁来。

癸丑十二日(6月25日)　早晴，旋阴，夜大雨。延小颜、琦闻庭来，见《会试题名录》。

甲寅十三日(6月26日)　晴，夜雨。得味荃信，又得书卿及仲清信。

乙卯十四日(6月27日)　晴。李听斋来。得叔父、子湘信，又廉甫信。寄叔父、子湘书，交蔚丰。又寄少莲书并银六十两。内大女家用五十，柳顺十两。交日昇昌。出门拜客，还养翁上年捐项并廉甫办行知银八十四两。

丙辰十五日(6月28日)　阴雨。寄子韩信,并虾须椅披八个,面盆二个,又苏信一件,虾须帘六卷,杜仲十斤,托新选余姚中村巡检傅绍弼带鄂,交子韩。奉大府批,查黔江案县有无勒派事。

丁巳十六日(6月29日)　晴。到保甲局,饬取匹头帮华商冒充洋商结。夜大雨。

戊午十七日(6月30日)　阴,午晴,晚雨。

己未十八日(7月1日)　晴,夜雨。君子轩告成,拟于改换屏门刻完白山人谦卦于上,属云墀钩摹。得谈静山信,委孔倅赴黔江。

庚申十九日(7月2日)　晴。发大府禀,府试武童毕。

辛酉二十日(7月3日)　晴。接见寮属。得子韩书,附散馆名单。林笃甫一等第四。又附廷试前十名单。夜雨,初昏有彗星见于北方。

状元陆润庠元和,榜眼谭宗浚南海,探花黄贻楫晋江,传胪华金寿天津,刘传福吴县,檀玑望江,冯光遹阳湖,翟伯恒泰兴,张百熙长沙,何崇光顺德。

壬戌二十一日(7月4日)　朝晴,未、申大雨,晚晴。戴海珊弟到渝。省委吕丞烈嘉、祝典史俊棻来。吕,旌德人,文节公之族,同年九霞太史之侄也。祝,会稽人,培棠大令之胞弟,曾在渝郡听差。晚,约海珊、迪甫便饭。适静甫吕丞字赠鲜荔,即共啖之。

癸亥二十二日(7月5日)　晴。匹头帮来具结。寿泉辞赴合州。

甲子二十三日(7月6日)　朝晴,未刻天大雷电以风,雨下如注水。丁忧令杨奂章来见,号云舫,湖北举人。得叙卿书。

乙丑二十四日(7月7日)　申正三刻小暑。阴。奉大府札,奏参疏防陈悰发自尽之印委各员。又批驳梁乐益等诬控署黔江鲍令毒毙陈悰发呈词。晚,约静甫、听斋、个山、君怀施倅、伯度便饭。勋丞赴黔江。得徐椿寿信,专咨不能办。

丙寅二十五日(7月8日)　阴。接见僚属。饭后,出门唁中营刘云龙丁内艰。寄李仙根信，并原捐监生照二，布理问照一，新捐分先知州照一。又鲍庸五交谦吉昇汇票一张，计三百两。又贵州寄回专咨费八两八钱，交听斋专人送。

丁卯二十六日(7月9日)　阴。得拊南仓帅谢信，知鹄山已为致唁。

戊辰二十七日(7月10日)　阴雨。味荃遣人送鲜荔。

己巳二十八日(7月11日)　乍阴乍晴，晚雨。君子轩告成。复味荃信。

庚午二十九日(7月12日)　晴。为迪甫致哲生、麓生各一书。

辛未三十日(7月13日)　阴，未刻大雨。得李廉甫信，静甫、听斋来谈。

六　月

壬申朔(7月14日)　晴。早至文昌庙、吕祖祠行香。为迪致漱芳、味荃各一书。

癸酉初二日(7月15日)　阴，午后大雨。迪甫赴泸州。

甲戌初三日(7月16日)　阴雨。味荃专人送鲜荔，出合江绅士胡氏园，味甘实厚，洵与他处不同，惜未熟耳。

乙亥初四日(7月17日)　阴雨。寅刻，白龙池治平坊不戒于火，延烧二十家。火起莫信成香店。今租与谢姓。凡信成之被灾者三次矣，意其制香或有不洁。与瑞蕴谦云，渝城官长履任，必有祝融之虐，数之历历不爽，意阴阳必有说与？疑莫能明。寄蘧庵信，托送西方寿佛，附银一百三十两，交蔚丰。

丙子初五日(7月18日)　晴。堂期，接见寮属。文静轩来。吴子权来。

丁丑初六日(7月19日)　晴。乔寿泉来，云合州之案原告狡狯，已赴省上控，一时未能传讯胡庆押行季舟到渝。忠州、酉阳招犯过堂。

戊寅初七日(7月20日) 晴。早出门拜客。得子韩书。

己卯初八日(7月21日) 晴。

庚辰初九日(7月22日) 晴。保甲局设坛禳祝融,谚所谓平安醮也。辰刻,诣坛行香。薛校官送金榜录来观,以子韩抄寄邸报对之,吾湖二人,李宗莲,二甲,朱宝书,三甲,皆知县。近来科名寥落,自已未胥瑞镕以后,无入翰林者。其飞英未修之故与?晚,得周叙卿专足书。

辛巳初十日(7月23日) 巳正初刻十分大暑。晴。堂期,接见寮属。覆叙卿信。

壬午十一日(7月24日) 晴。得叙卿信。署君子轩扁。

癸未十二日(7月25日) 晴。得迪甫信。

甲申十三日(7月26日) 晴,热甚。得味荃书,致佛手、鲜荔。同人以内子初度来馈物,皆却之。

乙酉十四日(7月27日) 晴。幕府诸君置酒作贺,却之不得,丙夜方散。

丙戌十五日(7月28日) 晴。内子初度,设筵款幕府诸君子及姻戚。寮属来,皆谢之。得叙卿信。

丁亥十六日(7月29日) 晴。同乡及世好戚谊诸君以不受贺,醵金置酒,援幕府诸君为例,固辞不可,愧而领之。书富贵砖室榜。夜雨。

戊子十七日(7月30日) 早大雨,巳刻晴。出门谢客。陈敬持来。得子韩书。覆叙卿信。

己丑十八日(7月31日) 晴。得子湘书。覆味荃信并寄去兰熏二肘,笋脯四篓,芽茶四瓶,纨扇四握。又带来棕箱一只,托办《太平御览》一百廿本,计十二箧。又复叙卿信。

庚寅十九日(8月1日) 晴。省委盐厘局通判姚建寅来,昏暮乞见,辞之。得许兰伯书。

辛卯二十日(8月2日) 晴,热甚。免寮属衙参。曝旧藏书画。

得甲寅年所画行看子，因题一绝于上：

薄宦迁移类转蓬，燕山辽海余乙丑、丙寅间曾从军沈阳又川东。本来面目犹存此，二十年来一晌中。

壬辰二十一日(8月3日) 早晴，巳后阴，晚微雨数点。姚通判来，白接管盐厘局事。绅士金含章禀监修长安寺大殿，于宝顶内拆出木榜三，盖康熙四十五年重修时题名纪事，自文武官长以及党正乡约住持僧皆具，颇合古碑阴例，惜出庸俗之手。凡官长皆姓而不名，结衔依公牍法，极可鄙欤，其武职全书者，或当时皆出钱之人，未可知耳。金绅请添一榜，记新修岁月。余令添二榜，同旧三榜仍安宝顶内。凡不与是役者皆不书。

旧榜一，正面一行：

皇清康熙四十五年孟冬月吉旦

背面六行：

重庆府巴县正堂　　孔
重庆分防黔江军民府庄
川东道按察使司副使董
重庆府正堂加三级　陈
重庆粮捕府　　　　许
重庆府经历司　　　涂督工

旧榜二，正面一行：

同上

背面八行缺六字：

重镇右营守府　　倪
重镇中营守府　　韩
重镇右营副府　　赵
重□□□副府　　杜
□镇四川□□都督韩

重镇左营副府　　刘
重镇左营副府　　陈
重镇右营千厅　　席督工

旧榜三，正面一行：
同上
背面七行缺二字：
木 匠 程 湝 美 陈 坤 珍
朝天党总党正袁晋公杨秀□
出奇坊乡约陈禹谟张时□
朝天党乡约周世忞黄文星
出奇党总党正游琏邓桂芳
助 工 书 办 徐 仲 仙 明 玉 辉
住　持　僧　超　云

新榜一，正面一行：
大清同治十三年六月吉日重修
背面五行：
分巡川东兵备道姚觐元
重 庆 府 知 府 瑞 亨
巴 县 知 县 李 玉 宣
重 庆 府 经 历 曾 鷃
巴 县 典 史 吴 鉴

新榜二，正面一行：
同上
背面七行：
督工委员

候补同知直隶州知州丁寿臻
候 补 知 州 乔 世 清
监修绅士
云南候补直隶州知州金含章
同 知 职 衔 鲍 崇 礼
候 选 同 知 涂 柏

癸巳二十二日(8月4日)　晴。奉大府函。得琳粟书。

甲午二十三日(8月5日)　晴。委乔寿泉赴永川,以山长曾祖庇子孙辱官长也。

乙未二十四日(8月6日)　晴。得魏上尊号碑一本,其直三金。

丙申二十五日(8月7日)　晴。阅邸抄,一甲三名进士皆召对,异数也。少青五月十八日已引见,次日亦召对。堂期,接见寮属。

丁酉二十六日(8月8日)　丑正二刻一分立秋。晴。刻张文敏楹帖,榜诸君子轩西廊。

戊戌二十七日(8月9日)　晴。得味荃信,赠鲜荔,云出南乡,肉厚味甘核小,真佳品也。又赠甘雨场水梨,味无甚异,或尚未熟耳。

己亥二十八日(8月10日)　晴。初更风雷,雨数点即霁。复味荃信。辰出门拜客。童芹初赠汉樊敏碑并阴、百石卒史碑,虽新拓,皆至精。又爨龙颜、宝子二碑,毡蜡尤精。又冯焕、李业、杨休三阙,吴谷朗碑,则寻常拓本也。细检上尊号碑只前段,其"陛下即位"以下十行之在碑阴者,则亡之矣。

庚子二十九日(8月11日)　晴。复叙卿信,交来差。晚,复得叙卿信,寄叔父、子湘信附枚生信,各银三十两,交蔚丰。又上宝相禀。复林笃信,寄鹄山书又少莲一函,均由乾裕交恬波转送。晚,接叔父信,内附徐蕖生甥一函,又李廉甫、杨葆初各一函。

七　月

辛丑朔(8月12日)　晴。文武庙行香。奉文相覆函,又接傅懋垣信，内附石生家信一件。得枚生信。

壬寅初二日(8月13日) 晴。奉大府札，行知奏参解犯不慎之印委各官，奉到朱批由。复叙卿信。偶于故书中检得存京书板目，录之于此，以备遗忘：

《方伯公年谱》，板廿四块。

《方伯公家传》，板十四块。

《邃雅堂集》，板全。

又《续编》，板卅五块。

又《学古录》，板一百九十四块。

《夜雨轩小题文》，板八十四块。

《求是斋自订稿》，板一百一块。

《古音谐》，板一百六十九块。

《尔雅》，板廿四块。

《东巡恭纪诗》，板十七块。

《姚馥堂稿》，板十一块。

《馥堂文稿》，板十一块。

《赋法》，板廿四块。

《说文声系》。

《广陵事略》。

《四声易知录》。

《唐人近体诗钞》。

《历代世系纪年编》。

《试帖举法》，板七十五块。

《课士琐言》，板十七块。

《河南试牍》，板五十一块。

《江苏试牍》，板一百三块。

《偏旁举略》，板八块。

《己酉齿录》，板廿四块。

《三国志裴氏音》，板二块。

《易京氏建积算》，板四块。

《三十五举》，板六块。

《入粤行记》，板五块。

《铜人图》，板十二块。

癸卯初三日(8月14日)　晴。点卯。派邹县丞宗灏至巴东密查事件。送李水部华赴成都。

甲辰初四日(8月15日)　晴。江从柯姓姜也，名存科来投状，与伊女供词同。

乙巳初五日(8月16日)　晴。堂期，接见僚属。据姜存科供，伊女系由伊妻抱与苟公馆，苟在贵州局当差，与田家四同院居住云云。查贵州局委员，有游击苟耀先，不知是其人否。饬从九品李廷模密查。据李廷模禀称：遵查，姜存科实系遂宁县人，因同治十一年避荒，携眷来渝，住居临江坊。嗣因清理家务，于五月回县，其妻女留寓渝城。至八月回渝，探知伊妻改嫁永川县谢正文。姜存科曾赴永川县呈控，有案，惟时伊女秀姑即被张吹吹串卖与田家四为女，得身价，分七千五佰文。姜存科因永川县控案不直，旋即回县。兹于本年六月，经遂宁县差传，始知伊女被人串卖，现已因案查获，饬令来渝认领。姜存科因虑县差勒索，未敢赴县，径行来渝投案。卑职复查遂宁县贡生黄光泽，向在渝城开设花行，刻值收账来渝。卑职因素识黄光泽为遂邑粮户，随即往问。据称，向与姜存科同里居住，其妻女被人嫁卖情由，在家时曾向里中述及。卑职复再三研诘，据述各情，核与姜存科所供符合，且黄光泽甘愿赴辕具保，则姜存科委非假冒可知等因。当饬准其保领，仍令黄光泽取具店保备案。夜大雨。

丙午初六日(8月17日)　阴，午后微雨。得孔勋丞禀，知于黔案被告提到八人，并据鲍令申称，定于初三日起解。

丁未初七日(8月18日)　阴，微见日。孔勋丞回渝。禀大府获解被告人数。得何子森信，并寄到珊瑚披褂，桃核朝珠一挂，其直百五十金，广聚王声齐名增，行二，绍兴人从省寄来。购得书业堂翻刻汲古阁《十七史》《弘简录》《明史稿》各一部，其直六十五金。

戊申初八日(8月19日) 晴。

己酉[①]初九日(8月20日) 薄阴。孔勋丞来。寄蘧庵书并银三百卅两，交蔚丰。

庚戌初十日(8月21日) 晴，薄阴。得邹惪云及恽少薇信，知余杭张吉人农部于四月感时疾暴卒。十载同曹，交如水乳，遽闻恶耗，殊难为情。少薇又言，周伯荪编修感寒疾，为陆殿撰治以石膏四剂而卒。旧交零落，能无惘然？又言制府木植一疏，中外传诵，惟陇西之木，已有运到者，恐不免更有文章。京官助工汉堂人千金，两书房及选人五百余，同曹合计以千金为准，外省闻亦派有定数，自百数十万至数十万不等，想不久定有明文矣。寄书卿、仲清各一信，并银二百两，外附梦波一函，完天宁疏簿廿四金。又为张九弟致湘江方伯、粮道各一函，亦托仲清交张九弟自投。晚轿夫朱顺与夏公茂斗殴，即刻交县查办。调署綦江令敖立榜来。号蕊生，湖北竹山己酉拔贡，昭化令。

辛亥[②]十一日(8月22日) 晴。闻梁乐益、张紫兰于初八日偕行，初九日范若瑟呼之归，初十日复行，号称进京，实因被告将至，支之使匿也。遣孔勋丞告知教堂提到被告，听候传质。得叙卿文并书，饬巴县押解魁盛隆七家商夥赴夔。艾维垣来递禀，批令自赴夔清理。

商夥姓名开后：

魁盛隆李福河、同茂仁陈嘉猷、义茂和李玉斋、元兴长仇郁文、仁和长李恺中、长顺通崔党扬、西广顺贾凝禄。

壬子十二日(8月23日) 申正三刻十四分处暑。晴。五鼓，至会府恭贺慈安端裕康庆皇太后万寿。

---

① 原稿误，作“戊申”，径改。

② 原稿误，作“庚戌”，径改。

癸丑十三日(8 月 24 日) 晴。黄绶芙自綦江来借饷，允以三千金。绶芙言拟拔綦江两营，移札渝城，答以应扎何处自有奏案，不便参赞一词。晚，约敖蕊生、彭玉岑运，湖北人，候补令、姚亮臣、孔勋丞、乔绶权便饭。

甲寅十四日(8 月 25 日) 晴。接田子实禀，力言武字营勇丁饥困索饷情形。适绶芙来请益，复允以四千，促其迅速回防，拊循士卒，并则以不应以左宁南故智相挟。遗彭令传语。得大府檄，遗钟蘧庵来渝会同传六家商号，押令赴夔。蘧庵亦赴夔查办子口事。此十三日事，补记于此。[1]

① 抄本此后有一句："谨按，甲戌日记，自七月十五日以下佚。"

光绪元年[①]

正　月

同治十四年岁在乙亥正月己亥朔(1875年2月6日)　早阴，巳后晴。风日清美，具见承平气象。五鼓，朝贺毕，拜年，接见寮属，如年例。

庚子初二日(2月7日)　晴。出门拜年，午刻回署，客至络绎不绝，跪拜甚苦。得左六表妹信。

辛丑初三日(2月8日)　晴。孔勋丞来，出示余云墀信。垫江盐案及上控案已结。得子韩信，知仲复于上年十一月廿五日授河南按察使，上海道放冯焌光，号焯如，广东人也。又云江汉关于十二月十五日接是月初六日部文，盖用蓝印，不知何故，为之惊疑不定。

壬寅初四日(2月9日)　晴。李听斋来，亦云得省信，大府于嘉平廿六日接户部文，亦是蓝印。未刻至江北葆芝舫许，同星翁少坐，傍晚归。准藩司移上年三月十九日黔抚奏保交部从优议叙之案。吏部题覆于九月十五日，奉旨着加一级，纪录三次等因，钦此。夜，小雨。

癸卯初五日(2月10日)　阴雨。至多木庵、徐琴舫处拜年。

甲辰初六日(2月11日)　阴。寄苏州及子韩信。

---

① 此年日记据浙江图书馆藏《姚觐元日记》稿本整理，稿本署“同治十四年”，盖讣闻及建元奉文未至；八卷抄本载卷六，卷端题作“《弓斋日记》卷之六乙亥，分巡川东”，首条抄本已改写作“光绪元年正月朔”。

乙巳初七日(2月12日) 阴。申刻,接臬司移奉准部文,大行皇帝于上年十二月初五日龙驭上宾,即传府县查照成案预备。

丙午初八日(2月13日) 阴。府县恭查成案,不待诏至,即于奉文后成服。因系双日,定于初九日举行。得子韩信,内附仲清书。渠县令杜义辅来。

丁未初九日(2月14日) 阴。早至会府,率同僚属绅士耆老成服,举哀。撤去辕门鼓吹并署内灯彩。屏仪从,舆前用凉伞一,舆、伞皆用青。拜垫亦然。除门神对联,铺垫皆换素色。发大府禀。接初五日批禀。

礼部恭镌誊黄颁发天下直省文武各官,于诏书到日,率绅士耆老摘缨素服出郊跪迎,至公署安设,行三跪九叩礼,跪听宣读毕,立举哀,复行三跪九叩礼。文武官均成服,朝夕举哀,凡三日。至二十七日,除服。命妇等亦穿素服二十七日。直省官百日不嫁娶,期年内不作乐。官员军民人等,以宫中大事之日为始,均百日不剃发。督抚提镇等进香均行停免。《会典》卷三百七十二,第十七页。

王公文武大臣官员二十七日内俱服缟素,二十七日外百日内穿青长袍褂,帽缀缨,夏季戴两缨帽。《会典》同上,第廿八页。

万寿圣节正日、二十七月内元旦,王公大臣官员俱穿蟒袍补褂,挂朝珠。前三日、后三日俱常服朝珠。

百日内遇中祀群祀,遣官致祭,承祭执事各官俱素服行礼,乐设而不作。百日外二十七月内常服斋戒,祭日朝服作乐。此条在元旦前。二十七日内遇开印日期,各衙门堂官酌派一员前往拜印,穿青长袍褂,帽缀缨。百日外二十七月内开封印信,俱穿补褂,挂朝珠。遇朔望,穿常服,不挂朝珠。《会典》同上,弟廿九页。

百日内雨衣雨帽毡褂,不论品级,具用青色。百日外帽套各按品级[1],雨衣毡褂仍用青色。二十七月内各衙门开封印信告条仍旧黏贴,

---

① "日",原作"内",据文义改。

其王公大臣官员各宅对联门神至廿七月后张挂。《会典》同上，第卅页。

邸抄：李雨亭大中丞告病开缺，江西抚刘坤一署江督。江藩刘秉璋署江抚。

戊申初十日（2月15日） 早晴，午后阴。朝夕至会府举哀。南川令黄鹤樵来。

己酉十一日（2月16日） 阴，午微晴。朝夕至会府举哀。得周少传信，云：奉文建元光绪。星翁得大府照会，奉上谕，御名上一字毋庸回避，下一字缺末笔，书作"湉"。

庚戌十二日（2月17日） 阴。黄深如解犯官赴省，来辞。托带凡民二十金。

辛亥十三日（2月18日） 阴，晚晴，黄昏月色皎然，旋隐。

壬子十四日（2月19日） 阴。得朴莽信。

癸丑十五日（2月20日） 畅晴。寄朴莽信。托听斋专足送交奉节熊大令转交。得徐椿寿信，知寿硕所寄四百金已收到。覆寿硕一函，即日加封。准藩司移光绪元年正月初八日奉总督部堂吴札开光绪元年正月初五日准兵部火票递到礼部仪制司案，呈准内阁交出，本月初九日军机大臣奉朱笔圈出，建元年号用"光绪"二字，钦此。

甲寅十六日（2月21日） 畅晴。接缪仲英信，云伊戚候补知县潘贻薪奉两院札来渝，随同办理黔江教案。潘令亦自有禀至。发两院禀。星翁送阅兵部文，恭录于后：

同治十三年十二月十二日内阁抄出，礼亲王等奏：同治十三年十二月初五日，钦奉慈安端裕康庆皇太后、慈禧端佑康颐皇太后懿旨，皇帝龙驭上宾，未有储贰。不得已，以醇亲王之子承继文宗显皇帝为子，入承大统，为嗣皇帝，俟嗣皇帝生有皇子，即承继大行皇帝为嗣。特谕，钦此。臣等跪读之下，哀痛莫名。窃思大行皇帝御极十有三年，敬天法祖，勤政爱民，简任贤良，削平寇乱，无不仰承慈训，用跻升平，讵意偶婴微疾，奄弃臣民，内外惊闻，同深悲恋。兹钦奉皇太后懿旨，命嗣皇帝入承大统，并钦奉大行皇帝遗诏，以嗣皇帝仁孝聪明，必能钦承付托，仰见大行皇帝在天之灵，犹以国计民生为念，伏思嗣皇帝尚在冲龄，一切应办事宜，惟赖皇太后亲加裁决，庶臣下有所禀承。俟奉有谕旨，臣等再将垂帘章程悉心妥议，具奏。不胜迫切，待命之至，所有合词吁恳缘由，谨奏。同治十三年十二月初七日奉上谕：本日据王公大学士六部九卿等奏，请吁恳两宫皇太后垂帘听政一折，朕恭呈慈览，钦奉慈安端裕康庆皇太后、慈禧端佑康颐皇太后懿旨，览王大臣等所奏，更觉悲痛莫释。垂帘之举，本属一时权宜，惟念嗣皇帝此时尚在冲龄，且时事多难，王大臣不能无所禀承，不得已，姑如所请，一俟嗣皇帝典学有成，即行归政，钦此。祇承懿训，寅感实深，因思朕以薄德藐躬，钦承两宫皇太后懿旨，入承大统，诞膺景命，仰荷大行皇帝付托之重，遗大投艰，茕茕在疚，幸赖两宫皇太后保护朕躬，亲裁大政，尔王大臣暨中外大小臣工，惟当翼为黾勉，各矢公忠，共襄郅治，以上慰大行皇帝在天之灵，下孚薄海臣民之望，朕实有厚幸焉，所有垂帘一切事宜，着该王公大臣等妥议章程，详细具奏。将此通谕中外知之。钦此。同治十三年十二月十九日兵部札。光绪元年正月十六日到重庆镇。

乙卯十七日(2月22日) 阴。种碧桃二树、卜桃四株。晚晴，月色皎然。

丙辰十八日(2月23日) 畅晴，暖甚。种竹于君子轩外东墙下。

丁巳十九日(2月24日) 阴。午刻开印，遵照《会典》所载嘉庆四年成案，青长袍褂，拜印，不行堂规，不作贺。得子贤嘉平廿日信。夜雨。

戊午二十日(2月25日) 阴雨。颐女患咽痛，延余云墀诊视，云墀荐吴玉常自代，喉科专门也，云是湿热，服药少愈。

己未二十一日(2月26日) 早阴，晡后晴。颐女疾少瘳，仍延吴玉常诊视。接吴枚生、何子森、李少莲信，少莲附寄王莀臣二函，即日加封邮递成都。晚多木庵来云黔事，范亟欲议结，一切从轻，因延李听斋、孔勋臣、丁伯度来共议之。

庚申二十二日(2月27日)　阴,晚晴。木庵约至存心堂,与范会晤。范语多狡谲,以正言折之,议未决而散。颐女喉症渐愈,遍身发见沙疹,仍延胡玉常诊视,云客邪,已发于外,中无忧矣。得味荃信,又得子韩信,附广扣十八副。

辛酉二十三日(2月28日)　阴。种竹于君子轩之后及愚谷左右。邹县丞来销差。未刻,法人赫、白至。复味荃信。赵福乞假行,交带子韩一书,并䴵面五十斤。

壬戌二十四日(3月1日)　阴雨。法人白藻泰、华人成硕来见。

癸亥二十五日(3月2日)　阴,晡后晴。统领湖广督标水师健捷新副中营贺副戎缙绅,号笏臣,湖南人,遣炮船护送法人来。致书云,孙稼生所托炮船,可以做样,但不能久留,遣熟悉造船驾驶之刘、李二弁同至。听斋来,云奉星使札,调黄江氏案卷并家属一人。

甲子二十六日(3月3日)　晴。同府县答拜成、白,遂晤赫。发大府禀。得子固书,内附履历文底二件。

乙丑二十七日(3月4日)　畅晴。赫、白偕成来谈。得子韩书。又得杨葆初书。种垂柳一株于池上。

丙寅二十八日(3月5日)　畅晴。江北厅禀,盐匪江大烟杆等在厅属鱼嘴沱出卖私盐,聚众滋事。

丁卯二十九日(3月6日)　畅晴。葆芝舫来,云盐匪拒捕,势甚猖獗,即饬巴县会营选派兵役前往会捕,并派精勇二百名,饬副将程扶鼎统带前往助剿。得薛觐翁书。

戊辰三十日(3月7日)　早阴,午后晴,夜雨。得子湘书,何福生于乡间折得垂柳数枝,插于池上。购得龚晴皋画石巨幅,其直五金。

二　月

己巳朔(3月8日)　阴雨。得蘧翁及黄深如书。

庚午初二日(3月9日)　阴。夜雨。奉两院批回,准添委知县张维权随同办理黔江教案。

辛未初三日(3 月 10 日)　早阴,午后晴。五鼓,祠文昌,素服行礼,乐设而不作。得寿硕书。江巴禀盐匪遁往下游,追捕不及,饬调精勇回渝。

壬申初四日(3 月 11 日)　微晴。巴县江北两汛千总管带精勇副将程扶鼎均回渝销差。吕静甫来。戌刻,大雷雨。购得《赤水玄珠》、《昌黎诗注》、仿武英殿聚珍板《大清会典》、《六部处分则例》、《对山印稿》各一部。

癸酉初五日(3 月 12 日)　晴。诣会府,释服。周渭臣来辞行。访多木庵,谈少顷,归。接两院批禀。何世兄来。小宋中丞之子。

甲戌初六日(3 月 13 日)　晴,夜大雷雨。未刻,至爱德与法人茶话,约初八日在存心堂议事。出城,送周渭臣。军门并祭何年伯母。周养翁、徐琴舫、琦闻廷均来。得黄深如书。

乙亥初七日(3 月 14 日)　阴,酉刻雨。

丙子初八日(3 月 15 日)　阴雨。

丁丑初九日(3 月 16 日)　阴雨。五鼓,祭先师孔子。质明而退,素服行礼,大雨,幸无陨越。

戊寅初十日(3 月 17 日)　阴雨。祭社稷坛。朝服行礼。事毕,至佛图关,观所刻碑铭。晡后,多木庵、吕静甫来万寿宫,祭张佑之方伯,其嗣君于是日受吊也。

己卯十一日(3 月 18 日)　阴雨。拜答诸客,发两院禀函。

庚辰十二日(3 月 19 日)　晴,申刻后阴。祭龙神祠,素服行礼。贾小樵侍御来,带到谭文卿信一函,诰轴二分,嘱寄云阳县幕谭绍亭锡奎,得厚安信。

辛巳十三日(3 月 20 日)　微晴。祠吕祖并祭昭忠祠,素服行礼。接枚生、少莲信,又得蘧翁书,附钱南陂一椷,答拜小樵。

壬午十四日(3 月 21 日)　畅晴。寄叔父、子湘、枚生、少莲信。寄赵甥二百金,交枚生。小樵来谈,晚饭后去。夜梦乘舟于巨浪中,布帆方张，驶若奔马，甫近岸，未泊。悸而寤。

癸未十五日(3月22日)　畅晴。祠文昌，素服行礼。接制府函，附京致赫使一信，又接迪府阜康信，宜昌水师哨弁李荣发辞四防次，劳以二十金。

甲申十六日(3月23日)　畅晴。祠关帝、火神，素服行礼。质明回署，倦甚。复卧，梦一犬颈系朱组伏地作狰狞状，亟收得其组，登高而呼，遂寤。得子韩书，又许星叔光禄书，知李太守寄物已收到。王太史邦玺十五来，江西安福人，乙丑馆选，号尔玉，癸卯同年，王青埜同升之侄孙也。

乙酉十七日(3月24日)　畅晴。遣吕丞、李令至爱德议事。姚倅恽大史禀，有枭匪聚鱼嘴沱不散，遣人视之，信。饬局遴选劲勇听候调遣。夜，月色如血，团团然红而无光，视之可悕。

丙戌十八日(3月25日)　晴，午后薄阴，出门答拜诸客。木庵来，同静甫往爱德议事。夜大雷雨，静甫复来，述所议事不合，使人发上指。

丁亥十九日(3月26日)　早阴，午后晴，夜雷雨。考东川院文。题：生“君子思不出其位”，童“树墙下以桑，匹妇蚕之”。诗题：生“元首明哉”，童“天子万年”，得“元”“年”字。人定，回署。得子韩专差信，并蚕种一箱，计六十九张；枇杷叶膏二匣，丝绵两包。

戊子二十日(3月27日)　阴。奉两院信函，送胡聘元赴邛州防所。还至星阶、木庵处少坐，访小樵未遇，延勋臣、云墀阅书院卷，黄深如来。

己丑二十一日(3月28日)　阴，午后微晴。寄子韩信，并玄青江绸褂料一件，托沈子安带。

庚寅二十二日(3月29日)　阴。存心堂议事。以正言折之，彼此各书议单四条存案，议不决，各散。小樵、周春翁来。

辛卯二十三日(3月30日)　薄晴。寄子韩回信，附《佛图关铭》一，《咽喉脉证通论》八。又苏信一，《关铭》一，《通论》十，黄连一包，普济丹一匣，交来足。答拜春农丈，未遇。又拜养翁、琴舫，均见。送张药农之官陕西。

壬辰二十四日(3 月 31 日) 畅晴。木庵属暂缓发两院禀。发书院收罗榜。星阶、蕴谦来，闻听斋有升邛州信。种栟榈四树，棕竹六株，枇杷二，樱桃一于小园，名其园曰"洁"，有文纪其事。张药农赠《隶韵》一部，黔刊仿岳版《五经》一部，购得《清河书画舫》十二卷。

癸巳二十五日(4 月 1 日) 畅晴。皂儿病，憎热恶寒，似有出疹之意，又病足，不能步履，延胡幼桑、余云墀治之。得蘧翁书，云朱修伯于正月四日作古。又得枚生、少莲信，知李仲宣夫人于正月七日作古。有寄王荩臣、姚□□二信，即日转寄，晚大行皇帝遗诏到渝。

甲午二十六日(4 月 2 日) 畅晴。饬府县查宣诏礼节，发两院会禀。皂儿病少瘳，疹已见。仍延胡、余二君诊视。东川书院斋长唐棣华龚彩来见。

乙未二十七日(4 月 3 日) 微晴，午后阴。辰刻至会府接诏。南城人蔡君少泉以书来售。夜雨。

丙申二十八日(4 月 4 日) 早雨，旋止，阴。法人来别，云将赴成都，遣邹县丞护之行，并令文冠卿偕往。

丁酉二十九日(4 月 5 日) 阴雨。送法人之成都，冠卿别登舟。

三　月

戊戌朔(4 月 6 日) 密阴，日有食之。初亏，未初三刻五分。食甚，未正三刻十四分。复圆，申正初刻三分。救护如礼，不作乐。小樵来辞行，云初三日走。法人午刻解维。蔡君送书画来观，皆赝鼎也。惟陈眉公、祝枝山二卷尚可。夜大雨，法人解维。

己亥初二日(4 月 7 日) 阴。祭先农坛，行耕耤礼，皆素服，还至桂花园小坐。园新筑水亭，尚轩敞。皂儿病仍未愈，肤痛不可转折，仍请胡幼桑、余云墀看。

庚子初三日(4 月 8 日) 阴。送东川书院肄业生入学。先谒文昌，宾主同拜。次主人拜宾，宾答拜。次诸生谒师，谒道府县监院，皆四拜，立受二，免二，答以揖。发两院禀。

辛丑初四日（4月9日） 阴，微晴。府县奉星使札，发还黄江氏卷，系二月廿八日发。得省城知即于是日午刻开门。蔡君送书来看，旧本都不全，有《文选》甚佳，卷四十后题："此蜀郡广都县裴氏善本，今重雕于一行汝郡袁氏之嘉趣堂嘉靖丙午春日二行。""国朝改广都县为双流县一行成都府二行。"右前二行在卷弟之后，后二行在前二行之后，空一行，低一格，皆行书。卷五十二后题："毋昭裔贫时，常借《文选》不得，发一行愤曰：异日若贵，当板镂之，以遗学二行者。后至宰相，遂践其言。出《挥庆录》。庆字疑误。三行。"右三行，亦在卷第之后，行书。卷五十六后题："戊申孟夏十三日李清雕。"右一行，亦在卷弟之后，行书。皂儿病仍未痊，服胡幼桑秦艽汤，汗出，恶风，胸壅隔不通，复延沈子雄、蔡润之治之，云疹后余邪未尽。子雄治以小柴胡汤加减，润之以为然，服之，竟夕安卧。

壬寅初五日（4月10日） 晴。皂儿病渐愈，仍延子雄、润之诊视。从蔡君购得《五经文字》《九经字样》一函，《韵会小补》一部，又《九经古义》《群经补义》《周礼疑义举要》《方言疏证》各一种。其直十二金八钱。蔡君更赠所刻《蔡氏九儒书》，以《说文校议》答之。多木庵、吕静甫、李听斋、余云墀来观书画，晚饭后去，听斋携所购《汝帖》来，翻刻木板也，不足观。王子蕃太守来，在京曾识之，乙酉世交也。

癸卯初六日（4月11日） 阴。出门答拜王子蕃、郑小轩两太守。王名元晋，曾官驾部，晋人。郑名安仁，闽人，三十二年前曾以通判权江北同知，真老吏也。皂儿病又见好。仍延子雄诊治。夜雨，署涪州牧文令康晋三来。

甲辰初七日（4月12日） 早雨，旋止，未刻晴，已复阴。奉两院覆函。

乙巳初八日（4月13日） 早阴雨，午后晴，晚月色皎然，夜半雨。复从蔡君购《古周礼》明陈明卿重校一函,《三礼图》日本翻刻本一函[①],《礼图》高丽纸印,甚精好,其直四金八钱。吕静甫辞赴省。

丙午初九日(4月14日) 早阴雨,午后晴。送木庵回成都。新选荣昌令许振祥来,江西彭泽人,戊辰庶常,号启山。欧阳石甫滇司同事之婿也,吴子实太史之同年,亦有书来托。《读书偶笔》,新安太史董桂新柳江著,其孙锡圭耕石大令刻于南昌。巴县进士邹大令峄鲁山赠重刻《宋名臣言行录》《胡文忠公集》各一部。

丁未初十日(4月15日) 微晴。皂儿病愈。惟足指溃处未收口,不能步履。王子蕃来辞行。

戊申十一日(4月16日) 晴。送子蕃回成都。得阜康京报,并各家回信,知潘蔚如兄告病,闽藩放葆芝岑,臬放郭筠仙。与星阶酌定十七日换戴凉帽,悬牌示谕。

己酉十二日(4月17日) 晴。奉两院回信,促木庵回省,即日加函交听斋送交木庵。

庚戌十三日(4月18日) 晴,夜雨。听斋送《通志堂经解》来看,一缺五十八种,一缺十二种,皆蔡少泉物也,书不全而价又昂,一九十六金,一百六十金。还之。购得旧玉勒子一枚,压须二枚,其直二金。

辛亥十四日(4月19日) 阴雨。寄京信,叔父一函,银四十两,交枚生转达。枚生一函。少莲一函,银四十两,内附仲宣一函。荆南一函,奠分卅两,颐珠一函,寄荆南夫人,银六两。子湘一函,银四十两,内附祖姑母三十两,何氏义姊四两。均托蔚丰厚便带。晚接迪甫信,并荆南讣信。听斋来,言得省信,藩司上详伊已升邛州,遗缺以文令康补。

壬子十五日(4月20日) 晴。范抟九太守鹏运自皖来隆昌人,以凤阳令乞养归,京华旧雨也。携与轩书,内附少枚一椷,即日加封转

---

① 按,"日本翻刻"四字,稿本原作"纳兰成德刊"五字,后圈改。

寄。购得《佩文斋咏物诗》一部，其直十金。

癸丑十六日(4月21日) 晴。国服百日，剃发。发两院禀。

甲寅十七日(4月22日) 晴。恭迎登极恩诏，系镇臣接到部颁誊黄。由藩司颁行者，尚未至也。换戴凉帽。江兰皋辞回璧山。

乙卯十八日(4月23日) 晴。午刻至文庙，恭视礼器，颇完备，可喜。至校官衙斋少坐，商收藏处所，未定。周春翁辞往涪州，即赴滇南。

丙辰十九日(4月24日) 晴。送春翁赴滇南。秦涛安回省，摹刻秦泰山刻石廿九字，颇肖。

丁巳二十日(4月25日) 早阴，午晴，已复阴。堂期，接见寮属。蕴谦送大府札来看，为京控海棠溪义渡事。委王子蕃太守会同府县审讯。

戊午二十一日(4月26日) 阴，早微雨。接徐季鸿表叔信，属代购洋军火。子权送邸抄来看，乔鹤侪河帅因病出缺，赠太子少保，照例赐恤。京华老友稀若晨星，又弱一个矣，为之酸鼻。得多木庵回信，望日资州发。夜大雨，种红踯躅于小山及长廊左右。

邸抄：陕抚邵汴生中丞乞病，放曾沅圃中丞。廷户部彦子俊授广西思恩府。东河帅调曾沅翁。陕抚放谭文卿方伯。

己未二十二日(4月27日) 阴雨。接子韩书，转寄苏州信书卿一，仲清、季文各一，并绣物一包。又接徐季鸿表叔信，属代购洋枪洋炮，当属黄深如为之代购。

庚申二十三日(4月28日) 阴，午后薄晴。深如来，言觅洋枪不得，闻有贩者，须四月底方来。

辛酉二十四日(4月29日) 阴，小雨时作时止。刘令辞回永川。覆徐季鸿表叔信，内附捐照一张。系深如交来，保之令郎皖捐县丞。交来勇回叙州，又寄钟蘧庵、缪小山各一信，邮递准藩司移。惊悉大行嘉顺皇后于二月二十二日寅时崩逝。傅承山之嗣子荣华舫，名恩，刑部笔帖式来。

壬戌二十五日(4月30日)　阴雨，寒甚。卯刻至会府，成服。申刻，复往行礼，得子湘、枚生、少莲信。

癸亥二十六日(5月1日)　阴，微雨时作时止。早晚至会府行礼。寄徐子静表叔信，并京靴大绸。于熊长泰药店合珠黄散，内硼沙一味，误增十倍，无意中察核及之，幸非急剂，否则殆矣，可不慎哉！熊长泰为渝城第一好药店，而荒谬如此，岂不可恨，亦可见盗虚声者之不可恃也。

甲子二十七日(5月2日)　早阴，午后晴。早晚至会府行礼。接阜康邸抄，二月二十日止，无信。临海陈君、桂一山送诗本，赠以六金。复为方华甫英送诗本，并甘泉山汉石拓本，酬以四金。方，定远人也。

乙丑二十八日(5月3日)　畅晴。寄仲清信，并珠黄散。又寄颖侄衣十一件。又寄亭兄信，并藤镯四只，均托吴济川大令际昌带，交子韩转寄。得文冠卿信，知十三日到叙州，十七日行，信即十七日发。宜宾令于廿三日方加封马递，故今日方到也。

圣治丸。治霍乱转筋，入夏如遇疫疠时行，痧暑并触，或感秽气，或入病家，心怀疑虑，胸觉痞闷，即以一丸入口，借以解秽却邪，轻者可解散，重者可化轻。

仙居术烘燥，勿令焦黑二两，川厚朴二两，檀香弍两，降真香一两，新会皮盐水炒二两。

共研极细末，以广藿香六两煎浓汤，泛丸如大黄豆大，每服二三丸，细嚼和津咽下。

乙夜奉两院覆函云，俟赫使到省，仍令回渝议事。又奉李爵相札，派署天津海防同知宋宝华伴送英国官员由湖北川东一带前往云南，饬沿途地方官妥为保护，系三月初六日午时从天津发，用蓝印。

丙寅二十九日(5月4日)　早晴，旋阴，晚雨。川东天气，凡早晨大雾，至巳刻方出日，是日必大晴，若一早即见日色，是日必雨，历历不爽，宋人所谓“日出早，雨淋脑”“日出晏，晒煞雁”者，信不诬也。

胡太史鲁笙乔年来，湖北天门人，戊辰进士，携有许兰伯书。

四 月

丁卯朔(5月5日) 阴雨。濮涪州交卸来渝，将往署峨边通判也。晚，胡子贤携眷自扬州来，陈泰同来，带到京苏私信物并子韩代购书籍、季文代购书二种。《隶释》《隶续》极精，乃同治十年皖南洪氏晦木斋集资摹刻楼松书屋汪氏本。又鲍氏刻本《太平御览》亦完好，然非初印，较之余旧藏赠人本相去远矣。

戊辰初二日(5月6日) 晴。购得《梅氏丛书》宋字本，其直五金。按，此板旧在吴门，咸丰己未岁，余于役吴门，有持以求售者，贫不能得，劝南城梅小素刺史体萱购之，板微有损蚀，重修后曾以印本十部见贻，今俱散去矣。回忆旧游，恍然如梦，因并记之。得周少传信，即覆。

己巳初三日(5月7日) 晴，得潘幼莼信，委黄深如接管合州盐厘。

庚午初四日(5月8日) 晴，暖甚，似初伏。解衣旁薄，犹挥汗不止。夜，大风，雷雨。丙夜渝关之左不戒于火，初起势烈甚，天为之绛，亟命舆行出门，始知在江北，登朝大门埤倪望，历两时许，火熄乃归。巴县汛千总沈占标从，余官未至，闻巴县令在临江门，亦未见。据报火始于余均安家炙肉，由庖厨而屋，而邻，凡毁屋二十一楹。得子韩信。

辛未初五日(5月9日) 晴。

壬申[1]初六日(5月10日) 阴，微晴，时见日。得章硕卿信，寄观新刻星伯先生《集释汉地理志》，借余所藏本刊也，属署面页，并赠秦刻《九经》一部。瑞蕴谦来，无理取闹，使人厌闻。寄子韩信，内附覆玉阶一函。

---

① 原稿误作“辛巳”，径改。

癸酉[①]**初七日(5月11日)** 阴雨。访闻府街涂顺昌广货店有孀妇黄氏守节已数年，上年为母家接去，因惑于媒人之说，强嫁于江北吴玉章，黄氏矢志不从，吴复送回，旋服洋药殉节。

甲戌初八日(5月12日) 阴，早雨，旋止。黄深如辞赴合州，派嵇福同去，函致周养翁，访查涂黄氏殉节状。夜，大雨。

乙亥初九日(5月13日) 阴雨。购得《皇清职贡图》八卷，其直二金，惜少《续刻》。

丙子初十日(5月14日) 阴雨。童芹初来，辞回宁波，赠蜚云阁《凌氏丛书》凡六种，《四书典故核》《公羊礼疏》《公羊礼说》《公羊问答》《春秋繁露注》《礼论》。凌氏者，江都凌曙也。又《毛诗序传》，乃巴县王氏晚晴楼刻本，板尚精而纸札恶劣，至不堪寓目。蜀书贾印书，专为牟利起见，往往如此，殊可恨也。得章硕卿信，赠秦板《九经》，又寄新刻《新斠注地理志集释》样本。

丁丑[②]**十一日(5月15日)** 阴，午刻微见日。得少莲、子湘、枚生信，又得王坚翁、葛味荃信。法人于初六日到省。薛觐翁自湖北来。

戊寅十二日(5月16日) 阴雨。觐翁赠鄂刻《乐府诗集》一函。复味荃信，专勇送省。

己卯十三日(5月17日) 微晴。午刻见日，已复阴，夜雨。得省信，准礼部咨，京城于三月十五日释缟素，穿蕴灰袍青褂，戴纬帽。得漱芳信。

庚辰十四日(5月18日) 早雨，巳刻后晴。复缪筱珊、章硕卿信，并寄筱珊《说文校议》一部，《咽喉脉证通论》六本，《观世音象》《佛图关铭》各一分；硕卿《校议》一部，《通论》二本，《观世音象》《石鼓文》《佛图铭》各一分，交大帮。又寄还《地理志》样本一册。

---

① 原稿误作“壬午”，径改。

② 原稿误作“丙戌”，径改，以下至十三日顺改。

辛巳十五日(5月19日) 晴。覆漱芳信，交蔡澜之，内附皖局请奖单。直牧蔡霞知府衔；同知赵权知府衔；直牧用知县葛起鹏，补直州后以知府用；府经陈凯补缺后知县用；知县翁在玥补缺后直牧用；知府用知县田秀栗，知府用后加运使衔。

壬午十六日(5月20日) 晴。寄书卿信，送季文完姻贺仪一百两，费振之修十两，下人赏八两，又寄悦卿大侄信，大嫂银二十两，杨侣梅十二两，附叔词。寄书卿三十两，崔姑奶奶廿两，均交蔚丰厚汇。又寄子韩信一函，附杨葆初一函，曹恬波一函，杨鹄山一函，托转寄，均交胡万昌。又寄还子韩书，价银四十两。又寄扬州马衎福银十两，均交蔚丰汇。

癸未十七日(5月21日) 晴。王子蕃太守来，委审巴县海棠溪义渡案也。带来张荔园太守信一函。荔园，贵阳人，晓瞻中丞之子，中丞嘉庆丁丑会试，先文僖公所得士也。李听斋来，云题升邛州司已上详。蕴谦未知周渭臣所保运使衔已准，觐元亦蒙恩交部从优议叙。奉大府札，洪光化函称合州有人造《戎膺录》《新订勤王录》，在顺庆黏贴，饬转行地方官密查禁止，毋使借口，以弭衅端。又得邹县丞禀，内附味荃、冠卿、赫使、成实庵各一函。

甲申十八日(5月22日) 晴。委未入流谢庆恩赴省领皖局未入照。钱通守来，云有戚某之妹在省，为人拐逃，兹物色得之，已易姓，即属其告之巴县，穷治其狱，勿稍贷。得周少传信。

乙酉十九日(5月23日) 晴，大热。李听斋、乔寿泉来，云查勘城工方向不利，须九月内方能动工。得秦涛安书。皂儿又患咽痛，延云墀诊治。

丙戌二十日(5月24日) 晴，热甚，如三伏。至会府释服，照省城例释服后，公案围桌大堂帐幔均换红色，署内铺垫仍用蓝色，穿蓝灰袍青褂。出门用执事，不鸣锣喝道，不打二鼓，不鸣炮。

丁亥二十一日(5月25日) 晴。周养翁、徐琴舫、琦闻庭均来。

戊子二十二日(5月26日) 晴。出门拜客，唁刘通守锡龄。得子韩信。督江北葆丞乔牧世清提问巴县夫马案，据罗德山呈出印簿一本。

己丑二十三日(5月27日)　阴雨。遇琴舫，闻庭许小坐，遇雨而归。罗德山复呈交流水簿一本。得阜康京报。

庚寅二十四日(5月28日)　阴雨，午刻微晴。赵仲卿来销合州盐卡差。沈子岩之子名汝霖号典哉来，举动乖谬，无怪其见绝于父。其子如此，其母之教可知，亦无怪子岩之绝之也。送胡太史鲁山名乔年，湖北人回湖北。徐直刺名傅善春漪赴忠州问案，来谒。

辛卯[①]**二十五日(5月29日)**　阴雨。堂期，接见僚属，得枚生信，又得味荃、冠卿信，即日作覆，并覆静山信一，幼莼信一，《佛图关铭》二，交冠卿专差屈贵带省。另寄味荃一函，并银贰百两，交蔚丰厚汇寄，乃冠卿薪水，托味荃转交也。

壬辰二十六日(5月30日)　阴雨。谈问渠起清自永宁来回京。户曹旧友，镇江原籍。李荇仙寿芝自省来篁仙之弟，回长沙，均见。得何子森信，附黔南解部饭照费批回二张，帐一纸，计代垫欠平银卅一两五钱，费用十二两六钱，投文抽批二两八钱，共四十六两九钱。得田子实信。

癸巳二十七日(5月31日)　阴雨。王子蕃来谈，得阜康京报。寄复吴熙台一信，交晓翁。又复张荔园太守一函，书一部《说文校议》，字一卷，交子蕃。又寄谢岑中丞一禀，交子权。

甲午二十八日(6月1日)　晴。联星翁来谈，会衔出示禁止烟馆。复田子实信，并扇一柄乃子实乞好者，交赵差员明经。得钟蘧翁信。

乙未二十九日(6月2日)　晴。得葛味荃信，专勇带回。覆讯巴县夫马案，并吊取保甲局及三河会首支发簿核对。

丙申三十日(6月3日)　晴。送谈问渠入都。王子蕃回省。过

---

① 原稿误作“庚子”，径改。

星翁许，少坐。晚，接味荃、冠卿信，专勇周吉安送来，云法人拟廿七日仍坐原船东归。

五 月

丁酉朔(6月4日) 晴。仍停止行香，免衙参。

戊戌初二日(6月5日) 晴。得钟蘧庵信、石子韩信，并寄玄青芝沙褂料一件。闻英使威妥玛到汉五日即回上海，赴滇之洋人须威回上海，再派。又闻宋宝华有由印度前往不到楚蜀之说，不知信否。

己亥初三日(6月6日) 晴。得味荃信，知黔案已在省定议，给银四万两，不办桂令余罪。得黄深如禀。

庚子初四日(6月7日) 晴。奉大府札，为夔关事，又饬知法人回渝事。又奉将军谕函。覆蘧庵信，邮递。又覆黄深如信，邮递。

辛丑初五日(6月8日) 晴。不贺节。奉两院札，饬知黔案议定四条。得冠卿信二十九夜发，专足逾期，不加赏，以序临重午，薄给酒资。又得多木庵信。

壬寅初六日(6月9日) 晴。得吕静甫信，又得冠卿信。初四日叙州所发，范酋回渝，知法人明日可到。巴县汛千总沈占标清查城内违例开设烟馆，获烟具三石，饬于辕门外焚毁，其人亦即时分别笞责，决讫。金沙坊保正马甲以贿干发巴县惩治。晚，管带卫队守备罗国安禀，有勇张德胜及赵裁缝在府庙开灯卖烟，屡戒不悛，禀请惩治，当将张德胜勇丁斥革，同赵裁缝一并交县办理。

癸卯初七日(6月10日) 晴。文冠卿来，护送法人，委员巡检杨端杭州人，号冕卿、守备谭文秀长沙人，号夔昌均来见。云阳叶诚斋大令寄赠所刻《大学衍义》并《补》二部，刻手尚可，惜是明陈明卿批点本耳。夜大雨。

甲辰初八日(6月11日) 晴。白藻赉同成硕来，言赫病，准初十日开船。潘幼莼到渝，派文冠卿、沈少泉伴送法人出境。

乙巳初九日(6月12日) 阴雨。夔州协副将吉北屏兄恒来，携有穆蓉舫恩石仙书，石仙至戚也。法人来谈，即留便饭，补画省立合同，五月初九日重庆补押。

丙午初十日(6月13日)　晴。答拜吉北屏，即送之任夔州。又答拜法人。未刻，法人来辞。申刻，解维，遣人送之。瑞蕴谦来白事。寄子韩信。

丁未十一日(6月14日)　晴。接味荃、木庵信，均云初六日起身。味荃有收银二百两条一纸，当交听斋存查。午刻，发两院禀。附致静山一械，及幼莼致静一件。寄蘧庵信并银百二十两西寿，又许兰伯信，银百金钟莳山帮分，均交蔚丰。得钱兰坡、家寿硕信，即作覆，又覆缪小山一函，亦交蔚丰便带。得苏州信。书卿、仲清各一。

戊申十二日(6月15日)　阴雨。吴子权送叶子固兄离营。文书来院，司费廿四金，又前给行知廿四金，小费二金，共五十金，即日付讫。初十日事，补此。覆马子贻同年信，并完渝平足银二百两，交李听斋转寄。

己酉十三日(6月16日)　早阴雨，午后晴。鸡鸣，祠关帝，质明礼成，以未奉文，仍素服。申刻，吕静甫来。

庚戌十四日(6月17日)　晴。巳刻，多木庵到渝。未刻，葛味荃来。寄叔父、子湘信。并寄子硕顺姑嫁资百金，交子湘。又寄叶子固信，附离营部科文各一，批各一。滇抚札文一道，银六十金，托蔚丰寄京，送郭定轩转交。又寄枚生信、少莲信，均交蔚丰。得恽少薇书，言近事颇详，即日覆之。又得蘧庵信，内附孙渭伯昆仲谢信。

辛亥十五日(6月18日)　微晴。多木庵来谈，语语诿过于人，且多不伦，可弢也。寄缪小山信，并《韩诗外传》写本一，《说文检字》样本一。又钟蘧翁信，均交大帮脚子。得蔡静生信，并扇画四十副。

壬子十六日(6月19日)　阴雨。答拜多木庵、静甫、味荃。接子湘、枚生、少莲信，又恽君硕信，内附伯方家书，又杨葆初信，内附吴子权一函，即送交。又得阜康京报，附敏生诸君复书。

联星翁见示画一轴。

大德二年夏四月八日画于松雪斋子昂。“赵氏/子印”，朱文方印。

八尺龙驹应上台，追风逐电四蹄开。何人得此如神笔，胜是黄金市郭隗。有贞题。“东海/徐元玉/父”，朱文方印，行楷，在画心。

松雪聪明冰雪姿，尤钦画马称当时。以其余力墨痕扫，电掣星驰曷过之。许生何幸得品骘，牝牡骊黄具真识。大梁市肆杂风尘，一时相顾惊物色。知间每叹知音稀，千载云龙迹欲飞。韩性“容/庵”。朱文方印。行书，在斗方。

永乐三年岁在一行乙酉五月二十二行八日三行使臣颁到四行御高一格书诰诫一道，又五行赐臣㭎真德秀六行《大学衍义》一部七行、赵孟𫖯画马一八行轴，臣㭎对九行使三肃望十行阙，叩十一行恩敬谨祇领讫十二行。仰见十三行皇上高一格亲亲之谊，有加无已。谨识岁月，俾子孙世守。“晋府/图书”，朱文大方印，在字之后。大楷，在上方绫边上。

唐代曹将军霸善于写马，继其宋之李龙眠，然传世绝少，不易得见一行，此帧乃赵荣禄真迹，可与前贤并驾，鉴者宝之。吴郡张渥。“叔/厚”，朱文方印，行书。在右侧绫边上。

神骏飘飘得自间，天池飞跃下尘寰。青丝络首谁收得，留与春风十二闲。萧萧雾鬣与风一行猔，扑面征尘一洗空。相顾倍增神骏气，恍疑初在渥佳当作洼中。翠鬣朱缨骨相奇，贡二行来名出峰单于。唐韩宋李都休论，且看吴兴进马图。梅道人吴镇题。“梅华/盦”，朱文方印。“嘉兴吴/镇仲圭/书画记”，白文方印。草书，在左侧绫边。

天游生陆广一行拜观。“陆广/私印”，细白文方印。行楷。

至正十二年秋一行七月袁桷。“袁氏/伯长”，朱文方印。行楷。

正德一行二年二行夏五三行月十四行有一日五行延陵六行吴宽七行观。“匏/庵”。八行。朱文方印。大行楷。

嘉靖癸丑春一行日三桥文彭二行。“文彭/之印”，白文方印。“文寿承氏”，白文方印。三行。草书。

以上四段在下方绫边。

画马黑质白章，奚人三，一绿衣控勒，一朱衣负鞍，均在马首前，一青衣，在马后之在露半面及足，若洗刷状。

癸丑十七日(6月20日) 早晴，旋阴，申后雨，夜大雨。寄蔡静生信，并银二十两，交金子平转寄常德。送完星翁赵画。葛味荃赠铜印四方，内汉印二，甚佳。

甲寅十八日(6月21日) 乍阴乍晴乍雨。奉两院覆函。得章硕卿书，寄赠金石拓本八种，又假到《古今韵会》《类篇》《礼部韵略》三种。联星翁来谈。

乙卯十九日(6月22日) 早阴，旋晴，午后复阴，微雨。复章硕卿信，答以墨二合，诗扇一柄，交邓井关。来差徐春漪来，发两院禀。未刻出门拜客。

丙辰二十日(6月23日) 晴。考东川书院决科。生题"见利思义，见危授命，久要不忘平生之言"，诗题"风含翠筱娟娟静"，得"风"字。童题"岂好辩哉，予不得已也"，诗题"雨裛红药冉冉香"，得"香"字。寄子韩信。夜雨。

丁巳二十一日(6月24日) 阴雨，为潘幼莼事致两司信。味荃来查案。赠静甫《晋书》《南齐书》《北史》各一，汲古本也。得史琴孙覆信，云雷波猓夷已归巢。

戊午二十二日(6月25日) 早大雨，旋止，微晴。寄恽伯方信，内附君硕家书，托周养翁便带。得周叙卿书。

己未二十三日(6月26日) 早阴，旋晴。恭迎大行嘉顺皇后升遐敕谕。覆史琴孙信。

庚申廿四日(6月27日) 畅晴。

辛酉廿五日(6月28日) 阴雨，夜大雨。阅邸抄，王介卿、国子达降调三台选，翟本初广西举，梁山王恩沛直隶举。闻王个山革职，部文尚未至也。诸君诚有罪，然较之马如龙，固有间矣。为之一慨。

壬戌廿六日(6月29日) 阴雨。得冠卿、少泉信，知于十四日即抵夔府，昨蔚丰厚送来子湘从京寄到布一匹，厚不及一寸，高不过一尺，云过夔局为所拆，搜剔至此，即同宦一方者亦都不免，而商贾可知，亦毋怪外人之饶舌矣。寄书卿、仲清信，交蔚丰。李丞圃索致新选长寿林令书，荐其兄刑幕，即书与之，令自投。

李春煦，号和轩，行一，浙江会稽人。

癸亥廿七日(6月30日) 阴雨。成都守徐兰伯委员范令憩南来，催主考程仪，此从来未有之事，作书覆之。

甲子廿八日(7月1日) 阴雨。味荃等来禀，黔江案今日在巴县过堂。

乙丑廿九日(7月2日) 畅晴。味荃、静甫同金含章、郭怀仁、麦忠廷来领付真原堂渝平票，色银壹万两，取有洋字洋图记收条存案。

六　月

丙寅朔(7月3日) 畅晴。大热，始行香，常服，不挂朝珠。味荃来查酉阳旧卷银数。丙夜，金沙坊木匠街不戒于火，延烧九十余户，率僚属救护，鸡鸣始熄。

丁卯初二日(7月4日) 晴。发大府禀。刘生宇泰辞赴省乡试，即回京供职，赠以四十金。何北卿辞赴贵州。

戊辰初三日(7月5日) 晴。早全琴舫、养翁处小坐，联星翁来谈，发决科榜，自超等一名至一等一百名。各赠以卷资有差。

己巳初四日(7月6日) 晴，晚阴。川东主教范若瑟来，与之正言辩论，尚无不情之请。得冠卿、少泉禀，知于五月十四日即至夔门，法人力辞，遂自巫山而返。读邸抄，王坚翁勒令休致，文式岩调川藩，严渭春先生坐升粤藩，豪卿调广西臬仲，复调川臬。傅寿彤升河南臬。大考翰詹，一等四员，二等六十一员，三等九十员，四等四员。一等编修吴宝恕、瞿鸿禨升讲学，钮玉庚升庶子讲学，孙诒经升詹事。二等讲学徐郙升少詹，编修张登瀛、张佩纶升侍讲，廖寿丰升洗马，王先谦、修撰钟骏声升中允，编修陈翌、叶大倬、张楷升赞善。编修潘衍桐、侍讲欧阳保极、编修唐景崇、恽彦彬、崔国因、陈宝琛、侍讲吴仁杰记在遇缺题奏，并赏大卷缎袍料一匹，小卷缎袍褂料各一件。编修朱琛、许有麟，侍读杨绍和，编修曾培基、毕保厘、张清华、逄润古，读学锡珍，编修刘恩溥、廖寿丰各赏大卷绸袍料一匹。三等左中允刘桂森降编修，侍读宗室宝廷，侍讲联元均降中允；编修洪良品、刘治平罚俸半年；赞善黄师訚降编修；吕绍端、彭世昌罚俸半年；中允恩承降编修；编修萧晋卿、陈振瀛、孙钦昂罚俸半年；李端罚俸一年；讲学宗室松森降庶子，仍罚俸半年；编修周德润、欧德芳、易子彬均罚俸一年；李培元罚俸二年；侍讲张鹏翌降中允，仍罚俸半年；编修胡聘之、熊景钊罚俸二年；李肇锡罚俸三年。四等编修谢元福罚俸四年；雷钟德、周崇傅改阁中，仍罚俸一年；赞善宝瑛改主事，仍罚俸一年。翻译一等赞善铨林升讲学，二等洗马崇勋升庶子，中允兴廉升洗马，三等侍读庆麟降赞善，余俱照旧供职。

题：拟进善旌赋。惟善为宝论。五风十雨岁丰穰。

拟题：恭王。阅卷：黄倬、黄钰、翁同龢、景其濬、夏同善、徐桐、殷兆镛、何廷谦。翻译：广寿、长叙、爱廉、桂全。考试四月二十七日。

庚午初五日(7月7日) 平旦大雷雨，晡后晴。堂期，接见僚属。得蘧翁书。寄钟蘧翁信，并银百廿金，交蔚丰厚。

辛未初六日(7月8日) 晴。得周少传信。豪卿留权藩篆，哲生权臬，钧卿署盐道，宝玉堂署成绵道。味荃回省。发两院会禀，请销黔江控案。又招解黔江命案人犯，咨臬司，照例核转，派巡检刘兆亨照料。

壬申初七日(7月9日) 晴。出门拜客，巴县禀，知黔案人犯起解。寄缪小山信，并《中州金石目》《苏斋唐碑选》一本，抄《学古编》一本，交仁甫。

癸酉初八日(7月10日) 晴。得傅懋元信，寄所刻字书三种。

范若瑟号子安，曾于其扇头见之。

甲戌初九日(7月11日) 晴。长安寺行香，清平，蘸坛在彼也。送多木庵回成都，以手书扇及刘文清画册计四开半见贻，答以笔墨茶脯。

乙亥初十日(7月12日) 晴，丙夜大雷雨。堂期，接见僚属。徐琴舫来，云合州廖署牧以票差传蒋太史。又书院后山人家晒台太高，俯临全院，夏日乘凉，蚊烟灯火，时有飞落凉棚上者，宜防火烛。曾由斋长禀县，已八十日，未经批发，属为主持云云。当告知瑞蕴谦为料理之。

丙子十一日(7月13日) 晴。蒋太史来，管带达字营散勇记名提督江忠诰，朴堂，行一过渝约百许人，遣人持帖来，亦遣人以帖答之。得缪小山信，并《学古编》一本，托荐其尊人仲英先生仲复处笔墨馆。

丁丑十二日(7月14日) 晴。代理巫山县徐令兆霖，虹桥，行一来。有周复瀌者，温江人也，窝娼开赌，买良为贱，引诱良家子弟，多行不义者，十余年矣。以其饶以资，交结牙役兵丁，故官司屡捕不获，至是予访之确，乃饬巴县掩而获之，合郡以为快。奉大府批发银一万两禀。

戊寅十三日(7月15日) 晴。得子湘、枚生、少莲信，又接阜康京报。子韩无信久矣，恐有别故，甚为悬之。得左六表妹书，嘱为次甥荐仲复馆地。

己卯十四日(7月16日) 晴。署铜梁邵令坤，荫南，一、黄深如均来见，出示晓谕。周复瀌起解后，倘敢潜回渝城，准军民人等捆送惩办。

十二时，日中午，王，食时辰，公，平旦寅，卿，鸡鸣丑，士，夜半子，皂，人定亥，舆，黄昏戌，隶，日入酉，僚，晡时申，仆，日昳未，台，隅中巳，日入卯，阙不在第，按入当作出。〇《左传》曰："日之数十，故有十时，亦当十位。自王以下，其二为公，其三为卿。日上其中，食日为二，旦日为三。"又曰："天有十日，人有十等。"右见王伯厚《小学绀珠》。

夜半子，鸡鸣丑，平旦寅，日出卯，食时辰，隅中巳，日中午，日昳未，晡时申，日入酉，黄昏戌，人定亥。

庚辰十五日(7月17日) 晴。文昌宫、吕祖祠行香，权奉节王令钟有，灵川，一来。内子诞辰，以国制不受贺。奉大府批回黔江销案禀。

辛巳十六日(7月18日) 晴。早出门拜客,邵令辞回铜梁。王令辞赴任。发两院禀。为味荃诸君申说不愿得奖缘由。接拔贡新令姚梦华兆元,扬州人禀,内附仲宣、荆南函,尚是去年所发者。收到子韩转寄悦卿寄来丝棉等物,已半年矣。夜半,奉大府函,饬将合同寄省,以总署来索也。

壬午十七日(7月19日) 晴。覆大府禀。将合同检送,由五百里驿递。得叔父、子湘、少莲信。

癸未十八日(7月20日) 晴。唁卢雪堂比部,接子韩信,知两湖制府奉命赴滇,办马加里案,翁中丞兼署督篆。又接悦卿信,知伯父及周臣大兄新茔已毕工。二月初六日破土,初十日登科。王太孺人暨九叔母柩已到湖,今年安葬,方向利否?尚须请人看视,从此又了一心事,快慰之至。又接小山致皂儿信,子韩赠《名人年谱》一函,乌木箸册双,得古残砖砚一方,存"嘉廿三"三字,考历代以来以嘉纪年者,惟刘宋文帝元嘉为最久,起甲子讫癸巳,凡卅年,余无有至廿三年者,定为刘宋元嘉残砖。

甲申十九日(7月21日) 晴。得子实信,饷瓜百枚,其地所产也,作书答之。阅京报,工部门神库、刑部、山东等司均不戒于火,以大旱故也。

乙酉二十日(7月22日) 晴。免衙参。腿生一疖四日矣,颇肿痛。吴子权来谈,接滇抚岑中丞函,托询马加里事,即日以所闻作覆,仍交子权转寄。寄子韩信,得阜康京报。

丙戌二十一日(7月23日) 晴。仁甫送阅江津张校官致周校官书,云白沙场地方现有啯匪,聚众滋扰,约望日分水陆两路攻劫场市,因机泄未行,而军石盘街已为匪踞,明目张胆,排列劈山等炮云云。即日遣勇往探。

四川考官潘斯濂、温忠翰,御史余上华劾户部郎中启,续命宝相国、毛太宰查办。

丁亥二十二日(7月24日) 晴,李听斋送阅万县差信,有李制军赴滇取道川境之说。

戊子二十三日(7月25日) 晴,晚阴,欲雨未雨,风来,颇凉爽。徐琴舫早来,辞以疾,已送书来,则以巴县讼案内有牵涉语,谓是李令及其门丁所为,此未必然,而门丁田姓,一曰田琴堂,则稔恶奸奴也。曾面告听斋驱逐,而仍未去,无怪人之多言矣。当婉词答之。而今瑞蕴谦为穷其狱,下午蕴谦来,力疾见之。

己丑二十四日(7月26日) 晴。李听斋来,面告之,复令其驱逐田奴。据蕴谦云,巴县案皆此奴一手把定,无论委员,即本官亦须听其指挥,不敢违拗,若然,则罪胜诛耶？得钟蘧翁书。热甚,疡痛,百事俱废,惟闭门学小乘定而已。下午,联星翁来谈。

庚寅二十五日(7月27日) 晴。不能见客,免衙参。

辛卯二十六日(7月28日) 晴,晚雨。张贻山来,痛不能见。得许云生书。

壬辰二十七日(7月29日) 晴,晡时大雷雨,夜复雨。奉大府复信,属追取合同,得子韩信,云:李制军于六月十一日交卸,约七月望后起节,并无取道蜀境之说。龙超得沈嘉瑜书,云:仲复须秋间方入都。

癸巳二十八日(7月30日) 晴。疡未愈,又以天骤凉,夜卧,感冒,惫甚。张文光以书来观。得缪小山信。

甲午二十九日(7月31日) 晴。廖合州来,扶疾见之。得周叙卿、王荩臣信。寄子韩书。

七 月

乙未朔(8月1日) 晴。委重庆府经历行香。寄京信,枚生一,叔父一,银四十。内附祖姑母卅,戴四嫂十两。子湘一,银八十。少莲一,银一百。内附颐女五十,柳顺十。

丙申初二日(8月2日) 晴。

丁酉初三日(8月3日) 晴。覆周叙卿书。晡时复得叙卿书,专足书，并附大府函。

戊戌初四日(8月4日)　晴。覆叙卿信，交原差带回。得阜康京报。

己亥初五日(8月5日)　晴。寄书卿信，并仲清昆仲，元卷五十金。又张稚秀六金，戴谱生四金，又寄悦卿信，托查明族中乡试几人，每人各赠元卷四番。

庚子初六日(8月6日)　晴。得少莲、枚生信，又得子韩书。手疡结痂。得味荃、幼莼信。

辛丑初七日(8月7日)　晴。寄苏信，并阿颖小衣箱一只，托郑均斋带汉，交子韩转寄。

壬寅初八日(8月8日)　晴。乔寿泉回渝。腿疡渐愈，左足又肿，时出黄水，大有溃意，颇不良于行。得幼莼信，并刻丝画一轴。

癸卯初九日(8月9日)　晴。寄大府禀。为覆合同事，又夔局事，另一禀为筹款弥补黔案用款事。又寄蘧庵书并银三百八十两。

甲辰初十日(8月10日)　晴。免衙参，晚奉大府函。

酉阳教案用款教堂收据。

丁卯三月初三日起至己巳三月廿五日止，计收票二十张，银十万两。上注有“酉阳和案”字样，锡任。

十一年五月初三日收票一张，计银一万二千两。注明“李中堂在汉口断，由川东道饬追赔还酉阳教案”字样，钟署任。

乙巳十一日(8月11日)　晴。接大府谕函，催合同事。又接幼莼信，屠太史带来，并绸一包。又接味荃信，为黔案筹款事，属致书钧卿。夜半雷雨，旋止。

丙午十二日(8月12日)　早雨，午后晴。五鼓，至会府行礼，并接毅皇帝尊谥诏书。雨后新凉，归署即卧，巳刻睡起，头岑岑然如巨鳌戴石，身拘拘如束巨絙，困惫万分，亟延沈子雄治之。

丁未十三日(8月13日)　晴竟日。夜昏昏沉沉，似睡非睡，身重不可转侧，子雄云：全是湿气迷漫，加以外感，故如此。服疏散兼理湿气药,觉少瘳。

戊申十四日(8月14日) 晴。神气少清,仍服子雄药。

己酉十五日(8月15日) 晴。下床少坐,而体惫不支。腿疡又因十二日行礼掣伤,至是复痛。本家少峰来。

庚戌十六日(8月16日) 晴。病少愈,仍请子雄诊治。

辛亥十七日(8月17日) 晴。左足肿溃,亦热气也。

壬子十八日(8月18日) 晴。子雄云:外感渐愈,惟须理湿兼治。停饮。

癸丑十九日(8月19日) 晴。奉大府覆函,肝气张甚,至不可转侧。

甲寅二十日(8月20日) 阴雨。免衙参。李听斋来。

乙卯二十一日(8月21日) 阴雨。各疾渐愈,惟左足加甚,医者云是湿热,须令出尽,不可壅遏。仲秋祭祀在即,因发禀乞假一月。

丙辰二十二日(8月22日) 阴雨,晚晴。子贤生日,遣皂儿往拜寿。蕴谦来。

丁巳二十三日(8月23日) 晴。得子韩信。

戊午二十四日(8月24日) 晴。服子雄清补药,精神稍健,惟肝气未舒。

己未二十五日(8月25日) 晴。得子湘、枚生、少莲信。又得仲清信,闻滇匪滋事,逼近叙永,遣勇侦探。

庚申二十六日(8月26日) 晴。子权送阅邸抄,仲复引疾,川臬放杜瑞联,辰沅道升也。

辛酉二十七日(8月27日) 晴。肝气少平。

壬戌二十八日(8月28日) 晴。

癸亥二十九日(8月29日) 晴。

甲子三十日(8月30日) 晴。以上皆养疴,无事。

八　月

乙丑朔(8月31日)　晴。委经历代行香。

丙寅初二日(9月1日)　晴。奉大府批回,准给假一月,安心调理。周叙卿来,下榻寒香半舫。

丁卯初三日(9月2日)　晴。与叙卿论夔局事,劝其迅速赴汉,不从。

戊辰初四日(9月3日)　晴。叙卿必欲代谋允委翁,令在玥往汉试办。

己巳初五日(9月4日)　晴。叙卿回省。

庚午初六日(9月5日)　晴。得阜康京报。

辛未初七日(9月6日)　晴。琦闻庭来谈,劝移卧室。

壬申初八日(9月7日)　晴。乔寿泉来,以交代期迫窘甚,假以二百金。得少莲、子湘、枚生信。

癸酉初九日(9月8日)　晴。委巴县代勘□□招犯。

甲戌初十日(9月9日)　阴,晚晴。合江庆令以滇匪信紧,整饬团练,请借拨军火。拨给抬枪二十杆,鸟杆八十杆,委未入流吴清臣解往。

乙亥十一日(9月10日)　晴。得子韩信,内附苏信,并褂料、对笺。

丙子十二日(9月11日)　阴,夜大雨。叙永探回,滇匪洪钧柏等,由云南镇雄州聚党二百余人,与邵姓械斗,窜至故坝,盘踞易姓寨内,分股在清水河、落木河木厂一带,焚烧掳略。

丁丑十三日(9月12日)　阴雨,寒甚。得蘧庵信。

戊寅十四日(9月13日)　阴,晚晴。寄叔父、子湘、少莲、枚生。

己卯十五日(9月14日)　晴。委经历行香,不作贺。秀山县禀,拿获聚众滋事之杨才二,就地正法。

庚辰十六日(9月15日)　晴。得子韩信。

辛巳十七日(9月16日) 晴。病渐愈,可以散步。

壬午十八日(9月17日) 晴。得江津王令禀,与叙永探报大致皆同。即日作覆,饬其整顿团练,严密巡防。

癸未十九日(9月18日) 晴。王江津来,属其速归。葆丞、乔牧同来,云交代已了。范若瑟书来,为石柱厅民教交争事,请委员前往,词尚恭顺,令伯度告知,昨有该处教民具呈,已批厅查办。

甲申二十日(9月19日) 晴。校《急就章》八页。星翁来谈,换戴暖帽。

乙酉二十一日(9月20日) 晴。瑞蕴谦、李听斋来白事。得少莲信,内附王芪臣书,即寄省。晚得钟蘧翁信,云叙永以滇边匪徒窜入告急,已调李子政前往统领,日来尚无警信,此十四日之说也。又云乡试三场,点名均于午初完事,为从来所未有,闱中亦极平安,惟金含章之子于头场题目后大书其父之罪,以曾害其友连臣自杀之故,约二百余言,起句曰"自古有仇,未有不报者也"云云,此老隐恶固多,而使子扬父恶于万人之前,报亦虐矣。窃意其子纵有憾于父,何至如斯,有凭之者矣?连臣者,保甲局士文生涂柏也。柏为人素强,同治十三年秋,忽郁郁不自得,若负重疚者,一旦,狂奔出郭门,至木洞,夜宿旅店,有伍伯隔屋语,柏闻之大恐,以为将缚己也,遂仰药死。当时以为遇祟,岂期迫于金耶?据李听斋云,省单被贴者,乃金承惠,其人乃贵州已到省候补知县,本年奉札来川催饷,自省回渝,十四日尚见之,无入闱理,疑是罗德山挟嫌使其党冒名作此狡狯,以众辱之,是又不可知矣。

丙戌二十二日(9月21日) 晴。李听斋云,闻有自永宁来者,言滇边之匪皆叙永绅粮,本为械斗而起,现赴叙永投诚,有缚献渠魁之说,不知信否。丁伯度禀,知承造炮船本日寅刻开工。安吉人施□□自湖来,云将将赴黔访其戚,需次知县,蒋令尹以疾未愈,未延见。

丁亥二十三日(9月22日) 平旦大雷雨,禺中止,日昳,晴。复卿送来加级纪录单，铨部所查也，似尚有失载，附录于后：

四川之东道姚□□任内有□仍带，随带加四级户部员外任，陵差二级，郎中任内捐二级。又军功加三级员外任内，同治三年克复金陵捷报。又纪录七次京官加级改。又黔抚保办理粮饷出力从优议叙加一级，纪录三次同治十三年九月十五日奉旨。又同治十二年正月二十六日恩诏加一级。又光绪元年正月二十日恩诏加一级。

戊子二十四日(9月23日) 晴。胡若川书来，云已从灌口觅得嘉石，可作磬材，重五百余斤，交药材船带渝，由巫德顺栈房转送，迄今三月，尚未见到。当令巫德顺清查，据称查问嘉定船帮板主，云见此石放在嘉定府迎春门河坝，因石太大，站了仓口，船不肯装，且灌县来货，均托嘉定帮，过载栈房非本号可比。是以不大经理，目今只有求饬嘉定府封船装运，或由府交货船搭运，庶板主不致推诿云云。查此石本为制造重庆府学礼器而购，今礼器已成而石尚迟迟未至，材大难为用，可胜慨哉！

己丑二十五日(9月24日) 晴。寄蘧翁、漱芳信。得少莲书。

庚寅二十六日(9月25日) 晴，晚小雨。得周叙卿信。禀大府销假。

辛卯二十七日(9月26日) 晴，夜雨，即止。委丁伯度至石硅办理教案。

壬辰二十八日(9月27日) 阴。验看綦江雷校官。大壮，宜宾人。覆周叙卿信。日入，雨竟夕滴沥不止，惜不大耳。

癸巳二十九日(9月28日) 阴，早雨，旋止，夜复雨。

九　月

甲午朔(9月29日) 晴。得子韩书，闻滇事有允，准开路通商及惩办文武，并抚恤马加利家四万金之说。邸抄：两广总督英翰罢，以江西巡抚刘坤一督两广，以江西布政使刘秉璋巡抚江西，升按察使李文敏布政使，以河南开归陈许道任道镕为江西按察使。福建按察使郭嵩焘开缺，以侍郎候补简张岳龄为福建按察使，命湖北布政使林之望江苏按察，应宝时开缺，来京另候简用。寄钟蘧翁信。

乙未初二日(9月30日) 晴。国子达来。

丙申初三日(10月1日) 阴雨。接苏州信。

丁酉初四日(10月2日) 阴雨。忠州牧罗鞠坡来。

戊戌初五日(10月3日) 阴雨。寄子湘、少莲、茗笙、炉青信物，托文冠卿带，又寄孙稼生信物，交翁复卿。

己亥初六日(10月4日) 阴雨。移卧室于左畔。寄书卿信，交蔚丰厚。侯鞠坡、琦闻庭来谈。

庚子初七日(10月5日) 阴雨。寄书卿信并对联、绉绸及季文衣料、靴子等物，又寄存磁锡器等物十七件，又子韩信并绢被，均交复卿带。得田子实书。

辛丑初八日(10月6日) 阴，晚薄晴。送文冠卿晋京，翁复卿赴汉上。宣少甫赠残碑二届，又一小角，两面皆有字，盖唐人所刻佛经也，本年二月灌县土人掘地得之，笔意绝似吾乡天宁寺石幢，殆亦经生书耳。蒋绍琬于光绪元年二月廿六日在部呈请扣奖，批准。晚接养翁札，知黔抚曾枢元先生于八月廿六日卒于位。夜雨。

壬寅初九日(10月7日) 阴雨。永川绅士黄培元言枭匪任书驮复回永川之四明场聚众滋事，以致大磨场、张家场、何家埂、松溉镇等处居民纷纷逃避，当即密函饬令刘令派拨兵役，督饬团练前往掩捕。得阜康所寄邸抄，鄂藩孙衣言，皖臬卫荣光，苏臬勒方锜，开归道德馨，江安粮道刘传祺，江西南昌府遗缺孙凤翔，安徽安庆府遗缺高崇基，河南归德府蔡赓良。顺天正考官毛昶熙，副考官崇绮、殷兆镛、徐桐，同考官张家骧、庆锡荣、洪钧、龙湛霖、李鸿逵、陈宝琛、许景澄、徐文迥、李郁华、鲁琪光、曹秉哲、施之博、赵汝臣、潘衍鋆、李殿林、曾培祺、贵恒、黄槐森。

癸卯初十日(10月8日) 阴雨。覆田子实信，交赵纬卿。张贻山、侯鞠坡、李听斋、余云墀、何小泉来，鞠坡辞回忠州。

甲辰十一日(10月9日) 阴雨。彭鸿川辞赴省。购得《史通削繁》初印本,其直千二百。联星翁来谈。

乙巳十二日(10月10日) 阴雨。调署东乡县事庆符孙令定扬,号少堂来,为绥权致书熙台托交代事。

丙午十三日(10月11日) 晴。申刻至星翁处,回过听斋,未遇,在蕴谦处小坐,复与星翁遇,各散回署。盖自七月十二日至今,已两月未出门矣。得养翁书,知皂儿黔省保举,已奉部覆准。

丁未十四日(10月12日) 早阴,午后晴。得子韩书致海珊,附顺天及江浙等省乡试题目后另汇记。八月八日邸抄:候补侍郎郭嵩焘二品顶带。直隶候补道许钤身派使英国钦差大臣。会星翁禀两院请设炮船十号,以资巡防。

戊申十五日(10月13日) 晴。平旦,诣文昌宫吕祖祠行香,还至朝天门外江干,送星翁赴太平巫山会哨。得蘧翁书附漱翁一函。派乔寿泉赴永川会拿盐匪。

己酉十六日(10月14日) 阴。永川刘令由六百里禀:占据朝阳寨之匪杨姓,系另股,势甚猖獗,请发兵勇剿捕,复派副将张廷秀率劲勇三百同乔牧行,并札江津、荣昌率团会和。周叙卿来,晚奉两院札并函,饬催叙卿迅速赴汉。寄子韩信,又寄恬波信,托子韩交乾裕转寄,得蘧翁书。

庚戌十七日(10月15日) 阴,晚晴。促乔牧、张副将行。巴县探报与永川禀同。泸州探归,亦有闻永川、荣昌之间另股滋事之说。晚,听斋送江津信来看,云任韦驼一股已将舒璜家焚毁,并劫盐店,往悬崖场一带去讫。禀两院调拨劲勇赴永川防剿,并咨报销筹饷局。附蘧翁一书。

辛亥十八日(10月16日) 阴。辰刻接永川刘令禀,云朝阳寨踞匪已攻克,拿获匪首廖付全,余众解散。批令会同委员乔牧查明有无余匪,并泸属崇德寺匪踪现在何处,应否将昨发劲勇留于该县弹压,且以前禀匪首系杨姓,此次又称生擒匪首廖付全,饬令查明匪首究竟是何姓名，并札乔牧密查此股贼匪究系从何而来，因何起事，由五百里飞递。

壬子十九日(10月17日) 阴。送叙卿赴汉口，并假以二百金，还过周春翁、养翁、吴子权、徐琴舫处小坐。遣沈占春、高驭富各赴汛地，劝办乡团，并给以手谕。晚，委员李珍送阅贵州保案覆准册：

下游肃清案内带队协剿擒渠平巢，候选主事姚慰祖请免选本班，以知州分发省分归候补班补用。同治十三年十二月十八日具奏，光绪元年正月十六日军机大臣奉旨着照所请，该部知道，钦此。七月十六日黔省接吏部咨准。

癸丑二十日(10月18日) 晴。堂期，接见僚属。寄子韩、倸初、复卿信。接吕静信，并寄《艺海珠尘》一部，《平津馆丛书》一部，瓷花瓶一，漆帽架二。又制府吴公寄赠《文章轨范》《叠山注解章泉涧泉二先生选唐诗》《小学集解》《近思录》四种。访闻忠州讼棍邓仁瑞即虹桥，潜匿江北，密饬江巴捕拿，获之。

甲寅廿一日(10月19日) 阴，晚雨。得永川令禀，述前功而更正不伦，语大致与前相同。善则归己，过则诿之于人，其心可恶。晚得委员乔牧禀，言攻克朝阳寨是团民之力，并论任韦驼情形，当批准将劲勇留于永川，仍将始末缘由具禀大府，请调裕字营谢思友一军赴永驻扎，以防任韦驼窜越，会合兜拿。得子韩信，知夔局事，非叙卿不可当[①]，致书叙卿，促其速行，饬县飞递。

乙卯二十二日(10月20日) 早晴，旋阴。发大府禀，并咨省局移重庆镇，分别札行各属。致蘧庵书。

丙辰二十三日(10月21日) 晴。接江津等县禀报，任韦驼逃避无踪。购得元人铜记五枚。

丁巳二十四日(10月22日) 阴雨，晚大雨，竟夕不止。奉大府

① “信知夔局事非叙”六字，稿本原作“乙卯二十二日，早雨旋止”，此处原或有误写，贴纸重写，今贴纸脱去，据抄本校改。

批示，饬调重庆左营琦游击所部精兵赴永防剿，以永防较松，请留于渝城弹压。仍请调裕字右营至永川驻扎，兼顾秀山，即日禀复，并咨省局移重庆镇及左营，仍分别札行重庆府及永川、荣昌、江津三县委员乔牧。

戊午二十五日（10月23日） 阴。堂期，接见僚属，免佐杂官衔参。得子韩书，又接枚生、少莲信，阜康京报。

邸抄：以京尹杨庆麟为广东布政使，天津道吴赞诚为顺天府尹，升正定知府刘秉琳天津道，八月分大选四川宁远府知府王福保江南盐道。

己未二十六日（10月24日） 晴。永川县刘令、委员乔牧会禀擒获贼匪张序亭口供，请定罪名。批令通禀请示。又乔牧禀永、荣等处情形，饬令亲赴各县，会同地方官妥办，兼发给告示，以安反侧。

庚申二十七日（10月25日） 晴。谢益斋文来，云现扎来凤驿，请定以驻扎之处，即飞移请其回扎永、荣交界之处，以便策应。发各县暨委员札并告示，以昨定稿，今日方缮写发行也。致绶权书，即附札内。复接永川县委会禀，绶权带百人西行，即批答准如所请办理。得复卿夔州书。

董东亭《东皋杂钞》，庆青姓章氏，润州金坛田家妇也，工诗词，不假师受，然不以村愚怨其匹，似即《西青散记》中之双卿。

辛酉二十八日（10月26日） 晴。新选长寿林令之爔来，号焕臣，安徽怀远人，携缪鸿初同年自京寓书来，附六朝造像拓本八种、水笔三十枝，又葛味荃书，附李秋门诗稿一部。

壬戌二十九日（10月27日） 晴。荣昌县禀，朝阳寨获贼，供内有赵海山，已为团练杀死之语，与永川县讯取张序亭供不符，批令再行确讯通禀。得乔寿泉书。

癸亥三十日（10月28日） 晴。寄裕字右营谢协戎书。又寄黔江盖署令书。

十 月

甲子朔(10月29日) 晴,夜雨。奉大府批,已有虎威宝营驻泸州,仍令裕字右营、达字前营赴涪州驻扎,听候调遣。另札饬会商永宁道李统领酌定缉匪章程,并准李子政来移前事等因。行香回署,有拦舆具禀者,列永川绅士五十余人,告官聚敛养勇縻费。其递禀者,讯名郭联升,亦词内有名,自称粮户家,有八百石租谷,而状殊顽梗,不类安分富民,乃委重庆府经历曾鹝往按其事,而令永川拔贡宋生柟探其底蕴。

乙丑初二日(10月30日) 阴雨。早发裕、达二营移文,请其移扎涪州,并以前二事札知永川及乔牧,附致乔牧一函。巳刻,宋生来,云永川人之在此者,皆不知其事,其郭联升者,昨使人往视,即张事周,自云闻欲解往备质,见地方官则不得了,恐将遁矣。亟使人往传,则已遁。晚,得绶权书。

丙寅初三日(10月31日) 阴雨。恭迎孝哲毅皇后尊谥,礼成,宝诏。曾经历辞赴永川。

丁卯初四日(11月1日) 阴。候补守宋少泉仕辉丁内艰回江西万载县原籍,来见,即往答拜。达字前营何春台、副戎荣贵率所部来,委云墀赴夔郡照料英人。

戊辰初五日(11月2日) 晴。堂期,接见寮属,裕字右营谢益斋、副戎思友率所部来。

己巳初六日(11月3日) 晴。裕、达二营赴涪州,禀两院委员赴夔由。接子韩书,附江浙题名录,亲串族友中无一中式者,为之短气。又接子湘书,附闱艺一篇,颇不佳。又接枚生书,附高丽参一斤,又费且泉书,均秀山典史方奎元带来。奎元号子善,歙人。且泉京寓,曰居方略馆供事也。晚,接刘令、乔牧会禀,请撤劲勇回渝,以节靡费。

庚午初七日(11月4日) 阴。批答刘令等会禀,准其撤防,解武字副前营月饷。通判施德培因病请假，委候补巡检沈清淦代之。宋生丁外艰，赙以十金。寄子韩书。

辛未初八日(11月5日) 晴。得翁复卿夔州信，云杜廉访于九月晦可到夔州，由万县起旱赴省。又得范次典寄果脯金腿，并虎臣通州信，均温味秋星使带来，由华阳令吴地山寄，由巴县转送。

壬申初九日(11月6日) 薄阴。沈春波领饷赴雷波。丁伯度来，云昨晚生一女。

癸酉初十日(11月7日) 畅晴。鸡鸣，至会府行礼，还至周养翁、延小颜处，均未见。得少莲、枚生信，又得子韩致海珊书，内附顺天题名录，徐咏虞之弟莱臣中式。湖郡中五人，顾云衢安吉，徐世飏即莱臣归安，王绍廉归安，冯文蔚乌程，陈兆甲归安。

甲戌十一日(11月8日) 阴。曾经历来所，按永川事皆子虚，置不议。前归安令雷乐山来。得蘧翁书。邸抄：崇沛如大空卒官，以左都御史魁龄为工部尚书，授景廉左都御史。

乙亥十二日(11月9日) 阴雨，晡后大风。乔寿泉率劲勇回渝。午刻送周春翁之官云南，答拜雷乐山，唁胡琴仙太守，过江至葆芝舫牙斋少坐，归。周养翁云，黔抚放黎简棠，林桢伯升藩司，贵西道余思枢升臬司，新授贵西道闻系姓曾，而未得其详。

丙子十三日(11月10日) 晴。胡琴仙来，言达字营事甚悉。李子政专勇送会禀来，请会印，即日作覆，仍交来勇赍回。

丁丑十四日(11月11日) 晴。体倦甚，是受寒之故。得锡厚庵兄书，又得豪卿书，为遣散达字前营勇丁拨饷事。

池上夫容二株，种四年矣，今秋方见数花，诗以纪之：

池上花枝斗绮霞，新栽杨柳亦栖鸦。夫容独自能珍重，四载方开五六花。

戊寅十五日(11月12日) 晴。平旦，文武庙行香，禀大府劲勇回渝日期，附陈署铜梁令邵坤向日声名平常，现值县试，恐未孚众志由。夜雨。

己卯十六日(11 月 13 日) 晴。候补牧湝溥浔生来,瑞蕴谦之亲家,送女到渝也。得子韩信,又得阜康京报,并题名录。附录藩库大使抄呈俸廉单。

川东道全年应食俸银一百五两,养廉二千两,八折,实银一千六百两,共一千七百五两。

养廉内搭一成旧炉钱,一百六十千文,内搭三成,当十大钱四千八百文,实给钱一百十二千文。

扣赏番二成,银三百二十两,照九九例,折给钱三百十六千八百文,内搭三成,当十大钱九千五百四文,实给钱二百二十一千百六十文。

原额工费二成,银四百两,副销二成,银三百二十两。

各台公费银十六两六钱。

俸廉内扣二两平银,一百二两三钱。

添扣六分平银,一百二两三钱。

折放三成官票,核减银一百五十三两四钱五分。

四厅经费银四百两,预筹经费库平银九十六两二钱。

穷员帮费银四十两。连钱文。

共扣银二千一百一十两八钱五分。

除扣各款外,不敷银四百五两八钱五分。

又补录:

小园鞠花盛开,取酒对酌,陶然有作:

闲从老圃访花丛,浅白深黄地数弓。远岫依依朝舍北,疏篱短短在墙东。三秋细洒沾泥雨,九日平吹落帽风。恰喜白衣人送酒,陶然赢得醉颜红。

夜巡行街衢,有犯宵禁者,鞭二人。月色佳甚。

庚辰十七日(11 月 14 日) 晴。答拜湝浔生。遇周养翁,小坐。候补知县锡纶催巴县交代来,自云伊祖乾隆癸卯举人,内务府□□旗人。

辛巳十八日(11月15日) 阴,雨时作。昨止署云阳县事彰明令何庆恩恺堂来,桂林人,赠《太白集》,彰明所刻也。遣沈庆颐赴铜梁查案。

壬午十九日(11月16日) 阴雨。候补令翁植来。翁,长沙人,曾任达县典史,颇洁修自好,故令清理巴县积案,至是始至也。人定,五花洞不戒于火,亟往督救,夜半方归。

癸未二十日(11月17日) 阴雨。免衙参,答拜何、翁二令。得少莲书。晚,饯别曹莲生。廿一日。

甲申二十一日(11月18日) 阴雨。毛部郎来,名庆蕃,号实君,同治癸酉举人,小梧先生之孙也。得阜庆京报,无事。

乙酉二十二日(11月19日) 晴。买得鳝鱼八十斤,放之渝江。

丙戌二十三日(11月20日) 阴,微雨。郑比部连寿介卿来,甲戌进士,贵州思南人,原籍浙江浦江县,张药农之甥也。

丁亥二十四日(11月21日) 晴。出门拜客。

戊子二十五日(11月22日) 阴。大女为冰臣除服,借江南馆地。是日堂期,接见僚属,闻者俱往,惟巴县伪为不知,不去。徐琴舫来,得子韩信,又接仲清信,内附吕定子寄吴子权一函,并针黹一包。又接鹄山信,内附潘大理一函。少泉回渝,拿获代人投送匿名揭帖人姚洪业,发巴县。

己丑二十六日(11月23日) 阴。瑞蕴谦娶妇。发达字营军饷,饬委员知县罗云碧等迅速解往涪州,限月内到。遣谢未入、庆蕃赴铜梁提徐春亭案。

庚寅二十七日(11月24日) 阴,微雨。张药农寄赠安邑币、铲币各一,汉印二,一部曲将,一漫漶,惟“淳于”字尚可辨。又锡雁足灯二,仿方缘仲所藏者造也。

辛卯二十八日(11月25日) 阴。出门拜客。种梅花,一枝于君子轩廊下,一枝于富贵砖室阶下。

壬辰二十九日(11月26日) 晴。寄京信,并各家炭金,共银二千九百九十八两，托蔚丰厚汇。又寄蔡研农一函，并书价银一百卅二两。又寄子湘一信，并何姑太太银六两。

癸巳三十日(11月27日) 阴。

十一月

甲午朔(11月28日) 晴。平旦，文昌吕祖祠行香。接缪小山信，属为集腋。寄还代校《中州金石目》《说文检字》二书，又寄赠景宋钞《棠湖诗稿》一册甚精，成都府学宋元碑拓三种。又得候补通判陈顺义宜之来禀，内附族侄学谦一书。据云祖培滏游幕至湖北，转徙郧阳，娶妻生子，即其父也，名经纶，已故，均葬郧阳。五叔祖培兴曾因索逋便至其地，始悉故里大概。壬申，有叔金元往汉中，舟过郧阳，复悉桑梓兵燹后，宗谱废毁。甲戌，晤同乡钮大令福倍，因知贱子在此，故因其僚婿陈通判寓书，殷殷以谱牒为问，而本身系何支何堂，未经叙及，寓郧何业，亦未述及，附送金桂烟一包，云系家造，然则业烟与？

乙未初二日(11月29日) 晴。张文山自綦江查案回。得子韩信，知翁复卿已到汉口。

丙申初三日(11月30日) 晴，晚微雨。粥厂首事江宗源等来见。午后至保甲局，传八省客长，令其筹捐粥厂经费，自捐银五十两为倡，李听斋亦捐五十两。听斋赠珊瑚顶，却之。

丁酉初四日(12月1日) 阴。署铜梁县邵坤中送宋汤氏抹颈身死案卷二宗，略加披阅，谬讹不可胜数，可恨也。

戊戌初五日(12月2日) 阴雨。堂期，接见僚属，瑞蕴谦谢而不答礼，可异也。得子韩、复卿信，又得子湘、枚生信，又接阜康京报。寄缪晓珊书，交大帮。又寄合州程五楼铨部书，并荣昌干脩廿四金，交陕西街积成公绸缎店。铜梁绅士陈世五仪部昌来，傅鹏秋辞赴学使幕阅文。

己亥初六日(12月3日) 雨。接苏州信。

庚子初七日(12月4日) 晴。寄子韩、复卿、葆初信，得阮彦明大令书，寄汉弩机拓本二。

辛丑初八日(12 月 5 日) 晴。延小颜来谈六吉事，有绝可笑者。委香国寺差货厘李廷模，盐厘吴清臣，劝办蚕桑罗瑞云，城内保甲史旆悠，城外保甲彭蕴遂。

壬寅初九日(12 月 6 日) 阴。至柑子坝吊宋生柟。

癸卯初十日(12 月 7 日) 晴。免衙参。得复卿信。

甲辰十一日(12 月 8 日) 阴雨。谢未入提铜梁案犯徐春亭等回渝。邵令门丁廖大脱逃，即札令交出。

乙巳十二日(12 月 9 日) 晴。吴晓翁生日，邀在来鹤轩吃面。合州蒋太史、贵筑黄礼部来。礼部名毓崧，字春台，号稚高，行三，癸酉拔贡，七品小京官，本科中式举人。

丙午十三日(12 月 10 日) 晴。周养翁、陈世五来。委张文山审荣昌罗士谓争继案，一堂而结，健吏也。

丁未十四日(12 月 11 日) 晴。罗士谓案内被告唐兰芬，即唐毓桢，伧父之尤也，狞不服，乃亲讯而以属吏。赵太史宗鼎来，号嵩丞，贵州人，曾居大吏幕府，老于世故者也。闻铜梁汤金玉为邵令等所阻，以密札饬李丞查催，专勇送。

戊申十五日(12 月 12 日) 平明大雾，禺中始霁，夜月色皎然。龙神、火神、城隍庙行香。日中，星翁归自夔府，出朝天门迎之，遂至粥厂祝吴子权太夫人寿。听斋来谒，龙超暂回，仍宿试院，作《汉印偶存序》一篇。

己酉十六日(12 月 13 日) 晴。寄子韩信，又寄鹄山、小山信，托子韩交乾裕转寄，又寄潘大理函，并银二百两，托鹄山转送。

晨起，督园丁扫落叶，得小诗一首：

呼僮扫落叶，侵晓入花园。欲使此中洁，时时勿惮烦。

庚戌十七日(12 月 14 日) 晴。琦闻庭、联星翁来，星翁言一路官声，以张文山为最好，沈德浩最不堪。合江绅士胡大令醴源曲臣来辞，赴湖南候补。

辛亥十八日(12月15日) 晴。答拜星阶。寄王耕娱弟信,并江绸袍料二件,浣花锦被面二个,大藏香一匣,厚朴花二匣,《说文校议》一函,《咽喉脉证通论》二本,《石鼓文》一册,《座右铭》《佛图关铭》各一分。得余云墀禀云,探闻英员于初二日自汉起程。又得侯鞠坡密禀云。

壬子十九日(12月16日) 晴。李蓉洲传送铜梁原告汤金玉、宋远发到案。署梁山沈德浩卸事来渝,以其太劣,屏勿见。作《汇刻三十五举序》一首。

癸丑二十日(12月17日) 晴。堂期,接见僚属,免佐杂衙参。寄苏州信,并银二百二十两,又湖州信,并银一百廿两,均交仲清。

甲寅二十一日(12月18日) 晴。提讯铜梁案,众供确凿而本犯徐春亭坚不承认,添提见证宋天保等。接复卿信,知周叙卿于初三日到汉上,钟蘧翁自省来渝,赴夔局厘差也。

乙卯二十二日(12月19日) 晴。蘧翁病,不能登岸,往舟中视之,言省垣近事甚悉。假得明人钞本元潘昂霄《金石例》二册。得鹄山信。

丙辰二十三日(12月20日) 晴。早贺周养翁迁居,遂至闻庭、小颜处。复讯铜梁案,徐春亭仍狡展不承。丁伯度辞赴老关口等处修工。

丁巳二十四日(12月21日) 晴。黄翔云同年奉讳旋鄂,舟泊朝天门,往唁之。种梅花十六树于洁园。

戊午二十五日(12月22日) 长至。晴。鸡鸣,赴会府行礼,平旦而退。日昳,至翔云舟祭黄年伯母,寄余云墀信并银百两,交委员汤世荫带交。集大父、世父暨先府君手制印成册,作序一首。

己未二十六日(12月23日) 晴。县试毕,龙超回署。复讯铜梁案,宋光品等供证凿凿,徐春亭仍不招。

庚申二十七日(12月24日) 晴。委沈清淦管唐家沱货卡,汤世荫盐卡;徐世潢黄沙溪货卡,黄景仕盐卡。

辛酉二十八日(12 月 25 日) 晴。星翁、闻廷来谈,即共晚饭,丙夜方散。铜梁李令解徐春亭案内王海山至,亟讯之,供认不讳。

壬戌二十九日(12 月 26 日) 晴。得子韩信,叙卿事尚无眉目。寄彭漱芳信,内附恬波函,交蔚丰厚记。黄按知继香次农赠大梅树二株,种之君子轩东窗下。

癸亥三十日(12 月 27 日) 晴。巡抚贵州副都御史宫保曾枢元先生灵榇自黔来,暂停广东会馆,偕寮属出千厮门迓之。复讯铜梁案,徐春亭认供,饬令具结,听候详办。

十二月

甲子朔(12 月 28 日) 晴。晨起,文武庙行香,午刻,公祭曾宫保。得李少莲信。

乙丑初二日(12 月 29 日) 晴。诸寮宷以贱辰来祝,均辞不见。晚,汤幼舲来,知英人明日可到。

丙寅初三日(12 月 30 日) 晴。出门谢客。曾宫保灵榇行,同人至两路口候送。星翁以感冒未到。酉刻,余云墀来,知英人已到,泊太平门。晚,亲提铜梁案过堂,徐春亭画供。得李玉阶信,并转寄英员信,即送交。

丁卯初四日(12 月 31 日) 阴。伴送英人。署天津海防同知宋丞宝华来见,上虞人,同乡也。号吉堂。

戊辰初五日(1876 年 1 月 1 日) 阴。穆宗忌辰,余令禀英员欲来相晤,辞以不便见客。

己巳初六日(1 月 2 日) 阴。酉刻,英员来,即往答拜。格维讷极老实,达文波亦和顺,惟贝得禄口操京腔,狡猾已甚,虽只闲谈,颇事舌战,幸未为所屈耳。伊云:欲走屏山小径。告以恐地方官及伴送之员不能担承。问:何以不能?答以中国行路,若商贾及平民人等,自相往来,则各听其便;至关照地方官,则自有一定官塘驿站,即如此次薛大人赴滇,并官员来往,无一不走大路,诸君远来是客,各州县官均奉上宪札饬照料保护，若任走小路，则大非优待之意。伊云：此是我们自己愿意。即顾而之他。又提及洋药，问：中国所吸，外国与中国孰多？答以官长及军士例不准吸，百姓之事，不便预闻。问：既不预闻，何以又收其税，中国岂不知此物之为害乎？答云：若害其害，正须要问贵国，若非贵国将此物传来中国，何至流毒如此？既已开禁，则收税亦不为过。相与一笑而罢。禀咨英员到渝日期。

庚午初七日(1月3日) 阴。申刻，英人解维。晚，与张文山话别。

辛未初八日(1月4日) 阴。拟禀覆平反铜梁案稿，即劾知县邵坤。张文山辞回省。徐克斋来。

壬申初九日(1月5日) 阴。约徐克斋晚饭，酒三行，曹家巷不戒于火，即步往督救，丙夜方归。

癸酉初十日(1月6日) 阴。克斋辞赴叙郡省亲，赠以二十金。示谕鞭炮铺，概令那往城外，以曹家巷鞭炮铺丛集，被灾时蔓延难救也。得子韩信并《左传》六本。

甲戌十一日(1月7日) 阴。缪小山来，即请校勘书籍。寄子韩信，并北周造像精拓本。

乙亥十二日(1月8日) 阴。新选黔江令李文馥来，号古香，湖北宜城县人。涪州鹤游坪州同张春熙乞病，闻为差役借教滋事，团众不服故也。文牧禀府请代办，府委候补从九品孔庆云，兼令候补知州宣绍贤往。按其事，孔出身微，人所共知，而独委彼，何哉？

丙子十三日(1月9日) 阴。阅视团练冬操，遂及卫队，各赏罚有差。既毕事，复验收炮船，自朝天门归署。大足县事名山令杨锡荣卒官，府委候补令李光烈往代理，亦非循良吏也。正告之，不听，以此事应由府委取藩司进止，故听之。人苦无知人之明耳，明知之而故昧之，其亦有道乎？不然，何知之昏也，嗟夫！秦涛安领饷来，谈省事甚悉。鸡鸣，有贼自山后来，击柝者逐之，逾垣去。

丁丑十四日(1月10日) 阴。平明，邻之失物者争来告，审贼去路,有梯一,倚于墙,墙以内客栈也。亟捕之,获一贼,邻之失物在焉。先是,巴县段校官、经历曾鷴皆夜失物,悬求之不得,至是亦并获焉。陈金山者,贼之魁,其副何桂子,桂子既逮,金山尚作狎邪游,伍伯至,缚而归,乃以属吏。黔江李令辞赴任。

戊寅十五日(1月11日) 阴。平明行香。云阳令叶诚斋来。寄彭漱芳信,并银六百五十两,交蔚丰。接少莲、枚生信,又接稚川信,内附恬波致方芰函,即寄漱芳。

己卯十六日(1月12日) 阴。闻星翁疾,遣使候之。

庚辰十七日(1月13日) 阴。委乔牧丁丞充庆元军水师炮船营务处,委千总何三级守备白占胜等管带师船。

辛巳十八日(1月14日) 阴。禀制府核算巴县夫马筹议情形并章程十四条。得子韩信。

壬午十九日(1月15日) 阴。卯刻封印,穿补褂,挂朝珠。晚,同幕府诸君子小饮。

癸未二十日(1月16日) 微晴,午时见日。免衙参。闻江北长庆、保安二团首为枭匪掳捉,使人视之,信。檄江巴会拿,并派知州乔世清会办。作《中州金石表目后记》一首。

甲申二十一日(1月17日) 阴。江巴来见,与之语,多诿卸,遂决意亲行,始允往捕。乃为定期二十六日。札合州、璧山届期会合,仍令乔牧率炮船同往。得子韩信。晚,作《说文检字后记》一首。

乙酉二十二日(1月18日) 阴。寅刻蜡祭百神。

丙戌二十三日(1月19日) 阴。江巴团绅具禀云:枭匪已被团丁击散,落水死者无算。余匪窜往上峡澄江口、二岩、温江峡等处,仍饬四厅州县跟踪搜捕。未刻至星翁处,病已愈,尚惫,少谈而归。忠州禀敦里八甲巡检黄祖坚擅受逼酿命案,请撤参。

丁亥二十四日(1月20日) 阴。江巴暨委员禀辞会剿枭匪。合州、璧山各禀知如期会剿。撤黄祖坚任,委未入流谢庆恩代办。八房十一弟丽生自河南来。

戊子二十五日(1月21日) 晴。唐家沱送来假冒公差擅索客商之犯人□□□一名,即枷责示众,委余云墀总查漏厘。赵明经接管老货厘局,沈承烈劝办蚕桑。

己丑二十六日(1月22日) 晴。得宋丞宝华泸州来禀,云英人仍坚执屏山之说,语多谬妄,阅之使人不欢。吴吉人遣百种子书来,子韩所托带也。

庚寅二十七日(1月23日) 阴雨竟日,夜不止。购得《皇清经解》《五礼通考》《全唐诗》《函海》各一部,其值四十四金。葆芝舫、李听斋、乔绶权查盐匪,回渝销差。

辛卯二十八日(1月24日) 阴雨。石砫厅照磨徐懋业禀报同知王燕琼因病出缺。

壬辰二十九日(1月25日) 阴雨,夜半晴,明星烂然。委丁伯度代办石砫同知篆务,乔绶权坐办委审局吴子明保甲局差。托缪小山带寄子湘信,并《偲进斋丛书》八部部计十种,印谱一分;锡厚安信并《说文校议》《丛书》各二部,印谱一分送厚翁,《石鼓》《佛图关铭》各二分内文冶庵一分,托厚翁送;陈培之信,书、帖同上内潘伯翁一分,托培之送。叶子固兄信,并春茶二桶;杨葆初信,并银伍拾两;又潘生清荫银四十两原缴上年蒙馆修金,仍还之;姜生子成、施生缙云各银八两。晚得葆初兄书。①

---

① 抄本此后有一句:"谨按,乙亥日记,全年无阙。"

光绪二年[1]

正　月

初二日(1876年1月27日)　晴。送缪小山、熊安生计偕入都。孙刺史元超来，带到悦卿信并蚕种一篮，又守梅信并绉䌷一匹，《府志》一函。

初三日(1月28日)　晴。奉大府批，铜梁徐春亭案，行司分别办理。又奉批，巴县夫马案及新定章程，并请裁店纤，均照准。孙让卿言扬州摹印有程同寿，号六云，杭州人，现当保甲局委员，住徐凝门大街。

初七日(2月1日)　阴。行知巴县夫马案。谕张文光，令拣选写字人来渝。晚，绥定府禀东乡县刁民袁廷蛟聚众滋事，即刻批令妥筹办理，倘敢抗拒，即督率剿办。购得读画斋重刻《群贤小集》残本三十六种[2]，任氏《述记》、《乌程县志》一函。

《述记》二函，国朝震泽任兆麟摘抄，盖供帖括之用，书塾中最善本也。录其目于后：

《述记》总目　遂古堂正本

上册之上

《夏小正》《鬻子》《逸周书》《周公谥法》《武王践阼》《弟子职》《管

---

① 此年日记据上海图书馆藏《弓斋日记》抄本卷七整理，卷端题作"《弓斋日记》卷之七丙子，分巡川东"。

② "画"，抄本原作"书"，据顾修所刊丛书名改。

子》《老子》《晏子春秋》《家语》

上册之下

《曾子》《书序》《诗序》《孙武子》《司马法》《周易乾凿度》

下册之上

《尸子》《荀卿子》《庄子》《楚辞》《小尔雅》《尚书大传》《大戴礼记》

下册之下

《河间乐记》《贾子新书》《春秋繁露》《韩诗外纪》《新序》《说苑》《列女传》《法言》《白虎通德论》《说文》《汉纪》

十一日(2月5日)　晴，午阴，小雨。覆子韩信，并寄洛阳六朝造象拓本九种。牌示巴县夫马案。省钞：葛味荃署梁山令。

十五日(2月9日)　晴，风和日暖。寄葛味荃书。得东乡县禀，袁廷蛟集众，势甚猖獗，即为转陈大府，请派文武大员前往查办。乙夜巡行街衢。

十七日(2月11日)　阴。提盐委员唐丞来。省钞：大府乞病，准开缺。两湖李筱荃制军调四川，未到任，以前文方伯护理。前遣往涪州之刻碑人归。

十八日(2月12日)　阴，微雨。得宋丞宝华信，知英人于上年除夕行抵屏山，因见山高滩险，始由水路回至安边，仍从高、珙、筠连而去。又接缪小山信，云在涪州访得石鱼题字七十九种，皆宋元刻石。即日寄书宣黼孙，令督工人搥拓。

二十日(2月14日)　阴。寄田子实书，托购唐人写经。又寄胡若川书，托觅驻灌县之成都水利同知衙门内唐刻佛经残石此地当是唐之废寺，故发地往往得之，皆两面刻字，惜石粗顽，不得作砚。得英人已于初九日自安边宜宾县属去讫。寄钟蘧翁书。宣牧遣人送到石鱼题刻一分，计八十五种。

二十二日(2月16日)　阴，小雨。涪州吏目沈芝茂松如送到石鱼题刻一分，以拓手不精，且只二分，不敷分赠也。别遣程忠至涪，督刘匠搥拓。又致宣黼孙书，托长寿林令转交，以昨送石鱼文字者，长寿差也。

二十三日(2月17日) 阴。薛校官来,言礼器库已一体毕工,现督诸生演习礼乐,遂往礼器库观诸生演习礼乐。

二十七日(2月21日) 晴。出门拜客。至星翁处,观所刻磨崖"忠孝"二大字,在署左箭道山上。晚,虎威宝营李观察光岳,号仲恒来。

二十八日(2月22日) 晴。虎威宝营刘提督道宗,号子幹,行三来。回拜李仲恒,复亲至江干送刘、李二君,即日开舟东下。东乡探勇回,得孙小堂书,言袁廷蛟要约五条,请减钱粮,绥定易守,已如所请出示,尚聚众不散。

二十九日(2月23日) 早晴,旋阴。禀大府东乡情形,请派大员会同前往查办。寄张药农书,并重摹《石鼓文》《观世音造象》《佛图关铭》各二分。又瞿经孳书,托药农转致,均交赵纬卿寄陕。

二　月

朔(2月25日) 阴雨。李子政军门来,议定从万县起旱,由开县一路至东乡。得子韩信,并书四本。

初二日(2月26日) 阴。同星翁至府学演礼。接东乡孙令禀,与前情略同,即刻批答,并致书告以虎威宝营过渝日期,并禀请亲往情形。

初三日(2月27日) 晴。范若瑟来,言鸳鸯桥民教构衅,委巡检刘兆亨往察之。得厚安书。

初四日(2月28日) 阴,夜雨。得督院批回炮船招募成军会禀,系护院衔刘兆亨回云民团已散,照磨勘验,民教均有伤痕。

初五日(2月29日) 阴雨,午后微晴。行释奠礼于先师孔子,初用礼器,觐元所造也。鸡鸣行事,平旦而退。执事有恪,跻跻跄跄,观者太息,以为邹鲁之盛复见于兹。得子湘、少莲、炉青书。寄子韩信,内宋丞一函附。

初六日(3月1日) 阴。祭社稷坛,礼成。至近郊观穑事,遂至临江公所小憩。小春甚茂畅,惟田水少歉耳。书贾赵、张二生自京师来。赵,同立堂夥;张,善成堂夥也。携有厚安书,将在此景刻《通鉴集览》。又携来文贵魏生书,寄《知不足斋丛书》三十函。二生云,善成书肆已易主,系厚安、冶庵出资,令同文贵共司其事。晚,张文光来。

《古经解汇》钟谦钧辑,冯端本刻于广州

《郑氏周易注》孙氏廿一家注本

《陆氏周易述》同上

《周易集解》学津、雅雨合校

《周易口诀义》岱南阁本

《易纬八种》聚珍本

《尚书大传》闽陈氏本

《韩诗外传》通津草堂本,用学津本校

《毛诗草木疏》山阳丁氏本

《春秋繁露》凌氏注本

《春秋释例》聚珍本

《春秋集解纂例》经

《春秋微旨》同上

《春秋集传辨证》龚氏玉玲珑阁本

《论语义疏》知不足斋本

《论语笔解》艺海本

《郑志》问经堂本

小学汇函

《方言》抱经本

《释名》璜川书屋本

《广雅》格致本,以《疏证》补

《匡谬正俗》雅雨本

《急就篇》岱南本

《说文解字》平津本

《说文系传》祁本

《说文篆均谱》函海本，以冯本校

《玉篇》泽存堂本

《广韵》同上，又明内府本

《干禄字书》唐石刻本

《五经文字》同上

《九经字样》同上，二种均马氏玲珑山馆本

共三十七种，分八十本十六函。

初七日(3月2日) 阴。接护院批禀，已令王守元普、周令瀚前往东乡会办，重庆地方紧要，未可出郡亲往督办等因。翁令云本日有彼中人来，事已无甚紧要，特无以善其后，终恐了而不了耳。得钟蘧庵书。范若瑟赴省，遣人来辞。

十一日(3月6日) 阴。得漱芳书。倩云墀诸君录石鱼题名记，并校修《说文解字》。有以铜器求售者，敦盖一，文曰："叔角父作朕皇考宏公尊敦，其子孙永宝用之。"汉铜一，文曰："侯家铜铜，重六斤二两，容一斗一升，永初元年造。"以今权较之，计重四十五两。

十三日(3月8日) 微晴。得味荃书，并赠汉军假侯铜章，又朱文光方印、吴兴圆印各一方，皆元人物也。鱼嘴沱乡人以江滩沙中得旧麻柳木两段，色赤墨如紫榆，盖不知沉沦者几何年矣。持以求售，以白金二两五钱得之。文静山送到石鱼题字二分。

十七日(3月12日) 阴雨。得刘文清行楷书一册，晚年笔也。为刘云从大篆二幅，屏六幅，对一联。

二十日(3月15日) 早雨，即晴。寄子韩、复卿信。又寄书卿信，商皂儿完姻事。沈松如寄万县宋碑(黄涪翁书)一纸，又钩深书院门屏石，彦恬书圣经一章，笔法颇遒劲，惜署款自称山长，与功令不符，盖乾隆三十年已改山长为院长，拥皋比者不可不知耳。

二十三日(3月18日) 阴雨。涪州拓碑之刘匠归。得护院行知具奏东乡事折稿。作篆六大幅，似微有所得。

二十七日(3月22日) 晴。得叙卿信，云闻李制军有家书，滇事毕后，尚须请假。送太夫人回安庆，以蜀疆险远，难迎养也。

二十八日(3月23日) 晴。忽患腰痛，久坐辄不能转侧，行立则否，似是闪挫伤气之故。有辑《皇清经解续编》之愿。照小像，与内子、慰祖各一。照者同姓，巴县产，景教之徒也。

《粤雅堂丛书》《皇清经解》

第四集

《易图明辨》十卷胡渭

《四书逸笺》六卷程大中

《古韵标准》四卷江永

《四声切韵表》一卷江永[1]

《绪言》三卷戴震

《声类》钱大昕

第六集

《经义考补正》十二卷翁方纲

《诗书古训》六卷阮元

第十一集

《十三经音略》十二卷周春

《说文声系》十四卷姚

第十六集

《孙氏周易集解》十卷孙星衍

《春秋穀梁传时月日书法释例》一卷许桂林

第十七集

《九经补韵》一卷《考证》一卷《附录》钱侗

《国策地名考》二十卷程恩泽

---

① “韵”，抄本原作“音”，今依书名径改。

弟十八集

《仪礼石经校勘记》四卷阮元

《隶经文》四卷江藩

三十日(3月25日) 晴。得悦卿信。庶祖母、九叔母均已安葬,并为叔父营就寿域。又十三叔祖父母、十叔父母亦已安葬,此心为之稍慰。

三 月

朔(3月26日) 晴。七房公禀,遣雇工杨春山兑换公费银两,为钱摊裴世禄私押搕去五千银饰二事。窃思吏役欺压平民,自古有之。吏役之人,反为平民欺压,恐无此理。且果理直气壮,又何甘心任其搕索乎?提讯果是革吏郑其申所为,吏书郑洪堂亦其兄也,乃分别责革,荷校有差。

初三日(3月28日) 晴。风和日丽,碧桃盛开,种垂柳一株于长廊之下。

素心兰一盎久置墙隅今春忽开四花叶则凋零尽矣

墙阴弃置已多时,历尽冰霜茁几枝。可惜此花开自好,更无绿叶与扶持。

邸抄:正月廿五日,奉上谕,吴棠奏知县审断谬妄,请旨革职一折,四川署铜梁县知县邵坤于该县监生徐春亭被控逼娶孀妇一案,并不详细严究,辄凭该监生诬捏供词,拟杖详结,致节妇宋汤氏愤激自尽,实属审断谬妄。且该员声名平常,难期振作。邵坤着即行革职,永不叙用,以肃官方。节妇着照例旌表。余着照所议办理。该部知道。钦此。

初十日(4月4日) 阴。清明。祀先祖。得叙卿、子韩信,知英事已以万二千了结。法事尚未议妥。甄别东川书院生童。

十三日(4月7日) 晴。得吴春海书,云买得芝麻街张安甫农部旧居作会馆,尚欠二千金,属为集腋。宣鬴孙归,拓得岑公洞等处旧碑，较缪小山所访所少尚多。又残碑一方，高二寸，宽三寸余，一面有“声钟缺末二笔重阳游缺水旁”五字，一面“大上缺，不知是天是大春”二字，似是诗，刻石粗而字恶，恐非古碣。云得诸万县流杯池。寄许云生宫允信，乃黄南川托也。

十四日(4月8日) 晴。江北教民李蒸笼、薛玉亭、龚照等三十余人在梁沱地，方将鸳鸯桥案外平民邓洪和、谌际唐、陈兴发、黄寿喜夗央桥民教构衅涉讼，与此四人无干提获殴辱，掠取银物，以致该处各团均怀不平。是日黎明来城，将教中医馆及薛玉亭等家打毁。当派乔绶权、李听斋前往弹压解散①。

十五日(4月9日) 江北民团闻风踵至者络绎不绝，遣瑞蕴谦、丁伯度前往开导，已解散出城矣。夜有纵火者，获而讯之，则教民也。于是城内外复大哄，至晓方定。李听斋病目，遣吴典史来禀，云教堂请进士石渠，举人王廷璋、陈应经、李居仁，廪生牟希融及江北嘉陵院长杨德坤为之排解。

十六日(4月10日) 晴。江北民团尚有至者，皆随来随去，盖各团皆自有规约，闻风不到者有罚，道远故后至耳。禀两院民教滋事大概情形。晚，石户部来。得子韩信，并寄到《洗冤录》《名法指掌》各一部，又《说文提要》一本，乃陈仲耦作，录部首之字而释以今音，恐洨长之意不如是也。得蘧庵信。

十七日(4月11日) 阴。讹言颇多，遣丁伯度至江北察之。

十八日(4月12日) 阴。江北团民远者各归，城内自整团练。附近者尚屯而未散，幸不滋事。

十九日(4月13日) 晴。江北民陆森茂负巴县民妇龙杨氏钱，索之急，陆呼曰：“教民也，将焚我屋！”众察之不信，纵之归，此昔者事也。至是，陆渡河，为杨所执，陆思脱，复用故智，于是讹言四起，人情汹汹。遣巴县按之，得其颠末，乃移江北，俾释众疑焉。遣炮船四号

---

① “李”，抄本原作“季”，据上下文校改。

至江津，迎护前制府吴仲宣先生眷船。接漱芳寄来《书目答问》[1]，无信。作徐蕖生表甥唁函，并赙十六金。

二十三日(4月17日)　阴雨。得京中诸友信。潘大理索大足县宋碑。锡厚安元裔也，其子龄昌朱卷履历后记世族甚详，附录于此：

谨按《八旗满洲世族通谱》：元裔，蒙古博尔济吉特氏，散处于西拉木楞、兀鲁特、札鲁特、克鲁伦、把岳忒诸部落，国初次第以所部来归。其兀鲁特之族分隶满洲镶黄、正黄、正白、正红、镶红、正蓝、镶蓝七旗，凡十四人，授世爵有差，而入正蓝者四焉。

二十五日(4月19日)　晴。送考录生童入书院肄业。宋吉堂自滇来，言腾越马加理案过堂后，洋人即由缅归去，绝未及议及他事，云须往总署言也。晚，奉两院批禀，令转饬江北厅勘验明确，持平办理。得恽小山信，又得钱兰坡信，并借到《龙龛手鉴》精校本。

四　月

初三日(4月26日)　得天津信，子枫大兄于二月十九日逝世，伤哉！署涪州牧吴地山夔梅来，光州人。

初十日(5月3日)　早雨，旋晴。往江津接李制府。辰刻，太平门登舟。江北巴县典史、经历皆来送，绕城行甚缓。未初方到黄沙溪。徐州黄县丞来见。傍晚，抵大渡口泊。是日仅行三十里。

乐天《忠州春至》诗云："闲拈旧叶题诗咏，闷取藤枝引酒尝。"盖即今之咂酒。

十一日(5月4日)　阴。卯刻解维，过鱼洞溪、落黄石、铜官驿，至泥璧沱泊，行一百里。自鱼洞溪以上，遍山皆橘柚。未至落黄石二三里许，有小山兀峙中流，仿佛小孤，上有寺观，已颓，拟为修葺，而筑亭其中，以坡公楚项名曰，闻者得毋有争墩之诮耳。

---

[1] "答问"，底本原作"问答"，据书名改。

大渡口

一日三十里，方知行路难。雨余风料峭，云散月檀栾。橘柚连山种，桑麻遍地宽。殷勤问父老，常恐有饥寒。

即 事

壮士挽修緪，上水船不易。莫嫌此日迟，归途自快意。

十二日(5月5日) 早微雨，日中晴。巳初，到江津，校官周允新、典史吴春炘均未见。与星翁同泊河下，不登岸，恐其供顿之烦也。饭后入城，至县署晤右溪及其幕友吴鹿苹。城椭圆，东西约三里余，南北仅一里。学宫在其南，泮池宽广，云与江水相通。远山一塔，正对其门，门外疏圃药畦，颇饶野趣。惜气象少狭耳。辰刻，得李听斋十一日未刻所发书，内附护院文二，一奏东乡事。酉刻，作覆。马递附家书一函。

《侯鲭录》："唐茶，东川有神泉昌明，白公诗使'绿昌明'是也。"

十三日(5月6日) 早阴，旋晴。得瑞蕴谦信，又得听斋信，内附护院文，行知范函札也，当作覆。辰刻，贺笏臣来。饭后至东岳庙答拜笏臣，在县城之西，沿路葡萄甚多，绿阴满架，有长至半里者，殆其出产欤？然售者绝少，何也？寄听斋书。

十五日(5月8日) 晴。移舟至东岳庙。下午大府来谈，半时许，已过江津县城。辞出，先回重庆。戌初抵渝，可谓速矣。

十六日(5月9日) 晴。巳刻，大府抵渝。范若瑟谒大府，以州县礼接见，气沮而出。府厅县及委员乔牧等均来，亲讯户房藏匿，夔府交代册结案，将舞弊书吏李森山斥革，交县审办。

二十二日(5月15日) 晴，丙夜大雷电以风，雨下如注水。金紫门船户黄兴广控告王福霸业，王福亦控黄兴广抗不应差，发县审办半年矣，迄今未结。每出门，黄兴广必至舆前哭诉，至是亲提研讯断，令黄兴广仍照旧章，贴钱而不应差，王福收钱应差，均不得互相狡赖。两造悦服，具结完案。是日，李泰时叔侄亦来具结完案，各晓以大义而退。

二十三日(5月16日)　小雨，旋晴。接胡若川信，并寄到唐佛经残石二块，印泥一合，朱砂二两。若川书云：唐代佛经残石已访得，在灌县城外五里许竹林寺侧，有经洞在焉。传言唐时丘祖所刻藏经，后为献贼将庙焚毁，碑石烧残。国初经附近云岩寺僧马和尚检藏洞内，每有土人窃砌田塍屋基。经县封禁，已历多年。内有巨蟒守之，曾经伤人，今圻亲往查勘，洞内残碑无算，大者堆压于下，翻拓不易，取得小者二片，两面皆字。拓视洵属银钩铁画，兹特寄呈云云。

二十五日(5月18日)　阴雨。裕济通盐店私设火器炮船，与枭匪江大烟杆争私销，不胜，遁至城下匪舟及香国寺，遣炮船击退匪舟。仍饬盐店呈缴炮械。

二十一日(5月14日)[①]　阴雨。接叔父、子湘、迪甫、枚生信，又陈培之、潘大理二书。子湘言有钱可庐先生手批《困学纪闻》，乃堪喜斋故物，需直十八金，《胜朝殉节录》乃吾家旧物，需直五金，均在宝名斋。又笔彩斋新到汉铜印甚夥，云是诸城刘氏故物。寄厚安信，并《咫进斋丛书》一函，更换篇页一分，又篇页一分，《务民义斋算学》《前徽录》各一本，托致冶庵。又寄子湘信，并《前徽录》《算学》二本，更换《丛书》篇页十八分，均托书贾善成夥郭生带。又寄悦卿信，内附守梅一函，并广仁堂捐银八十两。

五　月

初二日(5月24日)　晴。得子韩信，并周叙卿书，知夔事已结。子韩寄赠《国山碑》一本，《十二研斋金石过眼录》一部[②]。得文贵堂魏生信，托覆刻《金壶精萃》，约字五万余。

初四日(5月26日)　晴。购得汉叟邑长铜印一枚，已为伧父磨

---

① “二十一日”，抄本如此，或为“二十七日”(5月20日)之误。

② “十二研斋金石过眼录”，原作“十二研斋金金经眼录”，抄本天头：“金字疑衍。”今据书名径改。

治，幸刻画尚在。儿子慰祖以为铜色太新，又误认龟钮上蚀处为翻沙，已斥去矣。余见拓本，亟使人追求之乃得。嗟乎，物之怀奇抱异者何限，如此印者，一误于伧父，再误于孺子。向非余之物色，其不摧毁也几希，可胜慨哉！

初六日(5月28日) 晴。购得《经训堂丛书》六函，其直二十金。徐琴舫来。饬重庆府督同委员提讯江北教案，实系教民平空欺压平民，取李蒸笼等供词备案。此事之应讯久矣，以蕴谦内怛迟缓，至是乃促成之。得护院信，日本书院生竹添进一、学生津田进一请照游历，于五月三日出都，取路直隶、河南、陕西，入成都，由水路下湖北，历江苏、安徽而归上海，饬于经过时密派妥员随时查察，勿任逗留。

初七日(5月29日) 晴，大热。瑞蕴谦同委员来禀，审案情，并呈阅供折。

十二日(6月3日) 晴。接子韩信，并《经解汇函》八本。属少泉刻"君子轩"印，屡作而不得法，自制一方示之。

十六日(6月7日) 晴。芝舫言江北自分驻以来，历岁请旌节孝妇女积至七百余名，近年三里绅民得地于距城二十余里之石盘头，募修节孝总坊，现已落成。绅士撰联请书，将刻之石柱，以其言未雅驯，为易数语归之。如改初开笔学生文字，不能工也。

大节懔千秋，或慷慨，或从容，萃烈媛贞姬，树之坊表；殊恩垂九陛，弥艰难，弥显达，并忠臣义士，壮此江山。

二十二日(6月13日) 晴，夜雨。徐筱佃来，云见卢雪堂，言与教堂议，已有端倪。范酋忽自悔其说，皆董秉均之故。

二十三日(6月14日) 阴雨。早，李听斋来，言查得朝天坊有纠约打教传旗之事，饬保甲局一体密防。晡时，卢雪堂、石书舫来。得香涛信，寄到《说文考异序》。购得粤刻《古经解》《小学汇函》凡六十六本六函，弟一函十一本，弟二函十本，弟三函十一本，弟四函十本，弟五函十一本，弟六函十三本。

二十九日(6月20日) 阴雨。始摘录《玉篇》所引《说文》。接学使张香涛谈伪疏事，香涛云是伊在湖北时人所伪造，允悬牌访拿。又向索郑子尹先生《说文新附考》，允嘱伯庚录送。

闰　月

朔(6月22日) 晴。得汉印一，龟纽，精绝，文曰“李扶孙”，盖表德印也。印之面龟形，下陷而虚其中，文在陷中，另作小方，以朱泥印之，仅见龟形，而不见字，或以为印有牝牡，而失其牡。予以为非。赵彦卫曰：“古印作白文，盖用以印泥，紫泥封诏是也，与今仓敖相近。”然则此印正古人印泥之用，故虚其中而刻文在内耳。余考前人言紫泥多矣，而都莫详其制，尝见今西洋人封书，涂以火漆，而钤印于火漆之上，其所用印，亦正与此印相同。独怪自来言汉印者从未论及，岂自余以前均未见者耶？按汉印谱中多有龙虎芝菌等物，其文往往漏白，与此龟形相似，疑其中必有字，或为土蚀所掩，未经剔洗，故人未见耳。

初二日(6月23日) 阴雨，晚晴。得子韩信，知筱帅入觐，已于五月十七日启节到皖，并言夔事。罗酋回京，又向总署哓渎，总署录彼照会咨院行关，已办稿详覆。洋商既具结领银，断无任彼反覆之理，不过多费笔墨唇舌云云。即日钞原稿函致漱芳，托其转达当道，并告叙卿，缘叙卿在渝，未到省也。又寄到《经学汇函》八本。赠徐琴舫大、小徐《说文》各一部。

初四日(6月25日) 阴雨。闻白市驿有打毁教民房屋情事，侦之，则以井中施毒故也。其人已为乡人缚送巴县。徐晓甜言范酋告彼，已赴京控告，固知其必如此，今竟明言矣。

初五日(6月26日) 大雨，日夜不止。李听斋来，言白市驿缚送之人语言恍惚，姓名亦前后不符，鞭之亦若不知，状似疯癫而未悉其诚伪，拟明日至东乡一行。即日回城查。街差获得使假银罗幅一案，此令尹事也，以其牵涉人多，为之分别讯断，而以罗幅属吏。

“范石湖云：‘巴蜀人好食生蒜，臭不可近。顷在岭南，其人好吃槟榔，合蛎灰、扶留藤，食之辄昏，已而醒快。三物合和，唾如脓血可厌。今来蜀道，又为吃蒜者熏。’作诗云：‘南飧灰荐蛎，巴蜀菜先荤。幸脱娄藤醉，还遭胡蒜熏。’”右见《茶余客话》卷第九。仆日来亦大遭胡蒜之熏，偶读至此，即录于右。是日，并读徐元庆《说文段注匡谬》“蒜”下按语，亦有“真逐臭之夫”语，为之一笑。

初八日(6月29日)　早阴，午后晴。覆味荃信，答问戍伐解。按，戍篆作□，《说文解字》云：“守边也，从人持戈。”一曰败也，亦斫也。段氏茂堂曰：“戈为句兵，亦曰毄兵。《左传》‘击之以戈’是也。戍者，守也，故从人在戈下，入戈部。伐者，外击也，故从人杖戈，入人部。”晚，得护院书抄示总署函。有人持日本书来售，精绝。

偶阅通江李蕃锡徵《雪鸿堂文集》：

涪州江心石鱼见则年丰[1]卷十三《随说杂记》，卅六页。

涂怕平声，乡音谓烂物为涂，俗字作沓。此杜撰也，按《小雅·出车》篇“昔我往矣，黍稷方华。今我来思，雨雪载涂”，正叶华音，而注谓冻释泥涂者，其义正合。又《角弓》篇“如涂涂附”，则吾乡谓烂泥为涂泥，正本此。又《禹贡》“厥土惟涂泥”，谓地多雨泽而泥土涂烂也。予官山左，见土人谓地烂为涂，而读出茶反，与华字亦叶。朱子时，山左已入金，未尝至东海，故迁华就涂耳。卷十四，十三页乡语。

按《广韵》“涂”在九麻，与华本同一部，注云“涂饰”，又音徒。然则此不音徒矣。《集韵》“直加切”，其音与茶相近，殆即“怕平声”欤？

鹨音腰，雉之少子名鹨，老人称少子曰暮鹨幺豚。

鸐，雁之少子也。雁飞必呼，其嘹呖空际者，皆鹨声，盖呼其子也。

按，幺麽细小之谓，今川楚人呼幺，即昆弟亦然，不仅老人之称少子，此说凿矣。

---

① “见”字稿本无，据李蕃《雪鸿堂文集》卷十三补。

十一日(7月2日)　晴。得味荃书，即作覆，并寄书二部。又得子韩书，并《小学汇函》九本。闻权石砫裕丞有纵放巨慝情事，以手札戒之。寄缪仲英、钱兰陂各一函，并《说文系传》一，《思进斋》一。又寄兰陂《龙龛手鉴》三本，均交吴馥生大令汝谦。

十八日(7月9日)　晴。陈小兰茂材来山阴人，带到阮彦明信一函，扇一柄，钱兰陂信一函，南宫鼎铭一轴。奉两院札，日本书记生竹添进一等已抵成都，饬委员至所属境内照料，毋令滋事。即日委候补未入董潮先往江津守候，并札行各属。

二十日(7月11日)　阴雨。午刻，香涛来邀，同龙超、朴莽小饮，酉刻方散。黄昏，香涛书来，云綦江吹角坝之汉碑已辇至，邀作赏碑之会。丙夜始归。碑方广二尺余，上下有榫，似是墓碣，首行"建安六年八月乙丑"廿二字尚明显，余多模糊不可识。前人指为卢丰碑，不知何故。余尝三次使人求之而不得，香涛一索而获，盖此碑相传为遵义郑子尹先生取去，实则取至半途，为乡人所觉，弃之道左。子尹先生之子伯更在香涛幕中，言之甚详，故往即得之。前索者均未知其处耳。得田子实书，寄成都重刻岳板《五经》一部。

二十八日(7月19日)　晴，大热。考试东川书院决科兼月课。得永川禀，日本书记生竹添进一经省委新补江安县陈锡鬯由陆路护送，于二十七日行抵该县，即致书董未入，饬令迅速回渝。

二十九日(7月20日)　阴雨，晚晴。巴县民周顺丰控伊女为杨吹吹拐卖与张曹氏为娼，此本周养翁家婢女，三年前习闻之事也。县于此等案往往徇家丁请，偏袒娼妓，徒为伍伯利薮。因亲案之，皆信。饬拿杨吹吹到案，再行断结。竹添进一等到渝。发两院禀。

六　月

初一日(7月21日)　晴。委员陈令来，云竹添进一等一路甚安静，到店后并未出门一步。董潮先回。

初二日(7月22日)　晴。竹添进一等搭坐盐船舱面，即日解维。董潮先亦搭坐此船，泊唐家沱。审结周顺丰控案，科张曹等罪有差。禀大府日本书记生举动，并去渝日期。

初五日(7月25日) 晴。巴县民周泽溥控李元仕牵涉周四捐官撞骗，其人曾在署当火夫，久遣去矣，尚以此为由愚其乡里，然不曰官，不曰幕，不曰家丁、书役，而惟以幕之徒为繇，何与？属黄深如鞫之，穷日之力，而不吐实，亦狡矣。

初六日(7月26日) 晴。审结周泽溥案，笞责周四，以屡次杠讼之监生李元仕发学戒饬。得子韩信。寄漱芳书，并西方寿佛启事一通。又覆子韩信，并《说文系传》一，吹角坝汉残字碑拓本一。

初八日(7月28日) 早晴，晡后雨。徐琴舫来，言面试决科奖赏尚有短绌，助以五十金。童芹初赠《北魏荥阳太守元宁造象记》《唐道安禅师塔记》《坚行禅师塔铭》《汝南公主墓志》拓本各一通，合一册，李铁桥所手贴也。又《开母》《少室》二阙，则虫蛀如网，不可装池矣。

初十日(7月30日) 晴。周云昆自省来，赴楚招勇也。凡千五百人，名曰靖武军。晚，大雷雨。寄钱兰陂信，内附《国策》《国语》封面签条合江胡绅。发决科榜奖赏银百两，札交监院散给。

十三日(8月2日) 晴。寄张香涛信，并书箱一只，内装《说文系传》《校议》《引经考》《检字》各廿部，交巴县专差送潼州。得味荃书，即日作覆，并寄还抄本孙火东中丞《火器图说》一本，又另寄《说文检字》一本，观音象八张，又寄王耕娱中丞信，并《说文解字系传》《咫进斋丛书》各一部，又《周易集解》《华阳国志》《廿一史感应录》各一部，石砫砚一方，共装一棕箱，委谢未入庆恩至荣昌查案。

二十三日(8月12日) 阴雨。得李仙根书，并寄鄂刻《康熙字典》一部。得缪仲翁信，并《滂喜斋丛书》二函，铜墨合二，筱珊所寄也。

二十七日(8月16日) 阴，夜大雨。寄李仙根信，并竹根曼倩象一躯，笔廿枝，洋酒二剌，芽茶两瓶，《说文解字》《检字》各一部，又石印一方，附慰祖书，并款识拓本四轴。

二十八日(8月17日)　晴。沈子谊自酉阳查仓谷回。咨藩司署酉阳州马玉堂与吏目余祖善对揭案。先是，二十五日，接余祖善禀，揭马玉堂违例演剧庆寿，并列多款，请转禀咨提省讯办。已批饬马玉堂明白禀覆，并候据禀咨藩司委员查办矣。正缮发间，复于二十七日据马玉堂详参余祖善违例擅受，请撤任查办，乃并咨藩司焉。二人者，一白禀，一详册，皆写六月，而不注日期。余外封注六月十三日，专差马外封注六月初四日铺递，而实亦专差来差云不取回文。夫同一专差，岂有后发九日转先到二日之理？其为马之倒填日期，不问可知。且明明专差，而必捏写铺递，其情弊尤属显然。封二件发房附卷，附记于此，以备遗忘。

七　月

初二日(8月20日)　晴。奉两院覆书。垫江袁令禀，家丁郑甫、梁勤、蒋升串通兵书，侵挪公项，并有借案指撞情事，交差看押，乘间脱逃，请通缉究办等情，恐其潜来渝城，饬伍伯密捕之。购得《小尔雅疏证》一部，凡四卷，附《逸文》一卷，都五卷，嘉定葛其仁元朏箸，道光己亥刊于歙学署，前有阮文达序一首，称曰“葛君铁生”，盖其自号焉。末署“男家向、家逵校字，徽城稽古堂刻字铺刊”。

初六日(8月24日)　晴。酉阳州判何逢孙禀，伊因缉捕受伤，已获凶犯，为署州牧马玉堂得赃卖放，咨藩司并案办理。宣鬴孙送王石谷小轴来看，不甚确。作《智永千文题后》一首。

擦牙方本是熬膏，嫌其不便，改为末药：

骨碎补弍两，即毛姜，又名猴姜、食盐五钱、桑椹五钱。

牙齿稀疏：

芦甘石五钱、石膏五钱。

以上二方，合而为一，用之甚妙。予试之八年矣，至今齿无落者，恐记忆不真，演为歌括于后：

骨碎补二两为主，食盐桑椹五钱辅。再加芦甘与石膏，擦牙妙药谁能伍。

初八日(8月26日) 晴。梁山谭校官来，带到味荃书，云有钱辛楣先生《经典文字考异》一卷，系钱小庐先生可庐先生子，味荃之外舅二十岁时所手抄，曾记其跋语，有云“此书原稿散佚，是册前五十年从手稿，别无副本。缺佚处重为校补一二，即为成备之书，可补全书经部所未备”云云，“书分天、地、人、物，共部居一百，已属其令弟抄寄”云云。此亦秘笈，香涛之所未知者，惟经典异文甚多，既分天、地、人、物，部居一百，何以只有一卷？不可解也。新购《小尔雅疏证》为猫爪而污之，恨甚。覆黄鹤樵信，托购广州新刊陈昌治一篆一行本《说文解字》。

十四日(9月1日) 晴。得汉袁氏镜，文曰：“袁氏亡竟真大玨。东王公，西王母。青龙在左，白虎居右。山人子高赤诵，子子孙孙，万岁不知老，渴饮玉湶饥食枣。”按，赤诵当即赤松。又梵字唐镜一，其直二金。

二十三日(9月10日) 晴。委员何薛如来见瑄，小宋同年中丞之弟也。得张孝达学使回书，云：“建安六年刻石，本拟庋置重庆府学，继思不如移置省会，方为一省公器，辄已运至省城敝署。此石用夫数十，方能辇行，决无移归私据之理，如土人致疑，幸为譬晓。”又云：“此碑即刘燕庭所云严季男刻石，前人指此以当《字源》卢丰，误也。”录先公《小学述闻》毕，复于手泽之散者裒录之。

二十八日(9月15日) 晴。接郑柯亭带来迪甫所寄粤刻《经学》《小学》八函，《积古斋钟鼎款识》一函，又孙晋江吏部篆书横轴。闻邻水民教滋事。

八 月

朔(9月18日) 阴。得钱南陂书，并寄新刻剡川姚氏本《国策》《国语》。

蔡润之赠汉铜锭一，铜印二，皆真品。玉印三，一明人物，二伪造。

曲成家铜锭，重一斤三两，第六释文。

按，成城古通，《汉・地理志》曲城属东莱郡，《郡国志》同，云侯国。《后汉・寒朗传》永平中有曲成侯刘建，又汉永寿二年韩敕碑阴有曲成侯王暠。

江/柯、江/兄；牛/疾印、牛/子长，二印皆穿带两面，下一印两面牛字皆自为一行，朱文。

元/孺，朱文，此明人印。日/利、千/万，穿带而不得其制，中作一小孔朱文，此伪造，不佳。

司空/之印，白文，亦伪造。

得味荃信，并寄来《经典文字考异》一本，砚匣一枚，书言前询箸《小尔雅疏证》之铁先生，乃伊族祖，先文僖公岁科两试，均取第一。后举己卯江南乡试，官歙县教谕按，己卯疑辛卯之误，所箸尚有《求是堂文集》，均已刊成，而板毁于洪杨之难。

十六日(10月3日) 晴。得黄鹤樵信，鹤樵幕友徐心渠乃谢山先生曾孙，来询《说文段注匡谬》已否收到刊刻。购得带皮玉子印一枚，文曰"师古"，尚不俗。

十七日(10月4日) 阴。覆鹤樵信。润之赠玉印一，文曰"子孙保之"，印质颇旧，文则明人所刻，"保"字人旁误作刂，殆从剥蚀旧文摹勒，致成此错耳。丙夜，奉护院札，具奏东乡逆匪袁廷蛟、王作三等仍未弋获，现设法缉拿附片。八月初九日准兵部火票递到原片，内开军机大臣奉旨：览奏均悉。袁廷蛟业经拿交刑部审讯，着懔遵前旨，将该犯所供各节确查具奏。王作三一犯，仍着饬缉到案，讯明办理，钦此。

二十日(10月7日) 阴雨。购得《唐诗别裁》一部。

光绪二年七月十五日，内阁奉上谕，前据文格、谭钟麟先后奏报，四川东乡县匪徒滋事，首犯袁廷蛟在逃未获，嗣据御史吴镇奏知府易荫芝办理不善，提督李有恒妄杀无辜，当经谕令文格查明究办。兹据巡视北城御史奎光等奏，袁廷蛟潜逃来京，现经拿获讯。据供称上年因该县官绅苛敛难堪，率众赴局算帐，改县遂以民变禀请剿办。李有恒杀戮无辜，掳掠妇女，恳请代诉等情。袁廷蛟着即交刑部审讯，暂行监禁。其所供各节，着李瀚章、文格一并确切查明，据实具奏，不得稍涉回护。钦此。

二十九日(10月16日) 阴，夜雨。接万县禀，知筱帅甫于廿七日自宜昌起节，须九月望后方入川境。寄两主试两院两司两道首府彭漱芳、田子实、沈吟樵《说文系传》《说文校议》《愢进斋丛书》各一部，吴熙台《丛书》三部内怡庵一，又农一、张孝达学使汉汤壶一，新刻《公羊问答》《销毁书目》《三十五举》。又恳作礼器碑碑式宣素一。

九 月

初二日(10月18日) 早阴，旋晴。定果之、瑞蕴谦、李听斋来。卢锡堂来，云江北事已谈大略，须地方官会绅士面商，交来绅士衔名一纸，即请芝舫、寿泉来，令照办。

初六日(10月22日) 晴。日入有呼冤者，控田海浓冒充本署家丁，以贱物贵售，估索银两，急捕而亲讯之，盖谚所谓“盘银哇哇”也。被骗之谭保元，石硅富室之子也，年十有五，其侄谭日陞，中表刘枚明，皆贾人。海浓为购徐方清之衣十一件，表、搬指、眼镜各一，价百八两，仅予保元衣三，眼镜一，余俱入己，而强保元书券二百，又索日陞、枚明书券百八两，易保元券。为追原物给售主，焚其券，笞海浓，俾荷校以惩之。两曹皆顿首愿具结完案。二鼓而毕。

初十日(10月26日) 阴。得万县禀，知筱帅二十左右可入川境，定十三日由水程前往迎迓。

十四日(10月30日) 晴。辰刻，至木洞镇，微服访察，地方情形尚安静。巡检赵国源尚不多事。巳正归舟，颇饥，索食不得，至未正始从榜人觅得硬饭一盂、莱菔汤一碗食之。晡后，至长寿县林之燨署。作家书，附致茂文、书卿两函，包封交长寿县送署。

十五日(10月31日) 晴。卯刻解维，未初至涪州。知州吴夔梅已往万县，学正、训导、吏目、把总均来见。少憩，复行。酉刻，至珍溪泊。酆都令刘树义来见。发二号包封，内移盐道文一件，应补押缝三颗，附原词二纸，原信一函。又谕皂儿一纸，附《笠泽丛书》写本三张。傅鹏秋来，出示宋拓《岳麓寺碑》，吾乡邵氏明万历年间重模本也。赠以《说文系传》《校议》《咫进斋丛书》各一部。

十六日(11月1日) 晴。寅刻解维，打头风劲，水不敌风，力行不能迅。辰正，抵酆都，酆都旧城，从平都山落脉，山体圆秀，金星也。其上为鹿鸣寺，最上为天子殿，用俗说祠阎罗王。阴王洞在其间，盖阴长生、王方平修道处，故曰阴王洞，世俗误以阴王为阎摩，于是遂以酆都为鬼国，可笑也。已未至忠州，九十里过羊肚溪、小坡陀，三皆有庐舍，溪涧夹之，盖酆都、忠州、石砫三厅州县交界处也。忠州亦依山为城，有白公祠，在城东。陆忠宣墓在南岸，皆望见之。黄学正桐生云，州学文庙有二，在城内外。春祭及单月行香，在城外；秋祭及耦月行香，在城内。不知始于何时，或云明季，莫得而详也。

十七日(11月2日) 阴。辰刻解维，午正至武陵溪，风雨，不可行，遂泊。是日，写《笠泽丛书补遗》讫。

武陵溪阻风

一日三百里，轻舟快向东。顺流吾正惧，多谢石尤风。

丙子九月行部酆都舟中望平都山作补录

仙人已乘白云去，尚有仙人古洞留。一自阴王讹鬼魅阴王洞盖阴长生、王方平修道处，不知何时讹作阎罗天子，遂教福地作阎浮。长松翠柏参天秀，修竹黄花夹路幽。如此江山佳丽处，登临何日快重游。

忠　州

十幅蒲帆喜正悬，忠州薄暮且停船。惊涛拍岸孤城撼，落日衔峰一塔圆。长庆诗人白太傅，中兴内相陆忠宣。我来正值重阳后，手把秋英荐昔贤。

阻风再作

屯云冒高岭，遥天匿圆规。急雨洒不止，颠风忽倒吹。惊波激巨石，白浪高崔嵬。长年愕无语，篙楫噤不施。系缆且暂避，一避二十时。贾舶从东来，张帆疾如驰。高歌气傲岸，颇笑去者愚。仆夫相怒，骂詈以报之①。笑语戒仆夫，慎勿答言词。行行会须到，何论速与迟。

十九日(11月4日) 阴雨止而风未息。辰刻解维，至白沙溪小泊。饭后复行。未刻抵万县，未至数里，味荃来迎。是日，作第三号包封，内附景钞《笠泽丛书》七叶。上谕，前据御史吴镇奏，四川东乡匪徒滋事，地方官办理不善，并请将各州县支应局裁撤，当经谕令文格一并查奏。嗣因袁廷蛟潜逃来京，经北城御史拿获，供系赴京呈诉。当将袁廷蛟交刑部审讯，暂行监禁，令李瀚章、文格查明此案，据实具奏。兹据文格奏称，袁廷蛟在东乡聚众抢掠，提督李有恒曾出示晓谕，只令捆献首恶，并未遽加攻剿。袁廷蛟辄敢率众扑营，闭寨抗拒，竖旗鸣炮，甘为叛逆，并非有激而成。迨官军攻破寨硐，该匪逃逸，散布谣言，希冀撤兵幸免。既据查明李有恒实无奸掳妇女、纵勇报复及搜杀寨民等情事，着毋庸议。绥定府知府易荫芝于袁廷蛟上年围城未加惩办，意图解散了事。此次袁廷蛟要挟减粮，由县禀报，非该府通禀请剿，并无操切激变之处，惟才欠开展，办事颟顸，着降为通判，归部铨选。署东乡县知县孙定扬因袁廷蛟勾匪入境，具禀请兵，系为慎重地方起见，并非因征粮激变，尚无不合。该员是否任听局绅等把持浮派，仍着李瀚章、文格提案讯办。至各州县设立支应局，易滋弊窦，自应一律裁撤。着李瀚章、文格饬属查禁，不准阳奉阴违，致干咎戾。袁廷蛟一犯现在刑部监禁，着该部录取供词，即将该犯解回四川，仍着李瀚章、文格懔遵七月十六日谕旨，秉公审讯，以成信谳。钦此。

---

① 案，抄本“愚”字出韵，又“仆夫相怒”句，当脱一字。

二十一日(11月6日) 晴。独游岑公洞。岑公名道愿,江陵人,隋末隐士,避地隐居于此。洞宽广,飞泉散落如雨,石壁多宋人题名,上有祠宇。尼居之卑陋,无足观。还过流杯池,亭榭无一存者,亦多宋人题刻。涪翁之题记亦在焉。其上有青阳宫,故宋敕封院也①,道士居之,亦湫溢无足观。有造象甚奇古,似是唐物,惜无年月,莫得而详焉。得本署十九日包封公文八件。皂儿禀《汉魏丛书》一本。即刻批判作复,交巴县来差。购得旧玉手串,凡翁仲一,虎一,贝一,圆勒子一,蓍草瓶勒子二,花勒子三,素勒子三,都十二事。

二十二日(11月7日) 晚雨,旋晴。邀葛味荃、崔玉侯两大令同游太白岩,距青阳宫尚六十余丈,门径极幽而屋宇结构不佳。山壁多近人题刻,以道州何太史绍基诗为致佳,余不足观。道士请留题,允为□记,补书寄刻。还过流杯池,续访得摩崖五种,青羊宫左一方,字迹为苔藓所翳,碑匠刘姓云是唐人书,不知信否。仍至青羊宫小憩。携造象归。酉刻,海珊来。十九日登舟,泊唐家沱,次日早行到此,仅二日半,可谓速矣。欲留一日,共寻西山诸胜,以舟人不能待,晚饭后即去。接鹤巢禀,筱帅廿五日准可到县。

二十四日(11月9日) 晴。辰刻,与象乾共登天生城观览形势,凡东西寨门二,皆一丸泥可封,真一夫当关,万夫莫敌处也。还至山下杜氏园亭小饮。

二十六日(11月11日) 早晴,旋阴。巳刻,崔玉侯回,云大府今日准到。申刻,大府来,随至行台谒见。大府询川东事甚备,皆一一具对。傍晚,谕皂儿书,内附《笠泽丛书》四张。

二十八日(11月13日) 阴。大府发交红呈四十二张,令核覆。酉刻,大府传见,同子范上院,示以展缓停止川盐运楚稿,面交红呈二张。回明回署后再覆。

---

① “敕”,抄本原作“勒”,天头有校语:“勒疑敕。”今据改。

十 月

朔(11 月 16 日) 上院,与子范、子蕃同见大府,定初四日启节。

初三日(11 月 18 日) 晴。上院,见即送别。饭后,至西山访碑,于青羊宫左方得三处,流杯池之右盘石上得一处,又增西山花木记之右得一处①,又"西山"二大字之旁得三处,皆刓苔剔藓而出之。又鲁池畔得四处,皆掘去淤泥丈许然后毕露。于淤泥中获断碑一片,三角,长六寸许,阔四寸许,似是宋人题诗,惜无年月可考,书仿柳诚悬,贤于梦英远矣。午刻,寄家信,并发回包封,内附《笠泽丛书》四张。晚,得皂儿三十日禀,并致李听斋信,知护院调山东抚部。

魏源《圣武记》卷九《嘉庆川湖陕靖寇记》一:初,四川有啯匪而无教匪,啯匪者,金川之役,官兵溃于木果木,其逃卒之无归者,与失业夫役无赖悍民,散匿川东北,剽掠为生。及官捕急,则以白莲教为逋逃薮。

初四日(11 月 19 日) 晴。辰刻,至西关送大府。巳刻,回寓。未刻,至鲁池观工匠拓碑,又于池之东岸获宋人题名一。

《圣武记》卷十一《武事余记》:四川提督旧驻雅州,控制边陲,其暂住成都自乾隆中岳钟琪始,后遂沿以为例。

初五日(11 月 20 日) 阴。宗人覲昌来,香塍之次子也,号用芝,入籍万县,为诸生矣。碑匠拓工告竣,凡鲁池大小二十六张,岑公洞大小二十八张。

初六日(11 月 21 日) 晴。辰刻起程,四十里胡子铺尖,二十五里三敦铺茶尖,二十五里分水岭宿。自三敦铺以西,田塍山角,处处皆桑树,修翦得法,可喜也。

初七日(11 月 22 日) 阴。辰刻出门,即下岭行山沟中,三十里

---

① 抄本天头有校语:"增疑真。"

葫芦坝尖，六十里梁山县宿。分水岭下之山沟境甚隘，至葫芦坝始豁然开朗。过□山，瀑布数十丈，直注涧中，声如雷。其巅有白兔亭、飞雪禅林。再上则松杉万本，红树间之，更多幽胜，惜日暮不暇游览，作小诗二首。

初八日（11月23日） 平旦雨，旋晴。出梁山西门，一路皆平坦，远村近郭，颇有燕赵光景。水田漠漠，则又似江南矣。三十里沙河铺尖，六十里回龙场宿。得诗一首。傍晚，得皂儿禀并包封，知筱帅调湖广。邸钞录后：

邸抄：闽浙督何璟补，山东抚文格调，云南抚潘鼎新升，湖广督李瀚章调，四川督丁宝桢升，云南藩司杜瑞联，四川臬司方濬颐授，山西藩司林寿图补。

初九日（11月24日） 阴。十八里沙平关尖，三十里新场茶尖，二十二里垫江县宿。蒋氏园亭屋舍精洁，亭宇宽敞，主人蒋连三，故盐商，徐琴舫之戚也。得诗一首。

十一日（11月26日） 晴，寒甚。卯刻即行，三十里葛兰桥尖，七十五里长寿县宿。一路皆修竹柏树，凌寒苍翠，亭亭可爱。进北门即胡□□家，稍南为其祠堂，再南为韩□□司空家。石坊峙立，门庭颇壮。惜两家后人皆不振耳。

十二日（11月27日） 阴。三十里沙溪场尖。出场，过小桥即江北厅境。葆芝舫遣人来迎，云晚宿在梅溪，明日住石柱场，须后日方能到。饭后，过张关小憩。山高险而陡，颇不易行。六十五里梅溪宿。得诗一首。

十三日（11月28日） 雨。三十里关口茶尖。又三十里土沱尖。又三十里石硿场宿。江北同知葆符等来。得诗一首。

十四日（11月29日） 阴雨。辰刻行，午正到重庆。僚属皆在城外迎候。复至署见，皆谢之。是日放各营兵饷。

十九日（12月4日） 晴。录万县往返途中所作诗，共得四十首，名曰《朐忍纪行草》。万县，汉朐忍地也。

二十一日(12月6日) 晴。委冬查差使各员来见。奉两院函谕,内附总署咨送各件。闻涪州有打毁教堂事,遣黄深如往察之。

二十七日(12月12日) 薄晴。接黄深如禀、涪州吴牧禀,即日作覆。

十一月

初二日(12月17日) 晴。拿获包揽漏厘之赖习生等,令听斋、云墀鞫之。饭后,至保甲局劝谕粥厂捐输。

初四日(12月19日) 晴。接涪州禀清溪场事。又接委员黄倅会禀。寄军督并护院禀。接张孝达书,并赠汉鱼洗一枚,严季男碑拓本二十纸,又寄还《汉隶字原》一函。即日作覆,附书二大包,交天成亨专送。

初七日(12月22日) 晴。接子湘信,季弟子实于八月十八日卒于盐山旧县巡检官舍。又弱一个矣,能不悲哉!奉大府札,会同重庆镇遣散驻防秀山之右营团勇。晡时,至象乾许,议散勇事。

初十日(12月25日) 晴。寄钱兰陂信,代撰《蚕神》,附吴子儁托寄字幅一包。丙夜,巡行街衢。两时许方归。

十一日(12月26日) 晴。奉两院札二件,为英人派贝德禄驻寓察看洋商事,即邀府县会议。权酆都孔令拓寄平都山鹿鸣寺观音象,上题唐吴道子笔,无刻者姓名及年月,与予重摹刻置重因者同出一本。又段文昌《重修仙都观记》,乃后人重书,殊不足观。又黔刻《相台五经》,颇胜成都重刻者。亥刻,发大府禀三分。

十七日(1877年1月1日) 晴。卢雪堂来,言江北事已议有端倪,只须范若瑟遣人同送教民前去,便可相安无事。范初谓欲加抚恤,继又欲撤换葆丞,皆正言拒之。约三日覆信,岂知逾期不至,遣人往问,则已于十四进省。又丁伯度来,言范赴省是为涪州事寻筱帅。未知孰是,即日作禀,转陈两院并筱帅。叶达夫来,假得《天发神谶碑》全本,惜已翦断,拟双钩一本,重摹刻石。接总署五百里夹板一件，系方右民诸君奉堂谕通知贝德禄来渝事。

二十一日(1月5日) 阴雨。寄大府禀。涪州禀拿获痞匪廿一人。丙夜，巡行街衢。各团房大率高卧，呼起扑责之，斥其最惰者委员宋洪基，余记过有差。

二十四日(1月8日) 晴。至佛图关勘蚕神祠地，绘图界之。还至象乾处，畅谈。乙夜，赴保甲局。复与象乾会。

二十六日(1月10日) 早晴，旋雨。寄大府禀。为周养翁篆墓志铭额。酉初，至保甲局，签掣八省首事，经理保甲、老厘两局银钱名次。见省抄，知新任谭学使十七日接印，孝达廿一日北行。

晚读宋张淏《云谷杂记》，摘录于左，以备遗忘：

《能改斋漫录》："刘伟明赠熊本诗云：'西清寓直荷为橐，左蜀宣风绣作衣。'"卷一，廿二页

唐天宝中，孙愐因隋陆法言《切韵》作《唐韵》五卷，后又有《广唐韵》五卷，不知撰人名氏。《崇文总目》但云："后人博采附见，故多丛冗。"本朝太平兴国中，尝诏句中正等详定，书成，号《雍熙广韵》。景德中，又诏陈彭年以《广唐韵》等重行校定，大中祥符元年，改为《大宋重修广韵》，盖今所存者。淳熙中道山诸公作《馆阁书目》云："《广韵》五卷，不知作者。《崇文总目》云：'盖后人博采附见，故多丛冗。'"夫《崇文目》云"丛冗"者，盖指《广唐韵》耳。当时既不知为陈彭年所定，且误认《广唐韵》为今之《广韵》，其疏甚矣。《馆阁目》大抵多舛妄，盖不特此也。

古者字未有反切，故训释者但曰读如某字而已。至魏孙炎始作反切，其实本出于西域梵学也。自后声韵日盛，周颙始作《四声切韵》，行于时，梁沈约又撰《四声谱》，以为在昔词人累千载而不悟，而独得于胸襟，穷其妙旨，自谓入神之作。继是，若夏侯该《四声韵略》之类，纷然各自名家。至唐孙愐始集为《唐韵》，诸书遂为之废。本朝真宗时，陈彭年与晁迥、戚纶条贡举事，取《字林》《韵集略》《字统》及《三苍》《尔雅》为《礼部韵》，凡科场仪范，悉著为格。又景祐四年，诏

国子监以翰林学士丁度修《礼部韵略》颁行。初，崇政殿说书贾昌朝言：旧《韵略》多无训解，又疑浑声与重叠字不显义理，致举人诗赋或误用之。遂诏度等以唐诸家韵本刊定，其韵窄者，凡十三处，许令附近通用。疑浑声及叠出字，皆于字下注解之。此盖今所行《礼部韵略》也。吴曾《漫录》尝论景祐修《韵略》事，既不得其始，徒屑屑于张希文、郑天休修书先后之辨尔[①]。予因叹近时小学几至于废绝，遂摭声韵之本末，备论于此。卷二，廿三、廿一页

十二月

初二日（1月15日）　阴雨。瑞蕴谦禀请交卸，为转咨藩司，并加函请慎选署印人员，催令速来。午刻，发总署信，即禀大府。

初七日（1月20日）　晴。接闻庭信云，李筱帅于初三日奉寄谕命，赴湖广新任，东乡事交丁宫保查办。又李听斋信云，筱帅定十一日由省起岸，至眉州乘舟东下。听斋又送阅万县信，知钟蘧庵知上月廿五日过万[②]，由水路来渝。

初八日（1月21日）　晴。接子实信，言筱帅事，与昨书同，盖东乡事式公已先检举，故交稺公耳。钟蘧庵到渝。胡生寿彭言伊乡人滇人也有南园先生，楷书程子四箴屏幅，在成都自问堂求售，是耶非耶？会当使人觇之。

十二日（1月25日）　阴。邮递得李筱帅书，云准于十二日乘舟东下。叶诚斋寄赠《艺文类聚》，明刻本也。又得缪仲英信，附文冶庵寄《永乐大典》二函，灵石杨氏所刊《连筠簃丛书》中之一种也。沈叔眉带来。叔眉，吟樵同年之子也。吟樵赠铜洗一，无款识，似匜而圆，无柄；又长生未央瓦砚一。覆诚斋书，附《校议》《说文解字系传》《集

---

① “休”，抄本脱去，据张淏《云谷杂记》卷二、吴曾《能改斋漫录》卷一补。天休，郑戬之字。

② “知”，抄本天头有校语：“知字疑衍。”

韵》《类篇》《礼部韵略》《咫进斋丛书》各二部。又寄味荃书，附《通鉴》一部，《小尔雅疏证》《蚕桑易知录》各一本。又为江北事寄傅哲生书。

十六日(1月29日) 阴。大阅练卒，终日而毕，不戮一人，各赏赉有差。寄吴棣珊信。查夜，至象乾处。丙夜方归。捕得违禁开烟馆者八人，笞责而逐之。以所获烟具烟膏焚诸大门之外。黄深如自涪州回。奉大府函。

二十日(2月2日) 晴。夏参将率督标右营团勇来渝，即至象乾处，商散勇事。寄仙根信，并新刊《集韵》《类篇》《礼部韵略》全分，永安宫砖砚一方。

二十一日(2月3日) 春朝阴。巳刻，象乾来，与夏参将共议散勇事。听斋言江水甚小。薛校官之子从叙郡来，小舟尚行七日，是小筱未必即至矣。寄李玉阶书，交胡万昌。碑匠刘季从涪州来，拓得石鱼二分，云鱼下题字上年未拓者，今亦渐露。致书吴棣珊，托为槌拓，即令刘季赍往。新造石盆成，盖第三也。题诗于其上，命工刻之。寄长寿令林焕臣书，并桑秧一千四百七株，《蚕桑易知录》七百本。提江北京控曾令棻来。

二十四日(2月6日) 阴。收回团勇右营军械，放给十二月分大建饷银作为路费，即日遣散。据佛图关千总温仁厚禀，该勇颇不安静。象乾派精兵二百名前往弹压，予亦命守备罗国安率亲勇四十名前往佐之，复会衔出示晓谕，不准逗留滋事，仍令城乡各团分段稽查驱逐。

二十五日(2月7日) 阴。散团勇讫，会同镇军具禀大府。得傅哲生信，云江北委员已行，属到时给予回文销差，即日送交芝舫，令转送曾令阅之。署万县事候补同知刘丞廷植来，湖北人，号瑶斋，曾权石砫厅及新宁县事，盖为属寮者三次矣，云护送筱帅至嘉定，始先行，筱帅在宜宾薛侍郎家度岁，禀辞时面取进止如此也。又云，护院为东乡事检举折已回，李有恒、刘道宗皆褫职文。护院交部议处，请陛见，命来京。杜方伯命即赴新信任。丁宫保十一月望自济南晋京。

又云，有莘云麓大令葬其戚，陆于灌县发地得铜造象、铜印若干，瓷器无算，朱棺已朽，不知何代物。又云，子实近得书画，皆精妙，有邓先生篆书屏及隶字对，尤善。又云，潼州白塔中唐人写经，王介卿所藏尚多，盖任三台时所得，赠旧拓《乙瑛碑》一本，以新刻全分报之。

二十七日(2月9日) 阴。查夜，勇已散讫，尚有二十八人，乃夏参将及三哨伴档。得子实书，并小历日一本。酉刻，封库。江水日减，命宣黼孙物色雍熙碑。有夏如松者，邑人也，云正在朝天门外石坎下，坎尽有崖碑刻，崖侧上有画象，俗呼□老妈碑，自康熙以后，只道光□年微露其顶，父老相传，谓当时江窄而深，故刻字在下，今日淤日浅，故不恒见，不知信否。愚以为日淤日浅之说容或有之，然见不见亦视乎人，苟无物色之者，虽年年出水，亦孰顾而问邪？

二十九日(2月11日) 晴。闻丁宫保有乞假二月回籍之说。得大府信。

三十日(2月12日) 晴。禀覆大府。以江北傅春亭京控陈子春案，臬司之意欲移道提讯，势有未能也。又饬查署涪州吴牧有无袒护教民激众怒、退避重庆之事，实系未有，亦据实禀覆。①

① 抄本此后有一句："谨按，丙子日记，全年无缺。"

光绪三年[①]

正　月

初六日(2月18日)　晴。平旦起程,由陆路至江津迎李制军。至蚕神祠审视,殿宇已成,门庭甫结构,庭不及二丈,制度亦谬甚,呼匠者,告以作法,良久始行。日入,至江津,即登舟宿,凡一百二十里。风日妍丽,春意盎然,舆行甚适。道旁处处皆菜花,黄云已老,香犹袭人,蚕豆已吐花,麦苗蓬勃,殆将秀矣。晾风不知是此二字否？埡,巴县境也,未至之里许,有开山为田者,于土中锄石而弃之,其石柔腻,色如猪肝,似可为砚,行当取而试之。

初七日(2月19日)　晴,大风。辰起放舟,至东岳庙下三里许。未正,筱帅至,过舟谒见,即解维东归。过青草背,东风大竞,舟行不得速,四十五里至江口泊。

《侯鲭录》卷一,十二页知不足斋本:欧阳文忠公谪滁州,令幕中谢判官幽谷种花,谢请要束,公批纸尾云:"浅红深白宜相间,先后仍须次第栽。我欲四时携酒去,莫教一日不花开。"

《侯鲭录》卷五有"元微之崔莺莺商调蝶恋花词"十出,是此事宋人以演为歌曲[②],至元人《西厢记》始以脚色配合耳。

---

① 此年日记据上海图书馆藏《弓斋日记》抄本卷八整理,卷端题作"《弓斋日记》卷之八丁丑,分巡川东"。

② "以",抄本天头有校语:"以疑已。"

又卷七，九页[①]。王立之云："老杜家讳闲，而诗中有'翩翩戏蝶过闲幔'，或云恐传者谬。又'泛爱怜霜鬓，留欢卜夜闲'，余以为皆当以'闲'为正，临文恐不自讳也。"迂叟李国老云："余读《新唐书》，方知杜甫父名闲，检杜诗，果无'闲'字，唯蜀本旧杜诗二十卷内《寒食》诗云'邻家闲不违'，后见王琪，作'问不违'。又云'曾闪朱旗北斗闲'，后见赵仁约说薛向家本作'北斗殷'，由是言之，甫不用'闲'字明矣。"

初八日(2月20日) 晴。平旦解维，日中到渝，晡时筱帅亦至，泊舟朝天门，不登岸，即往谒之，呈送新刻书籍，极蒙许可。

初十日(2月22日) 晴。巳刻，至唐家沱，送筱帅出峡。饭罢，与象乾、芝舫共游大佛寺，倬云、皂儿侍行。寺距城十五里，凡前后大佛四，皆石岩造象也。有永乐、天顺题字，意彼时所造，无古碑刻。门外近左有画象一，甚奇古，似武梁祠，惜无年月耳。屋宇不甚整洁，而古藤寿木，随处有之。大梅树百许，皆虬枝夭矫，似百余年物，其尤胜者也。购得《天发神谶碑》整张未翦褾本。

十二日(2月24日) 阴，微雨。同乡孙让卿刺史从成都为购《天发神谶碑》来，亦整张，张未翦褾者，贾昂而拓手较好，直三十二两。

十四日(2月26日) 晴。赵清魁回京，寄厚安、培之、筱珊、子湘信，并新刻书籍。又购《天发神谶碑》一分，亦整张未翦褾者。物聚于所好，然何其多也。

十九日(3月3日) 晴。奉大府札，抄示总署来件。范若瑟控予八款，信如所云，予可无愧古人矣，尚愧未能耳。是日，课东川书院生童。

二十三日(3月7日) 偕象乾阅视佛关隘口并蚕神祠工程，会食桂花园。辛夷未落，桃李盛开，盖已若江乡三月光景矣。

二十七日(3月11日) 寄味荃信，并《集韵》《类篇》《韵略》各一

---

① "卷七"，抄本原作"卷五"，今据知不足斋本《侯鲭录》改。

部，《蚕桑易知录》一千本。又寄吴地山信，为拓石鱼事也。购得缩摹汉碑全形一册，计三十四种，非全本也。又《郑文公》《高迁碑》各一种，魏僧洪宝造象一张，《太室》《少室》《开母》石阙一分，张雪鸿画直幅一轴。

二　月

初三日(3月17日)　奉丁宫保函，开正初出京，约二月中旬可到，所有沿途夫马口食均系自备。又川黔相距较近，恐有匪徒假名指撞，饬地方官随时查拿云云。即日转致各属遵行。教堂请领黔案银一万两，即日发交罗元义手收，所有洋图记收条备案。得丁芥帆信，催涪州教案，即为作书转催地山。

十二日(3月26日)　阴雨。得翁复卿禀，知英员于初七日到夔，即日转陈两院。寒甚，可御重裘。得味荃信。晚，大雪，到此六年，此为仅见。

二十三日(4月6日)　晴。接复卿禀，知英员廿一日过涪州，一路安静，指日可到。

初八日(3月22日)　晴。得总署书，论贝德禄察看通商事，与上年之书不同。前书谓宜先事预筹，此书又谓非旦夕所能定。即日转陈大府。覆丁芥帆书。是日，送东川书院，送肄业诸生入学。[①]

十七日(3月31日)　晴。覆长寿令林焕臣书，托购孔庙及济宁汉魏六朝砖、《玉函山房辑佚书》[②]。

十八日(4月1日)　晴。编次先府君《寒秀草堂笔记》成。得缪仲翁信，并曹刻《玉篇》一函，校勘记一本，乃小山所寄。校勘记则钱�仙仪部之子恂笔也。奉两院信，催涪州案。

石砫厅乾隆二十七年改土归流，以马宗大之孙马佑昭袭土通判

---

① 按，抄本此月日记时序似有颠倒。

② “玉函山房辑佚书”，抄本原作“玉函山房辑要佚书”，今据原书改。

世职，道光二十五年佑昭卒，子驾嗣。

二十六日（4月9日） 阴雨。贝德禄来见，面递总署札文。发两院禀。寄味荃阮刻《十三经注疏》一部。晡时，复卿伴送英人到渝。

三 月

初三日（4月16日） 阴。本年蚕种于去腊寄至汉上，属子韩专差，竟不肯听，交公泰洋商子口店带来，直至上月晦方到。是日，散竣，均已出蚁，不可救药矣，可恨！可恨！

十一日（4月24日） 晴。得林长寿书。寄邹县重摹《峄山碑》拓本一分。

廿三日（5月6日） 晴。得闻庭、子实书，知丁宫保定廿日进省，廿六接印。童芹初送陆懋莲《春夜宴桃李园》来看，画尚佳，惜绢本太破碎耳。懋莲字香远，国初上海人，善工细人物，见《画史》。听斋赠五凤残砖小研一方，字不必真而雕琢古雅可喜。以紫榆作底盖，刻字极精，有张叔未题字亦真，或他处摹入。底之下有"梅庵"二篆字，殆即藏砚之人欤？

廿八日（5月11日） 晴。戌初二刻，天大雷电以风，屋瓦震震有声，大木斯拔，逾半时许乃定。查得通远门空心炮台为风吹倒，城墙亦倒坍十余丈，城内外吹倒房屋无数，大树吹折拔起者比比皆是。文庙正殿微损，宫墙坍塌二十余丈，考棚吹折旗杆一枝，压坏头门二间，且园茅屋全数倾倒，而背后仓廒无恙。吹折佛图关蚕神庙新造外殿三楹，掀起复落，木石俱碎。江北厅吹倒金沙门城楼一座，其屋宇之倾颓、树木之拔起，亦往往而是。凡风所过之处，雷亦随之，若驱物然。或谓是神之除妖，理或有之。河下船只伤损无数，漂没者十余只，真非常灾异也。为象乾作篆四大幅，尚可观。

四 月

初八日（5月20日） 晴。唐鄂生来，赠以新刻书全分。文冠卿来，邀颜宜之重叠东园新添假山。巴县妇吴李氏讼执刑差吴彭芳霸占伊女，即日亲讯，子虚乌有也，终朝而毕，并完巴县宿案。

十九日(5月31日) 晴。发大府禀，详陈川东教案情形，兼陈盐厘公费提扣原委。午后，问香国寺漏厘案，决罚有差。又讯蓝洪顺控承差蓝荣案，终日而毕。

二十四日(6月5日) 晴。至佛图关勘风灾，兼视蚕神庙工程。与黼廷会食桂华园，还过象乾处议事，归已薄暮矣。

催橹莲花诗曰：无人解把无尘袖，盛取残香尽日怜。

五　月

初三日(6月13日) 晴。问结江北易元榜案。黄璧臣寄来永川县学残碑二种，八分书，大径寸余，一《太极图说》，一《西铭》，皆首尾不全。《县志》谓是前明内阁大学士巴县王应熊所书，乾隆三十六年重修文庙掘地所得，书迹纯乎明人习气，不足珍也。

初四日(6月14日) 晴。奉大府札，又手书。知江北教案已委前巴县令陕西候补守张秉堃前来随同办理，殆恐团民固执。又赔修医馆一节，官民均难出口，故使张来转圜耳。张字子敏，贵州人。

初五日(6月15日) 奉大府批禀，颇见采纳。宣黼孙禀，知前月廿八日英人麦家的自滇来渝，寓鸿恩店内，曾往贝德禄寓所三次，旋于初二日起身晋省，约吉为理同往西藏。贝德禄新到箱笼二十余口，未知何物云云。即日致书丁芥帆，属为回明大府。

初六日(6月16日) 阴。芝舫、听斋、绶权均来，为江大烟杆事也。通判王峨峰梁山提案回，来见。遣勇至黄葛树捕江大烟杆。

初八日(6月18日) 晴。探勇回，云江匪盘踞东阳镇，势将抗拒，劲勇已扎土坨，炮船尚未到。

初九日(6月19日) 晴。未刻，探勇回，云炮船亦泊土坨，江匪益招集亡命，抗拒之形已成。即日函商象乾，派拨精兵前往，并令炮船进扎观音峡口，遏贼下窜之路。奉院裁撤安西营勇三百名，留二百名。

初十日(6月20日) 晴。辰刻,探勇回,云江匪负嵎抗拒,初九日巳午之交,我军直抵匪巢。庆元水师哨官欧阳捷先登,副将张廷秀率师继之,匪众不支,纷纷溃散。江大烟杆仓卒逃窜。闻向北碚一路而去。当令跟踪搜捕,仍严禁勇丁差使不准骚扰民间,如违,军法从事,并悬格出示,一并晓谕。是役也,计受伤哨弁一人,欧阳捷水勇三名,内一名眇目灭鼻,皆迎面头等,各分别赏恤有差。发大府禀。

十六日(6月26日) 阴雨。探报江大烟杆潜匿无踪,恐兵勇在外滋事,即日撤回。晚,听斋、寿泉自北碚归,江匪仍捕不得。

二十日(6月30日) 晴。接仲复信,并吴门新刻《春秋穀梁经传补注》《校刊词律》《焦山志》凡三种,韩瓶一枚。韩瓶者,盖仲复分巡常镇时得于金山土中,相传韩蕲王军中所用器,陶质古朴,真数百年外物,所传当不虚也。

二十三日(7月3日) 晴。禀复大府,重属已裁撤夫马各厅州县情形。晡时,张子敏来谈属将大概情形。致书芥帆。情形者,盖甫寻绅士一二人出来愿为效力,尚无把握也。

二十六日(7月6日) 晴。贝德禄辞赴成都,云定廿八日起程,即日禀知两院,并委候补盐茶大使李廷谟护送,暨札饬沿途各州县一体照料。帮办江北教案。李牧承邺自省来见。奉大府札,统裁全省夫马,只留自省至广元一路。

六 月

初二日(7月12日) 早晴,旋阴,晡时大风雨。张子敏至江北文昌宫,与在城及附绅粮议教案,令其开导各乡团民。宝轩同往。

初七日(7月17日) 晴。遣李牧归。张子敏、乔绶泉至江北,下午归。团绅到者百余人,皆恭顺听命。令速自定章,由官给票,遣无聊之教民归。李牧委署酉阳,子敏请以绶权帮办,即日为转陈大府。

十一日(7月21日) 晴。申初,起程进省,至两路口佛图关小憩，旋止白市驿。一路良苗勃勃，而水田干涸，恐将槁死，奈何！奈何！

十四日（7月24日） 晴。辰初，至烧酒坊，宋都司寅来领饷。得唐鄂生书，赠《黔诗略》一部。未初一刻，到隆昌县，宿行馆。权县事崔晋绶、前署令吴镜源查夫马积案。委员韩令宗斗均未见。问教案，云已以六千五百了之。田禾已得透雨，高下沾足，均可喜也。奉大府批，查明老货厘局局用，分别裁留禀。

二十日（7月30日） 阴。巳初入城，侨寓东玉沙街。漱芳、蘧庵诸君均来。未初，上院拜四司道。晤方子箴前辈。丁芥帆兄与程立翁、蔡砚农兄彼此相左。还至唐鄂生兄处，观黔边盐务章程。

二十五日（8月4日） 早晴，晡后阵雨，旋晴。约钱圌山、兰陂二大令朝餐，属撰《涪州石鱼题记考证》。未正，上院。大府属缓回渝。晚，赴子箴前辈之约。出示米元章、黄山谷、鲜于伯几字卷各一，黄子久画卷一，皆无上妙品。宣少黼赠唐人写经残石一片，沈石田花果小卷一件。购得六朝唐镜共五面，大印池一。得家书并《汉隶字原》样本一分。

二十七日（8月6日） 晴。未刻，至课吏局，与芥帆议子口票事。购得旧袈裟圈一，晋归义羌侯印一，烂铜印二，小镜一，其直六金二星。又旧印池三，二金四星。过子箴前辈，观尉迟乙僧《天王画像》，巨然《长江万里》图卷，又唐宋元人画册、吴墨井画册，皆极精。

七　月

朔（8月9日） 晴。箴翁约观书画，自唐宋以至本朝，无美不备，可谓富矣。是日，始晤许晓东。丙夜，奉院札，改委审局为洋务局，命贱子与芥帆总办，仍饬会议章程，并筹画出口子口票。箴翁赠《梦园丛说》一部。

初五日（8月13日） 小雨送寒，竟日不止，风飀飀然，如长安道上，颇有羁旅之感。饭后，至芥帆许，议洋务。访立斋方伯、闻庭协戎，均见。

初六日（8 月 14 日） 阴雨，寒甚，可着棉衣。巳刻，到洋务局。先至芥帆许，同往，局在骆公祠洗马池上。提调易守崇阶，号石生，湖北京山人，老吏也。

初七日（8 月 15 日） 晴。饭后，至子箴处少坐，旋往课吏局，与芥帆同拟洋务禀稿，芥帆秉笔。薛云阶到省，六年不见，皤然老矣。谈京华旧事，相感慨久之。晡时，奉传上院。散已将暝矣。

十二日（8 月 20 日） 晴。宫保公命撰奏草。辰刻，回寓，振笔疾书，半时即脱稿。巳刻，赴缪丈仲英文殊院之招，伊蒲馔颇精洁。院有藏经，规模宏厂，修竹拂云，萧森可爱，惜少丘壑耳。晡后，回寓，复至芥帆许。唐鄂生出示褚临黄素本《兰亭》，笔意沉着深厚，与石刻迥然不同。又东坡马券、黄筌花鸟竹兔亦佳。又曹弗兴山水长卷，真赝不可知，恐款是后人强署耳。

十三日（8 月 21 日） 晴。偕缪丈同至草堂寺，赴漱芳之招。闻木樨香，颇饶幽趣。登藏经楼，阅视藏经，盖北藏本。寻《龙龛手鉴》不得，半已糜泡矣。寺僧云，当蓝大顺扰蜀时，尝窖诸地，故至此。万佛楼在其东，未毕工。从寺之东南折而入，乔木修篁，环以流水小桥，门径颇幽胜，惜佛楼未称耳。鄂生言服鱼鳔法，用上好鱼鳔，洗净切成小块，同老米炒成珠，去米研极细末，以磁瓶收储，每日清晨用水调服三分，治虚损神效。又言治便血方，用豆腐渣入铜锅或沙锅内忌铁焙干，服时用水冲成浓汁，澄清去渣，加紫沙糖少许温服，不拘早晚，随便代茶，大有奇验。

购得玉袈裟圈一，殆六朝或唐代物，白如截肪，血沁处缕缕若丹沙，可珍也，其直二金。又六朝镜一，其直六星。

十四日（8 月 22 日） 晴。上院禀辞，兼至军门及司道处话别，均晤。程立斋情意殷殷，颇有惜别之感。购得初拓《戏鸿堂帖》，其直廿二金，海宁查氏敬业堂旧物也。

十五日（8 月 23 日） 晴。早起，检点行装。巳初，起身，避阛阓之器，循城隅，迤逦出东门而后行。简州吏目申耀堂郊迎，云本年收成自北而南，因旱致歉，西路尚稳，东路次之，统计收成，约在六七分光景。

二十一日(8月29日) 晴，午后大风。黎明始行。辰刻，李市镇小憩，王荩臣大令偕典史鲍昌勋来迎，同至烧酒坊。未刻，至荣昌县，即昌州所谓海棠香国也。署把总世职李世相郊迎。问农事，可得八九分收成，慰甚。

二十四日(9月1日) 阴雨。夜半即行。黎明，至白市驿。巳刻，至浮图关，雨益甚。八省客长来迎，周旋刻许，到署已未初矣。浮图关民请立蚕市，即日批准。

八　月

初四日(9月10日) 晴。札巴县裁革执刑班差役。

初八日(9月14日) 阴雨。考东川书院月课生童。取巴县执刑班差房牌额，坐堂皇劈而焚之，众大悦。

十三日(9月19日) 发大府禀二件，一覆涪州盐厘委员并无其事，一禀裁巴县执刑班善后章程。夜半，奉院札，委孙丞会办涪州教案。吴丞之桐来。

十六日(9月22日) 晴。吴君辞赴铜梁，告以大府意，即令起程。午后，发大府禀。

十九日(9月25日) 阴雨。娄大令樾鸣之来，请领黔边盐局夔盐税拨项也。以文未到，令姑待之。沈大令全修来，领黔边盐局本库拨饷也。接吴又山棣珊会禀铜梁差役案，即日转陈大府，兼寄芥帆书。

二十五日(10月1日) 晴。亲讯断结洋药偷漏厘金案。

二十六日(10月2日) 阴雨。申刻，接田子实禀，请发渝勇会剿任韦驼匪党，即日派管带副将陈扶鼎统领中左二哨前往永川，会同知县韩清桂同往搜山，限廿九日与江津、合江、泸州会于胡漕，饬局放给口粮并军火器械，明日黎明拔队，仍先发札函通知永川、泸州，并札重庆府暨江津等县知照。禀知大府，移永宁道，半日而毕事。发黔边盐务局拨银五万两，交沈令全修。

二十七日(10月3日) 晴。吴丞、吴牧、韩令辞往涪州，遣罗国安催劲勇起程。寄子实书并黔局捐照。专勇同沈令偕行。访宣少黼，少黼言冯绲墓在达县冯家坝，子孙尚聚族而居，汉碑尚在墓旁，已半埋土中。又言八蒙山张桓侯题字亦尚可寻，不知信否。

九 月

初二日(10月8日) 阴，晡后小雨。阅视行台工程，奉大府批回裁革巴县执刑班一案，饬转行巴县刊碑，永远遵行。祝培棠来，偕盛西川赴黔采办铅斤也。听斋、伯度呈送保甲章程及门牌式样，有不合格者，令速改之。

初四日(10月10日) 晴。张子敏来，闻巴县执刑班仍留廿四人供役，改曰皂班，公然备手本，于朔望至子敏处请安，是革犹不革矣。即口严札申饬巴县。得庄范邨信，行台掘地得淳祐钱数枚，土花朱翠，堆积甚厚，似是宋时所埋者。又于鼓楼得砖二方，其侧有字，皆楷书横列，一曰“淳佑乙巳建”，“祐”误作“佑”，殆工匠无知者所为。一年月磨灭，仅存“重建”二字，又直书小字一行，曰“砖匠杨万顺”，尚隐隐可辨。砖质皆粗，后砖字尤拙恶，殆近人所制，皆不足取，独是杨万顺以砖匠之微尚能留其姓氏，以待后人传述，亦有心人哉。

按，淳祐是宋理宗纪元，理宗接位以乙酉岁，为宝应元年，凡五改而为淳祐。乙巳乃淳祐五年，即位之二十一年也。楼盖始建于是年。祐作佑，殆匠人制砖时讹书，不足异也。

初五日(10月11日) 晴。又于行台地中得淳祐钱六枚，砖三块，一曰“淳祐乙巳东窑城砖”，正书作二行，阴文直写，是宋物。其二正书“顺德”二大字，亦阴文直写，是近代，殆重修时所造砖埴与？书法迥殊矣。

初七日(10月13日)　阴,夜雨。唐鄂生遣同知于德楷来领饷,知县李德馨来提江北京控案。

初九日(10月15日)　早阴,午后晴。家人至新筑翠微精舍登高。

十二日(10月18日)　早晴,旋阴。得张小鹤书,谯楼下复得宋砖三,一阳文在脑,一阳文,一阴文在左侧,皆正书行[①],文曰"淳祐乙巳西窑城砖"。

十三日(10月19日)　阴雨。接吴丞等禀,知垫江差役轮底契约已全数进缴。

四川总督例贡内有藏香一种,盖取喇嘛香枝,重加配合,以中军副将董其事,其贡房即在督署头门内衙神祠。丁丑七月从吾友琦闻庭乞得其方,录之于此:

配造黄藏香一料内用:

黄藏香底五斤,檀香三斤八两,广木香六两,丁香六两,沉香六两,芸香二两,白蔻二两,石决明二两,砂仁二两,橄榄二两,吉吉香一斤八两,榆皮一斤八两以上俱研极细末;冰片一两,麝香三两五钱,潮片五钱,潮脑五钱,火硝三钱以上俱化水用,唵叭香一斤八两熬水用,甜酒八两,红糖四两调水用,藏红花一两。

配造红藏香一料内用:

红藏香底五斤,降香六两,余与黄藏香同,不用藏红花。

十七日(10月23日)　阴雨。宣少黼言张桓侯题字在渠县大竹交界过河处,道光初尚有拓本,是其石尚在可知也。

十九日(10月25日)　晴。星阶太守来,赴夔局收盐税也。留其暂住,办理借款事。撰郑子尹先生墓表一篇。见省抄,知沈炉青兄放重庆府。

二十一日(10月27日)　阴。寄沈炉青书。戌刻,得李笏山信,

---

① 按,疑"行"字前脱一数字。

欲借洋枪，已无存矣。即刻作覆。又得吴地山幼珊禀。送阅垫江革除差轮章程，亦即刻作覆。乙夜，奉大府札并信，内附子敏等批回。

二十三日(10月29日) 阴，夜雨。寄子韩信并自刻书全分二分，又仲清《说文系传》《三韵》各二十部。晚，与寿泉、听斋论江北并借款事，均无头绪，使人闷损。

二十五日(10月31日) 阴雨。得卢雪堂比部信，寄京师新刻《瀛海论》三篇，出使外洋刘光禄锡鸿所著也，首篇言地理及其国之建立始末，中篇言洋务，下篇设为问答以推阐其意。虽其不无强词，而持论明通，足以破蚩蚩者之惑，或亦洋务者之一助焉。

二十六日(11月1日) 阴，小雨。邀票号、盐号及花帮、足头等帮诸巨贾至署，商借饷银，款以酒食。诸贾无言，独票商狡谲可恨，论终日，迄未决，限令三日后回话。

二十七日(11月2日) 晴。邀在城绅商借款，穷一日之力，至乙夜始议定，凑借九千七百五十两。窥各绅商之意，总疑是捐非借，告以不但要还，而且加利奉还。又嫌子息太微，加至八厘而后可，可为难矣。

汉上庸长残碑，久隐而不见。光绪二年冬，南皮张太史之洞督学四川，访得之。碑在德阳县东北五十里黄畜镇原名黄虎镇之左村一小神祠神座后，嵌置壁中。碑为神座所蔽，人不可得见。又地窄，仅容一人施拓，故拓者绝少。碑之获存，未必不由于此。以此类推，或者昔存今亡之碑，尚有未尽毁者，未可知也。

二十八日(11月3日) 阴。公宴谭叔裕学使于牙斋。叔裕，盖玉生先生之子，学问渊博，蜀士之幸也。刘光禄号云生，己酉举人，刑部候补郎中，郭筠仙少马推荐，故同出使。叔裕与同乡里言之如此。

二十九日(11月4日) 阴雨竟日，淋漓不止。邀城乡各绅富商借款，尚能体会是借非捐之意，惜数不多耳。得唐鄂生信。

十　月

朔(11 月 5 日)　阴雨。各巨商来。盐帮言各家信尚未齐，请展至初六日。花帮亦援以为请，皆许之。票帮于人未到时先来一行，旋即遁去，云至县中回话，惟匹头、药帮各允假二千金。得蘧庵信，知省城将有捐助山西等振务之举。又得叙卿信，云大府将于浙江会馆添建金龙四大王神殿，殆以侯家林一役，神实相之，故报以馨香也欤？神，浙人，宋谢太后侄。馆中故有位，非创举也。得子湘书，并铜印七方。

初四日(11 月 8 日)　阴。奉大府函，饬会同唐鄂生议合州盐厘事。寄鄂生书。

初六日(11 月 10 日)　晴。署邻水令李星圃来，谈邻水事甚悉。盐帮、花帮来议借款，仍未决，请限两日，许。闻时若将军明日可到。

初七日(11 月 11 日)　晴。巳刻，至黄沙溪登舟迎时若将军，遇于九龙浦，过船谒见。

十二日(11 月 16 日)　晴。送时若将军回荆州。恽伯初自湖北乘水师炮船来。

十三日(11 月 17 日)　晴。偕象乾、宝轩、果之、听斋至佛图关，以蚕市场新开，从士民请，徇俗踩场也。小饮蚕神庙。城内外赴者甚众。薄暮始归。得诗一首。

光绪丁丑余于佛图关创建蚕神庙，乡父老大悦，具牒请于庙旁作场市，且请名。余命之曰蚕市。蜀俗，凡场市新开，必先请长官循行，号曰踩场。十月十三日，蚕市场始开，余偕田象乾总戎、庆宝轩太守、定果之游戎、李听斋大令徇士民意，共赴踩场之会，小饮蚕神庙，归途赋此：

省耕省敛年年事，今日游观眼倍明。枫叶半林霜未冷，菊花满地雨初晴。茧丝合住新祠宇是日百货麇聚，惟贸丝者独在庙廊，场市还增旧驿程。扶得醉人归去也，熙熙皞皞太平氓[1]。

十七日(11月21日) 阴。遣人送会稿至唐鄂生处。接子湘信，内附炉青书，云十月杪出都，由上海回里，明年灯节后溯江而上。然则到任当在夏初矣。

十九日(11月23日) 阴。山陕捐振开局。未刻，至长安寺，兼令八省首事筹粥厂经费。

二十六日(11月30日) 阴。得唐鄂生信并会稿，又得子实信。缮发合州盐局章程会禀。送笏山会印转递。得子韩信，并赠宜都杨守敬新刊双钩古碑廿八种。

十一月

初二日(12月6日) 奉大府手函，代象乾拟会禀请拨兵饷稿。

初五日(12月9日) 晴。张荔园带到藩司借款票据，即会印转发。

初六日(12月10日) 晴。权奉节令吴铭斋来，即辞赴任。畴昔之夜，重庆左营兵丁傅云龙等聚众滋事，打毁城内良贱十二家，亲率小队逐散之。

初九日(12月13日) 阴。写蚕神庙过厅屏间刻书，用北碑法《蚕论》一篇，凡十二幅，似尚不恶。得子韩书，并伟如新刻《洗冤录》。

十四日(12月18日) 早晴，午后阴。江北厅小园中海棠盛开。静斋、仁甫折得数枝，以胆瓶供养，与阳春时无二，阳不潜藏，恐非庥征。

十八日(12月22日) 阴。张令涛来，云其乡人王兴斋秋间有人诬其漏税，予为平反。感此意，愿为代借银两，以济藩库之急。

二十一日(12月25日) 早晴，旋阴，微雪数点。蚕神庙告成，与僚及是邦大夫士共落之，尽欢而散。回城已张灯矣。

---

① “氓”，抄本原作“民”，出韵，今据格律改。

二十二日(12月26日) 阴。绥定府志伯硕来，农曹旧雨也。收王兴斋代借银三万两。发大府禀，并致程立斋方伯书。

二十五日(12月29日) 阴。解藩司借款银一万两。

二十八日(1878年1月1日) 阴。奉大府手谕，云接总署函，法公使告堂官，范酉谓罗马教王，川省官员留伊办未了各案，问有无其事。即刻传李听斋确查。晚，张子敏来。

二十九日(1月2日) 阴雨。午刻，禀覆大府书，确查此地官员并无留范若瑟之事。

十二月

朔(1月3日) 阴雨。王大使永言来，珊舟兄内侄也，带到钱圜山铁江手函，并抄本《天一阁碑目》二册，一为徐克勋天石校本，止上册，佚其半多，张芑堂一跋。一不知何人抄本。与新得阮刻本校之，碑目无一同者。阮刻最多，然与钱序亦不合，要当以阮刻为定。

阮刻《天一阁碑目》

周一，秦二，汉廿九，魏三，吴三，晋二，梁二，北魏六，北齐四，后周二，隋五，唐二百四十四，后唐一，后晋二，周二，宋二百二，金四十一，元二百五十六，无时代二，共七百九。

续增

夏一，周二，汉九，魏一，北齐一，梁一，唐四十三，宋廿三，金三，元十，共九十四。

初十日(1月12日) 阴。大阅练卒，终日而毕，各赏罚有差。寄大府禀。接藩信，借款作罢论。

十三日(1月15日) 早晴，旋阴。奉大府批回合州盐厘章程。得子湘信，并铜印六方，《胜朝殉节录》一函。缪小山带交孔勋丞携来。

二十一日(1月23日) 晴。程馥斋卿太守来，为查何令宝荣盐厘事也。

阆中县治有地名桓侯岭，又名张飞岭，俗传桓侯破张部处。八蒙碑当在此。[①]

---

① 抄本此后有一句："谨按，丁丑日记，全年无缺。"

光绪四年[1]

正　月

光绪四年岁在戊寅正月辛亥朔(1878年2月2日)　早阴。巳刻晴，未刻大晴，申后复阴。平旦，至会府朝贺，礼毕，坐班，班退，换蟒袍貂褂团拜，仍与镇军往还茶坐。黎明，至文武庙行香，仍遍拜同城文武。回署，僚属来贺，三辞而后出见。礼毕，即行，惟府、厅、县留坐，款以茗果而后退，此向例也。自光绪改元停止，至是复行之。饭后仍出门拜客，晤徐琴舫。未刻，徐辅廷、琴舫来，均见。

初二日壬子(2月3日)　畅晴。饭后出门拜年，晤象乾、辅廷。黄昏象乾来。

初三日癸丑(2月4日)　卯初二刻十三分立春。阴。闻象乾进省拜年，定初六日起程。得海珊信。

初四日甲寅(2月5日)　阴。得苏州信，并阜康邸抄。

邸抄：勒方锜升广西藩司，龚易图升江苏臬司，方汝翼授登莱青道。

初五日乙卯(2月6日)　阴。得英朴庵禀，寄到年庚，丁酉、丙午、戊子、癸丑。恳为作冰上人，求葆芝舫长女作继配。寄联星翁信并兰熏二肘，虾子二罐，笋干二篓，虾子鲞廿包，托象乾带省。

初六日丙辰(2月7日)　阴。象乾赴省，偕府县及诸同僚于蚕神庙饯之。申初回城，为朴庵执柯，送男庚至芝舫处，约十二日送女

---

① 此年起日记，均据上海图书馆藏《弓斋日记》稿本整理。

庚来,即日作书覆朴庵。

初七日丁巳(2月8日) 晴。风日妍丽,定卜人口平安,可胜欣喜。得钱圜山铁江信并《汉隶分韵》二本。

初八日戊午(2月9日) 阴。酉刻奉大府函札,饬借拨各属仓谷三万石运往阆中接济川北饥民。

初九日己未(2月10日) 阴,夜雨。覆大府禀戌刻专勇。王荣昌、元培祥、长寿麟、黄南川、际飞来。

初十日庚申(2月11日) 阴。出门拜客。晚,约鹤樵、荩臣、石庵诸公便饭。夜雨。吴地山、孙让卿来。

十一日辛酉(2月12日) 阴雨。锦芝生观察锦瑞来,系魁时若将军之婿,赴夔郡抽厘也。得子韩信并蚕种二篓。

十二日壬戌(2月13日) 阴雨。浙江会馆团拜,答拜锦观察。地山辞归涪州,让卿同行,以本任濮牧将回任也。侯忠州若源、陈石砫昺来。覆子韩书,交专足带回,找付力钱三千。

十三日癸亥(2月14日) 巳刻见日,即隐。候补通判徐倅彦赴酉阳提京控案来见。鹤樵、荩臣、石庵辞回任。晚,约鞠坡、懋斋、芝舫、蓬阁、听斋、伯度便饭。

十四日甲子(2月15日) 阴,晡后见日,一炊时复阴,夜雨。鞠坡、懋斋辞回任。张海槎来。

十五日乙丑(2月16日) 阴,午后薄晴,晚见月。发大府禀,并咨藩司移川北道为借拨仓谷事也,均专勇送。石司马、光熙、小澜、国大、令璋、子达来。赋灯词十首。夔州守放黄毓恩,湖北人,壬戌翰林。

十六日丙寅(2月17日) 早阴,未后微晴,月有食之,申正二刻四分初亏,酉正初刻一分食甚,戌初一刻十三分复圆,救护如例。得子韩书。

十七日丁卯(2月18日) 阴,早雨即止。约小澜、子达、海槎晚饭。邸抄:李元华开缺,来京,另候简用。余思枢授山东布政使。吴德溥授贵州按察使。松长授贵州粮道。勒方锜调江苏布政使。范梁授广西布政使。黎兆棠授直隶按察使。官军收复喀喇沙尔、库车、阿克苏、乌什四城。西宁道刘锦棠开缺，以三品京堂候补。

十八日戊辰(2月19日) 阴。禀大府核减盐厘局费章程，委员候补令赵湘来，催借拨谷石也。安徽人，号汉卿，曾任秀山县典史。夜雨。

十九日己巳(2月20日) 阴。辰刻，开印。张守等禀江北教案情形，即为转陈将军大府，并陈大府江北平枭管见。夜晚例宴幕僚。接李仙书，并蕲蛇蕲艾。

二十日庚午(2月21日) 阴。送吴仲庚游幕绥定。又送文冠卿回成都。恽伯初回武昌。寄潘伟如、吴子权、恽莘农、菘耘石、子韩书，并书籍等物，又寄洪彦哲银二十两，均交伯初带。又覆仙根书，内附伟如一函。得子韩信，附《更生斋诗文集》八本，又海珊书。

二十一日辛未(2月22日) 阴。开仓斛米。葆芝舫辞赴城口。

二十二日壬申(2月23日) 阴。得枚生、少莲书。又得周叙卿书。

二十三日癸酉(2月24日) 阴，晡后微晴。作《洁园》十咏。

二十四日甲戌(2月25日) 晴。头批借拨谷石开运。禀报大府并咨藩司，移川北道合州厘局札，沿途州县又致顺庆守蒋鞠潭、南充令鸣牧亭书，交委员李廷模带往。出门拜客。送芝舫之官城口。

二十五日乙亥(2月26日) 阴。堂期，接见寮属。徐琴舫来谈。二批借拨仓谷开斛。

二十六日丙子(2月27日) 阴。李听斋有鼓盆之戚。覆让卿书。得琦闻廷信，知象乾于元宵到省。夜雨，枕上闻之，喜而不寐矣。

二十七日丁丑(2月28日) 阴雨。吊董海门少尉母丧，遂慰听斋鼓盆之戚。蔡润之辞赴合州。李刺史传骏来，同年小磨学士之侄也，带到徐保之书并《六壬直指》。

二十八日戊寅(3月1日) 阴。二批米船开行。得象乾书。

二十九日己卯(3月2日) 阴雨,夜大风寒。

三十日庚辰(3月3日) 晴。准藩司移委员代办铜梁县篆务,即日札委乔牧世清前往。寄蔡润之信,交合州便差。

二 月

辛巳朔(3月4日) 阴。早起行香。川北差勇回,得小楼覆书及保宁庆守禀,请将巴州、南江、通江借拨谷石径由渠河运往,属伯度及安生等筹之。

初二日壬午(3月5日) 晴。考东川书院收录。生题:“五亩之宅,树之以桑”至“可以无饥矣”。“花须柳眼各无赖”,得“山”字。童题:“五亩之宅,树墙下以桑”至“可以无饥矣”。“紫蝶黄蜂俱有情”,得“溪”字。晡时,至县署祭听斋夫人。

初三日癸未(3月6日) 晴。祠文昌。遣候补府经历陈凯赴渠河查看转运情形。致润之书。种梧桐四株于洁园。或谓此阴阳家之所忌,余曰:阴阳家诚有此说,然为此说者,恐非读书人,不然,何《卷阿》之诗亦忘之欤?濮刺史蕖生来。

初四日甲申(3月7日) 阴,小雨。出门拜客。正月九日专勇回,奉大府回书,盖十八日所发,据云半途而病故,至此真欲速反迟矣。得方缘仲信,吕曼殊观察之三子懋彰只园带来,盖从其外舅鲁养亭司马回广安赘姻也。晚,约张子敏太守、萧柏丞、濮蕖生、乔绶权三刺史、李承圃大令便饭。

初五日乙酉(3月8日) 阴。堂期,免寮属衙参。蕖生[1]辞赴任。鲁养亭来,名学浩,绍兴人。赵汉卿自涪州回,来见。

初六日丙戌(3月9日) 晴,午后微阴。至文庙演礼。张文山来。

初七日丁亥(3月10日) 晴。释奠于先师孔子。

---

① 蕖,底本手稿初作“蘧”,后点去,旁校改作“渠”,据上下文,今改作“蕖”。

初八日戊子(3月11日) 朝阴,旋晴。祭社稷坛。晚奉大府函札,专弁卢兴堂送来。文山辞赴任。

初九日己丑(3月12日) 晴。祭吕祖暨昭忠祠。田象乾镇军回渝,申刻,至太平门迎接,委管合州大河坝盐厘熊倓然太守来,即辞赴局。陈凯回渝。

初十日庚寅(3月13日) 阴。免僚属衙参,复遣陈凯赴合,并致札幼鹤、润之议渠河转运事。夜雨。

十一日辛卯(3月14日) 晴,夜雨。禀覆大府,遣卢弁回省。

十二日壬辰(3月15日) 晴。祭龙神祠。午后,出门拜客。至象乾许谈良久,薄暮始归。夜大雨。得山陕捐赈局司道信,办塔捐。

十三日癸巳(3月16日) 早晴,午后阴,夜雨。

十四日甲午(3月17日) 阴,午后薄晴,夜大雨。接乔寿泉禀并手函,即作覆。

十五日乙未(3月18日) 阴。祠文昌。质明,文武庙行香。天骤暖,换穿小毛白袖头。晡后,浓阴,又有寒意。寄大府函,内附子敏禀。

十六日丙申(3月19日) 阴。接润之信,即作覆。祠关帝、火神。

十七日丁酉(3月20日) 晴。娄铭之辞回泸州,托带石小南信并银陆拾两。德世兄慎来。杨云岩镇军来。

十八日戊戌(3月21日) 晴。出门拜客。晤云岩。访琴舫未遇。

十九日己亥(3月22日) 阴。黄麓生自夔郡厘局回省来访,饭后答拜麓生。委员孙令秉璋礼卿、焦令毓璋漪园来。得朴庵信,即作覆。

二十日庚子(3月23日) 阴,晓微雨,旋止,夜晴。审萧维举漏厘案,各决罚有差。

二十一日辛丑(3月24日) 晴。辰刻,送东川书院录取诸生、童入院肄业。穿蟒袍补褂。黄绶芙沛翘自本籍长沙来，到省候补也。得巴州金牧回信。

二十二日壬寅(3月25日) 晴。答拜绶芙，未遇。绶芙书来，借银二百两，即交其家人陈升带回。还同庆丰银一万五千两，外加利银四百三十五两，均交天顺祥王兴斋手收。

二十三日癸卯(3月26日) 晴，夜雨，雷始声。卯刻，奉大府函，内附范若瑟信一件，法国白使所寄也。即日交巴县送去。有洋图记收条一纸。戌刻，禀覆大府，仍交成都县来差，收条附呈。杨春樵观察来。

二十四日甲辰(3月27日) 晴。答拜春樵，并至果果、绶芙处少坐。归，答喻智亭，未遇。杨櫄阶总戎玉科送兰谱来。

二十五日乙巳(3月28日) 阴雨。堂期，接见寮属。绶芙辞赴成都。遣人答杨櫄阶并送兰谱。

二十六日丙午(3月29日) 阴，晡后雨。核定保甲局支款。

二十七日丁未(3月30日) 阴，早雨，旋止。辰刻，贺櫄阶续姻，并至春翁处道喜。还至保甲局挑选团首，东西二团。阒无人焉，遂归。未到，在署当堂挑选，派李云鹗充西团之首，何占魁充东团之首。是日，川东卅六属公所立旗杆，委王经历行礼。夜雨。范若瑟遣人来辞行。云廿九日走。

二十八日戊申(3月31日) 晴。委试用未入流杨埙伴送范若瑟出境。梁凤书太守来。晡时，杨埙来云，伊前往教堂，据彼中人云，范主教患病未起，由水由陆及何日起程，均尚未定。即起程之后，沿途亦当有担阁，或一两月，或四五月，未定，委员伴送不敢当云云。然则彼固无去志耳。

二十九日己酉(4月1日) 阴。答拜梁凤书丈。还过辅廷小坐。发大府禀。叶城斋大令寄赠萧梁天监十三年鄱阳王过境题名石刻石在今云阳县大江南岸沙际，又孟蜀广政中郡邑守宰行春题名石刻石亦在大江之南，与梁天监刻石比附拓本。诚斋令兄达夫部郎有《书梁鄱阳王题石刻后》一篇，甚精核。

三十日庚戌（4月2日） 阴，晚晴。邀伯度、汉卿、安生议渠河转运事。寄英朴庵并塔捐二本，交来人。又寄润之、幼鹤书，专勇送。

三 月

辛亥朔（4月3日） 阴雨。早起行香。还过县署，听斋妻丧受吊也。熊倓然太守自合州来，奉札查案也。发大府禀。

初二日壬子（4月4日） 阴雨。杨櫄阶来辞行，即送其回湖南。发巴南通并渠县、合州札。得京信。

初三日癸丑（4月5日） 阴雨。清明。望祭先祖。寄缪仲英丈、方杜洲、法基和尚篆各一分，钱绪香、张稚华对二副，均交王冬生。又托萧柏丞转寄景湘泉对一副。

初四日甲寅（4月6日） 阴雨。熊倓然辞回大河坝。

初五日乙卯（4月7日） 早晴，旋阴，夜雨。堂期，接见寮属。文冠卿来。

初六日丙辰（4月8日） 晴。闻范若瑟于昨晚登舟，今早行矣，云雇陈启顺船，价钱二十八千到沙市，由沙到上海，不知信否？寄子韩书，托转寄鹄山信。

初七日丁巳（4月9日） 阴雨。寄蔡润之信。宝玉堂观察来，即送其入都。邸抄，二月初五日王耕娱亲家奉旨署兵部左侍郎，在军机大臣上学习行走。又大府以奏调李耀南未声明永不叙用，原案部议降三级调用，加恩改革职留任。湖南巡抚卫荣光，浙江藩司任道镕补授。江西臬司国英调补。广东臬司成孚补授。广东运司何兆瀛补授。杭嘉湖道方鼎锐调补。温处道温忠翰补授。

初八日戊午（4月10日） 阴雨。覆乔绶权书，并致何晓林信。

初九日己未（4月11日） 晴。发两院禀。徐辅翁招饮。蚕神庙西园花事阑珊，牡丹已谢矣，得诗一首。得周道生信，即作覆。

初十日庚申（4月12日） 阴。堂期，接见寮属。得润之信。寄周叙卿书。夜雨。

十一日辛酉(4月13日) 阴,未后薄晴。寄子韩信,内附炉青书,交胡万昌。

十二日壬戌(4月14日) 阴,午后微晴。秀山令杨振钧秉卿来。邸抄,左宗棠等奏,克复南路西四城,回疆一律肃清。二月十三日奉上谕,左宗棠由一等伯晋为二等侯。刘锦堂由骑都尉世职晋为二等男。遇有三品京堂缺出,开列在前。诸将士各升赏有差。夜大雨。

十三日癸亥(4月15日) 阴雨。祀先农,遂行耕耤礼。得苏州信。答润之、朴庵信。又寄唐鄂生、熊倓然书。

十四日甲子(4月16日) 阴雨,夜大雨,雷隆隆然。得叙卿信,即作覆,并致道生书,即交来差送叙郡。晚,约秉卿暨同乡赵大令鸿畴,号菊泉共饭。邀汉卿、冠卿作陪。

十五日乙丑(4月17日) 阴雨。早起行香,即归。午后,薄晴。曾叙五参军辞赴木洞,云木洞正街慈光寺有宋淳化经幢,已剥蚀,属觅良工精拓之。

十六日丙寅(4月18日) 阴。寄子湘、桂侄信。卸署黔江孙令景元来。夜雨。

十七日丁卯(4月19日) 阴,夜大雷,阵雨即止。接缪小山信,并精校《集韵》十册,又抄序五页,《佩觿》一册。伯寅侍郎寄书一包。

十八日戊辰(4月20日) 晴。前署万县令刘丞廷植来。赵三侄洪彦来,吴蓬阁之婿,赴江北就姻也。

十九日己巳(4月21日) 早晴,午后阴。为桂侄报捐县丞,捐分直隶试用,托徐辅翁办理。原捐盐大使衔照一张,并交辅翁缴销。

二十日庚午(4月22日) 阴。堂期,接见寮属。约听斋诸君午餐。接味荃信。换戴凉帽。

二十一日辛未(4月23日) 薄晴,晚阴。辅翁送桂侄捐照来。出门拜客。蔡润之自合州回。得川北道文。发大府禀。

二十二日壬申(4 月 24 日) 阴。委丁伯度携银至渠县会办巴南通借拨谷石事。发大府禀。

二十三日癸酉(4 月 25 日) 晴。权垫江县事清溪令唐彝铭松轩来。涪州濮牧江津问案,试用令罗度□□巴县问案,均来见。法国教士白德哩来见。得钱铁江信并石鱼题记一本,拓本九十九张,同乡江大令学海带来。

二十四日甲戌(4 月 26 日) 晴,夜雨。

二十五日乙亥(4 月 27 日) 阴。奉大府手札二函。堂期,免寮属衙参。寄耕娱信并寿礼,专勇送汉口。

二十六日丙子(4 月 28 日) 晴。贺赵琴轩赘姻喜,遂渡江至蓬阁处。还过子敏小坐。答拜白德哩。

二十七日丁丑(4 月 29 日) 晴。李笏山来。散勇当假,给银二千四百两。得子韩书并阜康所寄邸抄,知李玉阶升福建藩司,薛云阶升山西臬司,成绵道放崇纲。夜出门巡查,至象乾许。归已四鼓矣。

二十八日戊寅(4 月 30 日) 朝雨,旋晴,晚阴。伯度赴渠县转运川北谷石。

二十九日己卯(5 月 1 日) 阴。寄钟蘧庵信并银壹伯卅两,交蔚丰厚汇。

四　月

庚辰朔(5 月 2 日) 阴雨。早起行香。李听斋销假来见。贺田子实娶妇。专勇送信并对联等四事。

初二日辛巳(5 月 3 日) 阴雨。听斋得省信,云彭倅兆衡随马观察来川东查办事件,宫保有十日后方能起节之说。喻智亭来。徐琴舫送还塔捐册并捐项。

初三日壬午(5 月 4 日) 薄晴。地山、蓬阁约存心堂小饮,同坐象乾、辅廷、深如。傍晚始归。

初四日癸未(5 月 5 日) 薄阴。得联星翁书。

初五日甲申(5月6日) 阴雨。堂期,接见寮属。寄味荃信,邮递。又寄叙卿信,内附蒋梓村二函,交大帮脚子带。

初六日乙酉(5月7日) 阴,晚晴。寄缪小山信并《汉隶字原》《小尔雅疏证》《棠湖诗稿》《古今均考》《春草堂遗稿》各一部,重模桓侯破张部铭一分,又寄钱铁江《小尔雅疏证》等四种及破张部铭一分,缺页三张,钱圌山铭一分,均有书,托赵汉卿带交。得叙卿书。

初七日丙戌(5月8日) 晴。赵汉卿回成都。水保甲密报马伯凯微服来渝。彭倅泊江北。

初八日丁亥(5月9日) 晴。二批押运委员金毓松自阆中回。

初九日戊子(5月10日) 晴。委沈子谊解运费至渠县。于丞德楷来。夜雨。

初十日己丑(5月11日) 阴,旋晴。堂期,接见寮属。闻沈炉青已于三月十一日自上海起程入川。夜雨。奉大府札。

十一日庚寅(5月12日) 阴雨,晚晴。奉大府手函,又接周叙卿信。

十二日辛卯(5月13日) 晴。得彭漱芳书。

十三日壬辰(5月14日) 阴。

十四日癸巳(5月15日) 晴。平旦,祠吕祖。还,祝辅廷夫人寿。得伯度信并渠县会禀,请改拨仓谷,即日于渝城积谷并巴县仓储拨给,委未入流娄棟押运,并禀大府,移咨川北道藩司。

十五日甲午(5月16日) 阴雨。早起行香。贺辅廷令郎订姻喜。张子敏来,云次日约白德哩说话。

十六日乙未(5月17日) 晴。仪珠生日,不受贺。得炉青信。

十七日丙申(5月18日) 阴。奉札知大府巡阅,准于望日启节。发大府禀。致伯度书并银一百八十三两。

十八日丁酉(5月19日) 早雨,旋晴。象乾赴江津候迎大府。

十九日戊戌(5月20日) 晴。祭张箬农。

二十日己亥(5月21日) 堂期,接见寮属。张子敏、乔绶权辞赴江津。接差娄棟辞赴渠县运交谷石。得省抄,叙卿委署建昌道。刘玉田观察岳曙来。

二十一日庚子(5月22日) 晴,热甚,夜大雨。得子湘书并铜印五方,惟赵齐一方尚好,余俱不精。答拜玉田,未晤。李少仙舍人来,名春芳,泸州人,丁丑进士。

二十二日辛丑(5月23日) 晴。得子韩信,知范若瑟于三月廿七日晚到汉上,次日即行。邸抄,顺庆府放景子乾,闻亦农曹旧友也。为署綦江县事题补绵竹令英溥朴庵作伐,聘摄城口厅事。江北丞葆符芝舫长女继室宝轩,辞赴江津接差。

二十三日壬寅(5月24日) 晴。未刻,徐辅翁招饮,同坐刘雨田观察、吴虔甫太守、蓬阁司马、地山大令。傍晚始归。

二十四日癸卯(5月25日) 晴。热甚,夜阵雨,旋止。听斋来,云得省信,大府已于十五日启节,计程将至,请即出迎。

二十五日甲辰(5月26日) 早阴,急雨一阵,即止,巳刻晴,夜阴雨数点,仍止。赴江津接差。卯初,起程,至两路口。厅县与诸寮属皆候送,小憩即行。巳正,白市驿尖。遇张大令槎。饭罢,行至九龙场,复小憩太虚寺。酉刻,抵江津,知县事王右溪同年郊迎,即住舟中。教谕周允新、权训导刘华黼、典史李承莲均来见。

二十六日乙巳(5月27日) 晴,炎歊,殊不可耐。昨沿途审视插秧,只三分之二。田畴缺水,高处已有开折者,何更堪此耶!不胜杞人之忧矣。右溪赴朱家沱。陈香池同年来。午刻,听斋家人岳元从嘉定来,云大府于廿二日晚到嘉定,廿三日阅兵,约昨日可到泸州。接象乾朱家沱来信,其弁目所探亦同,然则至迟廿八日可到此矣。作函致听斋,并家书数语,交岳元带。

二十七日丙午(5月28日) 阴。昨夜亥刻,得宝轩白沙来信,云府差自泸州来,宫保已于廿五日辰刻到泸,移入行台。即刻作覆,交原差带回。辰刻,浮图汛谢千总来,所云与宝轩同。得刘瑶斋书,赠砖砚一方,左侧有“甲寅岁”三字,无纪年,不知为何代物。右侧有

“次山”小印，盖陆次山旧蓄也。又襄阳张氏各墓碑拓本一册，作书答之。午刻，香池来谈。夜小雨。

二十八日丁未（5月29日） 早微雨，旋止，晡后晴，晚复阴。得听斋鱼洞溪舟中书。四鼓，小雨。

二十九日戊申（5月30日） 夜卧听雨，甚适。晓起推窗，望四山云气尚湿。辰刻，晴。顾倅德谦、袁郢村侍御来。得丁伯度、李听斋信，均手覆，交来人带回，并附寄家书。亥刻，骤雨一阵，然一弹指顷即止。巴县家人万金自泸州来，云大府今日启节与否尚未定。

三十日己酉（5月31日） 晴。得听斋信，内附子实书，即作覆。定果之来，喻智亭亦至，因病未见。夜半复得听斋书。

五　月

庚戌朔（6月1日） 晓微雨即晴。覆听斋书。申刻，移泊东岳庙下，遇象乾，舟行不得语，送一书来，知大府昨宿石巴沱，行将至矣。已而张子敏、乔寿泉、庆宝轩均来，次第过舟谈。戌初，大府至，即登舟谒见。至马头始别，复同往龙王庙行香。归舟，宝轩又来，欲遣人通知听斋，适听斋又遣人至，遂作数语答之。事毕始饭，已亥刻矣。

宋聊复翁赵德麟《侯鲭录》卷一：“又见一镜，背花妙丽，又有‘贞字飞霜’四篆字，镜名或人名耶？不可得而辨。”案，阮文达有《贞子飞霜镜考》。又：“余尝和刘景文诗云：‘我识之无常缩舌，君能竞病且低颜。’”又：“欧公闲居汝阴时，一妓甚韵文，公歌词尽记之。筵上戏约：他年当来作守。后数年，公自维扬果移汝阴，其人已不复见矣。视事之明日，饮同官湖上，种黄杨树子，有诗留撷芳亭云：‘柳絮已将春去远，海棠应恨我来迟。’后三十年东坡作守，见诗笑曰：‘杜牧之绿叶成阴之句耶？’”又：“东坡在徐州送郑彦能还都下，问其所游，因作词云：‘十五年前我是风流帅，花枝缺处留名字。’记坐中人语，尝题于壁后。秦少游薄游京师，见此词，遂和之，其中有‘我曾从事风流府’，公闻而笑之。”

初二日辛亥(6月2日)　晴。卯刻,解维。未正,到渝,各寮属皆来迎。即同至太平门马头官厅。徐辅廷、刘雨田、吴虔甫皆在坐。酉刻,大府至,登舟叩谒。后复至行馆起居。回署已甲夜矣。

初三日壬子(6月3日)　晴。辰刻,往行馆衙参。陈懋斋、侯鞠坡、英朴庵、祥石庵、陆雨岑及委员诸君均来见焉。伯凯来。亥刻,寄易星阶书,内附院札一通,交保甲局专勇送。

初四日癸丑(6月4日)　早晴,旋阴,午刻大雨,竟日夜不止。辰刻衙参后,宫保至校场大阅。午餐罢,各归,为雨所阻,未及看弁兵马箭。

初五日甲寅(6月5日)　阴雨淋漓,至夜方止。四野沾足,曷胜欣幸。辰刻,贺节投谒,未见。还至象乾处祝寿,亦未见。晡后,子敏、宝轩、听斋、蓬阁来,言江北教案已议结。

初六日乙卯(6月6日)　薄晴。大府阅官兵步箭。上院见。

初七日丙辰(6月7日)　阴雨。详结江北教案。上院见。晚约马伯凯诸君便饭。

初八日丁巳(6月8日)　阴雨。准臬司盐道移拿获江大烟杆案,内李令保补知府,后以道员尽先补用并加运使衔,觐元督办有方,请交部从优议叙。堂期,上院见,饬庆守会办涪州教案。白德哩狡焉思逞,庆急持之,孙牧为之和会。至丙夜,涪案亦结详。将军江北教案议结,并致芥帆书,专勇张庆安送。

初九日戊午(6月9日)　晴。宫保大阅渝城练卒并水师技艺,各赏赉有差。详结涪州教案。上院及校场均见。章硕卿来。寄炉青书,交张福带省。

初十日己未(6月10日)　晴。大府启节。卯刻,至佛图关蚕神庙。辰刻,大府来周视庙廷,题额曰"衣被千秋",榜诸正殿之楣。巳刻,会食东园。食罢,复循行桑林间,久之方行,日已中矣,热甚。与辅廷、雨田、象乾复在东园小憩。日晡方归。发涪州教案议结将军详文,并致芥帆书,专勇周国良送。

十一日庚申(6月11日) 晴。客来不绝，日昃方餐，苦不可言。刘雨翁辞赴成都。李笏山来。晚约硕卿、寿泉诸君便饭。夜雨。宝轩送差归。

十二日辛酉(6月12日) 朝阴，旋晴。出门拜客。得张荔园书。

十三日壬戌(6月13日) 晴。祠武帝。晚，约子敏、宝轩、地山、蓬阁、听斋便饭。

十四日癸亥(6月14日) 早晴，旋阴，日入大雨。寄钟蘧庵书并银一百七十五两。又复荔园及杜羲甫书。让卿辞赴铜梁。

十五日甲子(6月15日) 阴雨。早起行香。客来不绝，惫甚。晚晴。

十六日乙丑(6月16日) 晴。送张子敏回成都。唁阮彦明。遣萧勤忠赴忠州捕盗。易星阶来。

十七日丙寅(6月17日) 阴雨。得子韩信。寄荔园、味荃书。乔绥权辞赴酆都。委吴清臣等赴各属提津贴银两。丙夜大雷电以风雨，下如注水。

十八日丁卯(6月18日) 阴雨。闻炉青眷船将到，遣施惠迎之。致海珊及施菡香信。

十九日戊辰(6月19日) 阴雨。鹾商例设公宴，却之。

二十日己巳(6月20日) 阴。吴地山辞回省。枚臣夫人自省来。

二十一日庚午(6月21日) 阴雨。得芥帆回信。又得京信。阅邸抄。耕娱乞假两月迎亲焉。马伯凯为勘估南岸新堤报销事，奏调回东。

二十二日辛未(6月22日) 晴。蓬阁来。炉青家眷到渝，即日登岸，遣王镛为料理之。晚，赴宝轩之约。

二十三日壬申(6月23日) 阴雨。二次专勇回。复得芥帆信。硕卿辞往邓井关。伯度辞赴忠州。

二十四日癸酉(6 月 24 日) 阴。

二十五日甲戌(6 月 25 日) 晴。考东川书院生童月课。生题:“我亦欲正人心,息邪说跛行,放淫辞。”赋得“瑞芝”,得“芝”字。童题:“廛无夫里之布。”赋得“新荔”,得“新”字。书巴县乡学培元书院额,又大楷书南川县金竹寺传戒碑记一通。

二十六日乙亥(6 月 26 日) 阴。得子韩信,又得书卿及仲清书,复卿交来。

二十七日丙子(6 月 27 日) 阴雨。保甲局设太平醮坛。辰刻前往行香。得枚生、少莲书。

二十八日丁丑(6 月 28 日) 阴。汇解塔捐银三千一百两有奇,交天顺祥汇省。

二十九日戊寅(6 月 29 日) 阴。付江北涪案抚恤银二万九千两,交罗元义手收。寄炉青信。

六 月

己卯朔(6 月 30 日) 阴。早起行香。

初二日庚辰(7 月 1 日) 晴。得子韩信,并阜康邸报。全小汀先生复参知政事。仓少坪乞病。李蓼生升滇臬。夜大雷雨。寄丁伯度信。

初三日辛巳(7 月 2 日) 阴雨。获漏厘案,累累皆决罚有差。

初四日壬午(7 月 3 日) 晴。午后,大雨一阵,旋覆出日。寄丁芥帆信,并河南赈捐三百两,交蔚丰厚汇省。

初五日癸未(7 月 4 日) 早晴,旋阴,夜大雷雨。堂期,接见寮属。闻藩司已于上月廿八日悬牌饬沈守赴任。

初六日甲申(7 月 5 日) 早雨,旋止,午后畅晴。陈香池来。

初七日乙酉(7 月 6 日) 晴,晡后大风雷雨,旋止。发大府禀,交巴县专差送。得炉青书。

初八日丙戌(7 月 7 日) 晴,大热,黄昏大风雷雨,下如注水。

孙让卿自铜梁来。

初九日丁亥(7月8日) 晴,夜大雨。祥石庵辞回长寿。寄叶诚斋《笠泽丛书》一部。

初十日戊子(7月9日) 雨,至晚不止。卯刻即起,雨太猛,遂免寮属衙参。得汉口报:

光绪四年五月初七日,内阁奉上谕,丁宝桢奏拿获枭匪,出力各员请奖等语,四川重庆泸州一带枭匪江大烟杆等勾结滋事,经丁宝桢派员会拿,先后捕获巨枭多名,匪党亦俱殄灭,川东一律肃清。在事各员尚属著有微劳,自应量予奖励。直隶州知州田秀栗着赏加盐运使衔。知县杨作霖着候补缺后以直隶州知州补用并赏换花翎。白赓棣着候补同知直隶州知州后以知府尽先题补。李玉宣着候补知府复以道员尽先补用并赏加盐运使衔。知府林士班着以道员遇缺题奏并赏戴。先生知州徐德怀着以直隶州知州尽先前补用。川东道姚觐元、永宁道延祜均着交部从优议叙。该部知道。钦此。

十一日己丑(7月10日) 晴,夜大雨。缪小山太史来。

十二日庚寅(7月11日) 阴,微雨。详覆两院,申送江涪案内合同甘结。孙让卿辞赴合州。

十三日辛卯(7月12日) 阴。发大府禀并详文,为铜梁差轮事也。同乡周稼年、琴舫来。

十四日壬辰(7月13日) 阴,微雨,日加酉大雨。署铜梁县事沈牧恩培、垫江令袁令绩震来。出门拜客。接周叙卿信,由永聚公布号交来,内附其家信一封,即日交胡万昌转寄。

十五日癸巳(7月14日) 阴雨。早起行香。内子生日,避不见客。覆叙卿信,内附蒋梓村一函,仍交永聚公寄。潮生赠宋淳熙己酉大暑日晁子顺元龟题名墨本,此亦前人所未著录者,问之,在垫江,距城十许里西山峡口摩崖刻邓姓新得山业内,字径寸余,有山谷笔意,可珍也。

十六日甲午(7月15日) 阴雨,自昨至今淋漓不止。颇切田亩之忧，饬府县设坛祈晴，先斋戒，默祷雨，堪不得。出门谢客。沈铜梁辞回任，袁垫江亦辞赴垫江，算交代。晚晴见月。

十七日乙未（7 月 16 日）　乍阴乍晴，晡时微雨即止。设坛祈晴。率寮属于辰、申二时至府城隍庙拈香叩祷。

十八日丙申（7 月 17 日）　微晴。率僚属行礼如初。禺中至字水书院祭，院长李孝廉居仁静山。夜雨，闻淋漓声，彻夜不能安枕。得黄鹤樵信。

十九日丁酉（7 月 18 日）　阴雨。率僚属行礼。覆鹤樵书。晚晴，月色皎然。作《金石苑目录叙》一首。

二十日戊戌（7 月 19 日）　晴。写《金石苑目录》成。听斋、枫尹辞往白市驿接新太守。

二十一日己亥（7 月 20 日）　晴。至城隍庙行报谢礼，撤坛。梁凤翁来。

二十二日庚子（7 月 21 日）　阴，午刻薄晴，旋复阴，夜雨。沈炉青兄到渝。

二十三日辛丑（7 月 22 日）　阴雨。炉青来。饭后出门拜客。

二十四日壬寅（7 月 23 日）　晴。炉青来。寄蘧庵信并西方寿礼一百二十六两三钱，交蔚丰厚。晚，约宝轩、炉青、星阶、听斋便饭。

江北所辖大河下游地名水藏，距鱼嘴沱里许，又名大沙坝，又名象鼻石，上有摩崖刻“大士岩”三大字。其旁隐隐刻字尚多。戊寅四月访得，嘱曾叙五参军覆审之，因江水已涨，刻石半没水中，不能施工，仅拓得一纸来，文三行，曰：“淳熙一行十二日二行。缺州齐，三行。”乃宋人题名。其下半在洪波巨浸中，非残缺也，当于水落时再觅之。

二十五日癸卯（7 月 24 日）　晴。免僚属衙参。炉青接印视事。饭后出门拜客。先至炉青许少坐，复过象乾，均见。访宝轩，未遇而归。

二十六日甲辰（7 月 25 日）　阴。寅刻，至会府行庆贺礼。晚，约梁凤书五丈暨辅廷、象乾便饭。

二十七日乙巳(7月26日) 晴,热甚。宝轩来。

二十八日丙午(7月27日) 晴。宝轩辞回成都。晡时,出门拜客。至宝轩许,未遇。彭芝亭来。

二十九日丁未(7月28日) 晴。宝轩回省。

三十日戊申(7月29日) 晴。听斋、枫尹送宝轩至白市驿回。听斋乞病假三日。得芥帆信。

七 月

己酉朔(7月30日) 晴。早起行香。寄丁芥帆书。孙让卿辞回省。彭芝亭辞回省。

初二日庚戌(7月31日) 晴。炉青来。

初三日辛亥(8月1日) 晴。风书来。覆味荃书,交来差带回,内附薇柏芥信。

初四日壬子(8月2日) 晴,热甚。新推右营都司开泰来,携到闻廷一书,以其不遵制度,拒不见。

初五日癸丑(8月3日) 晴。出门拜客。炉青假去《府志》一函。

初六日甲寅(8月4日) 晴。曾叙五选凤翔县,来见。得少莲书。夜雨。

初七日乙卯(8月5日) 晴。听斋送来巴县旧志二十本,草稿四本,续采访稿四本,又志稿十五本,节孝纪录一篇,共一箧。略一翻阅,无一是者,姑存之而已。

初八日丙辰(8月6日) 晴。出门拜客,兼祝炉青夫人寿。

初九日丁巳(8月7日) 晴。

初十日戊午(8月8日) 早晴,旋阴,午雨即止。汉口勇回,得耕娱世兄覆书,兼寄洋表、湖绉、荆缎、水烟筒四物。又接子韩并寄惠《金石屑》四册,嘉兴鲍昌熙所著,模刻精工,与《金石契》相伯仲。鲍盖张叔未解元高弟也。又叔未诗四册,《说文辨疑》一册,石泉差同来，即作书致味荃，令其速归。

十一日己未(8月9日)　阴，天气稍凉。寄叔父禀，银四十两，托迪甫转交，子湘银六十两，又印价二两，何姑太太八两，老姑太太四十两，少莲四十两，又颐珠荆南夫人连头定亲三十两，池贵八两。又寄芍亭京兆书。均托蔚丰厚带。

十二日庚申(8月10日)　晴。鸡鸣至会府祝嘏。发大府禀，转陈盐课归丁事。

十三日辛酉(8月11日)　晴。炉青移牙署。晡时往贺，即归。

十四日壬戌(8月12日)　晴。赵少枚署白市驿县丞禀到见。吴蓬阁来。从小山假得影宋本《相台书塾九经三传沿革例》一册，吴枚庵旧藏也。拟校于鄂刻之上，尚未暇涉笔。

十五日癸亥(8月13日)　晴。早起行香。张大令涛来。

十六日甲子(8月14日)　晴，夜大风。得少莲书。吉北坪来。

十七日乙丑(8月15日)　晴。得枚生书。得钱圖山信并书三册。《禁书总目》抄本。

十八日丙寅(8月16日)　晴。答拜北坪，还过果之小坐。

十九日丁卯(8月17日)　晴。小山太史回省。寄钱圖山信并《丛书》五种《小尔雅疏证》《凤墅残帖释》《古今韵考》《棠湖诗稿》《春草堂遗稿》，《汉隶字原》一部。又寄叙卿信，内附叙卿家信本日胡万昌到，并致英悟庵书，交永聚公布店。

二十日戊辰(8月18日)　晴。堂期，接见寮属。吴紫澜来，委署长寿到任也。

邸抄，沈寿榕送部引见。云南盐法道放钟念祖，本省候补道也。记名御史汪仲珣、白桓、胡隆洵、徐克刚、光熙、万培因、孙纪云、蒋镇嵩、钟孟鸿、叶荫昉、冯光勋、章乃畬、李士彬、谢谦亨、陈锦、萧韶、丁鹤年、王宪曾。

二十一日己巳(8月19日)　晴。娄铭之来。得胡若川信，并遂宁碑本。

二十二日庚午(8月20日) 晴。出门拜客。晚,约紫澜及于仲方、刘子蕃、娄铭之、官竹农便饭。

二十三日辛未(8月21日) 晴,热甚,已三夜不安枕席矣。炉青来谈。读邸抄,知漱芳以洋务奏调赴山东差遣委用。鹤巢亦分发山东矣。

江苏臬司放德馨。

二十四日壬申(8月22日) 质明大雷雨,竟日阴,新凉可喜。

二十五日癸酉(8月23日) 阴。免寮属衙参。覆若川信并《笠泽丛书》一部,交巫德顺寄。

二十六日甲戌(8月24日) 早雨,旋止。李叔佩辞回省。

二十七日乙亥(8月25日) 薄晴。马养斋来。购得金承安铜镜一面,文曰"承安四年上元日陕西东运司官造监造录事任押提控运使高"押,凡廿六字,内两押不可识。按,承安乃金章宗明昌改元,俟详考之。又汉印一,白文四,仅识"杨","印"字已断烂矣。

二十八日丙子(8月26日) 阴雨。李听斋来。

二十九日丁丑(8月27日) 阴雨。接子湘、仲清、惠卿信。

八　月

戊寅朔(8月28日) 早阴旋晴。早起行香。於别驾启麟来谈近事甚悉。

初二日己卯(8月29日) 晴。得子韩信,知伟如真除巡抚,晓莲坐升藩司。孔勋臣来。邸抄,伯音升太仆寺卿,厚安补内阁侍读学士。

初三日庚辰(8月30日) 晴。寄钟蘧翁信并银三百五两,中秋例用。

初四日辛巳(8月31日) 晴。於别驾辞回省。彭水令白楣来,号子恒,通州人,小山年祖之孙也。刘叔裴来,未得见。炉青来谈。

初五日壬午(9月1日) 大雨竟日。平旦,祭吕祖暨昭忠祠。

刘丞、白令均来。吴子明辞赴京。

初六日癸未(9月2日) 晴。撰《集韵校正会编》卷之一成。晚,约子恒、叙五、勋臣、子明、养斋、伯度便饭。子恒辞赴任。

初七日甲申(9月3日) 晴。得庆宝轩信。

初八日乙酉(9月4日) 晴,夜雨。奉大府手函。文庙演礼。

初九日丙戌(9月5日) 阴雨。得少莲、枚生信。读邸抄,七月初四日,觐元蒙恩授湖北按察使。丁士彬调补川东道。贺者踵至,皆以未奉行知却之,然愧于向敏中多矣。

初十日丁亥(9月6日) 晴。祭先师孔子,鸡鸣而始行事,质明而退,幸无陨越。寄蘧安、让卿信,托关折件事,交县专送。

十一日戊子(9月7日) 晴,夜大雨。祭社稷坛。专勇迎郑伯更。寄信一函,盘费银十两。又午节分款,大小各十五色。接子韩信,即复。

十二日己丑(9月8日) 阴。苗令回渝。

十三日庚寅(9月9日) 晴。出门拜客。

十四日辛卯(9月10日) 晴。酉刻,接芥帆专差来信,云部文已于初七日夜到院。又得子韩信。

十五日壬辰(9月11日) 晴。黎明祭龙神祠。即诣文武庙行香。得叔父、子湘、迪甫、小山信。复芥帆书。

十六日癸巳(9月12日) 晴。祭文昌宫。宣黼孙回渝,云有晋碑,未知信否。书礼器碑。

十七日甲午(9月13日) 晴。午刻,奉大府函。亥刻,奉到行知,升授湖北臬司,并奉另札,此缺委唐鄂生观察署。

十八日乙未(9月14日) 乍阴乍晴,晡时微雨数点。覆大府禀,内附折稿。又寄芥帆、蘧庵、闻廷书,专勇送,限廿三日到。是日祭关帝庙、火神祠。

十九日丙申(9月15日) 晴。得苏州信。又得鹄山信。发湖北督抚司道首府禀信,托子韩送。

二十日丁酉(9月16日) 晴。得龙伯信。晚,炉青招饮。

二十一日戊戌(9月17日) 晴。得子韩信。

二十二日己亥(9月18日) 晴。象乾招饮。

二十三日庚子(9月19日) 晴。寄仲清信,交谦吉昇。

二十四日辛丑(9月20日) 晴。果之招饮。

二十五日壬寅(9月21日) 晴。免僚属衙参。得蘧庵、让卿信。

二十六日癸卯(9月22日) 晴。得子韩信,并仲清信物。黄绶芙来。

二十七日甲辰(9月23日) 晴。答拜绶芙。

二十八日乙巳(9月24日) 晴。

二十九日丙午(9月25日) 晴。收拾书籍,而客来不止,殊觉应接不暇。

九　月

丁未朔(9月26日) 晴。早起行香。寄仲清信,交德盛昶海珊经手。得郑伯更书。

初二日戊申(9月27日) 晴。得叙卿信。巳刻,出门贺徐琴舫迁居喜。

初三日己酉(9月28日) 阴,夜雨。省城专勇回,得芥帆书,知谢恩折已由南院幕府代办,索黄纸水印油印印花。即刻戌刻。作覆,专勇送往,限初八日到。盖大府月折初十日拜发,此折即附便呈递也。江北绅士民团来送扁额,皆依依不舍,有零涕者,亦为之黯然。

初四日庚戌(9月29日) 阴。巴县阖邑绅商士民公请,在卅六属公所,尽欢而散,诸父老情意真挚,返躬益滋愧矣。

初五日辛亥(9月30日) 阴。免僚属衙参。炉青赴江津接鄂生。权巴县陆令葆德到渝。

初六日壬子(10月1日) 晴。内子移寓行馆。

初七日癸丑(10 月 2 日) 晴。听斋饯别,仍在卅六属公所。晚,炉青回渝。

初八日甲寅(10 月 3 日) 晴。

初九日乙卯(10 月 4 日) 晴。巳刻,至太平门马头接鄂生,良久方至。申刻,鄂生来谈。

初十日丙辰(10 月 5 日) 阴。早至鄂生处。酉刻,送印与鄂生。是日,巴县交替,陆以贞亦于酉刻接印。

十一日丁巳(10 月 6 日) 阴,小雨。辰刻,移入行馆。鄂生午刻接印。未刻,至署贺鄂生。还过炉青小坐。

十二日戊午(10 月 7 日) 阴雨。出门拜客。黄夔州来。得子韩信。

十三日己未(10 月 8 日) 阴雨。诸同寅公饯,丙夜方散。得苏州信二函,又得少莲信。

十四日庚申(10 月 9 日) 阴雨。客来不绝。未刻,方出门辞行。回寓已黄昏矣。

十五日辛酉(10 月 10 日) 早雨,午见日,晚晴,月色皎然。午正,起程进省,先过炉青、象乾少坐,过两路口,镇道以下诸同寅皆候送。小憩复行。申初,至佛图关,宿蚕神庙。易星阶太守、丁伯度、蔡润之、李听斋、沈子谊、少泉、吴才伯、娄子材皆在。八绅首士及张金门,又宋松岑、董海门、戴海珊、胡子贤、叶静斋、刘味学亦皆来送。与诸君瞻眺颇适。晚饭后即卧。路饯者已先期辞谢,告以赴省尚将回渝,方由水程东下。其辞而仍至者,凡十有二处,亦可感矣。

十六日壬戌(10 月 11 日) 阴雨。寅刻即起,与诸君别。卯初,冒雨行。巳初,至白市驿,与赵少枚共坐,适遣往成都之勇丁张庆安回,得芥帆书。饭罢复冒雨行。申初,至来凤驿宿。寄家书,交张庆安。

十七日癸亥(10 月 12 日) 阴雨。卯刻起身,江兰皋来。巳刻,马坊桥尖,兰皋辞归。申刻,永川县宿。以考试仍住衙斋,即去夏所宿之二堂，而上开天窗，光明透露，无须秉烛矣。刘孟仙与校官、典史并委员于煦均来见。

十八日甲子(10月13日) 大雨竟日。夜卧，闻檐溜声，颇有羁旅之感。卯刻即起，辰初始行，午刻至邮亭铺，炊尚未熟，恐天晚路遥，买不托食之而行。盛西棠、王荩臣皆迎至此。申正，抵荣昌县宿。周梓常来。

十九日乙丑(10月14日) 平旦雨止，禺中薄晴，晡后晴。日出甫行，禺中，烧酒坊尖。与荩臣、西棠共饭，二君即别去。晡时，隆昌县宿。县令国君欢、典史吴厚余均郊迎，复来见。

二十日丙寅(10月15日) 阴，连日寒甚，竟御羔裘，至日晡始有暖意。卯刻起程，一路泥泞特甚，盖石径为载重之马骡所糜，未修复也。午初，双凤驿尖，饭罢即行。未正，椑木镇渡河。申正，内江县宿。县令陆为桀相验赴乡未归署，典史、千总袁福萃均郊迎，复来见。夜雨。

二十一日丁卯(10月16日) 阴，晓大风雨。役夫惮雨行，匿而不出。日加卯，姑起程。日中雨止，金带铺尖。日晡薄晴，权资州吕静甫司马渡河来逆，遂同至州小憩，复同静甫游君子泉，泉在北门外里许迤东一石岩下，岩壁造象与题名参错追满，而造象新者颇多，恐古刻之亡者不少矣。瞻眺良久，归行馆，天尚未暝。饭后静甫复来谈。

二十二日戊辰(10月17日) 晴。卯刻行。巳刻，银山镇尖，静甫别去。未刻，南津驿小憩，资阳令金韶生来，粤人，丙子庶常，甫履任而官声甚好，遂同行。申正，渡河至资阳县宿，体忽不适，呕吐而中气上下隔绝不通，惫极而卧，至五鼓始得汗而愈。周雅堂太史来，不能见，遣人答之。

二十三日己巳(10月18日) 阴。天明始行。巳初，临江寺尖。申正，简州宿，晤余刺史，知马叔度今晚丑刻接印，苟副将耀先、徐咏虞、李叔佩、谢丹墀均自省来见。刘巡检兆亨自石桥铺来，已人定矣。

得沈吉田书，另有公牍，为拿刘生辉大有党夥事，仍封固，令其递署。

二十四日庚午(10月19日) 阴。待马不至，天明始行。巳初，石盘铺尖，娄典史钧来。申刻，龙泉驿宿。途遇赵大令湘、刘巡检子实、孙让卿、黄深如、吴地山、费冰如、刘瑶斋、周宝生、秦涛安均来。右目之上忽肿起如小核，颇不便。作家书，拟于明日过东门时交大帮便带，恐进城酬应无暇也。

二十五日辛未(10月20日) 阴。卯刻起程，一路迎者踵相接，各与周旋，至巳刻方得入城，寓纯阳观，俗名三倒拐张梦绂之屋。让卿从之借也。客来不断。未刻方得出门谒大府并拜四司道。至立翁处。归已张灯矣。晚，顾复初、缪小山、吴幼农来谈。徐季鸿表叔来。

二十六日壬申(10月21日) 阴。甫欲出门而客又至，未刻方至西院，又至南院，均见。还访蘧翁并至枚臣夫人处。晚，张贻山同年、吴地山丈来。

二十七日癸酉(10月22日) 阴。出门拜客。午刻，至联星阶六兄处畅谈，即赴吴熙台、悟安、柚农之招。晚，蘧翁招饮。

二十八日甲戌(10月23日) 阴。早至琦闻廷六兄处，即赴西院并拜诸同寅。晤刘玉田、劳鹭卿。归寓午餐，复出门拜客，兼唁周云昆观察。晚，赴方子箴前辈之约，同坐立斋方伯、研农、芥帆、蘧庵、贻山，丙夜方散。黄翰仙来谈都门事甚悉。寄周叙卿信。

二十九日乙亥(10月24日) 晴。约让卿、徐山、铁江午餐，即同往蘧庵处，贻山亦至，同游骨董肆，比比数十家，无一可看之物。兴尽，复同至蘧翁寓斋会食而散。闻少泉委署秀山典史。

三十日丙子(10月25日) 阴。上院，未见。晚，立斋方伯招饮，同坐子箴、研农、芥帆、蘧庵、贻山，大醉而归。唐鄂生专勇李廷超至省，送公牍，遇之涂，云伊于廿二日在行台，知一切安好，廿三日出差，半夜甫得信，黎明即行，故不及索书。

十 月

丁丑朔(10 月 26 日) 阴。寄家信,交李廷超带。又寄象乾、果之、炉青书,交刘德胜赍回。晚,伍崧生、张贻山、沈吟樵、鹤樵同年、缪仲英丈招饮沈氏□园,同坐子箴前辈。

初二日戊寅(10 月 27 日) 晴。谒稚潢宫保,询北上之资,以予在川东未尝苟取,欲以公费内拨二千金为赠,力辞始允。还过何北卿,并答拜莫揩卿军门组绅。晚,赴蔡研农六兄之招,同坐立斋方伯、子箴前辈、芥帆、蘧莽、贻山观察。人定即散。得李听斋信,知初三日方得起身。

初三日己卯(10 月 28 日) 晴。子箴前辈约观书画,宋拓大观帖三册,阁帖二册,赵文敏临黄庭真迹卷,张僧繇扫象图卷,赵子固水仙卷,皆致佳。苏文忠为释契顺书《归去来辞》卷,恐是双钩填廓。箴翁收藏宏富,有《梦园书画录》刊行,惜晷短客多,不及遍览。同坐九人,脱略形迹,一扫外官积习,然终不如春明之洒落耳。寄家信,交大帮带。得味荃信。

初四日庚辰(10 月 29 日) 阴。早至立翁、芥翁处,午刻,二钱大令来。黄景周刺史赠汉印三枚。沈吟樵同年昆仲赠所藏金石拓本廿种,藏香二种,鹤樵令嗣和子篆书四幅,画佛小屏一坐。沈子雄送令弟鹤农赠张有《复古编》一函,《说文疑疑》二册,《疑疑》乃余家旧物,谦中同里人,余欲重刻其书,故从鹤农索之。慨然相赠,可感也。晚赴劳鹭卿观察之招,同座莫揩卿、尹殷儒、许晓东、李润之、黄翰仙。

初五日辛巳(10 月 30 日) 晴。何北卿约午饭,同座子箴、研农、玉田。还过星阶小坐。晚,复赴翰仙之召,观机器,并试所造马的尼枪,然后知天地之用,不外水火,一切转轮,特法天之运耳。同坐莫揩卿、晓东、玉田、鹭卿,又翰仙族人□膺。仁黼,湘人,其尊甫鄂之老吏,现候补知府。

初六日壬午(10 月 31 日) 晴。上院谢步并拜客。晚,赴芥帆之招，同坐立斋、子箴、研农、殷儒、蘧庵。

初七日癸未(11月1日) 晴。袁潮生来。巳刻出南门，至曾仁甫家，见左六表妹，所居在浣花溪上，种竹莳花，引水为沼，境颇胜，有水榭二，尤宜于夏日，惜门庭稍隘耳。午刻，赴青羊宫践诸同寮之约，宾主二十余人，尚有未得与会者。论者谓外道升迁祖帐，久无此盛，返躬殊多愧矣。青羊宫似是明时旧刹，庭中铁香炉尚存成化四年字，若旧碑刻则无可考矣。殿宇规模宏敞，方重修未竟，后有高阁，祀唐玄宗与太真妃，并坐道士，云是幸蜀时所留像。然则何以在成都，又何以有太真耶？左右隙地颇多，亦有乔木修竹，惟屋宇不称为可惜也。闻二月花市在此。殿上有铜羊二，左者一角，盖神羊焉，相传遂宁张文端得于京师，携置于此，以铁香炉考之，庙盖明镇守太监所造，阉宦无知，故所祠多不经。文端之置铜羊事，或有之见《船山诗集》，而谓以是得名，恐未必然也。饭罢，同游二仙庵，有小坐落，无足观览，惟竹径荷亭尚堪消暑。亭有坐具八，皆巨木根柢，殆栋梁之所裁弃，稳重而人不能窃，筑室者可法也。酉刻入城，过闻廷小坐而归。寄家书，交便勇周文斌带。

初八日甲申(11月2日) 阴。早起，客来不绝。巳刻出门，至赵宅，复过蘧庵，谈少顷即归。晚，大府赐饭，同坐鹭卿、晓东。寄家书，交大帮脚带。雇定四舱艕子船一号，价六十金，船户郑鸣盛。夜雨。

初九日乙酉(11月3日) 阴。午刻出门，至研农处，未晤。访何北卿、李润芝，皆见。浙江馆同乡公饯，甲夜始散。馆新修舞台大厦，庇之略似春明，微嫌市气，不若我重庆卅六属公所之大方也。

初十日丙戌(11月4日) 晴。话亭将军来。晚赴刘玉田三兄之招，同坐搢卿、晓东、蘧安、伯凯、贻山。

十一日丁亥(11月5日) 阴。巳初上院，适芥帆亦至，遂同见，未初始退，即贺研农初度，遂出南门，赴三楚同人之约，会食少陵草堂。闻次翁旧友陈杏川尚在鄂省。又臬署后山有陈友谅墓，禁呼其名，皆萧大令铭寿说。晚，李润之招饭，同坐搢卿、蘧庵、晓东、翰仙、鹭卿，乙夜方散。鹭卿赠鼻烟一，小刺锅巴，酸味。

十二日戊子(11月6日) 阴，夜雨。巳刻，子箴前辈来，遂同赴话亭将军之约，殷儒继至，未刻散席。至芥帆、幼耕处少坐即归。晚，贻山、蘧庵招饮，同坐四司道。得味荃、叙卿书。

十三日己丑(11月7日) 阴。巳刻，至少城唁吉蘋洲协领，并拜色石友都护。李听斋来。稚潢宫保巡阅川北，定十八日启节。研农来。吴成章自茂州来。

十四日庚寅(11月8日) 阴，夜雨。上院，还过贻山小坐。饭后，至研农、鹭卿处，未晤。访翰仙与立翁，遇，纵谈良久，复至闻廷许话别。归寓已张灯矣。寄家书，内附少泉委札，交蔚丰附带。又复叙卿、味荃书，均交来差。

十五日辛卯(11月9日) 阴雨。贻山来订盟，时加午，会食于贻山寓斋，同坐子箴、蘧莽、仲英丈。酒阑，研农至。饭毕，各散。晚赴星阶六兄之约。

十六日壬辰(11月10日) 晴。出门辞行。晚，徐季鸿表叔招饮，同坐听斋、深如。

十七日癸巳(11月11日) 晴。辰刻，上院禀辞，并叩送大府，与司道同见。日仄始退。晡后复行举主礼，黄昏归寓。客来不绝，甲夜始整行装，四鼓方卧。崇扶山到省。

十八日甲午(11月12日) 阴。早起见客。巳刻，全方伯处话别，复过扶山，未遇，即出城。至欢喜庵阿文成祠堂。未正，大府来，与司道公送大府启节。司道复送余至东门真武祠，坚辞而后返，诸寮属更送余登舟，少与周旋，而天已暝矣。即解维，行五里，泊薛涛井下，惫极，黄昏即卧。

十九日乙未(11月13日) 阴。平旦解维。赵大令湘、汉卿、鸿畴、菊泉、林君拱辰、曾甥光岷皆买舟相送至中兴场，坚谢，林、曾始去。晡时，至傅家坝，舟人坚不肯行，遂泊。夜小雨。

二十日丙申(11月14日) 阴。鸡鸣即解维。日未中，至江口，李大令珍、谢未入庆恩来送。北岸有市镇，瓦屋鳞比，约长五里余，其南有支河通温江，盖亦都江堰之尾闾也。舟人整桡具毕，复行。过彭山，县尹张璟璧山甘肃人、典史胡寿铭新予，湘人、署把总郑溱清泉，江西人均来见。作书致吴成章并熊润斋，托汉卿转致，为成章馆事也。两赵君、李君、谢君均别去。日加酉，抵眉州泊。权州事徐传善春漪题补酉阳牧，系川东属且旧识也，将谒三苏祠，迟徐君不至。日暮始来，遂不果往。问蟆颐山老泉，尚在隔河十余里外。鞅掌羁人，登临未暇，怅望而已。吏目张同焕通甫，桐城人；州判程元昌晓川，江西德化副贡己未；把总周天锡丰山，新都人，均来见。

二十一日丁酉(11月15日) 阴。平旦解维。巳正，过青神县，未泊。知县事郭世棻遣人棹舟，以手版来迓，以一刺答之。水小而风未利，至观音峡已日暮，遂泊。

二十二日戊戌(11月16日) 阴。平明开舟，半时许出峡，过荔子湾。禺中，至嘉定府城，泊东门。太守玉昆润斋、权乐山县徐树锦次鹤先后来。饭罢，入城拜客。进东门，楼额曰觐阳，路极平坦，府署向明，丽谯在左，颜曰海棠香国，其右则龙首山在焉，二堂之东曰憩园，地不甚广，有小池，荷盖已枯，翼以长廊，有桥有楼有台，园之左则大池环之，惜无花木之胜耳。县廨亦有山曰凤皇，皆不高。街市半在城外，以外郭卫之。其不临河者则否。闻胡聘元驻防于此，居万寿宫，因往访之，则聘元已先至余舟，不遇而返矣。相见握手甚欢，欲留住一日，却之。归舟，苗令立勋来，少谈，别去。即解维。聘元复至，已放乎中流，不及延接矣。过大佛岩，丈六金身外造象甚多，惜山石不坚，大半摩灭，水涸无滩，然尚汹涌可畏，道士冠亦然。日入，至铁蛇坝宿。

二十三日己亥(11月17日) 晴。平旦解维。食时下茶渔子滩，骇浪惊涛，炫人心目。过犍为县，地势平坦，城郭完固，颇见繁富气象。至盐关小泊即行。权县事廖葆恒益生，旧属吏也，未来，亦未使人通谒。日仄，舟抵泥溪，始遣仆追而馈赆，却之。东风劲，舟行颇迟，宿桨脚溪，已黄昏后矣。

二十四日庚子(11月18日)　晴。日加卯始开行，以宿雾笼江舟人呼曰罩子故也。禺中，至叙州府，知宜宾县张振声子家来，太守史崧秀琴孙，都门旧雨，以考试未出。经历德麟惠泉，闻廷之子也，亦以病未出，遣人来。小泊即行。城郭完固，富庶胜于嘉定。金沙江水自南来合流处，清浊判然。其上有楼，曰夹镜。过此，则水势较深矣。晡时，至南溪县，以前途无宿处，遂泊东门青龙阁下。令尹雷尔卿乙垣，秦之甲科，富人也，未至，亦无有过问者。

二十五日辛丑(11月19日)　晴。夜半即行。天未曙，即过江安，越纳溪，至泸州，日尚未仄。知州事田秀栗子实，旧属也，州试，是日甫出长榜，闻信即来，云遣人至嘉定坐探尚未归，不虞公来之速。作家信，托子实专送。已而，文比部天骏云衢、王太守元晋子蕃、施别驾德培君怀、娄大令樾铭之，暨吏目厉志均来。晡时登岸拜客，入东门，先访延少山观察，覆至州署，出门南，至黔边盐局，复入城，出东门而归。城中街道高下崎岖，与渝城等而狭隘过之。道署甚逼窄，而辕门内折字货药摊累累，几无隙地。州署在高坡，其门缭而曲，盐局则曾姓之屋面，少鹤而临大江，气势甚壮，惟屋宇不多，其旁少有竹木，强呼之曰园而已。黄昏，少山来答。君怀、铭之复先后来谈，知少泉已由富顺回渝，子实坚留游忠山，情不可却，适巴县有家丁来迎，即告之，令其先行回郡。

按志，明初改拓蒲家庄犀牛寨而居之，即今治所，汉江阳旧治也。然则今州城非宋神臂岩之旧矣。

又宝山在州城西关外，即城后枕山，一名堡子，《胜览》云宝山初名堡子，为巡检廨，庆元间，州帅陈损之移廨山西，建堂其上，安抚制置使袁说友榜其堂曰“江山平远”，易名宝山。下瞰城郭，万瓦鳞集，两江合流，又名得功山，汉诸葛武侯尝驻节于此，上有武侯祠，明崇祯时提学副使何闳中更名大忠山。

二十六日壬寅(11月20日) 晴。子实坚留,勉住一日。禺中,娄涵若来。已而子实、子蕃、君怀、铭之皆至。成丞学懋我湖,贵州人,兰生先生之孙,生于苕上,故字曰我湖,亦来见。日仄,云衢来送。晡时,会食于忠山,同坐云衢、子蕃、少山,子实作主人。武侯祠之旁,复营吕祖祠,地不广,颇有竹木之胜。魁星阁峙于南,乃新建,近来科名之盛以此。少山云,始建时,掘地得断碑,本明时旧墓。堪舆之事信有之矣。黄昏回舟,君怀、子蕃、子实均先后来送。

二十七日癸卯(11月21日) 阴。黎明解维。午初过老泸州,即神臂岩宋故城址,尚隐约可见,稍下即灌口,石梁重叠,横亘江畔,外昂内迤,大水时最险。今石骨呈露,波浪不惊矣。抵合江,日尚未晡,舟子皆县人,坚不肯行,遂泊。署县事杨大令作霖□□、仁岸分局委员夏太守源□□、申大令禅□□、典史□□,均来见,即登岸答之。夜雨。

二十八日甲辰(11月22日) 阴,微雨。平旦解维。巳刻,过羊石盘,入川东界。晡时,至油溪,知江津县王右溪同年拿舟来迎,谈少顷,别去。日入,抵江津县城,泊。右溪复来,署训导郑煓、典史李承莲、把总马楞,均来见。试知县官政竹农来,府委在此审案也。

二十九日乙巳(11月23日) 晴。平旦开船。午初,至大渡口。巴县令陆葆德以贞来迎,易太守履泰暨同僚诸君子亦以次来舟。未刻,抵太平门马头,即登岸。晤定果之及三营文武各同寮。权川东道唐鄂生以病,太守沈炉青以府试均未至。少谈,即回寓。鄂生书来,知九月廿六日有星使赴川之命,盖《申报》中所载邸抄也。寄芥帆书。

十一月

丙午朔(11月24日) 阴,夜雨。晨起,客来不断。日加午始朝食,即出门拜客。日入方归。寄子韩书。

初二日丁未(11月25日) 阴,小雨,晚晴。先妣忌辰,谢客闭门一日。晚,黄鹤樵辞赴阆中署任。致董小楼书。英朴庵来。炉兄来谈。

初三日戊申(11月26日) 晴。早至江北厅,并城内答拜各客。乔绶权来。致象翁书。

初四日己酉(11月27日) 畅晴。墨缘、竹云招饮。吴晓翁来谈。张雨亭送仲清信来。

初五日庚戌(11月28日) 晴。竟日未出门,客来亦希。

初六日辛亥(11月29日) 晴。唐鄂生来。晡时出门拜客。丁伯度回渝,来见。邸抄,光绪五年三月二十六日,穆宗毅皇帝孝哲毅皇后梓宫永远奉安山陵。全小汀协揆重赴鹿鸣宴,赏太子少保衔。

初七日壬子(11月30日) 阴。出门拜客。张叔平来。陈农部桂山馨来。

初八日癸丑(12月1日) 阴,微雨。英朴庵、国子达来。

初九日甲寅(12月2日) 阴。出门拜客。寄子箴信并笺纸四匣又二百张,封筒二百,石刻四种,羊豪笔十枝,谱一分。贻山笺纸二百番,封筒百枚,石刻四种。研翁信一函,旧玉搬指、钟佩各一。芥帆信一,谱一,书一。闻廷信一,普济丹一百廿丸,太乙丹五十定。晤李笏山,云芥帆于廿二日得京信,星轺果为青郊之事而来,未知信否。

初十日乙卯(12月3日) 晴。检点行李运舟。接芥帆信并兰谱,陆以珍交来。

十一日丙辰(12月4日) 阴。炉兄来谈。晚,伯度、润芝、勋臣、绶权、养斋、纬卿假山西馆公饯,同坐辅廷。

十二日丁巳(12月5日) 晴。巳刻,鄂生观察招饮,肴馔无多,而色色精腆,器皿尤佳皆古瓷,为之一饱。晚,三营公饯,情意殷殷,举有惜别之意,可感也。

十三日戊午(12月6日) 薄晴。寄听斋信,内附铁江一函并对联,《缪篆分韵》交养斋寄。又寄顾幼耕书并《三韵》全分;沈吟樵同年昆仲书并《汉隶字原》部,《缪篆分韵》二部,均交云墀。未刻,琦闻廷六兄专弁黄凤池送到原差刘斌初八日申刻回省批折,军机大臣奉旨,着来见,钦此。酉刻,覆闻廷书并致芥帆一函,均交黄弁赍回。出门辞行。

十四日己未(12月7日) 阴。出门辞行。客来不绝，黄昏后始稍息。寄将军、大府禀，又为绶权、伯度、罗国安致芥帆书。

十五日庚申(12月8日) 阴，小雨时作时止。巳初起程，由行馆绕府前，至白象街，出太平门。祖帐者席相接，士绅商贾也。其兵丁民团相率而至者复数千人，皆依依不舍，有离别可怜之色，相对汍澜，哽不成语。至江干，则寮属之送者相待已久，复与周旋，始登舟，日已昃矣，即开至朝天门泊。辅廷、凤书及寮属之常晤者复来。黄昏客散而象乾至，即过舟作别，置酒相饯，归卧已四鼓矣。

十六日辛酉(12月9日) 阴。黎明解维，送者之舟尾相衔。至头峡，蓬阁、以珍先谢去。巳刻，过木洞，锡言如大令、胡未入定中来见。未刻，至洛碛，于浅滩之上仁寿桥畔访得晋碑一见后，以千钱购获之。日暮，至上碚沱宿。权县事吴延海紫澜、典史王言綍、把总刘仕蛟均来见。

晋故巴郡察孝骑一行都尉枳杨府君之二行神道三行。君讳阳，字世明，涪四行。陵太守之曾孙五行。隆安三年，岁在己六行亥，十月十一日立七行。

右碑在江北厅西北一百二十五里，三布溪之仁寿桥在洛碛上五里畔土地祠侧。土人云是道光二十八年淘金者于江滩沙中摸出，重立于此。其畔皆嘉、道以来修桥修庙新碣，故莫有物色及之者。光绪四年七月，合州费刺史之幕客李经镕九不知从何处得一拓本。问石所在，秘不言，或有言在木洞者，使宣刺史维贤黼孙往求之，不得，已而余擢鄂臬。十一月十三日，行将去矣，黼孙复以洛碛告，乃使董少府潮先海门门人胡寿彭亦籛乘扁舟搜得之。十六日，舟过洛碛，以千钱购取，载之而行。石之中扁方，上下缩如柱，若“中”字然。柱六楞方，石下作二人形，若负荷状，顶有华盖，顶至踵约高八尺。出土时已折而为二。刻文在上截，高尺许，横尺有□寸，所谓中扁方处也。文七行，行七字，笔意古拙，似爨宝子。绎碑文“涪陵太守之曾孙”，而太守不名，意太守当日必自有碑，今不可考矣。

十七日壬戌(12月10日) 阴。平明即行。辰刻，至长寿县，少泊。云墀、复卿、少峰、星阶、仲清、鹤亭、耀南诸君别去。申刻，至涪州泊。知州事濮文昇蕖生、吏目娄沄、洋药厘金委员候补知州赵仁诒念劬、黔边盐局涪岸委员试同知于德楷仲方、酉阳州向文秀，均来见。荐海门与蕖生，一诺无辞。

十八日癸亥(12月11日) 阴。黎明解维。海门、松岑别去。日晡，至酆都县泊。知县事何诒孙芑仲，同岁生赓卿侍郎之子也，情意殷渥，邀游平都山，木叶未脱，红黄与青绿相掩映，尚似深秋光景。寻阴长生、王方平隐处，不可得，而山中处处皆琳宫梵宇，极上为天子殿，祠阎摩王，循世俗之说，荒诞不经。阴王洞则又在对峰关帝庙殿内，髡徒然纸钱投之，至底犹未熄，深约十丈，底平而干，所积皆纸钱灰。其旁通与否不可知，然火落而耀耀不定，则有隙通风矣。九蟒殿在山趾少上，榜曰"幽冥分界"，再上有天然水池，石桥跨之，土人呼曰"奈何桥"，有涕洫而焚楮币者。黑白鬼皆有配偶，黑鬼面有膏，涔涔下滴，则酬愿者以阿芙蓉沃之也。愚昧如此，亦可嗤可悯已。鹿鸣寺在其北，以日莫不及往。俯瞰城阛，在诸峰之下而濒大江，不特漫溢堪虞，即诸峰之水湍腾灌注，亦有建瓴之惧。芑仲言，须筑堤两道障水，使分泻，则城可无患。未经履勘，末由断其是非也。傍晚回舟，署典史曹联晋、洋药厘金委员张涛海、槎守催津贴委员董文焕□□、绅士湖北知县王元曾、桂山门人刘宇元，均来见。石砫同知陈昺懋斋来迎。沈寿安复同来。

十九日甲子(12月12日) 阴。黎明解维。倬云、亦钱别去。巳刻，至羊肚溪少泊，石砫所辖境也。懋斋、黼孙别去。申刻，至忠州。知州事侯若源鞠坡、署都司郭慎行少梧、学正黄桐生、训导胡肇祺、代理吏目巡检郑锡洪余三，均来见。登岸答拜鞠坡、少梧。州署在西门内，甚逼窄。城内处处皆坡坎。出东门，则都司署在焉。风景致佳。陆宣公墓在对岸，白公祠在西门外，以日暮均不及往。

二十日乙丑(12月13日) 大风寒，细雨竟日不止。天明始解维，行五十里。鞠坡来送，即谢去。再行三十里，至永安场。北风劲甚，少泊避之。日昃复行卅里，泊西界沱。巡检孙嘉辉来见，通州人，吏部则例馆供事出身，由彭水县典史升此缺。

二十一日丙寅(12月14日) 大风未已。勉行六十里，至武陵溪泊。知万县事张永熙文山来迎。寒甚，御狐裘，始少温。

二十二日丁卯(12月15日) 阴。平旦开舟。日昳，至万县泊。权都司曾占鳌、厘金委员崔廷璋至侯、津贴委员董文涣、校官田怀玉、典史吕廷桦，均来见。权梁山令熊汝梅爕臣越境来送。晡时，上岸拜客，并至玉帝主宫行香，宫在南津街。前年迎李制府作寓处也。贺笏山协戎又遣哨弁陈仲权来迎，并寓书，附寄《峡江救生船志》一部。另有哨弁陈兴华押解洋火药至渝，托带鄂生、炉青各一书。

二十三日戊辰(12月16日) 畅晴。平旦开行。禺中，至云阳县暂泊。训导陈念劬、典史孙钰，均来见。日中复行。日昳，过东阳，子诚斋为备肩舆，与内子儿辈均登岸。甫下滩，为舆夫所愚，复登舟过庙基子滩，遂乘舟径过。日入，至龙洞泊。周云昆自省来，亦同宿此。

二十四日己巳(12月17日) 畅晴。黎明开行。禺中，至夔州府。知府事黄毓恩泽生、通判林宝光剑洲、权知奉节县事吴鼎立铭斋、教谕杨德坤子静、经历王履亨健庵、救生局委员候补令周德耕笠农，均来。日中，入城拜客。晤鲍军门超春霆、吉协戎恒北屏、锦观察瑞芝生、许观察世福槐安、黄夔州泽生。晡时回舟。诸君复枉顾，日入始散。与周云昆、维幹臣遇，同维舟江岸。寄贺笏臣书。

二十五日庚午(12月18日) 畅晴。日出，剑洲、铭斋、笠农来，欲送至峡口，坚辞而后去，即解维行。过臭盐碛，锅灶鳞次，烟出若白云，漫空不散，盖地不爱宝，利之所在，欲禁而无从禁，不如因而收其利之为得也。食时，至瞿塘峡口，乘红船独登白帝城，观八阵图，慨然怀古。憩先主庙，盖奉节令吕煇所修，刻石颇多，类皆明人题咏，前有亭，曰東江，亦吕煇所造。其后为怀古堂，有地藏王菩萨石象。僧云修城时发地所得，不知何代物。隋舍利塔铭即嵌于此象之座右。庭有仙人掌，高寻丈，绿枝以百数，殆百十年物也。出庙门瞻瞩，城址隐隐犹存。随行卒于其地寻得残砖三，皆有华纹而无字，僧云向者颇多，今亦搜索殆尽。出其藏一片以献，首尾完整，亦有华而无字，两端牝牡与余重庆所获者同，而厚不及富贵砖之半，然后知富贵砖固蜀汉以前之物矣。禺中，乘笋舆从陆路归，即放舟入峡。滟滪堆在白帝下，盖两山环抱，而滟滪适当其中，若屏蔽然，天生水口也。日昳，至巫山县。权县事黄康年研农来迎。十二峰高插云表，疑有神灵窟宅，云雨荒唐之说，不足道焉。少泊复行。日入，至杉木壤宿。

二十六日辛未(12 月 19 日) 晴。平旦开行。禺中，至巴东县。权县事朱滋泽惠之、教谕李锡钧、典史张宝鉴、盐厘委员试知县朱桂馨阶平，均来见。少泊复行。日晡，抵归州。知州事沈云骏仲骧、新滩同知刘步驷章侯、试知县张沄云川、吏目程名耀，均来见。泻滩新涨三尺，舟行安稳。黄昏，至新滩宿。章侯、仲骧、云川复来。

二十七日壬申(12 月 20 日) 畅晴。食时登岸。仲骧为备肩舆，并假南岸皮氏屋作行馆，小憩。滩水新涨未退，舟晌息即下，波浪不惊。日禺中，复登舟。仲骧欲送崆岭峡，坚辞而后去。日中解维。日昳至崆岭。贺笏臣总戎来迎，情真意挚，使人心感。日入，至黄陵庙宿。皮氏屋不广，而甚整洁，正当新滩之上，惜无庭院耳。

二十八日癸酉(12 月 21 日) 阴。平旦开船。东湖令熊銮殿臣送到子韩信三件。禺中，宜昌守贾万青成选与熊令来迎，通判武述文华峰、府经历朱锟、典史王浚与厘局、盐局各候补正佐各员、江西候补守陶庆仍等，均来见。日昃，舟抵宜昌。崔总戎福泰青岳、中营蒯游戎德浦博斋、前营朱游戎大珍宝斋、操防凤游戎宽荩山、川盐局吴石生、观察元汉，均来。日晡，登岸答拜诸君。问轮船无到宜消息，决计换民船东下。

二十九日甲戌(12 月 22 日) 阴，冬至。谢客不见，惟晤笏臣及熊大令。饭后，至笏臣处晤谈。殿臣为觅得满江红二号，即日移行李过载。荐章子寅与石生。

三十日乙亥(12月23日) 阴,微雨。仍移行李过载。日中,与内子及儿女移寓红船。余与皂儿、叶静斋共坐一只,内子及两女同坐一只,复以巴杆船二号载幕友及家丁。晚,青岳招饮,同座笏臣、博斋。遣园队唐春元等十三名,并炮船哨弁。张凤书、李元林等二船及守备白占胜等回渝。致鄂生、芥帆、象乾书。是日,祭江舟移,仍泊岸宿。

十二月

丙子朔(12月24日) 畅晴。早起,登岸辞行。晤青岳、石生及顾湘波观察嘉蘅。禺中,归舟,诸公复来送。日中解维。子实移入盐局。行六十里,宿古老背,宜都所属也。宜都令吴锡震希斋来迎。殿臣别去。

初二日丁丑(12月25日) 平旦开船,畅晴。三十里,宜都县暂泊。都司临泰、典史方朝楙、厘金委员县丞徐芳,均来见。日中复行。北风劲甚,水力不敌,放舟波涛间,顺流而下,颇觉震荡。仅行十里,至白洋宿,已日暮矣。寒甚,衣重裘犹觉凛冽。

初三日戊寅(12月26日) 畅晴,东南风。黎明开船。禺中,至白水港。枝江令易光莲清涟、典史刘模来。日入,至董市宿。松滋令郭作霖雨臣来。

初四日己卯(12月27日) 畅晴。平明解维。禺中过江口。江陵令柳正笏搢陔来。荆州守倪文蔚豹岑以府试未至。南风大竞,波涛汹涌,至日仄始行二十里,遂泊王家脑。

初五日庚辰(12月28日) 晴。日中,至荆州。水师副将任宝山得胜、太守倪文蔚豹岑、同知刘仁田□□、理事同知常顺□□、通判汤世镛彦泽、江陵令柳正笏搢陔、巡检朱本荣、典史魏璋,暨委员候补知府吴廷华□□以下,营卫参将纪文鉴以下,均出迎。舟泊至路口未至之二十里,兵备孙稼生同年过舟少谈即别,托到京催问宜昌关监督关防，盖此行即赴宜昌也。日昃，入城拜客，见将军希元公、副都统左翼穆克德布鹏程、右翼恩来旭园、前成都将军魁玉公、太守倪豹岑、副戎任宝山。日莫出城，归舟已张灯矣。荆州自古重镇，城郭虽不甚高而颇巩固，惟地势卑衍，江流日高，全恃堤为障，特不似徐州之甚耳。城内房屋卑隘，不甚繁富，盖精华尽在沙市矣。

初六日辛巳（12月29日） 晴。平明开船。至沙市少泊。彦泽、搢陔暨委员吴太守、朱通守士荣，均来。将行，洪彦哲复来。禺中始解维。过窑湾。委员候补按经历张福镇来见。日晡，至马家寨宿。

初七日壬午（12月30日） 晴。平明开船。日晡，至羊角脑宿，距石首县城三里。权县事徐人法璧臣、代理典史杨济森，黄昏后来见，三君皆华阳人。

初八日癸未（12月31日） 晴。平明开船。日晡，至小河口宿。望调弦关尚如天上，盖江流迂曲，类若黄流，因而帆鲜正悬，舟行必若之江之折，故以开方计之，路不过七十里而遥，而水程已百数十里矣。

初九日甲申（1879年1月1日） 晴。平明开船。禺中，过调弦口。申初刻，过姚家脑。权监利令黎埒次平、前权县事宜都令傅文炳焕亭来谒，且设供帐，以天时尚早却之。复行二十余里，至大马湾宿。

初十日乙酉（1月2日） 晴。平明开船。禺中过车湾。日入，至返嘴宿。

十一日丙戌（1月3日） 早阴，旋晴，晚复阴。平明开船，风平浪静，舟行甚适。日加午，至斜角拦，榜人无故停桡，怒而促之。日中始复解维。日晡，过观音洲，出大江，至杨螺矶宿，已黄昏久矣。恽伯初来迎。夜半大风。

十二日丁亥（1月4日） 薄阴。颠风断渡，守泊一日。

十三日戊子（1月5日） 薄阴。食时风定。禺中解维。黄昏，至沔阳州属之新堤宿。督销盐局委员潘大令介繁椒圃来谈。年家子以回避中丞改分湖南，已得信，署临湘令矣。榷竹木关杨观察艺舫遣人来迓，以天晚无舆人不得登岸，遣人答之。沔阳州同徐树梁，人定后来，余已卧矣。椒圃言马远林舍人一生精力全在《集韵》一书，有箸作在其弟子远大令处。

十四日己丑(1月6日) 晴。浪静风和，波平如镜。禺中，过石山关，至陆溪口，有甘兴霸庙，舟子酎神，有神鸦来止于樯，饲以豕肉、菽乳及诸食物，饮啄自如。有二鸦，一衔肉，一衔膏，环而去。舟人云，有茹荤食素之别也。晡后，至嘉鱼县宿。权县事陈延益容叔，同里年家子，亦晚姻也，未来见，亦未遣人至。

十五日庚寅(1月7日) 早晴，晚阴，夜雨。平明开船。食时容叔来见。日昃，过北河口。厘金委员补用知县汪曾唯子用来。黄昏，至牌洲宿。子用云，仿宋刻手，鄂省绝无仅有，写手则惟一朱姓。

十六日辛卯(1月8日) 早阴，旋晴。日昃，过董家脑。晡时，大风忽起，舟如六鹢之退。望荆口十里而遥，竟不能行，不得已，仍回至董家脑宿。李仙根来。

十七日壬辰(1月9日) 阴，大风。守泊一日。食时，子韩同仲清来，子韩即别去，仲清留。致恽菘耘书。

十八日癸巳(1月10日) 晴。日昃，出开行。日昳，至武昌，泊鲇鱼套。武昌守方大湜菊人、汉阳守严昉湘生、江夏令宗维藩子城、汉阳令林瑞枝□□，暨需次诸君，均来迎。晡时，进城拜司道，晤方伯王晓莲同年、权臬事粮道恽革农、盐道蒯蔗农、权粮道李宝斋三观察，仍回舟宿。寻恽菘耘，彼此相左，未晤。

十九日甲午(1月11日) 晴。上院，见李筱泉制府、潘伟如中丞。在菘耘处午餐。是日，移入行馆。左德斋来。

二十日乙未(1月12日) 晴。上院，并拜诸同寅需次者。

二十一日丙申(1月13日) 晴。同方伯诸公上督院祗送，以制府奉命将往湖南查办事件也。饭后，仍出门拜客。

二十二日丁酉(1月14日) 晴。日中，至皇华馆，送制府登舟，复至舟参谒，即禀辞。入城晤学使梁斗南殿撰，即至全皖会馆，赴司道公宴,始晤汉黄道吴子韬观察。仲清回苏。致书卿书。

二十三日戊戌(1月15日) 晴。过江拜客。在子韩处午餐。回城已黄昏矣。

二十四日己亥(1月16日) 阴。至军需局,赴恽菘耘、吴定生、恭养泉、张蓉江四观察公宴,同坐晓莲、蔗农。

二十五日庚子(1月17日) 阴雨。王与轩同年从皖来赴陕藩任,食时枉顾,即同赴晓莲之约。晡时,复同回寓,谈至夜半,始各就寝。

二十六日辛丑(1月18日) 阴雨。偕与轩同赴中丞之召。晡后,与轩辞回舟。寄耕娱、小山、鹄山、子湘、迪甫书,交子韩寄。晚,得子湘信,知叔父于十一月十三日卯时卒于京寓正寝。呜呼,伤哉!

二十七日壬寅(1月19日) 阴雨。闭门谢客。寄成都将军、制府、四司道书,托李听斋分致。又致联星翁书,托琦闻廷转致。又致炉青书,附象乾一函。又致陆以贞、定果之、翁复卿、倬云侄、唐鄂生书,均交蔚丰厚寄。子韩来,云已为搭定江宽轮船,明晚开行。

二十八日癸卯(1月20日) 阴雨。日晡起程。首府县暨罗少邨、太守谢君均送于武昌关。乘红船渡江,至江汉关,汉阳府县与洋关委员候送久矣,各与周旋,即至子韩处晚饭,观所藏金石拓本。人定,登轮船。岁莫客希,独住一舱在大餐间之旁,价廿四金,陈泰亦住一舱借住不加价。舱有几,可以观书作字,甚安适。海珊、子贤、子韩、皂儿均送至舟。夜半,子韩复馈菜。船管事严鹤亭回沪度岁,其夥徐友亭经理船事。徐,宁波人。役夫施小狗,湖州下荡田人。

二十九日甲辰(1月21日) 阴雨。卯初,开船。酉初,至九江,盖行六站五百四十里,停二刻,复行。朝餐四簋,晚复为置酒饯岁,皆精洁可食。酉初,至彭泽县,以月黑水浅不敢行,遂泊。九江招商局总办孙楚卿来见,杭州人。

除 夕

风雪岁云暮,如何尚北征。只缘君命召,不待驾而行。鲁酒不成醉,梅花寒逾清。遥知红烛下,应自计邮程。

光绪五年

正　月

光绪五年岁次己卯正月乙巳朔(1月22日)　大风寒,雨时作时止。寅正,开船。未初,过安庆。酉正,大雨雪。未至大通镇即泊。

初二日丙午(1月23日)　阴。大风寒,嘘气成冰,盖七年未尝此境矣。寅正,开船过大通,阁浅半时,复行。未初,过芜湖。酉正,过金陵。夜,子正,到镇江,即移入顿船招商局,执事张鹤山移榻相让,始有容膝地。得亭鞠兄书,云已代雇满江红一号,遣仆戚元来迓。寄家书,托子韩送。

初三日丁未(1月24日)　晴。早起,问坐船,云未至,乃入城拜客。晤沈彦徵前辈、观察冯丹徒已亭。午刻归,则家人辈已借救生会红船相待矣。城内瓦砾成堆,高堂大厦无复存者,惟金、焦山色无恙耳,可胜慨哉!未正,至瓜步寻坐船不得,至由闸关方遇之,已昏黑矣。冰合,舟不得前,岸上冰雪成堆,滑不能步,乃勉使舟人畀舆过舟,行李亦逐件从徙岸入。晚食,已子正矣。饥寒交迫,苦不可言。

初四日戊申(1月25日)　阴。河冰未泮,敲凿而行。未刻,到扬州。杨彤臣、丁兰生两监掣,宣□□运判来迎。申初,至钞关门,亭兄遣舆来迓,即登岸。晚,会食于亭兄寓斋。同坐朱申庵前辈、彤臣及其弟若臣中翰。

初五日己酉(1月26日)　阴雨。早起,客来不断。巳刻方出门拜客。晤欧阳崇如都转、英式梁太守、甘泉胡式嘉大令、张观察富年芑堂、戴观察肇辰友梅,暨其子燮元少梅。闻前长芦运使林绶卿述训在此，亟往寻之，而绶卿已往余寓，彼此相左未遇。晚，兰生招饮。观筱农所藏金石书画，筱农之子桐生以病未见。甲夜出徐凝门，归舟宿。

初六日庚戌（1月27日） 早晴，午后复阴雨。早至绶卿处，同赴式梁之约。晚，复与式梁同赴芑堂之约。与李梦兰太守遇，亦京华旧雨也。因大船行路不便，另雇如意船、江划各一只。是晚，即移入如意船宿。

初七日辛亥（1月28日） 阴雨。早，访张午桥前辈。午刻，少梅暨彤臣、若臣昆仲招游平山堂，以风雨沍寒改设东关街李氏园林，即黄氏旧居也。叠石小池犹是陈迹，老树则已尽矣。李亦今之淮商巨擘，然与黄不可同年语矣。晚，朱申庵前辈、周仲丰表弟招饮申庵寓斋。夜深不得出城，即至亭兄处宿。

初八日壬子（1月29日） 阴雨。日中，会食于绶卿寓斋。申刻，预祝友梅七十寿，举案齐眉而精神强固，望之只如五十许人，可羡也。晚，梦兰招饮，同座申庵、芑堂。梦兰极言莲花自然之美，在蜀则常蔬耳。乙夜归舟。少梅复来谢。戒舟子明早解维。

初九日癸丑（1月30日） 阴雨。卯刻即开行。辰刻，至东门，亭兄复遣舆来迓，遂微服往。日中，彤臣设车螯面同食。晚，亭兄治具作饯，客至者皆告以已行，拒而不见，盖至是始得纵谭别后事。贾人有持骨董求售者，至是亦方得观之。购得商父己铜觚一、安邑币一、汉大泉五十、铜范一、汉印一、唐造象一、新罗山人山水小卷一、明板《说文五音韵谱》、阮刻薛氏《钟鼎款识》、蒋刻《法苑珠林》、旧刻《刘子全书》《尧峰文钞》《绝妙好词笺》《说文通训定声》各一部。旧抄《人海记》二册、《日下旧闻考》稿本六函，即托亭兄寄鄂。作家信并子韩、仲清二函，亦交亭兄寄。兰生赠筱农所藏金石、古泉、汉鉴拓本各一册，又六幅印谱二册以上均寄鄂，《汉石例》二册，皆精妙。莫监掣绳孙仲武，子偲先生之子，犹人先生与侍，先文僖榜进士孙也，赠家刻五种，内《宋元旧本书经眼录》极精核。扬城书多而善本亦少，有北藏本《法苑珠林》议价未成[1]，仍属亭兄缓购之。是日，西北风大劲，舟不能行，即在东门泊。

初十日甲寅(1月31日)　晴。辰刻，开船。适彤臣有事至袁浦，即与之同行。湖淤水涸，刺篙而行。至召伯埭已日莫矣，遂泊。

十一日乙卯(2月1日)　晴，东风；午后，薄阴转东南风，复晴。日中，过露筋祠，寻彤臣舟不见，遂上岸独游。门内米碑及有明以来诸石刻尚在，神殿中悬乾隆己未总河高公斌联句。又西隅悬陈曼生书郭频伽集句"江淮君子水，山木女郎祠"，楠木对亦尚在。登三十六湖楼，道光十四年陶文毅所书额亦无恙。老尼云，贼至时，仅折楼板及窗棂为薪，未纵火，故屋与联额尚存。忆咸丰己未夏日从花文定师游此时，曾有句云"湖边尽日蒙蒙雨，不见野风开白莲"，今忽忽二十年，祠已阅劫，师亦早归道山，可胜慨哉。卅六湖楼在祠东隅，楼外有池，尼云，夏种莲花，殆即渔洋所谓"门外野风"处欤？未刻，过高邮州，城郭完固，是乱后重修者。酉正，至六旺闸泊。约彤臣过舟晚饭。

十二日丙辰(2月2日)　早阴，东北风，日中转东南风，皆甚微。辰刻，开船。过汜水，两岸皆江北粮艘停泊，河道甚窄，幸换小舟，不然阻矣。酉刻，宝应县泊。或曰，高宝时有旧书出售，亟使人访之，则云已为张中丞集声、唐军门定魁购去。偃武修文，正直昌明盛世，猗欤盛哉！

十三日丁巳(2月3日)　早大雾，畅晴，西南风。未刻，过淮安府。酉刻，抵淮关，过关宿。接仲复兄书，云购得《说文考异》稿本，上有先公批注。又荐家人罗裕即淮安人持书来见，告以现在进京，归途再说。

十四日戊午(2月4日)　晴。巳刻，到清江浦，里河同知王兰生□□、清河令万青选少筠、周季相六弟均来。饭后，谒漕帅文彬公，以病未见。答拜诸君。晤淮扬道庞省三同年。还至季相处见宝妹及其

---

① "苑"，原作"眼"，依书名径改。

外甥。黄昏始归。

十五日己未(2月5日) 晴。早起,同彤臣游古骨书肆,购得《文选》抄本四种,《周易折中》一部,旧瓷二十一件。晚,季相召饮。乙夜始归。

十六日庚申(2月6日) 阴。会食省三牙斋,同座谭静山观察、彤臣、季相。雇定车六两每两廿三两,棉帘及一路食宿均在内,夫八名每夫每站银四钱五分。

十七日辛酉(2月7日) 阴。辰刻,微雪,大风寒。待车不至。傍晚,至季相处谈。汪昆甫来。仲之子。

十八日壬戌(2月8日) 晴。待车仍不至。未刻上岸。拜客,晤省三、静山。申刻,赴漕帅之召。主宾二人,绝无他客。黄昏席散,复至季相处。人定后方归。姚仲海来谈。

十九日癸亥(2月9日) 晴。早,至漕署。质翁坚欲订车笠之盟,辞之再四,必不肯允,乃成礼而退。黄昏,车至。寄家信并旧瓷四十五件、书四十四本、砚一方,又子韩信一函,均托彤臣寄鄂。又亭鞠兄一函,亦交彤臣转致。

二十日甲子(2月10日) 晴。暖风和,颇有春意。早起装车。质翁遣其第三令郎延景宸来送。巳初,起程。彤臣、季相均送。登舆,午刻,渔沟小憩。酉正,至重兴集宿,桃源县属,县令曾广彤。

二十一日乙丑(2月11日) 晴。卯正二刻起身。巳正三刻,仰化集尖。申正,顺河集宿,宿迁县属,县令舒朝冕静峰,江西进贤人,己酉拔贡,辛酉举人,甲戌进士。

二十二日丙寅(2月12日) 晴。寅刻起身。巳刻,峒峿尖。酉初,红花埠宿,郯城属,已入山东境矣。权县事周秉礼,号琴珊,汉阳人,军功出身。典史沈罴祥亥堂。如意馆供奉沈凤池之子。

二十三日丁卯(2月13日) 晴,暖甚。卯刻起身。巳刻,郯城十里铺尖。酉刻,李庄宿,兰山县属,权县令徐福臻,号小鹤,天津人,本任巨野令。

二十四日戊辰(2月14日)　晴。卯刻开车。巳刻，沂州府尖，知府锡恩菊泉，由刑曹外简，京华旧识也。与兰山徐大令、典史冯庆恩均来。饭后，拜菊泉、小鹤，即出北关行。酉初，半城宿。

二十五日己巳(2月15日)　晴。卯刻起程。巳刻，青驼寺尖。买得唾津膏十张。一名夹纸膏，每张大钱七十文，治跌打损伤疮疖。申初，垛庄宿，沂水县属，县令王恩湛，号润章，江西义宁州人。

二十六日庚午(2月16日)　晴。卯刻起程。巳刻，公家城尖，蒙阴县属，县令乔有年，号春溪，关东人，丙午举人，戊辰进士。蒙阴城郭完固，东门低小而下有石限，车不得入，云是军务时所作。然西门又甚草草，何也？申初，鳌阳宿，新泰县属，署令孙仪祖，号星华一云星桥，江苏海州人。

二十七日辛未(2月17日)　晴。卯初即行。辰刻，过新泰县南关小憩。晤孙星华，托带京信二件。巳刻，翟家庄尖。申初，羊流店宿。晤夏子松少马，少谈，少马复行。

二十八日壬申(2月18日)　晴。卯刻起程。巳初，崔家庄尖。店有小院，暴背甚适。申刻，至泰安府。知府事梅启煦少岩，京华旧雨，小岩中丞兄也。往拜，未遇。甫回店而少岩来纵谈，久之而去。晚饭后复来。泰安令苏铭显，号炳臣，直隶交河人，己亥举人，癸丑进士，是日卒官。购得山左金石拓本六十余种，直钱七千。又《泰山道里记》一本。

二十九日癸酉(2月19日)　晴。卯刻行。巳刻垫台尖。申刻，张夏宿，长清县属，县令傅维弼，号灵桥，直隶河间人，戊午举人，庚申进士。

三十日甲戌(2月20日)　阴，大风寒。晡后，微雪。卯刻行。巳正，杜家庙尖。未刻，渡河，过齐河县。酉刻，至郾城宿。齐河属，县令宋森荫，号豫堂，乐亭人，壬戌乙榜。

二 月

乙亥朔(2月21日) 大风,寒甚。天明始行。霰淅沥不止,着树,弥望尽白,地亦着甲,窃为达官忧矣。巳正,禹城桥尖,县令吴宝三康之,桐城县人。酉刻,平原二十里铺宿。县令周锡庆济川,浙江同乡。

初二日丙子(2月22日) 畅晴,寒甚。日出始行。午正,黄河涯尖。申刻,德州宿。州牧陈嗣良松泉,宛平人,原籍秀水。督粮道崧镇青骏来谈,时已升广西臬使,问谢恩折式样,检旧稿赠之。少憩,入城答拜镇青、松泉。

初三日丁丑(2月23日) 阴,午后微晴。天明起程。午刻,桑园尖。申刻,连镇宿。地居吴桥、景州、东光交界,水陆一大都会,自遭寇乱,加以南漕停运,萧索尽矣。旅店之西有袄庙,入之,则旧为崇兴寺。乱后新建,尚未塑像。向明小屋三楹,童子九人读书其中,皆顽劣,而师独秀异,惜案头只兔园册子耳。庭有钱钟,明隆庆六年造,乃泰山行宫物。问行宫,云在村口,亦新建矣。

初四日戊寅(2月24日) 阴。卯刻起程。巳刻,南皮县尖。访刁遵墓志不得。购得旧拓杭州府学圣门七十二贤人画像一册。酉刻,甲店宿。

初五日己卯(2月25日) 阴。大风寒。寅正二刻即行。午刻,兴济镇早尖,青县属。酉刻,唐官屯宿。

初六日庚辰(2月26日) 阴,大风寒。寅正二刻起身。午刻,梁旺庄尖。酉刻,至天津。诸当道暨小山遣人来迓。遇叶子固大兄于郊。至西关,鹄山、小山均在厘金分卡相待,少谈即行。至僧王祠,权天津府万年丰子和、权天津县刘亨霖润之、候补府宋宝华吉堂、候补令朱翰臣□□均出迎。子固亦在,各与周旋,然后得入城,已黄昏矣。鹄山、小山均扫榻相待。以鹄山寓较宽,鼓楼东。小山寓双井。即住鹄山处。子和诸君复来,婉谢之。与鹄山、小山、子固共饭。丙夜方寝。

初七日辛巳(2月27日)　阴雨，寒甚。早起，如冠九都转来谈。巳刻，出门拜客，晤海关道郑至轩藻如及冠如。未刻，回寓，寒甚，不能出门访梅。许仲弢来。

初八日壬午(2月28日)　晴。寒尚未解。玉轩、子和、润之来谈。巳刻出门，至小山访梅处，并拜诸客。未刻归。费振之、庄篆生、沈小孟、子固均来。与子固、振之、鹄山共饭。复与鹄山、小山谈，至丙夜方卧。

初九日癸未(3月1日)　晴。寒甚，体不适，竟日未出门。午刻，鹄山、小山置酒相款，同坐段怡斋宝隆，旧夥也。子固、振之来。晚饭后与鹄山少谈即卧，子枫兄之次子及长孙来。

初十日甲申(3月2日)　晴，晡后阴。答拜许仲弢，即与仲弢、鹄山、小山、振之会食紫竹林，尝洋人大餐，郑陟山所约也。同坐黄华农通守建筦，粤人，与陟山皆招商局旧司事，近俱辞退矣。饭罢，观仲弢所率飞霆掣电龙骧虎威师船，全以铁为之，巨炮至重八万斤，亦伟矣哉。还过府署，答拜马静波、叶子固、王者香，见松圃夫人，张秀生丈之女也。余与秀丈交最深，忆河东官舍初见时，尚在襁褓，弥月未久，今廿八年矣。相于谈其家事，不胜今昔盛衰之感。篆生、振之、小孟来。

十一日乙酉(3月3日)　晴。体惫甚，竟日未出门。翕生弟兄来。

十二日丙戌(3月4日)　晴。至小山寓部署，京中事遣张喜入都。致耕娱、茗笙、子湘信。饭罢，与子固、小山同游骨董肆，购得旧磁五十二件、宣德铜炉一坐、旧五朵菊大八件、洋表一枚。还至营务处，与朱伯华少谈而归。振之来。

十三日丁亥(3月5日)　晴。子固来，即同子固、鹄山游亨达利洋行。晚，鹄山置酒作饯，同坐子固、振之、篆生、小梦、小山。

十四日戊子(3月6日)　晴。巳刻起程，鹄山、小山、子固、静波、小梦均送至西沽。未刻，浦口尖。酉刻，蔡村宿。

十五日己丑(3月7日) 晴。卯刻起程。巳刻,安平尖。酉刻,张家湾宿。

十六日庚寅(3月8日) 晴。卯刻起程。辰刻,余家卫尖。午正进城,住贤良寺,即至耕翁寓斋,与茗笙共饭。酉正回寓。子湘、迪甫均来,谒同寓岑彦卿中丞。寄鹄山、小山信,附家信一函,托小山寄鄂。

十七日辛卯(3月9日) 晴。预备履历安折,至星叔处早饭。谒诸当道而归。迪甫、子湘来,住寓中。

十八日壬辰(3月10日) 晴。寅刻,至宫门请安,仰蒙召见于养心殿东暖阁。初甚矜持,幸天语温和,谨敬对答,尚无陨越。子湘、迪甫、枚生、赵二五两甥皆来送。巳刻,回寓。星叔及周鉴湖太常均来。饭罢,至耕娱处见太夫人,精神面貌不异曩时,惟耳目皆不便耳。

十九日癸巳(3月11日) 晴。城内拜客。在星叔处早饭。傍晚始归。寄家书并小山信。

二十日甲午(3月12日) 晴。出城拜客。至子湘寓,见桂侄新妇。从次典借灯笼,赶宣武门而归。

二十一日乙未(3月13日) 晴。城西拜客。晚赴星叔之招,同坐周筱塘京兆、冯伯生比部。

二十二日丙申(3月14日) 晴。北城拜客。

二十三日丁酉(3月15日) 晴。季父亡百日矣,在观音院持服一日。申刻,至法源寺祭李太夫人。

二十四日戊戌(3月16日) 晴。城内外拜客。得家信。

二十五日己亥(3月17日) 晴。西城拜客。午刻出城,至椿树二条胡同乐春花厂赴云南司公宴,并余户部之招。日暮,不得入城,宿次典寓。

二十六日庚子(3月18日) 晴。卯刻即起,拜城外各客。未刻入城,赴耕娱之约,同坐次典,暨陆蔚庭、伯葵两太史。

二十七日辛丑(3月19日) 晴。拜城内外客。晚,厚安招饮九和兴，迟冶庵不至。子隽来，畅谈至乙夜始归。得书卿、仲清信。

二十八日壬寅（3月20日） 晴。小山来。饭后出门拜客。寄家书并苏州信。

二十九日癸卯（3月21日） 晴。出城拜客。晚，子隽招饮锡庆堂。

三十日甲辰（3月22日） 晴。北城拜客。闻李爵相将至，拟于次日移寓外城。晚，同耕娱畅谈。

三 月

乙巳朔（3月23日） 晴。辰刻，耕娱来。午刻，同小山、振之移寓十间房兴胜寺，即赴山东司公宴，在炸子桥嵩云草堂河南公所，袁筱坞少寇创造也。

初二日丙午（3月24日） 晴。拜城外客，始至各亲戚处。晚，陈培之兄招饮，却之。

初三日丁未（3月25日） 晴。至徐李侯、许星叔、李仲宣家贺喜，谒李爵相。日晡，赴黄让卿侍御之招。晚，龙伯昆仲招饮。寄家书并鄂中当道信。

初四日戊申（3月26日） 晴。日中，赴胡小蘧先生之招，所居即先公铁门旧第也。周视廊庑，不胜今昔之感。日昳，至乐椿花厂，赴沈世兄守谦、守廉之约。东城拜客。

初五日己酉（3月27日） 晴。巳刻，赴朱少蓝昆仲，又张介福暨周、彭二君乐椿二局。申刻，茗笙招饮。

初六日庚戌（3月28日） 晴。巳刻，赴陆蔚庭余庆之招。又赴蔡汉三昆仲暨周、陈二君乐椿之招。晚，恽次远、少薇、君硕招饮。

初七日辛亥（3月29日） 晴。巳刻，至扬州馆郑太史处会亲。午刻，赴军机公宴。晚，吴蕙吟、董新甫招饮。

初八日壬子（3月30日） 晴。巳刻，赴荆南之约。午刻，赴周荇农、徐寿蘅暨程□□乐椿二局。申刻，赴川东公宴。

初九日癸丑(3月31日) 晴。辰刻,赴邹惪云余庆之约。巳刻,赴赵心泉天福之约。午刻,赴张霁庭昆仲之约。晚,迪甫招饮。

初十日甲寅(4月1日) 晴。巳刻,赴嘉兴公宴。未刻,赴张子腾之约。申刻,赴湖州公宴。彭艾圃招饮,不及领缴帖而行。

十一日乙卯(4月2日) 晴。换棉衣、绒领、毡冠。晡时,同枚生、迪甫、振之、小山、惠卿小饮万兴居。还过厂肆一游,即归卧。

十二日丙辰[1](4月3日) 晴。夜半即起,赴阙请训,蒙召见于养心殿冬暖阁。圣训周详,凡三刻许,始跪安趋出。谒诸当道。见邸堂及景司农。晚赴张叔宪文宇饮,复偕筱珊编修至张香涛司业寓斋纵谈,夜半始归。香涛赠《韵会举要》一部,明刻本也。子湘生日,以酒食饷之。

十三日丁巳(4月4日) 晴。购得宋拓《凤墅残帖》八本,汉阳叶氏故物也,先大人曾于道光甲午借观,为作释文。余刻于东川官舍,至此帖竟归余其直三百金,岂非墨缘?巳刻,赴绍兴公宴。午刻,赴孙莱山学士乐椿之饮。申刻,赴嵩云草堂前已未暨癸卯公宴,酒半,闻李仲宣亲家作古,即往送殓。戌正始归。遇新甫于门,一揖而别。

十四日戊午(4月5日) 晴。清明节。至子湘家祀祖。午刻,赴谢公祠杭州公宴。申刻,赴黄漱芳学士、张香涛司业、李苾园侍御公宴。

十五日己未[2](4月6日) 晴。与次典约寻茂文兄借债。巳刻,赴朱少虞乐椿之约。未刻,赴秋审处公宴,迟主人,久之方至。饮罢入城,过耕娱少坐。到茂文家,则已张灯,次典候久矣。茂兄文假银五千两,即与次典同宿。茂兄园亭屋宇精洁可喜,歌台尤妙,惜带洋气耳。

---

① 原稿误作"甲寅",径改。

② 原稿误作"丁巳",径改。

十六日庚申(4 月 7 日) 阴。晓起，独游园林，待茂兄起而后行。复过耕娱小坐，即出城赴曹芗淡之约，待客齐而后坐，已申末矣。酒半行，赴安徽馆四川全省公宴，已张灯。又赴张叔平乐椿之约。人定，复赴朱雪岑之约。归寓，已夜半后矣。寒甚，围炉取暖而后卧。

十七日辛酉(4 月 8 日) 大雪，寒甚。巳刻，赴孔玉双余庆之约。午刻，赴徐季和乐椿之约。未刻，赴袁子九、黄济川、查□□公宴。晚，高寿农招饮。夜半甫归。

十八日壬戌(4 月 9 日) 午刻，雪霁，赴湖北全省公宴。购得元板《春秋左传句读》二函，宋板米海岳《书史》一函，残；《崇古文诀》一函。有十行本《穀梁注疏》，惜买不成。

十九日癸亥(4 月 10 日) 晴。饭后，至耕娱家，预祝吴太夫人寿，兼话别。傍晚，出城至迪甫，与迪甫、次远、少薇、君硕小饮广和居。程醇甫来。

二十日甲子(4 月 11 日) 晴。小山回津，寄家书，通知廿二日出京。钱礼部、缪编修来，送到精校《集韵》，并叔宪景钞翁大司寇所藏宋本"序目"三纸。晚，编修招饮广和。从新甫借得银壹千两，说明闰三月在汉口归还，无利。至彭宅祖姑母及迪甫家辞行。陈泰告假回籍葬亲，与迪甫约，俟陈泰回京，同思臣送叔父母及子硕之柩回湖，再同思臣赴鄂。购得齐即墨刀币铜范一，东武刘氏旧物也。

二十一日乙丑(4 月 12 日) 晴。偕缪筱珊、朱蓉生两编修，钱�仪部乔梓游厂肆，叔宪、迪甫、子湘继至。购得汉印三枚，官窑瓷盏一只。日中，偕朱雪岑水部致美小饮。茂文作中，借得松盛长银五千两，说明在汉口陆续归款，每月七厘行息，手书借票三张，一千一张，二千二张。付之尚有不敷。迪甫复慨千金不起息，不立券，应于何处付还，俟其信至照付，可感也。通州小车至，先发行李，决意明日出都，留振之在京清理账目。晚，陈培之户部假次典寓作饯。乙夜即归。

二十二日丙寅(4 月 13 日) 晴。筱珊、笣仙、鹤巢、叔宪、迪甫、子湘、思臣、桂侄皆来送。午初，自兴胜寺起程，遇英仲杰侍御。徐农伯表弟于门揖而别。迪甫、子湘、桂侄复送至东便门外。申初刻，抵通，行李尚未到。在通泰茶栈小憩。与裕朗轩庚遇，主人张筱仙舒和为经理各事，复遣康姓至舟照料。酉刻，登舟，部署甫毕，茂文兄遣人来迓，复至北门内贡院胡同江苏公局话别。丙夜方归。寄振之书，遣陈三明早驱车回京。

二十三日丁卯(4月14日) 平旦骤雪，旋晴。茂文兄复遣人来邀，却之，即解维。午刻，至张家湾。接振之专足书，询耕娱处托带银、信，检行箧未见，作书覆之。水浅，风不利。至小屯，日已莫，遂泊。

二十四日戊辰(4月15日) 晴。平旦开船，水浅而石尤为虐，行不能速，勉行至土门楼泊，去河西务尚十八里，已戌正矣。作徐少青表弟亲家书。

二十五日己巳(4月16日) 晴。平旦解维。辰刻，河西务小泊。买菜复行。日中，大风起。将晡，风愈厉，暂停以避之。风少定，仍牵挽而前。戌刻，至杨村宿。作悦卿书。接徐蕖生表甥士骈信，通判幕友徐骍甫交来。骍甫名士骐，行七，蕖生之嫡堂弟，欲登舟投谒，作书止之。人定，复遣人送信，欲于鄂省谋一馆地，诺之。孟有义来，致小山信即令带去。

二十六日庚午(4月17日) 晴。黎明即行。辰刻，大风起，停泊候之。雨时许，方解维。戌刻，至丁字沽，天已曛黑，遂泊。张东源来。小山复遣弁来。作书致之。定明早新桥登陆入城。

二十七日辛未(4月18日) 早晴，旋阴，雨竟日不止。辰刻抵津。小山遣舆并自来迎，即登岸，先顺路拜客，晤郑玉轩、如冠九、刘昆圃，即至小山双井寓斋下榻，则鹄山、子固暨张谦甫、九弟候久矣。已而振之同陈泰亦至。饭后，至松圃牙斋，病未能见，见张表妹及其生母，各言往事，不胜今昔之感。寻鹄山，于其局中遇之。晚，小山置酒，与鹄山、子固、谦甫、振之同饮。陈泰辞回家。得子湘及赵菘生书，托郑植三搭轮船，云宝大本日已行，丰顺约明后日可至。

二十八日壬申(4月19日) 阴，大风，午后晴。巳刻，赴司道公宴。晚，鹄山招饮。丰顺船至，定月朔开行。

二十九日癸酉(4月20日) 早晴，旋阴，小雨，午后复晴。出门辞行。午刻，赴松圃太守之招。酒罢，松圃复来送。酉刻出城，至招商局小憩。小山置酒杏花村作饯。亥刻登舟，以官舱处仆众而自居大餐房以避喧嚣，皆植三、小山为之部署，可感也。植三同行，鹄山、小山、子固、谦甫、小梦、振之、篆生暨严筱舫均送至舟。答许仲弢，遇诸局，少谈即别去。陆子如、朱叔彝、叶金山皆来送。寄耕娱、迪甫、子湘、茂文信，均交小山。又寄徐少青弟信，交小山寄闽。

闰三月

闰月甲戌朔(4月21日) 晴。卯刻开船。午刻，抵大沽口，少泊，待潮。未刻，出海口。夜半大风，舟震荡，颇不耐。平旦始定。

初二日乙亥(4月22日) 晴。巳正，抵烟台，舟人上货，停五时许。戌正三刻，复起碇，行安隐，夜卧甚适。

初三日丙子(4月23日) 早晴，旋阴，日中大雾，竟日夜不散。巳刻，入黑水洋，东南风，不甚大，而波涛汹涌，舟轩簸，殊不可耐。晚，食少许，不敢高枕卧。至鸡鸣方睡去，少顷即醒。夜雨。

治膈症方：用白面，不拘多少，俟月食时，取阴阳水，在露天溲和，俟月光徐徐吐出，即在月下搓作细丸，如绿豆大，仍露一夜。每服四五十丸，开水送下，连服数次即愈。

小儿小便不通方：急以葱白头捣烂，作小饼，如钱大，取麝香三厘，糁其上，缚于脐眼，立刻即通，稍迟则不救。

阜康雪记津号福记萧世信，致沪号陈品坚信一函。

董新甫亲戚在上海阜安里刘贯记刘贯经。

初四日丁丑(4月24日) 阴，午后薄晴，西北风，大利。酉初，进吴淞口。酉正，到上海招商局马头，寻鹿苹、古愚，云已回湖。即同陟山移寓太古马头万安楼。龙超、海珊、滇伯来。寄家信并许泰兆书,又寄鹄山、小山信。

初五日戊寅(4月25日) 晴。辰刻,翁已兰、馥笙、复卿来。饭后,与诸君闲游庙园,访旧书,无佳者。骨董亦无足观。乘马车,剽疾而不适意,东洋车以人代马,曳曳疾驰,稳而价廉,处处皆有。午刻,已兰招饮。申刻,陟山招饮,兼至大观园观剧。寄悦卿书,交其弟黼卿。接胡菊龄表侄书。

初六日己卯(4月26日) 晴。二泉兄之子少泉从汉上来,询知鄂寓平安。与海珊、黼卿、少泉同至三兴照相。饭后,偕陟山诸君游洋行,购得千里镜、马表各一。晚,滇伯邀食宁波馆,兼至丹桂园观剧。夜,子刻登舟。偕龙超、海珊同往,得书卿信,知湘甥喉恙未愈,念甚。遣武泰往视之,即留侍书卿。赴鄂,寄书卿、仲清信,并小山家书、洋快等物计八件,外钮叔裳三件,交武泰,令搭烟船,同滇伯往。从阜康借上海九八规银二百两。致鹄山、小山公函,又为馥笙捐分发,允助百金。致鹄山书,于上兑时代为垫付。又寄小山书,交复卿。

初七日庚辰(4月27日) 晴。寅初启碇,两岸绿阴绣甸,颇见江南风景。戌正一刻,到镇江,舟人停泊上货。致亭鞠兄书,交招商局寄。亥刻,复行,竟夕未住。

宋板《百川学海》每叶廿八行行廿八字,板心有"百川学海"四字,分二十卷。

卷一:李元纲《圣门事业图》,史绳祖《学斋占毕》,《释常谈》。○卷二:《中华古今注》,《渔樵问答》,《九经补韵》,《独断》,《刊误》。○卷三:郑棨《开天传信记》,王柭《燕翼贻谋录》,宋敏求《春明退朝录》。○卷四:杨万里《挥麈录》,《丁晋公谈录》,《王文正公笔录》,颜师古《随遗录》,李肇《翰林志》,周必大《玉堂杂记》。○卷五:《王文正遗事》,李廌《师友谈记》,朱彧《萍洲可谈》,《龙城录》,钟辂《前定录》,《续前定录》,王君玉《国老谈苑》,强至《韩忠献遗事》。○卷六:李元纲《厚德录》,《晁氏客语》,《道山清话》。○卷七:《鼠璞》,《画帘绪论》,《官箴》。〇卷八:储咏《祛疑说》,刘禹锡《因话录》,《宋景文笔记》,陈录《善诱文》。〇卷九:何坦《西畴常言》,《栾城遗言》,李之彦《东谷所见》,赵元素《鸡肋》,《孙公谈圃》。〇卷十:《东坡志林》,《萤窗丛说》,《龙川志略》。〇卷十一:《骚略》,《献丑集》,《四六话》,《四六谈麈》,《文房四友除授集》。〇卷十二:高似孙《子略》,司马温公《诗话》,《石林诗话》,《选句诗图》。〇卷十四:《紫薇诗话》,《贡父诗话》,《后山诗话》。〇卷十五:《宝章待访录》,《书史》,《书断》,《续书谱》,欧公《试笔》。〇卷十六:《法帖释文》,《书谱》,《翰墨志》,《海岳名言》,《法帖刊误》,《法帖谱系》。〇卷十七:《芍药谱》,叶樾《端溪砚谱》,洪适《歙州砚谱》,《歙砚说》,《辨歙砚说》,傅肱《蟹谱》,李之彦《砚谱》,米芾《砚史》。〇卷十八:《古今刀剑录》,窦子野《酒谱》[①],陈仁玉《菌谱》,张又新《煎茶水记》,宋子安《东溪试茶录》,洪刍《香谱》[②],陈达叟《蔬食谱》,陆羽《茶经》。卷十九:《海棠谱》,《禽经》,《荔支谱》,《橘录》,《南方草木状》。〇卷二十:《洞天福地记》,刘蒙《菊谱》,范成大《菊谱》,《洛阳牡丹记》,《牡丹荣辱志》,《芍药谱》,《竹谱》。

明刊每叶廿四行,行廿字,以十干分十集,板心无"百川学海"四字,《圣门事业图》列首,《洞天福地记》居末。

初八日辛巳(4月28日) 晴。巳初一刻至芜湖,舟人上下货,停六刻许复行,暖甚。

初九日壬午(4月29日) 晴。巳正,到九江,停一时许方行。

---

① "窦子"底本原作"陈之","谱",底本原作"录",据《百川学海》嘉靖郑氏宗文堂本改。按,姚觐之所阅分二十卷之廿八行行廿八字之《百川学海》实即宗文堂本,故据以校改。又,下所言廿四行行廿字本,当为弘治华珵本。

② "刍",底本原作"昌",按,《香谱》宗文堂本《百川学海》正文不题撰人,未见"标目";华珵本《百川学海》正文不题撰人,《标目》署"洪刍","昌"当为"刍"形讹,据改。

晚，月色皎然，更深方卧。

初十日癸未(4月30日) 晴。卯刻到汉口。汉阳张耦舲司马暨汉关委员许秦兆大令等均至船来见，即假张司马舆人渡江谒两院，并拜司道诸君。武昌、汉阳两太守，江夏、汉阳两大令，及属僚均来。

十一日甲申(5月1日) 晴。上院，均见。是日奉札署理布政使印务，以晓莲有事未了，禀明大府少迟接印。

十二日乙酉(5月2日) 晴。上院谢札，见制府，抚公以宴客，辞未见。

十三日丙戌(5月3日) 晴。偕司道至抚院衙参，即赴全皖会馆公宴。

十四日丁亥(5月4日) 晴，晚阴，夜大雨。出门拜客。傅哲生兄来。

十五日戊子(5月5日) 晴。答拜哲生，未见。午刻，赴恭养泉、张蓉江二公之招。牙厘局规模宏敞，房屋皆有京意。

十六日己丑(5月6日) 晴。至两院呈阅折稿，均见。寄子韩信。

十七日庚寅(5月7日) 晴。午刻，抚部赐饭，同座司道及文武僚寀，凡三席。申刻，制府赐饭，同座哲生、晓莲、蔗农。接仲清信，云十八日一准起身。慎斋来。

十八日辛卯(5月8日) 晴。拜客。午刻，赴沈鹭卿同年之约，大醉而归，日将夕矣。

十九日壬辰(5月9日) 早晴，旋阴，小雨竟日。午刻，至全皖会馆，偕司道公宴。哲生、黄华农来。寄鹄山、小山书。

二十日癸巳(5月10日) 阴，晡后大雨，骤寒。上督院衙参。散后，同至程丽芬许小坐，即同赴全皖会馆公饯晓莲，邀丽芬、松耘作陪。寄子韩信。接申庵扬州来书。

二十一日甲午(5月11日) 阴。拜客。午刻，赴曾公祠候补观察诸同寅之招。松耘太夫人到鄂。

二十二日乙未(5 月 12 日)　晴。寄亭鞠信,附申庵、子贤二函。晚,接亭鞠来书。

二十三日丙申(5 月 13 日)　晴。陈小蝶、杨葆初来。

二十四日丁酉(5 月 14 日)　晴。贺中丞嫁女喜,未见。至晓莲许,亦未见。

二十五日戊戌(5 月 15 日)　早晴,旋阴,巳刻后大雨,晚晴。寅正,接署藩印。公座毕,接见寮属,皆成礼而退,不待茶。午刻,赴抚院公宴。未刻,谒督院。申刻,回寓。得仲清信,知二十一日一准起程。

二十六日己亥(5 月 16 日)　阴雨。至南院衙参。午刻,至抚院陪客。甲夜始归。院准部文,孙稼生同年升浙江臬使。

二十七日庚子(5 月 17 日)　早晴,午后大雨。谒南院,即至北院祝太夫人寿。傍晚归,具折谢恩。

二十八日辛丑(5 月 18 日)　晴。中丞酬客,制府暨司道皆在。日莫归。

二十九日壬寅(5 月 19 日)　晴。午刻,至全皖会馆公宴稼生臬使,暨李薇生、杨艺舫观察、英续村、倪豹岑、陈仲耦三太守。

三十日癸卯(5 月 20 日)　晴。午刻,菘耘、丽芬招饮。申刻,复同菘耘、丽芬公宴稼生、薇生、艺舫。是日,恽亲母率同仲清、纫秋送女到鄂,假馆水陆街。

四　月

甲辰朔(5 月 21 日)　晴。武庙行香,复至文庙,随班行礼。还过水陆街商办喜。

初二日乙巳(5 月 22 日)　阴雨。入署办公。与晓翁商让屋数间,为子娶妇,未允。

初三日丙午(5 月 23 日)　晴。请吴子权、恽菘耘作冰,过大礼。晚雨。

初四日丁未(5月24日) 大雨。请假三日。

初五日戊申(5月25日) 晴。恽宅送妆奁至。晚，大雨，彻夜不止。赵甥翰卿来。

初六日己酉(5月26日) 雨，晡后止。为儿子慰祖娶妇。发轿而雨适止，亦可喜也。

初七日庚戌(5月27日) 阴。出门谢客。

初八日辛亥(5月28日) 阴。新妇归宁。

初九日壬子(5月29日) 阴雨。过江谢客，衣履沾濡，苦不可耐。薄莫始归。

初十日癸丑(5月30日) 阴雨。出门谢客。

十一日甲寅(5月31日) 晴。检点行李，拟于次日移寓藩署，凡笨重物及书籍皆留之。

十二日乙卯(6月1日) 晴。移居藩署，住双芝书屋，其后以居皂儿夫妇，留陈升、陈贵守公馆。颐珠以日辰冲克，夜子刻始来。

十三日丙辰(6月2日) 晴。北院衙参。

光绪八年

十一月

光绪八年十一月乙巳二十三日(1883年1月1日) 晴。午后，大风。日加辰，至贡院武试内场，候中丞到，升堂参谒毕，同入座。点名，凡准入三场，武生八百一十八名，未纳卷九十二名，临点不到□名，实点入武生七百十名，散卷讫，三揖而退，封门如例，遂各散归。

丙午二十四日(1月2日) 晴。早，得叔来信，知送湘甥、二鹿来粤，乘北京轮船，昨已抵港，即日可到。日中，复专人至云：轮船行至大石地方阁浅，须潮至而后行，亟遣小轮船迓之。是日武试填榜，晡刻，至贡院候中丞学使至，酉初入坐，凡中试武举六十四名，自六名罗寿崇起，写至六十四名陈凤扬，已戌正三刻矣。暂止，晚餐毕，复入座，填五魁榜出，然后各散。子正回署，则叔来、湘生、二鹿已早到，海珊与费振之同来，平安可喜，二鹿学语学步颇见茁壮长成，尤可喜也。

丁未二十五日(1月3日) 晴。谒两院，均儿送友文银台回京，未晤。云现患齿痛，明日尚未能成行也。

戊申二十六日(1月4日) 晴。柳桥来盐务事，廉甫来谈，与三、硕卿来。翁赠画册，笔意高妙，仿古而直到古人，得之百忙中，尤不可及，当什袭臧之，励卿赠罗雪谷指画大轴，又四幅，魄力甚大，然方之且园，不可同年语矣。寄湘振洋银壹万元。会禀湘抚致湘藩书，并致茗笙书，交日昇昌。

己酉二十七日(1月5日) 晴。武举簪花。巳初，至抚院，日中，而始行事，其仪如文举而略。二刻许而毕。祝黄小姜寿。晡后胡恒斋来辞赴增城，查电线事也。寄京信，交蔚泰厚号。廿六日事。昨浙振英洋壹万元，系余康甫司马经手交日昇昌汇。杭抚军禀函，小峰方伯移文书札，均与畇叔会衔。茗笙书则手致。昨记未详，补书于此。

庚戌二十八日（1月6日） 晴。至中协祝寿，即出南门拜客。由清水濠等处迤逦入文明门，绕府学东街而归。

辛亥二十九日（1月7日） 晴。唁张銮坡总戎，即归。晚，蔼人、畇叔、丹叔公约便饭，会食于蔼人斋中。得小山电报。

壬子三十日（1月8日） 晴。阅《申报》，知为阎大农等所劾，与新甫、鹄山一日褫职，予夺皆出天恩，特言者加以贪劣二字，所不甘耳。谒两院，请俟部文到，早交卸，乞假三日。

十二月

癸丑朔（1月9日） 晴。避客未出门。客之来者，皆婉谢。有谢而仍至，势不能拒者，子弟置酒相款，亦遂听之。甲夜即散。

甲寅初二日（1月10日） 晴。六十初度，贺者盈门。上游暨同官之至者，皆婉谢之。其寮属暨亲友同乡之谢而仍至者，皆设面待之。

乙卯初三日（1月11日） 晴。友文银台北行，遣人送之，蔼人、畇叔、丹叔来，传中丞谕慰藉，并令销假。晓丹继至。晡刻，杞山、静庵、与三、慕颜、右之、右邻、小舟七君子复来，可感也。闻起琴西太仆于家，来藩是邦，尚未见邸抄。

丙辰初四日（1月12日） 早阴，旋晴。至两院销假，遂至城南谢客。日仄，归。阅《申报》，中载邸抄，粤藩放刚子良，大约开河后即至矣。中丞为筹归计，至关切，婉谢之，而情则永矢弗谖矣。

丁巳初五日（1月13日） 晴。至东北城谢客，正欲出门，而同寮之来慰问者，情不能却，分起接见，日将中矣。午餐而行，皆投刺，未晤。日仄，至晓丹处少坐，复从北而西，由旗营各街道迤逦而回，时已晡矣。邓梅仙来谈，晤余康甫司马、王子展别驾、徐芷卿大令，均言杭州居家最好，典屋一区，不过二千串，便宽绰有余，力劝移家湖上，惟子祥之说不同，大抵非亲往筹度，不能预决也。

戊午初六日(1月14日) 晴。蔼人、丹叔来，以中丞命询公事也。志伯愚太史暨同僚舒太守诸君均来慰问。督家人检点行李，觅匠人包扎器具，言明每件银一钱八分，奴子辈尚欲向首邑言给予官价，亦可谓不自谅矣。余闻，亟止之。

己未初七日(1月15日) 晴。日加巳，蔼人、丹叔约谒中丞言事。适辛阶在内，待其去而后见，退已日昃矣。不能复往他处，遂归。黄昏，抚院贾巡捕送到文，起请觐折章批来见，即遣人寻其纪纲送信。得吴门书，晚大风。

庚申初八日(1月16日) 晴。日加巳，蔼人、丹叔邀谒督院言事。印未交出，不能不往，一切皆听院示，并请两君公定，不自专也。贺温飏原观察娶妇喜，日中归。月波诸君来午餐，家人以腊八粥进，始知其为腊八，亦可笑也。晚，作书卿信。

辛酉初九日(1月17日) 阴，食时微雨数点，晚大风。日中，中丞枉顾，佑之、菊人来言交代事。晡刻，上院谢步，贺恂予学使移署，遂至蔼人、畇叔许，三处均晤。归已日暮矣。黄昏，登云里、小东门外同时不戒于火，幸即扑灭。

壬戌初十日(1月18日) 晴。日加巳，偕蔼人至抚院掣签。阳山七巩巡检等四缺，府厅县佐杂七十五员。甫退而丹叔进见，遂至官厅，待其退，然后同散。恂予学使来，和之、子厚、与三、慕颜均来言事。

癸亥十一日(1月19日) 阴。振之、颖生回苏，申斋回湖，搭北京轮船同行，便带书箱瓷锡等物。子厚、子展、月波、芷卿均来。日晡，胡蕲生太常、龙薰琴观察来谈。夜，小雨。

甲子十二日(1月20日) 晴。丹叔、晓丹来谈。杞山来。

乙丑十三日(1月21日) 晴。谒抚院祝仲勉夫人寿，送方柳桥回潮州，答拜胡太常，晤谈而归，鲁瞻来谈。

丙寅十四日(1月22日) 晴。祝蔼人寿,遂出城答拜薰琴,晤。过子珩许,已往香港。入城答客,在鲁瞻处谈未久。闻水车声,云西门外又不戒于火,亟使探之。过志伯愚,少坐即回署,易衣将往救,适报已熄。杞山、筱舟偕来,遂止。据报,午刻太平门外十七铺毓桂坊陈文炜卦命馆,因煲茶,余炉起火,烧去自己屋一间,拆毁左右邻房二间,登即救灭。

丁卯十五日(1月23日) 晴。质明,文武庙行香,即归。接吴门信,黄昏将晚餐,头忽眩晕,少憩方止。

戊辰十六日(1月24日) 晴。蔼人偕许云庵侍郎至中流砥柱等处阅视炮台。杞山、子展诸君来。寄周叙卿信,并小木箱一只,托尹君带川。

己巳十七日(1月25日) 晴。心泉、杞山、子舟、蓉史诸君来。孙驾航太守自都来,不见十有二年,面目苍老,须已白矣。相对慨然。胡菊龄表阮寄赠石印二方,又吴伯滔寄赠山林一幅,款称表母舅,似是涧莼先生之孙,记忆不真矣。通判杭州周君季鸾枉顾,晓丹介弟也。

庚午十八日(1月26日) 晴。日加辰,至抚院衙参,遂谒督院,答拜驾航、季鸾。贺香亭嫁女喜。得迪甫信。夜雨,即止。

辛未十九日(1月27日) 早阴,旋晴。日加巳,中丞招往,论交代并理事同知委署事。日昳,始归。

壬申二十日(1月28日) 早阴,旋晴。辰初刻至督院,祗候封篆,即回署自封印。日昳,蔼人、丹叔来,迟畇叔未至,即遣人约于督院官厅会合,同谒宫保,论清查库款事,并谒中丞。蔼人呈所拟奏稿,归,已薄莫矣。晚,宴幕僚。

癸酉二十一日(1月29日) 早阴,旋晴,暖甚,可穿夹衣。辰刻,至城隍庙祈雨,晡刻复往,礼毕,偕司道同谒中丞。薄莫归。

甲戌二十二日(1月30日) 阴,大风,骤寒。城隍庙祈雨,早晚行香如昨仪。仲勉、心泉、若农学士来谈。刘少臣观察自海南来,言彼土事甚悉。唁张少渠观察丁外艰,答拜少臣,均晤。

乙亥二十三日(1月31日) 阴。祈雨如昨仪。皂保生日,幕僚均贺,以面款之。晚,祀灶。得子湘书。

丙子二十四日(2月1日) 细雨竟日,骤寒,大有雷意。可着重裘。本定散放贫员帮费,聚议纷纷,迄无定见,遂改于明日。得六舟书。

丁丑二十五日(2月2日) 阴雨或作或止,寒甚。着狐裘,犹凛凛。散放贫员帮费讫。日晡,孙文起兄自潮州来谈,半时许而去。

戊寅二十六日(2月3日) 阴,偕蔼人谒两院,回本月限满请升补万州、昌化县二缺。万州以乐会县徐汉章升。昌化以揭阳县丞金阶升,均抚宪定。与文起遇督院,与晓丹同见。日仄,回署。鲁瞻、丹叔先后来。是日府县迎春,因禁止春色,不似往年之拥挤。连日得电白及高州守禀,本月十六日会匪入电白劫狱,幸顿时击退,未失事。本日复茂名禀,亦拿获会匪,尽法惩办。先是,上月中旬,彭子珩总戎得梅菉绅士信,有匪徒拜会之说,当委候补通判陈若麟查办,未归,复得前信,遂回。两院饬子珩星夜驰往,相机办理。日晡,得子珩澳门书,已带亲兵百人,并携饷银四千两至彼,相度情形,再行慕勇。所苦者,镇道抚县皆不得力,缓急难恃,因与蔼人回明两院,委饶守世贞前往佐理。饶前权高州,与绅民皆浃洽,当可得力也。粤省时事日非,久切杞忧,废弃之人,行将去此,惟愿当轴者早留意焉。

己卯二十七日(2月4日) 晴,严寒未解。鸡鸣,自行蜡祭礼。是日立春,至两院禀贺,复谒将军,见。此年例,封印后必往见一次,若贺春朝,则例不见。过两副都统许,均未遇。日仄,将军枉顾,仲勉继至,均晤。得谟卿书。

庚辰二十八日(2月5日) 阴雨。中丞枉顾。日中,丹叔来,即同上院谢步,蔼人亦至,遂同上谒。未见。遇畇叔于门,复同蔼人至将军处谢步,辞不敢当,再遇仲勉,仍祝恂予学使寿,未遇。日晡,归。畇叔来谈,偕蔼人公复谟卿书。是日封库,约存银四十万有奇,亦幸矣哉。得英两农书,与莫镇军颇不和。

辛巳二十九日(2 月 6 日)　阴雨，严寒。偕蔼人、昀叔、丹叔谒抚院。缘中丞枉顾，行礼须答叩，昨未见也。呈两农书。中丞属回宫保请示。蔼人前往，余人各散。偕丹叔、昀叔答拜。候补道诸公枉顾者，覆至广府，晤杞山，少坐而归。亦年例也。欲出西门，至若农学士处，未果，作书遣人致之，得豹岑中丞书。

壬午三十日(2 月 7 日)　晴。日加辰，至两院辞岁。兼至将军许，即归。晚祀先祖，宴幕僚如年例。

光绪九年

正　月

光绪九年岁在癸未春正月癸未朔(1883年2月8日)　早阴,旋霁。日仄,畅晴。晡后,复阴。日加卯,赴万寿宫行礼宫保未到。畇翁乞假。复随中丞至文武庙行香。遂归。得振帅书。

甲申初二日(2月9日)　早阴,旋霁。晡刻见日,夜复阴。日加辰,至城隍庙,随中丞行香,年例也。凡岁首,两院于朝贺后至文武庙、文昌宫三处行香,次日乃诣各庙,司道则藩司、城隍、臬司、龙神、运司、天后、粮道、风火神,分班随同行礼,并祗候迎送首府。厅县四营将则各庙俱到,于随班行礼后先行。本年畇叔乞假,倩□□恭代,余俱如例。送中丞行后,至楚桥、香亭处拜年。楚桥在制,香亭尚卧未起,均未得晤。遂归。筠浦辞往高州,晤谈彼中情形,伏莽甚多,与豹岑中丞书中语悉同,杞忧方大,废弃之人,同深惴惴已。

乙酉初三日(2月10日)　阴,日仄,雨,旋止。国忌,兼是山公家忌,竟日未出门,亦未见客。

丙戌初四日(2月11日)　阴,午前细雨如毛,晡后,晴。日加辰,至督院拜年,止弗行礼。旋至抚院将军处,均见。过鲁瞻许,已出门,晤仲勉,遂偕蔼人、丹叔、少臣,照向例同行。先至丹叔,次蔼人处,均入少坐,同至学院,恂予未归,复同至敝署,然后各散。府县诸君,均入行礼。许云庵侍郎、蒋献卿诸君均枉顾,日晡,复出门,至星阶、兰台、文起、云庵处,均晤。日莫,始归。

丁亥初五日(2月12日)　阴。日加辰,中丞枉顾,乐初将军、仲勉都护、星阶榷使、蕲生太常、植庭观察暨实甫诸君先后来。至日仄，始早餐。日晡，将出门而客又至，殆登舆已申正后矣。至抚院谢步，复至驾航、少臣、杞山处，各少坐，天已向暮，欲至实夫诸君，不果，只可俟诸明日。晚，偕蔼人、丹叔公宴，文起、少臣会食于丹叔牙斋。

戊子初六日(2月13日) 薄晴。早起，拜客。至日中，热不可耐，遂归，已日昳矣。检点家具，拟托招商局先行寄沪，闻彭子珩有书到寓，属人心已定。系周晓翁说，云局中送信去阅。然未之见也。

己丑初七日(2月14日) 朗晴，暖甚。竟换夹衣。张虹舫来，求交卸。高济川观察来。惫甚。休息一日。略拾点行装。

庚寅初八日(2月15日) 阴，晚晴。西关拜客，至龙薰琴许，与蔼人、晓舟遇。入城至鲁瞻许，少作而归。日晡，鲁瞻来，晚奉到交卸札，本缺委蔼人署理。畇叔权臬，谟卿权运，劳吉卿观察权肇罗道，皆同日下委，即作书询蔼人接篆日期。覆云：明日面谈。

辛卯初九日(2月16日) 晴。禺中，蔼人、畇叔、吉卿同来，云已专人至肇庆，促谟卿带印来省。吉卿即在省接印，蔼人因未见宫保，尚未定期。日昳，上院。宫保患肝疾颇剧，未能见谒。中丞谈一时许而归。是日将木器家具等托招商局带沪，每件水脚洋银三角，到沪即寄其栈房，取有提货单，随时见单取物。

壬辰初十日(2月17日) 阴，午后晴。少峰偕徐□□起程南归。即搭美富轮船。晡刻，出至吉卿、蔼人许，并答拜恂予，均晤，还至畇叔处，以剃发未晤。文起辞赴都，丹叔、晓丹来，暨首府县来谈。

癸巳十一日(2月18日) 晴。蔼人来，云定于十二日未刻接印。许侍郎辞回京。

甲午十二日(2月19日) 晴。午刻，交印，即至两院禀知，祝将军寿，送许侍郎回京。文起入觐，均未遇。还至蔼人、畇叔处贺喜，晤畇叔，并与蔼人遇，遂归。楚桥、香亭均辞，出署，同乡团拜，未能到，仍照送分资。

乙未十三日(2月20日) 晴。巳刻，中丞枉顾，拳拳之意，使人感激涕零。日仄，上院谢步，复接见，谈一时许始别，即出城，至八邑会馆，与文起话别，遇子珩于途，往访，未遇，遂归。初，余之得信削籍也，原拟交替后即假皇华馆暂寓，继而蔼人来，云接印而不移署，嘱仍留寓于此，因思一动不如一静，且两首邑年来差使络绎，不可复有以累之，遂赶紧整理行装，俟部署大定，即移栈房乘轮船归去，两首县知之，于初十日专来相邀，谓皇华馆家具等件事事现成，并不费事，坚请移居，以其情意可感，却之转邻于矫，亦既诺之矣。迨本日遣人往视，则门贴署运使行台，与初言之说不啻径庭，亦固未之来告也。废弃之人，敢有异说，惟念公馆且然，衙署更何可久占因遣人邀与三，而慕颜、珩斋亦至，遂托三君子代为觅屋，皆慨然允诺而去。闻前学使冯友文、黄殿拱、方柳桥、彭子珩均有人参劾饬查之件，宦海惊涛，伊于胡底，可惧亦可慨也。

丙申十四日(2 月 21 日)　晴。三君子觅屋，尚无覆音，忽忆及小皋之屋，尚无人居，因托慕颜问之邱聘三，知可赁居，遂属叔来、海门同聘三前往相度，上房甚宽而外间之屋甚少，拟俟龙超、汉章诸君行后再行移往，仍托慕颜、与三为假器具。傍晚，杞山来，为两县道地婉言覆之。得苏州信。

丁酉十五日(2 月 22 日)　晴。上院贺节。俟司道散然后去。杞山偕与三、慕颜来，复为两县道地坚邀住皇华馆，姑妄听之。石安来，送少臣回琼州，未遇。傍晚，照轩来，同至纸坊街看屋。

戊戌十六日(2 月 23 日)　阴，大风骤寒。日加辰，至少臣处送答，拜照轩未遇，复至实夫、励卿、献卿处，均未遇。至廉甫许，适实夫、励卿在座，言正欲枉顾，邀游大通烟雨等处，即面定十九日便衣同游。又至军署送志伯愚吉士回京，与绶臣军门遇，谈刻许，由奎楼处而归，杞山、与三来。傍晚，两首邑来。

己亥十七日(2 月 24 日)　阴。大风，愈寒。着重裘犹凛凛。杞山、与三偕两首县来，力劝移居皇华馆，仍婉谢之。蔼人、晓丹来谈，知高州钟守与权茂名王倅当街挥拳，不特可笑，亦可骇矣。美富轮船至，托带木器一百二十件。袁敦斋辞回任，闻谟卿已到寓，肇罗行台定廿一日接印。

庚子十八日(2月25日) 阴，大风，晚，小雨。严寒未解。禺中，蔼人、畇叔、丹叔来，为行馆事，以实情不可居皇华馆告之，即延北山、与三同坐，言明仍住纸坊街，两首邑继见，亦以此告之。实则鄙人并无意见，特旁观者不免多口耳。晡后，谟卿来，实庵辞回郡。吊张少渠观察，陪客仅魏□□二三人，门庭阒寂，若无事然，亦可慨已。送实庵，并至晓丹处，均未晤。是日许云庵侍郎假满回京，中丞司道均出城寄请圣安，孝兰移寓小石街。

辛丑十九日(2月26日) 阴，风寒如昨。实夫、晓丹、廉甫、励卿四观察花埭之约，辞之，不允。禺中，廉甫复枉顾面邀，遂至大巷口登舟，同坐蕲生太常。驾航前辈以次而来，日中，晓丹至，遂放舟至海幢寺，殿宇宏敞，而苦无花木泉石之胜，髡奴亦俗不可耐，茶罢即行。步至孔氏万松园，园中有巨池，亭台楼榭皆环池，结构颇有佳趣。惜少古木幽篁耳。所谓万松者，亦寥寥无几，且不逾拱把，当必有故，未暇致诘也。孔氏子姓尚列屋而居，中为宗祠，亦极整肃，较之潘氏海山仙馆，不可同年语矣。日晡，回舟，环坐痛饮，迨入城而张灯后矣。是日，带书版赴沪，托北京轮艘荣昌栈房经手，到沪，即寄存伊栈，其价与招商局同。

壬寅二十日(2月27日) 微晴，答拜谟卿，与仲勉、照轩遇，又至蔼人、畇叔、丹叔处，均晤。日中，至纸行街看屋，虚无人焉，转不如自己经营之爽快矣。是日，幼琴五弟、汉章八弟附北京轮艘回湖。

癸卯二十一日(2月28日) 薄晴。夜，微雨。谟卿接运司印，是日开印，诸公奔走甚忙，废弃之人，日高始起，可谓佚矣。然检点行装，亦颇鹿鹿。蕲生辞回湖北，鲁瞻枉顾，均以客座检物无隙地辞，未晤。

甲辰二十二日(3月1日) 阴。至两院起居，皆未见，贺谟卿接印，喜与恂予遇，复出城，答拜吴碧山诸君。饶筠浦自高州回。

乙巳二十三日(3月2日) 阴,欲雨不雨,晚,晴,夜复阴。发行李家具,至公馆,客至者,以无坐处辞。得李廉甫信,内附颐女一书。

丙午二十四日(3月3日) 阴,或时见日。日昳,大雷雨,以风骤寒,贺孝兰续胶吉卿接篆喜,即归。发行囊至公馆,嘱海珊先移至彼。

丁未二十五日(3月4日) 早雨,旋止,晡后复雨,夜,大雷雨,竟夕不止。午刻,移寓纸坊街,内子率儿孙辈于申刻至,凡署中一窗一户一草一木,皆完整无缺,且为粪除洁净,点交两首邑并蔼翁家人,然后行。首府厅县并善后各局委员皆在新居候,次第接见,蔼翁来,畇叔、谟卿、丹叔续至,皆晤,与三、慕颜、初平、珩斋馈菜二席,首邑馈菜一席,皆受而食之。龙超、子贤北行,即移入栈房。

戊申二十六日(3月5日) 大雨,廉甫、心泉暨申荪诸君来,欲出门谢客而雨甚,懒于行,或诸公当谅之也。慕颜代作崇星阶榷使书,索免税单,寄京兆尹。咨取书籍,计十箱,交美富船带沪,由上海道转运至都,盖鄙人任内事,已报起程,故未能移交后任也。

己酉二十七日(3月6日) 大雨。日昳,晴。至督院起居,见。复至抚署、军署,均以体不适辞。旋拜两都统、四司道,均晤。归,已申正矣。武泰辞回京,胡庆忽叩辞,欲偕武泰同行,内子责而留之,遂止。此辈伎俩不过如此,无足怪者,然亦可慨矣。

庚戌二十八日(3月7日) 阴雨。劳吉卿来辞赴任。午刻,至许朴斋太守寓行礼,门庭寂寂,竟无一人,可慨也已。将军来谈。夜晴。

辛亥二十九日(3月8日) 晴。出门谢客,晤心泉、励卿。寄书卿信。接朱少虞兄信,即作覆,并寄小皋观察书,均交坐省带。

二 月

壬子朔(3月9日) 阴,小雨间作。祝照轩寿,送吉卿之任,实夫、励卿、济川、奎楼、献卿、镜人、子石、石珊置酒相邀,兼为吉卿祖帐。日仄,会食于郑仙祠,酒罢,吉卿先行,复同诸君步至学海堂,游瞩而归。堂为阮文达公创建,粤之人文,莫盛于是,今则大雅沦亡,风流歇绝矣。后之宦此者,率喜别创书院,而置此于不顾,幸一二贤人君子主持其间,不致颓废,然已不绝如线矣。前年力劝豹岑拨查封赌馆变价银二千两,上年复又自拨承充银匠缴呈公费银二千两,亦自尽此心而已。夜半大雨。

癸丑初二日(3月10日) 阴雨,禺中,雨止。体倦竟日,未出门。次舟来谈。

甲寅初三日(3月11日) 阴雨。子厚诸君来。

乙卯初四日(3月12日) 阴雨竟日。无人来,欲遣常贵、孙喜送行李先行,以轮艘有人满之患。旦,雨甚。日来计偕诸君暨茶商货客争先恐后,故搭船不易。故中止,阅邸抄,大寇出缺,大致伯寅尚书奉讳矣。

丙辰初五日(3月13日) 阴雨。次舟约游观音山,日中,会食于学海堂,同坐慕颜、子展、悦甫,皆同乡也。雨甚,不得遍览诸胜,仅登文澜阁一眺而归。阁在堂之右,其下储书版,上供文昌神牌,无载籍,额为罗文恪师手书,地狭隘,若辟而展之,足可与应元、菊坡争胜。曩者书楼之议,仆力劝植庭观察于斯筹度,奈诸君子意见不同,争欲别树一帜,至今迄无定所,惜哉。蔼人次老杜《诸将》韵赠七律四章,拳拳之意,溢于言表。欲依韵奉和,而命意遣词终不妥帖,仅得二句,曰:"薏苡明珠从古有,敢将白简怨司农。"即作书报之。美富轮艘至,拟遣常贵、孙喜分起先行,使人至招商局经营,则计偕诸君与茶客争先恐后,几有人满之患,不能不小作勾留矣。夜大雨,雷翁翁然,若郁而不舒者。

丁巳初六日(3月14日) 阴雨。午初出门,贺心泉要子妇喜。与仲勉、鲁瞻、丹叔遇,冒雨拜客,晤星阶、子珩、若农、泽群,皆纵谈,遇薰琴,雁秋许未见,回寓已酉初矣。

戊午初七日(3月15日) 早阴,午后晴,叶户部兰台来看画。

励卿来谈，子祥、芷卿、史世兄均来。

先府君诗稿不自收拾，零落都尽，偶检旧籍，于《灵飞经》拓本内得一纸，乃府君庚戌岁转西江漕北上遇袁江时所作，时叔弟舒堂随侍手录，夹入此帖中，三十余年，巍然尚在，因录于此，以备遗忘：

述往四断句赠表侄周士钊

儿时屡舣魏塘舟，老辈风流四五留。诸舅一时裙屐盛，玉缨珠履拟通侯。

燕喜堂前侍阿翁，白皮松下舞春风。瓷瓯啮后人何处？五十年来一晌中。

不堪回首旧门庭，华屋萧条更几经。犹记一枝轩里住，桂花香冷透疏棂。

才调翩翩迥不群，对君零涕愒尊君。外家兄弟凋残甚，长望贤才绍祖芬。

己未初八日（3月16日）　晴。昨富有船至，得苏信，知已代赁装驾。桥屋每月租洋廿五元，欲遣常贵等先行。清晨，黼卿前往，则人载并盈，尚有百余人后至而无隙地可容者，只可再候他舟矣。午刻，任香亭兄来，云晤杜菊人，谓蔼翁不肯接交代，欲留不佞，待子良至盘库，属将库册底簿寻出，再为核对。复遣黼卿至栈房，检取而归，幸行李未行，否则事多转折矣。连日芷卿、子厚诸君均晤。蔼翁亦时有书至，从未提及，何耶？春海孝廉来，畅谈。傍晚和之来，约十一日至陈园游眺。

庚申初九日（3月17日）　阴，夜雨。早起，将为人作书，谢客不见，已而驾航前辈、子厚司马来，因连次枉顾未晤，难以再拒，因出晤谈。而星阶榷使、恂予学使、丹叔观察、子文总戎相继而至，日晡方罢，勉作篆四幅，而天已向晦矣。曹朗川来，云在韶关以下，遇数舟，张余旗帜。废弃之人，尚有依附而行者，亦可异已。

辛酉初十日（3月18日）　阴。禺中，中丞枉顾。饭后出门，祝畇叔、杞山寿，答拜朗川、子文。复上院谢步，缴帖。与三、晓舟、芷卿来。夜，大雨。

壬戌十一日（3月19日） 早雨，旋晴。沙田局邹和之太守、金湝生同转、刘子湛司马、秦逸芬鹾尹、缪子占、秦子仪、张伟卿三少府邀游荔支湾。禺中自五仙门登舟，至陈氏园林小憩，复渡河游彭园，遇海山仙馆废趾，因入觇瞩，地周十里，池水涟漪，树石尚有存者，屋则惟东北隅小楼三楹而已，废兴之速，未有过于此者，可胜浩叹。彭园地不甚广，而流水环绕，夏间荷花最盛，眼界甚宽，陈园亦小有结构，以视彭园多障蔽矣。日仄，会食于陈园小楼，同坐严兰史太守。诸君复于楼下设席，招海门、叔来、培之暨儿子慰祖同饮。晡刻，食罢，方流连茶话，榜人以潮退促归，遂行。复至大通烟雨游览，日莫始入城，而雷雨随至，两时许方止。得周叙卿书。

癸亥十二日（3月20日） 畅晴。送恂予考试肇庆，晤。又送照轩回镇，未遇。答拜驾航、励卿、廉甫，均晤，至督院起居。

甲子十三日（3月21日） 早晴，旋阴，夜半雨。为诸君作篆，竟日未出门。得柳桥书，并新刻重模宋本《观澜文集》。

乙丑十四日（3月22日） 阴雨，晡后，大风。驾航辞赴任。答柳桥书。得苏信，内附小山来函，述爵相垂念，意可感也。

丙寅十五日（3月23日） 早晴，旋阴，薄莫，雷雨二刻许而止。送驾航赴任，未晤。贺星阶接任喜。答拜兰台，均见。又答拜邓保臣，未见。夜，大风，雨。

丁卯十六日（3月24日） 阴，大雨时作。仲勉、星阶、飏原、小舟均来。丹叔来谈一时许而去。惮于出门，遣人祝心泉夫人寿。为人作篆，时作时止，研有余墨，乃秉烛书一幅。

戊辰十七日（3月25日） 早晴，旋阴，小雨间作。慕颜、右之、兰史诸君来。饭后，答拜仲勉。小舟送周□□之惠州署任。访张雁秋太史，均未遇。有书估持《古唐类范》来售，皂儿见之，云是旧本，惊喜欲狂，问其直，索千金，亦骇人听闻。盖此间书贾目不识物，恒千百其直，以察人之颜色，此书盖春海为余校勘，尝向人言之，为彼窃听，故居奇至此也。汪世兄仲□来,亦为此书送信,即托其物色。谓当急脉缓受,诚知言哉。

己巳十八日(3月26日) 早见日,旋阴,小雨时作时止,饶筠浦诸君来,竟日未出门。

庚午十九日(3月27日) 阴。辰末微晴,日色一见即隐。谒中丞,以前谢步未见,今祀事毕,故往起居也。谈刻许,归。遣常贵、孙喜附□□轮船赴沪。

辛未二十日(3月28日) 阴。至丹叔处谈刻许。欲访蔼翁,则往祭南海神,先赴炮台阅视矣,遂归。书贾送《古唐类范》来看,确是士礼居旧藏朱竹垞本,有荛翁手跋,并诸收藏家印记,今照录于后:

卷首副叶录旧跋尾二则。

《北堂书钞》一百六十卷。今行《北堂书钞》为吾乡陈抱中先生所刻,搀乱增改,惜无从订正。闻嘉禾收藏家有原书,搜访十余年而始得,缮写精妙,翻阅之,心目朗然,唐人类书,大都为一己采用而作,如《白朴》之类,非若宋人取盈卷帙,謧谰诋欺,殊不足援据也。右见《读书敏求记》。

《大唐类要跋》:康熙己卯七月湖州书贾有以《大唐类要》百六十卷求售者,反覆观之,即虞氏《北堂书钞》也。按《新唐书·志》作一百七十三卷,晁氏《读书后志》同,而《宋志》止百六十卷,是□地部至泥沙石而毕,度非完书,今世所行者,出尝熟陈禹谟锡玄氏删补,至以贞观后事及五代十国之书杂入其中,尽失其旧,阅之令人生恚,储书者多藏之,而原书罕觏矣。《类要》传写虽多讹舛,然大略出于原书,未易得也。右见《曝书亭集》。

"常熟",原讹"尝",今照写。此二段书法未佳,不类荛翁手迹。

卷耑题曰"古唐类范",有八分书录《文献·经籍考》一段"唐弘文馆"起,至"总一百六十卷八百一类"止。半叶六行,行十字。

末署天台陶九成。此似从刻本仿写。

首行"古唐类范"下有三印,"季振宜/臧书",椭方小印,朱文。"如皋/李犹/龙元/惪氏”，“弘业/堂图/书记”。二印皆朱文正方，大径寸余。

六行“一类”下空处有一印，“汪士钟/读书”。椭方小印，朱文。

目录每半叶十二行，行约廿一字，或廿二、三字不等，全书皆然。下有二印，“季印/振宜”，“沧/苇”。朱文方印。

卷一百五十八地部下亦有“汪士钟读书”朱文小印，与前同。

卷尾“古唐类范卷第一百六十”在后半叶第六行。后有二印，“秀水朱/氏潜采/堂图书”，朱文大方印。“南书/房旧/讲官”。白文大方印。右二印，跨九、十、十一三行。

后跋：

右《古唐类范》百六十卷，其实即虞氏《北堂书钞》也。《北堂书钞》曾已 □(缺一)/《大唐类要》，见于□(缺一)竹垞《曝书亭集》跋语中，是书余得自友人陶/蕴兄处，云□(缺一)述□□□□(约缺四)物，余曰：此为遵王所记之书，尚有可疑，/其为竹垞□(缺一)跋□□□(约缺三)为可信，每卷首尾“古唐类范”四字挖补之/迹显然，末有“□□□(缺三字)氏潜采堂图书”“南书房旧讲官”二方印，则其为竹垞所跋之□□□(约缺三)也。遵王云“缮写精妙”，竹垞云“传写讹舛”，/是书讹舛则有之，精妙则未也，则其非遵王所记之书，又一证也。至于/是书大略出于原书，竹垞已言之，而即可以遵王之言为据，盖遵/王所记，系闻嘉禾收藏家有原书，搜访十余年而始得者。竹垞/跋，系湖州书贾求售者，想当日原书储于浙省，故钱、朱两/家皆能得之，独恨书贾欺人，好改易古书名目，一变而为《大/唐类要》，再变而为《古唐类范》，转转滋谬，致失其名，然犹幸改/其名而不改其实，得令后人窥见庐山面目，则其知□□□(约缺三)于妄加删补，作聪明 □□(缺二)乱旧章者哉！余故得是□□□，□(约缺四)题数语于后，时乾隆甲寅四月朔，吴郡黄丕烈识。

“丕烈/私印”，“荛/圃”。朱文小方印二。

此跋字与前二段相仿，不类荛翁他本手迹，而小印二方则真。凡十五行，行廿三、四或五不等,已断烂,书贾装褙又出劣手,几不可读矣。

书贾携来仅首尾二本,已绝烂,幸未强将黑莓扫去,尚可收拾。[1]又,荛翁跋尾篇末有一印:"读未/见书斋"朱文方印,甚精致。

壬申二十一日(3月29日) 阴。午后见日,一时许即隐。以晷测之,则钟表皆迟。迨至日入时验之,则又皆速,盖广东此时日入在酉正初刻五分强,而钟表针已指戌,天尚未暝,则速可知。所用晷乃仿程侍郎法,有各省距地度数,表之上有圈,中开小孔,日影由孔射入,视景正中而表末所指之时,即其候也。以此测度,尚不能验,则其余更无论矣。湝生、子展诸君来谈,取《古唐类范》与所抄《大唐类要》对勘,互有得失,其舛误大略相同,或稍稍异者,则钞胥下笔时不检之故,其为同出一源可知。书贾挟此居奇,几同至宝,遂付还以绝其望,而仍属汪仲愚物色之。夜,大雨。

癸酉二十二日(3月30日) 阴,禺中见日,即隐,小雨时作,至莫而止。芷卿来谈。日仄,李若农学士、张雁秋庶常招饮菊坡精舍,同座陶春海孝廉、陈孝直明经宗侃,兰甫先生之子。纵谈甚欢,归已张灯矣。得彭小皋观察信。

甲戌二十三日(3月31日) 阴,日中见日,一时许仍隐。励卿、子湛、与三诸君来谈,为六舟篆《斯干》诗幅,旋作旋辍,至莫方毕。即于灯下作覆书,送交丹叔,转寄山堂诸君,赠书附记于后:

《春明梦余录》四部,董方立《地图》四部;

仿苏本《陶集》四部,《白石道人》四种一部;

《南海百咏》一部,《学海堂丛刻》一部;

《下学葊算书》一部,《面城楼遗书》一部;《周易虞氏易》《诗毛郑异同》《字林》。

《冠婚丧祭仪考》一部,《修本堂稿》一部;

《剑光楼集》一部,《桐花阁词钞》一部。

---

[1] 陈乃乾校录抄本此句后有:"乃乾案,此书现归吴兴蒋氏传书堂。"

乙亥二十四日(4月1日) 晴。竟日未出门。

丙子二十五日(4月2日) 晴。贺黄小姜娶孙妇喜。答拜励卿诸君,未晤。晚,蔼人招饮,同坐谟卿、丹叔、励卿、廉甫、奎楼。

丁丑二十六日(4月3日) 晴。作书竟日,未出门。

戊寅二十七日(4月4日) 早晴,旋阴,晡后,微雨如尘,即止。谟卿招饮。日仄,会食于郑仙祠,座客如廿五日。李鞠圃来。

己卯二十八日(4月5日) 早晴,旋阴,日仄,雨半时许即止。答拜菊圃,晤。访实夫未遇。励卿赴汕头查办鲁麟洋行马头事。是日起程。

庚辰二十九日(4月6日) 阴雨,至抚院起居,未见。日仄,严兰史、带月波太守、多与三、孙慕颜司马、王子展、启右之、刘鹤斋别驾、胡珩斋大令招饮大佛寺。张灯方散,秉烛为杞山为篆。此朔日事,误记于此。

三 月

辛巳朔(4月7日) 早晴,旋阴,小雨。至督院起居,以气痛未见。杞山来谈,日中,浙西同乡陈子厚司马、钟宝田刺史、王子展别驾、徐芷卿大令招,同海门、思臣、培之、慰祖三元宫作饯,尽欢而罢。访金楚桥,未遇。晚,楚桥来谈。

壬午初二日(4月8日) 大雨,昼夜不止。日仄,中丞赐饭,对饮两时许方毕。过廉甫许,少坐。访蔼人未遇,晚,丹叔招饮,即赴约而蔼人已先至矣。同坐仍如郑仙祠客。归寓,已二鼓。闻子良明日可到。

癸未初三日(4月9日) 大雨如注,至人定方止。子良日晡到省,遣人迓之。晚,首府厅县公饯,会食于大佛寺,冒雨往还,甚苦。是晚,桂青、松涛、移尊作饯,缪子古亦馈菜。

甲申初四日(4月10日) 早晴,旋阴,午复晴,晡后又阴,晚晴,新月皎然。是日,移行李至荣昌栈,遣周涌、姚禄守之。晚,浙东同乡黄韩孙、陈□司马、陈琪珊别驾、杜菊人、王栗甫、黄乐山大令招饮郑仙祠，与孝兰同座，思臣、培之、皂儿另一席，海门以赴栈房收行李未赴。林访西请以所藏文忠公手札墨迹录副，允之。挑灯检点，共计三百五十九叶，拟即嘱其查对日记，访西云：是时日记尚存。铨次前后，以便装池摹勒。

乙酉初五日(4月11日) 畅晴。答拜刚子良，晤谈。东北城辞行。晤王石珊、高济川、魏子石三观察、柏新甫副戎。畇叔来云：明日请假，不便出门，故豫话别。即往预辞。与张延秋太史遇，还过蔼人，与子良遇。归寓已薄暮矣。厘局诸君子送席。杞山来。子厚属书杭嘉湖会馆楹帖，其词曰："溯浙而西桑恭梓敬，聚岭以外霞蔚云蒸。"不知何人所撰，言未雅驯，拟易之曰："旧社拓枌榆情联西浙，他乡敬桑梓人集南溟。"盖此地本杭州会馆，余招捐资，并鸠嘉湖两郡之宦游于粤者，量力资助，合为杭嘉湖会馆，故云云也。语亦未佳，或稍胜于彼耳。

丙戌初六日(4月12日) 早晴，日仄阴，晚雨。出门辞行，晤李廉甫、奎楼两观察、黄植庭院长。欲往西关，闻有赛会拥挤，遂不果行。复硕卿书。

丁亥初七日(4月13日) 早晴，旋阴，小雨，午晴，覆阴。廉甫诸君来。饭后至西关辞行，还至新城，晤星阶榷使、兰台农部、保臣总戎，薄莫而归。

戊子初八日(4月14日) 阴，小雨间作。子良、蔼人、丹叔来。星阶来，送权督中协唐子文总戎士贵、广协黄小姜副戎龙韬、抚中军余玉山大胜参戎、抚右营丁笏臣锦堂游戎公饯，日晡，会食于子文斋中，同坐温飏园观察，皆依依有惜别之意，甲夜始散。访西来，以文忠札三百五十九叶付之。约动身前送还。索书踵至，势不可却，连宵秉烛为之。

己丑初九日(4月15日) 阴雨。邹和之太守、林访西、刘子湛两司马作饯。晚，会食于子湛斋中，高楼甚轩敞，惜无住屋，盖冒述斋寓屋之别院，其正屋则启右之赁居，月租三十金，此则二十金也。子展来，以梁世兄帮分五十金付之。郑心泉总戎来，见大、二鹿甚喜，赠饼金各十枚。慕颜来，邓保臣镇军属致赆百金，又薛太守子光亦致赆，均婉词璧之。

庚寅初十日(4月16日) 阴雨。邓保臣、多与三、启右之、陈子厚、徐芷卿诸君来。足底生一水泡，颇不良于行，殆连日酬应饮酒故耳。富有船到。子良诸君皆力劝勿行，叔来以岁试期迫，因属海门与之偕行，先将行囊带一半去。陶春海孝廉、陈孝直明经来。

辛卯十一日(4月17日) 阴雨。禺中谒中丞，见。与蔼翁遇诸廊。知陈仲耦来粤，复谒宫保，以气痛未能久谈，嘱迟日再往还。谒乐初将军，谈刻许而归。春海送到《三统术精义》一册。

壬辰十二日(4月18日) 阴，间有小雨。日加巳，子良接印，蔼人回任，往贺未遇。访仲耦，彼此相左。日晡，海门、叔来附保胜船赴沪，姚禄、周涌偕行，遣赵兴、赵福至栈房看守衣箱等件。致书卿信。

癸巳十三日(4月19日) 晴。蔼人来。仲耦来谈鄂中近事，不胜今昔之感。实夫来送。

甲午十四日(4月20日) 早晴，午后阴，人定大雨。丹叔来谈。以许贵荐之。菊圃、珩斋来辞行，均十七日登舟。乐初将军枉顾。日仄，至四营，将许辞，均未晤。答菊圃，亦未遇。访仲耦，往游花埭，未直，与蔼翁谈刻许而归。

乙未十五日(4月21日) 晴。上院禀辞，并至将军许，宫保以气痛未见。饭后，至两副都统并司道处，均晤。惟藩署以日莫，未及往。

丙申十六日(4月22日) 早晴，午后阴，日晡大雨，至晚方止。中丞枉顾，仲勉、鲁瞻、谟卿、丹叔诸君均来。日仄，谒宫保，甚有病容，临别依依，殊难为怀。至抚署谢步，遂至子良处话别。过杞山，出门未遇，遂归。晡后子良来，冒雨而去。

丁酉十七日(4月23日) 阴，午后晴。府厅县诸君至寓来送。

过杞山斋，话别即归。日仄，自寓起程，至天后宫行香，司道诸公暨府厅以下各官均候送。至日近亭周旋小坐，即登舟。诸公复至舟话别，辞之不得，以次接见，晡后方毕。迟内子不至，已而皂保来，知为陈泰所误，径往八邑会馆矣。使人迓之，良久，内子来云：两孙不肯在舆中久坐，已遣新妇二女仍回公馆矣。内子至日莫，亦回公馆，皆待怀远到然后来。

戊戌十八日(4月24日) 阴，旋晴。中丞遣人来，并赠食物。日中，学海堂学长廖编修廷相泽群、陶孝廉福祥春海、陈明经宗侃孝直邀往山堂小饮，晡后回舟，热不可耐，竟夕不得安卧。复柳桥、少虞书。

己亥十九日(4月25日) 晴。平旦，怀远轮船到省，即移行箧过船。日晡，内子率儿孙来舟，李鞠坡过舟来谈，即往答拜。言语通澈，迥非初到时可比，其人真不可测也。子厚、芷卿诸君来，得尧峰同年书，并赠至玉佩二、玉壶一。

庚子二十日(4月26日) 晴。早，覆尧翁，并致为高福致彭贻孙、王森致谭铭九、杜瑞致崇星阶、张春致孙文起、张怡致朱少虞各书。日中，移入怀远轮船，用官舱六间、外舱八间，其大舱居者按人而计，乌廉甫来送，有缺者则多与三、陈子厚、启右之及各首领两县丞以下而已。府县未至，其各局暨需次各员太守以下，盖来者十之七，具详门籍。酉初，展轮过虎门，天已莫，望大角灯火灿然，盖至是始与广州别矣。丑初一刻，抵香港，听桥同舟来送。

辛丑二十一日(4月27日) 早阴，旋晴，晡后阴，晚雨。早起，次舟、子展、初平、孝兰诸君来，即同登岸。至泰来栈，寻张延秋太史，未晤，访彭子珩寓雅以南，适子珩遣人来约晚饭，即同次舟、子展诸君游博物院，内子率女媳两孙，亦至两处游瞩，盖朵云、小汇等所邀，海珊、辅卿同行，惟颐女未去。复至兵头花园，园在山半，花木甚繁，惜无亭榭，大似人家冢墓，特修整而已。日中，会食于万芳楼，薛子先太守、葆□□、王栗甫大令均来。食罢，偕初平游洋行，购得播戚风雨表一，价二十五元。日晡，赴子珩之约，与爱育堂绅士陈□□共食。日莫，乘公武回舟，海珊、思臣、培之、皂保、辅卿、鲁卿俱住泰来栈。

壬寅二十二日(4 月 28 日) 早雨。次舟、子展、孝兰、初平、子光、栗甫、□□诸君冒雨来，即乘早渡回省。遣杜瑞等并茶号房回。赵竹君、汪□□来。日仄，朵云诸人来，均别去。人众另籍记，此不具录。酉正，展轮。夜大风，轩簸震荡，呕声盈耳。至晓方定。

癸卯二十三日(4 月 29 日) 晴。北风。船行不能速，而时有荡意。

甲辰二十四日(4 月 30 日) 晴。平旦，风定。巳正，过福州口。走外洋，甚迅利。午正，北风复作。申正，大雾，俄顷即散。晚，风愈劲。船战战然，颇不可耐。遇新宁人候选布理问邝其照容阶，是从美国归来者，携一子甫七龄，云生于新加坡，能识洋字而不甚通中国语言，赠汉文地图一轴。

乙巳二十五日(5 月 1 日) 晴。北风甚劲，舟行时有颤意，而不能远。巳刻，过温州。申刻，遇一舟同行，似是厦门，远望不甚明了。亥正，遇宁波口忽起大雾，不敢行。子正二刻，遂下碇。

丙午二十六日(5 月 2 日) 大雾冥蒙，酿为霢霂，辰刻稍霁，始展轮，又误入歧途，良久方出，幸未触礁耳。南风乍起，行颇适，以为即至矣，乃未几，东北风挟雨而至，仍迟迟其行。申正二刻，过崇明。酉正，进吴淞口炮台，甚整齐，殆左相之所阅者，然似亦未有异人处。戌正，抵上海马头，风雨未止，振之、海门均未见来。遣辅卿至天保栈询之。乙夜，叔来至，知海门已往苏州。

丁未二十七日(5 月 3 日) 晴。巳刻，移居洋津滨泰安栈，将粗重行李寄存招商北栈，泰安有另院，已为瑞福侯观察所居，杂厕于不知谁何之间，烦嚣已甚，然已无如何矣。日中，巳兰、子明诸人来。晡刻，邵小邨观察来，盖拜福侯，兼及下走也。偕巳兰、子明闲步街衢，并游静安寺。与延秋太史遇，盖同寓栈中也。

戊申二十八日(5 月 4 日) 晴。拜福侯并答小邨，均晤。偕雅泉游城内骨董肆，并城隍庙花园，至招商局取行李，洋人以护照所注与现存之数不符，不付。盖下人等所携未叙入也。致书小郋，告以原委。寄粤省诸君信。

己酉二十九日（5月5日） 晴。盛杏荪来谈。万小棠来，告知招商行李，小郋已发免单，即雇舟携取，先行运苏。饭后，偕海珊、雅泉至丝业会馆，访玉益斋，又访胡仲、□□，皆湖人也。薄游书店，晚，约诸君看外国人夏思美戏法。许仲弢来，未遇。

庚戌三十日（5月6日） 晴。常贵自苏来。饭后，偕海珊、慎斋至庙园看兰花会，花列盎于内园神座之前，并皆佳妙，惜游人太多，几无侧足之地。渴甚，欲饮茶不得，迤逦至荣昌茶楼，始得隙地，少憩焉。归，至抱芳阁一览，有精抄《宋人小集》五十本，极佳。

四　月

辛亥朔（5月7日） 早阴，午后雨，夜大风雨。海珊、鲁卿赴苏。张莲士弟来。子明、雅泉均未至。范世兄久也树恒来，次典之长郎也，言别后事，为之太息不已。

壬子初二日（5月8日） 早雨，旋止，晚，复雨。杏荪来谈，饭后，拟游徐园，以蒸郁，恐有大雨，仅至华众会饮茶而归。

癸丑初三日（5月9日） 大雨竟日，夜不止。偕辅卿游骨董肆，冒雨而归。晚，杏荪招饮，伯初自苏门来。

甲寅初四日（5月10日） 雨。为思臣搭保大轮艘赴津，致鹄山、小山、迪甫、子湘书。

乙卯初五日（5月11日） 雨。思臣赴津，遣常贵、胡庆送往。

丙辰初六日（5月12日） 阴雨。张敬甫来。

丁巳初七日（5月13日） 阴雨。雇定蒲鞋头船。

戊午初八日（5月14日） 大雨。

己未初九日（5月15日） 大雨。欲登舟，未果。

庚申初十日（5月16日） 晴。巳刻登舟，泊老闸大桥下。

辛酉十一日(5月17日) 晴。至做丝机器公所一观。

壬戌十二日(5月18日) 早雨,旋晴,午后复阴。偕雅泉、慎斋诸君至汇业公所一游。本粤人徐与之花园,四年过此时,曾同郑陟山往游。虽无丘壑之胜,花竹楼榭,尚楚楚有致。兹大兴土木,尚未毕工,已恶俗不堪入目矣。还过敬甫如意里新居,中途遇雨,幸即止。敬甫出门,未遇。少坐即归。次舟来谈。

癸亥十三日(5月19日) 晴。饭后,偕叔来、黼卿至新闸观西人跑船之戏,船狭,仅可容一人。以先到者为胜,实博耳。西人无所不用其博,此其一耳。

甲子十四日(5月20日) 阴雨。

乙丑十五日(5月21日) 早雨,旋止。偕黼卿进城,寻书画看,不得,即归。从抱芳阁购得毛抄《六艺纲目》二册,以雌黄校误字,不甚精,上有"宋本"及"甲"字印,并毛晋名字及汲古阁主人印,其直四元。又初印《词学丛书》缺《日湖渔唱》一卷《补遗》《续补遗》各一卷直三元。林写《精华录》一元。又有毛抄《宋人小集》五十本,精妙绝伦,索三百金,给予百金,尚不售。抱芳,鲍生,名廷爵,字奂甫,赠所刻《篆诀辨释》及翻《积古斋钟鼎款识》,皆不甚精。

丙寅十六日(5月22日) 早雨,旋止。禺中,放舟至新闸。鲍奂甫来,以《六艺纲目》《精华录》二书付之,属为重装。交来《图书集成叙目》一本系照钞者,属为向粤省书楼销售,据云索万金,实六千金,内抄配约百余本,外《原始》一纸,计书一万卷,目录四十卷,共装五千二十本,分五百卅二函,储六十箱。又景宋刊本《管子》暨《陶诗》版二分,索三百元求售。约到苏再议。日仄,解维,行廿四里,时加酉,至周老爷庙,以潮退遂泊。上有周太仆祠。

《图书集成原始》

康熙二十二年,福建陈省斋梦雷以罪戍奉天,越十七年释,回京侍皇三子成亲王,王博学能文,有志编纂,尝语省斋曰:《三通》《衍义》等书,详于政典,未及虫鱼草木之微;《类函》《御览》诸家,但资词藻,未及天德王道之大。必大小一贯，上下古今，类列部分，有纲有纪，勒成一书[①]，庶足大光文治。乃尽发协一堂藏书，并輂致省斋家藏四部一万五千余卷，属以搜辑，自四十年十月至四十五年四月，书成，名曰《汇编》，凡汇编者六，为志三十有二，为部六千有奇，为卷三千六百有奇，越十年进呈，赐名《古今图书集成》，命儒臣重加编校，十余稔未就，世宗复诏虞山蒋文肃廷锡督在事诸臣成之。编与部，仍其旧，易为典，为目四十，为卷一万，为册五千二十，为函五百三十二，凡汇编六，曰历象，曰方舆，曰明伦，曰博物，曰理学，曰经济。典三十二，隶历象者典四，曰乾象，曰岁功，曰历法，曰庶征。隶方舆者典四，曰坤舆，曰职方，曰山川，曰边裔。隶明伦者典八，曰皇极，曰宫闱，曰官常，曰家范，曰交谊，曰氏族[②]，曰人事，曰闺媛。隶博物者典四，曰艺术，曰神异，曰禽鱼，曰草木。隶理学者典四，曰经籍，曰学行，曰文学，曰字学[③]。隶经济者典八，曰选举，曰铨衡，曰食货，曰礼仪，曰乐律，曰戎政，曰祥刑，曰考工。其图镂铜为板，书则内府旧藏铜活字，联属以成之，计印六十部，颁赐诸大臣外，余以分储天下名山，洵海内之巨制也。或谓与前明《永乐大典》先后辉映，不知《大典》卷数虽倍，然其书系《洪武正韵》，强为排比，以多为贵，并无翦裁订正，且仅一写本，供广厦细旃之玩，较是编门类之整而流传之广相去远矣。

共书一万卷，目录四十卷，订五千二十本，分五百三十二函，装六十箱。

总目《钦定古今图书集成》，每半叶九行，行二十字。

历象汇编

乾象典，二十一部，一百卷。

---

① “勒”，底本原脱，据陈梦雷《松鹤山房文集》卷二补。

② “氏”，底本原作“世”，据下文及《古今图书集成》改。

③ “曰文学，曰字学”，底本原作“曰字学，曰文学”，据下文及《古今图书集成》改。

岁功典,四十三部,一百一十六卷。

历法典,六部,一百四十卷。

庶征典,五十部,一百八十八卷。

方舆汇编

坤舆典,二十一部,一百四十卷。

职方典,二百二十三部,一千五百四十四卷。

山川典,四百一部,三百二十卷。

边裔典,五百四十二部,一百四十卷。

明伦汇编

皇极典,三十一部,三百卷。

宫闱典,一十五部,一百四十卷。

官常典,六十五部,八百卷。

家范典,三十一部,一百一十六卷。

交谊典,三十七部,一百二十卷。

氏族典,二千六百九十四部,六百四十卷。

人事典,九十七部,一百一十二卷。

闺媛典,一十七部,三百七十六卷。

博物汇编

艺术典,四十三部,八百二十四卷。

神异典,七十部,三百二十卷。

禽虫典,三百一十七部,一百九十二卷。

草木典,七百部,三百二十卷。

理学汇编

经籍典,六十六部,五百卷。

学行典,九十六部,三百卷。

文学典,四十九部,三百六十卷。

字学典,二十四部,一百六十卷。

经济汇编

选举典,二十九部,一百三十六卷。

铨衡典,一十二部,一百二十卷。

食货典,八十三部,三百六十卷。

礼仪典,七十部,三百四十八卷。

乐律典,四十六部,一百三十六卷。

戎政典,三十部,三百卷。

祥刑典,二十六部,一百八十卷。

考工典,一百五十四部,二百五十二卷。

已上六汇编,三十二典,六千一百九部,共一万卷。

丁卯十七日(5月23日) 阴。夜半乘潮至,即解维行。过昆山,风利,不得泊。晡后,至夷亭乃系缆,宿。

戊辰十八日(5月24日) 晴。巳刻,到苏。振之、季文乘舟来迓,遇之于城外,遂入盘门,泊狮子口。书卿、小宜来舟,遂全家移至大井巷。书卿置酒相款。饭后,至庄家巷新屋看视,屋甚多,而无一位置得宜者。沈少荪甥偕吉利来。

己巳十九日(5月25日) 晴。早起,偕季文至骨董肆一游,购得汉官私铜印各一,元人吴兴圆印一。仲复四兄、朱修廷、陆清臣子如、潘芝岑诸兄枉顾。往新居布置。季文置酒相款。

庚午二十日(5月26日) 晴。至新居。购得旧瓷酒盏四只。

辛未二十一日(5月27日) 早晴,午后阴,晚小雨。至新居。晚,小宜置酒相款。已兰来。

壬申二十二日(5月28日) 早晴,晡后雨。偕季文至玄妙观一游,啜茶。与陆绶臣遇,从陆家滨花厂绕至新居。雨甚,乘舆而归。

癸酉二十三日(5月29日) 晴。吴引之二兄来。午刻,移入新居。书卿暨诸甥全家来贺。晚,置酒款客。蔡仲然、陆子如、张少禅、谦甫、莲士均留饮,丙夜方散。

甲戌二十四日(5月30日) 早晴,旋阴,晡后大雨。出门谢客。晤严芝生三表兄从母之嗣子、沈仲复四兄、严缁生同年。仲复屋甚宽,有园亭池沼，匆匆未及游览。访许星台同年，适星翁枉顾，彼此相左。迤逦至芝岑、恂友、修庭许。晡后，到大井巷晤书卿、振之，雨甚，不能再往他处，遂从古寺巷而归。是日先至严衙前，谦甫、莲士均他出，小鹤夫人亦不在家。独坐聪听堂，屋宇犹是，景物已非。回忆旧游，恍如隔世，为之酸鼻。主人不在，无可与语。至大井巷，遇谦甫。归寓，则少禅、叔来、季文皆在，谱笙侄从湖州来，亦在寓，谈少顷，别去。已而海珊、谱笙复来。饭后，谱笙始回大井巷。

乙亥二十五日(5 月 31 日) 大雨竟日。无处不湿，烦苦之至。慎斋来。海珊、海门至大井巷，薄暮始归。

丙子二十六日(6 月 1 日) 晴。出门拜客。在任筱沅中丞许晤李梅生观察。至大井巷小憩，复至梅生处，则已往游狼山矣。子实来。振之馈席。留莲士共饮。

丁丑二十七日(6 月 2 日) 晴。仲复、修庭、吴蔚若来。出门拜客，日晡始归。书卿来，未莫即去。得思臣信。

戊寅二十八日(6 月 3 日) 晴。出门拜客。晤钱�仙礼部，寓慕家花园，即毕尚书旧第，“经训堂”额犹存。晡后归。复偕海珊玄妙观一游。至玉楼春啜茶，小憩。欲至大井巷，以日莫遂归。

己卯二十九日(6 月 4 日) 晴。陈仲泉来。日中引之、子实两兄招饮在引翁严牙前寓斋，同坐筱沅中丞、仲复、芝生，日晡散席，复拜客，迤逦至大井巷，闻季文等均在怡园。适海门来，即偕往一游。园中奇石林立，池馆位置俱佳，惜无参天古木耳。游罢，复至骨董肆一观，仍回大井巷。归寓，已张灯矣。潘伯寅大司寇扶柩到籍，住师林寺。榜曰画禅寺。

五　月

庚辰朔(6 月 5 日) 晴。朱苹洲、彭讷生、吴引之、顾子山、蔡□□诸君来至画禅唁伯寅大寇。饭后，偕海门、季文，率皂皂、鲁卿游拙政园。后改复园，今为八旗奉直会馆。还过师子林，小憩而归。书卿来。得李筱帅信，又得上海抱芳阁鲍叔奂信，并样书十一本。

辛巳[①]**初二日(6月6日)**　晴。胡坦斋表弟来，苓年师之长子，年四十六矣，住侍其巷。恒泰典盖其妻舅庄君之肆也。询其家，只存父子二人，其子即在恒泰作夥，并无职事，以宅相故啖饭而已。新市有小烟店，仅足糊口。砚农、秋厓均尚在。回忆师门，不胜慨叹。坦斋本在家，闻余至，专诚来访，欲为其子某一司事，事虽细微，然废弃之人，亦正不易为力也。禺中，仲复招饮耦园，同坐引之、小韩、芝生，暨芝生之侄少和、觉民五侄。园不甚广，而池榭楚楚有致，室中蓄石甚富，更有斗室，以树根为卓椅，亦甚奇特，惜少古树。然新植者亦渐可观矣。晡后散归。已兰、少禅、谦甫、莲士均在寓。振之来，即往萧家巷。日莫，笈楣来谈。是日海珊回湖。

壬午初三日(6月7日)　晴，大风。季文邀同海门、鲁卿、培之作留园之游，慰祖侍行。禺中，乘舟出阊门，至留园，即刘氏寒碧山庄，今归常州盛氏。忆二十五年前，曾至是园，今树石尚隐隐可辨，沧桑后岿然独存。地不甚广，中为曲池，而以山石间之。亭榭周币，位置得宜。美人峰在墙外半里许。相传刘氏得此而艰于运，致地为别姓所有，坚不肯售。今亦为盛氏所得矣。日中，会食于舟，肴膳精美。食罢，复泛舟至虎阜，登千人石。五十三参庙已毁，仅存三门及大殿三楹，尚是近时修造者。荒山一片，徘徊于夕照间，不胜今昔之感。下山，游五人墓花厂，至张忠敏公祠小憩而归。晚约振之、张氏、戴氏、恽氏、竹林、已兰、海门小饮，乙夜始散。

癸未初四日(6月8日)　晴。龚仲仁、汤伯述来。至画禅拜芾庭先生。答拜汤世兄暨李庆诰、温□□两司马。薄莫，叔来、季文来，即赴江阴岁试。

甲申初五日(6月9日)　晴。张氏、竹林、少荪、颖生诸君均来贺节，懒于衣冠，遣皂儿至各处代贺。午后，偕慎斋、辅卿、培之至玄

---

① 原稿误作“辛卯”，径改，以下至六月初二日顺改。

妙观。甫抵大成坊，巷人拥挤，至不可行。欲往大井巷，亦不得前，遂绕出护龙街，至阊门外一游。飞丹阁小憩，啜茗而归。购得旧铜镜二枚，其一铭云："日初升，月初盈，纤翳不生，肖兹万形，是曰撄宁，莹虚太清玄卿。"其一则明洪武年造，凡直饼金八角。得鹄山、小山书。

乙酉初六日(6月10日) 大风雨。笣仙来谈。书卿来，约谦甫晚饭，少饮辄止，疾趋而出，问之，则已卧帐房楼上，盖从他处饮，宿酲未解也。已而大吐，至丙夜方去。

丙戌初七日(6月11日) 阴雨。吴子和来。饭后，欲出门，以体倦而止。巳兰辞往上海。覆抱芳阁鲍生书，寄还旧本样书十册。

丁亥初八日(6月12日) 阴，小雨，午后薄有晴意。彭漱芳观察来，盖居木渎，昨始入城也。胡坦斋率其子名□□，号霞轩来。体惫，甚胀。似是盛寒。午时茶，得微汗，始稍可。

戊子初九日(6月13日) 晴。体仍不适。谢客不见。有钮君名家夔，号纬人，必欲一晤，询系西农先生之孙，从湖州来，云善堂与守梅同事，至苏收取房租，携有一册，为吴江沈贞女集资，付以两元而去。坦斋辞行，赠以十六元。得赵竹君信。

己丑初十日(6月14日) 晴。谦甫约观剧，以体倦未往。饭后，答拜龚仲仁、彭漱芳，均晤。又答拜吴子和，未遇。晤子实。欲至大井巷，舆人以道远纠缠，天已薄莫，遂归。姚禄、孙喜、赵福辞回京。赵与年青回川，沈祥回鄂，均酌给川资，并得将思臣书箱三只，交姚禄带京。

庚寅十一日(6月15日) 阴，晡后晴。偕海门至城隍庙前一游。有小英石一座，微有峰峦，索直甚昂，不买成。

辛卯十二日(6月16日) 阴，午后晴。吕向叔来，舟泊阊门外，云即日解维。饭罢，趋答，未遇。还谒伯寅尚书，见。访朱定甫丈，未晤。至砖桥拜彭讷生夫人，遂赴大井巷，预祝书卿寿，丙夜始归。

壬辰十三日(6月17日) 晴。至大井巷拜寿，与陆绶生同席，饮啖甚健。晡后，携黼卿游骨董肆，购得大印池一，瓷不甚佳，然非近时物，又重冠铜炉一，乃宣德时所造，直番银二饼。晤嘉禾张少渠大令□□，乃同年丁紫巢之婿，其妻周之所自出，仲丰女甥也。是日，内子及儿孙辈均在大井巷，以家中人少，乙夜先归。

癸巳十四日(6月18日) 晴，暖甚。日仄，偕子实至桃花坞看屋，屋村甚坚而位置不合宜，婉谢而归。沈极丽荐书贾周景亭，无锡人，携旧书数种，画二三种，皆不甚佳。

甲午十五日(6月19日) 晴。谦甫约同海门诸君至庙前一游。书卿来。

乙未十六日(6月20日) 晴。体惫甚。闻季文岁试一等二名。晡刻，阵雨。晚晴。携辅卿至北寺塔下一游。

丙申十七日(6月21日) 雨。谦甫、莲士、竹林先后至。晚饭后，冒雨而去。慎斋留宿。

丁酉十八日(6月22日) 晴，夏至。祠先祖。书卿来。

戊戌十九日(6月23日) 晴，晚雨，即止。少读兄来。内子携颐女至严牙前。赴申叔之招，丙夜始归。黼卿回湖，属其呈报到藉。

己亥二十日(6月24日) 晴。陆蔚廷来，知颂笙已于前月回杭。是日，搭凉棚，上房前后二架，偏院一架，客厅前一架，后一桁，其直番银十二饼。湘甥归宁。

庚子二十一日(6月25日) 早晴，旋阴，午后小雨间作。体仍未愈。书卿来，晚饭后去。从书贾周生购得明刻《水经注》四十卷。上有施念曾印白文，方、蕖斋朱文，方、徐裒瀚印朱文，方、冢泉氏白文，方、温陵张氏藏书朱文，长方、□城孙氏珍藏书画印朱文，方、谭廷献仲修父白文，方、复堂藏书朱文，狭长、复堂白文，长方，凡九印，以朱笔过录何义门校语，极精审。原书出自郁仪中尉，以宋本校勘，又有云旧本者，未详何本。而证以《御览》等书，凡讹处悉仍其旧，而分注于下，不敢妄易一字，此明人校本中之绝无仅有者，真可宝贵。至钟、谭眉评，则仍是两家本色，不直一笑，等诸自郐可也。复堂似是近人，书装五巨册，每册面叶均有题字，首册曰“何义门手校本”，下四册则曰“何氏手校”，而钤以“复堂藏书”狭长印，是此字即为复堂手题无疑，朱笔另是一人，然实非义门手迹，惜无题识，未能悉其姓氏耳。[①] 此书索直甚昂，既以番银八饼得之。又，明游居敬刻《柳子厚集》，明印本，直饼金二，凡文与诗四十三卷，别集上下二卷，外集上下二集，附录一卷，首列刘宾客序一首，署曰：“柳文序”一行，“夔州刺史刘禹锡纂”二行。次“柳文目录”一行，“夔州刺史刘禹锡编”二行，次“柳文卷之一”一行，“明巡按直隶监察御史南平游居敬校”二行。其卷之二至四十三，不署名。别集、外集并同。附录则刘禹锡《天论》一篇，宋祁《唐书》本传，皇甫湜、刘禹锡祭文三首，刘禹锡为鄂州李大夫祭文一首[②]，曹辅、黄翰、许尹祭文三首，汪藻《永州祠堂记》一首，穆修《旧本柳文后序》一首，沈晦《四明新本后序》一首，李褫《柳州旧本后序》一首，文安礼《年谱后序》一首，殆出居敬手，若刘序所谓退之之志若祭文则未有矣。

辛丑二十二日(6 月 26 日) 阴雨。吴晋壬太守、贝康侯司马来，以体惫未能延见。购得英石一座，高下十五峰，其至高者约六寸有奇，厚如之，而阔倍之，虽新坑而峰峦起伏，楚楚有致。此在粤三年求之而未得者，配以紫榆木坐，浑厚光致，亦粤匠之所未能梦见者。酬以番银四饼，欣然而去。若落何昆山手，镌以赝款，恐又非数十金不办矣。呵呵。

壬寅二十三日(6 月 27 日) 阴雨。体倦甚，时时欲睡。督小婢剃草，以破岑寂。晡后雨止，闷甚，偕慎斋，携皂儿至北寺一游。寺始建于吴赤乌，浮图七级，矗立霄汉，殿宇壮丽，惜已颓败。其震隅有不染尘观音殿，亦颓废，殿外左壁有明万历年重修一碑，字画完好，极似怀仁《圣教序》碑，云有宋元重修二碑，今已不可见矣。书卿来。

癸卯二十四日(6 月 28 日) 晴。禺中，答拜康侯，未遇，即赴见

① 陈乃乾校录抄本此句后有：“乃乾案，复堂即谭廷献仲修也。”

② “大夫”，底本原作“夫人”，据刘禹锡《为鄂州李大夫祭柳员外文》改。

山少读怡园之招，同坐闵小坡、培之，日晡席散。至大井巷闲谈，薄莫而归。

甲辰二十五日(6月29日)　晴。戴少梅太守来。禺中，出阊门答拜少梅，遂至大井巷，二鹿有河鱼之患，延医者张君诊视。以贱躯脾困未释，书卿力劝服药，即倩按脉，为处一方服之。与谦甫昆仲手谈，日入始归。

乙巳二十六日(6月30日)　阴晴各半。体倦，竟日未出门。芝庭来，约明早至中张家巷看屋。

丙午二十七日(7月1日)　早微雨，旋晴，晡刻大雨，晚晴。食时至中张家巷，芝庭已到，屋系潘氏旧居，有"听雨堂"额，是陈白阳手书，宏敞轩爽，乃吴中所仅见者，惜太宽广，拟割其西路赁住。属芝庭商之。看毕，复同芝庭至萧家巷观□氏售产，卑隘已极，一无可取。禺中，至严牙前，偕谦甫昆仲步行至南仓桥，观姚寄梅新屋，是贝康侯经手所购产，价万元。寄梅嫌其价昂，即属康侯另售，久无问津之人，转须倩人看守。康侯谓可赁居，租价不论，屋尚宽敞。上房庭院尤宽广可喜。所惜者，无门房，无备弄，无书室耳。看屋□君，号湛华，乃康侯妻弟。少坐，复同谦甫至盛家埭看莲士所说之屋，主人□□姓曾，与吴又乐议售未成。屋东向，雕刻油饰甚精，惜院落迫窒如井，是真吴人锢习牢不可破者。主人极言其工作之精，余戏谓人生贵适意，虽茅茨土阶，但得爽心悦目，即是佳构。若日在黑暗之中，虽金玉之饰，与覆盆何异？以价昂无力购买谢之。即偕谦甫赴朱修庭观察之招，至则蔡仲然司马已先到，少憩，同出阊门，至□□酒肆小饮，日已过午矣。复同至戏园观剧，弋腔聒耳，加以锣鼓喧阗，此生平之所最畏者，以主人之意殷拳，情不可却，勉坐两时之久，困不可支。正欲辞归，而大雨骤至，迨雨止而行，而日已衔山矣。沈絜斋来，未遇。

丁未二十八日(7月2日)　晴，晚大雨。日中，至织造署前答拜絜斋，未遇。还至大井巷，遣舆接内子至彼，共坐云圃水阁清谈，甚适。晡后，独游骨董肆，复回至云圃，乘舆而归。莲士来。与松岑司马共饭，甲夜冒雨而去，赁舆送之。

戊申二十九日(7月3日) 早晴，旋雨，午复晴，日晡又雨，甲夜明星灿然，已而更雨，真黄梅时节。致絜斋书。荐赵贵，即令其携往，至则行矣。芝庭来言张宅租价，索廿八元，压租三百金，允其压租，欲减月租至廿五元，即属芝庭往议，约明日听信。晡后，钱篴仙仪部来谈，傍晚始去。

六　月

己酉朔(7月4日) 乍阴乍晴。芝庭来覆屋租，竟不肯让，其中资十之二。系按全年租价计算。吴门旧习也，主人取十之一五作八拆算，中人酬谢在外，约覆看再定。修庭来。

庚戌初二日(7月5日) 阴雨。芝庭同滇伯四弟之子□□□乳名和尚来，盖回湖小试，新取入学，欲自此赴楚也。即令其移入寓中。戴世兄□□来。钱世兄念劬来。篴仙之郎，年少才优，于校勘书籍尤长，出示武林丁氏新刻宋施谔《淳祐临安志》六卷，并覆刻葛本张有《复古编》，皆甚精。

光绪十年

光绪十年岁在甲申，时侨寓吴门中张家巷。

正　月

丁丑朔(1884年1月28日)　平明雨，旋霁，已复阴。日加辰，仲复兄来。出门，至书卿、颖生、仲复、谦甫处，拜影堂，并顺路拜年，日仄归。饭后，倦卧至傍晚。叔来、季文、振之至，方起。颖生继至，均晤。笃甫来，未遇。购得《天官大象》一轴，又日昨购《临川文集》一百卷，与《清波杂志》所载临川刊本相符，的是翻雕宋本每半叶十二行，行二十字。惜无序跋题志，不知何时何地何人所刊耳。夜大风。

戊寅初二日(1月29日)　早大雪，旋止，禺中见日，一刹那，顷即隐，午后薄晴。书卿、莲士、季文来。上年购得黄荛圃手校残宋本《颜氏家训》二册，兹录跋尾于后。朱书，十八行，行十七至二十字不等。[①]

东城顾氏有残宋本二种，一为《续颜氏家训》，一为《蔡/松年词》，一宋刻，一金刻，始携至余家，余适有次子/病危，未及议直，后归小读书堆，亦未及向抱冲借/观也。抱冲既殁，书尽扃闭，假观尤难。不意阅二十来/年，一旦俄空焉。精刻名钞，尽入他人之手，而此二种，/属书友物色之，覆云无有，既而探听消息，已归常/昭人家。《松年词》标题《鸣秀集》，无怪书友不知，即物/主亦不知，为陈子准所得。此《续颜氏家训》，为张月霄/所得。二种分两家，物之分合不常如是。顷因修志，/往两家借书。从月霄丐归，方知《续家训》前，固有《颜/氏家

---

① 瞿凤起抄本《弓斋日记钞》天头有眉批："黄跋已见缪刊本。"

训》原文也，存六、七、八三卷，首缺二叶，即系《续家训》/文，因就三卷中有颜氏原文者手校于此，其续者当/别录其副。始余检《读书敏求记》，方知有此书，他目/不详，然遵王亦不言有《颜氏家训》原文载于续/者之前，今方知之。甚哉，撰述之难也。至《蔡词》，子准甚/秘，未及借观。其版刻之为金版，约略想见，盖余/所见金刻书，气味都合也。辛巳八月大尽日，复/见心翁校讫，记于县桥小隐之学耕堂南轩。/此所校乃明程伯祥刊本，每半叶十行，行廿字，下卷阙廿三至廿六，计四叶。复翁手自钞补，尾叶留五行，朱记眉端曰："卷八止此。"余裁去，以白纸镶补，跋语即接写于所补纸上，前后无印章，然确是复翁手迹，非过录本也。

己卯初三日(1 月 30 日) 阴，晡后雨。出门拜年。见郑盦先生，赠《潜书》一部，夔州唐甄铸万著，凡九十七篇，天道人事，前古后今具备，李梅生廉访新刻也。夜大雪。昨岁除，购得卷册数种，虽非珍品，亦尚可观。浏览所及，随记于后：

《煮石山农画梅卷》纸本，高今衣工尺。

落纸戏乱圈，儿童笑我颠。/谁知墨沈/香，独占/群/花先。/煮石山农/为/汝器老丈/作于方壶/山房。朱文"王冕"二字方印。

炎炎长日睡难成，热毒蒸蒸苦老晴。却忆忍/寒香雪海，一筇长为/访梅行。写到梅花意/欲仙，一生快得任人/传。化身不用为千亿，飞/过罗浮雪海边。披尽/寒香入画图，世间难得此清癯。不知风雪双羊路，还有梅花似昔/无。绿树阴阴谢点尘，/草堂借得十分春。纸间/尚爱冰心客，一任飘风/吹散人。写出梅花感旧情，湖中风雪有前盟。/年来梦亦无余事，只/向孤山僻处行。终有阳/春不见春，笔端时露一/枝新。分明记得孤山影，隔水笼烟遇故人。刘基。细白文"伯温"二字方字。

庚辰初四日(1 月 31 日) 早晴，午后阴。晓起，坐艮庐南窗下，快雪时晴，浏览书画，颇适人意。昨与郑庵先生言西楼苏帖之妙，因检瑛氏翻刻本观之，形模略具，而神采忘矣。戏临一帖，竟不成字，奈何！日加午，宗人福祥来，盖周大令宗洛小峰之妻舅，送其姊之西江，路过此也。带到蔡袁州云峰书一函，慈器一桶楪四十枚，乃上年小峰权宜春时，太守所属寄者，逾年始达，而云峰已作古人，追念良朋，不胜凄恻。福祥同里同姓，必系出一本，而支派则不可考矣。舟泊阊门，小峰夫人亦持帖起居，内子六年赴粤时，曾在南昌舟中与内子相见云明早即解维，道涂觅舆人不得，遣崔福以帖略馈土物以表意。

宋刘松年《青绿山水卷》绢本，高今衣工尺。

松年

松年此卷，吾苏贵游家物也，其人爱护之，甚于珠玉，尝目击焉，今为淮阳赵文美所得。观其笔致，疏秀轶常，非如丹青炫耀，人人得而好之。于此而好者，非古雅之士不可。文美能赏识致重，先生之道殆见溢于北而流于南。而文美之珍爱亦将逾于前而保于久也。天启乙丑五月既望，文美出此以请题，因识数语而归之。　鹿城归昌世细白文，“文休”二字方印。楷书。

刘松年画，与马龢之甲乙，俱在能品。是卷层峦叠嶂，掩映向背，自有条理，与宋人评远望不离坐外者，诚相合也。楚中投刺作劳归，获一展尘襟如洗。莆田宋珏跋白文“宋珏私印”，方印。朱文“比玉”，方印。隶书。

宋人作画，往往多不署名，狙侩无知，率取名人，辄写于上，以炫俗目。画则非所伪作也。此卷似是宋绢，画亦娟秀，然出于松年与否，则不可知矣。前后收藏印记，半已模胡，惟右角朱文“经畲”及幅尾白文“幼文”、朱文“梅华盦”方印三尚约略可辨。经畲未审何人，梅华盦乃元吴仲圭所居，幼文则明徐贲字也。卷首又有“裴氏世宝”双龙长圆印，涂色鲜明，殆近人所钤。中幅上方有朱文巨方“晋府书画之印”一，亦非赝鼎，此印曾为先世父比部公所收，铜质，涂金，师钮，制作精妙绝伦，后归从弟子明，子明殁后，亦不知尚在其家否。然晋府之印既尚流落人间，则此画果否曾入晋府，抑后人作伪钤用，又不可知矣。两跋皆近人一手伪造，纸色墨色涂色一望而知。其文字之工拙不具论焉。即以文论，归跋“丹青”云云，亦与此卷不甚吻合。或者录旧而未详审耳。粥骨董许生于癸未除夕携来，云有旧家子贬价求售，专恃此度岁，譬诸援手，必不可却，遂因而收之，非必以其物之足宝也。越岁人日大雪，鹿叟记于平江侨寓之艮庐南窗下。

辛巳初五日(2 月 1 日) 阴，寒甚。谦甫、芝庭、叔来先后来。慰祖购得明内府板《玉篇》一部。积雪已销，而屋角砌旁尚有融而未尽者。吾湖谚语谓“雪等伴”，恐又将雪矣。徐氏外孙女弥月剃头。

壬午初六日(2 月 2 日) 大雪，日仄方止。念劬来，共饭而去。内外客陆续而至，盖兼贺四鹿弥月也。设面款之，先后散。书卿、叔来、季文乙夜方去。天复雪。

癸未初七日(2 月 3 日) 大雪竟日，夜未已。薄莫，至大井巷赴消寒第五集，乙夜始归。雪深没髁，舆人不良于行，岌岌乎危哉。

所藏书目，所见书目，所闻书目：

益都李文藻素伯辑，皆详其序例卷次，志其刊钞岁月。其遗书亦名《大云山房》，见翁阁学《复初斋文集》卷十四《李南磵墓表》。

右日记原日疏一纸，今日雪窗，始汇录于册内。刘松午卷跋尾，因过录时漫记岁月，故转在初五日以前焉，归自云圃灯下书。

甲申初八日(2 月 4 日) 立春。早大雪，午后薄晴，日方中一见即隐。得子湘嘉平十日书。

人日大雪，用坡公《雪后书北台壁》韵二首：

元辰始见雨廉纤，上年一冬，杳无雨雪。送腊迎春气转严。夜半有声疑作雪，朝来无处不堆盐。玉壶冻合惟宜酒，冰箸寒多未挂檐。望里湖山遮蔽尽，只余双塔影尖尖。敝居近双塔寺。

瑟缩寒衾似冻鸦，冲泥绝少过门车。压践劲直千竿竹，幻出空明万树花。玉宇琼楼原有路，荒江老屋更谁家。闭关且学袁安卧，自写新图付画叉。

乙酉初九日(2 月 5 日) 阴。积雪不消，仅见冰箸二三条而已，畏寒不敢出门。晡时，严芝生三表兄来，索杏荪信而去。

丙戌初十日(2月6日)　早薄晴，禺中见日，午后阴，雪仍不消，祁寒如昨。阳小毅大令招饮，以坐皆生客，辞之。晚，培之夫妇治具酬客，亲戚情话，尽欢而散。

丁亥十一日(2月7日)　畅晴，气仍凛冽，积雪澌澌，竟日未及半，而冰柱条条，已垂屋角矣。

张篁邨《山水小卷》纸本。

光福上崦下崦，为湖山最胜处。今春游兴颇剧，既无同人，又少/暇日，想亦俗缘未退，清景何时/到眼？近在咫尺，尚难如愿，况/西子湖头，又须裹粮。旧游恍忽，只/好托之梦想而已。随笔作数/笔溪山，以当卧游。视空言欲/往，依旧闭门，为稍愈耳。/乙卯闰二月清明前二日。白文“宗苍”方印。行书。“视空言”上衍“以”字，“恍忽”旁注。

光绪癸未，余罢粤藩，航海归家，无立锥地，将卜居杭州，以就西湖之胜，然未有定宇也。夏四月，行至吴门，闻屋多于杭，且僦直廉，遂侨寓焉。此地有灵岩、光福诸胜，其清景亦不孙于故乡。顾老人性懒且畏事，自夏徂冬，未出省门一步，而西子湖头更无论矣。曩自粤行时，同乡王通守子展曾以管幼孚《吴中山庄》长卷赠别，惟时时展玩，以当卧游，欲倩人更作《西湖》一图，亦因循未果。会岁除，有以张篁邨《山水小卷》来售者，幅尾自叙其作画之意，与贱子踪迹若合符契，因喜而收之。岁首无事，与《山庄图》对玩，颇动邓尉探梅之兴，奈连朝大雪，河港尽胶。今日乍晴，而北风凛凛，砭人肌骨，忍寒香雪海，固是韵事，然老人却不能堪。读篁邨题语，若竟为贱子今日写照者，特不谙六法，遂输篁邨一筹耳。甲申正月十有一日，书于平江侨寓之艮庐，快雪时晴，盆梅双树，与水仙竞放，香澈几砚，亦闲中一适也。蒙叟。

是日张谦甫九弟赠刻石五方。先是，慰祖见张氏庭除有碑石偃卧，薄而视之，《醴泉铭》也，因以询谦甫，谦甫遂以见饷。大者二石，两面皆刻字，即所谓《醴泉铭》也。视其尾，乃王箬林临本，非覆刻欧书。小者乃戴文节书《百字箴》，又其二似是《灵飞经》，为泥垢所蔽，须洗视之，大约亦是后人仿书，非翻刻钟帖也。

戊子十二日(2月8日) 晴，严寒转甚，积雪旋融旋冻。屋角冰柱一排，长几七尺，晃漾莹澈，若晶帘之高揭，真奇观也，惜无好句咏之，殊愧刘叉耳。消寒第六集，乙夜始散。

己丑十三日(2月9日) 晴，严寒未解。禺中出门，祝汪大令皃洲六十寿，并答拜世锡之尚衣赵六吉之郎，及各友之贺正者。是日为亲家次山中丞初度之辰，其家设飨，因往拜焉。计自辛酉常德郡斋预祝后，迄今二十四年矣。瞻礼之余，不胜今昔之感。饭后，复拜客，薄莫始归。檐溜如注，道涂雪泥交融，滑不留足，将至家而肩舆之后者蹶颠焉，幸无所伤耳，真行路难哉！

庚寅十四日(2月10日) 早晴，午后阴寒如昨。积雪半融，空阔处尚茫茫一片也。早起，匈中作楚，噫气若酽醋，兼有河鱼之患，殆昨晚临卧时食蘋婆之故欤？外姑忌辰，至颖生处行礼，复至书卿家少坐，以腹痛即归。竟日不思饮食，服神曲加姜汤，觉少快。晚，食胡椒面并白粥一瓯而卧。

跋汪退谷《瘗鹤铭考》手草《复初斋文集》卷卅二十六叶。

予于己卯冬得退谷《瘗鹤铭考》刻本而爱之，其后门人谢蕴山太守得其板于扬州，为予购归苏斋，而今又于秋史侍御所，得见此原草墨迹。此事回环胸臆，前后三十余年矣。愚尝作《补考》一卷，前列见存字，辨其点画同异，次以拙著考辨，又次以前人著录之先后，又次以诸家摹传拓本之先后，庶可承退谷先生之绪余乎。下节。

退谷此书，不特文字可爱，刻手亦精妙绝伦，惟印本甚少。先师许文恪藏有一本，先府君曾于道光丙午年在京师借观，命叔弟阳元景钞一过。后觐元复于南昌市上得一本，今并存敝箧中。往在东川，欲景摹重刻而乏好手，遂以宋体字刊之，今丛书本是也。或云，此书刻竟，甫印百本，而版遂毁。今读此跋，乃知不然。惟版既归苏斋，何以不广为传印？何竟稀如星凤邪？近来名版旧刊，为有心人搜获不少，特未知此版尚在人间否耳。《补考》未见传本，先生手稿必更胜汪书，倘得而并槧之，岂非艺林瑰宝？世不乏曾宏父其人者，庶几旦莫遇之。

辛卯十五日(2月11日) 薄晴，时露淡日，晚不见月。新年景象萧条，绝不闻花炮锣鼓声，而灯市更无论矣。窃谓新岁之乐，莫乐于都门，而逛厂尤乐中之乐。酒余茶罢，偕二三知己，徘徊于火神庙畔，偶得一书一画，或一砚一炉，即携手酒楼，相与流连叹赏，迨篝烛而归，而家人妇子，方掷选格未已。此景此情，何可多得！至公宴之盛，亦非他处可比。先公铁门邸第之南，有文昌会馆，士大夫宴会地也。自正月二日内阁团拜后，军机处在宣武门大街才盛馆，亦初二日。此外如刑部秋审处之初四日，则有定期而无定处。都察院之天和馆，在西柳树井煤市街口外，则有定处而无定期。各衙门暨各科同年、各省同乡，陆续团拜。京师演剧分两涂，一曰戏园，如广德楼、庆乐园等处，专卖戏，以座计钱，无酒筵；一曰戏庄，如文昌馆等处，则衣冠之会，以筵席为主，不空卖戏。然戏庄演剧亦有不同，有馆人定戏而招人定席，名曰搭桌，有本家自定戏而用其筵席，名曰包庄。大抵客少则搭桌，客多则包庄，此其大较也。若夜戏，则惟戏庄有之，戏园有禁。元宵时，夜戏尤盛，丝竹管弦与爆竹声，若相和答。馆左右有小市肆，亦皆然灯应节。犹记其左畔东向一家，本裱糊店，每元夕将近，辄暂辍本业，作元宵京师呼上元所食之粉团以此以售，团团者堆几盈案，又沸汤于釜，以待人之来食。其门悬一灯，联句云："明月夜明明月夜，看灯人看看灯人。"自余少时，以至宦蜀之岁，岁岁如此。予生于铁门邸舍，年二十四始就婚旋里。明年回京，仍住铁门，直至道光戊申先府君选授江西建昌府同知，余偕诸弟随侍先太夫人同行，始去铁门旧居。庚戌，予计偕北上，下第，留京师。是年，先府君转江西后帮漕，行至杨庄，弃诸孤。叔弟阳元侍行，遂扶榇回里。余闻赴星奔，至清浦，复如豫章省视太夫人。辛亥秋，奉侍太夫人南归，以家无立锥地，侨寓石门县之屠嘉坝，复以饥驱走蒲州，逾年始归。乙卯，再入都门，时官中书舍人，遂僦居大川淀。丙辰，太夫人就养至京。丁巳十一月，复弃不孝而长逝。余扶榇回里，眷属留滞京门，仍寓大川淀。庚申二月，服阕，行至常州，以袁江道梗，复回里门。适粤匪窜扰湖州，偕忠节赵公防守湖城。寇退，叙劳得员外郎，分部候补。是年秋，文宗皇帝驾幸木兰，于围城中得信，因传闻失实，莫悉眷属之所在，中心惶惶。九月，湖城解严，遂辞忠节北行。时江浙遍地皆贼，从浙东宛转至豫章，始知眷属安住京华，并未移徙，而川资罄矣。当是时，阳湖恽中丞次山方守常德，念平生好友莫中丞若者，遂往依之。辛酉仲夏，中丞擢岳常澧道，秋权湘藩，余皆同行，因循至冬十月望，始由长沙北归，取道襄樊，于小除夕抵都。次年，分户部行走。自是安居大川淀十年。辛未冬十月朔，奉命分巡川东。壬申正月十八日出都，而年已五十矣。嗟乎，彼里巷细民耳，有恒产遂有恒心，以长其子孙如此，顾以余一身阅历六十年中，世道之盛衰，家门之荣瘁，转有不堪回首者，故详记于此，以示子孙焉。

壬辰十六日(2月12日) 阴，食时霏雪一阵即止，寒威稍减，雪融太半，竟日滴沥若雨声然。早起水泻，三次旋，固是感寒，疑亦尚有积滞。守中医之戒，惟慎起居，节饮食，以待其自愈，不敢轻试良医也。晡时，内子偶至庖厨，见堆灰之室烟缕缕然，拨视之，则其下未烬之柴甚多，得新火而复炽。盖灶下养以灰易钱，惟取其多，又乡人不喜枯灰，故及其未烬而遽弃之，初未计其利害也。亟沃以水，至四石余而始熄，亦险矣哉。又影堂前双烛每早晚行礼后，皆余躬视吹熄，然后行，今早偶未及检，竟莫有过问者，迨晚张灯，则烛已然尽，左一檠镕焉。一日而经二险，若非神明祖宗默佑，其事尚可问哉？感幸之余，弥深悚惕。夜雨彻旦。

癸巳十七日(2月13日) 阴，晚晴。腹疾未全愈，服饭灰，取米麦鱼肉之类，炙灰研末，治积食神效，惟吴门药店有之。以荡涤之。

甲午十八日(2月14日) 畅晴，日中骤暖。积雪消镕，犹有未尽，至夜尚闻檐际滴沥声。晚，祀先祖，敬藏神影。

乙未十九日(2月15日) 阴，人定大风，鸡鸣始止。晚，笃甫招饮，勉赴之，甲夜而归。

丙申二十日(2月16日) 晴。禺中，赵价人农部兄自常熟来见访。其尊人□□先生，盖先文僖公门下士。价人与余同曹者十年，不见十三年矣。寄吴茗生甥贺信，其妹箴于，归赵氏也，甥盖三伯父处从姊之子。并仪六元，交辅卿转送。晡时答拜价人，并访钱仪部篯仙乔梓，均未遇。

丁酉二十一日(2月17日) 晴，午后薄阴，晚阴。禺中，谦甫、竹林来，饭后同往玄妙观一游，肩摩毂击，士女如云，较之都门厂甸，更为拥挤，实则一无可玩，并火神庙地摊之物而亦无之，不解嬉春者何以趋之若鹜也。欲买兰花，苦无佳者，遂至雅集茗饮而归。

戊戌二十二日(2月18日) 阴，晚雨。致沈北山舍人赗，托钮家巷王□□转寄。晚，约书卿、叔来、季文、笃甫、小宜便饭，迟谦甫不至，邀海珊代之，丙夜始散。有持元版陈旸《乐书》来售者，艺芸精舍旧物，印记犹存，然已缺四十八卷矣，一百五十三卷至二百卷。索直太昂，不知能买得成否？已兰来。

己亥二十三日(2月19日) 雨，晡后微有晴意。竟日未出门，亦无客至。昨咏《冰箸》二首，以不佳，故未脱稿，兹姑录于此：

《冰箸》二首用尖叉韵

谁把琼枝削秀纤，琉璃世界助庄严。借筹原出从冰水，挑拨何劳及米盐。但见晶莹垂夏屋，几尝甘苦到穷檐。少温篆体真如玉，学古嗤他退笔尖。见元吾衎《三十五举》。

朝来已见噪晴鸦，快乐丰年祝满车。一震威犹迟启蛰，三挝鼓更为催花。溶溶月魄初元夜，霭霭炊烟十万家。击钵自惭诗思钝，苦吟未就手频叉。

庚子二十四日(2月20日) 薄晴。汪大令皃洲假云圃设席招饮，主人之意可谓殷矣，以衣冠之会，概辞未赴，不敢破例，作札辞之。晚，约张少禅丈、谦甫、莲士昆仲、马小圃、戴谱笙便饭，辞而未至者已兰，不辞而又不至者颖生也。

辛丑二十五日(2月21日) 阴。晡刻，至大井巷观书画卷轴，盖杜筱舫旧藏，其家托胡式嘉大令销售者，凡百余轴，真赝杂糅，自黄子久以至何子贞，约书一二分，画七八分。大抵愈有名之人，愈不足恃，若大痴、黄鹤山樵、倪迂及明之文、董诸轴，举不足观。间有真迹，又霉挹不可收拾，转不若小名家之尚无人作伪也。晚，消寒弟七集，在笃甫家，乙夜归。

壬寅二十六日(2月22日)　早晴，午后阴。偕海珊、海门至观前小步，雅集茗饮。与柳门遇，复至察院场张小金翦刀店定制刻石印刀一柄，直钱九十。于课桑园之南地摊故敝中购得元人铜章一，文曰“利市”，文下复有花押，元章往往如此，形椭圆，中作银锭文，钮若钱之半，已中断矣。物不足珍，亦取其利市而已。

癸卯二十七日(2月23日)　晴。日仄，偕海门散步，慰祖侍行。先至颜家巷徐东市绿润堂主人家看旧书，由宫巷观前至大成坊巷，复由乔司空巷出卧龙街，至骨董肆略观，已薄莫矣，遂仍由察院场观前而归。购得旧端砚一方，仿宋制，左刻文曰“寒碧山庄藏”，有方印，曰“蓉峰珍赏”；右刻文曰“骨露而寒，耳通有漏，长身君子，何碍其瘦耶”，款署“五山”，下有腰圆印，曰“五山研池”，之下右边有小眼，如绿豆，就琢为芝草一茎。石非最上之品，而琢手浑厚，不同庸匠，因以番银三饼易之。寒碧山庄今归常州盛氏，而此研乃入余手，若守此而无恶岁，则贞珉一片，不胜于楼阁五云耶？呵呵。移竹二丛于听雨堂予所赁居，乃屋之西落，吴人言屋每曰中落、东落、西落，殆即院落之谊，名称甚雅。或以为“路”字转音，未详孰是。此西落听事曰听雨堂，有陈白阳书额，主人将移榜正厅，而嫌其太小。向犹见弃置屏门下，今不知何往，惜哉！假山左趾山茶花畔，不敢自比于王子猷，聊以免俗而已。此廿六日事，昨偶遗忘，补记于此。夜大风。

甲辰二十八日(2月24日)　晴，寒甚。恽归安竹坡来谈，少顷而去。凌麈余来，未晤。晡时答拜麈余，仍未晤，遂如大井巷答拜竹坡，兼赴洗蕉老人看梅之约，同坐笃甫、竹坡，酒未行，任筱沅中丞急足延竹坡为其夫人视病，遂索饭共食之而散，已乙夜矣。章硕卿大令来。

乙巳二十九日(2月25日)　晴。早作书，致《晋杨世明碑》拓本与麈余。日中，麈余来，云有《戚伯著碑》双钩本，允为手模见贻。晡刻，偕海门、海珊、硕卿至观前一游。有朱述之丈重刻宋本《棠阴比事》，索直一元二角，亦太昂矣。雅集啜茗，与笃甫、季文、绶生遇，方在掣糖也。又遇洪文卿、贝康侯、吴观澜，谈少顷各散。

丙午三十日（2 月 26 日）　晴。早起，读画，欲分别去取，送还季文。读未半，刘大令景宸来古山太守之子，甫去而蒋甥至。蒋未去而笾仙、芝生诸君接踵枉顾，迨客散而日已晡矣。美景良辰，不得出门一步，闲人而转不得闲，殊可笑也。笾仙丐先公手书楹帖，将寄京模刻，悬之会馆清远堂，允倩人双钩奉赠。年前从□孝廉假得传抄《大唐类要》，拟更写一本，以备参考。写官难得解人，且孝廉珍秘此书，只付二本，约写毕再换，多人亦无用。拟手录其目，借以销送岁月。昨灯下写五叶，今日灯下又写五叶，手腕目力尚无老景，亦可喜也。

二　月

丁未朔（2 月 27 日）　晴，骤暖。禺中，竹坡、叔来。为人作篆，摩墨拂纸无人，大是苦事，幸鲁卿助我。欲至怡园探梅，为客所阻，又不得出门一步，闷极。薄莫，偕海珊至屋后空地一睡，有天□□□旧时一大兰若也，兵燹后，略加修葺，其旧迹尚约略，所见门外照壁极卑陋，其上嵌一石造像，似是古物，不知背有刻字否也。钞书八叶，讹字悉仍其旧，惟确知其误，不容不正者正之。另有札记，兹不赘说。吴梅宋来。夜微雨数点。硕卿移舟来泊。

戊申初二日（2 月 28 日）　晴。饭后，出门拜客。薄莫，偕莲士至濂溪坊巷看屋。在绶生所居之东，正落五进，皆逼窄，而无广庭，西落三进，前二进有楼，东则仅末进有楼，三楹已仅存空架。听事尚高敞，奈前后屋宇悉已颓败，名之曰修，直须重造矣。主人未见，有缝人孙姓领看，问合意否，婉谢之而归。钞书十叶。吴子和移居西邻。得芍翁书。

己酉初三日（2 月 29 日）　晴。饭后出门，贺吴子实学士得孙喜，并至宝积寺拜梅宋尊人冥寿。既冥矣，而尚云寿耶？此吴俗之最可噱者。还过大井巷，日入始归。晚，约竹坡、硕卿、海门、芝生、谦甫小饮。蔡研农六兄来，未遇。陈辰田过访，亦未遇。

庚戌初四日(3月1日) 阴，午后雨。早起，至胥门马头答拜研农。与星台同年遇，谈半时许，星翁先行，复谈良久始别。还过辰翁，并晤羲民兄，畅谈。归寓日已中矣。辰翁为书局借《礼记要义》，诺之，返舍。适孙少山、周厚甫在座，欲检交少山，因谦甫、海珊置酒元兴馆，为海门饯行，拉少山、厚甫作陪，匆匆而行，仍未将去。得彭小皋观察、陈孝兰茂材书，昨日梅宋送来，孝兰并赠新会橙，□枚已烂去大半矣。略言粤事而不详。星翁云昨见电报，有两侍御对参，俱夺职，而不记其姓名矣。是日培之考紫阳书院甄别，与叔来、季文、谱笙偕行，薄莫始归。

辛亥初五日(3月2日) 大风，雨时作时止。篴仙来谈，云将有扬州之行也。少荪来。寄芍翁书。

壬子初六日(3月3日) 风雨。海门偕硕卿赴鄂，为硕卿致芍翁、菘耘书。为海门致笏臣书。寄闻叔侄书。又覆徐润生表弟书。胡芸楣来。

癸丑初七日(3月4日) 阴。书卿约往光福探梅，辞未赴。慰祖夫妇携二鹿同行，答拜芸楣，以《说文声系》赠之。芸楣云萧山王南陔有《说文段注订补》，现拟付刊，嘱为校雠，诺之。

甲寅初八日(3月5日) 晴。鬻古董许生携来汤文正、董文恭对联各一副，又旧琴一张，背有刻章，曰“水绘阁藏”，不知是冒氏物否。购得陈曼生画册十二叶，裱作六条，其直六元。余生持来明板《唐六典》，云须直二十元，又残元本陈旸《乐书》缺□□卷，汪阆原旧物，云四十元可售。曾祖母忌辰，祀毕，天气佳甚，遂偕海珊、培之往怡园一游。梅花开落各半，游屐尚稀。还至卧龙街骨董肆游瞩而归。

乙卯初九日(3月6日) 春雨浪浪，竟日夜不止，可谓天有不测风云矣。谦甫、竹林来。黄昏，皂儿夫妇自光福归。有同乡陆君见过，盖六侄女傅氏之甥，号桂林，载鲜鱼之吴销售，去年阿高所乘之舟亦伊家业也，留饭而去。寄钱念劬信。

丙辰初十日(3月7日) 早雪，旋雨，日中晴，晚月夜皎然。畏寒不出门。胡式嘉大令邀浙绍会馆观剧，三辞不允，遂令皂儿前往，内子亦令新妇缴帖。得周季相信，潘玉淦丈处交来。海珊赴周厚甫饮，大醉而归。

丁巳十一日(3月8日) 晴。作京津通各信。迟谦甫不至。傍晚，季文、谱笙来，人定而去。赠季文陈鼻烟半刺。章二表侄□□来，砚耔之子也。

戊午十二日(3月9日) 晴。外姑初度之辰。至颖生家陪祀，即留早饭。送谦甫海运差赴津。寄子湘信并江绸袍褂料一副、翠盖白玉烟壶一枚、鼻烟一刺、翠搬指烟嘴一匣，庶母燕菜一匣，五祖姑信一函、燕菜一匣，思臣信一并衣裙料、裙花、挽袖，熊侄妇衣料、裙花、挽袖，迪甫信一、葛纱袍料一件、罗布二匹，少莲信一、食物四种，鹄山信一并其孙女绿花衫裤、金寿星玉锁、帽子、围涎，小山信一、兰熏二、时笋干四篓，纫秋、善卿各半之，均托谦甫带。○陈辰翁来，借去精抄《礼记要义》一部，计十本。此昨日事，漏记，补之于此。内子在书卿处晚饭，乙夜尚未归，久之久之始至，盖舆行至观西，遇潘东园之子泰观，向称匪类者，乘马自东来，已避而让其过矣，不虞其复自后之冲也。仆夫蹶，舆猝堕，复侧而右倾焉。玻璃三皆粉碎，而人亦晕矣。久之始宛转出，有货珠宝者，叔来之所识也，乃使一老妪二童子扶至其肆少憩，复使人至大井巷，叔来、谱笙、颖生闻信驰至，遂假舆送归，而以敝舆属保甲局焉。叔来、谱笙、颖生复来视，夜半始去。内子扶杖而行，两手臂及右半身俱伤，幸以袖拥护头目，不致为玻璃所创耳。亟服玉真散并救治之。

己未十三日(3月10日) 晴。书卿及叔来、季文、谱笙、小宜皆来视。延张筱舲诊视，服药而卧。总查李幼兰来，伯寅大司寇夫人遣杜瑞来视并慰问馈物，云大寇明日当亲来，婉谢之。

庚申十四日(3月11日) 阴,大风寒,午后晴。内子服药后,面手俱肿。复延筱舲并伤科胡君治之。伯寅司寇来。玉泉丈托季文致意,谓无颜相见。下午,复将敝舆修好送来。泰观之母,故倡也,不敢来,至大井巷,书卿亦拒而不见,闻尚回护其子,此真孟子所谓妄人也,已矣。

辛酉十五日(3月12日) 晴,寒甚。书卿来。少禅、莲士均来。晡刻,偕海珊至南显子巷迤北花厂一观,闻常州刘筠巢又倒帐,亦可异已。赵纬卿来谈。

壬戌十六日(3月13日) 晴,日色甚薄,时隐时现,寒未解而转甚。得赵惠卿信。蔡仲然、章海秋来。闻朱玉坡同年作古。买春兰六盆,种蔷薇两棵于听雨堂之南墙。又买巨盆四,移种山茶。傍晚,叔来至,以明晚将往常州,来别也。

癸亥十七日(3月14日) 晴,骤暖。禺中至送玉坡殓,遂答拜诸客。仲清夫人四十初度,往贺,吃面,后同笃甫至吉由巷看屋,遂归。

甲子十八日(3月15日) 晴。悦卿、薇卿、黼卿偕来。海珊将乘来船回里,榜人以其直之廉也,飘然而去,遂不果。

乙丑十九日(3月16日) 凄风苦雨,竟日不止,寒甚。复御重裘。得海门上海致皂儿书。

丙寅二十日(3月17日) 阴,日方中一现即隐。芝亭来。

丁卯二十一日(3月18日) 薄晴。饭后,偕海珊至观前一游。与悦卿兄弟及培之遇,雅集少坐,仍偕海珊至牛角滨买兰而归。晚,置酒酌悦卿兄弟并芝亭。

戊辰二十二日(3月19日) 晴。为赵纬卿致书潘镜如。日中,少荪甥来。傍晚,吴子和四弟来,晚饭后始去。

己巳二十三日(3月20日) 晴。篆刻"艮庐蒙叟"石印一方,久不作此,差喜老眼尚明也。陆存斋送新刻《杨秋室先生集》二本。

庚午二十四日(3月21日) 晴。存斋来。禺中,拜仲复夫人寿并答拜，存斋均未见。晡刻，星台同年来谈，云蔼人调粤藩，滇藩子良调补。

辛未二十五日(3月22日)　阴雨。早，存斋来。禺中，至存斋许。与修庭遇。至笃甫处拜寿，啖面而归。悦卿回湖。薇卿、黼卿留。

壬申二十六日(3月23日)　晴，寒未解。存斋来谈，赠《皕宋斋藏书志》一部。购得旧琴一张，背刻文曰“虎啸”，又有“水绘楼藏”刻章，不知是冒氏物否？

癸酉二十七日(3月24日)　晴，夜雨。周缦云侍御来，他出未晤。得赵甥惠卿书。

甲戌二十八日(3月25日)　阴。答拜缦云，并至贝康侯许，均未遇。日晡，偕辅卿至观前一游。与季文遇，雅集茗饮而归。恽伯思来，未晤，云明早即解维，不能答拜矣。郑盦先生索书，先以《汉隶字原》《缪篆分均》奉之。

乙亥二十九日(3月26日)　阴。欲招缦云小饮，已解维。存斋亦辞。得少裳弟书。郑盦先生赠十三行拓本，云汪□□于道光癸巳重价购得，乱后仅存此石，似是阳湖孙氏旧物，刻手颇精，亦尚存古意，可珍也。赠存斋先生著述六种，《邃雅堂》《学古录》《古音谐》《说文声系》《说文校议》《广陵事略》。又借去《秋室诗录》《西湖秋柳词》二册。欲往沧浪亭，以天阴甚浓，恐遇雨而止。

三　月

丙子朔(3月27日)　早晴，午后后寒甚。吴子实来。晚，笃甫假云圃置酒招饮，同坐汪凫洲、胡式嘉两大令，孙少山上舍，谱笙、季文及余，六客一主，酒甚嘉，不觉醉矣，乙夜始归。

丁丑初二日(3月28日)　早晴，旋阴。饭后，偕薇卿、黼卿至沧浪亭一游。丁巳戊午间，曾假馆于此，今二十七年矣。池馆皆乱后重葺者，瞻眺徘徊，不胜今昔之感。当时花文定师曾手模石谷一图，装潢成卷。余与诸同人皆有题句。携至京师,复交余携付住持僧。今已莫可踪迹,不知尚在人间否也?游者人纳钱三十有五,茶一盏,直亦如之。遇徐州客三人,似措大亦似估客,遇对联必曼声吟哦,而不甚识八分书,不耻下问,乃一一告之。亭在城南,距敝庐颇远,差幸忧患余生,腰脚尚健,往返十余里,竟不困惫,亦可喜也。自作"嗣雪"石印一方。

戊寅初三日(3月29日) 畅晴,风暖花香,颇快人意。约吴引之观察、子实学士、子和学博、朱修庭观察暨季文禊饮,日莫始散。得竹坡书。沈启庵甥来。

己卯初四日(3月30日) 竟日苦雨凄风,寒冷澈骨。气痛腹泻,服生姜神面解之,晚始少定。慰祖购得汲古阁刊本《说文解字》,有朱墨校语及圈点。笔墨是白堤书贾钱听默用宋麻沙本手校,段先生覆阅。有两家跋语,不知何人过录,所可异者,段跋谓用麻沙宋本而钱自跋则又谓用包希鲁《说文解字补义》,观眉端各条,实有宋本字,或两书并校,亦未可知。尚须细读之。至朱笔则萃诸家之说,而断以己意,当亦出自老宿之手,惜不著姓氏,遂无从县揣矣。有扬州人刘生送画来看,有邹小山花鸟巨轴,设色鲜丽,绢白如新,佳品也。余俱不足观。云尚有汉玉,大小百余事及铜器一件,约明日送来观看。夜雨。

庚辰初五日(3月31日) 阴雨,寒仍未解。腹泻已止,气痛犹昨。书卿来。

辛巳初六日(4月1日) 早阴,午后晴,寒甚。陈泰自去冬大病后,已渐愈矣。近以伤食反覆,有庸医李朴臣者,以和缓自命,以为感冒,服以升麻、柴胡,内子亟止之而不听,自是汗出不止。探以补剂,如石沃水。至本日酉刻,脱然而逝。相从二十年,质性诚朴,委以重事,绝无苟且。余罢官后,犹恋恋不去。胡天之不佑善人,竟使之不得正丘首耶?呜呼,伤哉!使辅卿经理其丧,暂寄万寿庵,以待其子。

壬午初七日(4月2日) 晴,寒仍未减。迟叔来不至。竟日未出门。得陆存斋兄信并《湖州府志》《归安县志》。上巳得诗一首，既附刻于"艮庐蒙叟"石印上此印系上巳所作，复录于此，以备遗忘：

上巳修禊效兰亭体四言一首

融融风日，维暮之春。命畴啸侣，相羊水濒。我有旨酒，以乐嘉宾。仰观翔翮，俯察游鳞。优哉游哉，率吾天真。

癸未初八日(4月3日) 晴，寒少减，犹御重裘。吴道甫世讲来，盖在沪采买振米，迂道来视，可感也。二鹿出水痘，今日已全发出，但令避风，节饮食，不与服药。傍晚，叔来、马小圃嫁妹，本日过礼，因体不适，遣皂皂往贺。午后，寂坐无聊，见钱唐华无疾手刻胡鼻山青田印侧，开通大岭摩崖，甚有意趣，因仿刻于收藏吉金乐石印侧。余素不善此，近因读《研林印款》，始试学之。半月以来，居然少有规模，且眼光亦尚不钝，殊可喜也。收藏印白文曰"归安姚觐元大叠山房所藏吉金乐石"，乃癸酉、甲戌间在东川，嘉兴沈赞府庆颐少泉所刊，至今用之。

甲申初九日(4月4日) 晴。清明。祀先祖。饭后，欲踏青，无伴，遂独行，至观前，复南至临顿路，兴尽而归。寄陆存斋书。

乙酉初十日(4月5日) 晴。贺子实孙弥月剃头喜。宾客满堂，手谈者五席，而旁观者不与焉。正徘徊间，适修庭、季文来，遂同啖面。观澜留与修庭、季文手谈，以腹痛托词至大井巷少坐而归。至启庵处，云往光福，未遇。晚，置酒酌道甫。

丙戌十一日(4月6日) 阴寒竟日。未出门。

丁亥十二日(4月7日) 苦雨凄风，严寒如冬日。修庭约往阊门外观剧，辞之。

戊子十三日(4月8日) 晴。贺贝康侯娶子妇喜，遂至大井巷，偕振之、季文至怡园一游。复至察院场珠宝店，欲配一珊瑚鼻烟壶盖，竟不可得。吴门之市面，可想而知矣。晚，消寒弟八集，甲夜即归。

己丑十四日(4月9日) 阴，夜大风雨。补刻《石柱桃叶研铭》。

得存斋书并残本成化《湖州府志》四册，即覆。郑盦先生来索黎峒丸，即交来人带回，并附送《三韵》四函。杨鹿亭来。得谦甫津门信。

庚寅十五日(4月10日)　晴，日有食之。四鹿百日。书卿来。赵纬卿自上海归，来谈。

辛卯十六日(4月11日)　晴。申刻，陈泰回煞，盖距其死已十日矣，此阴阳家言，吾乡谓之神回，京师谓之出殃，殆煞气至是而始泄尽耳。追维往事，为之不怿者累日。为道甫作篆四幅，钟湘帆横幅一，黼卿及陈君穀孙对各一。

壬辰十七日(4月12日)　阴。饭后，答拜少读、鹿亭，未遇。过星台同年许，少坐而归。

癸巳十八日(4月13日)　晴。饭后偕黼卿至玄妙观熙春茗饮而归。细阅存斋寄来《府志》残本，乃弘治王《志》，非成化劳《志》也。陈蓉叔令郎从湖北来见访，见访未遇。携汪□□大令书，索《振绮堂书目》。

甲午十九日(4月14日)　晴。体惫甚，竟日未出门。道甫辞回沪上。许品霞以汉铜斛求售，先携拓本来，似尚不伪，属将其器来看，再行定夺。

乙未二十日(4月15日)　阴，晡后晴。偕黼卿至临顿路花厂一游，从菉葭巷迂道而归。连日用弘治残《志》校《吴兴志》，颇有所得。闻枢廷诸老被逐，恭邸就邸，食全俸，宝相休致，李协揆、景大司马降二级调用，翁大空革留，而以额、阎两大农、孙少司寇承其乏。又闻祁子和内召，浙江学政放刘祭酒廷枚，均不知何事。

丙申二十一日(4月16日)　晴。读邸抄，知昨传闻皆确。又徐晓山、唐鄂生皆革职拿问，交刑部治罪，为越南事，北宁失守也。子和则升总宪，枢堂则尚有礼亲王及张大司寇，又特召香涛中丞陛见，皆望前后事也。

丁酉二十二日(4月17日)　晴。同乡管别驾荔裳、冯丹徒已亭来谈。天气甚佳。饭后，将游拙政园，而踽踽无伴，遂止。自作“平江侨寓”白文石印一方。

戊戌二十三日（4月18日）　晴，午后薄阴。金沅石世兄自杭来谈，悉耕翁近况。得鹄山、小山书。严筱舫带沪寄来，筱舫亦自有书，盖为胡雪岩浙境入宦之典奉爵相教来觅主也。江夏蔡君炳奎翊廷来，云是叶询予学使之友，现从粤至，到门投刺，送诗一本，莫测其意旨之所在。读其诗，则自箸自书，纯是江湖派，不类雅人吐属，刊版送人，真所谓灾梨祸枣也。

己亥二十四日（4月19日）　晴。早起，出门答拜荔裳、沅石，并答拜蔡君。杜瑞回粤，盖郑盦先生荐与新任粤海关部海缵廷也。索蔼人书，挥数语付之，并寄孝兰书及小皋令侄衣料、笔纸等件，盖以是酬其上年房租也。

庚子二十五日（4月20日）　薄阴。书卿来。三鹿出水痘，延张小林视之。购得卧龙街间邱坊是阁村坊，与间邱相近口市屋一区，其直洋蚨七百元。得子湘书。呼艺花者整理建兰，并换破盎。郑盦先生赠《小谟觞馆全集》。

辛丑二十六日（4月21日）　晴。饭后，偕海珊步至八旗奉直会馆一游，此明之拙政园也，虽屡经俗手修改，而小山流水，古木丛篁，犹为吴下园林之冠，犹官工草率，殆又将圮矣。余春来掩关不出，不知牡丹已开，花事且烂漫矣。遇同乡王君号□□，在观前开人和开绵绸庄，湖则家道士巷，俞香屏、张吟石之戚也。与海珊聚谈，知系黼卿旧交，殷殷以茗饮相劝，情不可却，扰之而归。乙夜雷始声，时加子，大雷电以风，骤雨如注水，半时许即止。

壬寅二十七日（4月22日）　阴。顾子山娶妇，彭菊樽之女也。先至彭处，宾客寥寥，与南坪少谈，即至顾处。正在发轿，新郎即所谓八大王者，殆戾气所钟，特不解相攸者何以及此耳。还至大井巷，与笃甫共饭，以气痛，将行而胡式嘉大令适至，复谈少顷而归。答拜汪皃洲昨日见过，未晤，于云圃遇之。皃洲深忧盐枭之不靖，式嘉则谓已经官军痛剿解散。要之是一大患，皃洲之杞忧非无见也。笃甫言落英太仆昨过此，言近事颇悉，丰润少年已底里尽露矣。钱念劬来谈。吴虎臣自蜀来，赵纬卿来，均未遇。得彭芍亭中丞书。

癸卯二十八日(4月23日)　晴。偕黼卿访念劬，未遇。闻其邻即五峰园，有茶肆可憩，因使其纪纲导往[1]，园甚宽，有二池及零石，古木亦仅有存者，从其背曲折而入，所谓五峰者，未之见也。茶寮湫隘芜秽，前通申衙前，盖货珠玉之所集，时适互市，无隙地，遂从申衙前步至玄妙观三万昌，茗饮而归。遇季文、子和于途萧家巷西畔，立谈而别。

甲辰二十九日(4月24日)　晴。同乡章司马乃缙笏云来，黼卿、砚耔昆仲行也。念劬来，交去王《府志》四册，谈《志》新抄、原抄各三卷。叔来来。傍晚，偕海珊平江散步。皂儿购得明刻《唐六典》。严芝生表兄来。

四　月

乙巳朔(4月25日)　早晴，旋阴，日晡雨。宋生松岑来。校《续复古编》上平讫。

丙午初二日(4月26日)　晴。为严芝生表兄乔梓及黼卿书扇。饭后，偕黼卿至季文许，看式嘉送来前人对联，拣得杨忠愍、朱竹垞、桂未谷、包慎伯四联，问价再定。又张文敏长联一，字极劲伟，细看竟是双钩填墨，且绢本已多剥落，以其长短适与新制楠木就村而成相仿，携之归，拟手自钩模，刻于楠木之上。其原本却不直购也。季文邀往观前啜茗，先至护龙街骨董肆一游，购得研朱慈盏一，乃符箓家所用，今人率以为研药之盆，误矣。有商爵一，索价甚昂；又汉大吉洗一，皆非赝物，在师竹斋，均买不成。天已莫，不能再往啜茗，遂各散归。阳小縠辞回籍。吴子和来，未遇。

丁未初三日(4月27日)　晴。日中，出门吊唁吴又乐。与子实

---

① “纲”，稿本作“网”，据文意改。

学士、旭初观察及季文遇，谈少顷而行。答拜章笏云，未遇。复至南仓桥，贺马小圃嫁妹喜，与小圃母子谈良久而归。得思臣信。许品霞以王员照画求售，援鹑居藏物也，惜为庸工所伤，题款墨晕狼藉，幸画尚未伤。索五十元，许以十六元，未售。

戊申初四日(4月28日) 晴。日加巳，至师林寺公祭吴平斋观察。仲复已行礼，先去，到者皆各自行礼，官绅具在，惮于酬应。与辰翁、鹿亭、纬卿诸君谈一时许而归。体惫甚。

己酉初五日(4月29日) 晴。体愈惫，竟日未出门。张少渠来，云广东有采买米谷委员在此间，何人不知也。晚，阅《申报》，内载月朔苏抚辕抄，果有施溥、方大甡禀见，然则即其人矣。少渠讶余不知彼未来，余何从知之。闻恽畹香作古，此老亦奇人，惜晚运差逊耳。

庚戌初六日(4月30日) 晴。体仍未愈。吴子和来，欲赁阳小瀫现住之屋，而房东有难意，言未竟，有人来寻，匆匆而去，若颍川者真可谓别有肺肠矣。日来校《续复古编》，时作时辍，本日仅校十二字，闲身而不得专业，岂不惜哉！读《四声易知录》，以红笔分注叶数于目录下，以便检寻。

辛亥初七日(5月1日) 阴，午后雨，时作时止。送阳小瀫大令回桂林。日晡，莲士来，遂与黼卿偕往考院一步。明日府试，诸应童试者麇集院前，有赶考书帖店及骨董摊，举无足观。有青田石方寸长约二寸，胡公寿手刻，边款具存，与冯云伯所赠之方相类。又有明拓《干禄字书》，亦尚可作副本，惜索价昂，均未买成。从抱经堂取归聚珍版《续吕氏家塾读诗记》二册、抄本明海盐王世隆文禛集一册，凡《操瑟迂谭》上下二卷，《湖海长吟》七卷，前有万历甲辰自序、画像并赞。又明海盐吴宗汉守忠《心逸道人吟稿》，上下二卷，前有嘉靖庚申王文禄序，皆从刊本过录。吴诗卷尾有"大清道光十年十一月同邑后学马泰荣秋浔氏手录"一行蝇头细字，下钤"陶泾里农"朱文小方印一，卷首又有"半石手钞"朱文小方印一，再前序下更有"秋隐山房马氏珍藏"长方印一，盖亦留心乡邦文献者，惜不甚精耳。得存斋书，寄赠《娱亲雅言》严九能、《靖康要录》。金螺青大令赠所刻《归震川顾亭林朱柏庐三先生年谱》《憺园全集》。又得严筱舫书。

壬子初八日(5月2日) 阴雨竟日,寒甚。阳小穀起程回桂林,晡刻登舟,留一族弟,闻将往杭州,未去,迁住茶厅侧屋。子和来。

癸丑初九日(5月3日) 阴雨,寒甚。体不适,竟日未出门。许品霞以金寿门书直幅四轴来售,真迹也,而究无甚意味,还之。

甲寅初十日(5月4日) 薄晴。叔来来。饭后,同黼卿至考院前一游。书画骨董荡无一物,吴门如此,亦可慨已。胡公寿青田石印,另鱼脑冻石一方,计价至十元,以半酬之,犹不售。购得安刻《书谱》一册,簳林释文已佚,然尚是初拓,"沽水草堂"犹不作"活"。又旧拓怀素《圣母》《藏真帖》一册,有"元祐模勒"字,是陕石也,惟裴柳题名无"同登"字,游景叔跋亦以新拓配入,岂辗转重模欤? 当再详考之。又褚模《兰亭》一,刻手甚精,毡蜡亦不恶,有明许初、唐宇肩二跋,本朝则王簳林、孙伯渊、顾南雅而殿以梁茝林。王跋有"汪氏子孙永宝"语,孙、顾均为月轩题,顾称之曰表姊夫,月轩殆汪姓与? 茝林跋在道光庚寅,后复有嘉庆庚午山舟学士观款,其为真迹,归梁以后所刻无疑。昨游沧浪亭,见壁陷梁刻累累,不知此石亦在其中否? 此三帖索直三元,许以一元而售,迨送到则又自悔其议,谓其师责其贱卖,欲更增价半元,察其语,似尚不欺,加以三角而去。

乙卯十一日(5月5日) 晴,夏至。俗于是日以称权人体轻重,以为可以已疾。予重百斤,内子百□斤,三鹿十五斤。饭后,偕海珊至考院前,遇莲士于途,遂同往。间瞩石印二,仍以五元购之,兴尽,同莲士缓步回家,共食樱、笋,薄莫莲士始去。还季文张文敏钩填对联,交高元带回。星台来,未遇。

丙辰十二日(5月6日) 晴。许品霞以玉印来售,文曰"阳曲侯印",细白文,于切玉法尚合,"侯"字下半反文,汉印中亦往往有之,不足疑。惟细审龟纽,制作未古,文亦似后刻者,殆并其印亦是旧料新制,而文无论矣。此等琢手,亦非近人所能,殆乾嘉时物,且摩挲日久，锋颖俱无，非有真识者，亦不能猝辨耳。购得小钱一枚，较开元钱略减一围，文曰“南无阿弥陀佛”，行书，如唐人所写陀罗经幢，甚精致，疑是唐人好佛者所造，惜无年代可考也。

丁巳十三日(5月7日)　阴雨。体不适，竟日未出门。湘保归来。三鹿早去，留住大井巷。

戊午十四日(5月8日)　晴。体犹不适，欲出门一散而懒于举步。饭后一觉，而日已晡已。

己未十五日(5月9日)　晴。体倦，耆卧。日晡，强起，偕海珊至考院前一游。皂儿侍门，既无可玩，惫亦不支，遂归。购得明人刊本《韵会举要》，《珍艺官》暨《李氏四香丛书》，又批本毛刻《三国志》，又《问经堂丛书》，与《汇刻书目》所载，惟《逸子书》完全外，余则互有增损，且印本大小亦不一，殆非一时所收。然在今日，已不可多觏矣。傍晚，叔来来。

庚申十六日(5月10日)　阴，晡后雨。仪珠生日。书卿、小宜、笃甫、叔来、季文伉俪、仲清夫人、小雀、松浦夫人、振之、谱笙、莲士均来吃面，乙夜始散。

辛酉十七日(5月11日)　早雨，旋止，午见日，薄晴。培之生日，无外客，盖日昨并贺矣。三鹿昨来，即晚仍往外家。

壬戌十八日(5月12日)　晴。至包衙前朱□□伯家，为玉圃同年开吊请陪客也。与贵州周子迪太守莲同坐，言及刘家浜有屋一区出售，散后即偕子迪，并邀汪皃洲大令同往。屋凡七进，大厅尚轩敞，以后四进俱有楼，惜只三楹，楼上尚可，下则为两夹箱所蔽，庭院如井，屋黑如漆，前进尚与装驾桥相仿，后则如入鼠穴，不可耐矣。花厅三楹，有前后院，前有楼四间，亦尚可。价须六千八百元，与显子巷褚季常之屋相等，一纵一横，皆无可取，特门外较宽耳。答拜许星翁、吴子备，均未遇。至张少渠大令许，谈刻许而归。

癸亥十九日(5月13日)　至朱宅陪吊。遇杨敏斋同年。散后，至大井巷，偕季文、谱笙游骨董肆，至城隍庙啜茶，食韭菜饼。复至大井巷，傍晚始归。购得明太仓《陈确庵集》四册，写本，与刻本相间，是其孙溥集而手录者。当细读，另详于后。刘味学来。

甲子二十日(5月14日) 晴。饭后无聊，正拟出门闲步，而陆绶生兄适至，盖索陈皮也。长谈，至晡始去。叔来、莲士来。

乙丑二十一日(5月15日) 晴。禺中，至西华桥巷，贺顺之同年令侄玉笋嫁女喜。还至大井巷早餐。同宋蕉午、季文手谈，既不相习，又非所好，殊觉乏味。日晡，张少禅、鲁卿、慰祖与黼卿相继而至。日将夕，使鲁卿代庖，遂归。是日，陈泰之子天庆扶榇登舟，为致邵小邨书，并致津门小山书，托为照料，仍托海珊往沪，为之经理轮船等事。谱笙来，晚饭后去。闻潘蔚如中丞家明日有喜事，乃介弟□□嫁女也，□□夫人，沈丽农女，我之所自出莲塘三伯处二姊，以天晚不及致贺，拟俟诸来朝。

丙寅二十二日(5月16日) 早晴，午后阴，日晡微雨数点。清晨，遣高寿送潘处送礼，则喜事系昨日申刻，传闻误谓今日也。不便再往，抱歉之至。为李荣致孙文起兄书，并寄厚庵一械，亦交李荣带。是日季文奉母往常州，为畹香素事也，因未接菘耘昆仲赴，不便作书，制幛托振之带往致送。欲出门一步，恐遇雨，中止。子和来。

丁卯二十三日(5月17日) 大风，夜猛雨如注水，丁夜方止。赠金赢青、张少渠《丛书》各一部，报赢青赠所刻《憺园集》并《归顾朱三先生年谱》也。赢青复赠重模《适园画帖》二分。

戊辰二十四日(5月18日) 晴，大风，入夜方止，晡时风少定。偕黼卿至玄妙观，欲往雅集，少憩，积潦成池，渡以木版，往来游人如织，不愿与之争渡，遂往如意阁啜茗。与培之、霞轩遇，同坐，至日莫始归。

己巳二十五日(5月19日) 晴。饭后，至考院前，购得严先生《说文声类》二篇。此书刊后，复加增定，故中多旁注字句，亦版刻中罕见者。版尚存，今归吴氏二百兰亭斋。是册上有先生手批，盖重订后又加增删者。如一上篇《之类》“台”声下三叶左三行删“蛤”字，眉端记曰："《释鱼·释文》《集韵》《类篇》皆引《字林》：'蛤，黑背也。'按《释鱼》：'玄贝，贻贝。'《释文》：'贻，本又作胎。'是古本用'胎'字。"又二"翟"声下五叶左首行"翟"，偏旁"氵"改"彳"，眉端加△。三《支类》"解"声下八叶左九行。"鰤"字左角下四点，旁△，眉端墨圈。似是偏旁误"鱼"作"角"。四《脂类》"豖"声下十三叶左"蠡""蠡"字注首行，"与籀文重出"、五行"籀文从彖声"，均改"籀"作"古"，眉端并△。又五"自"声下十四叶左五行"眉"字注"小徐"下增"《一切经音义》引"六字，眉端△。又六"旡"声下十五叶右五行"慸"字旁△，眉端记曰："心部有慨，复有慸，重出。"又七"穴"声十九叶左"鴥"上记于眉端弟一行增"窅"。均谓穴亦声。"鼝"下三行，勾入"鼝"下。增"窅声瞀读若《易》曰勿恤之恤。"均谓窅亦声。五行"瞀"并注抹去。又八"叕"声下左上末行"缀""畷"二字乙转，眉端有△。九《歌类》"乑"下廿二叶六行"钖"挑去墨围，眉端有△。十《鱼类》"辜"声下廿七叶右"蛊"字，八行眉端记曰："蛊字疑当在《之类》，《一切经音义》卷十六云：按蛊古读为冶，故佛书冶多作蛊。"又十一"砻"声下廿九叶右首行"稽"字，偏旁改木旁，加△，眉端有点。又十二《鱼类》末廿九叶左七行"文九百六"，"六"改为"五"。十三《幽类》"柔"声下卅五叶右"内""蹂"二字抹去，眉端记曰："移入九声下。"又十四"九"声下卅六叶右"轨"字眉端写前二字，勾入"轨"注下。又十五"丣""丣"二字卅六叶左注内"茂"凡三见，各以墨点，又加"丶""丶""丶"于眉端。又十六"畜"下卅八叶左正文及注凡九，各以墨点，又加九点于眉端。似是补末笔。又十七"曼"声卅九叶右二行"槾"下增"幔"，以墨围之，又加△于眉端。又十八《幽类》末卅九右五行"文七百七十五"，"五"改"六"，眉端加△。十九《宵类》"刀"声下卌一叶右"钊"字并注抹去，眉端记曰："钊，小徐金声，改入《侵类》。"又二十《宵类》末卌二左五行"文四百四十四"，"四"改"三"。廿一下篇《蒸类》"升"声下一叶右"徵"字抹去，旁改"敳"。"徵"声下"懲"字注"徵省"，抹去"彳"旁及"省"字。"澂"下增注："小徐、《韵会》引'敳声'。"眉端加△。又廿二"緪"下一叶左抹去"轰"字及注，眉端记曰："《玉篇》轰与輷、軥同，当

改入《真类》。”总数字漏改。廿三《真类》“觧省声”七叶左“垟”下补“○羴《广韵》误入耕，《玉篇》与𩐩、䪨同。”眉端加△。总数漏增。廿四《元类》“舌”声下十一叶左首二行“狤”字注改文，写于眉端。“读若比目鱼鳎之鳎。小徐舌声，今《说文》鳎作鰈，是新附字。《释地·释文》：‘鰈，本或作鳎。’知‘鰈’必‘鳎’之误。”又廿五“岸”声十一叶左四行“騂”下抹去注“岸省声”并正文“炭”。又廿六“㔾”声下十三叶右四行“斡”增注：“《匡谬正俗》卷七引《字林》，斡音管。”写在下端阑外。又廿七“产”声十三叶右九行“铲”下，移入“屵声炭小徐、《韵会》引‘屵声’”，写在眉端，用墨笔勾在“铲”下“原”声上。廿八《东类》“夋”声下廿叶左“酸”，改“酉”旁作“鬲”，眉端加△。“匈”声“詾”下，增“洶”字。又廿九《东类》末廿一叶七行“文三百”下补“一”字，眉端有△。三十《侵类》“侵省声”下廿二叶左“埐”注均谓抹去，旁改“小徐”，眉端二△△。又卅一“今”声下卅三叶右“釜”注：“今《说文》误作‘釜’。”抹去“误”字。又卅二“金”声同上“鈙”下增“钊小徐金声”。写在下端阑外，勾入“鈙”下“锦”上。又卅三“瘖省声”同上“雍”下抹去“人|声”中墨竖丨，与“鷹”接，眉端有△。又卅四《侵类》末廿五叶左“文四百卅”下增“一”字。卅五《总论》《脂类》字下廿六叶二行旁添“金声之钊”四字。卅六《阳类》字下同上五行“蚀”字抹去，旁改“蝕”字。卅七注“䙴音”下同上九行增“钊从金声”，写于眉端，勾入“音”下“曹”上。卅八《谈类》“幸”声廿八叶左十一行眉端记曰：“△幸从大声，故摯、鷙等字皆入脂、真类。”卅九“大凡”卅叶左五行下“文九千三百六十七”，“七”抹去，旁改“八”。又四十，同上九行“今定收文九千四百七十四”，“四”抹去，旁改“五”。以上字迹皆与家藏《说文考异》稿本内先生字迹相同，首页钤“严可均之印”朱文方印，又“铁桥”白文方印各一，其为当时手定本无疑，可珍也。

庚午二十六日(5月20日) 早晴，午阴，晡时大风，晚雨。吴子和来。禺中，至沧浪亭。癸卯团拜，同年到者四人，宦于此者许星台廉访，杨敏斋太守，在籍彭讷生观察，寓公则余也。在省未能到者二人：潘润之太史，腿疾；戴鳌峰学博，奉母讳在沪。未能到者二人：杨绶臣太守，丁

□□大令。同年兄弟则潘玉泉、钱君砚两观察，年家子侄则潘辛之、王奉卿、赵幼吟、恽叔来、潘谱琴、玉荀、春畴暨星台之孙伯鸿、仲荪，讷生之孙颉林孝廉泰士，凡十有六人。先谒五百名贤祠明道堂，团拜然后入席，酒三行，联三席为一，觥筹交错，宾主尽欢。玉翁以有事先行，星翁兴犹未已，至日暮，天将雨，始各散归。

辛未二十七日(5月21日) 小满，阴，小雨时作时止。未出门。

壬申二十八日(5月22日) 阴雨。祝赵幼吟母包淑人七秩寿。同年表丈吟茱观察之配也。啖面而归。吴申甫来，携有宋板《玉台新咏》，每叶三十行，行三十字，所谓陈玉父本[①]，与余所藏许文恪师旧本正同。又有明板《孟东野集》及朱西亭所刻《周易集解》。即《经义考》所载之本。拟一并留之。

癸酉二十九日(5月23日) 晴。日晡，偕黼卿至观前一步。购得元和水田二百亩，亩直洋十九元六角，吴子和经手，本日成交，立草议，先付价七成，交到田单一本，议明俟步准后找价立契。

甲戌三十日(5月24日) 晴。校《吴兴志》，谬误愈多，闷甚。日晡，至临顿花厂，一观即归。旁晚，叔来至，携交吕业卿一书，又刘文清小楷书进呈诗片一册，云是毗陵人托售者，索五十元。落笔矜持，未尽所长，然是真迹，每幅名号私印则后人所钤，盖虑无以取信，而不知适为蛇足也，价亦昂矣哉。

五 月

乙亥朔(5月25日) 晴。搭天棚，上房五元，后进二元。体倦，未出门。从申甫取得《宝刻丛编》，校谭《志》所引《射堂记》，跋语未有，盖有佚文矣。阅邸抄，张振帅乞病，开总督缺，仍办海防，以张孝达权督篆。

丙子初二日(5月26日) 晴，骤暖。吴梅宋母彭太宜人七秩寿

① “陈”，稿本作空字，据陈乃乾校录《弓斋日记抄》及《玉台新咏》版本补。

辰，在宝积寺受贺。禺中，往祝，先至大井巷，知书卿已昨晚归来，随往宝积，与引之、叔来诸君共坐。伊蒲甚精洁，特不具面，为可异耳。饭后，复往云圃，与胡式嘉大令谈刻许，内子已先至。书卿邀共手谭。傍晚，携大鹿先归。海珊自沪归，知陈大庆扶榇，已于廿九日登舟，计明日可抵津门矣。

丁丑初三日(5月27日) 晴，午后阴，日晡浓云四合，小雨一阵，旋止。筱仙早来，未遇。日中，芝亭、振之来。饭后，念劬、子和来。购得明成化年重刻《嘉泰会稽志》，前缺八卷，《续志》八卷全，汪阆源旧物也。余上年购得五砚楼藏旧钞此书，《续志》全佚，仅存一序，今无意得此，亦可喜也。明人刻书，多随意窜改节落，此独完善，未失宋本面目。吴兴志又多一比例，尤可喜也。

戊寅初四日(5月28日) 晴。节事纷纭，吴俗虚文多而实意少，虽不为所摇，而有未能免俗者，颇不可耐。和潘季玉丈甲申岁朝赏鞠诗，并为洗蕉老人代和一首，附录于后：

和潘季玉丈甲申岁朝赏鞠，仍用丙午年文恭公原韵

留得秋容度腊残，华堂不怕雪霜寒。恰同椒柏呈嘉瑞，更酌屠苏配夕餐。晚节肯随新序改，好花能到后人看。卜居幸近韩公圃，唯拟香分馈岁盘。

又代和一首

春回黍谷换冬残，犹有秋英耐岁寒。省识魏公高晚节，漫劳楚客劝加餐。延龄酒向元辰进，插鬓花同九日看。老圃于今绵世泽，更从东阁颂椒盘。

己卯初五日(5月29日) 早晴，午后微阴，晚阴，黄昏小雨一阵即止。食时出门，至大井巷，并谒郑盦先生，答拜筱仙。从笃甫许少坐而归。饭后，倦极而卧，迨推枕而起，夕阳已衔山矣。季文赠洋杜鹃花、珠兰各一盎。

庚辰初六日(5月30日) 晴，早大风，旋止。书卿来。饭后，偕黼卿至观前一步即归。念劬来，借去残《嘉泰会稽志》六册，《续志》二册。

辛巳初七日(5月31日)　晴。晡时，偕子和至丁香巷看屋，头门已毁，基址尚存，大厅有楼，花厅小而轩厂，其西有小花圃，地不多，尚微有致，惜上房太窄，庭院如井，不脱吴门錮习耳。筂仙送还《西汉会要》一册。索郑手民寄来看样之《复古编》一本，即交吴申甫带还。

壬午初八日(6月1日)　早阴，小雨，旋阴。吴引之二兄来谈。接子湘信，内附曾旭初一函。为梅宋致彭小皋书。

癸未初九日(6月2日)　晴。遣皂儿送梅宋回粤。黼卿偕吴栈友人下乡踏田。芝亭来。

甲申初十日(6月3日)　晴。拟往大井巷，而喉中微楚，人亦疲乏，似是干燥所致，亟服清盐橄榄菜菔解之，遂不出门。得沈叔枚贺节书。

乙酉十一日(6月4日)　阴。严芝生、钱念劬来谈。晡刻，至大井巷。傍晚，携大鹿同归。

丙戌十二日(6月5日)　晴，午后阴，晚晴。全家俱往大井巷，丙夜始归。接来恩经邦弟信。

丁亥十三日(6月6日)　晴。书卿生日，往贺。同人公分唤小伶演剧公祝。体惫甚，丙夜先归，即卧。

戊子十四日(6月7日)　晴。江夏县附贡生蔡君炳奎字翊廷，春间曾来投刺，并送《梅林诗草》一册，已答之矣。昨投一函，自称门生，云欲北行，遣人辞行，因日往云圃未覆，屡索回书。周涌以他出告之，今早又遣人来。因赠以二番，即交来人带去。明知未惬其意，然无可如何，是亦取怨之一端也，只可听之而已。得子湘书。

己丑十五日(6月8日)　晴，大风时作时止。黼卿步田归，有七成，与单相符，其余尚须检剔，共用舟资等项洋十六元，钱二百文。

庚寅十六日(6月9日)　早晴，午后阴，小雨。莲士来。叔来来谢寿，云十九日赴江阴岁试。

辛卯十七日(6月10日)　晴。书卿自来谢寿，云前日公分尚有余资，拟演京班，属再醵金以成此局。饭后，偕均仙往严衙门夏侯桥。

傍晚，均仙回，云书卿已先回家料理演戏事矣。送还叔来刘文清楷书诗片一册，交高元手。

壬辰十八日(6月11日) 晴。云圃演剧本，定申正开场，因河道水浅，戏箱进城中涂阁浅，复从陆路搬运而至，及涂抹登场，已张灯矣。危坐而观，倦甚，丙夜先归。子和来，未遇。

癸巳十九日(6月12日) 晴，热甚。河水尽涸，已成旱象，不胜畎亩之忧矣，如之何！如之何！叔来、季文先后来辞，往江阴科岁。周涌辞回里。相从四十年，贫贱富贵，忧患安乐，皆以共之。兹以老病日增，且有望于陈泰也。遂给予川资，任其自去。往日仆从，至此星散尽矣，能无惘惘！

甲午二十日(6月13日) 晴，酷热如三伏。懒于出门。饭后，倦卧，起来日已衔山矣。晚阴，似有雨意。

乙未二十一日(6月14日) 晴。子何来谈。颖生夫人至，言颖生流连上海妓馆，资斧荡尽，遣仆来苏，向其友人告急。固知其有今日，而不解其何以得去也。因接书卿来，详询其仆，始知偕任、孙二姓同往，先到三日，清游而已，弟四日遇王姓者原系在苏相识者，偕往妓馆，遂从此不归。兹遣伊回苏，持书向其友人告急，并属勿告知家中，此大略也。事已如斯，只可设法寻其归来。因商定属海珊前往，相机行事。

丙申二十二日(6月15日) 阴，晡后甘霖渥霈，大慰三农之望。学成侄扶滇伯之柩奉母到苏，即招芝亭来，偕辅卿至舟，为之部署一切。谦甫来，晚饭后去。芝亭留宿。

丁酉二十三日(6月16日) 晴。芝亭偕学成租得后衖屋三楹，并井灶披箱，每月租价二元，押租十元，中费四元。即日滇伯夫人与其妾移入居之。遣学成送其父柩回里，仍给予十元，俾资用度。其屋正与后门相对，照应甚便，惟闻已售于人，不知能久居否耳。恽竹坡大令来。晚，托海珊往沪觅颖生踪迹，搭绸庄船，明早开行。以上二事皆义不容辞，惟难为久远之计，破钞其小焉者耳。右足拇指溃烂，不良于行。

戊戌二十四日(6月17日) 晴。日仄,答拜竹坡,足疾,乘轿而往。晡后即归。吕定之兄来,未遇。周畇叔家人来看屋,询知尚在羊城,须觅定住屋然后起身。海珊赴沪,携洋六十元去。

己亥二十五日(6月18日) 阴。至盘门新桥巷吊戴鳌峰。答拜文小坡刺史孝廉,未遇。又答定子,亦未遇。与任筱沅谈少顷。至大井巷,遇竹坡,复谈少顷。以足痛遂归。筱沅中丞约同定子、竹坡、幼亭晚餐,亦以足痛不能赴。晚雨。

庚子二十六日(6月19日) 阴雨。日中,陆绶生兄来谈。足痛未已,竟日不能远行。

辛丑二十七日(6月20日) 阴。赵价人户部、程丽芬观察先后来,以痛足掩关,未能接见。得海珊信,颖生已寻着,而无术以驭之。有廿九日归来之说,未知信否。

壬寅二十八日(6月21日) 晴。夏至。祀先祖。日中,得盛杏荪观察津门本日巳刻电信,张香涛制府属于闰月初四、五往沪,有事面谈。以足疾婉谢之。香翁知己可感,然义不可往见。仍于晡刻发电信,托杏荪转达。往来电信附后:

来电:苏州姚彦士方伯:顷芗陶制军属请台驾初四、五日赴沪,有事面谈,仍祈电复,侄宣。

覆电:接电悉。弟痛足甚剧,能稍愈,当如约往。祈转陈。觐覆津海关道盛。

遣人答拜丽芬,云月初行时再来,价人已解维矣。

癸卯二十九日(6月22日) 清早小雨,旋晴,午阴,晡刻大雷雨,少停复雨,竟夕不止。绶生来谈。得小山津门信,内附迪甫书,云缪仲英丈乔梓,属转致。香涛先生欲邀作入幕之宾,属往沪上一行,吴柚农太史所云亦同。士为知己用,原不必以退攘鸣高,特自揣才不胜任,恐作羊公之鹤耳。拟作书遣人赴沪婉辞。思荐贤自代,而不得其人,奈何!奈何!筱珊编修有鼓盆之戚,尚殷殷以鄙人为念,并可感也。又得海珊书，知颖生昨已回苏，云来措资，尚须复往，此真不可救药矣，言之惘然。又得亭菊寄海珊信，知周涌已安隐到扬。

闰五月

闰月甲辰朔(6月23日) 阴雨。书卿、谦甫来。得宋□云大使信，云鄙人移送龚署任交代一案，本年春间经清查局委员覆核，计共不符银一十一万余两，经该大使督同库书逐款勾稽，并将详院月报册互相考证，系当日办交盘册时，库书一时疏忽，将正项及报部各款漏收银一十一万余两，漏支银一十万零数千两，又在未报部各款内漏支银一万余两，统计数目符合，业经开单送清查局复核相符，现已详请更正。又云，海防经费支绌，前劝当商捐输，并借英国洋款一百万两，仍属不敷，现又详请续借一百万两，尚未奉批云云。自罢归以后，久置世事于不问，因此信内有更正交代事，故附记于此。又得陶春海孝廉信，梓人富文斋余良弼带来。又接存斋函，内无手札，系转送归安谭大令照会一件，为在粤藩任内捐助浙振请奖事。

乙巳初二日(6月24日) 阴，早雨。足疾少差，拟往上海一行，见香涛先生，面辞征聘。属黼卿至阊门雇定二号蒲鞋船一只，往返船价八元，坐食一元。

丙午初三日(6月25日) 大风雨，竟日不止。舟于日仄放至红桥外，竟不能行。谦甫来。

丁未初四日(6月26日) 雨，东北风劲甚。卯刻，登舟，行一时许方出娄门。晡刻，晴，风仍未已。至跨塘，舟人坚不肯行，遂泊。

戊申初五日(6月27日) 晴。东风甚大，牵挽不易。日晡，至昆山县，舟人更不肯行，遂泊。偕黼卿登岸，欲至城内一观，甫过学宫，足痛甚，遂归。

己酉初六日(6月28日) 晴。平旦，开行。晡后，至黄渡待潮，暂泊。黄昏，复行。夜半，至张家泾泊。

庚戌初七日(6月29日) 阴。午后小雨。午正，抵沪，泊盆汤衖口，遣高寿上岸探听，知香涛初三日到此，复赴吴淞口阅看炮台，昨日甫归，原住金利源码头，现移天后宫，与许竹筼星使同寓。巡捕方、白二君，粤之旧人也，云已为回过，即刻出门，俟归时前来相请。寄家书，交信局带。

辛亥初八日(6月30日) 阴雨。辰刻，香翁来邀，即至天后宫，与苏伯赓观察、冯□□相遇，皆粤人，即同进见，谈数语，即送苏、冯两君先行，复留坐，谈粤事。力辞入幕，允之，仍约畅谈数次而后别。与恽伯施、陈宝渠遇。归舟，知伯赓、宝渠、伯施均来饭。后入城拜客，均未遇。至伯施处寓永保栈少坐而归。石鹿苹、沈古愚来。下午已兰来。知访梅、云楣均在此，即约往聚丰园晚饭。云楣有事未到，其令弟云□来，与访梅谈别后事，相与感叹久之。严筱舫亦约而未至，同坐施镕堂，震泽施少钦之弟也。费屺怀后至，云明早即归舟泊对面，访梅亦明早回里矣。寄家书，仍交信局。

壬子初九日(7月1日) 晴。日晡，至天后宫，与钱念劬遇，见湘公，谈至暮而归。晚饭后，偕黼卿上岸一步，接家书。

癸丑初十日(7月2日) 晴。念劬、少荪来。晚，赴香翁之招，同许竹筼星使、吴仪卿太史。散后，复胡云楣观察之约，同座姚彦森、谢子临，夜半始归。更有程丽芬一局，不能赴矣。寄家书。

甲寅十一日(7月3日) 晴。香翁启节赴粤中。偕黼卿至三茅阁桥抱芳阁小憩，并游骨董肆，有旧慈及水晶烟壶，均未买成。还至敦泰，适鹿苹亦来，谈少顷而归。伯施来谈。日晡，至云楣处，出示《说文理董》。即乘马车访已兰，共游静安寺。还至一品香，赴伯施大餐之约。伯施偕彦森已先到，遣人邀已兰、黼卿至。云楣未到。团坐共饮，味甚佳而直亦不昂。饮毕，同往天仙观剧，夜半始归。念劬来，未遇。接皂儿来禀。

乙卯十二日(7月4日) 晴。彦森约游同文书局。念劬来谈。饭后，热甚，至第一楼小憩。已而伯施、彦森偕孙君少甫来，即同乘马车至虹口同文书局，徐与之观察导引，历观全局，用西法而仍以墨印，较之点石斋胜多多矣。观许仲弢寄存文恪师旧藏书画，有宋拓《定武兰亭》，与寒家所有大致相同，跋亦真赝参半。更有宋贤遗墨，米书赵书卷均致，卷更有褚摹《兰亭》，米装跋尾，文恪师题曰“神品”。又鲁公《祭伯父豪州刺史文稿》，亦甚珍秘，皆未悉其妙。是日，观三十余卷，尚未及手卷之半，而日已衔山矣。晚，赴古愚、鹿苹之招，会食复兴园，复同往老丹桂观剧，同坐胡诵清、高浒梅，夜半戏犹未止，遂先归。

丙辰十三日(7月5日) 晴。念劬来，即偕黼卿一同登岸，至伯旆许，尚未起。答拜张敬甫，亦未遇，遂进新北门，至城隍庙花园湖心亭茗饮。访鬻骨董蒋生，已歇业归去。上年所游之骨董肆，亦大半闭门矣。出城至醉六堂读未楼小憩。购得《求是堂丛书》四十册，其直二十五元。日午，腹馁，同往面馆，食毕，至抱芳阁，与杨惺吾遇，谈半时许而别。浒梅约复兴晚饭，以为时尚早，姑往□园听书，一字不解，且楼小，热不可耐，遂归舟。日莫，访浒梅，已先往。至伯施处话别，遂偕黼卿至复兴，甲夜即归。黼卿得海珊、皂保书，知颖生复来沪上。季文得选拔，可喜也。念劬约同舟回苏。

丁巳十四日(7月6日) 早阴。平旦，黼卿、刘贵登岸买物。开舟至新闸相候，食时，念劬来，已而黼卿、刘贵皆至，遂解维。日中，至周太庙，大雨，少避，复行。晡刻，又雨。日入，至黄渡泊。雨竟夜不止。

戊午十五日(7月7日) 早阴雨。食时始解维。日杲杲然，风四面不定。至陆家滨，甫日晡，舟人云西南挂龙，骤雨将至矣，坚不肯行，遂止宿。偕念劬、黼卿上岸小步。望西南白云中，果有若柱者，黑色下垂，舟子之言或不谬，唯是龙神物也，而乃僵如槁木，何耶？此地有小市镇，夏屋无多，而临河石岸多有极整齐者。又桥东败屋之后，假山数堆，矗立荒烟蔓草间，似是人家园圃，殆乱后未经修复耳。

己未十六日(7月8日) 早阴，微雨。平明，开船，至昆山小住，买菜，绕出市河，已日中矣。日加申，将至唯亭，舟人云暴雨龙又见矣，视北方天色如墨，果有矫夭于白云中者，非昨日比也。泊少顷，雨不至，遂复行至外跨塘，日尚未落。同行之舟皆未泊，因逐队行。人定，抵苏，遣高寿先上岸通知。抵虹桥，夜未半也。偕黼卿笼烛登陆，遇高寿、百顺于涂。至家，书卿方在，谈少顷始去。

庚申十七日(7月9日)　晴。休息一日。谦甫、竹林、汪芙洲、费振之、戴谱笙均来。滇伯弟妇暨侄女来见。

辛酉十八日(7月10日)　晴。出门拜客，晤芙洲，观所寓傅氏小园，地尚空旷，惜无丘壑，较之云圃相去远矣。至大井巷，贺季文选拔喜。复至笃甫处，谈二刻许。访谦甫昆仲，不遇而归。季文来。

壬戌十九日(7月11日)　晴。体不适，未出门。郭通守廷沛，号子云，行六，天津人复枉顾，新从粤东解彭营月饷回，谈彼中事甚悉。严芝生表兄来。

癸亥二十日(7月12日)　晴。体惫甚，客来皆未能见。购得董临宋四家字卷一，孙岳颁行书大幅一。已兰来。

甲子二十一日(7月13日)　阴雨。书卿携三鹿来。

乙丑二十二日(7月14日)　阴雨。体倦，终日嗜卧。陆绶生兄来，竟未能见。昨董卷自悔其议，竟不肯售，遂举以还之。另购得旧拓乾字未损《曹景完纪功碑》碑阴全一册，枝山草书五言小对一联。

丙寅二十三日(7月15日)　晴。体倦，耆卧如昨，匈鬲闷甚，臭红灵丹，取嚏，觉少快。晚食西瓜，爽甚。卧而起溺者三，虎子盈焉。寄陶春海孝廉书。

丁卯二十四日(7月16日)　晴。体倦少愈，似是昨宵小便通利之故，其为湿热蕴结无疑矣。子和处所购田亩，本日成交，另有细帐存查。余墀卿富文手民回粤，购得丁敬叟“采菊东篱下，悠然见南山”石印一方，为包采南作，其边款与魏稼孙所录悉同，石亦青田旧坑，惜印文微为伧父摩损，不能十分圆美矣。

戊辰二十五日(7月17日)　晴。掩关不出，无聊之至。得葛味荃大令并寿屏及其夫人寄内子衣料等物，蜀布客带来。函内无年月，似尚是前年所寄者，故人情重，读之使人增感。

己巳二十六日(7月18日) 晴。竹坡大令来，高寿告以未起，与皂儿谈而去。交到钱壹百千文，而余未知也。其实余每早起皆在若辈之前，但若辈锢习入骨，遇官场来，辄欣欣有喜色，若惟恐主人之不见者；遇寻常亲友至，即懒为通达，不知竹坡固现任官也，特甫引疾耳，为之一叹，仍掩关不出。

庚午二十七日(7月19日) 乍晴乍雨。遣皂儿答拜竹坡，赠以《丛书》一部。

辛未二十八日(7月20日) 平旦雨，旋晴。季文来，邀至伊家散闷。书卿复遣人至，跛而往，手谈及半，倩谦甫代之。晚，会食于云圃，与竹坡、笃甫、谦甫共坐，胡式嘉大令亦主人也。约明日仍集云圃，与笃甫共作主人。归已丙夜矣。

壬申二十九日(7月21日) 早晴，旋阴，日中大雨。晚，偕笃甫邀竹坡、式嘉便饭，谦甫未到。大醉而归。

六　月

癸酉朔(7月22日) 晴，大风。叔来得纫秋信。筱珊病剧，拟即赴津。晚，又得信，云有转机。杨绶青同年来。

甲戌初二日(7月23日) 晴，大风。禺中，往大井巷。谦甫得电报，云筱病甚亟。叔来即买舟，偕振之同往，风大，舟不能移，遂定明日启程。先发电往询，至晚犹未得覆，遂先归。竹坡已去，复回。

乙亥初三日(7月24日) 大风雨。内子同皂皂至大井巷，竟日无信，大约凶多吉少。

丙子初四日(7月25日) 早大雨，午后晴。饭罢，正在剃发，而高元来请，遂至大井巷，知电报已到，小山竟于初三日午时辞世，戌刻已殓，伤哉！伤哉！悲从中来，不能自已矣。书卿哀痛欲绝，与谦甫诸君暨内子婉劝。乙夜始归。

丁丑初五日(7月26日) 晴，日晡阵雨，即霁。禺中，至大井巷。薄莫归，接笪仙仪部手札。杭州丁修甫孝廉寄赠新刻《武林掌故丛编》八集，凡六十四本，又硖石蒋稚鹤孝廉名廷黼，生沐先生第十八子，泽山孝廉之胞弟赠新刻《斠补隅录》二册，均托笪翁转致。笪翁并索郎注《陆宣公奏议》。

戊寅初六日(7月27日) 晴。覆笪仙书，送《陆宣公奏议》，并赠蒋稚鹤孝廉《说文声系》。是日皂皂未归。

己卯初七日(7月28日) 晴。谦甫来，闻颖生自上海孑身而归，衣装尽化乌有。皂皂仍住大井巷。

庚辰初八日(7月29日) 晴。徐秉白来。得子湘书，知熊侄妇于五月十五日丑时生一女。日晡，皂皂归，购得嘉庆十七年京砖一方，退光漆成下连木架，其直二元四角。廿八日购，补记于此。

辛巳初九日(7月30日) 晴。至大井巷，薄莫归。

壬午初十日(7月31日) 晴。饭后，往大井巷。与竹坡、笃甫共定季文等为小山成服礼节。薄暮归。

癸未十一日(8月1日) 薄阴。季文等为小山成服。日出即往，客散后少憩即归，已过晡矣。热甚，不可耐。

甲申十二日(8月2日) 早阴，旋晴。足复肿，不可结袜。禺中，恽叔玉来。

乙酉十三日(8月3日) 晴。侯念椿持旧人钟馗来售，笔法苍劲，的是元明人所作，唐解元款乃后人伪书，实则尚在伯虎以前也。画作钟馗危坐，一鬼为之写照，神采飞动。惜绢本黯敝，复为庸工重装所损，遂至不可收拾耳。念椿又言有景辽本《龙龛手鉴》，需价三十二元，须钱往取。不知信否。皂儿至大井巷，晚归，云费振之回苏，叔来已于初十日航海赴津。

丙戌十四日(8月4日) 晴。念椿又持旧拓《岳麓寺碑》来，同昨钟馗，以番饼六枚购之。新妇率二鹿回家。

丁亥十五日(8月5日) 晴。内子生日，谢客，至亲切友至，设面款之。

戊子十六日(8月6日) 晴。足未愈,右踝前又生一创,可厌之至。季文得电信,叔来已平安抵津。

己丑十七日(8月7日) 晴。皂儿谢客归,晚间发热,头晕,似是受暑之故。

庚寅十八日(8月8日) 晴。皂儿热仍未退,延张小林诊视,云是暑热兼湿,服药后稍愈。

辛卯十九日(8月9日) 晴。皂儿午后发寒,似有疟意,仍延小林诊视。

壬辰二十日(8月10日) 晴。皂皂似转为疟,仍延小林诊视。秋暑稍退,鄙人足疾未愈,而体倦耆卧,皆湿之为患也。

癸巳二十一日(8月11日) 晴。祀先大人。谱笙、叔畲来,闻有福建鸡笼山为法人占踞之说。皂皂病稍愈,而疟象颇见,仍延小林诊视。

甲午二十二日(8月12日) 晴。季文、谱笙、叔畲先后来。皂皂少痊,又见疟意,仍延小林诊视。

乙未二十三日(8月13日) 早阴,日中大雨,晚晴。皂皂病已转疟,仍延张小林诊视。

丙申二十四日(8月14日) 晴。湘保生日。书卿来。叔畲、谱笙来。闻林笃甫患喉恙,遣人视之,送与《咽喉脉证通论》一本。章硕卿自楚来。仍延小林视皂皂。

丁酉二十五日(8月15日) 晴。足疾少愈而懒于出门。昨佝花生日。星台同年招饮怡园,亦未赴。

戊戌二十六日(8月16日) 阴雨。皂皂疟日作。仍延小林诊视。黼卿应周晓峰大令聘,将赴吉安,先回里一行,赠以三十元作别。

己亥二十七日(8月17日) 晴。费屺怀世讲书来假所藏旧籍,以《拜经文集》《日记》十六册应之。又云闻《说文翼》严先生手写本今在莫善徵处。得子湘书。惊悉归徐氏五祖姑母于六月十八日逝世,伤哉!伤哉!黼卿于日晡起身回里,相随数载,诸事颇赖其力,以贫故不能久留。临别不胜依依，惟祝其一路平安，得意归来耳。皂皂疟势稍轻，仍服小林方，未诊脉。

庚子二十八日(8月18日) 早晴，旋阴，晡后大雨，晚复雨，夜晴。郑盦先生赠所刻沈西雍观察《说文古本考》十四卷。延小林为皂皂诊脉。许品霞携来汤贞愍画山林小册十二叶，甚佳。又周栎园行书一幅，亦古拙可喜。索价甚巨，不知能购得成否。又沈石翁山水巨轴，未必定是真迹，而丈余大纸，挥洒自如，其笔力亦不可及也。得季文札，送到张处夏季子金一百廿四两，即作覆，交吴媪带归。

辛丑二十九日(8月19日) 阴雨。写弘治《湖府志》卷六至卷九，一册毕。

壬寅三十日(8月20日) 晴。为硕卿书对联、纨扇。书卿来。延小林为皂皂诊脉，并延朱小舫参看，疟势已轻，仍日发不止也。汪凫洲大令送看册页王《圣教》十三行，皆翻板。又画册，不佳。板桥书《道情》，则伪之甚者也。

七 月

癸卯朔(8月21日) 晴。谦甫、莲士、谱笙、费起云先后来。硕卿辞回绍兴。傍晚，笣仙来谈，张灯而去。硕卿头疼发热，服普济丹，少愈，假宿岸上。

甲辰初二日(8月22日) 阴雨。硕卿清晨登舟，即解维。谱笙来。接费振之信，言开河事，估价八十千，先需四五十元，允为寄付，属谱笙即致书告之。

乙巳初三日(8月23日) 早雨，旋晴，晡复阴。程丽芬来谈，五月曾来苏，未晤。在沪又彼此往还相左，至今始得握晤，言王晓莲同年以肺痈作古，伤哉！

丙午初四日(8月24日) 早阴雨，旋晴。日仄，至大井巷。晡，答拜丽芬，未遇。与凫洲谈二刻许而归。闻福建船政局有被法人蹂躏信息。

丁未初五日(8月25日) 晴。季文来,言晤荫甫,有法人至闽省消息,已作札往询星台。嗣得荫甫手简,云此信未确,船厂则真被毁矣。晡刻,念劬来,云在沪于许竹筼处见会法使面议情形甚悉,彼时即有照会索占吴淞之说。骄悍如此,令人发指。吴子和来谈,日莫始去。郑盦先生赠《滂喜斋丛书》三集,共三函。

戊申初六日(8月26日) 晴,日仄,大风。书卿来。闽氛甚迫,颇忆少卿,寄电询之。

己酉初七日(8月27日) 晴。两臂作痛,殆昨昼以感寒故也。亟以火礶治之,以瓷瓶,或竹筒中储火,着患处,有风寒则吸而不脱,盖针灸意也。北人常用之,甚效。少瘳。日晡,竟体觉有寒意,恶寒而不甚畏风,殆亦感寒之故。冒被醉汗而卧,得微汗始起。

庚戌初八日(8月28日) 阴,微雨。臂痛少愈,而体中不适如昨。日晡,仍淅淅有寒意,胃满,不思饮食,守中医之戒,慎起居,以待其痊而已。得朱修庭书,索伽楠香末,即检以付之。又为陶柳门索沈洽轩书,则素不往来,无凭,作札以实告之,托转致柳门。泉州电信已三日矣,尚未见覆到。海珊云,顷见院幕徐君,言亦有闽电,六日而未见覆,盖申局军书旁午,故为延阁,无他故也。

辛亥初九日(8月29日) 乍阴乍晴,夜雨。体倦如昨,延张小林为皂儿治疟,即使诊之。云是湿气弥漫,又感寒之故,为开一方,即试服之,疑药力太轻,恐未能达效也。谦甫来。

壬子初十日(8月30日) 阴,晡后薄晴。张小林方似微有效而嗜卧,中满臂疼如昨。

癸丑十一日(8月31日) 阴,微雨间作,大有秋意。以印谱二分送郑盦先生。体小愈。日晡,胃气顿开,思食甚,亟向家人索之,云已具面矣,久之久之不至,自往觇,则食毕,只存空釜矣。亟为另炊,又久之久之始熟,则饥肠雷鸣,肝火益炽,不能下咽矣。胃气开,是病愈之根本,假令当时得一勺之羹,自必胜于药饵万万,乃无人过问,失之机会,岂不惜哉!

甲寅十二日(9月1日) 阴雨。体倦稍解，胃亦微开，仍延小林诊视服药，小林尚无时医习气，特胆太小，亦缘中无定见耳，然亦足以觇其慎矣。

乙卯十三日(9月2日) 薄晴。仍服小林煎剂。莲士来，言苏城为法戎事编查保甲。胡式嘉得西路总巡，此事曾亲为之，深知其不易也。夏秋以来，掩关不出，几于理乱不闻，顷恭阅邸抄，见初七日谕旨一道，此非常大事也，谨录于左：

光绪十年七月初七日，内阁奉上谕，越南乃我大清封贡之国，二百余年，载在典册，中外咸知。法人狡焉，思逞肆意鲸吞，先据南圻各省，旋又进据河内等处，戮其民人，利其土地，夺其赋税。越南向来暗懦苟安，私与立约，并未奏闻，挽回无及，越亦与有罪也。是以姑予包涵，不加诘问。光绪八年冬间，法使宝海在天津，与李鸿章议约三条，当饬总理各国事务衙门会商妥筹，法人又撤使翻约。我存宽大，彼益骄贪。越之山西、北宁等省，为我军驻扎之地，清查越匪，保护属藩，本与法国绝不相涉。本年二月间，法国竟来扑犯防营，当经降旨宣示，正拟派员进取，力为镇抚，忽据该国总兵福禄诺先向中国议和，其时该国因埃及之事岌岌可危，中国明知其势处迫逼，本可峻词拒绝，而仍示以大度，许其行成。特命李鸿章与议简明条约五款，互相画押。谅山、保胜等军应照议，于定约三月后调回。迭经谕饬，各该防军扼扎原处，不准轻动开衅。带兵各官，奉令惟谨。乃该国不遵定约，忽于闰五月初一初二等日，以巡边为名，在谅山地方直扑防营，先行开炮轰击，我军始与接仗，亦有杀伤。法人违背条约，无端开衅，伤我官兵，本应以干戈从事。因念订约通好二十余年，亦不必因此尽弃前盟，仍准总理各国事务衙门与在京法使往返照会，情喻理晓，至再至三。闰五月二十四日，复明降谕旨，照约撤兵，昭示大信，所以保全和局者，实属仁至义尽。如果法人稍知礼义，自当翻然改图，乃竟始终怙过，饰词抵赖，横索无名兵费，恣意要挟，辄于六月十五日占据台北、基隆山炮台，经刘铭传迎剿获胜，立即击退。本月初三日，何璟等甫接法领事照会开战，而法兵已自马尾先期攻击，伤坏兵商各船，轰坏船厂，虽经官军焚毁法船二只，击坏雷船一只，并阵毙法国兵官，尚未大加惩创。该国专行诡计，反覆无常，先启兵端，若再曲予含容，何以伸公论而顺人心？用特揭其无理情节，布告天下，必晓然于法人有意废约，衅自彼开。各路统兵大臣及各该督抚整军经武，备御有年。沿海各口，如有法国兵轮驶入，着即督率防军，合力攻击，悉数驱除。其陆路各军，有应进兵之处，亦着赶速前进。刘永福素抱忠怀，而越南昧于知人，未加拔擢。该员本系中国之人，即可入为我用，着以提督记名简放，并赏戴花翎，统率所部，出奇制胜，将法人所占越南各城迅图恢复。凡我将士，奋勇立功者，破格施恩，并特颁内帑奖赏。退缩贻误者，立即军前正法。朝廷于此事审慎权衡，总因动众兴师，难免震惊百姓，故不轻于举发。此次法人背约失信，众怒难犯，不得已而用兵。各省团练，众志成城，定能同仇敌忾，并着各省督抚督率战守，共建殊勋，同膺懋赏。此事系法人背盟肇衅，至此外通商各国，与中国订约已久，毫无嫌隙，断不可因法人之事有伤和好。着沿海各督抚严饬地方官及各营统领，将各国商民一律保护，即法国官商教民等，愿留内地，安分守业者，亦饬一律保护。倘有干预军事等情，一经察出，即照公例惩治。各该督抚，即晓谕军民人等知悉，倘有借端滋扰情事，则是故违诏旨，妄生事端。我中国兵民必不出此。如有纠匪滋事，即着严拿正法，毋稍宽宥。尔等臣民，当体朝廷保全大局至意。将此通谕知之。钦此。

培之得双林电信，其五叔祖母于本日逝世，拟即日回里一行。又得泉州前月廿八日来信，知地方尚安静，惟筹防无饷，几至束手耳。夜雨。

丙辰十四日(9月3日) 早阴雨，旋晴。日中，培之回双林。体中倦少好，而背间抽掣作痛，仍延小林诊视，并视皂儿。皂儿疟渐愈，惟尚未止也。

丁巳十五日(9月4日) 晴。中元。祀先祖。书卿、谦甫先后来。颖生溺于妓馆，前来索钱，云为债家逼迫。内子峻拒之而去，而不知其自前月廿七日即出，未归家祭祀，追之不归。昨其妇病肝气甚剧，促之亦不归。赤手而游，其技可谓神矣，特不知彼中人固何所图乎？恐有奸人导之，图其住屋矣。严芝生三表兄来谈。

戊午十六日(9月5日) 晴。陆存斋兄遣人来，言已到苏，因患喉恙，未能出门。赠归安严先生《悔庵学文》八卷、《娱亲雅言》六卷，德清徐先生《周官故书考》四卷、《论语鲁读考》一卷，自箸《仪顾堂集》十六卷。以《咫进斋丛书》答之。赵幼吟昆仲来，以甫服药未能见。索鼻烟，即装好，遣高寿送，并托转交吴广庵兄寄沪，胡诵清兄属隶古纨扇一握。

己未十七日(9月6日) 阴雨。体仍不适，仍服小林药。

庚申十八日(9月7日) 早雨，旋晴。周畇叔兄来，住混堂巷，从粤抵沪，住一月，方至苏也。

辛酉十九日(9月8日) 早晴，旋阴，晡后雨。星台同年来谈。

壬戌二十日(9月9日) 早雨，旋晴。陆存斋兄来。体少愈，而臂腕痛未已，胃亦未开，仍服小林方。谦甫午前来，一转即去。

癸亥二十一日(9月10日) 阴，小雨，晡刻大雨，旋止。访存斋，谈刻许，归。步行半里而近，已惫不可支矣。闻电报，杨石泉漕帅带勇赴闽。颖叔为团练大臣，九帅真除江督，译署退出六人，尚未见邸抄也。还存斋弘治《府志》四册，面交讫。闻有《续复古编》精抄本，完善无阙，允借阅，到湖即寄，可感也。

甲子二十二日(9月11日) 晴。二鹿生日。书卿、季文、谦甫、莲士来。季文傍晚先归。书卿、谦甫晚饭后去。

乙丑二十三日(9月12日) 阴。读邸抄，石翁赴闽，文起署漕督，若农先护颖叔事未见，译署盖周家楣、吴廷芬、昆岗、周德润、陈兰彬、张荫桓也。

丙寅二十四日(9月13日) 早晴，午后阴，晚雨。正落为刘观察文楠所租，是日搬行李进屋。彭漱芳之世兄为之经理。大井巷送寄存物件来，无值钱物而累累然，须择地堆积，可厌也。为彭讷翁篆“饮绿”二字额，即送去。念劬送《吴兴志》“山岭类”底本来，内有应商之处也。

丁卯二十五日(9月14日) 阴，微雨间作。日晡，念劬来谈。昀叔书来，言星台同年之长子寿民太守在江右病故，定廿八日在宝积寺诵经，约公送幛筵，即遣人至仲复处问信。仲复亦不知，因使人至臬署探问，约问明再来覆信。检点京寓带存大井巷书箱画册碑帖，均完好，盖元年带到时，仲清已为整顿，故至今无恙。书箱一只已损坏，开视间有虫蛀，亦大致完全，皆仲清力也，思之怃然。念劬携去《吴兴志》“职官类”底本、原本、写样各一分，“井”“桥梁”底本、写样，“山岭”等类原本、底本，“进士题名”等类底本、写样各一分，已商定可付刊矣。闻书卿牙痛，内子往视之。

戊辰二十六日(9月15日) 晴。荫甫来，以病未能见。赠仲复《丛书》一部。皂儿昨得透汗，疟似轻减，前日延朱小舫，所言与方皆不相合，故未服其药。小林复用柴胡，亦未服，此前两日事也。今日仍请小林诊视，大约胸中不舒，噫气少快者，皆肝之病也。余之病亦在肝，服药小效而未能霍然。食后之嗜卧如故，自以肘后法作散服之。检旧存书箱，得宋本《春秋左传》，此书并在京时常浏览一二书帖，寻之十年不得，以为遗失，今乃得之此中，快何如之。又有李修《湖州府志》并明董氏《吴兴艺文补》，皆可备校《吴兴志》之用。书簏凡六，自辛未冬收装，除碑帖画册，仲清代为检点外，余至今日方始开看。霉泡蚀损者，未及十之一，亦幸矣哉。

己巳二十七日(9月16日) 晴。检点书帖。闻菘耘来苏，住式嘉寓，刘文楠家眷进屋。陆竹泉携旧板《山谷刀笔》来，有大兴朱氏印记，卷末有红笔题云:“竹君与稚存拟宋本同校于挹芳阁。”所校寥寥数字，并无精义，不可解也。颖叔赏四品顶戴，作福建团练大臣。今日始见邸抄。

庚午二十八日(9月17日) 晴。辰刻出门，答拜昀叔同年，即同至宝积寺公祭许世兄。还至荫甫兄处，谈刻许。访菘耘，未遇，遂至大井巷。书卿患牙痛已四日，连日未能出门，今方往视之也。与谦甫、仲然共饭。日晡，答拜敖世兄、钱君砚兄，均未见。至吴引之二兄许，坐谈而归。又访程丽芬、汪凫洲，均晤。菘耘来，未值，盖彼此相左矣。

辛未二十九日（9月18日） 晴。饭后欲至观前一步，脚力尚可，而气弱，恐不能支，遂止。晡后，培之自双林归。得彭艾圃信，内附祖姑母讣书，即为分送。

八　月

壬申朔（9月19日） 晴。小宜生日。巳刻，出门，至笃甫处晤谈。访菘耘，未遇。过篴仙许，亦未遇。与念劬畅谈。日中，至大井巷吃面。晡刻，偕海珊、谦甫、季文至玄妙观雅集，茗饮而归。

癸酉初二日（9月20日） 晴。菘耘来，谈别后事甚悉。昀叔来。欲至大井巷，未果。同寓刘君生子。

甲戌初三日（9月21日） 阴。卯时，闻鸦鸣，因自占六壬，用巳将加卯，三传辰午申，贵登天门，虎鬼俱空，主家宅平安，疾病即愈，胎产应于十三日卯时生男，记此以观验否。日中，至大井巷，与式嘉、菘耘、振之共饭。复偕菘耘、式嘉、季文至观一游。三万昌茗饮，并游骨董肆，无一物可观。还至大井巷，薄莫始归。欲邀菘耘一饭，坚辞不赴。

乙亥初四日（9月22日） 阴雨，午后大风。赠菘耘先集一部，小研一方，武夷茶廿瓶。又山舟先生行书巨轴，赝鼎也，县之壁间，菘耘甚赏之，即撤以相赠。许品霞携青田石章来售，内一方文曰“方穀摹拓古刻”，盖先府君庚子岁手刻，四周款识叙述甚详。给予重直，不顾而去，或冀其复来也。念劬送来《吴兴志》“宫室”等类原抄、底本各一册，即作字答之，并附去《学古录》一部。

丙子初五日（9月23日） 阴雨。禺中，赴季玉丈、仲复兄之招，会食于耦园家，庖精腆，纵饮极欢。同座周畇叔、顾子山、彭讷生、吴引之。晡后始各散归。子山云《张子野词》知不足斋刻本甚可观。

丁丑初六日(9月24日) 阴。祝贝康侯寿。还至大井巷，与谦甫遇，薄莫始归。得竹坡信，又得左得斋信，内附子湘一函，外绿豆粉、肥皂一包。

戊寅初七日(9月25日) 晴。少青之纪纲来询，悉泉郡尚安堵如常，惟额兵全调至省，名曰防堵，而妙手空空。募勇团练均无法可施，所幸民心尚定耳。先大夫为方穀丈手制印已购得，并购得丈手制印二方，一早年与程少山同作，周道容补两面印，上有"梦华先生刻字"；一乱后作，有叙事一段，属程心梅刻于印侧；一心梅为丈作，亦有印款；又有杨龙石一印，款是而篆文已非矣。沈吉利索书，已以《丛书》赠之，而仍索不已，累累罗列，并有未经刊成及他人所刊者，亦指名索取，且立待也。无已，以《邃雅堂集》再赠之。

己卯初八日(9月26日) 晴。谦甫书来，以申叔喉痛索牛黄，即检付并赠以《咽喉脉证通论》一本。郑盦先生赠新刻《士礼居藏书题跋记》六卷，又张秋水先生《眉山诗案广证》六卷，《墨妙亭碑目考》五卷，上之上一卷，上之下一卷，下之上一卷，下之下一卷，附考一卷。乃先生收藏稿本，属书局刻者。昨先生索蜀中梁鄱阳王题名及湖北金石拓本，遍寻未得，先以洪山塔下元人刻石十二种应之。补记于此。复竹坡书，又覆得斋书。得刘荫南、陈子厚信。晡后，倦极思卧，因偕海珊至观前一步，归已张灯矣。步履如故，而倦亦若忘，岂非生成劳碌命乎！皂儿疟已渐轻，而总未已，仍延小林治之，隔日一来换方，虽无速效，亦尚稳妥。若赫赫时医，以和缓自命者，则不敢请教矣。已兰来。

庚辰初九日(9月27日) 晴。日中，约畇叔、子山、讷生、引之、玉泉、仲复小饮，即邀已兰作陪。子山携松雪《高士图》小卷相示，盖费企怀属题者，纸本精绝，微有损处，而大段完好，惜题跋失去耳。晡后各散。仲复、畇叔、已兰复谈少顷而后去。

辛巳初十日(9月28日) 晴。禺中，季文来，即同至昭庆寺拜何履甫之丧。履甫为张鹤生丈之婿，一山先生之子也，其哲兄山子大令曾在京相识，已皤然老矣。日中，复偕季文至大井巷，傍晚始归。

壬午十一日(9月29日)　晴，午后阴，晚复晴。日仄，访叔云，晤谈，拟至观中一游。天有雨意，遂归。为叔云致书竹坡，询靖江典事，托书卿寄。昨晡时在大井巷，内子亦至，方聚谈间，而兰生之仆忽来，询之，则送善卿夫妇归也。小山长子。再询善卿，则与其妇共入婿乡矣，此真不可以情理论者，惟缓劝书卿度外置之而已。

癸未十二日(9月30日)　晴。偕海珊、谦甫、霞轩、培之至城隍庙观剧。遇畇叔，傍晚始散。汪凫洲来，未遇，为褚纪常南显子巷之屋，欲售于畇叔也，其仆人寻至戏场，即面约畇叔明日巳初到敝寓同往观看。

甲申十三日(10月1日)　阴，晚小雨。禺中，凫洲、畇叔先后来，即同往南显子巷看屋，与纪常谈半时许始散。复偕畇叔至萧家巷，则主人爽约他出杨木匠来说，为其人所给，无人领看。畇叔尚有西百花巷之屋，乃蔚长厚来说，有园林之胜，可以往游，遂同至阊门虹桥，偕蔚长厚掌柜乘小舟前往。屋在玉泉丈贴邻，武林王氏之产，有王氏之表戚□君领看。园林不大，而山石确是百余年前名手所叠，黄杨颇巨，高已出屋，大亦数围，此其明征。结构亦不俗，较仲复耦园所胜多多矣即唐云泉现典居之处，正屋亦壮丽，刻镂尤精，所难免者，黑暗之病耳。另看二所，一五间六进，三进有楼，索三千五百金；一三间六进已毁一进，亦三进有楼，索价二千五百金，大约本是一家而后分者。材木尚可，惜已敝败，修理不易矣。晡后归。所占胎产竟不验，岂用神在末，传必待下旬耶？是日，晤畇叔令侄，号耦生。

乙酉十四日(10月2日)　阴雨。许品霞以书画来售，内赵卷一，画在疑似之间，札子二，则双钩填墨，非高手也。后跋亦然。文卷一，书画精绝，真迹也。式古堂旧物，惜后跋已失矣。索六十元，酬以十金，未售。外有徐天池芭蕉立轴，亦真迹，惜绢本原托之纸为人抽去矣。又有曼生手制石印，白文曰“长廊读画散衣行”“行”朱文，尚不伪，亦未买成。

丙戌十五日（10 月 3 日）　阴，夜雨。徐秉白、张莲士、恽季文、宋松存来。品霞以曼生印加旧寿山一方来，索一元而去。更有书画，并赝鼎，不足道。

丁亥十六日（10 月 4 日）　阴雨。小宜来。竟日未出门。季文赴江阴，一早起身。同居刘文楠观察来。

戊子十七日（10 月 5 日）　阴雨，夜大雨。答拜文楠。叶虎臣来。

己丑十八日（10 月 6 日）　阴雨。禺中，至大井巷，薄莫归。得恽竹坡大令覆书。

庚寅十九日（10 月 7 日）　阴雨。午后，畇叔来，即偕往宝积寺吊星台同年丧明之痛。与汪赓虞、朱修庭、钱君砚、沈旭初四观察、相子霑太守少谈，各散。因素服不便他往，即归。得念劬手札并《吴兴志》"宫室"等类校本一册，即覆，并附去"郡守题名"一本。

挽王晓莲同年：

珠海我迟归，望绿野新居，情话未遑惊易箦；

岘碑公独擅，忆黄楼旧契，伤心不觉泪沾衣。

辛卯二十日（10 月 8 日）　早阴，禺中晴。畇叔约郡庙前观剧。饭后往，主人犹未至，遂至大井巷少坐。晤赵纬卿、张谦甫、费启云。再往戏场，已日仄矣。同坐潘补琴、郝尊五蔚长厚司事，暨畇叔、竹林。贝康侯在西楼，特来招呼，即往招呼。吴门近盛行京班，此尚是昆曲，古调独弹，知音甚少，即此亦不胜今昔之感矣。

壬辰二十一日（10 月 9 日）　阴。章兰生表弟自荻港来，将赴皖城，迂道来访也。饭后，偕兰生、海珊、培之同往玄妙观啜茗，于善书店中得精抄《东坡乐府》残本一册，前有"楝亭曹氏藏书"一印，检《楝亭书目》，确有是本，惜已失其半矣。此书出于吴江凌丽生，久无问津者，余乃以洋蚨七角得之，抄手及乌丝栏皆精工之甚，纸是宣素，与前所得毛钞景宋《江湖小集》相类，其出自汲古阁无疑。因检《士礼居题跋》"元本"，此书谓"取毛钞勘之，二卷虽同其序次，前后字句歧异。钞本附《东坡词拾遗》一卷，有绍兴辛未孟冬至游居士曾慥跋，谓'《东坡先生长短句》既镂版，复得张宾老所编，并载于蜀本者，悉收之'。似前二卷亦系曾刊，而《直斋解题》但云'《东坡词》二卷'，不云有《拾遗》，似非此本。然《直斋》云集中《戚氏》叙穆天子西王母事，今毛抄本亦有此语，似宋刻即毛钞所自出，而此刻《戚氏》下无此注释文，盖钱所云穿凿附会者也。且毛钞遇注释处，往往云'公旧注'云云，俱与此刻合，而其余多不同，或彼有此无，或彼无此有。余以毛钞注释多标明'公旧注'，则此刻之注释，乃其旧文"云云。以此残本校之，虽上卷失去，无从征西王母事之有无，而注释处多未标明"公旧注"，亦未附有《拾遗》一卷，其为别是一本，非荛圃所藏之毛钞可知。或竟从元本影写，亦未定耳。午前，芝庭来。饭后，同在观前啜茗时忽不见，盖赴他友之约矣。芝亭云有同乡托售古砖，凡二百四十余届，盖与存斋同时搜获者，看来一单，似有佳品，索直三百七十元，但须目验方能辨别，约迟日同往观看。陆竹泉携来王《圣教》一册，后有孙琴西跋尾，为□□观察所藏竹泉云童姓，是翻刻之下下乘，索直甚巨，不直一笑也。

癸巳二十二日(10月10日)　阴雨。蔡乂臣自杭州来，询悉夔石、茗生近况。

甲午二十三日(10月11日)　晴。欲答乂臣，有事未果。晚，约兰生、虎臣便饭，适莲士来，即邀作陪。子和来询置田事，以存款未收辞之。念劬来谈，共检《吴兴志》，于"宫室类"内校出舞翠亭，"驿邮"内校出乐天诗句"霅"字，颇快人意。闻淡水又为法人所踞，台湾危矣，如之何！如之何！

乙未二十四日(10月12日)　阴雨。见报单，善卿夫人于二十三日午时逝世。郑盦先生来索蜀云阳摩崖梁鄱阳王题名，以未寻出，先以乳源无垢净光塔铭奉之。

丙申二十五日(10月13日)　阴雨。胡式嘉来谈。书卿来。饭后,至黄鹂坊巷答拜乂臣,谈半时许,以其尚未吃饭,即归。以梁鄱阳王、蜀张匡翊题名均在云阳、宋尊胜陀罗尼经幢淳化二年,在巴县木洞镇送郑盦先生。

丁酉二十六日(10月14日) 晴,西风,寒甚。饭后,偕海珊至观中啜茗。遇吴介石六丈,复遇念劬,同伴为蒋稚鹤别下后人也,出示峡石来札,忠义堂帖《放生池碑》,后并有《肃宗批答》约一千余字,允一并钩付,润笔四元,并须油纸,允如数致送。念劬面交谈《志》“郡守题名”一册,即携归。许品霞持铜器二求售,一小敦,文曰“[illegible]鲁作宝尊彝”,器旧而文后刻,不但痕迹宛然,且几不成字;一大者,似是宋榷场中物,虽青绿不伪,而花纹不古,决非商周人造,文曰“叔〇孙文乍孟姜䵼敦绾绰眉寿永命弥久生万年无疆子子孙孙永宝用享”,亦似伪刻而镶嵌者。云是平津后人出售。大者千二百金,小者二百金,一笑还之。

戊戌二十七日(10月15日) 晴,寒甚,如十月天气。仲复兄招饮。日中,会食于耦园,傍晚始散。同坐乂臣、唐云泉、吴子备、朱氏父子、陈慕蕃。仲复斋县翁阁学士手模《华山碑》整幅,有嵇文恭诸先辈题跋,殆即模刻于华阴庙之底本,奇迹也。吴世兄来。

己亥二十八日(10月16日) 晴。日加午,招乂臣、文楠小饮,陪者仲复暨彭南屏太守,昫叔以感寒、子备以事冗,皆辞未到。食罢,复至文楠许少坐始散。汪凫洲来。夜雨。

庚子二十九日(10月17日) 阴雨。午后,至悬桥巷吊洪文卿阁部,答拜吴世兄。笆仙仪部来谈。文卿族人号寿民,未悉其名,居扬州,盖午后到,彼客已散尽,惟寿民陪宾尚在也。

辛丑三十日(10月18日) 阴雨。闷甚,惟以书卷消遣。日晡,持螯甚肥美,然不敢多食,两枚而已。

九　月

壬寅朔(10月19日) 阴雨。讷翁来谈。日加午,将至昫翁许,未登舆而眴翁已至，遂同赴悟庵之招。同座乂臣、仲复、云泉，痛饮至晚，始张灯而归。

癸卯初二日(10月20日) 晴。禺中，贺文楠令郎弥月喜，未见，遂出门，贺同乡朱修庭观察娶子妇喜。日中，看结花烛，即同季文至大井巷午餐，傍晚归。闻新妇腹痛，内子谓将娩身，一面唤稳婆预备，一面通知书卿。人定，书卿来。鸡鸣，举一丈夫子，此第二孙也。大小平安，可喜之至。八字开后：

甲申、甲戌、甲辰、丙寅。

甲辰初三日(10月21日) 晴。季文暨叔来夫人均来贺。文楠来，以昨晚未卧，午睡未能见。晡后大风，骤雨一阵即止。晚，复晴。

南海邹特夫新作周行日晷，番禺徐子远察造，羊城西湖街晋朴楼甘湖石仿制。

乙巳初四日(10月22日) 晴。汤三世兄来。饭后，出门答拜汤世兄，并至叶家衖答拜叶虎臣，均未遇。与引翁谈少顷，归家，适虎臣来辞行明日走，尚未去，遂与话别，已过晡时矣。闻侯驼子从常州等处回，意必带有旧家散出书籍。偕俞研共前往，则念椿访沈吉丽未回，其徒云并未带有货来，恐其言不实，或不能赤手携来，故谋之吉丽乎？

丙午初五日(10月23日) 晴。新孙三朝，适女孙于明日周岁，戚友来贺，并设汤饼款之。三鹿于晬盘内先取等子，次取笔墨，此儿聪慧，或者将来能解笔墨事。然欲以称量天下，则非矣。侯念椿携零种书来售，留《老子解》两册，明人刻本，上册序之上钤朱文“长洲龚氏群玉山房藏书记”巨印一，又卷上之下方钤“文照之印”白文、“龙尾山人”朱文印各一，下册卷下之下方与卷上下同。序非序，号曰纪事，末署曰“震维居士俞安期识”。每半叶九行，行十八字，似非善本。又《刘宾客诗集》，不分卷，无序文，题曰“唐刘宾客诗集”一行，次行低二格曰“正议大夫检校礼部尚书兼太子宾客赠兵二行部尚书刘禹锡箸”三行，低三格，四行低三格曰“江左兰嵎朱之蕃校”，后有朱笔二跋，照录于后：

《刘宾客文集》三十卷,《外集》十卷,至宋佚其十弓,宋敏求搜辑遗文,编为《外集》,汲古毛氏《书目》谓《正集》人间所有,《外集》世罕有之,此书遂如凤芝龙术,不可多得,即藏书家大抵影宋抄本,转相传写,亦未易觏也。国朝洞庭席氏文夏刻《唐诗百名家集》,载刘禹锡十八卷,而诗实未刊,想系未得善本,故有目无诗也。予幼即爱读刘诗,求之二十余年未获。道光癸未秋,避水居吴门,得交葑溪陈君子雅,出所藏《刘宾客集》见示,系有明朱之蕃刻本,颇佳,然有诗无文,只编一弓,前有《刘随州集》,非单行本也。后坊友携《中唐十二家诗集》来,中有宾集六卷,诗目与朱刻正同,后有《拾遗》一卷,则朱本所阙也。因并录之,附于朱刻之后,书以志幸,他日求得全书,其惊喜更不知何如也。特识之以为左券。道光四年岁次甲申四月上浣,群玉山樵龚文照题于鲟溪寓馆之敦好斋。白文"龚文照印"、朱文"埜夫"墨笔。

朱本刘集前序已佚,不知刻于何时,其中颠倒谬误不可枚举,帝虎鲁鱼,几难卒读,因未获善本,不敢臆改。乙酉腊月,得旧抄本正外全集于吴门藏书家,携归校阅,正其舛谬,删其重复,此本始见庐山真面。集中所刻俱《正集》中诗,其《外集》所载古今近体诗四百余首,俱未之及,乃知朱君亦未睹梦得全集,所刊本不过如坊刻《中唐十二家集》之类,因陋承谬,其贻误后学,正非浅也。校是集已,因重识数语于简末,庶后之读刘诗者,知所尚焉。丙戌清明前六日,九霞野逸文照又题。"九霞野逸"朱文。此跋红笔。

每半叶九行,行十九字,凡古今近体诗二百首,目录下钤朱文"群玉山房藏书记"长方印一,朱文"蛛隐后人"小方印一;集首行标题下红笔题曰"长洲龚野夫家藏校定本"。全集皆用红笔校改,标题下印三:一"龚文照印"白文,一"埜夫"朱文,一"研城司农"白文,皆正方。三行衔名下印一,文曰"长洲龚文照旭父畐书记",朱文长方。卷末白文长方印一,文曰"长洲龚氏紫筠堂藏",又跋尾墨笔引首白文小长印一,文曰"群玉龚君",殆亦有心人,然此书却非善本,所以缕缕记之者，亦聊以破寂而已。季文送来常州刘君托销书画一箱，皆赝鼎也，惟一董字卷、一方环山中幅，尚堪寓目，然亦非精品。其尤谬者，则宋道君画鹰、恽寿平山水，不直识者一笑也。

丁未初六日(10月24日)　晴。文楠来谈。少读赠朱拓寿星一轴。贝康侯覆刻其先人藏本元人真迹，署曰"至治初元金华杜陵"，上有文待诏手迹，题曰："此幅元人真迹，藏长洲宋氏百福长春堂。嘉靖丙申八月，余得于郡南师古斋，持祝乐卿道丈百岁上寿。文徵明。"又有祝枝山、吴原博暨国朝钱竹汀宫詹、梁山舟学士观款，简香先生于嘉庆戊午模勒，至本年康侯又重刻之，诚吉羊文字也。又浅刻玉竹聚头扇一柄。少读乃正甫先生之弟，与余家同郡吴兴，往在京师先识正甫，叙昆弟之好。若谱系则不可考矣。

戊申初七日(10月25日)　晴。晡时，偕海珊至观前一步，涂遇朱悟庵。于读未见斋购得《棠阴比事》一册，朱述之丈用士礼居所藏宋本模刻于嘉兴官舍，尚存宋本面目。兵燹后，其版不知犹在否？然印本已稀。洪琴西都转活字本即从此出，余求之十余年，仅获此卷，亦可珍已。郑盦先生复索鄱阳精拓，并赠自书马贞烈女墓碑墨本一通贞女金匮人，本年五月刻石，书法由海岳追踪北海，上窥山阴堂奥，实近日巨公中希有之作。又《松壶先生集》一册仁和钱杜叔美箸，凡《画赘》《画忆》各上下二卷，小行狎书，极精妙，似亦先生手迹。封面署曰"光绪庚辰夏六月八囍斋重刊"。来书亦自云精刻，然细审之，实出石印，岂版未携归，复能用西法传模邪？还当质诸先生，当作覆，呈鄱阳精拓一本，并附呈蜀刻先公座右铭、重模《定武兰亭》、天一阁本《石鼓文》暨自书《佛图关铭》各二分以报之。

己酉初八日(10月26日)　晴。念劬将往镇江，来话别。日晡，彭世兄来，名清龢，号惠民，芍翁之孙，伯珩长子也，自鄂回里，应学使者试。芍翁赠所《诗比兴笺》蕲水陈秋舫殿撰著、《汪子遗集》吴汪缙大绅各一部。

庚戌初九日(10月27日)　晴。饭后，出门闲步。海珊欲至师子林登高，行至善耕桥，足力微有疲意，恐往还不任其劳，遂南返至观前。将登楼啜茗，聊以解嘲。玉楼春座客已满，如意阁亦如之。西行入观，至雅集，见培之、棐卿、霞轩、鲁卿当户而坐。询知生客亦满，遂如三万昌内室，阒其无人，坐良久始来五僧，复来三人，仍寥寥也。茗饮啜菱，兴尽将行，而培之诸人适至，遂同归。引之二兄来，刘□□续至，赠《褐夫先生全集》，云是郑盦先生嘱抄，复抄一分见贻，赠以笔资十二元而去。同乡吴昌石少府俊卿，安吉人来谈，赠以蜀刻《石鼓文》《佛图关铭》各一分。昌石精刻石，兼工篆隶，里中之美材也，屈郁下僚而不得志，惜哉！

辛亥初十日(10月28日) 阴雨竟日夜不止。畇叔约郡庙前观剧，以雨甚停演而止。仲复生日，亦以雨甚未能出门，遣人祝之。闻仲复患肝疾，不见客，殆家庭之间有难处者欤？俞研芸言赵纬卿之岳家李氏藏有成化劳修《湖州府志》，不知信否，当属纬卿询之。李君久在蜀中，余在东川时，其子正任江津典史，老翁已回里，与存斋近在同城，且其子少莲与存斋甚习。果有此书，存斋断无不知之理，乃新修《府志》称劳《志》久佚，即前者假王《志》时，亦云劳《志》不可得，何哉？或即存斋所畜王《志》残本原出于李，传闻偶误，未可知耳。① 侯念椿以写本杜荀鹤《唐风集》来售，黑格旧抄，每半叶十行，行十九字，阑外左上刻隶书“冯彦渊藏本”五字，凡上中下三卷，序一叶，无格，诗凡六十三叶，跋尾一叶，亦无格，卷末阑外朱笔跋云：“此予家藏南宋板抄本。癸卯春仲，借隐一行湖毛氏北宋板细校一过，异同处悉两存之二行。海虞冯武三行。‘海’字在次行‘过’‘异’之间。”下钤“冯长武印”白文，回文小方、“大冯君”白文方印二印。卷首阑外有“上党”朱文长方印一，阑内“唐风”字上有“宋本”朱文椭圆印一，下方有“冯氏藏本”朱文方印

① 陈乃乾校录抄本此句后有：“乃乾案，成化甲午知府劳钺修二十二卷，弘治辛亥知府王珦增辑为二十四卷，陆存斋得于李氏者，为王《志》，缺末二卷，而题曰成化《湖州府志》，装四册，今归日本静嘉堂，《皕宋楼藏书志》未著录。”

一，卷末阑内下方有“华隐”朱文椭圆印、“海滨渔父”不佳白文方印各一。

后跋：

冯氏书法，为临池正传，此卷其所抄者也一行，遒劲流丽，出入钟、王，不知何时流落敝箧二行半充脉望之腹。顷因晒书检得，深悲其三行遭际之失所也。拔登邺架，眠食与俱，又四行虑其糜蠹之难存也。特为裱而装之，以五行寿于世。其诗虽晚唐，直入风雅，亦工部六行之的派也。佳章妙笔，可称合璧七行。乾隆十年九月庚子朔，居由叶坦跋八行。

原书字极工雅，然未见出色，恐非冯氏手迹，此跋字甚恶弱，文亦未为雅驯，恐是过录冯本，作伪者后造此跋以求售耳。以其有两宋本面目，故拟收之。然念椿颇居奇，不知能购得成否？已用另纸抄录北宋本目录次第，复详载于此，以备考查。

南宋本序，首行“唐风集序”，次行“顾云述”。

北宋本序，首行“杜荀鹤文集序”，次行“太常博士修国史顾云撰”。

南宋本首题“唐风集卷上”，次行“九华山人杜荀鹤”低六格，每字间一格，惟荀鹤二字连，三行“今体五言凡一百二十六首”低一格。卷中“今体七言凡一百四十首”。卷下“今体五言七言绝句凡五十二首”。

北宋本首题“杜荀鹤文卷第一”，下方“唐风集”，次行“杂诗”，三行诗题，低五字，不分五七言，下并同。卷第二第三并同。每叶二十四行，每行二十一字。

首叶眉端红笔校语有：“目录，北宋本每叶二十四行，/每行二十一字，/题俱低五字。”凡两本异处，皆以朱笔校改。诗每首上亦以朱笔标明北宋本次第。

卷上“近腊饶风雪”一首，南宋题《寄从叔》，北宋《长安冬日》。又“三族不当路”一首，南宋题《秋日旅舍卧病呈所知》，北宋《寄从叔》。又“秋色上庭枝”一首，南宋题《长安冬日》，北宋《秋日旅舍卧病呈所知》。又“长忆在庐岳”一首，南宋题《怀庐岳书斋》，北宋“书斋”作“寺”。又“凡吊先生者”一首，南宋题《经九华费征君墓》，北宋“经”作“过”。又“忽起他山兴”，南宋题《送九华道士游茅山》，北宋“士”作“者”。又“江亭当废国”一首，南宋题《晚泊金陵水亭》，北宋“金”作“涂”。又“战士说辛勤”一首，南宋题《塞上伤战士》，北宋无“伤”字。又“乱世归山谷”一首，南宋题《乱后归山一作山居》，北宋“归”作“居”，无注。又“乱世人多事”一首，南宋题《送人宰德清》，北宋“宰”作“寄”。又南宋有《维扬冬末寄幕中二从事》五言一首，北宋本无。另有七言一首在卷中，北宋有。北宋有《和吴太守罢郡山村偶题二首》五言，又《送人遇乱归湘中》五言一首，南宋无。红笔补于卷上之末。

卷中《赠李镡镡自维扬遇乱东入中山》，“扬”作“阳”。《夏日登友人书斋林亭》，“人”作“生”。《感秋》，作《秋感》。《献长沙王侍郎》，作“侍御”。《春日登楼遇雨》，无“日”字。《投江上崔尚书》，“上”作“下”。《赠友人罢举赴交趾辟命》，无“交趾”二字。《夏月留题张山人林亭》，“月”作“日”，无“张山人林亭”五字。《馆舍秋夕》，无“馆舍”二字。《送僧赴黄山沐汤泉参禅宗长老》，“参”上有“兼”字。《送韦书记归京座主侍郎同举》，无“归京”字及注。《乱后书事寄一作呈同志》，“寄”下无注，作“示”。此题南宋独低六字。《投宣谕张侍郎乱后遇毗陵》，作“毗陵遇”。《下第寄池州郑员外》，无“池州”二字。《别四明钟尚书》，无“钟”字。《题仇处士郊居》，下多“处士弃官卜居”夹行小注六字。《依韵次同年张曙先辈见寄之什》，“次”作“酬”。《乱后逢李昭象叙别》，“逢”作“过”。《读张仆射诗曾应举不及第投笔领郡》，无注内“第”字。《题开元寺门阁》，无“门”字。《送项山人归天台》，“山”作“上”。《题弟侄书堂》，作“侄弟”。《赠休糧僧》，“糧”作“粮”。《维扬春日再遇孙侍郎》，“遇”作“过”，“郎”作“御”。《送蜀客游维扬》，“扬”作“阳”。《维扬冬末寄幙中二从事》，“扬”作“阳”，“幙”作“幕”。《隽阳语道中》，无“语”字。《行次荣阳却寄诸弟》，“荣”作“荥”。《登石壁祖师水阁有作》，“祖”作“禅”。《赠祖肩和尚》，无“和尚”二字。《恩门致书远及山居因献之》,“因”下有“而”字。《李昭象云与二三同人见访有寄》,“同人”作“友同”,无“有寄”二字。南宋有“连天一水浸吴东”七律一首,题曰《赠友人罢举赴辟命》,北宋无。

卷下《感寓》,作“遇”。《马上行》,作《马上作》。《再经胡城县》,无“县”字。《题花木障》,末多“子”字。《顾云侍御出二子请诗因遗一绝》,“御”作“郎”。《旅舍过雨》,“过”作“遇”。《将过湖南经马当山庙因书三绝》,无“山”字。又南宋有《闽中秋思》《伤硖石县病叟》七绝二首,北宋无。

壬子十一日(10月29日) 阴雨。滇伯弟周年在宝积寺礼忏。饭后前往,并至大井巷及汪凫洲大令处谢步,归已薄莫矣。凫洲言,今早见中丞,云越南大捷,闽省亦获胜仗,惟军火粮饷俱绌为可忧。出电报向大众宣示,当不诬也。阅《申报》,知振轩宫保于月七日卒于军。追维曩昔,为之陨涕。《申报》又言友山中丞夺职,刘中丞调闽,卫中丞调浙,以时事而论,其言近理,然此间绝无消息,何耶?念椿来,与议《唐风集》价直,自二十四元让至四金,以四元购得,亦可笑也。晚晴。

癸丑十二日(10月30日) 晴。出门谢客,兼答拜惠臣。晤谦甫、启云、讷翁,归家午餐,复赴畇叔郡庙前观剧之约,盖雨霁始开演也。新戏名《金獭奇文》,有切末灯火,若京师所演《莲花荡》之类,云是施亮生捉白獭故事,不能得其详也。念椿又来,云有景辽刻旧抄《龙龛手镜》当是“镜”字,后之刻者则为“手鉴”矣,在乡间,索价三十番,尚可议减,特须持三十番往押,然后可以取看议价。此说言之久矣,慰祖以其语多不诚,故未之许。今又来相询,遂付玉器二事作押,俾取归观看,再行议价,不知其信否耳。

甲寅十三日(10月31日) 阴雨。昨晤谦甫,言伊甥盛和颐,杏荪之子,继与谦甫之姊为嗣者,谦甫姊乃鹤生先生之女,与内子为表姊妹,乳名申,余于幼时即见之。骤病烂喉痧,兼患疹,郁而不发,加以腹泻,甚危殆,今早得信,已于昨日亥刻逝矣,年十八,无子,伤哉!今日为恽甥小山亡之百日，因出门，先至大井巷，饭后往严衙前慰张表妹，目不忍睹，少坐，从西街而归。路过思义小书肆，购得明世德堂刊本《文中子》二册，张刻《字鉴》一册，明宋安雅《历府钩圆》一册[①]，卷首有"可欲堂"朱文长印一，不分卷。按，其小数实分三卷，第二卷有墨笔所书神煞在眉端，不知何日手笔。嘉庆辛未醉经堂刊王伯厚《古文论语郑注》一册，二卷。明板《臞仙运化玄枢》一册，不分卷，前列岁占，后列四时六气及天地混元、天历会元之数，并四时朝修吉辰，皆言治生之道。《拜经楼诗话》一册，四卷，《愚谷丛书》之一。常熟顾氏珍艺堂刊《山中白云词》八卷附录一卷，道光乙酉夏高氏松筠阁刊《仓颉篇》一册，《仓颉篇》上下二卷，《三苍》上下二卷。凡八种，其直饼金三番，书贾钱生，人尚老实可交也。

乙卯十四日(11月1日) 晴。遣人以百番送张表妹应用。竹坡大令来，为畇叔欲于靖江典中入股故也，即作函通知畇叔，约明日午刻面谈。

丙辰十五日(11月2日) 晴。日中，竹坡遣人来，云已至畇叔处，即步往叙谈，约钱到入股，少则万串，多则二万串，由我处作介绍。畇叔欲邀观剧，辞之。饭后，答拜竹坡。至大井巷，则畇叔已先在彼，谈良久，然后去。欲邀竹坡小饮，而任筱沅中丞已先有约，遂期诸明日。傍晚归。向校《吴兴志》丛桂坊注有"今江阴太守孟奎先诸兄擢丙辰第，咸孝乙丑少监孟圻、运干孟至、帅机孟垕一榜同登"云云，一本"咸孝"改"咸淳"。按其干支似矣，然已在嘉泰以后，心窃疑之。顷偶读《拜经楼诗话》"赵孟奎《分类唐歌诗》"条下，载"孟奎字文耀，号香谷，寄贯苏州，太祖十一世孙，宝祐四年文天祥榜进士，忠惠公与篙子也。官至秘阁修撰"云云，与《吴兴志》注文正合，然则丙辰为宝祐四年，乙丑为咸淳无疑，谈《志》不应有此，其为后人羼入亦无疑矣。吴书未载出处，大致出于《宝祐四年登科录》，此书先公藏有明时刻本，惜乱后失去，当向藏家借阅，以入札记也。晚，月色皎然，夜半雨。

---

① "圆"，陈乃乾校录《弓斋日记抄》作"玄"。

丁巳十六日(11月3日)　阴雨竟日夜，淋浪不止，不克践竹坡之约。作书致之，期于明日。内子邀书卿、小宜、已兰夫人阊门外观剧，亦不果往，仅于寓中晚酌而已。黄昏，送叔来书来看，知已于昨日抵沪。石子元司马□□来，文楠之妻弟也，即往答拜。念劬作札，交李登鳌持来，云明日往杭续姻，借蟒袍素珠，即检出新夹蟒袍一件，沉香素珠一串，并送贺分四元，并归还油纸价四百廿文，均交李持回，仍作札托其向丁松生家借《宝祐四年登科录》。

曩见铁桥先生所刊《说文声类》，遇有脱讹字，率添注于旁，心窃异之。兹读《士礼居题跋》，乃知亦有所本。荛圃跋明刻本《山窗余稿》云："此刻遇衍字加点于旁，或即以所改字注于旁，遇脱字亦如之。此法甚善。古书每行字不齐，故有时挤下几字，拔疏几字，以迁就之，从未有如此刻例之旁注者。吾谓刻书之法，此可取则，省修板剜损之虞，且古帖有如此刻者，何独不可施诸书耶?"

戊午十七日(11月4日)　阴，晚雨。约竹坡元兴楼午酌，将出门，而竹坡来谈，少顷别去，石子元又至。日将中，始至大井巷，遇谦甫，欲邀同饮，倏然已去，遂偕振之至元兴楼，竹坡已先到，季文续至。小饮至日仄始散。复至大井巷，赴竹坡之约，同坐任筱沅中丞、胡式嘉大令，乙夜始归。日晡，朱修庭书来，云周曼翁来吴，晚间邀同敏斋、辰田小叙，属即前往一谈，以竹坡之约在前，不能与会，作札辞之。程明甫、凌子余来，未晤。

己未十八日(11月5日)　阴，寒甚。乂臣来谈。得念劬札，璧贺分，并送到《海珊仙馆丛书》内《宝祐四年登科录》一本，检阅赵孟奎，在第四甲第二百三十三人，字宿道，居安福，父与篔，与槎客所载不同。检阅李《志·进士表》，是科仅载沈达可一人第四甲第十六人，考《登科录》尚有四甲第四十八人，黄嘉，本贯安吉州归安县仁风乡，四甲第一百三十八人，陆镗，贯安吉州乌程县，李《表》均未载，知其遗脱者多矣。槎客所引，未知出于何书，自必有所本。更考《登科录》潘刻，赵孟奎祖希怿，父与篔，即非与簒之子，其为希怿之孙无疑。希怿居安吉，孟奎居安福，事所恒有，然断无诸孙同名孟奎之理，或者书经三写，讹“意”为“籆”，讹“吉”为“福”，亦未可知。特无确据，不能率断。安得明刻旧本，一为参考，以释此疑耶？

庚申十九日(11月6日) 阴。叶静斋夫人来，向培之、皂皂索逋，此帐房支付静斋，生前已了之事，告之，似尚未信，此虎臣过也。当时睹其故籍，既有所疑，何不向大众询问，乃竟作此伎俩耶？亦可异已。书卿来。

辛酉二十日(11月7日) 晴。禺中出门，答拜周子贞，晤，并与谦甫谈少顷而行。访凌麈余，已赴江阴。贺星台同年升浙藩喜，即以徐甥维锴、陆子如托之。还至大井巷，与孙少山、周厚甫同饭。知叔来尚无到来消息，即至昀叔处，以气喘旧恙感寒而发，未晤。天晴地燥，因独步至考院前一游。赶考书店，尚未开齐，于大来堂故敝摊中购得乾隆壬申鄂文端刻本《魏郑公谏录》一册，自序云“用苍梧富观察所藏宋陈骙本旧抄传录，刊于江西”，一卷，首列“魏郑公谏录卷第一”，次双行，“唐尚书吏部郎中琅琊王方庆集、/宋观文殿学士临海陈骙藏”。二至五皆不列衔，其刊刻衔名自为一叶，置于序后、目录前，尚有古意，今写于后：

唐 尚 书 吏 部 郎 中 琅 琊 王 方 庆 集
宋 观 文 殿 学 士 临 海 陈 骙 藏
大清巡抚江西兵部侍郎兼提督军门西林鄂昌重梓
布政司王兴吾
按察司丁廷让
督粮副使刘尧裔
驿盐参政李根云
同校刊

以上并每人一行。

每半叶十一行，行廿一字，字作赵体，颇工秀，直钱五十。又于嘉兴陆姓冷摊上购得残《三巴舂古志》一册第五册，白纸初印，惜只此耳，直钱二百。

壬戌二十一日(11月8日)　阴雨。星台、仲复邀作展重阳会。晡刻，会食于耦园，同坐艮庵、讷生、引之、玉泉、筱沅、梅生。梅生先行，大众至人定始散。得吴蔼珊书，从表弟胡蔼香送屠家坝来，九舅氏□□先生之子也，不见三十年，询外家近状，不特室宇丘虚，人亦凋零尽矣，追维畴昔，为之泫然。

癸亥二十二日(11月9日)　晴。饭后，偕海珊至考院前一步。抱经堂陈永和以顾千里手校《国语》临段茂堂、惠松崖二家校明道二年本，而断以己意相视，索直甚昂，姑取归一阅。购得《欧阳文忠集》残本四册，每叶二十行，行二十字，似是明嘉靖庚申何迁刊本，各以类分，首列某集，或某类第几，下方列《欧阳文忠集》几，现存《居士集》卷四至卷九，为一册，又第十五至卷二十三，为一册，下集亦如之，每卷后并载"熙宁五年秋七月男发等编定"，次行"绍熙二年三月郡人孙谦益校正"，再后则校勘记，每卷悉同。又《表奏书启四六集》卷一至卷四，为一册，下集九十至九十三，又《奏议》卷八至卷十三，为一册，下集一百四至一百九。《表奏书启四六集》每卷后并载"绍熙三年十月承直郎丁朝佐编次、郡人孙谦益校正"，再后则校勘记。《奏议》后则但有校勘记，而无编校衔名、年月，不知何处所刊，当再详考之。又购得马二槎《吟香仙馆书目》二册，分经史子集四部而不分卷，前有冯登府《马君二槎藏书记》一篇，姓名下钤朱文"沤舫"小印一，似是当时稿本。此二种，皆从嘉兴陆姓处乱书中检得，以青蚨四百易之。

甲子二十三日(11月10日)　晴。文楠来谈。日中，大井巷遣人来，云叔来已到。正欲出门，而乂臣至，复偕文楠至小斋，谈良久始去。到大井巷，晤叔来，知小山柩船现泊胥门，拟明早前往。谦甫、莲士、秉白来。文楠、莲士即会于敝斋。与谦甫偕至大井巷，薄莫始各散归。

乙丑二十四日(11月11日)　晴。食时出胥门，登小山归榇之舟，拊棺一恸，并挽以联云："一月前犹接音书，曾几何时哉，噩耗频传惊易箦；卅载来相关休戚，又弱一个矣，伤心不禁泪沾衣。"盖余于五月廿八日犹接小山廿四日手书，其时已病，而未云甚剧也。嗣余有上海之行，迨闰月既望归来，始闻其病无起色，嗣是迭传凶信。至六月三日竟溘然长逝矣。追维三十年来，两家相关休戚，自次翁故后，诸昆弟皆能洁己自爱，方望其重振家声，不意己卯岁仲清一病不起，今年季文方得选拔，而小山又亡。追昔抚今，悲从中来，不能自已矣。日中，复至大井巷。饭后，赴引之诸老戏会之约。因成约已久，兼系初次，不得不违“哭则不歌”之戒，然实无兴趣，勉坐半日，筱沅中丞以有事先行，遂即继之而归。汉章八弟自平湖来，闻其姬人已有妊兆，深盼其举雄以继八叔父之后也。夜雨。

丙寅二十五日(11月12日)　阴。禺中，偕文楠至临顿路买鞠。日仄，独往考棚前一步，购得许谦《读书丛说》□卷，明修元板《隋书》一部，又于周姓冷摊检得宋刻小字《通鉴纪事本末》残本一册卷第二，艺芸汪氏旧藏，磁青洒金绢簿面，尚是当日装潢，惜只此一册，已敝渝不堪，后副叶内有市井庸妄子涂字，幸未污及书本耳。章硕卿来，赠越城徐氏八杉斋重刊汪宪《说文系传考异》四卷附录一卷，绍兴府学元申屠驷重模秦峄山刻石一通，又乾隆五十七年郡守李亨特补刻秦会稽刻石一通。

丁卯二十六日(11月13日)　阴雨。钱篴仙、缪□□、费屺怀来谈。文楠为其次郎订姻。晚，悟庵招文楠小饮，邀云泉、仲复暨余作陪。人定始散。

戊辰二十七日(11月14日)　早晴，午后阴。昨晡时，培之得电报，云少青夫人旧疾复发，令其携眷赴泉，今早电覆，遵命轮旋。日仄，偕霞轩至考院前一步，将出门而莲士来，遂同往。购得《竹书纪年》前有《晋史乘》，共一册，似是□□□□有朱墨笔评校，不知出谁手，首叶有“凌铉之印”一章，或即其人也。又《楚辞集注》残本一册卷一，首行“楚辞卷第一”，下方“朱子集注”，字大悦目，每半叶九行，行十七字，似是明人刻本，首叶卷第下，有“古盐张氏”白文印一，次行下方有“宗橚”白文、“咏川”朱文印各一。陆生言有人云是宋版，属为审定。

指文内殷，玄等字不缺笔告之，定为明刻明印白棉纸，与明人蓝格抄本相同，遂并《晋史乘》《竹书纪年》赠余，酬以青蚨二百。又购得光绪纪元仲夏江山刘氏摹刊宋本《尚书释音》二卷，前阙半叶，有“汪鱼亭藏阅书”及“汪仲子曾读一过”二印，下卷第十五六叶断烂处，皆仍其残阙，如模刻古帖然，尾页阑外小楷书“光绪纪元仲夏江山刘氏摹刊”十二字，不知另有题跋否？观其刻法，洵是善本，非强作解事者所能为也。又购新瓷酒斗二，直番饼半枚；元人谨封铜印一，直钱百。得子湘书并茶叶，叔来带来。

己巳二十八日(11月15日) 阴雨。禺中，送同年朱阆风太守之丧归秀水，旋赴讷翁茧园之招，同座文楠、引之、蒋太史□□、费□□、潘观察辛芝。酒半，辛芝以头眩仆地，遂先归。同人至晚始散。园在葑门，距彭氏旧第半里而近，本讷翁家旧物，乱后惟余瓦砾，近始葺之，在相王庙侧。小屋数楹，半临小港，编槿为篱，尚未竣事。门外隙地，栽以修竹，去时尚纵横满地，归则夹道已成林矣。入门，听事三楹，南向，后又三楹，西向。窗外梅花数十本，皆新栽。旧惟老树一株，在西墙下，当户遥立，如鲁灵光巍然独存，颜曰“燕香墅”，是讷翁令子南平太守所书。旧时景物，不可踪迹矣。

庚午二十九日(11月16日) 阴。陈永和来，携看明板小字本《三苏文粹》，甚精好。又侯念椿携看《守山阁丛书》，均拟留之，议价未成而去。吴子和来，谈及乡人刈稻在田，不能收获，将有腐烂之虞。教以吾乡炒谷之法，子和欣然而去。适佃户完租，大半在城，即聚而告之，群以缺柴对，且虑其成而难粜也，事遂不行。嗟乎，民之乐以图成，难以虑始，是固然矣。向使为民上者捐金设局，躬自劝导，未必无从而效之者。此事若成，异日当可享无穷之利，奈何漠不关心，徒沾沾于逐倡伎、禁烟馆，为吏胥生财也哉！

辛未三十日(11月17日) 阴雨。文楠来谈。日中出门，至大井巷。得杏荪信，欲以裕大典股分抵还欠款。饭后，至因果巷小圃。出门晤张表妹，告以裕大事，缘旭人兄在杭，亦欲以此抵马处欠款，而数不救。小圃曾告以与我处合办也，待小圃不归，即至城隍庙前戏馆，赴沈澄之兄之约，盖观剧第二集也。日莫，复至大井巷，属叔来先发电信与杏荪，允其抵典。归家已张灯。适笃来辞赴萧山，将行矣，遇之于听事，少谈而去。

十 月

壬申朔（11月18日） 阴。早起至笃甫处送行。与谱笙遇。复至乂臣许，未晤。涂遇三节会，填街塞巷，半时许方归。日晡，季相自袁浦来。叔来、谱笙亦至。送培之也。遂同晚餐，人定始去。灯下致少青书，并赠以翠玉、搬翎二事，藏香一匣，交培之带。又为培之致小邨书。

癸酉初二日（11月19日） 晴。肇万弥月剃头，戚友来贺，设汤饼款之。日晡，偕秉白、季相至观内一游，雅集啜茗。与唐云泉兄遇，知乂臣已于昨晚行矣。培之动身赴泉，海珊同往上海，然后回湖。灯下为硕卿致芍亭中丞、瞿艮甫观察二书，又致杨葆初、唁吴子权并祭幛各一书。得叶虎臣信。又蒋稚鹤送到念劬一椷，并双钩忠义堂帖内《湖州放生池碑》一分。

甲戌初三日（11月20日） 早晴，旋阴。日晡，至考院前一步。晚，送硕卿、季相登舟。严芝生三表兄来谈。购得明板《文苑英华》一部，直番银七十饼，复以三元酬陈、周二贾。书价至今日，可谓贵极矣。得竹坡书，询畇翁汇款事。畇翁卧病，不得面谈，当作札问之。得覆，即时转寄。

乙亥初四日（11月21日） 晴。饭后，偕霞轩至考院前思义堂书坊小憩，与查君蕉垞遇。购得常熟冯复京嗣宗《明右史略》廿一卷[①]，又《草例》六卷，前有凡例六则，是其九世孙晋璋子达从稿本录出者。每半叶八行，行廿字，中缝下方之右有"世豸堂"三字，抄手工

① "冯复京"，稿本作"冯京"，按，冯复京字嗣宗，据补。

整可喜，未知曾刊木否，以其希见，遂以番银六饼易之。又有中字本《文选》，书贾不识，姑曰元版，而疑信参半。审视果是元版，硕卿云薛觐唐侍郎蓄有此书，现售于于蜚卿大令，已于成都重雕矣。此书中多缺叶，且缺一卷，钞配草劣，兼为浅人涂乙满纸，实是美玉之瑕，索直十六元，许给其半，不知能成否。陈永和赠《文章百段锦》一册上下二卷，首标"太学新编黼藻文章百段锦"，次行"太学笃信斋长上舍三山方颐孙编"，每半叶十行，行廿字，似是明人刻本。

丙子初五日(11月22日) 晴。出门谢客，先至严衙前，谦甫昆仲均未遇。复至大井巷，遇谦甫暨陆子如，遂赴艮庵戏会之约，傍晚始归。胡表侄宝玉来。

丁丑初六日(11月23日) 晴。晡后，偕霞轩至考棚前一步。皂儿购得《至大重修宣和博古图》十五册，首有"孙忠愍侯祠堂藏书记"朱文方印一，盖孙氏祠堂藏本也。首册叶面题字尚是渊如先生手迹，缺末二卷，书贾遂改所题十六册为五，且摔去序后总目，可恨也。书用白棉纸，似是明人印本，较明人重刻楷字《三古图》字大而方整，在今日已为佳本矣。得培之书，尚候轮舶未行，移寓其本家鸿丰茶栈。

戊寅初七日(11月24日) 晴。俞砚芸以拜经楼旧藏宋咸淳乙丑九月重刊《说苑》来售，云是外乡人携来，从同行人手取来送阅，索价二百元，未免骇人听闻。欲校于程荣本上而觅之不得，因校于练江重刻《汉魏丛书》袖珍本上，字小，殊费目力，自日中至夜半始毕二卷，亦可谓好事矣。文楠辞往扬州。

己卯初八日(11月25日) 晴。吴子实嫁女，往贺。先答拜程枣庵、杨鹿亭，均未遇。晤马小圃，略谈盛处抵款事。即至学前，妆甫去轿犹未至也。与汪幹卿、张谦甫暨引之诸君共饭。闻引兄之孙入泮。饭后与谦甫同行，至大井巷小憩，复至葑门答拜彭如泉漱芳之郎，寻讷翁未遇。至引之二兄处道喜。出示泰淡如丈所藏书画，真赝参半，为之品评。与顾子山所见稍同，内以唐人《揭钵图》为最，子山亦云唐人，实则宋画耳。《石谷画册》六页次之，白石翁粗笔山水，徐俟斋画梅、香光字卷又次之，石鼓旧拓本墨光如漆，颇佳，有崇语铃中丞二跋，云是元拓，不知何据。拟与旧藏明拓本校之。引兄允自送来也。谱笙回湖，托带悦卿一书，并洋十八元内八元乃来恩堂喜分，从叔来觅得蜀中新翻《汉魏丛书》本《说苑》，灯下校十三一卷。

庚辰初九日(11月26日) 晴。饭后，偕霞轩至考棚前一步，购得精抄本《续资治通鉴长编》凡一百八卷，与传是楼所藏宋本相合。每叶廿六行，行廿三字，似即从此宋本传写。首叶有"晋江徐氏光实之印"朱文长方一印，目录后有"西河"朱文腰园小印、"毛扆之印"白文方印各一。卷一下方又有"寿卿"白文方印一，以斧季名印证之，是汲古旧物矣。贾人经文堂不知原委，以为残缺不全，遂以八番饼得之，真可谓有缘矣。皂儿又购得吴氏《印谱》一册，前有至正二十五年五月甲子豫章揭汯序，首题"汉晋印章图谱"，次行"临川王厚之顺伯"。考前序标题下有"欣赏编乙集"五小字，后有昆山黄云跋尾，中缝"欣赏印章"四字，中版雕刻甚工，不审何时何地何人所刊，亦罕见本也。

辛巳初十日(11月27日) 晴。校宋本《说苑》，未出门，竟日夜始毕四卷。寄培之书。

壬午十一日(11月28日) 晴。陈辰翁来，送还《礼记要义》，并赠《东汉会要》《严九能文集》各一部。校《说苑》四卷。遣张德至沪，随培之赴泉。

癸未十二日(11月29日) 薄阴。校《说苑》二卷。日晡，至考棚前一游。书肆皆收，仅存一二矣。从思义堂取元版《文选》回。托吴茗石重钩《放生池碑》，属陆竹泉送去。十一日事，补记。潘芝岑兄来。

硖石蒋氏收藏宋拓忠义堂帖目钱衎石先生旧藏：

忠义堂帖第一：《移蔡帖》《争坐位帖》《奉命帖》《与蔡明远帖》《邹游帖》《寒食帖》《乍奉辞帖》《朝回帖》《乞米帖》《鹿脯帖》《峡州帖》《奉袂帖》

忠义堂帖第二：《修书帖》《守政帖》《广平帖》《中夏帖》《与夫人帖》《华严帖》《文殊帖》《鹿脯后帖》《一行帖》《讯后帖》《书马伏波语送辛子序》《送刘太冲序》

忠义堂帖第三：《裴将军诗》《清远道士诗》《麻姑仙坛记》大字本

忠义堂帖第四：《东方先生画赞碑阴记》

忠义堂帖第五：《郭家庙碑》上

忠义堂帖第六：《郭家庙碑》下

忠义堂帖第七：《乞御书天下放生池碑额表》

忠义堂帖第八：《肃宗批答》《颜氏告身》《御史帖》《南来帖》《草篆帖》《江外帖》《送书帖》

装订《博古图》，细检末二卷尚在，可喜也。

鬻旧书陆、徐两茂材，皆嘉兴人，陆号星堂，徐号绶卿，在水扑粉桥设书摊曰兼雨斋。

甲申十三日(11月30日) 晴。饭后，出门答拜吴□□、郑秋亭、王兰士，兰士寓卫前街，昨来时，邱福询其居，讹以为卫家桥，遍觅莫有知者，将往书局，道元和县，问其号房，始知之。折而西，复东至书局答拜。芝岑来，未遇。寻辰翁，蕉垞未来，问厚甫，已往南浔，少山则回常未返。仆夫行十余里，皆惫不支，遂至其帐房小憩。晤辰翁之侄少舫，不见二十余年，须髯髯然老人，谈湖防旧事，相与嗟叹久之。迟芝岑不归，闻其六世兄从湖来，带有其姊与轩之冢妇寄内子，将来敝斋，遂归。潘世兄亦未至。思义书贾来，与谈元版《文选》，索十元，许以八元，约望日回信而去。

元板《文选》，首列文选卷第几，次行低一格“梁昭明太子选”，三行低二格，四行再低一格，“唐文林郎守太子右率府录事参/军崇贤馆直学士臣李善注上”五、六行，同三、四，“奉政大夫同知池州路总管府事张/伯颜助率重刊”，每半叶九行，行十七字，惜首尾残阙，无从考其岁月耳。全书为浅人涂抹殆遍，又于首卷抄补昭明序，后录入万历庚辰吴郡张凤翼《纂注》一段，故见者辄指为明板，而不知其署衔及张之名固是元人也。埋没于村学究者，不知若而年，向非余识而收之，其不饱蠹鱼覆酱瓿者几希。附记之，以为是书幸，兼为余幸。

乙酉十四日(12 月 1 日) 阴。禺中，至胡式嘉处拜寿，即赴怡园，同年公饯星台方伯并请其令孙，到者其次孙仲鸿、四孙□□也。同年四人，潘顺之太史以老病未能来，哲嗣辛之观察代赴，彭讷生观察、杨敏斋直刺及余。年家子则戴星□、赵幼吟、王兰士、许子珩、恽季文。又潘玉泉观察则顺之从弟，钱君研观察则湘吟之胞弟，凡三客十一主，共十有四人。欢饮至人定始散。陆生以元人贡性之《南湖集》者，盖从明弘治间，其四代从钦刻本录出者，以其不常见，留之。校宋本《说苑》毕。

丙戌十五日(12 月 2 日) 阴。邀同人聚福观剧，到者八人，及余而九。得邵小村覆书，云已给培之护照，然则附轮行矣。又得竹坡书，即送畇叔阅看。

丁亥十六日(12 月 3 日) 阴。腹中作痛，殆昨食蟹面之故欤？然不作泄。服神曲姜汤加紫苏以解之。陆、徐二生来，以米帖卷质番银二饼，如数与之而还其帖。读《读书敏求记》，张伯颜重刻《文选》附见宋刻下，而《臞仙运化玄枢》亦载焉。又《宣和重修博古图》三十卷引蔡絛说，盖“采取李公麟《考古图》说在前也”。至大翻雕而仍谓《重修宣和博古图》，岂不可笑，又云“雕造精工，字法俱橅欧阳，乃当时名手所书，凡臣王黼撰云云，元板都为削去，殆以人废书”云云。宋元板之分，此确据也，故记于此。

戊子十七日(12 月 4 日) 晴。子和来谈。思义贾人来谈书价，《明右史略》直六元[①]，元板《文选》直八元，付之而去。陈辰翁送到局刻《唐文粹》一部，版照旧式，尚称完善可存也。偶阅《仪顾堂集》，知所藏《欧阳文忠集》与前所得残本同，盖明正德壬申郡守刘乔刊本，前列孙谦益、丁朝佐、曾三异、胡柯校正衔名及葛澧等覆校衔名，惜残本

---

① “明右史略”，稿本作“明史右略”，据冯复京著作及本月初四日记改。

已缺首卷，不得见矣。

己丑十八日(12月5日)　阴。筱沅中丞约往阊门外满仙园观剧，同坐艮庵、秋亭。优人半自北来，俗子趋之若鹜，所谓名优周凤林者，演《凤皇山》一出，延颈跂足者不知若而人，甫逾半而宾主兴尽，遂毅然行。见者以为咄咄怪事，不顾也。凤林色亦平平，艺却优于流辈。初潦倒于沪上，吾乡周缦云侍御见而说之，逢人说项，从此声名大噪，亦旗亭中一段佳话也。午间，世经堂书友以旧书三单来售，匆匆出门，择其数种，灯下读之。内旧抄本《武林旧事》六卷，书手甚精，目录下钤有长方朱文"静观楼"印一，副叶及卷之一印同，两处更有"此中有真意"朱文方印各一，不知何人所藏。卷首有黄主事荛圃跋文二篇，为滂喜斋刻本所未有。虽无印记，确是荛翁手迹，因录于潘本眉端，以备补遗。更有宋版《后汉书》大字，与《通鉴纪事本末》相类，疑是明人翻雕，极精工可爱、元板《辍耕录》、明板《宣和画谱》、《骆先生文集》、《阳明先生文录》、吴才老《韵补》缺首册，明白棉纸蓝格抄本《元经薛氏传》、旧抄本《李君虞集》《项斯诗集》康熙朝五十一年十二月长洲汪份序，又是年长至长洲程德洽序，又长洲冯翯序，无年月、刻本程学澜德洽《说文广义》，又《燕对录》一卷，《损斋备忘录》二卷，《畜德录》一卷，《青溪暇笔》一卷，《寓圃杂记》二卷，《病逸漫记》一卷，《琅琊漫钞》一卷，《君子堂日询手镜》二卷，《朝鲜纪事》一卷，《朝鲜赋》一卷，《菽园杂记》十一卷，卷首空叶之右半前半叶已缺，从后半叶第二行写起，题曰"传是楼钞本"目录，凡书十一种，两排上下分列，是后人补写，疑丛抄，不止此数，拙贾以其不全，故伪作此目，而不知欲盖弥彰也①，然的是旧钞，白棉纸蓝格，遇逊国君上并提行抬写，卷首并有"传是楼"长方朱文一印，殆明人抄本，为传是楼旧藏耳。灯下翻阅，聊记大概于此，尚当细读以定去取。吴门书贾，大都湖产。兵燹以后，久无巨眼，惟侯念椿及郁老保二人，尚微闻钱听默、陶五柳相传余绪，然唯利

① "弥彰"，稿本作"章"，据文意补、改。

是耆,不厌其欲,不可得,较诸士礼居购书时,相去不翅十倍矣。

庚寅十九日(12月6日) 晴。侯生来议书价,与一人俱,云是经手者,实是村学究。伊曾荐来佣书,已忘之矣。相持半日,议未成,委书而去。日晡,偕霞轩至观中一步,雅集啜茗。与秉白遇。薄暮而归。

辛卯二十日(12月7日) 晴。星台来谈。侯生复来,购成《武林旧事》、《辍耕录》、《宣和画谱》、残吴才老《韵补》、《骆先生文集》、《阳明文录》、李君虞、项斯两集,《元经薛传》及《燕对录》等汇钞,凡十种,直番银三十饼。阅《说文广义》汪份序,辟赵凡夫处颇精核,是以留之。及读其则,每字仅录大徐本原文,下列异文,缪篆居多,仅只笔画小异,既未断以己意,并不言其所自出,所谓"广义"者,不见其"广",抑并无"义",殆彼时小学风气未开,故著作尚沿有明习气耳。以其无用,还之。外宦十余年,率在炎方,御冬便服甚鲜,内子以老人非裘不暖,将为制备,是日缝人送羊裘来看,核其制成须三十元,仆以为敝裘亦可御寒,遂移以购书,真可谓痴绝矣。

壬辰二十一日(12月8日) 晴。贺潘顺之同年嫁女、玉泉丈娶孙妇喜。日中,至大井巷朝餐毕,少谈,复贺吴子备代理宝山县喜,归已将暮矣。灯下阅昨购书,《辍耕录》似是明初刊板,惟缺末八卷。贾人欲泯其迹,适廿二卷之目,恰当上半叶尽处,遂割去后八卷之目,合于末叶之尾。乍观之不觉,细审则中缝字仅存其半矣。然尚是旧人所为,非今日事也。幸序中"三十卷"字未经挖改耳。装订甚佳,惜有烧损处,不能不补缀矣。

癸巳二十二日(12月9日) 晴。聚福观剧,轮谱琴作主,小食,不饮酒,自携徽州肉果并锅面来,甚佳。引翁昨送石鼓拓本来观,第三鼓多四字,又四半字,崇语铃中丞跋谓是元拓,殆因此也。谛审之,墨色全异,确是后人伪造,或是钩填,或竟从翻刻本补拓,均未可知。然自是高手,若非墨色悬殊,竟可称天衣无缝。余乍观亦不觉,映日侧视,方得其真也。开价五十元,若真是元拓却不贵,惜乎其为赝鼎耳。余藏有明拓本，墨色与此相同，则无须再收此矣。叔来辞往常州。

甲午二十三日(12月10日) 晴。陆、徐二生携旧书来，以无佳本，还之。日晡，偕竹泉、霞轩至观前一行。戌初刻，接少青酉初泉州所发电，知培之于廿二日午刻安抵泉署，其夫人病依然如旧，冀其见子渐痊也。

乙未二十四日(12月11日) 晴。吴又乐来谈。大风竟日，未出门。侯念椿以《后汉书》来售，每半叶八行，行十□字，字大悦目，雕刻甚精，似其原出于宋本，而不知何时何地覆刊也。

丙申二十五日(12月12日) 晴。聚福观剧。筱翁作主，傍晚归。子和以开仓设席来招，遣皂儿往赴。陆生同徽州书客□君来，前所观书皆其物也，苦无佳品，而不可辜其来意，乃留其《西青散记》，而以一元酬之。忆壬子冬，自豫回里，与杨听胪同舟，道出毗陵，曾购此书，舟中读之，彼时价直不过青蚨三钱，今板已毁，洋版覆刻者，须洋八角，较之原本，已增三倍矣。前购之本，不知流落何所。昨季文来借，遍寻不得，适遇此本，故遂收之。回忆旧游，恍然如梦，一弹指间，已三十有三载，真不胜沧桑之感矣。

丁酉二十六日(12月13日) 晴。祝朱修庭五十初度，未晤。同乡姚君□□曙持宗侄帖来谒，适他出，新仆胡胡庆接其帖而询之不详，但云从松江来，亦莫详居处，此八日前事，以为已去，无从往答矣。今日复来，面询之，则菱湖人。与少谈，又非一族，号楸枰，云与珊舟兄曾叙行辈。向在南河就外工馆地，由幕而官荐保知州，初分苏，继改宁，曾随吴勤惠当差，复改山东，又在袁筱坞、刘省三幕府。现因母老年八十四，至松江侍奉。其四弟兄弟四人，尚无子在松江行盐。极言浙盐行苏之情形，谓长、元、吴额重，断不可办，惟昆、新、青、锡等处可行。意欲邀为此事，辞以力绌。又谓松之脚商现出缺，伊欲往杭谋充此缺人，似老于世故者，谈良久始去。即日往府前泰来栈答拜，未遇而归。日晡，季相自嘉善来，舟仍泊红桥，留之宿，云舟中为便，晚饭后去。季相所乘之江北划子船，从清江雇来，价十六千文，包一月往返，逾一月，则每日给钱五百。

戊戌二十七日(12月14日) 晴，大风，寒甚。先祖母忌辰。日仄，季相偕陆绶生六兄来，云遇于观前，同食元兴馆，相将偕至。风大，不能出游。季相云，新从杭州学得麻雀手谈，遂试为之。晚食馂余，甲夜各散。约明日至阊门观剧。灯下，《拜经楼诗话》中一条云“今俗以腊月二十四日为灶神上天，北方有以二十三日者。案，范石湖《祀灶词》‘古传腊月二十四，灶君朝天欲言事’，是古用二十四日也”云云。余考祀灶之期，或廿三，或廿四，各处风俗不同，论者亦并无定见。京师俚谚至有“官三民四”之说，尤为悠谬。窃以为祀灶本在廿四日，其所以或在廿三日者，盖祭祀必质明行事，或者惮于早起，或家居人少，难于昧爽举行，遂于隔宿行之，逐暂而早，遂沿为廿三日。今吾湖祀灶，必于晚餐后，此明证也。附记于此，以质高明。

己亥二十八日(12月15日) 晴。辰刻，至北张家巷吊沈澄之兄丧，即归。季相欲至阊门外观剧，遂令皂儿陪往，并邀绶生、谦甫作陪。晚，仍会食于小斋，甲夜绶生、谦甫先去，季相复入内谈至二鼓后始别。准于明早解维回袁浦，付以五十金，备刘安人不虞之用。书卿来谈。马小圃来问盛处回信。吴申甫以知不足斋旧藏各抄校本来售，未及细观，似尚精好，特恐价亦不赀耳。

庚子二十九日(12月16日) 晴。有徐君承福者来，帖用表侄，以未起，未能晤，来者已再矣。窃意其非双林即德清矣。蔡仲然为先人诵经作冥寿，冥矣，寿云何哉？虽然，亦孝子不忍死其亲之意也。以书卿来言，遂往拜之。遇季文及沈伯云，皆其至戚也。谈少顷，即答拜徐君，未遇。见其门贴报条，有令叔大人本衡署东边道云云，然则是五祖姑母之姝曾孙，其用帖盖误矣。访笆仙仪部，赴湖未归。还至大井巷。适朱蘋华、宋蕉午皆在手谈，询徐君之号，蘋华曰丽卿，与其名不相应，或是履卿耳。傍晚归。

十一月

辛丑朔(12月17日) 晴。蔡芝斋除服,往拜其先灵,即贺玉泉丈夫人寿,以明日系先太夫人忌日,不能出门也。日晡回家,内子即遣轿往接新妇,新妇已率两孙归,遇诸涂,三鹿仍留外家,小宜同至。晚饭后始去。旧仆崔福持旧书二本来售,阅之,即宋板《说苑》也。问书所从来,则故川沙丞查君之物。复问其价,则云二百,复嗫嚅曰:是二百元,非二百千,殆与贾人相通矣。告以书贾曾持以来,亦索此价,因其语不伦,故还之。若诚欲售,须问一近情诚实价来,方可再议,即留书而去。乘暇影写一张卷一之六,以为过录时程式。此书前因郁老保居奇,故校于《汉魏丛书》本上,以谓书不可得,亦可存其面目,今覆辗转而至,岂与我尚有夙缘乎?记之以观后验。日晡,海珊自湖州来,问其近状,则海槎已故,海□现亦病危,拮据如此,复遭此厄,伤哉!伤哉!为之代唤,奈何不置矣。小圃来,出示旭翁信,已允所议。

壬寅初二日(12月18日) 晴,寒甚,水始冰。季文来,述荫甫之托,欲借五百元,以家无存项,搜索敝簏,得百金假之,季文持以去。

癸卯初三日(12月19日) 晴,寒愈甚。惮出户,瑟缩小屋中。晚食,饮酒二盅,觉微醉,曾勿暖也。景钞《说苑》三叶。崔福来,适汪凫洲至,遂去。莲士来,内子怜其寒,问其裘,则付质库,须番饼八枚方可赎,乃赠以四枚。复致书松圃夫人,亦赠四枚,共付之,俾赎以御冬焉。闻仲复特起尹京兆,恐不免译署之役。筱塘升通使矣。

甲辰初四日(12月20日) 晴,寒气少和。包子庄自湖来,偕赵纬卿枉顾,索题唐人写经残本题跋。晡后,至仲复许,谈至傍晚而归。晚,作培之信。

乙巳初五日(12月21日) 冬至。晴。秉白来。皂皂购得《士礼居丛书》内小品十种,直廿元,亦可谓贵矣。

丙午初六日(12月22日) 晴,甚和暖。子庄来。饭后,至沈澄之家、韵龢处,均晤。谒伟如中丞,未遇。还至大井巷,少憩,即偕季文往宝积寺，日莫始归。

丁未初七日（12月23日） 晴，暖。饭后，至宝积寺，徒步往返，与霞轩归至观前，已曛黑。过同泰祥小憩，假灯而归。购得眼镜一具，复修其敝者，店则察院场万瑞也。

戊申初八日（12月24日） 晴，暖，夜大风。至宝积寺。傍晚，谦甫、厚甫、少山往观东万和饮酒，与偕行至万和而别。从世经堂借灯而回。

己酉初九日（12月25日） 辰刻，至宝积寺祭小山，即为之陪客。日入，偕海珊、谦甫诸亲友送小山神主回家。是日，晴而骤寒，衣薄，冷不可耐，遂归。

庚戌初十日（12月26日） 晴。匈中作楚，殆感寒故也。饭后，风日和煦，遂携霞轩探梅。从南显子至牛角浜，历观花厂盆梅甚夥，皆含苞未吐，求一老干有恣致者，竟不可得。由玄妙观后门而出前门，至玉楼春小憩，啜茗而归。匈鬲暂舒。晚食水角，甚适。昔者陆生以《唐伯虎集》来售，吴趋何大成君立辑本，末附《弘治戊午乡试题名录》一卷，盖伯虎为是科解首也。钞手尚可，而书式狭长，与制义读本无异，望之使人生厌。拟将《题名录》抄出而还之，以属霞轩，已四日矣，而未写一字。因于灯下手自录之，至五十五名，时甫加子也，以兴尽遂止。伯施君硕来。

辛亥十一日（12月27日） 晴。郑盦先生来假《乾象通鉴》，插架无此，以《乾象新编》付之。先生覆书，有乞酱得酒之戏，允于年底抄毕见还。饭后，出门答拜各客。先至严牙前，刘君未遇，问谦甫，亦出门矣。谒伟翁，未遇。至大井巷，则伯施、君硕赴式嘉饮未归。与书卿、季文谈良久，复至仲复许，贺京兆喜。与讷生、幼亭遇，归已薄莫矣。晚，约伯施、君硕便饭。张灯后始偕叔来、竹林至。谦甫以疾辞，遂邀海珊共饮，乙夜始散。君硕先行，盖乘舆至阊门登舟即回常矣。

壬子十二日（12月28日） 阴。日晡，至观前，偕海珊雅集啜茗。购得东洋仿古小酒盏十二,甚精雅,每盏直二十二文,亦可谓廉矣。过玉楼春,持筹索钱者蜂屯蚁,路为之塞,询其故,则初十日夜,有缝人至彼啜茶,与博士哄。设肆者故优人也,其子袒博士,捽缝人,挞之至呕血犹不止,于是缝人之同业者聚而大噪。总巡委员来,以其噪也,缚三人,笞三百,复取而锢之。缝人无如何也,遂造蜚语,谓其肆之将闭,故至此。彼优人不足责,奈何为人上者,不一问其是非曲直,而遽施鞭扑耶?亦可异已。

癸丑十三日(12 月 29 日) 大风寒,微雪,晚晴,见月。拥炉竟日。晚食,饮烧春一小盅,微醺。灯下,写《唐风集》四叶。

甲寅十四日(12 月 30 日) 晴。伟翁来谈,不见五年矣,而风采如故。兴会非常,真寿者相也。日仄,赴语樵聚福观剧之约,演《描金凤》,不知何所本而科诨绝妙,惜出场太晚,未及半,已曛黑不可睹矣,遂归。

乙卯十五日(12 月 31 日) 晴。日晡,偕海珊至观前一步,还至万祥春啜茗,有侧楼甚清洁,而别无他客,见有人剃发,甚适,因亦剃之。茶甘而价廉每碗十九文,人但慕玉楼春之名而竞赴之,亦乌知此中之真意哉!海山得家书,海门竟于十□日作古,伤哉!郑庵先生赠新刊《功顺堂丛书》。

丙辰十六日(1885 年 1 月 1 日) 阴。禺中,至伟翁处,与谱琴共饭,畅谈半日,始各散。还过大井巷,与谦甫遇,少坐即归。大鹿初度。书卿及叔来、季文夫人均来。书卿欲手谈,因接松圃夫人,至乙夜方去。日中,海珊回湖,赠以二十元。得竹坡信,即覆。

丁巳十七日(1 月 2 日) 晴,大风。畏寒,不出门。逋吴申甫书价甚夥,索之急,时青黄不接,勉措百元与之,不足复,盖以旧书,亦可谓好事矣。寄石亭鞠兄书并食物四种。得王耕娱司农赴书,太夫人于十月二十日卒于杭州里第,太夫人性慈善,待余尤厚,回忆京华往事,不禁涕泪横流也。

戊午十八日(1 月 3 日) 晴。筄仙来谈。饭后,答拜王鲁香观察，谈半时许而别。欲访星台，遇诸涂，遂归。

己未十九日(1月4日) 阴，午后晴。日晡，偕鲁卿至观前一步。与斐卿遇，即同万祥春啜茗而归。

庚申二十日(1月5日) 阴雨。禺中，至严衙前吊盛和颐世讲之丧。日仄，以腹痛先归。王鲁香来，未遇。�仙在此午餐，归时尚未去，以如厕未及相见，迨洁手而出，则已行矣。

辛酉二十一日(1月6日) 阴雨。寄耕娱喧信。得竹坡覆信。为仪女作黄幼澜夫人书。张德自泉来。

壬戌二十二日(1月7日) 早阴，禺中后薄晴。星台来谈。寄鹄山信。又覆竹坡书。陆庆来。

癸亥二十三日(1月8日) 阴。内子病齿已数日矣，今日甚剧，盖拂郁所致也。日晡，偕霞轩至观一步，还至万祥春啜茗，剃发而归。灯下，读刘继庄《广阳杂记》，言台湾事甚悉。当日取之之难如此，今危如累卵矣，为之一叹。又卷三、五十一页内一条，云秦优新声，有名乱弹者，其声甚散而哀，然则乱弹之名，固始于贞元之会，其来久矣。适程藻庵邀廿五日观剧，有昆乱合演语，漫记于此。得钱念劬萧山来书。

乌柏叶解砒毒，采四五斤咀食之，吐清水一二碗即愈，又能治蛇咬，取叶捣汁，烧酒冲服，以渣贴伤处，无不愈。《广阳杂记》卷三，六十九叶。“斤”字疑。

甲子二十四日(1月9日) 阴，午微见日，即隐。延张小林视内子齿病，云是风火所薄，处方尚平稳，即服之。季文来送拔贡卷，匆匆而去。

乙丑二十五日(1月10日) 早阴，午薄晴，已复阴，薄莫小雨。饭后，赴聚福，会乱弹演《辰州会》《□□关》二出，优人如鬼，声哑而直，无情节关目，扑跌而已。然观此者颇众，不似往日之落莫，可笑亦可叹。叔来来视内子，共午餐而去。文楠自白下归，黄昏来谈，闻文起已于昨晚至。讷翁云苏属九邑，被劾者八。艮老云，常熟有疑狱，人方窃窃议之，乃平原独无，亦不知八邑何事也。前闻文楠家人云，已买属扬州，今询之，则否。本家言且不足信，听言者可不慎哉！

丙寅二十六日(1月11日) 雨雪。畏寒，不出门。马松圃大祥，其家在昭庆寺诵经，遣皂儿往拜之。书卿来。

丁卯二十七日(1月12日) 早雪，旋止，午微见日。马芝生之世兄名□□，号兰台，来索影抄宋本《集韵》并远林校勘记，盖向在湖北从芝生所借者。昨曾托彭南坪来取，尚未送还，今即面付之。尚有朱笔过录陈抱冲临段若膺校本，末有墨笔"乙酉二月朔夏山堂覆校一过"，下钤"山堂读过"白文小方印一条曹本[1]，已令皂儿临写，尚须自勘一过，故未同还。附记于此，备考。

戊辰二十八日(1月13日) 阴。禺中，至文楠处谈。日仄，田炽庭来，本京华旧识，来署臬印，以伏处不谒长官，故未往贺。今来先施，又不能不酬应矣。黄昏，仲复来，云部文已到，属拟谢恩折稿，即于灯下拟就送去。与炽庭言，始知文起尚未到，今日三县始往关上迎接。

己巳二十九日(1月14日) 晴。季文来。饭后，出门贺星台娶孙妇喜。适其迎文起归，述文起言，谓系路过，无此间事。官场皇皇已久，今释然矣。答拜左世兄，已行。马世兄未见。过经生，少坐，至仲复处，为之斟酌折稿而归。仲复索红里安折及黄绫袱，检得一分，尚可用，即令高寿送去。夜，文楠来谈，丙夜始去。

庚午三十日(1月15日) 晴。郑盦先生来，询粤刻《四库全书提要》贾直，以学海堂所刊发价对。欲剃发，而寒特甚，遂偕霞轩至万祥春就暖剃之，并除脚甲，适甚。此无官一身轻之一端也。复至观内闲步，与鲁卿、斐卿遇，遂同归。叔来来，未遇。归途遇诸观前，谈数语而别。

---

① 按，此本《集韵》今藏国图(04526)，"陈抱冲"当为"顾抱冲"，即顾之逵，姚氏所记"夏山堂""山堂读过"之"山"，为"世"之误字。

光绪十三年

光绪十有三年岁在丁亥，侨寓苏州萧家巷。

正　月

己丑朔(1887年1月24日)　阴雨。沈少荪、家韵龢、张莲士先后来。晡后，畹香至，云与文楠约在此小叙，即遣舆迓文楠来。晚饭后，复谈良久，始各散归。

庚寅初二日(1月25日)　阴。晡后，薄晴。睡起偶迟，而修庭至，谈少顷去。广莽、式嘉、杞堂相继而来。留式嘉午餐。即出门，至大井巷，遇书卿于途。拜外舅姑影堂，过云圃，少坐即至筱沅中丞许，晤谈片刻，答拜修庭、经笙，均未遇。从王府基一路而归。肇龢洗三，诸亲友来贺，具汤饼款之。与式嘉共饭毕，复出门，至少荪、芝生家，拜影堂，顺道拜年。晤杨敏斋同年。沈兰台孝廉欲至畹香许，而日已暮，乃归。

辛卯初三日(1月26日)　薄晴，午见日，夜雪。早起，出门拜年。日中归。饭后，复出门拜年，晤文卿，云清卿中丞新从厂肆得宋拓原石郭有道碑整张未翦裱本，其汉石原在山东人家，未毁，亦未入土，自来金石家未有箸录，今石已复出。询其详，不可得，亟往清卿许，未遇。晚，文楠招饮，同坐文卿、畹香、伯珩，甲夜即归。

壬辰初四日(1月27日)　早大雪，旋止，竟日阴。出门拜年，在大井巷午餐。晡，覆拜年，傍晚归。笃甫交来兆兴合同六分，即日转送文楠署押。夜复雪。

癸巳初五日(1月28日)　早大雪，竟日阴雨。文卿来。日中，司道公请陪清卿也，易笏山未到。日仄，会食于汪氏□园，晡散。复拜客，傍晚始归。子实来，秋亭继至，共谈半时许而去。

甲午初六日(1月29日) 竟日阴雨，夜晴，始见星。秋亭送育婴堂经费节略来，即转送文卿，托交清卿。傍晚，文楠来谈。得朱潮州少愚书。

乙未初七日(1月30日) 阴。日中出门，至文楠许，尚高卧未起，良久始出见，略谈片刻，即赴文卿、广莽之招。日仄，会食于听枫山馆，陪清帅也，同坐潘辛芝、谱琴、费云舫、朱修庭，日入而散。复至柳巷答拜吴通守名□晸，号□□、沈□□而归。书卿来，晚饭后去。接徐次舟书，赠鼻烟一，小剌有红签云“正豆酸味旧烟，毛六两六钱五分”，盖并剌计之，烟只四两也，此从叶氏购得。又王子展通守赠样烟一，小剌黏签云“伍怡和行存，道光壬辰年来，真酸香味陈样烟一瓶，光绪己卯从介眉郎中得，重五两二钱”，正亦并剌计之，烟只二两弱也。黏签小楷极精，盖子展手书，故人嘉惠，远贲山中，可感也。

丙申初八日(1月31日) 阴。晡后，薄晴，日一见即隐，晚晴。日中，赴修庭之招，亦陪清帅也。坐客惟少辛芝，余同昨日，晡后席散。至杞堂许，以审录未晤。答拜贺客，由胥门而盘而葑而归。日莫，至文楠家，谈半时许，张灯而回。得章硕卿信，并借款二百金，息八金，系叔来经手，本向永丰那移，因岁底未到，从余帐上扣去，故来归也。又得倪子兰贺禀。

丁酉初九日(2月1日) 晴，午后阴。日中，祝殷小谱夫人寿。晚，偕勤补、味间饮横波小榭中，甲夜即归。

戊戌初十日(2月2日) 薄晴。禺中出门，预祝屺堂寿，晤谈。复至胥门、盘门，答拜贺年续来之客，还过筱公，少坐而归。晚，子实、又乐招饮，亦陪清帅也。同坐文卿、君研、广莽、縠塍，乙夜归。得笠青人日书。

己亥十一日(2月3日) 晴。味间约桂楼小饮，宝斋亦折简相邀，因辞而就味。日晡，至横波小憩，主人欲与偕行，遂坐待之。未几,味间书来,谓相邻有斗者,不可以饮,遂偕往宝斋许,待其手谈毕,然后入席,乙夜始归。

庚子十二日(2月4日) 晴。慎思约修梅小集。日晡往,则约斋、慎思、已亭、双清方游竹园。独坐无聊,因游骨董肆,购得程君房二挺,大德二年权一,端溪研一,小铜宣炉座一,共直番银五饼。复至大井巷一转而归。薄莫,横波来谈良久,而瘦碧始至,黄昏方入席,人定后散。城将阖,因遣横波行。诸君复游竹园,瘦碧约作壁上观,余将先行,而当熊止之,因与慎思遁归。

辛丑十三日(2月5日) 晴。治具款清卿中丞,约云舫、谱琴、文卿、广莽、修庭作陪。日仄,清卿携《郭有道碑》来,整张未翦边阑,有汪喜荀、车克慎二跋,笔法与华山碑相近,其为汉石,中郎撰书无疑,独怪如此名迹尚在人间,而前人未经箸录。广搜博采如翁覃溪先生,何以亦未寓目?殆物之显晦,亦有时邪?中丞得此,真可突过前贤矣。新拓字文已为人镵损,存者不过十之二三,然亦前人所未见,以视郑、傅二本,真土苴矣。中丞索观所藏,因出晋碑及诸铜器、宋拓碑帖、宋贤墨迹、宋板书籍,共观之,至夜分环饮,尽欢而散。二琮叔自杨库来。

壬寅十四日(2月6日) 阴,雨雪。禺中,至相王衖口,送芍亭中丞殡。即偕清卿、文卿、谱琴、云舫、广莽、修庭同往蘧园,赴李世兄远辰苏邻嗣子之招,观苏邻旧藏铜器。日晡,复往相王衖,送芍翁灵輀就道,欲往河干,以大雪无驻足地,遂偕文楠至畹芗家坐半时许而归。

癸卯十五日(2月7日) 阴,微雪。购得程君房墨七大梃,八小梃,又乾隆御墨一大梃。或告明墨皆徽人伪造,然余前后所购,确是旧物。又见二种,一御制咏物墨诗,边有永乐二年程大约字,一金冬心百二砚田富翁,边有天启元年程君房字,则直与宋版《康熙字典》谑语相类,不特人指摘而自发其覆矣。大抵因京师盛行明墨,贾人向徽州搜寻,因而伪造者有之,其出自旧家者,未必全是伪造。因伪造而并真者疑之,真无目者也。晚,文楠邀陪吴柏庄,同坐屺堂、畹香、广莽,甲夜归。

甲辰十六日(2月8日)　早晴,午后阴。欲偕二琮叔至文楠许,因有事,遂属琮叔自往。味间邀兰舫小叙。日仄往,乙夜而归。

乙巳十七日(2月9日)　早晴,午后阴。费云舫招饮,同坐清卿、文卿、谱琴、望云、广莽、修庭、彦生。日中往,晡散,即归。吴柏庄见过,未遇,闻已移舟阊门,明早即行。亟至太子马头,不见其舟,寻至三摆渡,亦未见,意有轮艘同行易识也,询诸人,有饿夫卧于路,云顷从胥门来,尚泊而未动,因循河而往胥门,半涂遇江北船,问之,则已过矣。遂复至阊门,过普安桥,将至留园,仍杳然无踪迹,殆泊浒墅矣。日莫,仆夫亦瘏,欲便道至横波小憩,而衣冠未便,遂归。得古铜印一,文曰"虎步郯尉司马","郯"字不见《说文》,《集均》有之,注曰"山名"。清卿谓是六朝人印,俟再考之。

丙午十八日(2月10日)　阴,日中微霁,日一见即隐。晡刻,至大井巷一转。日莫归。晚,祀祖,谨藏喜神。

丁未十九日(2月11日)　晴。禺中出门,贺张小林娶孙妇喜,答拜吴望云祭酒,遇秋丞,谈半时许,归。日仄,赴味间、兰舫之约,先至横波,则主人方伏地引针自纫絮被,因坐以待之。栉沐未竟,而味间来,遂偕往兰舫,已而横波至,以有事他往,迟余客不来,因解维。至留园一游。薄莫归,始张灯,共饮,横波复至,以慎思往白下,将登舟,甲夜遂散。得申斋书。

戊申二十日(2月12日)　早阴,旋晴。赵价人自常熟来。王□卿、周藕生来谈。晡后,文楠来,遂携鲁卿同往观前一游。文楠定制牙筹并购宣纸信笺,与叔来、振之遇,至观门,又与张蕙生遇,相率至雅集,无隙地,徘徊良久而后得一席。适皂儿同施珊山之子来,遂分坐茗饮,傍晚而归。遇张少禅于门,略谈数语,留之饭,云与汪君有约,遂去。为程君卿云作楹帖,文楠所托也。

己酉二十一日(2月13日)　阴雨。陆秋丞兄招饮,日中往,同坐望云、芸舫、文楠、仙根、畹香,晡刻席散。即赴润卿、小坡壶园之约。迟横波，亥初始至，袖出一笺，则味间、南云方在兰簃停尊以待，因携之俱往。夜半，横波出城，乃各散归。邹和之来。

庚戌二十二日(2月14日) 晴。日中，仙根招饮，坐客如昨，益以彦生、柯亭。小园颇精雅，惜无佳石。晡刻饮罢，同游潘氏园林，则荒凉满目，不葺久矣。畹香欲同往观前一步，以文楠有事，遂各散归。彭季群自粤来，盖香帅派充抚院巡捕，命接清卿也，谈粤事甚悉。日莫，赴子备之招，入门则横波已先至，待之久矣，同坐彦渠、润卿、小坡，甲夜即归。和之来。

辛亥二十三日(2月15日) 晴。辅卿八侄同徐松山先生自湖来，到馆。郑秋亭来谈，为育婴堂经费事，托转致小坡也。日晡，至观音阁答拜邹和之，未遇，即赴文卿之招，同坐清卿、望云、小坡、文楠、畹香，芸舫以有乡老来，未到。甲夜即散。

壬子二十四日(2月16日) 晴。送大、二鹿入学。即往邹咏春家祝寿贺喜，太翁六十寿，上榜眼扁喜。偕文卿、彦生同赴清卿之约，观新得追敦、历槃，皆精品，贾四百金，亦不菲矣。日晡席散，答拜季群，晤谈而归。知文楠、畹香在玄妙观相候，即往寻之，遇于雅聚，已而介眉至，相与茗饮，至莫始各散归。得悦卿信。

癸丑二十五日(2月17日) 晴。邹和之来。日晡，味间来，将同访筱公，过颜家巷汪宝斋之门，姑问之，则主人在焉，因入小憩。闻澄之在谱琴许，因邀之来，即留共饮，同坐谱琴、辛芝、澄之、文楠，适陆绶生、潘隽生、沈子泉、王谱笙手谈终局，绶生、子泉先行，谱笙、隽生入席，少坐，隽生亦去。夜将半，迟桂卿竟不至，乃各散归。

甲寅二十六日(2月18日) 晴。禺中，送清卿中丞之官粤东，未遇。日仄，出阊门拜客，过横波，小憩，日入归。闻南云在味间家，因往寻之，共饭而归。得胡子贤信。

乙卯二十七日(2月19日) 晴。慕蕃来谈，晡时，文楠来，即同往拙政园观外国人头，南屋三楹，以帷幕蔽其外，然烛二，中设一桌，以铜槃承头置于桌之中，其头较常人差小，戴鬼帽，插眼镜，皮色宛然于华人为近，衔吕宋烟，吞吐自如，与人问答，口阖辟，声自其中出，且时时申眉动颐作态，视桌下无障蔽，空空如也。其为头之中有机器，壁人作声无疑，特空所依傍，不知其何以声之达于口也。观毕，游园，遇畹香于南轩外，即同至远香堂啜茗。文楠欲作一小叙，遣人视秋亭，出门未归。日将暮，遂归。海珊自湖来。

丙辰二十八日（2 月 20 日）　晴。早至隆庆寺吊沈再香夫人之丧，还过筱公，少坐。日晡，味间、南云来，即同往玄妙观太阳宫相面，号曰云程子，蜀人，熟江湖，谈有口辩，无异人处也。晚赴宝斋妙相之招，乙夜而归。

丁巳二十九日（2 月 21 日）　晴，旋阴，已复晴。潘祝年来。饭后，偕勤补、宝斋、谱笙、引之游拙政园，访筱公未遇，还至大井巷，傍晚始归。

戊午三十日（2 月 22 日）　阴。偕勤补邀味间、南云、澄之、宝斋、引之、谱笙观剧。晚，引之招饮，人定而归。

二　月

己未朔（2 月 23 日）　阴雨。禺中，文卿来，占壬课。日中，季相来，欲同往观前一步，雨阻而止。晚，招季相、祝年、绶生、叔来、季文便饭，乙夜始散。

庚申初二日（2 月 24 日）　阴雨，竟日夜不止。偕文楠假皖山别墅公宴，屺堂、耕娱邀畹芗、介眉作陪，筱公以臂痛未到，日晡入席，傍晚始散。

辛酉初三日（2 月 25 日）　阴。芝庭自华墅来苏。禺中，南云来，即同舟往访季相，寻休文不遇。至介寿轩小坐，复同游留园。归至介寿，祝年、介眉、味间相继而来，乃置酒共饮，甲夜即散。

壬戌初四日（2 月 26 日）　阴雨。七鹿弥月正月廿九日剃头。仙根、幼亭、文楠暨叔来、季文诸亲家均来贺，设汤饼款之。

癸亥初五日（2 月 27 日）　阴雨。饭后出门谢客。过笣仙仪部，谈半时许。唁宋生楠丁母忧。还至大井巷晚饭。与季相游骨董肆，日已暮，一无所见，甲夜即归。澄之来，约明日晚饮。得谦甫信，又接杨库典友信并正月分月总。

甲子初六日(2月28日) 阴雨。约斋、味间来谈。日晡，至季相舟中，未遇。澄之招饮兰舍，趋赴，宾主皆未至，乃泛小艇至水榭。主人约与偕行，谈至莫，将行矣，而符使至，乃送主人至通关桥，即乘其舟至兰舍，待客齐然后入席，已黄昏后矣。坐甫定，主人来。夜将半，促主人行，余亦遂归。

乙丑初七日(3月1日) 晴。食时，南云来，属重书堂额，未落笔而季相至，谈至日中，味间亦来，乃共午餐。日仄，季相先行，盖回袁浦，晡时解维也。久雨乍晴，道涂已燥，乃偕南云、味间共游护龙街骨董肆，购得宣德铜炉二，还至玄妙观茗饮，薄莫始归。

丙寅初八日(3月2日) 早微雪，午晴，旋阴。沈伯云来。朱修庭自白下归，来谈。恽竹坡自常州来。日晡，至大井巷答拜竹坡，谈一时许，将行矣，遇文楠于门，复回而筱公适至，共谈至日暮。欲访广莽，未果，即赴子备兰舍之招，迟勤补不到，日加戌始入席，夜半甫归。

丁卯初九日(3月3日) 晴。文卿、藻庵来谈。日仄，文楠来，欲访筱公，招文卿来同往，坐少顷，即同游护龙街骨董肆，购得汉玉印一，文曰“长乐”，本覆斗钮，浅人以其残缺，改治鼻钮，而文则无恙也，直钱四百，亦廉矣哉。又购得博山炉一，惜无款识。又大宣炉一，连座朱沙斑鲜艳如血，惜象鼻耳品不高耳。又宣炉一，耳作羊头，亦罕见之品，巨炉直番银七饼，次二饼又半，博山炉一饼又七。欲至观中啜茗而天已暮，遂各散归。

戊辰初十日(3月4日) 阴雨。禺中，南云乘舟来，即在味间家午餐。日仄，同泛舟出阊门，过仓口，南云止焉。至方基，余又止焉。味间独往杨王浜，约备晚餐。遣舟次第相迓。入小榭，则主人将出门。问何往，曰拙政。因枯坐无聊，作札使就近邀勤补。晡后，味间遣舟来迓，而南云亦至。迟勤补未到，南云先行，余独坐待之。日夕，主人归，勤补继至，乃拉勤补同赴味间之约，至则地主犹未归，而时已日加戌矣。味间呼酒共饮，酒半，地主始来。草草杯杯，即索饭啖之。移舟至水关，唤舆而归。

己巳十一日(3月5日)　阴雨。南云来谈。味间约汤小秋观察午饭，邀作陪，却之。日仄出门，答拜沈伯云，未遇。还至修庭、经笙、广莽许，均未遇。即至北张家巷，践文卿、澄之之约，乙夜始归。

庚午十二日(3月6日)　阴雨。日中，至大井巷拜外姑冥忌，即留云圃午餐。日晡，过广莽，方与客手谈，谈数语，即至小坡许，未遇，留札而行。还过筱公，谈半时许而归。

辛未十三日(3月7日)　阴雨。杨鹿亭、刘文楠先后来谈。二琮叔自湖来。高寿母子回楚，为高寿致成竹铭、李荆南书。

壬申十四日(3月8日)　阴，晚晴。日仄，至横波小憩，即赴勤补之招。南云、味间、慎思、商贤皆同席，乙夜始归。

癸酉十五日(3月9日)　畅晴。二琮叔回杨库。日晡出门，至南云许，答拜令弟友莲，已回乡矣。答拜钱君研，未遇。至大井巷小憩。小坡在师竹斋，遣人来招，即偕赴子备之约，甲夜即归。

甲戌十六日(3月10日)　畅晴。文卿来谈。日晡，文楠来，而屺堂适至，共谈一时许。屺堂先行，即偕文楠至雅聚啜茗，薄莫而归。

乙亥十七日(3月11日)　早晴，旋阴，晡后雨。禺中，南云来，即同舟往丹桂园观剧。日仄，味间遣人来，云在电报局午饭，饭毕即来。日加申，犹未至。方演《泗州城》，忽讹言火起，人扰攘将散，继而知其讹也，始各就坐。迟味间犹未至，乃与南云乘舟而归。

丙子十八日(3月12日)　阴。偕筱沅、广莽、修庭、云孙、小坡假拙政园公请幼亭。日中往，迟客不至，日仄始入席，薄莫而散。还至文楠许一转而归。

丁丑十九日(3月13日)　晴。禺中出门答拜邹礼部，即赴屺堂之招，日晡而散。至宗载之许，则赴观音山未归。与味间徘徊久之，遂各散归。还过幼亭，谈二刻许。复至大井巷一转而回。

戊寅二十日(3月14日) 晴。双清招游虎阜，舟泊方基。日仄，先至小榭，则双清在焉。已而慎思、南云来舟，双清先去，余少休即偕主人同往。日晡，登虎阜。薄莫，复回至方基。过桐桥，假主人小舟同往，购得薰兰一蔀。味间续至，即开筵共饮，乙夜而归。

己卯二十一日(3月15日) 晴。禺中，至文卿许一转，即赴文楠之招。同座筱沅、秋丞、伯珩、畹香，晡散。覆偕伯、畹、文至观前茗饮而归。李梦鹤、瘦碧、约斋来，均未晤。

庚辰二十二日(3月16日) 晴。日晡，至寿卿许一转。晚，赴梦鹤壶园之招，甲夜先归。答拜梦鹤，未遇。访梅来。

辛巳二十三日(3月17日) 阴雨。慎思邀兰舫小集，大风不能解维，甲夜即归，同坐南云、味间、伯珩。

壬午二十四日(3月18日) 晴。日晡，至大井巷一转，即赴陈翰仙之招，同坐载之、宝斋、味间、澄之、伯珩、如泉，甲夜归。

癸未二十五日(3月19日) 晴。笃甫生日，在大井巷唱帽儿戏。禺中往祝。日晡，偕味间假翰老寓斋觞客，澄之、宝斋、载之、小坡、翰仙、子备。子备以送屺堂赴松江未到，乙夜归。

甲申二十六日(3月20日) 晴。味间赴常熟，已登舟，复至陈仓邀载之、澄之、宝斋手谈，招余晚饭。待至时加亥，犹未毕，促之始就坐，匆匆数杯，即呼饭，啖之而归。

乙酉二十七日(3月21日) 晴。竟日未出门。存斋来谈。

丙戌二十八日(3月22日) 晴。广龚、幼亭来谈。禺中，至存斋许一转即归。日晡，赴俞起霞兰舍之约，同坐存斋、朱君上海钱庄客，黄昏即散。

丁亥二十九日(3月23日) 晴。日晡出门，视秋亭疾，气逆而不能食，可忧也。访敏斋同年，未晤，遇诸涂，谈数语而别。晚赴存斋之招，甲夜归。书卿在此手谈，犹未饭也。

戊子三十日(3月24日) 晴。悟庵来谈。日仄，答拜陶柳门，未遇。见恂友，谈二刻许。至筱公家，出门未归。复至大井巷，与柳门遇，将赴幼亭之招，为时尚早，因至寿卿许，谈至薄莫而往，而客犹未到也，张灯始入席，甲夜而归。

三 月

己丑朔(3 月 25 日) 晴。约斋来谈。偕筱公公请存斋，假兰舫置酒，延慎思、双清、幼亭作陪。筱公以河鱼之患未能到。日中，同存斋出城，泛小艇而往。少选、慎思、双清来，知缦云侍御来吴，因专人邀之。日仄，往留园。缦云、幼亭先后至，徜徉至日莫，始回棹，张灯而饮。时加戌即归。是日，以作主人未能践寿卿之约，期以明日。

庚寅初二日(3 月 26 日) 晴。广莽、修庭公宴缦云、存斋，邀作陪。禺中出门，答拜胡式嘉、赵伯章，晤式嘉。至缦云许，未遇。日中，至广莽家，缦云已先到矣。日仄入席，同坐缦云、存斋、筱沅、云孙、马培之，晡后散。偕筱公至怡园，招季文来茗饮。遇澄之、宝斋、补笙，日莫归，复至观前一步。

辛卯初三日(3 月 27 日) 晴。文楠自常熟归，来谈。饭后，出门送彭如泉入都，未遇。至讷翁许，谈未久而筱沅中丞至，少坐，即同访伯珩。复至寿卿、畹香处，不遇而归。

壬辰初四日(3 月 28 日) 阴。味间翁招饮颍川水槛，甲夜即归。

癸巳初五日(3 月 29 日) 阴。修庭约大观园观剧，同坐缦云、谱琴、澄之、辰田，谱琴先行，余与澄之继之。澄之约往兰舍，以日暮却之。独至小榭少憩而归。夜半，悬桥巷不戒于火，其光熊熊，亟至文卿许。臬使与府县俱在，因往文楠家谈半时许而回。是日，左氏昆仲扶其太夫人柩回常，舟泊阊门，内子遣皂儿往而忘送信于余。归家日暮，遣时福致赗并致语，明辰往拜。

甲午初六日(3 月 30 日) 晴。秋丞、冰玉招饮留园。食时出门，祝王仙根寿，犹卧未起也。至瑞莲巷拜殷小谱冥辰，与秋丞遇，即至太子马头吊左太夫人之丧。味间约同往留园，因至小榭待之，良久良久然后至，同舟往留园，则筱公候久矣。迟澄之犹不至，乃饮以待之。晡后，澄之始来。筱公先归。晚，复饮兰舟，乙夜而归。

乙未初七日(3月31日) 阴。宗载之招饮颍川小舫。日仄出门，至约斋许一谈，即出阊门，泛小艇，登舟。早餐后，翰仙先行。天气未佳，因未移棹。晚，南云、载之轰饮，乙夜始归。得芝庭信。

丙申初八日(4月1日) 阴雨，大风寒。日仄，至大井巷一转，访小坡，谈二时即赴宝斋、澄之介石轩之约，乙夜始归。

丁酉初九日(4月2日) 阴，大风寒。沈伯云辞赴靖江县丞任。日中，至画禅寺，送潘季玉丈殡。寒甚，即归。王与轩同年文孙兰屿来。

戊戌初十日(4月3日) 晴。赵价人来索还校宋《集均》，即以归之。饭后，正拟出门，南云在味间家遣人来，即往会晤。闻北张家巷不戒于火，遣人视澄之，自出阊门至南濠，兰屿之舟在而人则登岸矣。答价人，于燕支河畔得其舟，人在舟，拒而不见，询知其携妾来，舱小无可避，乃归。寄子湘信并银七两、火腿、茶叶、笋脯、藕粉，托李半林带京。送往则已行矣，留话，寄上海，乃属辅卿加函寄天保栈转交。

己亥十一日(4月4日) 晴。味间约游观音山。禺中出城，至小榭暂憩，即登陈舫。日仄，抵□□□，即乘笋舆登山，至范坟，人拥挤，几无隙地。水色山光尽为俗尘障隔，兴致索然，遂即登舆归舟，张灯而饮，甲夜即归。倪竹泉来。

庚子十二日(4月5日) 晴。缦翁生日，修庭、广莽约置酒水窗公祝，即作虎阜之游。晨起，祀先祖。日仄，出阊门，问寿卿，则已行，乃肩舆而往，人拥挤，不得前，舍舆而徒。以修庭函告，舟是大湾子，泊吉公祠前，遂如其言觅之，不可得。至茶肆小憩，复使人大索之，亦不可得。徘徊无计，将归矣，遇载之，乃登其鹢首望焉，又久之久之而后得也，则蒲鞋，非南湾。迨登其舟，则日将入矣。乃归至杨王庙而饮，乙夜始归。

辛丑十三日(4月6日) 晴。日中，招饮同年彭讷生、杨绶臣、朱匡生、杨敏斋小饮，适兰屿来，即招与同坐。潘顺之以老而不良于行，未到。日中，味间来，即去。日晡，客散。南云来谈，坐甫定，而味间书至，邀作兰舍之游，以体惫辞。南云亦不愿独往，乃作札覆之，南云遂归。

壬寅十四日(4月7日) 晴。南云招饮。日晡，至小榭，主人方有延款，强之同行至兰舍，去而复返，乙夜始归。

癸卯十五日(4月8日) 晴。同人醵金演剧，借浙绍会馆为文楠、畹香共祝五十寿。禺中往，夜半始归。

甲辰十六日(4月9日) 晴，晚阴，夜雨，旋止。饭后，出门答拜张翰仙，即至电报局。载之留饮。过小榭，不遇。还过味间，谈至暮，同赴载之之招，乙夜归。

乙巳十七日(4月10日) 晴，午后阴，晡大雨，旋止。李载门招饮蘧园，鸟语花香，殊快人意，同坐筱公、广莽、季文。日中往，冒雨而归。

丙午十八日(4月11日) 阴，大风。偕慎思、南云、水窗公请秋丞、文楠，秋丞辞。日中至小榭，慎思、南云继至，即留共饭。迟文楠不至，乃往虎阜，遇种蕉于涂。过舟，泊吉公祠下。晡后归，文楠始至，乙夜始入城。

丁未十九日(4月12日) 晴。种蕉招饮莛窗，期于晡后。日仄出门，过味间，谈一时许，即至大井巷，视和保病。晡至慎思家，即偕行，先至兰舍，未遇，到师子口，有小舟相待，问之，始知种蕉先来，觅莛窗，杳不知其所之，乃往小榭相待，久之久之，而莛窗犹不归，怅无所归，乃属小榭，薄具杯酌，将舍彼就此矣，而莛窗忽归。味间、约斋相继至，招之不来，径登其舟，笺三四往覆，种蕉意夺，又欲舍此就彼，不得已为之和解，乃先饮红窗，然后至小榭，草草就席，啖饭而归。种蕉中无所主，约斋匈有成见，余真无妄之灾矣。

戊申二十日(4月13日) 晴。味间约翰仙作水窗小集，议江阴事，邀余与吴子仪作陪。晡刻登舟，则主客已齐，遂作留园之游。薄莫，回棹，迟横波久之久之而后至。晚饮颍川小楼，甲夜即归。

己酉二十一日(4月14日) 晴。修庭招饮。禺中，出门贺潘顺老娶孙妇、沈旭初娶子妇、吴子和新妇回门、顾艮老嫁孙女、汪斡卿嫁女喜。饮旭初家。日仄，吊陆凤石封翁丧，即归。晚，赴修庭之约，同坐筱公、培卿、文卿、广莽、文楠、伯珩，迟凤不至，时加亥乃各散。

庚戌二十二日(4月15日) 晴。味间约西游。日仄，至小榭，而主人观剧未归。坐半时许，闻味间在颍川，遂往焉。已而，种蕉至小榭，遣人来告，问主人，则归而又往留园矣。以其约而无信，将命舆归。味间强拉而往，则种蕉已置酒相待，主人归意恬然也。勉坐至亥，辞二君先归。

辛亥二十三日(4月16日) 晴。筱公约同味间至其家核江阴计簿，期于晡刻。饭后，为横波书聚骨扇，凡画眉词二十章，章廿八字，计两行长短廿一字三句也，误写四句，则后之空幅多不能盈矣。及半，始知之。适味间来，遂同往筱公家，则张蕙生先在，帐已核明焉，复与味间参校，日莫始归。

壬子二十四日(4月17日) 晴。潘祝年来谈。为横波书扇，日中而毕。味间来，约同游观前，却之。日晡，赴旭初家公贺局，先至味间许，犹未归，乃迂道观前，遇于涂，谈数语而别。先往旭初家，日将暮，味间始来观剧。至甲夜，味间先行，余复坐一时许，夜半始归。是日，寿卿约作半日谈，以不暇往，作札辞之，期诸明日。

癸丑二十五日(4月18日) 晴。味间约细核澄江事。饭后出城，待至晡后，人始齐集。事毕，日已衔山矣。至小榭一转，进城，复往大井巷少谈而归。

甲寅二十六日(4月19日) 晴。赴湖州扫墓，夜半登舟南湾子，往返半月，贾十三元，泊虹桥。

乙卯二十七日(4月20日) 晴。黎明，解维。日晡，至平望泊。

丙辰二十八日(4月21日) 晴。顺风，挂帆而行。日仄，至湖州，进南门，泊骆驼桥下。悦卿来，即乘小艇同至箉箕巷访莲槎大兄，云明日适往竹墩，为沈氏相墓，事毕即来芦泉圩，约在彼相会。还至东街，访沈炉青、古愚昆仲，即留晚饭。黄昏回船，复至戴笠青弟许，待其归，谈半时许。笠青复送余至船，夜半始去。少青来。寄家信。夜雨。

丁巳二十九日(4月22日) 早大雨，旋止。日加辰，解维。禺中，抵芦泉圩，祇谒文僖公墓。悦卿偕行。晡时，莲槎兄来，谨为相视方向空利，宜于十月动工。六侄女来，比部公之后，只此一人，归傅氏，虽乡人，亦足自给，儿女成行。先墓亦尚赖其护持也。夜泊大浦圩，距傅氏仅咫尺。

四　月

戊午朔(4月23日) 晴。早解维，至听九堡谒达斋公墓，明堂石板近为人盗去，迹之无踪，可恨也。偕莲槎兄谨勘方向亦空，惟乡人养蚕，仍须十月方能动工也。回舟午餐。莲兄先归。日仄，至云巢拜吕仙祠，还至世父比部公墓上一转，即返棹，薄莫入城，遇笠青于门，即往敦仁晚饭，人定始归。守梅二弟来，云巢地主，王德峰知客高澄江。

己未初二日(4月24日) 晴。清晨，笠青偕石鹿苹兄来。缦云、炉青、且泉继至。客去，日将中矣。独至醉六堂一转。申甫在沪，其夥友不相识，问旧书曰无，若恐客至浼己者，不可解也。归舟午餐毕，雇肩舆出门拜与轩同年之灵，访存斋、芝岑、香屏、缦云，晤缦翁、芝翁、兰屿。晚，莲槎兄、守梅弟、悦卿侄邀饮翼经堂，同坐包子庄、吴茗生二甥，守弟赴沪，以三侄廉泉主之，甲夜而散。偕子庄、悦卿同步至府前。子庄别去，悦卿送余然后去。接皂皂来禀。寄家书。石□□、子庄、茗生、少兰、古愚、兰屿来。

庚申初三日(4月25日) 晴。放舟至丁家村，谒建昌公墓。莲兄云巽山乾向，兼巳亥，本年不宜修方。礼成下山，日方晡。莲兄云，有地在樊市长兴辖，距此仅一九，可以往观，遂乘轻舟行，而使大船泊雩水桥相待。过潘店，水道纷歧，舟人懵焉，问而行至樊市，夕阳在山矣。地在集云山下，多龙脉，无龙虎沙，顽石数堆，荒场一片，如此而已。日已暮，雇温人王甲道而行，人定始至雩水桥宿。

辛酉初四日(4月26日) 晴。沈幼生来，石鹿苹得弟四孙弥月，作汤饼会，偕笠青往贺。晡刻，访费且泉，遇诸涂，偕往薰风阁一谈。遇李□□，盖在菱湖厘局，解饷至郡也。归舟，炉青来。得颐仪女禀。晚，芝岑招饮。

壬戌初五日(4月27日) 晴。凌初平、陆存斋来。日中，炉兄招饮，同坐缦云、存斋、鹿苹、笠青、李松云垲。晡时回船，松云来。包子庄邀往馆前一步。购得砖研二一天纪，一吉语，白果青田石印一，直番银三饼。又缙云县城隍庙碑、黄帝祠宇、大吉摩崖新拓本三张，直钱四百。得皂皂禀。

癸亥初六日(4月28日) 阴雨，日中微晴，日一见即隐，晡时大雨，一时许方止。感冒，惫不可言。饭罢，偕鲁卿至馆前一步。得皂皂禀并海珊书。

甲子初七日(4月29日) 雨，食时渐止。即放舟至王家板桥，易小舟，到北窗湾坟。丁潘四来迎，就令其弟往白雀寺雇笋舆，偕内子同往鲍家山谒外舅姑墓。礼毕，就近往白雀一游。不来兹寺三十四年，道路老松摧析无存，新种者已拱把。三门内潭水依然，有万历、天启丰碑二通。第一层殿宇毁于火，支木盖瓦以庇风雨，今折卸将重建矣。知客定宝导入客寮小憩，乡人环坐，询知为退院老僧觉印明日将闭关，特建道场也。偕笠青策杖登望湖亭，折而之真身殿。真身殿者，梁比丘尼道绩法师瘗骨之处，大同年塔涌青莲华，故以法华名寺，实开山之祖也。壁间有乾隆时阳湖汪肇徵重修碑记，今塔已无存，殿中一龛若丘垄，中供道绩，或以为普门大士，误也。方丈超尘设伊蒲馔，参玉版禅，甚甘美，食毕，复乘笋舆至将军桥，登小舟，由报恩桥渡至王家版桥，乘大船而归。晡后晴，下山，日色荧然，入城犹未莫。悦卿来，同至馆前一步。晚，子庄来谈。

乙丑初八日(4月30日) 晴。早，偕笠青同内子至堂子山谒外太舅姑墓，拟开沟泄水，添筑幽圈，此不得已之举也。以青乌法不宜，鄙意宜于左沟之半坤方、右沟之下寅方开两插浜，而浚乾方原有之插浜，或可补救一二。当再与地师商之。日仄回城，即赴存斋之约，同坐炉青、缦云、子庄、菘畇。观小字本《说文》及《白六帖》，皆宋板。又羲、献墨迹卷，朱子二手札，云郎出浴图，并精妙绝伦。云郎卷题诗盈幅，约数十人，词科诸君太半在焉。酒罢，日将入，复至菘畇家一转而归。寄家信。得两女禀。

丙寅初九日(5月1日) 阴，小雨间作，晚雨。禺中，答拜初平，即赴菘畇之招，同坐存斋、芝岑、子庄、古愚，又吴正甫。日晡散归，小憩。晚，王兰屿招饮，甲夜冒雨归。

丁卯初十日(5月2日) 晴。日中，初平假潜园招饮，偕笠青泛舟而往。先至丁宝书家，谈二刻许。至园，日甫中也，同坐存斋、笠青、李少青。晡刻，仍偕笠青泛舟而归。子庄来，即同往南街徐姓骨董肆一步。

戊辰十一日(5月3日) 晴。子庄来。日中，鹿苹招饮，同坐且泉、芝岑、菘畇、炉青、笠青。日晡，偕且泉、笠青同访府经历吴君念椿庆余，盖子实之昆弟行也，人极风雅，牙署在府仪门内左偏，荒寂若古庙，竹树参差，鸟声上下，极幽雅之趣，谈二刻许，复偕笠青、悦卿往青云阁啜茗。遇高浒梅，谈地理，云有一地在吴家埠穴基，现有小土地庙，又重雪亦有平洋一地，惜背后有三洞小桥，直冲重雪。土著张君亦能相地，据浒翁云，似尚不误，其人曾为双林黄氏作冢，当问诸培之。又张君命造颇异，乙卯、乙酉、丁未、丁未，附记之。吴庆余赠所刻颜帖。

十二日，骤病。十三日，返棹。望日，抵苏，困顿于衽席者百有余日，屡濒于死，幸而不死，而百事俱废矣。兹自十一月朔起另记于后。

十一月

甲寅朔(12月15日) 阴。石来保自湖来谒陈少希也。日晡，子实来谈。寄悦卿信。已兰回上海，夜半登舟。来保字仲龢。

乙卯初二日(12月16日) 晴。先妣胡太夫人忌辰，谨修祀事。徐亲母有疾，延张小林诊治之。为仪女致黄幼澜夫人书。寄陆存斋信并《东家杂记》一本，托来保带。

丙辰初三日(12月17日) 晴。日中，郑秋亭来谈。为仪女致培之信，托胡子贤转交。徐亲母病稍愈，仍延小林视之。得夔石朔日书。又为仪女致幼澜夫人书。

丁巳初四日(12月18日) 晴。徐亲母病增剧，仍延小林。为仪女致幼澜夫人书，促其速来。潘祝年来谈。

戊午初五日(12月19日) 晴。徐亲母病未减，小林言之甚危，因电促培之归，并遣阿虎往接幼澜夫人。来保回湖。傍晚，辅卿来。

己未初六日(12月20日) 平旦雨，旋止，禺中晴。得守梅、悦卿、笠青信，辅卿带来。晡刻，赵福来，带到夔石书并寄食物。其友人沈君亦来，留其下榻，云明日须至信昌成算帐，即住彼处。赵福亟欲归去，沈君云有事，须担阁二三日，当即函致夔石。傍晚，得扬州电，培之今日动身从上海归来。徐亲母病少有起色。延小林，因修墓，上灯时始来。仪女得幼澜夫人回信，竟不肯来，且看阿虎去如何说法。

庚申初七日(12月21日) 晴。徐亲母病危，电达少青，盼培之、幼澜夫人不至，尚望其少留一二日以待子女一见。不意延至酉时竟尔长逝，亟请其本家旭卿来，为备附身之具。得二琮叔信并十月月总二本。夜雨。

辛酉初八日(12月22日) 冬至。早雨，旋晴。阿虎归，言幼澜伉俪今日过节后即买棹来。发福建电报，遣夔石新姬赴杭，致夔石信并身契一纸，交赵福带。得周梦九、翁已兰书。

壬戌初九日(12月23日)　晴。沈絜斋自都来，谈蜀中及京师事甚悉。致吴仓硕并广莽信。傍晚，黄幼澜夫妇来。徐亲母大殓，殓毕，而培之至。

癸亥初十日(12月24日)　晴。早，寄鹄山信。傍晚，由承丰送来鹄山信一件，津平化宝银弍千两十月廿九日发，合苏票纹壹千九百二十两，其银即存永丰，当作一笺覆之。得芝庭信，并十月月总一本。又得陆存斋信，云所藏《棠湖诗稿》乃知不足斋校本。

甲子十一日(12月25日)　晴。何生树勋来。

乙丑十二日(12月26日)　晴。郑晓荷来。张九谦甫之仆潘申云周老太太小鹤夫人之生母，周介甫之妾，依女而居，故其家人尊之为大母之病甚奇，大小便不禁，秽恶狼藉，又时时作态，或舌于口者数寸，或面目扭动，若有使之者，疑其有阴谴也。余曰大小便不禁，乃年老气虚，面目作态，或是肝风抽掣，未必遂有鬼神。蔡良曰，是本介甫宠姬，素来骄纵，常以细故手致二婢女于死，故人疑其阴谴。若然，则又不可知矣。本日，长官祈雪，断屠。

丙寅十三日(12月27日)　晴。俞起霞妻丧开吊，遣皂皂往。二琮叔来，用常州公款领状图记四纸，息折三个，皆兆兴折典。丁经笙观察以湖州东塘桥工捐册来书，宝书所托也，即捐洋十元，同捐册一并送还经笙。

丁卯十四日(12月28日)　晴。晓荷回双林。得广莽、仓硕信，即送筱翁看。人定，青龙桥不戒于火。

戊辰十五日(12月29日)　阴，大风。二琮叔回湖。日晡，吴又乐大令来，长谈补卖事。送《心经》一万张。与吴子实学士又自助二千张。叔来来。

己巳十六日(12月30日)　晴，大风寒。拥衾围炉而坐，不能作一事。

庚午十七日(12月31日)　晴，大风寒。早起，嗳腐吞酸，腹中作楚，似是昨日多食受寒之故，因停丸药及朝粥。禺中，遗矢多许，霍然而愈。

辛未十八日(1888年1月1日) 晴。日晡，杨绶臣、钱念劬来谈。闻易笏山乞病，苏藩放黄子寿同年。

壬申十九日(1月2日) 晴。竟无雪意，奈何！

癸酉二十日(1月3日) 晴。得夔石十六日书，新宠颇得意，亦可卸蹇修之责矣。挽蒋迪甫：

莫逆忆尊公，堂构甫承惊易箦；

未忘怜弱妹，乡邦重遇泪沾襟。

甲戌二十一日(1月4日) 晴。日仄，董新甫来，闻恽兰生得子信。酉刻，徐亲母神回。接笠青书。

乙亥二十二日(1月5日) 晴。吴仓硕来谈，云接眷赴沪也，假慎思所藏濠叟篆《六月》诗四幅，即交仓硕带沪纳还。

丙子二十三日(1月6日) 晴。断屠久矣，竟无雪，意不特畎亩之忧，食无肉，亦殊苦。日晡，朱悟庵来谈。

丁丑二十四日(1月7日) 晴。础润，或将雨乎？得生万二弟太原书，沈申伯带来。寄夔石信，并用帐余洋蚨一百七十三枚二角，存另算。

戊寅二十五日(1月8日) 晴。仓硕送石印四方来，即转送筱公，筱公赠刻资番蚨三饼，即同来函一并交仓硕，并自赠以重庆府学重模石鼓文墨本一分。

己卯二十六日(1月9日) 晴，天甚暖，仍无雪意。

庚辰二十七日(1月10日) 晴。为悟庵写对，李少薇世兄写小额。傍晚，叔来来。

辛巳二十八日(1月11日) 晴。为瘦碧写对。叔来送书画九件来看，皆赝鼎之最下者，即还之。

壬午二十九日(1月12日) 阴，晡后微雨数点，夜雨。为奉尚衣叔璋作篆。

十二月

癸未朔(1 月 13 日) 大雪。书卿、叔来、季文、谱笙、霞仙均来预祝，置酒款之。

甲申初二日(1 月 14 日) 晴。六十五初度，亲友来祝，治具款之，夜半始散。有泰州刘君燿曾持旧碑帖书画来售，云供职太常，其叔莼甫系农部同曹，已不复记忆矣。

乙酉初三日(1 月 15 日) 阴。为奉叔璋作篆。

丙戌初四日(1 月 16 日) 阴。张小渭自粤东来，为葬亲也。日晡，文楠自白下来谈，至薄莫始去。寄戴笠青书，并还洋八元，钱三百五十七，托悦卿转交。又覆卞□□祖彝书，并赠洋二元，寄还印单田亩一张，图章三方，交正大信局。

丁亥初五日(1 月 17 日) 阴，夜雨。

戊子初六日(1 月 18 日) 阴雨。得何建之贺寿禀，即作覆。傍晚，文楠来谈。灯下，作石印一方，文曰“余福司计之符”，为帐房用也。寄二琮叔信。

己丑初七日(1 月 19 日) 阴。二琮叔来。得子湘书。

庚寅初八日(1 月 20 日) 阴。二琮叔回扬库。得吴庆余书。徐农伯之子若农来。

辛卯初九日(1 月 21 日) 阴。寄守梅信，并属书“弃尘庐”扁额，交辅卿封发。得石五兄信并喜茶，知莱保之弟振篪于初二日联姻周宅，即覆。

壬辰初十日(1 月 22 日) 薄晴。体中不适，似是受寒之故。

癸巳十一日(1 月 23 日) 阴。得畹香书，又得昌硕书。寄还所刻石印三方，信到而印未交来。文楠、小坡来谈。

甲午十二日(1 月 24 日) 阴。徐亲母开吊。得卞祖彝回书。收到洋及印单。问吴寄石印，仍未送来。先生解馆回家。

乙未十三日(1 月 25 日) 大雨雪。徐亲母出殡。昌善局。送到石印，覆昌硕书。

丙申十四日(1月26日) 雪，晡后雪止。芝庭来谈。徐若农辞回扬州。

丁酉十五日(1月27日) 雪，时作时止[①]。得少裳十四弟暨倪竹泉信。少裳已补□□，现署沙河也。又得思臣七弟书。沈榖塍新设吉祥云香肆，赠香十种。

戊戌十六日(1月28日) 大雪竟日。晡后，文楠来谈。还肉桂一片。芝庭辞回华墅。黄幼澜回双林。购得东洋老花眼镜二副，每副价洋八角，甚精致。与内子分用之。自作名字两面石印，仿汉法，尚可观。

己亥十七日(1月29日) 大雪竟日。谱笙辞回湖。收到文楠交来盐利一宗。得思臣寄皂皂书。

庚子十八日(1月30日) 大雪。戴少梅来。夜半，海珊回湖。得吴子备书。并赠风鸡、盐鸭、橘糕、胶菜，即覆。

辛丑十九日(1月31日) 晴。寄夔石书。晡后，叔来来，以盐利付之。得朱世兄信。

壬寅二十日(2月1日) 晴。扫舍宇。张小渭辞回粤，即留其晚饭。寄陶春海书，索还《大唐类要》，托小渭带，并托其代购速香女儿香。又内子托购洋灰、鼠坎、女袿、荷包、鱼翅，共付花银十三两六钱零，又寄还魁和参，价银九十五两，托永丰汇付。再付小渭纹银十两□钱零，又纹银四两六钱。

癸卯二十一日(2月2日) 晴。移梅花。致赵惠青、吴硕卿书，均托小渭带。

甲辰二十二日(2月3日) 晴。寄张纯卿束脩二十元。得吴庆余参军书，附“观津尉印”拓本一纸，甚佳，云徐辛谷三庚物，曾欲以三十元售诸平斋，未成，今尚在也。又印来文待诏“停云”图印，云监修

① “时作时止”，稿本原作“昨作时止”，据文意改。

惠山昭忠祠，掘地得之，玉印出土时，甚完整，今其钮已损，以待诏书画勘之，似差小，莫能明也。即作覆，交信局带。沈调甫、荫甫来。致已兰书，并寄还另编《千字文》一本。

乙巳二十三日（2月4日）　晴，立春。皂儿生日。书卿、叔来昆仲、张谦甫、莲士、荫甫诸君来，具面款之。

丙午二十四日（2月5日）　早晴，午阴，晡后雪。郑秋亭来谈。吴申甫来索书逋，携有《杨铁崖集》，明刻耳传中"大明革命"及"洪武"字可证，而以为元版。又钞本王原吉《梧溪集》，首叶有"应氏家藏"朱文印，又卷首有"陆伯子庆循家藏"白文及"上海陆氏宝森图书记"朱文二方印，皆旧迹。更有"结弌庐藏书印"朱文方印首叶，"复庐赘姻沪上所得"白文长方印，皆近人所钤。又小传上方有"午生子秘珍"白文方印，亦旧。书内朱校不知何人手笔，然亦寻常物耳，而索价至昂，恐买不成。

丁未二十五日（2月6日）　早晴，旋阴。得许星台贺年信，即覆。日晡，文楠来谈，广莽继至，盖自沪回度岁也。薄暮，广莽先行，文楠张灯始去。

戊申二十六日（2月7日）　晴，夜大风。得夔石书，云嘉定钱氏箸述有小庐先生绎《方言笺疏》及《十三经断句考》两种，皆手稿，在伊处。夔石盖小庐先生婿也，尚有可庐先生《说文统释》一书稿本，各房分存，兵燹后已佚其半矣。①

己酉二十七日（2月8日）　晴。平旦，蜡祭百神，不能跪拜，命皂儿行礼，坐以待之，礼成，饮福，然后卧。吴庆余寄来铜印十方九官印，一青世私印，皆翻沙赝品，铜质不精，粗恶可厌，只可俟开正还之矣。李润观携来叔军鼎，亦非真品，然尚可观。

庚戌二十八日（2月9日）　晴。得已兰信并阊门绉布一匹，谭

---

① 陈乃乾校录抄本此句后有："乃乾案，《方言笺疏》后得夔石为之刊行，其板今归浙江书局。"

少柳带来。

辛亥二十九日(2月10日) 晴。七鹿周岁。书卿、季文、莲士、张子茀来贺。

壬子三十日(2月11日) 大雪。写《心经》,至是凡得二百本。晚,祠先祖神影,使皂儿扶掖,居然跪拜成礼,亦可喜也。

光绪十四年

光绪十有四年岁次戊子。

正　月

癸丑朔(1888年2月12日)　大建甲寅。阴，午微晴，日一见即隐。拜先像，仍扶掖行礼。

甲寅初二日(2月13日)　大雪竟日。客来甚稀，皆避不敢见。傍晚，彭伯珩来辞赴山东，谈半时而去。托觅郭有道碑拓本。李橘农赠以周元钱一枚见示，云无锡人掘地得之，三千有奇。伊索得十枚，此其一也。文极漫漶，质亦不精，特两面有文，无分正背，为可异耳。

乙卯初三日(2月14日)　早阴，午晴，晚复阴。道涂泥泞，拜年者颇稀，玄妙观生意可知矣。

丙辰初四日(2月15日)　雨竟日夜，淋漓不止。续校《北山小集》，自廿九卷五叶起，至三十一卷，凡三十九叶。文楠来。

丁巳初五日(2月16日)　雨雪竟日。校《北山小集》三十二、三十三两卷，凡三十四叶。张谦甫来。

戊午初六日(2月17日)　晴。校《北山小集》三十四、五至三十六卷十三叶止，共三十七叶。

己未初七日(2月18日)　雨雪。校《北山小集》三十六卷十四叶至三十八卷七叶止，凡二十一叶。

庚申初八日(2月19日)　午正初刻十一分雨水中。早雨，旋止，午微见日景，晚晴。得芝庭信。叔来来。自作启事小印。校《北山小集》，起卅八卷第八叶，讫卅九卷，凡二十七叶。

辛酉初九日(2月20日) 晴。校《北山小集》卷四十,计二十四叶,全部并讫。得笠青信。

壬戌初十日(2月21日) 晴。覆吴庆余书,寄还伪汉印十方。吴枚生三兄偕赵甥翰卿自湖来,翰卿送其五兄柩回里,兹返粤西,枚生将入都,故偕行赴沪也。

癸亥十一日(2月22日) 晴。筱公书来,云有持东洋所刻书版求售者,凡六十九种,版一万二千二百块,索英洋四千元。细阅之,经部皆翻通志堂,其中以《王荆公诗集》李雁湖注本为最善。《韩柳文》《韦苏州集》《宋高僧诗选》《毗陵集》次之,汇刻书目亦尚行销,余无甚足重也。覆筱公,即以自制笺封赠之。

甲子十二日(2月23日) 晴。日值金奎教五、六鹿识字。得英朴庵信,已补叙永厅,解制钱入都,回至沪上,欲来苏,为同寮牵掣,不果,遂作书也。

拈字占晴雨法,信手拈一字,以起笔为验,歌曰:

丶点晴丨直雨宀盖滂沱,丿撇雾一横风雨不多。惟有糸搅丝连夜月,亅钩门环午后唱晴歌。

乙丑十三日(2月24日) 早晴,午后阴。何生世勋来,以腌肉及鱼为馈,蜀官绅皆与我厚,生尤其谆挚者也。菱湖人王嘉桢九思堂勿庵先生之侄孙,故称兰卿读学为伯父著《在野迩言》,其议论多快私臆,未为定评。其记事亦多讹[1],如姚中书条,并其父之表德官阶皆误之类。言掌故则竟门外汉矣。如拟谥谓学士十人,各拟其一。又论谥文,以周文忠、彭文敬并列之类,盖令甲非翰林不谥文,彭已大学士,本得谥文,若周则真异数耳。卷七第十七叶有正月上旬无子一条,今年戊子正月癸丑朔,上旬亦无子,录之于左,以验其说:

《卜年占运歌》以正月上旬甲子等子日占验丰歉,《挥麈新谭》下又有"正月上旬若无子,朝内大臣去一半"二句,《坚瓠集》载康熙癸未

① "多讹",稿本原作"多讹讹",据文意改。

正月上旬无子，大臣去位者甚多。予观嘉庆三年诛和珅，其党尽去之。道光纪元、咸丰十一年，皆无子，朝臣亦多罢去。今光绪十年甲申元旦丁丑，十二日戊子，枢臣概行斥退，此理真不可解也。

丙寅十四日(2月25日)　早晴，午后阴，大风。为赵甥致仲复、丹叔书，即交其带。又寄子湘家书并熏豆酥糖，托枚生带京。又寄子湘银四两、火腿二只。

丁卯十五日(2月26日)　晴，晚月色皎然。赵甥辞回粤西。饭后无事，为洗蕉老人作"书卿"朱文印。

戊辰十六日(2月27日)　晴。傍晚，文楠来，交到盐引余利，因周藕生招饮，略坐即去。自作"萧巷一飘"白文长方印。莲妹来。

己巳十七日(2月28日)　晴。盛旭人来，以未出房门辞之。遣辅卿至阊门划洋票，即分送文楠、叔来。日晡，濯足，除脚甲，甚适。夜半雨。

庚午十八日(2月29日)　阴，微雨。遣皂儿至留园答拜旭人。寄沈炉青丧妾慰信并幛子，托悦卿转送。晚，家祭，谨藏喜神，扶掖行礼，较元旦为胜。朱修庭来谈陈松亭之谬，可笑亦可怜。

辛未十九日(3月1日)　晴。费幼亭来谈。

壬申二十日(3月2日)　晴。朱悟庵来谈。

癸酉二十一日(3月3日)　阴，夜雪。馆师徐松生来，即开馆。购得《遵生八笺》，阅之以破岑寂。夜半，大雪，寒甚。

甲戌二十二日(3月4日)　晴。黎明闻檐溜声，以为雪化为雨矣。迨再睡而觉，则晴旭满窗，盎然春意，天下事不可预料，大率如此。谱笙自湖来。黼卿回湖，搭庄船行。灯下为筱沅作朱文"皓皓之白"石印一方。

乙亥二十三日(3月5日)　已正二刻七分惊蛰。晴。石子元来谈。为筱沅作"寄翁"白文石印一方，二石皆鸡血昌化，性软涩，不如青田之爽脆易见刀法也。

丙子二十四日(3月6日)　晴。得已兰致黼卿书，索所存旧床，并寄来外洋花草子一封。又得吴枚生致黼卿书，寄来吕宋票三张。文楠来谈。

丁丑二十五日(3月7日) 晴。为筱沅作“东海归来”白文径寸方印。芝庭自华墅来。沈澄之来谈。

戊寅二十六日(3月8日) 阴。饭后为赵小溪作篆四幅，寄翁已兰信，文楠偕叔来至严衙前看屋，归涂一转，告知皂皂，未入内即去。从蒋香生太守假读海昌周春芚兮号松霭《尔雅补注》。四卷，未刊。

《后汉・宦者传》：“汝阳李巡称为清忠。巡以诸博士试甲乙科，争第高下，更相告言，至有行赂定兰台漆书经字，以合其私文者。乃白帝，与诸儒共刻《五经》文于石，于是诏蔡邕等正其文字。自后《五经》一定，争者用息。”则巡固笃好经学之士，刑余得此，为难能也。又《三国志・王肃传》：“肃不好郑氏。时乐安孙叔然注云：与晋武帝同名，故称其字受学郑玄之门[①]，人称东州大儒，征为秘书监，不就。肃集《圣证论》以讥短玄，叔然驳而释之，作《周易》《春秋例》，《毛诗》、《礼记》、《春秋》三传[②]、《国语》、《尔雅》诸注。”颜之推谓古人音书止为譬况之说，孙炎，汉末人，撰《音义》，独知反语，则其学博而业勤，宜见重当时，而传于后世矣。

沈璇、休文子《集注尔雅》当佳，惜不传。

己卯二十七日(3月9日) 晴。为文楠作“月圆花好”小印，仿古切玉法，颇精美。

竺，郑作笁，注云：“与笃同，古文工即马字。”

亭林云《尚书》俱作“兹”，《论语》俱作“斯”，《大学》以下之书，俱作“此”，语音有轻重，亦时代为之也。《诗》与《檀弓》亦多作“斯”。

庚辰二十八日(3月10日) 晴。叔来、文楠先后来。文楠欲购严衙前张氏住屋，来议价。

---

① “受”，稿本原作“授”，据《三国志》改。

② “三”，稿本原作“二”，据《三国志》改。

辛巳二十九日(3月11日) 晴。为书卿作朱文“洗蕉”小印,仿钝丁漪亭印也,颇不恶。为何□□致星台书。

壬午三十日(3月12日) 阴,晚雨。又郑盦先生书寄赠近得金石拓本,又得辅卿信,为辅卿致兰畦书,荐其子莹保典中学徒。

二　月

癸未朔(3月13日) 阴,午见日。芝庭为其子娶妇,行纳采礼。天骤暖,换棉衣。

甲申初二日(3月14日) 阴,早雨,旋止。谦甫辞赴杭州。寄夔石书,并铜香炉、烛台,托谦甫带。又致畹香书,托秋塍附寄。接徐厉青信,即覆。

乙酉初三日(3月15日) 晴。为文楠作“味间”朱文方印。傍晚,文楠来。得李荆南黄州书,即覆。

丙戌初四日(3月16日) 阴。潘祝年来谈。石子元辞往开封,托其寻嘉祐石经、三龛记精拓本。季文来。

丁亥初五日(3月17日) 晴。饭后,为筱公作“闭门即是深山”朱文大印。季文代购《郭有道碑》新拓本,直二元。

戊子初六日(3月18日) 阴雨,大风寒。接徐厉青信,寄还三弟上年家书,不知何以误入封内,幸无要语防人见也。

己丑初七日(3月19日) 晴。得魁和收到参价回信,内云有参五两并参须,交局寄来,另有发单。检阅函内仅有发单函,外亦未注明有参,想是另寄。因于收条内详悉叙明,付之皂儿。喉间作楚,延小林治之。质得章硕卿新旧书五箱,直番蚨三百饼。先是,硕卿交代,有亏例勒限追缴,本府与之有隙,委员守提,硕卿无他长物,所畜者书耳。因攫之而去,此其遗者,因内有精抄本及丛书稿本未刊者,不肯售去,又不欲多押,以为将来赎取地步,三百番其所自定也。因为代措而留之,另有《金史详校》版片,刻价二百五十金,欲以二百金售去而无受主,余则因自己书版已多,刷印不易,故不敢留。适与周藕生来,皂儿与之相商,因以二百元质于与伊处,俟有要者,再赎取出脱也。谱笙来。书版藕生未要,后质于何氏。

庚寅初八日(3月20日) 午初三刻八分春分。晴。叔来来。体中不适,殆交节气耶?懒甚,竟日未作一事。

辛卯初九日(3月21日) 晴。体犹不适。得吴世兄保福信,属为其侄于潘镜如处说项。

壬辰初十日(3月22日) 晴。日中,黄幼澜伉俪到苏,为徐亲母百日也。晡刻,叔来偕钱子明来谈。

癸巳十一日(3月23日) 晴。为筱公作“老潜”白文长方印,即同“闭门”巨印送去。黄昏,筱公书来。复以二石属刻,殆有嗜痂之癖欤?

甲午十二日(3月24日) 阴雨。黼卿来。从李菘畇乞得黄蔷薇一枝,扦之瓦缶,至苏已数日矣,而枝叶如新,可喜也。徐咏虞自滇迎亲至扬州,回双林扫墓,事毕旋扬,便道过访,询子静表叔光景,宦况颇佳,惟半身不遂,转侧需人,亦美中不足耳。得周达斋表兄讣信,又得已兰信,并顺气化痰丸一瓶,麂皮小袋二只。

乙未十三日(3月25日) 阴雨。婢合桃,蜀人也,年长矣,适先文僖公守家人尹百顺无妻,因以配之。顺之叔拿舟来迎,乃给以衣具、衣锦,遣之同归。颐女购得月季花一盆,视之不类,其老干已枯,新茁者亦巨如笔管,长尺许而头童,殆掘得野蔷薇而翦为盆景者。因移植后院中,发其泥根,蟠互盈盎,知非一日矣,今而后始遂其畅达之性乎?寄悦卿信,交百顺带呈。

丙申十四日(3月26日) 阴雨滴沥竟日,夜冷不可言。自作“彦侍精读”朱文方印。

丁酉十五日(3月27日) 阴雨,夜晴,月色皎然。偶阅《埋忧集》,乃南浔朱翊清梅叔所著,前有周莲史太史序,盖其师也。书记郡人事颇多,率未之前闻,文亦平平,大致猎取前人说部,改头换面,或指一人以实之,不足观也。接胡子贤信。

戊戌十六日(3月28日)　阴,夜晴,月色如昨。覆子贤书。闻沈炉青兄到苏,住仲复家,遣皂皂往视之。

《遵生八笺》"竹谱":《志林》云竹有雌雄,雌者多笋。欲识雌雄,当自根上第一节观之,双枝是雌,独枝是雄。种竹以五月十三日为上,一云用辰日,山谷所谓"根须辰日劚,笋看上番成"。又宜用腊日。谚云:"栽竹无时,雨过便移,多留宿土,记取南枝。"又法:三两竿作一本移种,其根自相扶持,易活。其上番下番,即今言大番小番也。番,去声,谓大年生笋多,小年生笋少也。杜诗"会须上番看成竹",蔡梦弼注不知此义,乃云上番音上筤,蜀名竹丛曰林筤,误矣。

己亥十七日(3月29日)　阴。徐亲母百日,培之夫妇至庙中释衰绖。晡后,炉青来谈,至傍晚始去。黼卿扦来黄蔷薇,已及旬,适违阴雨,青葱如故,殆已活,惜太稚耳。凡蔷薇老干少花,每年必有新条怒发,经旬即长数尺,粗若小指,取而扦之,不但易活,抑且易长,以其生气全也。黼卿未明此理,为菘耘仆人所愚,仅掐得嫩头数茎,长不过二三寸,细如绳索,恐活缓,尚烦培植,方得畅其生机耳。夜雨,至晓方止。

庚子十八日(3月30日)　阴。禺中,任筱翁来谈。潘祝年赠素心兰一盎,花只一箭,而香气袭人,果与寻常之花不同也。叔来扦蔷薇于盆,送来凡四条,亦只三数寸,殆恐长则易于动摇,生根时易损耳。又云,觅得黄蔷薇,但无大者,须百余文一株,问要否,属即为购之。

龚定庵礼部旧藏齐兰陵王碑拓,孤本也,字体近唐邕写经记,今归宗湘文太守。予从高宰平五丈得观。《复堂日记》卷二弟三叶。

宗湘文太守得沈小宛《两汉书疏证》残稿,阙班书列传,志亦未完;范书阙帝纪,如谋补辑付刻,不易易。予告太守,《艺文志》《古今人表》皆可别行。又二十叶。

辛丑十九日(3月31日)　晴。徐洽斋来。为瘦碧舍人作"北海郑氏大鹤山馆印"白文,仿秦九字小玺。

顾千里传校《文心雕龙》十卷，盖出黄荛圃。荛圃则据元刻本、弘治活字本、嘉靖汪一元刻本，朱墨合校，足为是书弟一善本。彦和著书，自成一子。上篇廿五，昭晰群言，下篇廿五，发挥众妙。并世则《诗品》让能，后来则《史通》失隽。文苑之学，寡二少双。立言宏恉，在于《述圣》《宗经》，此所以群言就冶，众妙朝宗也。

壬寅二十日(4月1日) 晴。觅得黄蔷薇一枝阿三花厂，种于假山西北隅。又种兰一盆，蕙二盆。已兰从上海寄来洋人花草子一封，上有洋字标明，竟不能识，因以瓦钵着泥种之。又觅得秋葵、蓝菊等种，亦种之瓦钵间中。消遣如是而已。洽斋、文楠先后来谈。

癸卯二十一日(4月2日) 阴雨，夜晴。文小坡偕李远辰来谈。远辰，梅生廉访之嗣子，愚呆，每为人所诳，易笏山父子，其最著者耳。为筱公作"宏我汉京"朱文方印，仿汉铜，尚不恶。

甲辰二十二日(4月3日) 晴。为筱沅作"藐然一物"白文印，昌化石，涩而皮颇不快意。皂儿于对门吴茂材许借得长洲程际盛东冶《说文引经考》，乃乾隆时家刻本，张孝达谓未见刻本，盖所传者希也。不意得诸学究案头，何快如之。

乙巳二十三日(4月4日) 申正一刻三分清明。早晴，午后阴，夜雨。祠先祖，拜跪较前差胜。少荪、文楠来谈。寄少莲亲家书并寿礼。又寄三弟书并衣料等物，均托蒋欣如带。筱翁赠钓台先生《周易洗心》《尚书约注》。先取《尚书》读之，盖家塾课读本，所以不入著作内者，此也。曲园一序，昭然若揭矣。

张少渠大令属题其先德渠生司马西斋读书图，率成一律：

忆泛鸳湖棹，于今四十年。西斋渺何处，书卷化云烟。幸有双雏凤，同时并象贤。画图无恙在，好共一经传。

丙午二十四日(4月5日) 阴雨。文楠来。晡后，朱耕圃来谈，即托其倩人画《诗梦钟声图》。俞研云以《燕居琐语》《续语》来售。《琐语》四十卷，成于嘉庆己未，时年七十。《续语》十六卷，成于嘉庆壬戌。均有自序，署曰"西吴悔堂老人"，而不著姓名。《琐语》前有茅灿及其弟城两序。茅序称曰“徐子”。读书中所称吾邑，皆德清事。又称蘋邨为族伯高祖，则德清徐氏也，而名则无可考。悔堂长于史学，所论皆具有本末条理，经学非所长，寥寥数则，无心得语，每卷皆有夹签，考正得失，识是武康王松斋丈手笔。丈与从叔华隰先生同登道光乙酉拔萃科，又于癸卯与觐同领乡荐，故识其手迹。首卷有签注曰：“后学王诚识。”一曰“松斋附识”，又有签注曰“洙较”，曰“桧堂”，则不知何人也。松斋云：“大约悔堂先生长于史鉴稗乘，而经非所娴，说经数条，不存可也。”与鄙意正相合。

丁未二十五日（4月6日）　晴，夜阴。禺中，任越华来谈。文楠偕刘仲藩至严衙前相屋，傍晚来云：屋是正午向，修理亦太巨，只可作罢论。

戊申二十六日（4月7日）　晴。炉青来。为文楠作“老文启事”白文方印，有边款。瘦碧云有黄小松印谱，假读之，是当日印稿中有另纸黏者，记为某人作，小松笔也。然不能尽佳。朱文用涩刀，宛如锯齿，颇不雅观，殆是少年手笔，与成名后所作绝不同也。

己酉二十七日（4月8日）　晴。陆存斋来谈，送还《海陵集》。为文楠作“缄”字圆印，觉平平无奇，乃刻边款四十八字衬之。文楠来，以存斋在坐，即去。

庚戌二十八日（4月9日）　阴，微雨。筱沅中丞来谈，读电传邸抄，谈文卿乞病，得温旨准开缺，杨石泉调陕甘，卞颂臣升闽浙总督，夔石复起抚湘，即致书贺之。种木香于竹边。又于恖进斋小院西墙下种黄蔷薇一枝，东墙下种十姊妹一枝。收拾假山毕，以花子散入石子缝中。日中，文楠来话别，即日登舟而行。

辛亥二十九日（4月10日）　晴。检点林文忠手简，将模勒以传，凡若干通，三百五十九叶，皆在粤东与长白怡良公者，此洋务之滥觞也。中言烧鸦片烟事最详，当是时，怡良公方抚粤东，与文忠同事，先君在怡公幕府掌笺奏牍而成之。兵燹之后，幸未遗失。久思入石，因为人借观，次序零乱，无从理董。壬午在粤东，遇文忠文孙评西司马，云有日记可查，因为按日排比黏签其上，置之箧中，又五年矣。顷开箧见之，遂注其次第于简背，谋刻石焉。

三 月

壬子朔(4月11日) 晴。得直卿、恽大令书，兼馈锡壶、欧绸、药饵，即作覆。致星台书。饭后无聊，自作"一瓢居士"小印，字若蝇头，且界四格，居然笔画清朗，不走一丝，差喜老眼尚明，欣慰无已。

癸丑初二日(4月12日) 晴，夜大风，天黑如墨。取阮吾山司寇《茶余客话》读之，旧闻轶事，备载无遗，考掌故者，咸取资焉，此小说家之上乘，勿漫视之。又颐女辈赁得《咫闻录》，题著慵讷居士，不知何人，笔墨芜秽鄙陋，不直一哂也。

甲寅初三日(4月13日) 晴。未能修禊，临颍上《兰亭》一通，聊以解嘲。接胡子贤信，寄来唵叭香少许，莫辨真伪，即作覆，属其便觅铜印。得子湘书，附凌初平函。

乙卯初四日(4月14日) 阴，晡后雨。洗蕉老人以《广雁荡山志》见示，乾隆庚辰刻本也，当再读之。同治癸酉在东川，有以石柱石赠者，斫为小砚，题诗于背，久不用矣，兹检得之，因录于后寄子贤信：

女土司名石柱标，一峰青峭势岧峣。云根斫得争贻馈，偃武修文是圣朝。

绿豆红丝总不如，紫云一片胜琼琚。官斋月色明于昼，判牍裁完又著书。

丙辰初五日(4月15日) 晴，禺中阴。寄夔石书。接陶春海信，寄还《大唐类要》，并赠所刻《后山集》及《学海堂四集》。

丁巳初六日(4月16日) 阴，晡后晴。小坡以石印属刻，上有"大鹤"二字，欲摩去之，玩其篆法，章法尚不甚谬，因为修改，及成，居然有曼生、小松意思，因作函还之。

戊午初七日(4月17日) 晴。得张谦甫书并青田石十四方，石赭色，乃新坑之下者，只二青色者尚可用，当作覆，仍交其家转寄。晡刻，周季相妹倩自袁浦来谈，至傍晚而去。

己未初八日(4 月 18 日) 早晴，午后阴，大雾。得兆兴信，寄来二月总帐两册。为筱翁作“陟屺子”朱文方印，仿汉铸铜，颇肖，即令唐福送去。

庚申初九日(4 月 19 日) 子初三刻十分谷雨。阴雨。体倦耆卧，似有湿气。自作小印，白文，曰“白皮松树人家”，仿里中父老私印。得夔石初七日书，云候部文到，具折谢恩，附片请假一月。阴雨，颇寒。

辛酉初十日(4 月 20 日) 晴。约炉青、祝年、季相、少荪晚饭，不能久坐，命皂儿陪之，人定始散。

壬戌十一日(4 月 21 日) 晴，晚阴，夜半大雷雨。饭后，为人作书，寄翁已兰信。赵价人来，赴杭路过也。

癸亥十二日(4 月 22 日) 早阴，旋晴，已复阴，晡雨。吴子备来，即请其诊脉。接兆丰二月总并信。

甲子十三日(4 月 23 日) 阴。禺中，为季相篆书屏幅，甫三行而季相来，乃辍而纵谈。饭后，季相偕黼卿游怡园，遂续书之，字大如碗，运腕颇劳，日晡而毕。得宋石井阑，置诸白皮松下井上。先是，皂儿过皮市街，于人家废圃内见旧井阑，上有“嘉定改元”字，托人购之，将一年矣。至是送来，索直十二元，如数与之。阑八角，有“义井”二大字对列，更有三面刻文，当洗而细考焉。

乙丑十四日(4 月 24 日) 阴。为季相写对联，季相来辞回清江，谈至傍晚始行。洗视石井阑，有嘉定改元暨宝祐四年刻文二段。按，嘉定改元，岁次戊辰，迄今戊子，凡六百八十一年矣。

丙寅十五日(4 月 25 日) 阴雨。马小圃娶妇归，开贺，遣皂皂往。接陶春海上巳书，即覆。

丁卯十六日(4 月 26 日) 阴雨，午后雨止，阴寒特甚。感冒三日矣，鼻塞流涕，浑身发痛，难过之至。

戊辰十七日(4 月 27 日) 晴，地湿如洗，楼板皆滴水，黄昏大雾。体较昨日差胜，惟胃口不开。得稚夔信，本月十三日卯时得一子，名晋孙，小字天喜。夔石已有四孙，稚夔则初举雄也。八字：戊子、丙辰、甲子、丁卯。

己巳十八日(4月28日) 阴，潮湿如昨。寄夔石贺信。又寄汪锦标信，托其照应两典。胃口仍未开，人亦较倦，盖晴则体舒，阴则疲惫，已久矣。

庚午十九日(4月29日) 阴，微雨。种石榴一株于东院。接何生树勋信，欲请辅卿帮办丝捐，即覆，告以辅卿已为翁已兰延订，另荐朱世兄福保，号辅廷，白榆先生之孙也，并寄朱世兄书，属其于月底前往。辅卿回湖，为其女定婚。王氏小院牡丹乍开，精绽可喜。欲配黄色一株，卖花者云，今年牡丹是小年，法华客人仅到一起，黄色只一棵，一花开否正未可必，其余亦不佳，只可以待来年矣。得谦甫信。

辛未二十日(4月30日) 阴，早雨，旋止。感冒总未愈，烦苦之至。炉青书来，云今日放舟至阊门，明早鼓棹回湖，为杨贵之弟杨通索书，荐于夔石，即挥数行付之。自作"老彦手书"朱文小印。

壬申二十一日(5月1日) 阴，晡时日一见即隐。芝庭偕其兄倬云自湖来，与倬云言东川事，不胜今昔之感。闻蚕桑之事，大有效验，小民有利可图，竞起而为之，郡城顿设丝行，合东川一带计之，每岁地方可增四十万之利，故尚有念及余者。蚕神庙甚兴旺，每年报赛即在余初度之日，既慰且愧矣。

癸酉二十二日(5月2日) 阴，午后晴，晚骤寒。沈调甫、荫甫回粤。食鲳鱼、蚕豆，甚美。

甲戌二十三日(5月3日) 阴，晚雨。黄子寿同年来谈。芝庭酬客，以寒秀草堂为之设馔。庭中牡丹大开，一淡粉红者，花大如盎，可喜也。

乙亥二十四日(5月4日) 阴雨，已兰来，感冒竟不愈，且浑身作楚，岂立夏而然欤？

丙子二十五日(5月5日) 巳正二刻五分立夏。早雨，旋止，阴寒，可着重棉。蚕事可忧矣。芝庭回华墅。已兰赠竹根鼻烟壶，作一大虾蟆踞地形，背负其子，即盖也，制作甚妙，惟不宜于烟耳。侯驼子以常熟陈选卿《爱古楼印鉴》来售，凡六册，首列汉铜玉官印四方，元戳三枚，以下则自明文、何以迄今濠叟，凡四百又六方，略仿《飞鸿堂》例，而真伪杂陈，即真者亦不能尽佳，特在今日搜罗不易，亦煞费苦心耳。又《壶卢书屡印隅》四集，凡二百方，乃选卿之友张汝升摹古之作，优孟衣冠，亦在依稀仿佛间，不足观也。

丁丑二十六日（5 月 6 日） 早晴，午后阴。日加酉，得上海电信，乃翁复卿到沪，促其兄归去，即告知已兰，定明日回沪。寄潘伯寅尚书信并《续复古编》一函，妇阙卣拓文二分，宋石井阑拓文一分，交信局带。作《次山中丞遗像题后》一篇。

戊寅二十七日（5 月 7 日） 阴雨。书卿来。已兰回上海。晚，设小饮，同倬云一并款之，夜半始登舟。

己卯二十八日（5 月 8 日） 阴。购得汉“鹰扬将军”铜章一、“虞尋臣尋”穿带两面铜印一，其直洋蚨七枚。得赵甥惠卿信。

庚辰二十九日（5 月 9 日） 阴。倬云回杭州。

辛巳三十日（5 月 10 日） 晴，为文小坡刻朱文小印小方，文曰“文焯校读”。唐仁斋送碑帖来看，皆新拓本，还之。

四　月

壬午朔（5 月 11 日） 晴。日仄郑秋亭来谈。得子湘信，并大八件，十二斤。

癸未初二日（5 月 12 日） 晴。徐季海表兄敦瀛来，五祖姑母之承继孙也，携彭岱霖信并赠诗稿一部。岱霖于昆仲中年最幼，诗笔斐然可观，具此美材，弃会试而不顾，可惜也。

甲申初三日（5 月 13 日） 晴。得子湘信。京师翰文斋书坊韩友带来，云熊官患伤寒，甚剧，幸而无恙，人则尚未复元也。唐仁斋以雪浪石盆拓本来售，毡蜡颇精而旧，然只是宋元人物，索价甚巨，还之。晚，检得仙台通宝铁钱一枚，体方，字画亦工整。自来著录家皆谓其有类宽永，附于日本后，究莫知其所从来也。

乙酉初四日(5月14日) 晴。张莲士病危，内子亲往视之。为小坡作白文名印，文曰“郑文焯”。主人之意如此，其实非也。此表德印式，若姓名，下则当用“印”字，或“之印”“私印”“印章”“印信”等字耳。

丙戌初五日(5月15日) 阴，微雨。寄子湘信并朱印《续复古编》一部，笋干四篓，茶叶四篓，托翰文斋魏友带。得陆宅赴，秋塍兄于本日寅时逝世。秋翁长余十一岁，而精神特健，前十日尚枉顾，不虞其遽尔长往也，伤哉！又，张莲士向无疾病，今年新正三日前来拜年，忽见呕吐不止，嗣是屡闻其病，亦以为因贫郁结所致，无性命之忧也，乃三月以来渐致卧床不起，至今日申刻，溘然而逝。上有老母，下有弱妻、四子，家徒壁立，较之秋翁，其惨百倍。内子至大井巷，约明日至彼，邀同子实昆仲共议此事。子实亦至戚也。

丁亥初六日(5月16日) 阴，午后晴。为徐季海表兄预致夔石书，托荐馆事。

《彭城三秀集》钱氏刻，一为吴夫人黄，字文裳《荻雪集》，一为沈夫人榛，字伯虔《松籁阁遗稿》，一为蒋夫人纫兰，字秋佩《绣余诗存》。姑妇相承，世传风雅。吴夫人为前朝塞庵相国子妇，鑳庵驾部女，适丁国亡家破之时，故多伤事感时之语。蒋夫人生长金闺，于归巨族，秦嘉上计，徐淑工愁，故弄笔然脂，多绮丽缘情之作。沈夫人诗笔不逮姑妇，而诗余一体远接《漱玉》，亦一奇也。吴诗《闻刘节妇淑英倡义勤王》一律云：“天纲竟坠地，倡义满方隅。白面谭兵有，红妆殉国无。王章还有女，自注：节妇为扬州守、殉珰祸刘公讳铎女，少寡守义。吕母本无夫。我亦髡髦者，深闺愧执殳。”右见吴江郭麐祥伯所著《樗园销夏录》卷下十二叶，刘节妇所适何人，容再考之。

戊子初七日(5月17日) 晴。内子率皂皂送莲士殓，并令皂皂送秋翁殓。莲士家事纷如乱丝，书卿约子实拟为之安排作久长计，而小鹤夫人偏执，不顾大局，并不顾祖宗。松浦夫人，其胞姊也，亦只知有母而不知有父。旁人无可置喙，遂散归。赙莲士三十元，遣鲁卿送去。徐季海来取信，赠以十二元而行。

己丑初八日(5月18日) 晴。乡人采野蔷薇花，去蒂而留其瓣，肩以入城，药肆购之以蒸露，每花瓣一斤直钱六十有四，即所谓蔷薇露也。古人极珍之，今亦不足为异，每两不过钱十余文。然他处亦未之有也。家人购以取露，余则以之熏鼻烟，皆香甚，末利不足道也。得味间书。

庚寅初九日(5月19日) 晴。购得玉印一，蹲螭钮，土蚀班斓，确是古物，文曰"关内侯印"，疑是后人摹刻，刀痕宛然，然篆刻精妙，具有汉意，亦非近今庸手所能办，可珍也。寄夔石信，并送其文孙弥月贺礼，计金镯、玉锁、绣花衫裤，交信局带。为周藕生、彭我山书纨扇，适读频伽《江行日记》，有《衢州橘枝词》六首，遂分书之。刘颖如来。季文来，谢为其尊甫题遗像后。

阳湖恽中丞遗像题后

右湖南巡抚次山恽公像，格言一篇，公手书也。公生平政迹已上史馆，湘人士至今能道之。其始为吏部郎，丰裁峻整，遇事不苟，以是结主知，迨出守以至巡抚，愈殚精竭虑，视国事如家事。性严正而慈，爱民如子，尤以操守自厉，视贪墨吏若仇敌，遇事敢为，不避嫌怨。其为巡抚也，事必躬亲，治官事，恒至夜半，不少休。素有肝疾，至是大剧。或劝其节劳，则曰："我受国厚恩，恨不捐糜顶踵以报，敢自惜其躯乎？"已而罢归，囊无余资，泰然也。独自念受恩深重，未得图报万一。居恒戚戚，若甚有歉于心者，而病亦由此日深矣。再被征命，皆以病不得出，天不假年，年未六十，遽尔谢世。呜呼，可哀也矣！觐元与公幼同几砚，知公最真，故箸于篇，以告世之尚论者。光绪十有四年四月壬午朔，归安姚觐元记。

辛卯初十日(5月20日) 子初三刻十四分小满。阴，晚大风，夜半大雨。医者陈君介侯驼子之子来，乞为其母尹太宜人墓志铭篆盖,即书与之。

壬辰十一日(5月21日) 阴雨。自刻"彦侍所藏贞石"朱文方印,仍用汉法。

癸巳十二日(5月22日) 晴,有风而寒。分所种草花。

甲午十三日(5月23日) 晴。自作"姚氏所寻吉金"朱文方印,用籀文,略师秦印法,颇不惬意,尚须另作。购得何震雪渔"苦吟人"白文印一方。

乙未十四日(5月24日) 晴。王凤章以铜印八方来售,秦一,文不可识,汉七,皆私印,颇佳。索直四十元,未免过昂,尚须与之重议。

丙申十五日(5月25日) 晴。寄悦卿信。

丁酉十六日(5月26日) 晴。倪源之玉器店来,说海昌查氏所藏拜经楼宋版《说苑》,现又携来吴门。前年曾经还价,请少增益,便可成交。

戊戌十七日(5月27日) 早阴,微雨,午后晴。俞荫甫二兄来谈,出示《文昌生日歌》,以《隶释》所载《周公礼殿记》中梓潼文君易张恶子,为前人所未道。又云,见魁太守,云郑工事消息甚恶,七百万已用罄,停工而待料,本不足,又失火烧去不少,更有所招工振营勇,因无饷哗溃,到处掳略,真不胜杞人之忧矣。得吴庆余书。

己亥十八日(5月28日) 晴。覆吴庆余书。得夔石信,云已得电告,谢恩请觐折批来,见请假片,赏假一月,现拟于端阳左右起程,择五月初四、初八两日临时再定。属付已兰四十元,又其姬人家信,属垫五元送去。《说苑》送到,非一百十元不售,可谓贵矣,然尚有人争买,不甘舍去,遂留之。

庚子十九日(5月29日) 晴。搭凉棚。湘保率五、七鹿回家。

辛丑二十日(5月30日) 晴。

壬寅二十一日(5月31日) 晴。得已兰信,并代购《冶梅石谱》《兰竹谱》暨访春清卿篆书石印条幅。

癸卯二十二日(6月1日) 晴。筱公为茔地事,属为占课并送到李宪之书,云前年别时,为之占课,一一皆验,属更为占卜,以定行止。

甲辰二十三日(6月2日) 阴,晚雨。汪锦标自华墅来。少荪辞入都引见。作子湘书,并绣鞋底、笋干八斤、笋衣四斤,托其带交。筱翁、季文先后来谈。季文刻次翁遗像成,以拓本来送。

乙巳二十四日(6月3日) 阴,旋晴。汪锦标来,与之细谈,即辞回典,欲留一饭而不及。命皂皂邀至闻乐园款之。为筱沅占课。又为叔来、季文占本年乡试,申将幕贵,又为日德官星加未命,三传进茹,断未命者中。

丙午二十五日(6月4日) 晴。

丁未二十六日(6月5日) 申初二刻一分芒种。晴。寄夔石书并《诗梦钟声录》四本,稚夔所索也。

戊申二十七日(6月6日) 晴。寄翁已兰信,并夔石所送四十元,托永丰汇沪。又赵姬家信并洋五元,呼其母来付之,亦夔石所托,因赵媪赴沪,今始归也。

己酉二十八日(6月7日) 阴雨。移秋葵于假山下,不至听事十许日矣,小院草满,不可以驻步。督仆扫除,半日方毕。

庚戌二十九日(6月8日) 晴。为筱沅作"啸傲东轩下,聊复得此生"十字白文方印,陶句也,用古切玉法,颇精美,虽臂痛未痊,犹胜于钿阁女子之技俩,惟不能如彼家公之遽凿山骨耳。

辛亥三十日(6月9日) 晴。收拾后房。叔来来谈。

五　月

壬子朔(6月10日) 陆介眉通知畹香于四月十九日在颍州差次病故,其家明日招魂设座,伤哉!送香楮,交同里航船寄。为胡式嘉占壬课。

癸丑初二日(6月11日) 晴。悟庵、蕉怀来,为吕庭芷事也。

得已兰回信，内附王宅寄洋收条，即转寄夔石。

甲寅初三日（6月12日）　晴，夜雨。侯驼子以元板《考古图》来售。校《易林释文》，三日而毕。

乙卯初四日（6月13日）　早阴，午晴，晚复阴，夜大雨。朱修庭来谈。王凤章复以前秦汉印八枚来，以二十元购之，可谓贵矣。真印日少，而号称好事者日多，价直之昂，亦由于此，故不肯交臂失之也。自制“愳进斋”朱文方印，左臂骤痛，以观音膏贴之，不效。用火罐治之，稍好。叔来送阊门外当店租钱来，即去。

丙辰初五日（6月14日）　阴雨。潘祝年辞往杭州。叔来、季文、寿臣来贺节。昨检得邓山人籀书《阴符经》墨本，因付王凤章装池，至是送来，因题其后。又作《续复古编书后》，凡二首。又诗二首，一并附后：

跋永绥张氏重刻邓山人书《阴符经》

篆书之不传久矣。自皖邓先生出，而学者始知古法，顾先生工笔法而疏于小学，故所书往往不免舛讹，如此篇内藏字当作臧、静字当作竫之类是也。同时有钱州判坫献之，则又通小学而拙于笔法。甚矣，兼善之难也！常熟杨观察沂孙自号濠叟，吾同岁生也，学问渊雅。曩同在京师，自道光壬寅至乙巳，日日相见，辄商榷许书，互以复古相砥砺。其篆书初宗邓先生，继而上追猎碣，沉酣于三代钟鼎款识拓文，尽变其旧日面目，而学乃大进。濠叟没，愙斋吴中丞继之，以斯、冰之笔，传洨长之薪，于是三吴篆学，遂突过皖山矣。此《阴符》一篇，乃邓先生晚年书，用小篆笔法，规模古籀，实为濠叟导其先路，真迹不知尚在人间否？先生之子密，字守之，藏有双钩本。同岁生杨分巡翰海琴刻于永州永绥。张比部世准叔平复用杨本模刻于京师。叔平留心翰墨，刻前人法书甚多，然不求甚解，刻工类多草恶，观于此可见一斑。其尤谬者，则截去书人署名而自题其后，往往为识者所诟病。夫传刻前贤法书，诚属盛事，欲附名以传，则跋其尾可矣，而必删其名，何邪？同治辛未冬觐元奉命备兵东川，叔平以所刻墨本赠别，此其一也。顷检敝簏得之，因付装池，以备观览。杨本颇精，海琴亦曾邮赠，今不知流落何许矣，惜哉！光绪十有四年，岁在屠维困敦端午日，姚觐元书。

续复古编书后其二

案古人箸书，或自序，或他人作序，皆一序，不再序。自宋以后，务通声气交游，于是自序之外，复有他人之序，且序不一序。要之，自序必连本书，其余诸序，岁月既有后先，则层累而加，自必后来居上，此一定之理也。后人刊书，率顺第其岁月，其理已非。此书则首列自序，而以危素等六序联缀于后，岁月凌躐，更无义理。推原其故，盖诸序各自为次，庸工装书，随手乱叠，写官仍之，致成此失。子学原书，必不如是也。今悉为举正如前，仍合诸序而次弟之，以防后之窜乱。如千年谬误，人所不经意之处，一旦顿还旧观，快何如之！越岁重午，觐元再记。

戊子重午口号

安石榴花照眼鲜，菖蒲艾叶旁门县。犀觚细酌雄黄酒，病榻缠绵已一年。

梅子黄时雨满天，酢坊桥下水沦涟。如何五月苏州路，才换纱衣又着绵。《中吴纪闻》：贺方回居酢坊桥，"梅子黄时雨"，方回词句也。

丁巳初六日(6月15日) 晴，寒犹未退。书纨扇。贺胡式嘉令郎幼嘉入泮喜。闻恽叔裕季生沪典被毁，书画即许文恪师旧物，仲弢质与徐与之，徐复向典质钱，遂致绛云之厄，惜哉！得悦卿书。

戊午初七日(6月16日) 晴。寄辅卿信，问其庖人已寻得否，米且缓来。晡后，幼亭来谈。

己未初八日(6月17日) 早阴，日仄晴。得芝庭信，并四月总，即覆。又寄二琮叔信。

庚申初九日(6月18日) 晴。寄已兰信，附夔石一书，托其转交。作《论正朔》一篇，另入《消夏记》。

辛酉初十日(6月19日) 阴，晡后微雨。胡式嘉太守来谈，问占卜事,因谈江南州县情形。得子贤信,已得东台缉私差,可敷衍数月矣。

壬戌十一日(6月20日) 阴。倦甚,懒于举动,闲居筋骨懈矣。偶检在粤时购香旧单,附记于此,盖托人往购,总不得其地,虽生长在粤之张小渭亦然,故寄之使阅也。

36两 顶上正南沉香4两半 银10.13两

8.5两 原上花划香四两 银2两

6.4两 顶上安息香八两 银3.4两

3两 正水安息油壹个 银2.06两

8.5两 正苏合油四两 银2两

1.4两 老山公司贡香弍两 银1.7钱 内完

共该银19.60两 96银 19.05两

二月十五日状元坊成泰号单此癸未年在粤所购,照原单式录此。

癸亥十二日(6月21日) 辰正一刻十四分夏至。晴,夜雨。夏至,祠先祖,拜跪较可,但觉软耳。皂皂言有人云城隍庙前骨董店有柳如是遗砚出售,且有拓本题跋,恐是好事者所为。徐阿宝云悉其踪迹,可为物色之。辅卿来。

甲子十三日(6月22日) 早阴,旋晴。筱翁属占越华夫人病。戌时,未将亥,命课象,大凶。辰上酉克日,本命作长生落空,幸初传午火,正当旺令,尚为有救。

乙丑十四日(6月23日) 晴。

丙寅十五日(6月24日) 阴雨。叔来、季文来谢寿。季文请占乡试幕贵,朱蕉从日上发,用大佳。卯时未将寅命。旧仆张怡送朱少愚回海盐,仍返广东,迂道来见,为致竹君一书。

丁卯十六日(6月25日) 早晴,旋阴雨,晚复晴。接芝庭信,即覆。寄恽竹坡书,为靖江典事,仍托其经管,交叔来。又致赵惠青书,交张怡。

戊辰十七日(6月26日) 晴。文小坡来谈。日加酉,得味间书，云自鄂回吴，现寓天保栈，报效郑工银万二千两，由合肥入告，得旨开复原官，归部选用，属告知其家，当将原信送其令郎阅看，即时作覆，交信局寄沪。小坡云，院得电信，郑工六月准可合龙。

己巳十八日(6月27日) 晴。季文来辞行。得子湘信，即作覆内附少裳信，托张子茀带。又得朱辅廷书现在戴埠分局，即覆，交局带溧阳转交。

庚午十九日(6月28日) 晴。叔来来辞行。陈云裳自湖来谢孝。得文卿海外书，言各国风土人情甚备，其最奇者埃及国为阿非利加洲之东北境，中华声教所不能被，乃三四千年之碑碣石椁，所镌之字有类鸟篆者、科斗文者、大篆者，如之为山，之为水，可以意度得之，西人不惜重资辇载而来，陈诸博物院，以备考订古尸，赫然穹碑屹若，此诚吾华之不及，惜西人以墨拓为污物，不能模得。欲以照相法施之，又嫌室暗，难于起重，筹之再四，尚鲜良谋。其石刻画像，直是武梁，何由而同，殊不可解。埃及久为天占所占，尚有油炸桧一食品，类乎中土。其易服色改制度，不过二百余年。食烟卷而不用长烟管，不过三十余年耳。窃思搜讨欧洲数大国典章政令，勒为一书；其轶闻琐事，另辑一编，以备参考。所愿颇奢，尚需时日。中俄接壤，而中国迄无详善之图。爰取新出之俄图，专就其交界地方，译以华音，印成一帙，本年度可告成云云。按山水二字即六书中之象形，或埃及上古曾通中国，亦未可知，然不可考矣。中俄分界，迄无定议，在彼无不了然，亦并不秘密，特无人搜及此耳。文卿诚有心人哉。

挽陆秋丞一联附后时已得畹香赴：

六载寄珂乡，老友云亡，屈指金兰还有几；

一书传颍水，善人不禄，伤心冰玉竟同归。

辛未二十日(6月29日) 晴。张子茀辞入都应试。寄杨鹄山书并花露名香，托叔来昆仲带。赵曾三来避家难，来即高卧。傍晚始卧起，啖面而去，云昨为人所持，彻夜未眠也。

壬申二十一日(6月30日) 阴。张杞堂来，云在沪见夔石，鹄山亦在彼，已先回京矣。日晡，陆绶生来谈。叔来亦至，云已登舟，明早方解维也。

癸酉二十二日(7月1日) 阴。郑秋亭来，为宋蕉午善堂收租事也。周春伯表兄灵榇回籍，道出吴门，舟泊胥门，自不能往，遣皂儿登舟拜奠。得季相书，伯庶母刘宜人老病，不饮食不言语已十许日。比虽小愈，而年已七十有八，亦风中之烛矣。世父一房仅存硕果，幸其身后坟墓已早为预备，所难者子明尚余有一妾，安顿甚难耳。

甲戌二十三日(7月2日) 朝阴，午晴，晚雨。钱篮仙仪部书来，索去《复古编》红样一部。

乙亥二十四日(7月3日) 阴雨。任筱翁来谈，出示西江人书，言宪之之谬，恐将有大狱矣。

丙子二十五日(7月4日) 阴雨。书卿来。

丁丑二十六日(7月5日) 晴。戴少梅自扬州来，赴浙应官，历言其候补之不得意，决意欲过班作候补道，云月前鹄山回京，江约伊渡江盘桓十日，允假千金，盖志在必行也。谦甫来谈。

戊寅二十七日(7月6日) 阴，微雨，午后晴。王兰屿自湖州来。陈云裳辞回里。

己卯二十八日(7月7日) 丑正初刻七分小暑。晴。沈旭初、沈澄之先后来谈。

庚辰二十九日(7月8日) 晴。费幼亭六十生辰，有优觞之设，书联赠之句未能佳，故不录，而遣皂皂往祝。座客甚盛，天太热，甫人定即各散归。

六　月

辛巳朔(7月9日) 晴，宋蕉午来。为胡式嘉挥汗作书。晚，约兰屿便饭。

壬午初二日(7月10日) 晴，热甚。静坐摇扇，尚汗如雨下，竟不作一事。

癸未初三日(7月11日)　晴。购得顾亭林《宅京记》二十卷，旧写本，极工致，其直四元。

甲申初四日(7月12日)　晴。潮闷而酷热，不舒服之至。欲为人书扇而蚊扰之，竟不可得。

乙酉初五日(7月13日)　晴，热甚，竟无雨意，奈何。作稚夔书，并赵姬布包二个，交信昌成寄。

丙戌初六日(7月14日)　晴，风飕飕撼牖户而暑湿炎蒸略不得解。读昌黎诗，"如坐深甑遭蒸炊"，叹其斫句之工，而他人不能道也。得二琮叔、芝庭侄书，并五月总，即刻覆之。从宋蕉午处取得，得去腊所赠书回，凡十五种，除《古诗笺》外，皆医书也，尚少《本草医方备要》，当再问之。

丁亥初七日(7月15日)　早晴，旋阴，日中小雨一阵即晴。购得汉关内侯铜印一方，龟钮嵌银丝极细，惜已磨灭，尚隐隐可见，其直番银三饼。挽任畹香：

清颍慰来苏，十万灾黎，方庆更生君竟死；

吴趋思往事，半年契阔，顿成永诀我何堪。

戊子初八日(7月16日)　晴，酷暑，较昨更甚。飞蚊啮人，无处无之，亦无刻无之，不能做一事，并不能食一物，苦不可言。

己丑初九日(7月17日)　晴。从瘦碧处索回约斋书，欲作覆而热不可支，竟不能写一字。

庚寅初十日(7月18日)　晴。俞荫甫孙女与宗湘文令郎联姻，来请作冰上人。钱君研来谈，言伊曾患脚软，贴衍泽堂膏药，加麝香百文，肉桂四十，不可揭动，痒则隔药磨擦，两张而愈。又言右眼上皮起一痰核，贴吐沫膏可消，皆经亲试，因志之。以白石盆储水，畜金鱼其中，不敢畜珍品，以寻常龙种为玩，或较胜草种耳。

辛卯十一日(7月19日)　晴，微有风，而绝无雨意，苦哉。

壬辰十二日(7月20日)　晴。余旧畜之石盆本石供也，深不过五寸，因鲁卿闻之校人，谓畜鱼须水浅透风方得活。遂投红鱼十尾于其中，乃未三日而失其半，始知所言谬也。亟购一巨缸，如石盆之深，而五倍之余，鱼始有更生之乐。嗟乎，天下事误于庸妄之一言者，何可胜道，独鱼也乎哉！然听言而不察其理，而遽信之，其失均也，可不慎哉！

癸巳十三日(7月21日) 晴。

甲午十四日(7月22日) 戌初二刻三分大暑。早晴，午后阴，晡雨。吴广莽来谈，知其夫人痛已渐愈。又云龚仲仁之织布局，伊有经手旧股六千金，现仲仁欲其找补三成作为新股，需一千八百两，可否属为占壬课决之。得味间书，又得厚庵弟汴梁书，伊派在西坝当差，口门尚有百六七十丈，新做者伏汛恐不能保，大约秋后须另起炉灶。目睹之言，较之传闻，或当实也。

乙未十五日(7月23日) 早晚晴，日仄大雨一阵，半时许即止。内子生日，亲友贺者踵至，具面款之。为广莽占课，得伏吟自任月将正，时日辰重重受脱，殆兆休征也。偶写《考工记》自遣，为蚊所扰，不能终幅，苦哉。阵雨，汗体为风所薄，四肢觉冷，头岑岑然，殆将痛矣，亟服午时药，覆棉被而卧。

丙申十六日(7月24日) 晴。早得微汗，头痛已解，惟体倦嗜卧，胃口亦不开，仍以午时茶投之，至晚始稍愈。

丁酉十七日(7月25日) 晴。外感已愈，惟体倦而已。闻滋斋修庭以竹游哄，奇哉。

戊戌十八日(7月26日) 晴。得稚夔书并所刊伊师周桐侯《制服成诵编》。夔石十一日请训，二十日出都，计月底当抵沪矣。又得张丹叔暨赵甥涞彦书，言广西情形，大有沧桑之感象，不禁感慨系之矣。

己亥十九日(7月27日) 晴。读《制服成诵编》，援古证今，凡后来例案悉载靡遗，有用之书，非空谈经学之士所可比伦也。

庚子二十日(7月28日) 晴，晚雨。覆宗湘文书。宗书盖请执柯也。又寄沈书田信并赵翰卿家用一百元，托悦卿转交。

辛丑二十一日(7月29日)　早晴,旋阴。禺中阵雨,半时许即霁。赵纬卿自桂林回里乡试,来谈。

壬寅二十二日(7月30日)　晴。终日喘汗,不能作一事。飞蚊千万成群,饥来柳絮,饱去樱桃,而体无完肤矣。

癸卯二十三日(7月31日)　晴。

甲辰二十四日(8月1日)　晴。皂皂之妇三十初度,贺者来,具面款之。

乙巳二十五日(8月2日)　晴,日晡大风起,雷声殷然,而日仍杲杲,刻许而定。得悦卿书,内附沈书田收洋信。

丙午二十六日(8月3日)　晴。唐福以蟋蟀盆来,即陆墓金砖厂所造而不佳,其佳者云出自常熟也。

丁未二十七日(8月4日)　晴,热甚,竟不得雨。今年西瓜至多而鲜佳者,即佳者味亦不甜,北谚云:"旱瓜涝枣。"竟亦不然,岂南北有不同耶?

戊申二十八日(8月5日)　晴。得赵惠卿粤东信。

己酉二十九日(8月6日)　晴,大风连日,风云骤起,颇有阵雨之势,而竟不雨,畎亩之忧切矣!奈何!

庚戌三十日(8月7日)　午初三刻九分立秋。风雨竟日,骤凉,可着单衣。俞荫甫来取兆兴子金,即致书芝庭索之。严芝生表兄病亟,来索参,遣皂皂往探之。

七　月

辛亥朔(8月8日)　晴,大风。严三表兄竟于昨子时作古,伤哉!文小坡送还《粤东金石略》二本。

壬子初二日(8月9日)　晴,大风。得李廉甫信,并大八件二匣、白面二匣,蒋欣如带来。

癸丑初三日(8月10日)　晴,大风三日矣,不雨奈何!蚊虫肆虐,虽白昼亦扑面嘬人,此民不畏其长上之象也,是可忧已。

甲寅初四日(8月11日) 晴,大风。接竹坡信,言靖典事,袁姓实难共事,欲与之分畺画界,非轮直之年,不复过问,是固省事之一法,但任其所为,设其败坏,则我亦有不利焉,还当致书商之。晚,得已兰信,知夔石初二日到沪,已兰移寓后马路仁美里。

乙卯初五日(8月12日) 晴,大风。覆已兰信,并致夔石书,即托已兰转交。

丙辰初六日(8月13日) 晴,风仍未已。张杞堂来谈,言夔石所坐之轮船遇大风,漂泊三昼夜,亦险已哉。

丁巳初七日(8月14日) 晴。得芝庭华墅信,问方丽生赙事,即覆。

戊午初八日(8月15日) 晴,不雨而风,苗将槁矣,奈何!

己未初九日(8月16日) 晴,日仄骤雨一阵,一刹那顷即止。接二琮信、杨库信并六月总册。

庚申初十日(8月17日) 晴,日晡微雨数点,大风而热不减。蚊之扰人,无间昼夜,亦他处他年所无也。会稽董氏以活字版重印《琳琅秘室丛书》,极精妙,当石印。纵横之日,居然得此,亦世之有心人也。书廿四本,直番蚨十六,并皂儿以家刻书易之。

辛酉十一日(8月18日) 晴,大风。左颊忽肿,而不甚痛,殆为牙根所牵掣也。左辅一牙欲落不落者久矣,烦苦之至。侯驼子以《讱葊集古印存》残帙来,仅十七、八两卷,以二百钱购之。

壬戌十二日(8月19日) 晴。程藻庵来,以热甚未晤。又以巨纸二幅属书"豫盦"字。得二琮叔信,亦问方丽生事,即覆。

癸亥十三日(8月20日) 晴。汪锦标来,知芝庭病疟,故未能到。得子湘信并菜豆粉、小菜,少荪带来。晚,作芝庭信,告以申荣南事,由锦标经理。六鹿忽病,今二日矣,延小林诊治之。

甲子十四日(8月21日) 晴。寄芝庭信。少荪来,询京中事,渠亦未了然。六鹿病未减,延小林并小儿科吴新之同治之。

乙丑十五日(8月22日) 晴。六鹿病无增减,仍延小林、新之同治之。夜半大风雨。

丙寅十六日(8月23日) 丑正一刻十二分处暑。晴。六鹿病无增减,傍晚觉有转机,仍延小林、新之。辅卿闻有蒋□□住悬桥巷,即请来诊视。书卿又请曹景堂来,诸说大同小异。蒋君谓有食积,宜先消导之,用槟榔、枳实,其实小林亦用枳实,但太轻耳。复用外治推那之法。至晡后,腹中作微响,泄气甚臭,知有转机矣。

丁卯十七日(8月24日) 晴。六鹿于晡时大解,胸中之块已消,惟神尚不清。

戊辰十八日(8月25日) 晴。六鹿病不减,又不得小便。服牛黄丸,以鲜石斛煎汤代茶,口内复得津液。

己巳十九日(8月26日) 晴。六鹿病势甚迫,医家束手无策。晚,以西洋参渗入石斛汤,频频饮之,至平旦居然小解。恽直卿来。

庚午二十日(8月27日) 晴。六鹿病势仍未减。为直卿致书星台。

辛未二十一日(8月28日) 晴。六鹿病有转机,遣皂皂答拜直卿。郑秋亭来谈。钱�仙来,未晤。

壬申二十二日(8月29日) 晴。六鹿病大有转机。小林云,尚有宿矢未下,下后当渐进补剂矣。

癸酉二十三日(8月30日) 早晴,旋阴,日中雷殷殷然,而风雨不至,遂复开霁。六鹿仍未大解,故多急躁。此苦余旧年曾经阅历,盖非至其时,不得下也。刘颖如来谈。

甲戌二十四日(8月31日) 晴,竟不得雨。六鹿病如昨,仍延小林治之。

乙亥二十五日(9月1日) 晴。六鹿病不增不减,复延吴新之并张君诊之,开方与小林大致相同。

丙子二十六日(9月2日) 晴,晡阴,似有雨意而竟不雨。六鹿病仍如昨,不大解,亦不言语,奈何!钱笘仙属书张宗伯祠祭楼,盖宗伯霁庭同年也,为笘仙座主,故约其同年于孤山建祠祀之。

匠人丁缓、李菊巧为天下第一。《西京杂记》卷一五叶，汉成帝时缔构昭阳殿。

丁丑二十七日(9月3日) 晴。六鹿于晡时下燥粪一枚，而尚觉发躁，盖积滞犹未尽净也，仍延小林治之。得吴庆余书，即覆。

戊寅二十八日(9月4日) 晴。六鹿卧甚适，醒仍发躁。燥屎欲下未下，仍延小林。

己卯二十九日(9月5日) 早小雨数点，颇凉爽，竟日薄阴。六鹿烦躁稍定，尚未续解，仍不语言。

八　月

庚辰朔(9月6日) 薄阴。六鹿病有起色，惟尚未续解，仍未语言。

辛巳初二日(9月7日) 未正二刻白露。阴雨竟日。六鹿神气较清，仍延小林诊视。

壬午初三日(9月8日) 晴。六鹿病仍如昨，仍未续解，复延吴新之视之，其用药与小林略同。

癸未初四日(9月9日) 晴。六鹿病无增减，延星渚、小林视之，小林用姜附，星渚以为不然。培之于其母座前焚香默祷，拈得小林方，乃服之。

甲申初五日(9月10日) 晴。六鹿服姜附，亦未见动静，似非石投也。小林胆怯，以鹿角霜易之。稚夔从上海来，留其小住，云亟须归去，部署行装，拟二十左右赴湘，述夔石都中事，并大局情形颇详。

乙酉初六日(9月11日) 晴。六鹿病稍有起色，下宿粪二枚，坚如铁石，然犹未尽也。仍延小林。陆绶生来谈。接二琮叔信并七月总。又接李黄州书。稚夔来。

丙戌初七日(9月12日) 晴。六鹿卧甚安，神亦渐慧，粪已及肛门而不得下，盖力弱不能送也。仍延小林。稚夔回杭州。

丁亥初八日(9月13日) 晴。六鹿下宿粪二枚，夜卧甚安。覆吴庆余信。刘颖如来。

戊子初九日(9月14日) 晴。六鹿又下宿粪二枚,较昨下者巨而更臭,皆黑色,疑尚未净也。神情亦较昨为胜。仍延小林。俞香屏来。晚,六鹿复下宿粪多许,盖面已见黄色,是宿垢已净矣。夜半雨。

己丑初十日(9月15日) 阴雨。六鹿已见安适,惟尚不能言语。仍延小林。

庚寅十一日(9月16日) 晴。六鹿大解,已见新粪,又见好些。仍延小林。

辛卯十二日(9月17日) 晴。六鹿病渐愈,惟不能言语,故见人说话即哭。查《经验方》,有小儿病后不能言语一条,是本有此证,不足异也。治法用胆南星淡姜汤下。南星除痰,心主言,殆有宿痰塞于心窍间乎?

壬辰十三日(9月18日) 晴。感冒不适已甚,服轻剂散之。黎明一汗而愈。

癸巳十四日(9月19日) 早晴,午后阴。六鹿仍未能言。延小林。得悦卿信。

甲午十五日(9月20日) 阴。六鹿渐能言语,惟音尚未清,亦未能多说,殆窍中之痰渐开,尚未尽去耳。夜,月色朦胧,家人拜月,焚斗香方炽,不敢即卧,迨香烬就寝,夜已过半矣。邀香屏过节。

乙未十六日(9月21日) 晴。叔来生日,皂儿夫妇及诸孙均去。又邀黼卿、鲁卿去。寄悦卿信。六鹿又见好些。延小林。右邻邱君有小孩病,与六鹿同,延小儿科蒋君治,不效,寻黼卿问医,即以小林荐之。

丙申十七日(9月22日) 子初二刻七分秋分。晴。得子湘书,为景月汀索《续复古编》也。六鹿语渐清。仍延小林。黼卿寄稚夔信。抄送年来用帐。

丁酉十八日(9月23日) 晴。为六鹿延小林定方,云可服两剂。

戊戌十九日(9月24日) 晴。俞香屏来长谈。

己亥二十日(9月25日) 晴。延小林，以下乡未来。倪源源以海宁查氏藏书来售，皆寻常不足观，惟明刻《陶靖节集》尚可，系翻宋版，避讳字尚有仍其旧者，前有跋语，后题五律一首，皆初白手迹。

庚子二十一日(9月26日) 晴。六鹿有见好些，惟言语尚不灵便，四肢无力，仍延小林。寄朱少愚太夫人素分。

辛丑二十二日(9月27日) 晴，夜雨。酉正三刻得赵甥翰卿桂林电信，属寄家用百元。电多误字，有“接惩远令”语，不解，恐“惩”是“怀”字，同在心部致误，怀远属柳州，或权怀远令耳。

壬寅二十三日(9月28日) 阴。为翰卿寄家用百元，交沈书田手收，由永丰汇交悦卿转付。海珊自湖来。

癸卯二十四日(9月29日) 晴。六鹿渐能起坐。延小林，小林言小儿病后不能言语，遍检方书，未见此症，惟《东医宝鉴》有之，现开之方，即东医法也。又尝治一怪症，每大便辄自口中出，其人县吏，颇疑其孽报。继而亦于《宝鉴》中得之，药只生黄生连一味，以姜汁浸透服之，果愈。

甲辰二十五日(9月30日) 晴。鄞郭孝廉传璞以书来，欲走访，以不能见客辞之。赠新刻齐次风侍郎《宝纶堂集》，索所刻《三均》，久未刷印，无以为报，检旧存，得《集均》一部，即以赠之。

乙巳二十六日(10月1日) 晴。为海珊写寿联，盖海珊今年六秩，适敦仁堂新修落成，拟于下月称觞也。敦仁堂建于康熙戊子，迄今正一百八十年，海珊以此意自撰一联，辞未达意，语亦不甚雅驯，属为润色，跋而书之，附录于左何福生来：

花甲历三周，看此日重新堂构；

林壬开六秩，祝他年更庆期颐。

谯国敦仁堂，觐元甥馆也，建于康熙戊子，恰干支三周矣。今岁告成，适海珊三弟六秩初度，书此奉祝遐龄，兼志笠青大弟肯承之美。门阑多喜气，特自愧乘龙，豚子亦难为宅相耳。

丙午二十七日(10月2日) 晴。六侄女自湖州来,欲为子阿高娶妇来告也。百顺、合桃同来。何福生携鸿喜去,此婢之恶,实闻所未闻,故只可还之。

丁未二十八日(10月3日) 晴。延小林。接兰甥书。郑小荷忽于廿六日夭折,可伤可骇。小坡来谈。

戊申二十九日(10月4日) 晴。体惫甚。检旧方,皆补药,拟服一剂试之。

九月

己酉朔(10月5日) 晴。寄味间主人,为秋亭托催育婴堂上海新添经费暨约斋令叔事也,交其家附达。闻缪小山来,亟向屺怀问之,则已解维矣。奠分未送,只可寄往。

庚戌初二日(10月6日) 晴,晡后阴,天沉沉若大雨将至,而仍未雨。莲妹来。

辛亥初三日(10月7日) 阴,日仄雨。六侄女回湖,百顺夫妇同去。送阿高喜分十二元。又检夹袍褂一副并女衣裙四件赠之,给百顺夫妇六元。

壬子初四日(10月8日) 卯初二刻三分寒露。晴。有持程荣本《汉魏丛书》来售者,居为奇货,非今中人不可以理说,只可听之。

癸丑初五日(10月9日) 晴。翁已兰自上海来见,田炽廷少谈即去。

甲寅初六日(10月10日) 晴。有持赵府本严粲《诗缉》来售者,亦视为至宝,议价不成而去。得少裳十四弟天津来书,并沙河绸二匹、杏仁二匣,已交卸沙河,饬赴大名本任,至津谒傅相也。又得许星台覆书、二琮叔书并八月总二册。

乙卯初七日(10月11日) 晴。接稚夔致皂儿书,前月廿二日所发,云定于廿四日赴湘,寄还洋壹佰元。内有黼卿廿五元。寄双林信并晓荷素分四元。

丙辰初八日(10月12日) 晴。有持明李宓小隶书《维摩诘所说经方便品》拓本来观者，颇精工，惜石已中裂，本云有人托其售石，今取来观，则又云送在荫甫处题字，大约伊本不识为何物，探得口气，则又居为奇货矣。石高六寸又半，阔八寸，凡卅三行，行卅二字，首行题目九字，末行十四字，空三格，下署李宓书。虽非古迹，要是明人物，镶作研屏，亦尚不恶也。

丁巳初九日(10月13日) 晴。晡刻，扶杖登假山，以当登高。得子湘信，云熊儿已于前月验看，附恽伯思解饷回里便南来，并催索《复古编》甚亟。又得朱耕圃信，云前托其《诗梦钟声图》补景已倩吴江陆廉夫画好，托师竹斋转送，不知何日事，未经写明，当往师竹问之。

戊午初十日(10月14日) 晴。寄子湘信并红印《续复古编》一部，交森昌盛带京，交任秀山京局坐庄转送。定石碑四通，先付洋十元。

己未十一日(10月15日) 晴。传闻北闱明日放榜，计今日必报录，而电报局杳无一信，何耶？

庚申十二日(10月16日) 晴。张子茀得上海信，云北闱十五日方揭晓，本日见湖北题名录。

辛酉十三日(10月17日) 平旦雨，旋晴，日仄阴，天黑如墨，晡后雨，黄昏大雨。芝庭来。寄缪小山信，并太夫人素分八元。

壬戌十四日(10月18日) 阴雨。叔来信至。北闱十七日方揭晓，此从来未有之事，不知何故如此迟迟也。

癸亥十五日(10月19日) 早阴，旋晴，日仄复阴。潘□□来，云浙榜已发，湖郡中二人，副车一人，皆不相识。夜大雨。

甲子十六日(10月20日) 晴。北闱电至，张子茀高中二十六名，吟邨之幼子亦中。叔来、季文又落孙山，为之短气。

乙丑十七日(10月21日) 晴。书卿将往上海，欲携湘保去。皂皂谓年轻人不宜出头露面，且侍奉并不乏人，人各有翁姑在，以大义止之。坚不听，遂至勃溪，相持至黄昏。写均室主人遣人往，以婉言解之，顿逢洗蕉之怒，遂听其去。夜半，大兴问罪之师，余已卧，次日方知之。

丙寅十八日(10月22日) 晴。湘保随其母赴沪。日仄，甫解维，而季文书至，云已自沪来苏，明日可到其家，遣人追送。

丁卯十九日(10月23日) 辰正一刻一分霜降。晴。盛旭人为子娶妇，赠之以联，遣皂皂往贺。叔来、季文回苏，盖涂中失之交臂矣。见顺天题名录本，泉侄中式七十七名，韵龢之弟诗馨亦中式。

戊辰二十日(10月24日) 早晴，午后阴，晡后雨。自课大、二鹿读书。叔来、季文来。

己巳二十一日(10月25日) 阴。无事为福。

庚午二十二日(10月26日) 晴。颐女四十初度，至亲来贺，具面款之，颇欢惬。

辛未二十三日(10月27日) 晴。权馆许先生名国霖，号培之来。始授大、二鹿读。江南榜发，费屺怀中式。前以文送阅，余决其必中，今果然矣。苏城中者，多知名士，若农真吾友也，杏耘之子季生亦中。近来恽氏科名颇利，已三科蝉联有人，而叔来昆仲竟不得与，天道果何如哉!

壬申二十四日(10月28日) 晴。沈书田持翰清书来取存项，书中言三百金，检其寄银原信，系申平四百，信面翰清亲笔写明，合洋送交计收到洋五百四十七元七角，除两次付过家用二百元，又除玉器十六元，鲁卿干脩卅六元，外实存二百九十八元七角，即付书田手收。钱君研来谈近事，子寿颇有风骨，可敬也。读《草木子》，明叶子奇撰，语皆精核可喜，言元代事尤悉。

癸酉二十五日(10月29日) 晴，午后阴。季文来，欲治具款书滇，而无庖人，令皂皂邀往酒肆小饮，仍馈以洋银四饼。王□斋来。继香之弟。

甲戌二十六日(10月30日) 早大雾，雾散地湿如洗，旋晴。书滇谈清澜家事，为之太息。李润观持汉印二十八方来售，皆精好，索每方三元。夜雨。已兰来。

乙亥二十七日(10月31日) 阴。汉印廿八方，完以五十元，盖中有精好，亦有不佳者，未能一律也。润观云是顾若波物，持去问肯售与否，盖意欲照前买王凤章经手例二元一方也。慎思来谈，有劝其乘桴者，属为卜之。

丙子二十八日(11月1日) 时加寅，天大雷电，雨下如注水，午晴，已收阴，晡后雨。芝庭自湖来，即赴华墅。雷收声逾月矣，忽有此异，殆阳不潜藏乎？抑岂有非寻之号令震惊天下与？其声郁而不畅，又何也？

丁丑二十九日(11月2日) 阴，大风寒，午见日。俞香屏自皖归，来谈。朱耕圃来。

戊寅三十日(11月3日) 早阴，午晴，旋复阴。赵竹君自京引见回，由常州来谈粤事甚悉。季文来，夜半始归。

十 月

己卯朔(11月4日) 晴。祀先祖，礼未毕而湘保携七鹿归。晚，约竹君便饭，邀香屏、少荪、季文作陪。致郑伯更信，交竹君面致。彭伯横寄赠《郭有道碑》并汉碑十七种。

庚辰初二日(11月5日) 晴。沈絜斋来谈，已买屋，碧凤坊迁入，距此甚近也。竹君辞回粤东，谆谆以谦退戒之。阅《申报》有感。检《郭有道碑》，额与碑阴俱全，不知何以搬运至山东，正面文字只存十之二三，似以丁头画损者。阴则似作阶石而嫌其光滑，遍凿横纹，与今阶砌无异。然审其存字，的是汉物无疑。或以为伪造，并云京师琉璃厂碑贾所为。陈松泉于清卿初携来时即加痛诋，且指宋拓为伪物，其实松泉亦并未见宋拓也。今石在沛宁州学，则非琉璃作伪，不辩自明矣。至宋拓汉石，原非明眼人不能识，彼狂吠者本盲于目而盲于心，亦无怪其狂吠也。余汉碑十七种，皆在沛宁州学：鲁峻并碑阴

一、郑季宣并碑阴碑侧二、景君并碑阴三、武荣四、郑固又残石五、范式并碑阴六、孔子见老子画像七、王君八、朱君长九、永建刻石十。其实只十种十七幅也。

辛巳初三日(11月6日) 晴。培之回双林。

壬午初四日(11月7日) 辰初三刻十分立冬。晴。寄彭伯横书。接沈世滇信,汉印廿八方,以二元一方购之,外犒李润观四元,共六十元。

癸未初五日(11月8日) 晴。季文来,言笃甫娶妾,其家方大哄,为之和解而甚难也。

甲申初六日(11月9日) 阴雨。得子湘信,言熊官已于上月十二日出京,附伯思便南来。十六日有信到京,云十四日到津。伯思待友同行,须迟七八日方起程,计此时已抵沪上,明后可到矣。即作覆,交局寄。

乙酉初七日(11月10日) 阴雨。杨子通观察来。皂皂从宗湘文借得别下斋旧藏《读书敏求记》,书眉有五色批,拟手临之。饭后,作"老复丁庵"白文印。

丙戌初八日(11月11日) 晴。芝庭来,云甫到华二日,叠接笃甫书,促其速速来苏,故不得不来,问何事,则欲提存款六千也,然并未告我,何也?

丁亥初九日(11月12日) 晴。日加酉,熊侄到苏。皂儿购得《九经直音》十五卷,即元至元丁亥书隐堂所刊宋人《排字九经直音》也,惟卷第一多庐陵孙奕一行,见卷末莫子偲跋尾。先是,查益甫藏有宋版此书,拟借之刊行,固靳而不与,此本乃刘泖生旧物,即从益甫抄录者。侯念椿物色得之,始索价三元,令其取来,忽又增二元,问何故,则云益甫索此甚亟,故非加价不能夺,出益甫手简为证。余意益甫既有宋本,何必更需此卷。据蕉垞云宋板中缺一叶,欲得此补全,余始亦信之。及读莫跋,然后恍然,伊盖欲独据此书,非特宋本不肯假人，亦过录本不欲使流传于外，缺叶之说，饰词耳。[1] 亦鄙矣哉！

戊子初十日(11 月 13 日) 晴。恽伯施来，云即刻登舟解维回常，年内尚须赴粤一行，来年方能回晋。董新甫来谈。接子湘书熊侄带来，附《篆文仪礼》残本弟九至十九，凡十一卷。又《篆文周礼》，《天官》至《春官》凡三卷，有目，《冬官》不用《考工记》，以五官所属匀入。较官刻《九经篆文》差小，每半叶九行，行十三字，不知何时何人所刻，《周礼》篇目下有"笔补造化天无功"白文方印一，又卷一有"谢楼宝笈"白文、"叶鉴皃图书记"朱文方印各一，亦不知何许人也。

己丑十一日(11 月 14 日) 晴。寄子湘信，内附熊禀函。又致朱少虚书璧手版。徐松山先生来。皂皂从李鞠农借得元大德本《风俗通义》，每半叶九行，行十七字，此卢抱经之所未见者。今于无意中遇之，可见善本书自在天壤，特可遇而不可求耳。

庚寅十二日(11 月 15 日) 晴。王仙根来，以王文成座右铭大楷书屏幅见视，书法端严，不敢妄议真伪，惟印章作时派，不似明人，印色亦太新。黄忠端题跋则确乎赝鼎。伊墨卿题首尚好，汪稼门后跋亦未佳。又有署款世远，印曰"梁郁"，稼门跋称文勤，一时不忆其人为谁，当再详考。遣皂儿回里扫墓。

辛卯十三日(11 月 16 日) 晴。徐松山先生病，仍请培之权馆。夜半，皂皂偕辅卿登舟。致炉青、守梅书。购得"奉都尉落索""平难司马"汉印二方，其直四元。又"殿中司马"印一，龟钮极精，真汉物，惜印文及四周均为妄人挫损，文大致尚存，以一元五角购之。

壬辰十四日(11 月 17 日) 晴。俞荫甫来谈。出顺天等省乡试题拟墨七篇见视。张子蕃来，答熊侄也。为辅卿致胡式嘉太守书，荐奔牛厘局司事。

癸巳十五日(11 月 18 日) 晴，晚阴。宋蕉午来，托其办熊宅禀到事。芝庭交到兆丰、兆兴官利。

---

① 陈乃乾校录抄本此句后有："乃乾案，查氏所藏宋本，今归吴兴许氏。"

甲午十六日(11月19日) 阴雨。翁已兰借去灰鼠皮外褂一件。此昨日事。得赵竹君致皂儿书,并还曾三洋八元。

乙未十七日(11月20日) 阴雨。侯念椿送《读书敏求记》来,以宗本对勘,手自过录各家校语。

丙申十八日(11月21日) 早晴,旋阴。得皂皂来禀,十五日晚已到湖,而二琮叔至今未来,何耶?

丁酉十九日(11月22日) 寅正三刻十二分小雪。晴。寄皂皂信。自作"姚"字朱文石印一。见电报,卫静老调晋抚,崧振青调浙,刚子良调苏,陈六舟以三品京堂内召,仲复调皖,高紫峰升桂抚。刘颖如送《读书敏求记》第一本来,换第四本去。此昨晚事,补记。

戊戌二十日(11月23日) 晴。权馆徐培之先生,因松山先生病已愈,解馆去。余未知其行也。迨大鹿来告,始知之。因作札赠以脩金一月五元,并月费一元,遣熊侄携鲁卿前往其寓斋吴街场陈来之家,道达歉怀,盖敬师之道,当如此也。遣穆子美购银杏版刻林文忠手札,先付洋四元。

己亥二十一日(11月24日) 晴。缪小山来,观余上年所得宋元及旧钞本书。季文偕来,傍晚始去。熊侄禀到报十九日,为付小费十二元。

庚子二十二日(11月25日) 晴。侯驼以宋巾箱本《论语》《孟子》注疏来售,似未甚真,尚当细看。四函索直四百金,真骇人听闻矣。得子湘书。

辛丑二十三日(11月26日) 晴。吴道甫夫妇同其五弟诚甫来,盖回常营葬,路过此也。得皂皂禀。

壬寅二十四日(11月27日) 晴。二琮叔来,带到悦卿信并米菜等物,即请其回扬库。再得皂皂禀。

癸卯二十五日(11月28日) 阴。已兰来谈,假二十元,即面付之,夜半始去。侯驼以秦权来售,八角,方六分强,高四分,鼻钮制作颇精,周遭刻二世诏文,皆有界格,亦甚精妙,乃权中之至小者。上有青绿，其色极新，似近人新造者。然其制作非近人所能到。或妄人疑其是金，洗去色泽验之，贾人重上青绿耳。

甲辰二十六日(11月29日) 阴。侯驼秦权索价三十元，闻之大笑，告以此系近人伪造，其青绿即是明证。则云二折大约可卖，还以二元，谓此非骨董，苏州人所谓好勃相而已。侯无词，但云去问前途，大抵相距不远矣。寄皂皂信并砖文字。

乙巳二十七日(11月30日) 晴。胡式嘉来谈其常州查办奔牛厘局事。日晡，周季贶来，言祥利典盘帐，亏至十分之七，亦骇人听闻也。

丙午二十八日(12月1日) 晴。接芝亭信，并找补兆丰官利四百千，合洋三百八十八元七角二分六厘，由永丰送来，即作覆交其转寄。接汉章八弟信，又子湘信。

丁未二十九日(12月2日) 晴。时福来。接子湘信。侯驼秦权细看，廿六年"六"字讹"大"，其为仿刻无疑矣，即还之。

十一月

戊申朔(12月3日) 阴雨。覆汉章八弟信并洋十二元、高丽参二两，托少苏转寄。为赵幼吟一大幅又小对一联，告以现发愿作书劝振，属其酌捐，附以收润单一纸，意其必于润格加增也，乃只助洋一元，并不及润格之数。仆书固不直一钱，惟巨幅小颇费力，辛苦半日，加以手札，仅博得赏封一个，本拟原封送还，继思功德出于本心，非市道交可比，遂收而注于籍，以俟汇寄少钦焉。

己酉初二日(12月4日) 晴。得皂皂来信。响拓宋本范式碑告成，优孟衣冠，辗转相效，殊觉无谓，亦取其存字较多，作宋本释文观可耳。

庚戌初三日(12月5日) 晴。丁宝书来观宋元本书籍，云近就所知各家藏本编成一书，各有小记，底稿交在皂皂处，大约与莫子偲《经眼录》相类，亦有心人也。

辛亥初四日(12月6日)　子初三刻十分大雪。晴。宗湘文早来,余卧未起,未得见,云现泊舟新学前,即日开往阊门,明早解维赴杭,望后回苏,再图良晤。遣人答拜,并通知宝书。李润观复以伪秦权来,云是龚姓所刻,减价求售。核其刻文,凡二十八字,以刻石章价每字洋二角,赢二角作为铸铜之直,付以三元而留之,仍属其将误文六字修改作泐文,以掩其迹,并令其以精铜再造一枚,写其文而使龚君精刻,或较胜于此耳。又有明仿汉镜,大径七寸余,文与画颇工,因有铸者姓氏,不能充作汉镜。以洋蚨二枚收之。莹其面而悬诸楣,究胜于新铸也。或笑余一日而收两赝物,为不可解,岂将为米老之狡狯邪?余曰,伪权诚可疑,镜则彼固明告人以仿制矣,尚何狡狯乎?

壬子初五日(12月7日)　阴。得稚夔湘中信,言老翁旧患溏泄复发。武闱奏明令藩司随同办理,而不言下部,外证与奏折不同,何邪?又得季相信,内附陆秋丞素分,即为转送。

癸丑初六日(12月8日)　阴,晚雨。朱辅廷同其弟□□来,赠以饼金各二枚。接皂皂信。饭后作书,尚未发,得信,即添一笺,同悦卿所要京靴交信局带。

甲寅初七日(12月9日)　阴。徐亲母周年。大鹿等释服。朱世兄同宜兴窑货栈主陈柏亭来,其店号德兴,开在宜兴南大街城隍庙北首,云有人定制各器,明日送看。

乙卯初八日(12月10日)　阴。陈柏亭以宜兴器来,皆寻常拣落货,不直一笑,云皂儿有定烧之件,因方盘须另做,故未携来,以印池并鼻烟壶样付之,支给洋叁元。再得季相书并喜果大甥定姻绍兴孟氏、淮面、黄芽菜,委员罗君掛屏号诗伯送来,内附祝年信并淮面、喜果,即日加函托继之转寄。

丙辰初九日(12月11日)　阴,夜雨。寄皂皂信。

丁巳初十日(12月12日)　阴雨。少荪来谈。接平湖信。汉章八弟于初六日戌时逝世,伤哉!孤儿寡妇,如何是好,则又忧之矣。又接新市育婴堂本家来信,名肇桢,不知其人,当作书询诸悦卿。

戊午十一日(12月13日) 阴雨。寄皂皂信,内附辅卿一函,告知胡式嘉处馆已荐成,促其速来。又寄徐清卿再甥书,为汉弟后事,先寄与洋叁拾元。又寄斐卿信,告知八弟事。日晡,得皂皂信,知修理建昌公墓已择吉本月廿六日,文僖公墓择吉十二月十六日,两处同时兴工,难以照料,拟芦泉圩先行破土,明春再兴工,作以砖料,须定烧也。又请书祠堂先公状元扁字。时加亥九点一刻,二女生第三外孙,发动仅刻许,可谓"先生如达"矣,可喜可贺。

己未十二日(12月14日) 晴,寄皂皂信并所书"状元"字。张莲士遗腹生一子,小鹤夫人欲抚为子。按之爱继例,无所不可。松圃夫人遣人通知,并请内子前往同证成此事,此必当前往者也。乃使来时,唐福传述,仅称得子,欲继与小鹤夫人,转将相邀证盟要语抹去,盖唐福口吃,内子云,见其说至此期期艾艾,竟不能出一字,以为语尽,故未追问,伊亦从此不言,此辈误事大率如此。下午,叔来来,方言及之,天已晚,不能再往矣。得子湘书,并京面、香片茶。景月汀来,以未能见客谢之。送土仪,受其靴子一双,榛子二匣。齿痛不能食物,两辅车摇之已年余矣,而竟不落,闲时必一发,可厌之至。

庚申十三日(12月15日) 晴。顾康民来,徐氏五祖姑之孙婿也,名肇新,孝廉,刑部主事,丁内艰,偕其兄缉亭观察扶柩回籍安葬,借寓文卿家。谈都门事并彭氏之盛衰,相与太息久之。询徐氏事,伊亦未能了然。

辛酉十四日(12月16日) 晴。覆季相书,正欲交局寄去,适罗诗伯遣人来取,即以付之,托其带交。得徐清卿信。

壬戌十五日(12月17日) 晴。接皂皂信。覆倪子兰书,托郑秋亭转寄。过录《读书敏求记》经、史、子三册,五色笔均讫,第四册为刘颖如取去钞录,久未送还,尚须待之。

癸亥十六日(12月18日) 晴。朱少愚自海盐来谢孝,谈别后事甚悉,云亦欲来住苏州,但房屋不易觅耳。

甲子十七日(12月19日) 阴。得皂皂信。徐阿宝以铜印来售，凡五方，一元戳，余俱明人私印，有嵌银丝一钮，甚精，惜文不佳，还之。石匠来，言碑已磨好，命其载至养竹居，以便刻字。

乙丑十八日(12月20日) 阴，黄昏微雪。篆书《心经》一通。得皂儿十四日昨日到信，即寄覆。又得徐清卿收洋回信。

丙寅十九日(12月21日) 酉正二刻冬至。晴。叔来辞往常州，为筱珊觅地。得杨见山手札，云有人持书求售，中有旧抄《淮南》，有黄荛圃印记，校字亦似荛圃手笔。旧精抄《后村集》，有朱潜采、吴兔床印记，校字云是抱经，未见确据，而校甚好。明版《长庆集》，有见复跋，跋云是绛云楼旧藏，校字是牧翁壮年手笔。以上三种最精，因无闲钱，不能购置。问余能留否，当即作覆，托其代为议价。胡子贤解饷到苏，舟泊盘门新桥巷浙绍会馆前，傍晚来，以饷未交，仍回船宿。

丁卯二十日(12月22日) 晴。寄李筱帅贺函，即作札寄季相，托其转。接陈幼怀信。日加酉，永丰字来，云叔来已将常州一款付出，当即划与兆兴钱壹千串，除收英洋九百四十四元九角二分七厘外，净少钱十九千零零四十九，合洋十八元，钱三百六十五，当属其于来往帐内画清，即刻致书二琮叔并芝庭查照，查靖典官利，本应收钱一千零八串，今不特不能找回八千，转又出十九千，出入并计是已亏二十七千矣。来帐未见，不知有无扣项，大约总是洋亏耳。

戊辰二十一日(12月23日) 晴。寄皂皂信，甫发而伊禀至，云定于二十日回苏。今未见到，殆又夜半登舟，或更改期矣。石匠以太湖石来，大而且顽，不能作盆供，留其已运到者一，余一还之。

己巳二十二日(12月24日) 晴。见山送书来，《淮南》乃棉纸红格，明人旧钞，四册，细字密行。黄荛圃先以红笔校《道藏》本，复以墨笔校宋。有二跋，言之甚详，价洋七元。又棉纸蓝格明人精钞《后村全集》十六本，前有潜采图章，并兔床朱文印，朱笔不知何人所校，末有抱经二印，价十六元八角。又《长庆集》四册，乃明人刻本，朱校寥寥且未毕，有见复跋，在目录后，云是绛云旧物，朱笔乃牧翁校宋。

以余观之，不特绛云旧物、牧翁手笔未足凭，即校宋亦无确据。闻荛翁晚年为境所迫，无书不跋，往往有寻常习见之本，亦赞叹欲绝，盖志在利也。此跋大抵即彼时所作，取《敏求记·天元玉历》之跋而敷衍之①，痕迹显然。又荛圃藏书，前后多有印记，此则无之，亦可疑也。因留抄本两种，而以《长庆集》还之。彭伯横刺史寄赠武梁祠画像全分，计武梁祠三张，前石室十三张，后石室十张，左右石室九张，祥瑞图二张，东西阙石柱三张，武斑碑并阴二张，新出画像残字二张，修武梁祠立石记九张。祠于光绪庚辰经山阴陈锦重修，又于邑之张氏轩辕氏得二石，盖小松时所未见者。购石则我乡丁客江大令敬书也，见陈锦记。

庚午二十三日(12 月 25 日)　晴。日晡皂皂偕辅卿归自湖州。傍晚，刘文楠兄来。寄鹄山书。

《后村居士集》五十卷，卷一至十六诗，十七、八诗话，十九、二十诗余，二十一至五十文，前有淳祐九年中春既望林希逸序，目录后有“迪功郎新差昭州司法参军林秀发编次”一行，盖从宋版过录也。朱笔校极精善，前有“秀水朱氏潜采堂图书”朱文方印，又有“南面百城”白文、“兔床”朱文两方印，又有“刘履芳印”白文、“泖生”朱文两方印，卷末有“武林卢文弨手校”朱文长方印，“拜经楼吴氏藏书”朱文方印，卷尾又有“西施亡国人家”朱文长方小印，牙刻极精美，当亦吴氏物，特不知何以用此典故耳。

辛未二十四日(12 月 26 日)　晴。东侧小屃梁有朽蠹，拟重葺之，而年内不及，来年方向又不利，因以木支柱以防倾覆。文小坡来谈。为子贤致赵小溪书。

壬申二十五日(12 月 27 日)　晴。吴子实来谈。子贤回扬州。辅卿往奔牛，即附子贤便行。

---

① “玉”，稿本作“正”，据陈万乾校录《弓斋日记抄》及《读书敏求记》“天元玉历森罗记”条改。

癸酉二十六日(12月28日) 晴。芝庭来,以增三所立兆兴汇券付之,令其收取。

甲戌二十七日(12月29日) 晴。芝庭之来,为与钱庄结帐也,事毕,辞回华墅。

乙亥二十八日(12月30日) 晴。购得铜牌一,扇长四寸五分,宽一寸五分,一面居中"奉御"二字,下从人,牌子四守皆阴文,右边"日字第三十三号"、左边"得入第壹重门"各一行,皆阳文。一面"左右宿直将军司"七大字,下有阳文"左右宿直将军司印",上方有穿孔,与今时腰牌大略相仿,未知何代物,当细考之。

丙子二十九日(12月31日) 阴,小雨。皂儿购得影抄郝氏万玉堂重刻宋本《太玄经》,乃叶鞠裳孝廉从冯敬亭宫詹藏本手写以赠查翼甫者。先是,江山刘泖生藏书散出,中有此书万玉堂刻本,侯念椿为我购取,中道为翼甫篡去,其实翼甫已有此写本矣。既得刻本,乃以写本出售,侯生复为我购之。李润观以玉虎符半合来售,乃其牝也,当腹有左一二字,合缝处有"兴三 齐王 为虎符"七字,皆篆文,极精。中二字未能悬揣,惜已断裂矣。戴少梅来,为赵增三捐振事,属为劝助也。下午朱修庭、赵增三来。

丁丑三十日(1889年1月1日)

十二月

戊寅朔(1月2日) 雨雪。季文、增三、谱笙来。侯念椿以赵氏小山堂钞本《苏魏公集》来售,有朱笔校字,不知出谁手。每卷均有"曾在张月霄处"朱文小长方印,文不恶而色紫黑,似市侩计簿上所用,绝非年久色变,恐不足恃。吴子和处取到租米折洋百元。

己卯初二日(1月3日) 晴。初度,戚友来祝谢,不敢当。偶成五律一首:

岁月堂堂去,居然六六人。齐眉成二老,初度又今辰。已少出游兴,翻为志学身。儿孙群拜舞,喜作满堂春。

庚辰初三日(1月4日) 晴,寒甚,缸水结冰,厚半寸许。文楠送盐利来,协昌洋票五百七十元七角三分二,每引只千三百,较之上年,尚不足七成也。寄杨鹄山信。洪文卿五十寿,令皂皂往祝。吴道甫兄弟自常回鄂,来谒。

辛巳初四日(1月5日) 晴,寒甚。不能出手,静坐围炉观书而已。留道甫便饭。

壬午初五日(1月6日) 雪,寒愈甚,砚池之水皆冰,亦六年来未有之事也。

癸未初六日(1月7日) 雪,旋止。胡小如二表弟之女嫁新市屠氏,忽携子女来,盖不见已三十余年矣。张谦甫来。为王荣致星台书。又寄悦卿书,并洋二百元,送盐利与大井巷,交湘保带交。皂儿购宋十行本《周易》,明修明印,明补刻版较原版差小,中多墨丁空白,殆因原版模胡之故,当时岂无初印之本,而不补全,殊不可解,然亦见前人之慎。若在今日,则不必求原书,亦可随意补完矣。

甲申初七日(1月8日) 阴寒未解,而雪未融。龚蔼人方伯自沪来,为整顿织布局而出也。日仄,郑秋亭来长谈,未去而文楠至,复共谈良久。秋亭先行,文楠坐至张灯而去。小如之女回新市,赠以十六元及絮被棉衣。

乙酉初八日(1月9日) 晴。吃腊八粥,此苏人之所不解者。吴子实之弟三郎再续娶,内子往贺。寄徐清卿贺分四元,交局寄平湖。

丙戌初九日(1月10日) 晴。俞荫甫来。文楠送《读书敏求记》弟四本至。侯念椿以五砚楼校宋本明刻《水经注》来售,后有贝简香跋,绶阶其妇翁也。

丁亥初十日(1月11日) 晴。接平湖徐氏九姊信。过录《读书敏求记》第四本。又接李漕帅书。

戊子十一日(1月12日) 阴雨。读邸抄,知明年有恩科。又黄子寿权护苏抚。

己丑十二日(1 月 13 日)　阴雨。汉玉虎符来议直,以番银二饼购之。又以一饼购得郑文公上下两碑拓本,纸之接缝处均脱,盖犹是数十年前打本也,皆李润观物。

庚寅十三日(1 月 14 日)　阴雨。培之幼子弥月剃头。书卿来。荫甫孙女赘婿,宗湘文之子舜年新孝廉也,延余作冰,以皂儿代之。寄季相信,内附李漕帅贺年禀。

辛卯十四日(1 月 15 日)　阴雨。芝庭来。收到韵记子金并荫甫、文楠两家子金,即送荫甫。晚,文楠来谈,即面付并托其代取山查花在上海文报局,交广荞带苏。致广荞小简。

壬辰十五日(1 月 16 日)　阴,寒甚。为修庭作书,随写随冻,殆不可耐。得悦卿书。

癸巳十六日(1 月 17 日)　晴。张小鹤夫人以莲士遗腹子为后,邀亲族定议立券,遣皂儿往代押。杜瑞从汪柳门来,言粤东事,不胜今昔之感。

甲午十七日(1 月 18 日)　晴,午后阴,得北电,冬十有二月壬辰,太和殿灾,一日夜火不绝,可深骇异。得夔石书。

乙未十八日(1 月 19 日)　晴。文小坡借去《黄华道人岁朝图》一轴。拟修文僖公墓,珠墩用砖八百块,令杨木匠至陆墓定烧,言定用金砖材料。自书年月与之,每块价洋四分五厘,须明年七月方成,先付定洋十元。

跋影钞晋范望注《太玄经》后

光绪戊子之冬,江山刘氏藏书散出,中有郝氏万玉堂刊本晋范望注《太玄经》,世所称善本也。侯念椿为我购之,已议价矣,中道为查翼甫攫去,其实翼甫已先有此钞本矣。既得刊本,乃以钞本出售。念椿因复持以畀予以塞责,予年来百念俱灰①,只余书癖,然巧取豪夺,

① 稿本"年来"下有"已鲜嗜好惟爱书之癖尚未能忘然"十四字,后框去以示删除。

生平不为，得固欣然，失亦可喜，况买王得羊，失固未尽失乎？抑吾思之，书之贵乎善本者，贵其文耳，文既是矣，为刊为钞，夫何以异？故书此以示我子孙，且谂后之得我书者。是岁嘉平某记。

丙申十九日(1月20日) 大雪，寒甚。不能作一事。购得《王秋涧大全集》，明刻残本。又《宛陵集》，乃澹生堂旧物。《吕氏读诗记》，孙渊如旧藏，惜亦残缺。寄李廉甫书。

丁酉二十日(1月21日) 晴。寄李黄州荆南书。皂儿购《古史》六册，宋版中之佳者，惜亦不全，乃汪士钟旧物。

戊戌二十一日(1月22日) 晴，寒甚，积雪未融，恐仍欲雪也。阅邸抄，始知十五日之灾，是始于贞度门失慎，延及太和门及库房等处，非太和殿也。谨节录于后：

光绪十四年十二月十七日，内阁奉上谕，本月十五日夜间贞度门不戒于火，延烧太和门及库房等处，经王大臣等督率官员弁兵等扑救止熄，实属勤奋出力，深堪嘉尚。着每名赏银二两，水会十五处，着赏银一万两，各木厂匠夫等，着赏银一千两，受伤兵匠每名加赏银十两，以示奖励。火灾示警，深宫祇惧实深，惟有寅畏天威，益加修省，于一切政事，不敢稍涉懈弛。尔大小臣工，亦当仰体兢惕之怀，精白乃心，勤修职业，以弥灾异，而迓祥和，将此通谕知之等因。钦此。

己亥二十二日(1月23日) 晴。寒甚，制一棉帐御风。印花洋布尚是先公从前自粤携回者，已四十余年矣。余生平不肯以绸绢作亵衣帷幔等用，非惜财，实惜福也，后人其知之。寄悦卿信并米袋等。

庚子二十三日(1月24日) 晴。皂儿生日。书卿及季文、小宜、老七来。得味间信，云茶花托吴问巢带苏。问巢未知何人，无从问信，只可俟其通来矣。

庆历中议弛茶盐之禁及减商税，范文正以为不可。茶盐商税之入，但分减商贾之利耳，行于商贾，未甚有害也。今国用未减，岁入不可阙，既不取之于山泽及商贾，须取之于农。与其害农，孰若取之于商贾？今为计，莫若先省国用，国用有余，当先宽赋役，然后及商贾，弛禁非所当先也。其议遂寝。右见《梦溪笔议》卷十二二叶，与今之欲免厘金而规复正赋者，其意略同，故录于此。又卷十一第八叶，“皇祐二年吴中大饥”一条，可以为振饥法，亦范文正事。文不录，可检而得也。

辛丑二十四日(1月25日) 阴。沈旭初送茶花来，盖文楠托子梅交吴问巢带来也，惜已枯矣。皂儿宋王阮《义丰集》一卷，盖从阁本钞录，卷末有晋安黄瓒跋，谓抄自晚村家，莫明其故，或藏书者于他处见此跋，遂缀于后耳。又《钱遵王诗稿》一册，旧钞本，凡六种，曰《怀园小集》《交芦言怨集》《莺花集》《风兴草堂集》《判春集》《奚囊集》。

壬寅二十五日(1月26日) 阴，微有雪。李润观求售，还之。广莽来。日晡，子实来，仍荐朱简生先生，即托其代订明年课大鹿、六鹿读，先送聘金。

癸卯二十六日(1月27日) 阴。平旦，蜡祭百神。命皂儿恭代行礼。得恽直卿信。

甲辰二十七日(1月28日) 晴。料脚甲，甚适。覆恽直卿书。洗蕉以《乾嘉诗坛点将录》见视，以归愚当晁盖，是也，谓及时雨为袁简斋，恐未洽后人之意，此必随园弟子之所为，非公论也。种绿萼梅于寒秀草堂之右。

乙巳二十八日(1月29日) 晴。购得《古史》六册，宋板宋印，惜所缺太多，记得上年皂儿曾收一册，前有汪士钟印，与此相同，视之果然。

丙午二十九日(1月30日) 阴。晚，祀先祖喜神，跪拜成礼，居然从容，亦可喜也。

光绪十五年

光绪十有五年岁在己丑。

正　月

丁未朔(1889 年 1 月 31 日)　早阴,午晴。平安无事。

戊申初二日(2 月 1 日)　阴,日昳雪。皂儿购得《刘随州集》十一卷,棉纸,蓝格,明人钞本也。有朱校,甚佳,不知出谁手,无题识,亦无印记,可惜也。先是,皂儿于除夕至观前闲瞩,见有以此书出求售者,天将曙矣,而无人顾问,遂以千二百钱收得,置诸世经堂,至是取归呈予。挑灯读之,漫记于此。

己酉初三日(2 月 2 日)　雨雪。得许星台同年覆书。

庚戌初四日(2 月 3 日)　阴,微雪。接署靖江令朱少轩贺年信。

辛亥初五日(2 月 4 日)　大晴,晚阴,寒甚。覆朱大令书。

壬子初六日(2 月 5 日)　大雪。

癸丑初七日(2 月 6 日)　畅晴。卧醒,披帷见日,恰逢人日,可喜也。客有以元钱思复《江月松风集》求售者,康熙时人翁栻又张手钞本也。字颇精美,首有荛圃题记,录之于此:

钱思复《江月松风集》,余向未之见,今见诸玉峰考棚汗筠斋书籍铺,盖太仓金元功家物也,却为吾郡人手录本。翁名栻,字又张,号南陔。其景仰昔贤之意可见。住东洞庭山,则太湖、具区两书中当必有其人,惜案头无其书,不之详。然爱书如命,手泽犹新,其人固可想见。且为金侃亦陶之高足,宜其流风余韵,洋溢于缥缃翰墨间也。余生平嗜书,并嗜藏书之人,书赖人以传,人亦赖书以传,安能离而二邪？此书罕有，固不待言。藏书之人，于此仅见。余故表而出之，为今撰修郡志者有考焉。

道光癸未三月望日雨窗荛夫识。[1]

荛翁跋此书，正在余生之岁。三月望，则当在余生八月之前也。鹿叟记。

连朝风雪，人日喜逢晴霁，适有以《江月松风》来售者，读之，中有《人日喜晴》一首，因次其韵

开岁多风雪，平芜绿未匀。喜逢新霁色，欢洽老年人。淑气回旸谷，流光逐暗尘。披编寻甲子，恰与我同春。书有黄荛圃主事道光癸未题跋，余始生之岁也。

甲寅初八日（2月7日）　晴。

乙卯初九日（2月8日）　晴。读邸抄，去腊十九日郑工合龙，赏赉有差。亲政前得此，诚盛事也。

丙辰初十日（2月9日）　早晴，午后阴，晡后雨，大风。得子湘上年嘉平六日书。夜半雪。

丁巳十一日（2月10日）　早雪，旋晴。覆子湘书。

戊午十二日（2月11日）　晴。得芝庭信。

己未十三日（2月12日）　晴。寄夔石书。得二琮叔信。

庚申十四日（2月13日）　阴。叔来过谈。寄二叔、芝庭并汪锦标信，为潘燮卿事也。

辛酉十五日（2月14日）　晴，夜月色皎然。京师俗语有“八月十五日云遮月，正月十五雪打灯”之说。余幼时即习闻之，南方亦以中秋、元宵阴晴互验。上年中秋虽晴，而月色却不如今夜。记之于此，以待今年中秋验之。

壬戌十六日（2月15日）　晴。寄戴笠青弟信，并梦波丈撤席分两元。刘颖如送到蕙生交来洋一百七十五元六角一分。又挥记三十

---

① 瞿凤起抄本《弓斋日记钞》天头有眉批：“黄跋已见缪刊本。”

元二分五厘，当交湘甥转送。

癸亥十七日(2月16日)　晴。吴子实来。

甲子十八日(2月17日)　晴。晚祀先祖，谨收喜神。为筱沅中丞书《钓台先生遗书》封面。

乙丑十九日(2月18日)　晴，午后阴。延朱简生茂材课大鹿。简生，昆山人，彦生少京兆堂弟也。

丙寅二十日(2月19日)　阴雨。简生先生到馆。晚，置酒宴之。邀蒋甥暨善卿作陪。得叔来札，云收得庄姓归完五百金，于十七日送交永丰入帐。

丁卯二十一日(2月20日)　早雨，旋晴，午后复阴。寄悦卿信，并英洋一百元，托永丰汇去。谱笙自湖来。

戊辰二十二日(2月21日)　阴。寄宗湘文书。送还《读书敏求记》四册，附宣纸一幅，托湘文携京，转乞翁大司农书"寒秀草堂"额。

己巳二十三日(2月22日)　阴雨。师伯骏兄来，不见二十余年，今年七十三矣，精神矍铄，可羡之至。有书院在山东武定府南，来访亲，寓其侄婿张通守家。谈别后事甚悉，赠以十元，聊尽此心而已。晡后，孙晋江来，年少进士，分得吏部，何患不出头？无故改捐知县，选得江西□□，被劾而归，流寓于此。又心想发财，所余宦囊十去三四，亦可怜也。

庚午二十四日(2月23日)　阴雨。李远辰来，盛服而携书画一箱，云来就正以余，而又不尽出，仅以碑帖四种、手卷书画三种相示，即向其借观怀素《千文》一册，《隶韵》残本六册，皆宋拓也。《魏崔敬邕墓志铭》一册，亦著名之物，其实是康熙间安平出土，北碑似此者亦多，不过因此拓本少，故遂稍奇耳。朱先生考书院。雪始声。

辛未二十五日(2月24日)　阴雨。校《隶韵》，始知阿厚庵所刻秦敦复本是影写入木，秦藏宋本不知今尚在人间否？幸留此一线，不至种子断绝，其功岂浅鲜哉？拟用初印精本，倩好手钩摹刻石，以还刘氏旧观。奈床头金尽，此愿不克偿矣。皂儿购得汉印一钮，文曰

“归义长印”，甚精好，亦前人所未多见者，无意得之，可喜也。

壬申二十六日(2月25日) 阴雨。徐松生先生来。叔来来，云阊门外店房已同杨木匠说定，前一进三间，骑门梁后一进两间，骑门梁楼六幢，每幢英洋九十元，两披厢外加二十元。问开工日期。择廿九日吉。日仄，郑秋亭来谈。校《隶韵》，宋本断烂处以朱钩勒之。得李漕帅覆信。又接周季相信。

癸酉二十七日(2月26日) 阴寒。徐先生开馆。晚，置酒款之。邀李鞠农、查蕉坨、张谦甫作陪。戴世兄属题尊甫鳌峰同年课县草文一篇，题“不知其人可乎，是以论其世也”，全篇征引四子书，短兵相接，凡一千四百余言，足以开发初学心思。

甲戌二十八日(2月27日) 晴，寒甚。谚云“未过惊蛰一声雷，四十九日雪花飞”，言春寒也，斯言信矣。

乙亥二十九日(2月28日) 晴。

丙子三十日(3月1日) 晴。接悦卿信。皂儿购得明嘉靖本《陈后山集》三十卷，其直七元。又《渊雅堂全集》五十卷，其直三元。夜雨，偶忆一词，附录于后：

少年听雨青楼上，银烛昏罗帐。壮年听雨客舟中，天阔云低，断雁叫西风。　　而今听雨僧庐下，鬓已星星也。悲欢离合总无情[1]，一任窗前，点滴到天明。

二　月

丁丑朔(3月2日) 早晴，旋阴，晡后复晴。校《隶韵》毕，有跋尾一通在本书。寄子湘信，并花夏布四匹、熏豆、酥糖、笋干、椿芽，交张子茀带。

戊寅初二日(3月3日) 晴。寄潘大司空书并《陆宣公奏议》《四声易知录》《说文韵谱校》各一部，仍托子茀带。皂皂购得精抄本

① 稿本原脱“合”字，“情”误作“心”字，据蒋捷《虞美人》补、改。

《建康集》，与张月霄《藏书志》符合，似是明人旧钞，与家藏叶调笙、劳季言校本可互观。于李鞠农处假得元大德刊本《风俗通义》，弟一行题云："大德新刊校正风俗通义序。"次行："汉太山守应　劭。""汉"与"俗"并。每半叶九行，行十七字，十卷，乃鞠农族人藏本。

己卯初三日(3月4日)　晴。欲景钞《风俗通义》而不可留，乃手印一叶，属鞠农觅写官足成之。此元刊本，即卢抱经觅而未见者，卷末题云：

余在余杭借本于会稽陈正卿，盖一得于中书徐渊子。讹舛已甚，殆不可读。二爱其近古，抄录藏之，携至中都，得馆中三本及孔复君寺丞本，互加参考，始可句四读。今刻之。夔子好古者，或得善本，从而五增改，是所望云。嘉定十三年秋七月庚六子东徐丁黼书。

庚辰初四日(3月5日)　晴。穆子美回家，付给洋二十元。读叶调笙《吹网录》《鸥陂余话》①。

辛巳初五日(3月6日)　晴。补录叶调笙《读书敏求记》校语一条于临写宗湘文藏本后，并自作跋尾，跋长不录。

壬午初六日(3月7日)　晴。朱修庭来谈。购得铜章二，一"朱远之印"，乃汉子母印，已失。一"载拜"二字。初疑是元物，细观印章兽钮，制作精妙，朱文亦颇圆美，殆是明人所造，与元人顿首、谨封等制厚薄悬殊也。

癸未初七日(3月8日)　晴。为汉章事致少裳、虎臣信，寄子湘转达。又为谦甫致星台。暖甚，地潮湿数日矣，口来更甚，到处汪如积潦，虽黄梅亦不过如是，恐有大雨来矣。

甲申初八日(3月9日)　阴雨，复冷。饭后作书，殊不快意。读《世说新语》。

乙酉初九日(3月10日)　阴雨，寒甚，不能作一事。欲购《容斋随笔》而不得，托少荪解饷至白下，顺便物色之。有一隅草堂本《白香

① "鸥"，稿本作"渔"，据叶廷琯(调笙)著作名改。

山集》，欲购之而价甚昂，议未妥。予藏书不为少矣，而寻常通行本转未有，亦可笑也。得稚夔致皂儿书。夔石姬人于正月廿六日生一子。

丙戌初十日(3 月 11 日) 阴雨，寒冷如昨。饭后，为人作书。致夔石信。

挽徐子静表叔：

宦辙慨殊涂，眴息廿年，适馆京华真似梦；

侨居怅隔郡，疏来万里，班荆江上竟无缘。

丁亥十一日(3 月 12 日) 阴雨，寒更甚。初八、九日黄昏，闻隆隆声，以为雷也。今有言及，云并非是雷，乃是天愁。余按天愁之说，不见于天官家，岂所谓天鼓耶？是可忧已。购得《古印集成》六册，乃吴人唐诏手摹，前无序文，有退楼识语，亦言之不详。每卷前题曰"桃坞唐诏心赏"，封面之背木印文曰"苏州桃坞唐氏读山居辛生藏印"。退楼以顾氏《印薮》比之，无年月，每卷有许信生中丞题签，则辛生此谱当成于咸丰年间矣。按顾氏《印薮》是木板[①]，与《秦汉印统》并是明人所刊，虽摹勒未精，尚存古意。今之自谓仿汉者，大率以剥敝为能，初未得古人用意之妙。辛生则左规右矩，动与古会，真今之高手也。谱中所模秦印颇多，文大半不可识，"坏"为"玺"之异文，又有"叓"字，吴清卿河帅谓玺是周，而亦莫识为何字。余按，此字从"吉"从"又"，又即手，似与又执中同意。《周礼》货贿用玺节，疑此是"节"字。谱内有朱文"大叓"一印，与清卿所宝玉印正同。又有数印"叓"字在右，而左一字均不可识。窃意文是左行"厶节"二字。又有"叟"字，与"叓"字笔画小异，疑亦是"节"字，非《说文》"叟"字。附识于此，以俟博雅君子论定之。

戊子十二日(3 月 13 日) 晴。春寒，得诗一首，凡卅六韵。外姑九十冥诞，依俗例在宝积寺讽经一日。

---

① 瞿凤起抄本《弓斋日记钞》天头有眉批："顾氏《印薮》先有墨钤印本及朱钤印本，后入木，又有朱印及墨印两种。"

春 寒

日月如跳丸，招摇倏指卯。忆昨正月末，雷声发天表。吴侬切切言，古谚有预兆。曰未惊蛰雷，春寒冻人脑。七七雪花飞，视如指掌了。我未以为然，占验听父老。好风自东来，冰泮波浩淼。唼喋出游鱼，绵蛮语黄鸟。桃李花孕苞，笑靥倩先巧。风檐舞柳枝，青泥迸百草。淑气转融和，晴光泛缥渺。万物婴婴然，春台游雍皞。讵期事不然，寒燠变昏晓。一夜听萧萧，雨急风又搅。六出飞琼琚，开门积已皓。敝裘冷不温，炉火熄又燎。出门逢饿夫，涕泣为我道。天气日昨佳，日出光杲杲。曝背南荣下，如着黄绵袄。遂脱旧衣裳，易米图一饱。衣去天又寒，失计徒懊恼。朔风扑面来，齿噤唯坚咬。迫从猨耸肩，瑟缩鸦拳爪。回首顾妻孥，蓬蓬发如葆。但闻寒啼儿，并乏羹颉嫂。无食更无衣，指日成饿殍。我闻斯语言，惄焉心如捣。所见既如斯，未见恐不少。是岂天不仁，炎凉故颠倒。阳气偶邅屯，群阴遂缠绕。盛极必有衰，寒甚岂无燠。我欲拜绿章，虔诚叩苍昊。乞畀青帝权，阳和施令号。曰雨而曰旸，不惊复不扰。庶几物伦□，苏息回枯槁[①]。耕凿无饥寒，生成戴大造。

己丑十三日(3月14日) 晴，寒犹未解。有持《元诗选癸集》来售者。按顾氏此书二集、三集均至壬而止，此不知二集抑三集者。癸之甲不分上下，及壬上下已刊，有校样，余俱写样未刊，惜只存甲刊本缺序目，戊之下、己上下、庚上下、壬上下刊本，癸上下十卷，而十卷亦有缺损，其乙、丙、丁、戊上、辛均亡之矣。

庚寅十四日(3月15日) 晴。任筱沅来。天稍和而寒未解。饭后，作字。少荪强作行楷，因涂与之。

辛卯十五日(3月16日) 晴，寒冷如昨。为少荪作大楷程子《四箴》，久不作此，殊不成字，不如篆书之尚可观也。

壬辰十六日(3月17日) 晴。天骤暖。季文来。

---

① 按，稿本此联仅九字，当脱一字。

癸巳十七日(3月18日) 晴。沈旭初来。仆人以卧未起辞之，必欲相见，坐以相待，见则为弟子杼官事相询也。子杼，朗山子，本以道员分发江苏，因回避，旭初欲改捐四川，问办法，以例告之。日仄，子杼来谈，蜀中不胜今昔之感。

甲午十八日(3月19日) 晴。移盆中茶花于假山之跗。季文以任筱沅中丞所刻《崔敬邕碑》双钩本相贻，因假李香岩所藏原拓本校之，摹失处甚多。择其最谬误者手自钩摹，黏诸刻本以正之。

乙未十九日(3月20日) 晴。黼卿自常州来，以其居停，胡式嘉太守辞差，荐与后任不收也。作悦卿书并汇洋百元，令时福明早送至永丰转寄。

丙申二十日(3月21日) 晴，午后阴，晡雨。阊门外，殳家墙门店屋上梁，遣时福往视之。

丁酉二十一日(3月22日) 阴。收拾花木，见盆橘发花，白香可爱，因成一律：

春寒十日阻游人，虎阜灵岩一色新。却轨闭门容我懒，焚香扫地见天真。玉禾酒熟黄于月，金橘花开白似银。惟有窗前松树子，终朝相伴苦吟身。

戊戌二十二日(3月23日) 晴。为子实诸君作书。杨世兄赠其尊人所书墨拓各种，并家集。得沈世滇信。

己亥二十三日(3月24日) 晴，暖甚，夜大风。得悦卿信。种黄蔷薇于假山之西缘。上年所栽，未发也。先是，唐福以百六十钱购得一枝，已植之矣，花佣视之，曰：不但非黄蔷薇，亦并非蔷薇。问其故，曰：蔷薇枝间有刺，此则无也。验之信然。唐福诚不识花，然购诸饮马桥花局，彼固城内巨肆也，乃欺人如是，人心真叵测哉。

盆橘花开偶成重出

春寒十日阻游人①，虎阜灵岩一色新。却轨闭门容我懒，焚香扫

---

① 按，稿本此句仅六字，脱末“人”字，此诗二十一日日记重出，据以校补。

地见天真。玉禾酒熟黄于月，金橘花开白似银。惟有窗前松树子，终朝相伴苦吟身。

庚子二十四日(3月25日) 晴。检点旧书，寻宣黼孙双钩林文忠公手札，竟未见。

辛丑二十五日(3月26日) 晴。林笃甫生日，自往萧山而家中待客，且告客只备晚饭，无早面。祝寿者皆以饭后往，亦可异矣。黼卿之子肇祥请命字，以“吉士”字之。二琮叔自典来。笃甫生日乃廿六日，误记于前，闻其去而复返，不知何意也。

壬寅二十六日(3月27日) 晴。叔来病将一月，似是消渴。此间竟无良医。张小林虽亦平尝，而人尚虚心，肯查检方书，特太胆小，不能了事。劝其往无锡请子备一看，闻尚游移，心窃忧之。

癸卯二十七日(3月28日) 平明雨，旋晴。二琮叔回湖，为叔来事踌躇无计。内子虽日日前往，亦爱莫能助。因致书竹坡，约其前来共商之。

甲辰二十八日(3月29日) 晴。为王仙根写寿联。日仄，笃甫来谢寿，幼亭继至。欲邀作春游，谢之以诗。

王仙根五十双寿对：

庆叶林壬羲图大衍；

厘延上巳仙耦长生。

乙巳二十九日(3月30日) 早晴，午后阴。添种黄蔷薇于咫进斋小院中。寄沈书滇信。

费五观察弟枉顾邀作春游诗以谢之

病榻缠绵一载余，朅来犹自闭门居。喜逢旧雨邀头约，况是春分拂面初。遣兴久经怀白堕，出行无奈怯蓝舆。和陶拟效东坡体，漫说公荣胜不如。

光绪十六年

光绪十有六年岁在庚寅，寓苏州萧家巷。

四　月

壬子十三日（1890年5月31日）　阴，晡后晴。寄黼卿书。购得旧钞本《春秋通说》。按《通志堂经解》，何义门评云，东海先有钞本，从黄俞邰处来，乃伪书也，后汲古得李中麓所藏景宋钞本，用以付刊。其书前有表、序，今此本无之，文亦迥异，是千顷堂本也。钞手甚精而旧，疑与东海同时，惜无印记，不知何人旧藏也。

癸丑十四日（6月1日）　晴。培之回双林成服，即由双星奔赴闽。为熊侄致广莽书。购得明钞《中州集》，出弘治刊本，后附《中州乐府》，则出嘉靖本。每卷前有"每爱奇书手自钞"朱文方印，序目及《乐府》出自一手，余又一手。开卷书味盎然，盖出藏书人手录，非寻常写官所能为。惜无题识及印记，姓名翳如矣。甲卷有钱蒙叟印，乃后人作伪，不可信。

甲寅十五日（6月2日）　晴。徐洽斋、郑小轩自双林来，盖亦得延平电信也。傍晚，仪女率儿女回双，二君即同去，遣皂儿送之。胡云台自沪进省，来谈。汪宝斋来。陈幼怀来借洋，以十元付之。熊儿赴沪谒吴广莽。

乙卯十六日（6月3日）　晴。帖贾钱生以旧帖来售，有巾箱本米书《阴符经》，前有篆书"有美堂帖"，标目下方"笠泽隐居"小印，疑刊帖人所识，是此帖出吴下矣。书凡三十三行，《阴符》书至"以时物文理悊"止，次行署"南山米老学书课"，后钤"米芾"二字白文印。刻手致精，毡蜡尤精美，惜未知为何时何人刊石耳。后有小跋，不署款，有“梦庄”小印，似出近人。谓是帖乃宋时拓本，不足信也。

丙辰十七日(6月4日) 阴，小雨，晚晴。得皂皂八尺信，言风不利，昨至吴江吃饭，晚仅至八尺也。

丁巳十八日(6月5日) 晴。黼卿来。寄皂皂信。又接徐龙伯信，乞为尊甫子静表丈书墓志铭，文不合格，尚须再商。俞曲园来，欲为彭雪岑尚书湖上乡祠请列祀典，属于公呈内列名，诺之。

戊午十九日(6月6日) 阴雨。接皂皂南浔来禀。寄皂皂信，内附张笏臣一函，培之所欲也。

己未二十日(6月7日) 阴雨。彭仲崧来索仲复信。杨绶臣七十寿，遣人祝之，辞不受馈。得李荆南书。

庚申二十一日(6月8日) 阴雨。得皂皂禀，知十八日始到双林。培之等十九日成服，二十日培之星奔赴闽，仍走内地，云二十日即可到，特未知有人同去否？仪女辈相即可同皂儿归矣。寄生万弟信，交胡万昌带。

辛酉二十二日(6月9日) 阴雨。覆李黄州贺节书，并为颐女覆其夫人一信，交信局寄。

壬戌二十三日(6月10日) 阴，午后晴。得皂皂二十日来禀，培之已于是日赴闽。

癸亥二十四日(6月11日) 阴，午晴，旋复阴。得皂皂禀，知廿二日到郡，即日归矣。薄莫，熊侄自沪归。寄芝庭信，又覆凌子余书并《续复古编》一部，交信局带。

甲子二十五日(6月12日) 阴，薄晴。吴广莽来，知熊侄已详委糖捐差，可感也。

状元吴鲁，福建。榜眼文廷式，江西。探花吴荫培，江苏。

乙丑二十六日(6月13日) 阴，微雨，晚薄晴见日。覆龙伯信，告以金石例，并以王景之墓志示之，其盖亦余所篆也。日加酉，皂儿兄妹归。得吴氏赴，子实学士于昨日作古。先是，有传其病危者，遣人视之，愈矣，而不料其竟归道山也，伤哉！

丙寅二十七日(6月14日) 晴。方大令□□来，奉檄赴湖北采买太和门、祈年殿工程架木，来辞行也。凡采买杉木二千五百，支领银二万五千两。养竹居以吴山子先生手录归太仆平阅《史记》古香斋袖珍本来售，上有丹笔题跋，云是韩侍御旧藏，李申耆乞得相赠，因录归批于其上。又题云，韩自差旋，忽来相索，因上有手批，另购一本还之。韩侍御者，韩侍郎克均也。卷首有其印记，故知之。批精工不苟，书亦初印，装以楠木匣，盖潘秋谷物也。索廿八元，还以二十元，云明日回信。

丁卯二十八日(6月15日) 晴。陈幼怀来。傍晚，得武昌电报，询行期。《史记》竟非廿四元不售。

戊辰二十九日(6月16日) 阴雨。辰刻电覆武昌。体惫甚。有同乡书船友来，以旧钞《金薤琳琅》等书求售，惜无致佳之品。

五　月

己巳朔(6月17日) 阴雨。寄赵竹君信。购得三卷本《世说新语》，万历己酉春周氏博古堂刊本也，《世说》以嘉靖袁褧刻本为最善，以其从宋陆放翁本出也。此又出于袁本，每半叶十行，行二十字。邵位西《书目》曾载之。余先得一本，乃凌瀛初所刊，亦出自袁褧本，特增王世懋批点，又改三卷为八卷，不知何据，每叶十八行，字数亦同周本，又每叶标目下添入王、凌两题名，故通卷展下，遂失袁本面目耳。位西《书目》未载，殆未经寓目也。

庚午初二日(6月18日) 阴雨。寄朱少虞书，并尊甫神道碑额，托新甫转达。又寄平湖汉章妾子洋十元，交徐清卿转付。又寄石莱保洋十元，皂皂作书。书船友以旧书来看，内有《铁函斋书跋》，山阴杨宾耕夫著，铁岭杨霈慰农编，道光丁未秋刊于粤东粮道署。书无甚精义，非大瓢极作也。

连江吴襄惠公文华得旧拓石鼓文于杨用修，用修得之李西涯，实苏子瞻藏本也。康熙初，其后人吴子钧属冶城李登、陈延之、欧阳惟礼篆而刻之木，连江令□继生为之作序。壬午冬，余既得国子监本，每以磨泐不全为憾。一日过报国寺集市，得小本，完好可读，喜而夸示于人，遽为张敬止中丞夺取，复怅怅不已。乙酉岁客闽中，有以此献李质君中丞者，考之知在连江，因拓得之，是日为之一快。杨大瓢《铁函斋书跋》。

连江石鼓文七百二字，相传杨用修得之李宾之，宾之得之苏长公。既入《陕西通志》，又刻木本以传。朱竹垞以为石鼓在唐时便已残缺，焉得至明尚有完本？况第三鼓以“六师”二字更“遨众”二字，第四鼓以“六辔沃若”更“六辔□骜”句，弟五鼓增“我来自东”四字，弟六鼓每行增一字，第七鼓增“徒御啴啴”五句，且以郭注“恶兽白泽”入正文中，娓娓数百言，皆有根据。而又以长公诗中模糊，半已似瘢胝为证，则是为升庵伪作无疑矣。而余取而装于国学本后者，亦存其说，以助后人之鉴别云尔。仝上。

辛未初三日(6月19日) 阴雨，日仄晴，得龙伯覆书，为子静丈墓志铭事。

壬申初四日(6月20日) 阴雨，午后大晴，晡复阴，晚雨。得悦卿信，寄来馒头山地契一纸。皂儿购得牙印一，文曰“许梿珍赏”，盖杨聋石为珊林丈作也。朱文，极圆美，款“聋石”，分书，二字亦佳，非近人谢梅石辈所能及也。

癸酉初五日(6月21日) 晴。杨鹿亭、恽季文、寿臣来贺节。购得青田石印一，白文“吉罗山农”，款曰：“仿汉人印法，乾隆辛巳八月朔，蒋仁记。”又小牙章一，朱文“玉带水”，款曰“龙石”，隶书，其直洋银一饼。得子湘信。

甲戌初六日(6月22日) 晴。得二琮叔信并兆兴月总。熊儿奉檄委糖捐查验差。

乙亥初七日(6月23日) 阴雨。为龙伯撰次静丈墓志铭。龙伯先请沈明经作一首，次舟以为不佳而重撰。沈作有八股气，叙事徇俗，固不足以言文。次舟貌似古文，亦未尽善，然太无事实，而孝子之意又太高，颇难着笔，姑就次舟原作，改其不合法者，寄龙伯商之。

丙子初八日(6 月 24 日)　晴。汪锦标来，命皂皂等闻乐园觞之。朱辛伯来谈。得三太太寄韵书并玫瑰饼、挂面。傍晚，吴子懋来，云将回湖北。索菘耘信，锦标言江阴田价每亩约二十千以上，每亩可收米二石。然活契为多，或三年，或五年，年满听赎，是买而实典也。其价较廉，每亩约十千以外，收米数同。又言无锡知仁钱庄现换牌辅仁，凡钱庄皆经手管事人为政，财东不得过问，故往往亏空倒闭，贻害东人。辅仁则资本鼎足而三，东一、管事人一、众夥一，其用人最有条理，人妥而无资，不用，有资而人不妥，亦不用。人人为东家做事，即人人为自己做事；宜其隆隆日上也。

丁丑初九日(6 月 25 日)　晴。刻林文忠手札跋尾竣，笔意豪无，版亦不平，竟不可用，只能重书，换版另刻矣。

戊寅初十日(6 月 26 日)　晴。平旦，得培之电信，知已于初八日到延平，施君怀自蜀来。

己卯十一日(6 月 27 日)　晴，大热。卧方起而君怀至，乃吐哺握发而见之，谈蜀中事并自述宦况。问其何事到苏，则专为鄙人来也。自余家居以来，各寮寀之顾山中者，虽不乏人，然亦有为余一手提拔而名利兼收者，徘徊沪上，扬扬得意，有告以余之踪迹，竟置之不答，亦无一字见投者，则君怀之买棹而来，其意为尤可感矣。

庚辰十二日(6 月 28 日)　晴。骨董客杭州胡生以铜印三方求售，一“东莱守丞”，伪刻，一“白水仙渚”，明人闲章，一“立义行事”，真旧印，索价太昂，未能买成。此印敝藏已有一方。

辛巳十三日(6 月 29 日)　晴。吕世兄只园来。欲至考棚前一步，天太热，且无足观，遂止。

壬午十四日(6 月 30 日)　晴。江容舫前辈来。寄悦卿信并洋五十元。又为吴子懋致恽菘耘书。接李廉甫信并培之起服文一角。

癸未十五日(7 月 1 日)　晴。读邸抄，知陈舫仙引见，蒙恩开复原官衔翎，发往江南，交曾□□差遣委用。

甲申十六日(7月2日) 晴，午后阴，暴雨一阵即止。日中，容舫来，疏饭茗饮，谈至晡而去。侯佗以《摭古遗文》来售，此书多见前人引用而未得刻本，今始遇之，凡上下二卷，文似《汗简》，搜罗颇富，惜未注明出处。前有万历甲午孟夏上元如真生李登自序，行狎书，云"从愚新定私韵为帙"，又云"姚允吉氏索玩不置，复偕王昆石锓之梓"，卷尾自题云"万历廿年壬辰六月六日寓东山精舍书完，如真老生纪事"，然则是李登如真自著自书，姚允吉、王昆石梓行也。又《六书准》不分卷，凡列象形、指事、会意、谐声四属，而以假借、转注附入象形、指事、会意之内，每属仍以四声为次。华亭冯鼎调雪鸥述，前有顺治庚子七月晦日自序，不知其所学如何，尚当细读之。熊侄赴上海当差。

乙酉十七日(7月3日) 晴。邹和之来，言伊保案又驳又顶，当无异议。又言杨艺舫可补通永道，本在家，昨得信，已赴津矣。晡后，季文来，言筱翁将有合肥之荐，属杏荪起草，昨已面商定拟矣。

丙戌十八日(7月4日) 晴，午后阴雨。疲倦甚，刻刻思卧，恐有湿气矣。购得汉印二，一作龟形，一盘龙。余旧有银印，龟腹内尚有小方印，古人用芝泥，故制度如此。今用艾染，则见龟形而不见印文矣。

丁亥十九日(7月5日) 晴。闻沈炉青兄于十七日归道山，伤哉。

戊子二十日(7月6日) 晴，晚阴，夜雨。为二女致黄幼澜夫人书，并蓬条八十根。二鹿昨至外家，食过量，又嬉戏扑地，且为黄狗所骇，发热嗜卧，胸前跳荡不已，夜半鼻中出血，觉饿，食粥少许，始得安眠。

己丑二十一日(7月7日) 晴。延张小林为二鹿诊视，云受暑热，兼有食积，其胁间跳荡，恐是努伤，幸出鼻血，兼得大解，病已渐去，便易凑效矣。贱体疲倦已甚，自疑是湿气。小林一见，即谓黄色现于面上，与敞意适念，因属小林开方治之。

庚寅二十二日(7月8日) 晴，大风。为二小姐寄培之信。傍晚，得文楠江宁来书，言慎斋馆事，朗西已允，俟有干脩缺出，即为安置。二鹿渐愈，仍延小林诊之。

辛卯二十三日(7月9日) 晴。为大女致廉甫书，问翁病，托为培之报丁外艰，并将咨文寄回，托其回缴。

壬辰二十四日(7月10日) 晴。阅邸抄，知廉甫引见，开复原官。日晡，得廉甫赴，少莲亲家竟于十四日作古，寿至八十有四，儿孙满堂，不可谓非福，特无奈穷耳。大女例应成服，商之内子，云须为之预备鞋脚等类，人手少，势不能速拟，且缓告之。覆潘峄琴学使书，并《吴兴诗录》等书十一种，又赠以《邃雅堂集》一部、《咫进斋丛书》三集，交曲园，托宗子戴孝廉带杭。

借书目：

《吴兴诗录》卅四卷，《续录》十六卷，十八册；《灯窗琐话》八卷，二册；《赐研斋诗存》五卷，三册；《高东井诗选》四卷，二册；《姚镜堂全集》六册；《绿荫山房诗钞》二卷，一册；《远邨吟稿》一册；《有真意斋诗钞》五卷，二册；《松斋忆存草》一册；《讱庵遗稿》一册。

癸巳二十五日(7月11日) 晴，日仄阴，晡雨。季文来，谈半时许而去，多闻所未闻。

甲午二十六日(7月12日) 早晴，午后阴雨，夜大雨。扬州书贾以旧书求售，无甚出奇者，有《奇晋斋丛书》，拟留之。

乙未二十七日(7月13日) 晴。二鹿之病总未见愈，连日延小林诊视，总谓暑热未净，虽知其跌伤，亦未专治也。黄昏时忽觉胸中难过欲呕，已而大吐，皆血块也。然则其胸前跳荡，实是游血为患，色紫而成块，幸而吐出，真天相也。申斋来。

丙申二十八日(7月14日) 早晴，旋阴，大雨一阵，午后复晴，大风。二鹿热仍未退，延小林早晚视之。

丁酉二十九日(7月15日) 晴。二鹿渐愈，时思食物，是胃气苏矣。仍延小林治之。

戊戌三十日(7月16日) 晴。二鹿较昨日又好些,惟热总未净,仍延小林。为内子作三弟妇书,告以熊儿事。李润观以铜印四十方求售,十之八皆秦印也,确是翻沙而精工之至。

六 月

己亥朔(7月17日) 晴。延小林。有以旧扇来售者,凡十柄,皆道咸间名人书画,骨亦精好,以嗜欲无穷而财力有限,且予旧畜类此者不少,并更有胜于此者,今俱失去,故不复于此措意,玩半日而还之。

庚子初二日(7月18日) 晴,大风。延小林。又购得《摭古遗文》一册,此书近颇罕见,故并留之。

辛丑初三日(7月19日) 晴,大风,日入始定。窸斋荐山东骨董客人刘姓来,有旧印八十余方,真者十之九,惜断烂者未能致精耳。

壬寅初四日(7月20日) 晴。盆荷水涸,新植牡丹及胡卢、扁豆亦待泽孔殷,乃督周福灌溉之。为二小姐致黄幼澜夫人书。

癸卯初五日(7月21日) 晴。体不适,疲软已甚,腹中亦不快,乃嗅痧药取嚏,已而汗出,觉少爽。食粥半瓯而卧。

甲辰初六日(7月22日) 晴。体犹未愈。小林云是湿气,姑照方服药治之。得培之信,又得二琮叔信。为二小姐寄培之信与幼澜夫人。与山东客言定汉印,每方一金。

乙巳初七日(7月23日) 晴。山东客以古钱刀币来看,皆伪品也。徐阿宝以商父丁爵来售,鞘与足皆破,而重修文亦不甚精。

丙午初八日(7月24日) 晴。父丁爵议三十六元,本可不收,阿宝言乃吴子实家物,需钱凑用甚亟,遂留之。炉青旧仆杨贵来,言炉青身后甫易箦,其弟镈号古愚者,因伊妻病亦临危,不欲停兄之柩。李松云劝其停于侧厅,亦不从。大殓毕,即刻移入宗祠,亦人伦之变也,惨哉!得生万弟沈梅孙书。

会试及京闱乡试十八房，原定《易》《诗》各五房，《书》四房，《春秋》《礼记》各二房，嗣因同考官以经分房，有关节者易于按经寻索，特旨不复分经，但以一二为次，仍用十八人。《陔余丛考》，似乾隆年间事。

丁未初九日(7月25日)　晴。为二小姐致培之书，寄福州，托招商局总办王念劬大令转交。念劬，苏州人，吴清卿之妹婿也。

戊申初十日(7月26日)　晴。山东客又以六朝造像佛坐及秦篆刻石来看，是直以我为无目者矣，一笑掷还之。

己酉十一日(7月27日)　晴。体又不适，小林云湿总未净，兼之暑易伤气故也。药方尚妥，照服一剂。

庚戌十二日(7月28日)　晴。

辛亥十三日(7月29日)　晴。寄子湘信，内附韵致三太太书，告知熊儿双喜事也。早起，闻外有喧哄声，亟视之，则老妪携一女子，方向周福哭詈。问其故，自言居保安桥，与卢媪同院。周福调其女屡矣，今日又遇于桥，复戏之，故来告，时福置不理，而周福翻怒目不逊，咤之始不敢言。乃慰其母女，使去，而斥周福，呼荐头来，告知故而逐之。

壬子十四日(7月30日)　平旦，雪殷殷，雨下如注水，日出晴，晡后复阴，傍晚雪雨一刻许即止。得黄幼澜书。

癸丑十五日(7月31日)　晴。内子生日，不敢当贺，婉言谢客，而亲友来者颇不乏人，置酒款之。

甲寅十六日(8月1日)　晴。得戴笠青弟信，又得子湘书。

乙卯十七日(8月2日)　早晴，旋阴雨，日仄复晴。李橘农来，回苏接眷也，谈都门近事，述子密语，促早日北行。

丙辰十八日(8月3日)　晴。阅《申报》，言得电传，豹丞于十三日卒官，亦可伤已。又见邸抄，张笏臣于月朔到京。得二琮叔望日信，黼卿尚未到典，而十七日熊儿致皂皂书，提及黼卿，是不在沪矣，不知其人焉往，吁，可异哉！

丁巳十九日(8月4日)　晴。

戊午二十日(8月5日)　晴，晡后阵雨。得凌麈余信，附《双溪诗微》一本，属寄潘宗师。沈调甫来。

己未二十一日(8月6日) 晴。费幼亭来，为史大令索仲复信。扬州书贾以明板《史记》来，秦藩刻本也，著录家不经见，未知出何本，当细读之。

庚申二十二日(8月7日) 晴。寄守梅弟信，又覆戴笠青信，又代二小姐覆黄幼澜夫人信。得赵甥惠卿书，上海文报局寄来。杨绶臣同年解饷赴都，来话别。

辛酉二十三日(8月8日) 晴。刘少楠言及公堂请振捐奖事，茫乎不知，因作书向张蕙生问之。晡后，蕙生来，始知去今两年均有应奖之款铫怡公名下，共五百金有奇。然则我名下即有例银五百之奖可请矣。得夔石四月十八日书，并吏部文一角，上海云南文报局寄来。六月廿二日文报局收到即交全盛寄苏，今日到。

壬戌二十四日(8月9日) 晴。冢妇冥诞，昌善局念经。洗蕉来，盖不登门者已一载矣。陈幼怀来。得子湘寄皂儿书。

癸亥二十五日(8月10日) 早晴，午后阴，晡雨。盛旭人兄、费幼亭弟、陈幼怀同来，为典中机器款事也。持官讹索，不顾天理，不知王法，不肖两字真当之无愧色矣。秦藩刻本《史记》以廿四元购得。据邵位西所记，即柯版序中所称陕西本也。王先生来。

甲子二十六日(8月11日) 晴。得守梅回信，又得培之信，即转寄黄幼澜。恖进斋小院今年种胡卢一架，手自灌溉，居然结得十一枚，日日看视，颇觉自得。今日又往看，则只存新结四枚，其伏中所结好式样者七枚，全为人盗去。忆廿四日早去看，尚全数俱存，所未看者只昨一日耳。其为廿四日失去无疑。其实物犹未老，即偷去亦属无用，岂非损人不利己乎！天下玩好之物，人所共喜，亦难禁人之不偷，然亦不过择其尤者一二可矣，从未有一网打尽如此贼之狠恶者。观人于微，可恨亦可畏矣。

乙丑二十七日(8月12日) 晴。陈云裳来。曲园持折来取兆兴存款子金，即向永丰划取连闰七个月，计八十四两付给。作函通知二琮叔。寄熊侄书。昨日寄，补记。

丙寅二十八日(8月13日)　晴。广东本家听桥来，云入都寻志伯愚，闻天津大水，进京之路难走，故尔停顿，来此一行也。

丁卯二十九日(8月14日)　晴。为徐子静表丈写墓志铭，穷竟日之力而成，虽不佳，或较时手，尚与金石文相近耳。

戊辰三十日(8月15日)　晴。听桥来，欲借百金，付以五十金。吴硕卿来，言都门事，应酬之繁数倍于往时，奈何。陈幼怀来言许事，未免大门反装，作官数十年，固不知可以不顾天理而为所欲为也，今承教矣。寄龙伯信并所书墓志铭。

七　月

己巳朔(8月16日)　晴。旭人、幼亭、幼怀来。接黼卿扬库来信。硕卿赠香、牛皮铺垫、锡火锅、水碗四，受之。

庚午初二日(8月17日)　晴。约硕卿、听桥晚饭，邀子和、久也、韵和作陪，韵和因病未到。

辛未初三日(8月18日)　晴。朱先生到馆。王先生得家信，其侄女夭折，拟暂回甫里。

壬申初四日(8月19日)　晴，旋阴，大雨倾盆，自禺中至日昳，凡雨时许方止。洗蕉以子妇小祥，不在家中诵经，盛怒而来，以言折之，怫然而去。

癸酉初五日(8月20日)　晴。子妇小祥，于昌善局为之诵经三日。本日内子亲临，薄莫始归。常贵附沈世兄便南来，本日到苏。伊上月廿三日出京，到此仅十三日，可谓速矣。带来子湘致皂儿一书，又从沪带来熊儿一函，并汉章家七月分津贴二元。

甲戌初六日(8月21日)　早阴，旋晴。芝庭从华墅来，言扬典事多有向之饶舌者。交到韵记子金。

乙亥初七日(8月22日)　晴。得靖江典信并月总。何生世勋来。

丙子初八日(8月23日) 早雨,旋止。得二琮信并月总。夔石如君之姊刘桂宝偕其姑来,内子面询,实即将来信并洋陆拾元付之桂宝之夫,所谓陆秋圃者。闻先久大当作夥,不知因何日辞出,当向芝庭问之。寄咭李廉甫,内附大小姐信。

丁丑初九日(8月24日) 畅。芝庭回典。得子湘信。闻何生委署丹徒主簿。陈大令埙海运回,来见。彭仲崧来。得守梅书。又得二琮叔断弦赴。黄幼澜寄培之信来。

戊寅初十日(8月25日) 晴。吴硕卿辞回广东,托带筱帅寿礼,如意一柄,画一轴。为仲崧致仲复书。

己卯十一日(8月26日) 阴,微雨。寄还守梅代办捐振请奖洋九十二元。由俊秀捐监加中书科中书衔监一百八两,衔六百五十两,共七百五十八两,减五成,实银三百七十九两。除捐五百元,合银三百三十三两,外买票七十元,二五折,计洋其十七元五角。部饭每例银百两,交三两,局费亦如之。国子监每例银百两,饭银一两五钱,照费部三钱,监二钱,共四十七两九钱,合洋如前数。托永丰汇。代何佩记支洋百元。有回息。致芝庭书。

庚辰十二日(8月27日) 晴。

辛巳十三日(8月28日) 晴。夜半大雷雨。

壬午十四日(8月29日) 晴,黄昏小雨。寄夔石书,内附其如君之姊刘桂宝一信。桂宝之夫吕秋圃者,其父在瓣莲巷口开瑞泰布店,秋曾在久大典学徒。典之邻有对联纸店,店又有女与秋年相若,秋恒窥之,其师责而斥之,秋遂投邻店学泥金焉。店之主夫妇仅一女,极钟爱,正择婿,以秋之家贸布,亦属意焉。维时桂宝已在其家作养媳矣,事觉,遂不谐,秋亦归其家,至今犹闲居云。

癸未十五日(8月30日) 晴。寄赵竹君书,告以北行须措资,托向杨黄冈商之。

甲申十六日(8月31日) 晴。沈退庵来。日加酉,得武昌电信,问何日北行。为二小姐作培之书。

乙酉十七日(9月1日) 晴。日加辰,电复武昌,告以昨已有函详达。皂儿从赵增三家借得《颜鲁公集》二册，明锡山安氏刊本，前列年谱、本传，后只补遗。据都太仆后序，凡诗文十五卷，今悉亡矣，惜哉！

丙戌十八日(9月2日) 阴雨，骤凉。得铜剑珌一，上龙虎二文极精妙，余所收及所见珌皆玉也，铜者绝少，亦未见前人箸录，无意得之，欣喜无量。得守梅书并寄到振捐，实收二张。曾爵督衔捐名肇和，但愿诸孙自立，不用此也。即日寄覆。

丁亥十九日(9月3日) 阴雨竟日。读《凤墅残帖》，彭忠肃一帖云："数日天气殊不常，或暖或寒，十分如三、四月之间，未雨时，地至蒸润，才雨便寒。苏秀间水田政正此收刈，不致芽稻否？"与日来天气正同，虽为时差早，未至收刈时，已不胜畎亩之忧矣。闻任筱翁诸君消夏雅集，颇有咏物之作，内《晚香玉》一题，羌无故实，颇难着笔，拟作二律录后：

晚香玉

气若芝兰色若霜，安排晚节到昏黄。冰肌玉骨清无汗，水榭风廊夜未央。比似宓妃来解佩，莫须荀令去留香。素馨末丽谁高下，付与诗人子细商。

香为骨格玉精神，如此丰姿不遇春。媚夜情怀酰似酒，横秋色相烂于银。浓熏班马涵书味，小朵玲珑是席珍。漫对夕阳嗟日晚，月明还有赏花人。

戊子二十日(9月4日) 阴，午后晴。为陈伯雅致文楠书。何建之权主丹徒簿，辞赴任。

己丑二十一日(9月5日) 晴。

庚寅二十二日(9月6日) 晴。李润观以仓颉庙碑来售，拓手甚旧，而字亦不能增多，以饼金收之。

辛卯二十三日(9月7日) 李润观以晋铜印三枚来售，一真二伪，索价极昂，不知能买得成否。

壬辰二十四日(9月8日) 晴。寄朱少虞书，欲向暂借千金备北行之用，信交嘉兴南门内大和典转送。

癸巳二十五日(9月9日) 晴。陈幼怀来辞回。江阴典事又起波澜，予无乐乎为官，惟其言而莫予违，百姓之为人鱼肉如此，胡可一朝居？今而后予北行之计决矣。敖冠楼来，赠金甫同年诗文全集。

甲午二十六日(9月10日) 晴，挽吴子实。

乙未二十七日(9月11日) 晴，为二小姐覆黄幼澜夫人信。

挽吴子实联：

身已到蓬山，些子回风偏引去；

官曾同粉署，似君旧雨更无多。

又施少钦夫人：

义粟仁浆克相夫子；

金花罗纸是为太君。嫌其似寿联，未用。

丙申二十八日(9月12日) 晴。汪宝斋来，谈吴郡及鄂中近事，力劝余出山，与敏斋绝相反。施笏亭与皂儿谈，极言朱修庭之谬。

丁酉二十九日(9月13日) 晴。得陆存斋书。

八 月

戊戌朔(9月14日) 晴。信局送到存斋寄还《续金石萃编》。得熊儿信，并所购洋饼三瓶。

己亥初二日(9月15日) 晴。由朱竹石处送来少虞回信，允假千金，云初四、五日由上海汇来。

庚子初三日(9月16日) 晴。日加辰，得京电，庶母王太恭人逝世。电简未云日期，观发电时刻，乃昨下午十点钟，或即系初二日事也。太恭人今年八十有五，子孙皆在宦涂，生得四品封诰，亦可无憾，惟十二年不见，满拟秋间入都，尚可一晤颜色，乃竟不及待，呜呼伤哉！致熊儿书，通知此事，想伊亦得电信矣。芝庭来。

辛丑初四日(9月17日) 晴。寄子湘信，并银一百两，交永丰庄汇。

壬寅初五日(9月18日)　晴。竹石送到少虞借款,上海九八规元银台千两,计履康票一张,当即作覆并借券一张,托竹石转寄覆信并券稿,均附日记卷尾以备查考。履康票交芝庭划存永丰。陆存斋来。

癸卯初六日(9月19日)　晴。阅永丰折规元一千,合苏漕纹九百二十五两五钱,盖上海规元时有盈缩,本日市价如此也。接熊侄信,即覆。又接李廉甫信寄大小姐,托报到藉,因无履历,作书索之。又接黼卿信并月总。又接荆南信。

甲辰初七日(9月20日)　晴。芝庭约兆兴各股东集寒秀草堂,登注刘恒吉股本归并姚余福。日晡,同人齐集,恽职思不到,笃甫云已经尽到,不来只可听之。注毕,即与笃甫、周子桢同饮,尽醉而散。凡注合同,林衍祚、周陆怀、何佩记、姚余福四分,文录于后:

刘恒吉正本五千千文,又加贯五百千文,于光绪十三年五月归并于姚余福,以后典中进出盈亏,概与刘姓无涉。刘股合同作为废纸。此注。

光绪十六年八月□日。书议姚芝庭押。

乙巳初八日(9月21日)　晴。

丙午初九日(9月22日)　晴。文波以二鹤至,色灰白,实鹳也,购自淮安,云即吕四场所产,相传吕四场之鹤乃纯阳祖师黄鹤之苗裔。夫曰黄鹤,则异于白鹤,可知是苍苍者,盖即黄之变色欤?价直三千,亦廉矣哉。

丁未初十日(9月23日)　晴。得二琮叔信,其长君砚池弟又于初七日化去。老年病躯何堪,当此亦可伤已。得培之书。周子贞赠魏稼孙《绩语堂诗文题跋》,共一册,又《碑录》四册、周涑人星誉同年《传忠堂学古文》一卷、昀叔《鸥堂剩稿》一卷、《东鸥草堂词》二卷。

戊申十一日(9月24日)　晴。寄汉章子十元,托徐清卿转交。

己酉十二日(9月25日)　晴。文小坡来。为二小姐作培之信,又黄幼澜夫人信。接兰甥书,索普济丹,即覆。

庚戌十三日(9月26日) 晴。皂儿购得古香斋《施注苏诗》,其直洋蚨六饼。得悦卿信。

辛亥十四日(9月27日) 晴。寄二琮叔慰信并二婶奠敬四元,砚池弟楮仪二元。恽厚存来。次远之子扶其继母柩回常,送奠仪四元,带到子湘信并月饼等物,例赠季文夫妇节仪。自余到苏,每节皆然,本届辞不受,并寿臣者亦退回,知其憾深矣。阅电报,湖北、江苏两藩司对调。

壬子十五日(9月28日) 晴。季文来贺节,仍以洋付之,辞而复受,云此来为堂上所不知也。皂儿往贺,拒不纳。季文云,伊私来此,为人道破,大受谴责,姑妄听之,一笑而已。购得套红鼻烟壶一,胆瓶式黄藕粉地,一面刻巨桃蝙蝠,一面榴实,盖福寿多男子意也。刀刻精妙而深,可以两指掐起,真辛家坯无疑。此间无识者,久而无人过问,乃以归余,而索洋蚨四饼又半去。夜,月色皎然。

癸丑十六日(9月29日) 晴。得子湘信。

甲寅十七日(9月30日) 晴。预定王也惕、朱简生两先生明年教读也。惕欲带附学,告以事原可行,惟学生太多,人家往往有因附学而致宾主参商者,不可不慎之于始。因议定明年增修,致送六十元。简翁亦同此数。两君首肯,即日送联敬为定。

乙卯十八日(10月1日) 晴。

丙辰十九日(10月2日) 晴。建昌公忌日,虔修祀事,归。将氏妹来,言接花甥信,正阳门瓮城敌楼坍塌,而《申报》未提及,何也?申刻,发武昌电报,询前信到否。

丁巳二十日(10月3日) 晴。日仄,得竹覆电,云葆初箒《毛诗》一部,已汇苏,计日内可到矣。

戊午二十一日(10月4日) 晴。禺中,沈旭初来,坐未久而新廉访张笏臣至,盖我故人张乐山都护之子也,不见二十有二年,已鬑鬑有须矣。睹其状貌,宛若乃翁,喜故人之有子,亦不胜今昔之感焉。谈少青事,纤屑尽知,其关切有逾骨肉,使人可感可敬。

己未二十二日(10月5日) 晴。闻容台豫作大礼议，或劝余且缓北行，或谓宜在津门小住者，心为之游移不定。邵书贾以影元抄本《饮膳正要》来售[1]，书三卷，天历三年三月三日饮膳太医忽思慧撰进，前有虞集奉敕撰序，次表文。忽思慧外又有列衔三人[2]：耿允谦、张金界奴、拜住、常普兰奚。字画工整，图尤精美，盖元人官书，非寻常版本所可比拟也。往见《兰亭序》有元□宗赐张金界奴本，初不知其为何人，今读此书，其表文内结衔云"奎章阁都主管工事资政大夫大都留守内宰隆祥总管提调织染杂造人匠都总管府事臣张金界奴校正"，虞序内云"大都留守臣金界奴传敕命臣集序其端"云云，然则张金界奴固元之宦官耳，托文字以传其名，亦幸矣哉。

庚申二十三日(10月6日) 晴。芝庭交来兆兴合同补注加戳粘单，何、姚各一纸，当即粘附讫。得朱少虞收到借券信。

辛酉二十四日(10月7日) 晴。购得元版元印《北史》，惜首册配明万历监本，其直番蚨十有二枚，谢经手人一枚。旧书日见其少，虽元版亦足珍矣。郁老宝从沪上来，言石印书竟成弩末，现减价至十之二三尚不能畅销，亦可怜矣。鄙意物极必返，趁此贱直，可以广收，将来必有大获其利者。老宝曰诚然，又云《图书集成》名曰告成，其中缺叶，不知若干，甚有二三叶即作一卷者，不足为外人道也。穆子美病，回家。

壬戌二十五日(10月8日) 晴。邹和之来，谈伊保案又为吏部所驳，只存原衔，愤愤不已。

癸亥二十六日(10月9日) 晴。得赵竹君信。

甲子二十七日(10月10日) 晴。陈云裳自湖来，将赴粤东，为其弟索仲复、菘耘信。范久也来。

乙丑二十八日(10月11日) 晴。为云裳令弟其钰致仲复、菘耘

---

① 瞿凤起抄本《弓斋日记钞》天头有眉批："是景泰本。"

② 按，据下文及《饮膳正要》，"三人"当作"四人"。

书，又为二小女作黄幼澜夫人信。

丙寅二十九日(10 月 12 日) 晴。购得《吴门补乘》七卷，吴县钱思元宗上辑，前有乾隆癸巳海昌黄炳序，大都采入《府志》矣。夜雨。

丁卯三十日(10 月 13 日) 阴，小雨，晚晴。得湖信，包甥子庄卒于皖山，伤哉！

洗碑图跋尾

洗碑图者，年丈黄冈汪先生为元孝子丁鹤年作也。原图久佚，此哲嗣宝斋司马所重作者，其事之端委具曲园俞太史席中。于以叹先生之识为独超千古，而宝斋克承先志，久而不忘，非恒人所能及也。觐元尝得孝子诗集，是长塘鲍氏从元刊本录出者，天下第一善本也。末有以文翁跋，引陈景钟《清波小志》，谓孝子卒于明永乐时，葬钱塘西湖之滨，俗所谓回回之坟者，心窃疑之，顾亦无以折之也。按，元遗民乌斯藏、戴良均为孝子立传，而不言卒葬，《明史》列传谓晚学浮屠氏，依父庐墓以终，而亦未实指其葬地。今读此图，然后知孝子之幕实在武昌，且确知其在寒溪寺后，则《清波》之说妄矣。吾尝读地理书，自《水经注》而下，其载前人冢墓，复沓附会，殆不可更仆数，虽讹以传讹，要必其人为众所推服之人，故记载者每不惜多方援引，以为己重，是亦高山仰止、景行行止意也。钱塘之墓亦斯类焉，而吾所独拳拳于中者，曰元曰明，为孝子大节之所系。武昌之墓，讹元为明，其立石不知几何年，而迄无一人焉，援《晋书》处士例，为之订正，吾知孝子之心，必有怒焉其不安者。得先生一举手为之表章，而孝子之大节遂昭如日月，其报以科第也，盖适得乎理之常。而或者以果报目之，毋乃世俗之见，视先生不太浅乎？年月日，年家子姚觐元记。

九　月

戊辰朔(10 月 14 日) 晴。丁经笙来，谈春明事甚悉。吴申甫之侄以曹倦圃钞本书来售，红格竹纸，每半叶八行，行廿二字，无中缝，若长笺然。幅右下方有“苍雪庵日抄”五字，亦朱印，每书首叶有“古林”胡卢朱文印及“曹溶”“洁躬”两朱文方印[①]，卷尾有“曹溶”朱文小长方印。计钞《南迁录》张师颜□卷一册，《改正湘山野录续录》释文莹三卷二册，《太平两同书》罗隐二卷、《十家注孙子遗说》郑友贤一卷、《诸子摘抄》一卷共一册，《儒林公议》□□不分卷一册，《鉴游录》韩端彦弘一卷、《诗源》张炎叔夏一卷共一册，凡六册。又有“曹溶私印”朱文方印在《儒林公议》、“雪尻”白文方印在《鉴游录》，惟《太平两同书》无印识，亦旧书之足珍者也。

己巳初二日(10 月 15 日) 晴。书贾复以汲古阁刻明孙大雅《沧螺集》六卷，金惟骏渔书楼刻黄陶庵评点《李长吉集》四卷，《外集》一卷，张宗松刻《李壁笺注王荆文公诗》五十卷来售。《沧螺集》字大而方整，与毛刻他书绝异，卷首有“明善堂”“安乐堂”“宣城李氏□硎石室藏书”三印，皆长方朱文，第二册卷三有“宛陵李士郇藏书”狭长印[②]，黄绫书衣，尚是礼邸旧装。《长吉集》丹笔评点，淋漓满卷，书法亦绝工，惜未署名，亦无印识，不知出谁人手。《荆公诗》丹墨两校，丹书极精，围亦工致，未署名，墨笔署曰沈钦韩为许凫舟评点本，皆是正李注之讹，非论诗也。卷首有“宁国县儒学记”官印，又有“织帘藏书”白文，“有此庐图书”朱文两方印，凡六册，每册首并同。又有“文起手校”白文方印，在首册下方。以上三书虽非古籍，亦堪珍重，固与议价，并昨所看倦圃钞书，以洋银十六饼收之。得子湘信。

庚午初三日(10 月 16 日) 阴。

辛未初四日(10 月 17 日) 阴，早微雨，旋止。陈云裳来。斐卿完姻，偕芝庭辞往上海女宅同里施氏。

---

① “洁”，稿本作“鉴”，据陈乃乾校录《弓斋日记抄》及曹溶字洁躬改。

② 按，“宣城李氏□硎石室藏书”，稿本有空字，据台湾图书馆《历代法帖释文考异》上钤印，空字当作“瞿”字；“宛陵李士郇藏书”之“士”字，当作“之”字。

壬申初五日(10月18日) 晴。晡时,携鲁卿访藕,未有开者。还过玄妙观啜茗,遇林笃甫。购得粉皮地套蓝烟壶一,上刻朵兰九,颇精妙。

癸酉初六日(10月19日) 晴。寄包滇生子庄之子唁信,并奠分四元。又还书价二十元。又寄悦卿信,托送沈宅素幛。得培之朔日来书,即覆。

甲戌初七日(10月20日) 晴。同乡骨董客费□□以古铜器来观,皆小品,而赝者居多。有商父已爵颇佳。又有汉刘氏镜亦真,其铭即"厶氏作竟四夷服"四句,而"五谷"下夺"熟"字,"长保二亲"下夺"得天力"三字。或疑其伪,愚以为不然,此四语殆汉人作竟之通用,庸工不谙文义,往往夺误。予所见似此者多矣,皆是汉器。若伪造,则唯恐其不肖,转无此讹矣。

乙亥初八日(10月21日) 晴。日仄,至观前一步,购得玉带版一块,玉色及琢手均未佳,然确是宋物,作镶嵌用,究胜于新者也。得厚庵河南书。日方中,忽得云南电信,累累六十余字,不知何人所发,旋译之,乃周道甫奉讳,欲留滇当差,属为转恳高峰也。索回电而不言住处,我其奈之何哉!

丙子初九日(10月22日) 晴。日仄,携鲁卿至逍遥楼啜茗,聊取登高之意。得悦卿并酥糖柿子。

丁丑初十日(10月23日) 晴。章□□来,言沈古愚之谬,使人且怒且笑。周道甫又有电来问,以不知住处,无从电覆覆之。阅《吴门补乘》人物门一条,云木渎张思聪抚古帖自名"凤皇翻身",因摘此四字,自作白文小印,并记其事于印侧。前记刘氏镜,李观察物也,以番银二饼购之。

戊寅十一日(10月24日) 晴。李润观以铜器来售,云是香炉。余观之殆牺尊类也。竖耳长尾,其形若羸而四足甚短,不知何物,以其无款识,还之。得吴道甫信。读《吴门补乘》,有与见闻足相印证者,因录于此:

章华字心朴，山阴人，诸生。入赀，雍正七年知苏州，为治精勤廉干，发奸擿伏如神。事有不可，持之甚力。时奉诏清查康熙五十一年以来江苏负课一千二百余万，巡抚督责急，逮捕比校无虚日。华固请宽之，巡抚怒曰："汝逆旨耶?"对曰："华非逆旨，乃遵旨也。皇上知有积欠，不命严追，命清查者，正欲清其来历，查其委曲。或在官，或在役，或在民，或应征，或不应征，使了然分晓，然后奏请以候圣裁。此诏书意也。今奉行者绝不顾名思义，徒以十五年积欠，汲汲焉求完纳于一时，是暴征，非清查也。"曰："汝欲云何?"曰："限华三月，当部居别白，分牒以报。"巡抚从其请，乃量释狱系者千余人。次第造册，呈请转奏。未几，世宗闻江南清查不善，下诏严饬，如华言。巡抚尝访僧与民妇奸，制一枷，两人荷以徇。华闻，即破枷出之，而诣巡抚曰："犯奸者枷，律也。两人共荷之，非政体也。且薄罪非尊官所宜闻，今纵之矣。"巡抚谢之，而心弗悦。九年，引见去。《小仓山房集》《学福斋集》，童岳荐述。

己卯十二日(10 月 25 日) 晴。徐阿宝以铜镜来售，铭曰："见日之光，天下大明。千秋万岁，长乐未央。"按，此铭亦习见，余曾畜大小数枚，但字体正方，在篆隶之间。兹则纯用小篆笔势，近李阳冰，已开唐宋风气。且"天"讹"夫"，"大"又类"天"，"秋"上更夺"千"字。古人铸金，必不草率，疑是李唐以来庸工所造，特质地至佳，遍身青绿，其露地处纯是水银沁，亦可取也。

庚辰十三日(10 月 26 日) 晴。日仄，至观前一步。皂儿从恽卞坤假得任文台辑谢承等《后汉书》及张璠《汉记》，予久闻此书，购之不得。今读此，前有崔国榜序及赵益甫署检，是刻于江西也。不知版藏谁氏，容细访之。

辛巳十四日(10 月 27 日) 晴。吴广莽来。以任辑本校《北堂书钞》，中多有未载者，细读之，始知其所引《书钞》盖陈禹谟本也。凡《书钞》引书错误不可读者，禹谟辄以他书乱之。今此本之所无者，适当其处，非陈本而何？崔序言出于潜采堂所藏《大唐类要》，直欺人之谈耳。

壬午十五日(10月28日) 晴。得胡受之信,并本年官利洋九百十元,由协顺庄送来,即付以收条。按,潜采所藏《书钞》,名《古唐类范》,先在周香岩家,黄荛圃有跋。严铁桥暨先文僖公所引入《说文考异》者,皆此书,不知何时流转入粤。予在粤时,曾有人持以求售,索直七百金,居为奇货,竟买不成。闻此书今归孔氏,此余所目睹者,至名《大唐类要》者,江浙有数本,一顾氏艺海楼所藏,今归丁雨生中丞,曾为予钞得副本;一出何梦华家,闻严先生手校其上,先流转入周季贶手,今在蒋香生处,深藏不肯示人,即崔序所谓入闽者是也。然严校实只后六十卷,《四录堂题跋》详之甚详。蒋藏本不知如何。现严氏尚藏有一本,亦云铁桥手校。予前年购《说文翼》时,其家曾允归余,后为沈穀塍就中攫取,许以三数百金重价,遂匿而不出,惜哉。皂儿尝从同里丁布衣处借得严校刊本十卷,即为胡观察所经营,已校六十卷中之十卷,不知当时是否只刻此十卷,抑六十卷全刊,只存此十卷?无从考究,要之,此是真正严校,其余皆未可信耳。

检旧计簿,得广东票号开来各省平砝轻重数目,漫录于此:

广东九九七平比京二两平,每百两大六两三钱三分;

京市平每百两大四两三钱三分;

公议平每百两大三两七钱三分;

比汉口漕平每百两大二两五钱三分;

汉口九八五平,每百两大四两;

比苏州漕平每百两大二两〇九分;

上海苏漕平每百两大二两二钱九分;

成都省平每百两大三两九钱三分;

上海豆规银壹百两归上海漕平足银九十三两一钱五分,归广东九九七平足银九十一两〇弍分。

癸未十六日(10月29日) 晴,天久不雨,河水尽涸。饭后,至考棚前一步。旧书稀若星凤,购得明北监板《晋纪》《隋书》,又《才调集》各一部,其直番银五饼又四角。

甲申十七日(10 月 30 日) 晴。《隋书》破弊,不能收拾,还之。饭后,出门访藾,竟无佳品。还过三万昌,啜茗而归,穆子美从。

乙酉十八日(10 月 31 日) 晴,大风寒。杨鹿亭来。邵贾以何义门批《汉书》《三国志》来,潘氏物也,而诡云乡间来,殆与侯佗合辙矣。山东骨董客来,言李远辰以颂鼎两敦三爵售伊,系一剃发人引进,与其家仆作交易,说明不令本城人知,外费加一云云。闻之不禁浩叹,使人购物之念顿灰。

丙戌十九日(11 月 1 日) 晴。购得红梅小卷,高四寸弱,长一尺八寸,款曰"道光甲午小春申林女子董姝",后有东郙老许伯坚题云:"燕园先生以凤白令嫒小酉周晬,属其闺人写红梅弓子致贺,凤白以示东郙,因系二十字:官阁吟梅候,清闺点笔妍。一枝嗛雪艳,高士晬盘边。"再后有蒋因培及瞿毓秀、黄均、黄鞠、□仪祖五诗。又杨文荪、蒋賔、陈中、女子陈袁瑛、蒋敦复观款。皆道咸时人,至同治己巳,江山刘泖生得于虎丘骨董家,潘麐生为题二绝,石渠莫友芝复题名于后,卷首"眉寿期颐"四字,则平翰樾峰笔也。虽小品,而一时名士略见于此,亦可珍也。又旧玉勒子二,亦真物,特盘出不易耳。

丁亥二十日(11 月 2 日) 晴。晡时至考棚前一步,购得箭镞一,长□,腊广三分,中有棱,棱之左文一,曰"右",小篆,极精,是汉物也。古者射为六艺之一,故弓矢人皆有之,不必定为克敌之用。兹文之"右",当是左右军之识,为军中利器,而非士大夫所佩服者矣。按阮文达《商周兵器说》云,郑注《考工记》,古矢镞长二寸,近人得古长平铜箭镞,与之合。汉去古未远,故其制亦大略相同。自来金石家著录古兵器,罕有及箭镞者,殆以其无文字也。兹镞明明有字,而积古斋所收仅有汉弩机及戈、剑、刀,亦不及此,是此铭为文达所未见,虽汉器,亦足珍矣。又近世所传古剑珌,皆玉质而无文字,余今年曾得一铜珌,上有"龙虎"二籀文,亦金石家所未箸录者,当就博物君子一考其源流也。又安邑二釿币,一刀币,一□□。又吴三桂昭武通宝钱一,篆文,背有"一分"二字,亦篆文,极精好。僭窃之徒,而制作如此,宜其为患之剧也。又玉印一，文曰“长宜子孙”，虽非古物，而文字完善，亦非时手所能办。又齐武平九年马天祥造像拓文一，隶书，阳文，云是陕西新出土者，真伪难辨，即真亦不及始平公多矣。

戊子二十一日(11 月 3 日) 晴。购得《汉文鉴》四十卷，东汉目录脱卷之二十字。石壁野人陈鉴编，此四库未收书，见张月霄《藏书记》，亦秘笈也。又元遗山《续夷坚志》四卷，大梁书院刊本，软体字，极精，惜序跋失去，不知何年何人所刊。又卷一缺弟七叶，卷二缺三四五六七叶，共五叶，当访诸藏书家，补抄以成全璧焉。

己丑二十二日(11 月 4 日) 晴，薄阴。东贾以铜印来售，以赝物也，就其中检得二十三方，尚是真品，特不甚精耳，以白银十五两五钱有奇收之。合每方一元。

庚寅二十三日(11 月 5 日) 早阴，旋晴。日晡，携鲁卿至考棚前一步。购得段茂堂《读碑小录》手稿一册，书只八叶，而自汉至宋并有论说，大抵言篆隶增减笔意。似是随笔记录，滥觞之始，非成书也。宋只三条，非隶书，故无论说。又《冷斋夜话》十卷，明人刻本，有丹笔校语，署名孙星衍，字迹颇似而文不雅驯，恐非渊翁笔，又为俗子以伪印钤之，益增其恶，以同段稿合售，故并收之。又购得白玉带版一，较前所收玉色颇纯，惜微有损耳。

辛卯二十四日(11 月 6 日) 晴。得汪锦标致芝庭书，云黼卿患病，欲至苏就医。维时日正加酉，方与内子言之，而黼卿已到。询典中，有起色，甚慰。

壬辰二十五日(11 月 7 日) 晴。禺中，芝庭自沪来，云熊儿于八月廿五日生一子，竟无一字来告，可异也。皂儿以二元购得明朱西亭《中州人物志》及《周易易简》《尚书说》三种，可谓廉矣。近来不知谁氏书本散出，颇有善本，而售者不知，一入书贾之手，便成奇货，而本家所得仍属无几。昨所得《汉文鉴》亦其一也，可慨也。夫天不雨久矣，花木枯渴可怜，督阿虎薅除芜秽，即灌溉之。

癸巳二十六日(11 月 8 日) 甘霖渥霈，竟昼夜未已，四野沾足，庆幸何如。杨绶臣同年解京饷回，来谈。

甲午二十七日(11月9日)　阴雨。芝庭、黼卿回典。

乙未二十八日(11月10日)　阴，午后晴。

丙申二十九日(11月11日)　阴，寒甚。培之久无信，发电报询之。

十　月

丁酉朔(11月12日)　薄晴。感冒，体不适。闽省竟无回电，疑虑之至。正彷徨间，而培之信到酉刻来，已于二十三日自闽起程，廿五日抵沪，欣慰不可言喻。所可恨者，理之尚在闽省，竟不发回电，而培之上海之信尚是廿七日辰刻所写，又为其本家延阁二日，使人焦急万分矣。为二女致黄幼澜夫人书，而黄信亦至。

附　录

咸丰十一年后

王公百官服色：

一、百日内，恭遇祭天坛、地坛、太庙、社稷坛，遣官恭代承祭，执事各官均朝服。祭时，作乐行礼。斋戒日，素服，冠缀缨。大祭礼以前，百官不陪祀。百日外，二十七月内，恭遇亲诣行礼，或遣官行礼，斋戒日，各官俱常服，挂朝珠。恭遇阅视祝版，百官穿补褂。至驾诣天坛斋宫，是日，早阅视祝版及前期省牲视牲，各官俱穿蟒袍补褂。祭日，咸朝服。

一、百日内，凡遇中祀、群祀，遣官致祭承祭，执事各官俱素服行礼，百官不陪祀。祭日，乐设而不作。百日外，二十七月内，斋戒日常服，祭日朝服，作乐。

一、百日外，宫内初次祭神，承办执事人员俱蟒袍补褂。二十七月内，俱穿补褂。

一、二十七月内，元旦，随驾诣堂子，王公大臣官员俱穿朝服。

一、王公文武大臣官员，大祭礼后百日内，穿青长袍褂，冠缀缨，夏季戴两缨帽，至大行皇帝几筵前，仍摘缨，其应穿百日孝之王大臣官员人等，仍服缟素，至百日外、二十七月内，王公文武大臣官员均服青褂蓝袍，夏季戴纬帽。遇朔望，穿常服，不挂朝珠。至大行皇帝几筵前及山陵前，俱服青长袍褂，冠摘缨。

一、奉移梓宫至山陵，随从人员在途穿青长袍褂，冠摘缨，礼成后，回京时，仍穿青长袍褂，冠缀缨。

一、百日外，二十七月内，恭谒山陵，随从人员在途次，穿行衣。谒各陵日，随从人员穿青长袍褂，冠缀缨。遇驾谒孝德皇后几筵前时，随从人员穿青长袍褂，冠摘缨。

一、万寿圣节正日，王公大臣官员，俱穿蟒袍补褂，挂朝珠。其前三日、后三日，俱常服，挂朝珠。万寿日，几筵前上祭时，执事官仍摘冠缨。

一、百日外，遇元旦日，王公百官俱穿蟒袍补褂，挂朝珠。其前三日、后三日，俱常服，挂朝珠。忌辰日，仍素服，于初五日补穿常服，挂朝珠一日。

一、百日外，二十七月内，遇常朝坐班及封开印信日，届时俱穿补褂，挂朝珠。

一、大祭礼后，百日内，引见官员俱穿青长袍褂。百日外，穿青褂蓝袍。遇朔望，常服，不挂朝珠。

一、百日内，雨衣雨帽毡褂，不论品级，均用青色。百日外，帽套各按品级，雨衣毡褂，仍用青色。

一、外省在京各员赴天安门谢恩，俱穿常服。如遇乡试、会试之年，停止筵宴。内外帘各员谢恩，穿常服，挂朝珠。

一、二十七月内，各衙门封开印信、告条，仍旧粘贴。其王公大臣百官官衔封条，百日后粘贴。对联、门神，至二十七月后张挂。

沈古愚。金午亭。石庶革。徐听香。吴子登。行七，嘉善。

孙云石。龙汝翼。星伯，湘乡人，壬子、乙卯解元。王开运。纫秋，湘潭人，孝廉。辛酉九月刘子迎处同席。

湘南簪集：

黄南坡观察，冕。按察司衔，江西即补道。何子贞太史。绍基。胡恕堂中丞。兴仁,乙酉年伯。徐云渠员外。棻。李仲云观察。概,运使衔,即选道,乙酉、癸卯。李茂斋。逢春,权长沙守。魏镜如。式曾,长沙令,庚子。蔡省吾。式钰,善化令,癸卯。俞石年。凤翰,权衡山令。孙兰士。薰,候补令,湖同乡。杨筱恬。泰来,浦市倅,同乡。刘子迎。达善。宋小崖。玉璐,权醴陵令,乙酉世兄。方臻大。号仰昕,候补守,子箴前辈之子。雷丹铭。敦。黄□□。冯□□。孙春皋。翘泽,权武陵。祥吉人。庆,常德协。陈竹伯中丞。启迈,乙酉年伯。戴荇泉。庚。桂笙。维椆。廷芳宇。桂,权澧州牧,乙酉世兄,癸卯同年。沈晴岩。庆曦。霁岩。庆暄。蔡静生。安。葛容川。余我如。鹗,辛酉拔。子澄。长清,候。倪向仁。显志,安徽首事。薛巨川。济,浙江首事。周少溪。德昌,江苏首事。徐杏泉。炳垣。梅蒻浦。盖南。杨性农。彝珍。吴莱庭。经采,广东同知。蒋云帆。知府。蒋辑五。锡瑞,兵部员外。张尧民。允熙,吏郎。王开运。春波。林菽皋。光崇。程来之。镐。吴云门。曜。许清渠。林麓樵。光霁。周舜农。宝典。周瀛舫。宾。黄星垣。南斗。唐石桥。滋棣。

同治十三年后

余扫轨林间,不知衰老。节物迁变,花鸟泉石,领会无余。每适意时,相羊小圃,殆觉风景与人为一。闲引客携觞,或幅巾曳杖,啸歌往来,澹然忘归。因排比十有二月燕集次序,名之曰“四并集”。非有他故,当力行之。昔贤有云:不为俗情所染,方能说法为人。盖光明藏中,孰非游戏?若心常清净,离诸取著,于有差别境中,而能常入无差别定,则淫坊酒肆,遍历道场;鼓乐音声,皆谈般若。倘情知物隔,境逐源移,如鸟黏黐,动伤躯命,又乌知所谓说法度人者哉。圣朝中兴七十余载,故家流风,沦落几尽。有闻[①]前辈典型,识南湖之清狂者,必长哦曰:“人生不满百,常怀千载忧。昼短苦夜长,何不秉烛

① “闻”,稿本作“开”,按此段节录自周密《武林旧事》卷十,据改。

游。”一旦相逢，不为生客。嘉泰元年岁辛酉十有二月，约斋居士书。

正月：岁节家宴，立春日春盘，人日煎饼会，玉照堂赏梅，天街观灯，诸馆赏灯，丛奎阁山茶，湖山寻梅，揽月桥看新柳，安闲堂扫雪。

二月：现乐堂瑞香，社日社节，玉照堂西湘梅、堂东红梅，南湖挑菜，餐霞轩樱桃花，杏花庄杏花，群仙绘幅楼前打球，南湖泛舟，马塍看花。

三月：生朝家宴，寒食郊游，苍寒堂西绯碧桃，满霜亭北棠棣，碧宇观笋，芳草亭观草，斗春堂牡丹芍药，宜雨亭千叶海棠，艳香馆林檎，宜雨亭北黄蔷薇，花院赏煮酒，经寮斗茶。

四月：初八日亦庵早斋，南湖放生、食糕糜，芳草亭斗草，芙蓉池新荷，蕊珠洞荼蘼，玉照堂青梅，艳香馆长春花，安闲堂紫笑，群仙绘幅楼前玫瑰，餐霞轩樱桃，南湖杂花，鸥渚亭五色莺粟花。

五月：清夏堂观鱼，听莺亭摘瓜，安闲堂解粽，烟波观看芦，夏至日鹅脔，南湖萱花，水北书院采蘋，鸥渚亭五色蜀葵，清夏堂杨梅，丛奎阁前榴花，摘星轩枇杷。

六月：现乐堂南白酒，苍寒堂后碧莲，碧宇竹林避暑，芙蓉池赏荷花，约斋夏菊。

七月：丛奎阁前乞巧，餐霞轩五色凤仙花，立秋日秋叶，玉照堂玉簪，应弦斋东葡萄，霞川水荭，珍林剥枣。

八月：湖山寻桂，社日糕会，霞川野菊，浙江观潮，群仙绘幅楼观月，杏花庄鸡冠黄葵。

九月：重九登城把萸，把菊亭采菊，苏堤看芙蓉，景泉轩金橘，芙蓉池三色拒霜，杏花庄篘新酒。

十月：现乐堂暖炉，满霜亭蜜橘，烟波馆买市，杏花庄挑荠，诗禅堂试香。

十一月：摘星轩枇杷花，冬至节馄饨，苍寒堂水仙，群仙绘幅楼观雪。

十二月：绮互亭檀香蜡梅，天街阅市，安闲堂试灯，花院兰花，二十四夜饧果食，玉照堂看早梅，除夜守岁。

张镃功甫，号约斋，循忠烈王诸孙。《宋稗类钞》。

十一月十九日。寄蒋迪甫信一函，银一百九十八两四钱。李泌园寄来二百滇平，合京平除兑费得此数。又寄沈仲复信，并浣花绢、宁绸、书籍等，托吴心宇。

又廿日寄石鹿苹信并浣花绢袍料一、虾须帘二、巴缎袄料二、面盆四，洋四。托吴竹君。

寿硕寄徐椿寿信一封，兆平纹银四百两，寄黔省福德街总办善后局文案委员留黔即补县正堂徐锡苐。

镇台托致书各处：合州、铜梁、綦江、永川、荣昌、长寿。原单十二月初六交李听斋。

举人吴金镛请以知县分发省分归军功班补用。五月廿八日托子权。

徐椿寿寄寿硕信一、执照一、实收一、咨文十一，送省城西御河沿交成都府谳局刑席。八月廿七日黔省寄，九月初十日寄省，交巴县差。

寿硕覆椿寿信一、箱一、空箱一、篾包一，寄贵州省城福德街留黔补同知县徐公馆。九月廿四日成都发，十月廿三日托黔局解饷便信同执照实收。

十一月十二日。托候补守李荫堂春培，南昌人，送眷回籍带许星叔学使寄存各物。又送浣花绢、书帖等共箱一只、信一函。

光绪元年后

《国朝经师经义目录》　　甘泉江藩纂

《易》

《易图明辨》十卷。胡渭。《易说》六卷。惠士奇。《周易述》廿三卷、《易汉学》八卷、《易例》二卷、《周易本义辨证》五卷。惠定宇。《易述赞》二卷。洪榜。《周易虞氏义》九卷、《虞氏消息》二卷。张惠言。《易音》三卷。顾炎武。

《书》

《古文尚书疏证》八卷。阎若璩。《禹贡锥指》廿卷。《图》一卷。胡渭。《古文尚书考》二卷。惠定宇。《尚书考辨》四卷。宋鉴。《尚书后案》卅卷。王鸣盛。《尚书集注音疏》十二卷、《尚书经师系表》一卷。江艮庭。

《诗》

《诗说》三卷。惠周惕。《毛郑诗考正》四卷。戴震。《诗本音》十卷。顾炎武。《诗音表》一卷。钱坫。

《礼》

《周官禄田考》三卷。沈彤。《禘祫说》二卷。惠定宇。《周礼疑义举要》七卷。江永。《考工记图》二卷。戴震。《弁服释例》十卷。任大椿。《车制考》一卷。钱坫。

《仪礼郑注句读》十七卷、《监本正误》一卷、《石经正误》一卷。张尔岐。《仪礼小疏》一卷。沈彤。《仪礼释宫谱增注》一卷。江永。《仪礼管见》四卷。褚寅亮。《仪礼正讹》十七卷。金曰追。《仪礼图》六卷。张惠言。《礼经释例》十三卷。凌廷堪。

《深衣考》一卷。黄宗羲。《明堂大道录》八卷。惠定宇。《礼记训纂释言》八卷、《深衣考误》一卷。江永。《深衣释例》三卷。任大椿。

附三礼总义

《礼说》十四卷。惠士奇。《礼经纲目》八十五卷。江永。《礼笺》十卷。金榜。

《春秋》

《左传杜解补正》三卷。顾炎武。《左传事纬》十二卷、《附录》八卷。马骕。《春秋长历》十卷、《春秋世族谱》一卷。陈厚耀。《左传补注》六卷。惠定宇。《春秋左传小疏》一卷。沈彤。《春秋地理考实》四卷。江永。

附三传总义

《春秋说》十五卷。惠士奇。

《论语》《四书》

《四书释地》一卷、《四书释地续》一卷、《四书释地又续》二卷、《四书释地三续》二卷、《四书释地余论》一卷。阎若璩。《乡党图考》十卷。江永。《孟子字义疏证》三卷。戴震。《论语后录》五卷。钱坫。《论语骈枝》一卷。刘台拱。[1]

附经总义

《九经误字》一卷。顾炎武。《九经古义》十六卷。惠定宇。《孝经补义》五卷。江永。《经义杂记》卅卷。臧琳。《古经解钩沉》卅卷。余古农。《经读考异义证》八卷。武亿。《经传小记》三卷。刘台拱。[2]

《尔雅》小学

《尔雅正义》廿卷。邵晋涵。《方言疏证》十三卷。戴震。《释名疏证》八卷、《释名补遗》一卷、《续释名》一卷。江艮庭。《小学钩沉》廿卷、《字林考逸》八卷。任大椿。《说文解字义证》五十卷。桂馥。《别

---

① 此条天头，有批注："《论语骈枝》，查《刘氏遗书》有。"

② 此条天头，有批注："《刘氏遗书》只《论语骈枝》一种。《经传小记》，查《刘氏遗书》无。"

雅》五卷。吴玉搢。

附音韵

《音论》三卷、《唐韵正》廿卷、《古音表》二卷、《韵补正》一卷。顾炎武。《古韵标准》四卷、《四声切韵表》四卷、《音学辨微》一卷。江永。《声韵考》四卷、《声类表》十卷。戴震。《四声均和表》五卷、《示儿切语》一卷。洪榜。

《乐》

《律吕新论》二卷、《律吕阐微》十卷。江永。《律吕考文》六卷。钱塘。《燕乐考原》六卷。凌廷堪。[①]

《说文解字》

祚福也。臣铉等曰：凡祭必受胙，胙即福也。此字后人所加。琁琼或从旋省。今与璿同。瑱以玉充耳也。今充耳字更从玉旁充，非是。○一上。

每案《左传》"原田每每"，今别作莓，非是。蘄江夏有蘄春亭。案，《说文》无靳字，他字书亦无。此篇下有菥字，注云："江夏平春亭名。"疑相承误重出一字。蔽案，《说文》无敝字，当是黻字之省，而声不相近，未详。莜《论语》曰"以杖荷莜"，今作筱。苣今俗别作炬，非是。荼此即今之茶字。草草，斗栎实也，一曰象斗子。今俗以此为艸木之艸，别作皂字，为黑色之皂。案，栎实可以染帛为黑色，故曰草。通用为草栈字，俗书皂或从白从十，或从白从七，皆无意义，无以下笔。荀新附。今人姓荀字，本郇侯之后，宜用郇字。藏新附。案，《汉书》通用臧字，从艸，后人所加。○一下。

---

① 此条天头，有批注："《燕乐考》，查《校礼堂文集》无。"

嘲新附。《汉书》通用嘲。赴《春秋传》“赴告”用此字，今俗作讣，非是。趮今俗别作躁，非是。〇二上。

逮及也，或作迨。遐新附。或通用假字。逍逍遥，犹翱翔也。案，《诗》只用消摇，此二字，《字林》所加。篪《说文》无佐字，此字当从虒，传写之误。龄新附。案，《礼记》“梦帝与我九龄”，疑通用灵，武王初闻九龄之语，不达其义，乃云西方有九国。若当时有此龄字，则武王岂不达也？盖后人所加。蹇案，《易》“王臣蹇蹇”，今俗作謇，非。蹉新附。蹉跎，失时也。案，经史通用差池，此亦后人所加。蹙新附。案，李善《文选注》通蹴字。〇二下。

韵裴光远云：“古与均同。”未知其审。〇三上。

鬻今俗粥作粥。鬻今俗作𤍠，别作炒，非是。右今俗别作佑。〇三下。

瞑今俗别作眠，非是。睉案，《尚书》“元首丛睉哉”，丛睉，犹细碎也，今从肉，非是。瞚今俗别作瞬，非是。雅今俗别作鸦，非是。鴐今俗别作鸢，非是。〇四上。

骿并胁也。骿胝字同，今别作胼，非。胙今俗别作祚，非是。剽今俗作锷，非是。创今俗别作疮，非是。〇四下。

簃新附。阁边小屋也。《说文》通用誃。笏新附。案，籀文作回，此字后人所加。左今俗别作佐。替今俗有沓字，盖替之讹。哥古文以为謌字。𧯄𩞈也。《说文》无𩞈字，从幾从气，义无所取，当是讫字之误。盫今俗别作罯，非是。主今俗别作炷，非是。〇五上。

韘今俗作韘，非是。〇五下。

檆今俗作杉，非是。柴师行野次，竖散木为区落，名曰柴篱。后人语讹，转入去声，又别作寨字，非是。榦今别作幹，非是。樘今俗别作樟，非是。檐今俗作簷，非是。枱今俗作耜。幮今别作幌，非是。杖今俗别作仗，非是。榜今俗作牓，非。橃今俗别作筏，非是。櫂《史记》通用濯。○六上。

贻新附。经典通用诒。郭今俗作渤，非是。鄲今作谭，非是。○六下。

佰今俗别作臰，非是。昇古只用升。姓今俗别作晴，非是。夙今俗书作夙，讹。稳安也，古通用安隐。○七上。

瘗一曰族絫，今别作瘯蠡者，非是。疢今俗别作疢，非是。瘉病瘳也，今别作愈，非是。韨篆文市，今俗作绂，非是。○七下。

佩今俗别作珮，非是。彬古文份，今俗作斌，非是。佗案，《史记》："匈奴奇畜有橐佗。"今俗讹误，谓之骆驼，非是。何儋何，即负何也，借为谁何之何。今俗别作擔荷，非是。伏司也，司今人作伺。虚今俗别作墟，非是。袌今俗作袍，非是。褚緃也，緃即襁也。今俗别作褓，非是。裵案，《汉书》"裵回"用此，今俗作徘徊，非是。屡新附。案，今之娄字本是屡空字，此字后人所加。○八上。

艅新附。经典通用余皇。斻今俗别作航，非是。旡今变隶作旡。倞今俗隶书作亮。○八下。

頟今俗作额。頫今俗作俯，非是。预新附。案，经典通用豫，从页，未详。县此本是县挂之县，借为州县之县，今俗加心，别作悬，义无所取。须此本须鬓之须，借为所须之须，俗书从水，非是。顧今俗别作髭，非是。顮今俗别作髯，非是。鬀今俗别作剃，非是。髻新附。古通用结。鬟案，古妇人首饰，琢玉为两环，此二字皆后人所加。厀今俗作膝，非是。匊今俗作掬，非是。○九上。

隓案，隓与墒同。峙今俗别作峥，非是。嵩古通用崇字。崑崑崙，山名，通用昆侖。嵇新附，奚氏避难特造此字，非古。府今藏腑字，俗书从肉，非是。廖今别作寥，非是。确今俗作確，非是。砺新附，经典通用厉。而今俗别作髵，非是。豪今俗别作毫，非是。○九下。

冯经典通用为依冯之冯，今别作凴，非是。颿舟船之颿，本用此字，今别作帆，非是。駃今俗与快同用。然今俗别作燃，盖后人增加。尉①今俗别作熨，非是。𤇾今俗别作燼，非是。○十上。

亦今别作腋，非是。奓奢籀文，今俗作陟加切，以为奓厚之奓，非是。㬱今俗作替，非是。忼今俗别作慷，非是。窸今俗作恪。愒今别作憩，非是。怿新附。经典通用释。○十下。

沱沱沼之沱，通用此字，今别作池，非是。沾一曰沾益也，今别作添，非是。沎今作汴，非是。淖水朝宗于海，从水朝省，隶书不省。滂今俗别作霶，非是。涟澜或从连，今俗音力延切。澂今俗作澄，非是。汻今作浒，非是。沈今俗别作沉，冗不成字，非是。泰本音他达切，今《左氏传》作汏辅，非是。○十一上。

頻今俗别作水濱，非是。州今俗别作洲，非是。原今别作源，非是。冰今作笔陵切，以为冰冻之冰。凝俗冰从疑。震劈历震物者，今俗别作霹雳，非是。霩今别作廓，非是。霿今俗从務。鮏今俗作鯹。○十一下。

闵今别作悯，非是。闃《易》“闃其无人”，义当只用狊字。戺古文熙，今俗作床史切，以为阶戺之戺。攫今俗别作掬，非是。抱捊或从包，今作薄报切，以

---

① 此条天头，有批注：“熨。”

为褒裦字，非是。掔今别作慳，非是。撜拼或从登，今俗别作拯，非是。捼今俗作挼，非是。摵今别作撼，非是。捲气势也。《国语》曰："有捲勇。"一曰捲，收也。今俗作居转切，以为捲舒之捲。杭抗或从木，今俗作胡郎切。掠新附。《唐韵》或作擽。抛新附。《左氏传》通用摽，《诗》："摽有梅。"摽，落也。义亦同。○十二上。

嫷南楚之外谓好曰嫷，今俗省作媠，《唐韵》作妥，非是。媻今俗作婆，非是。嫩今俗作嫩，非是。或邦也，于逼切，今俗作胡国切，以为疑或不定之意。域或又从土，今无复或音。戉今俗别作钺，非是。琶新附。琵琶也，义当用枇杷。瓫今俗别作椀，非是。弦今别作絃，非是。繇今俗从䍃。○十二下。

赓古文续，今俗作古行切。緫今俗作捴，非是。纆今俗别作绳，非是。绁今俗别作毬，非是。紞今俗别作髡，非是。綵今俗作褓，非是。丱卝，古磺字。蟦今俗作蚉，非是。蠪今俗作蟀，非是。蜨今俗作蝶，非是。蝥盤蝥也。今俗作蟊，非是。蟊即蠿蟊，蜘蛛之别名也。蚣蜙蝑，以股鸣者。蜙，或省。今俗作古红切，以为蜈蚣虫名。蠠今俗作蛃，或作蠯，非是。蝈蜮又从国。今俗作古获切，以为虾蟆之别名。蛃蜩蛃也。今俗别作魍魉，非是。蝯今俗别作猨，非是。○十三上。

蛇它，或从虫。今俗作食遮切。鼂今俗作晁。境新附。经典通用竟。坊古通用堕。暘不生也。借为通暘之暘。今俗别作暢，非是。劖今俗作撤，非是。券今俗作倦，义同。勢新附。经典通用埶。○十三下。

鑯今俗作尖，非是。鐙今俗别作燈，非是。鑪今俗别作爐，非是。鍼今俗作針，非是。钺车銮声也。《诗》曰："銮声钺钺。"今俗作鐬，以钺作斧戉之戉，非是。鐊今经典作鍚。钞今俗别作抄。鎦徐锴曰：疑此即刘字也。钗新附。本只作叉，此字后人所加。斲今俗别作鏨，非是。軶今俗别作蹤，非是。辙新附。本通用徹，后人所加。𠂤今俗作堆。○十四上。

陝今俗从山，非是。隝今俗作崎嶇，非是。隆今俗作隳，非是。墒篆文。陊今俗作堕，非是。阬今俗作坑，非是。醋客酌主人也。在各切。今俗作仓故切。醶酢浆也。今俗作酽，非是。酢醶也。仓故切。今俗作在各切。醒新附。古醒，亦音醒也。尊今俗以尊作尊卑之尊。别作罇。非是。〇十四下。

光绪十五年后

正月

二月

三月廿八，六鹿。乙酉。

四月十六，仪宝。庚申。十七，培之。辛酉。

五月

六月十五，太太。甲申。廿四，湘保。己未。

七月廿二，二鹿。辛巳。

八月

九月初三，五鹿。甲申。廿二，颐保。己酉。

十月

十一月十一，八鹿。戊子。十六，大鹿。庚辰。

十二月初二，老爷。癸未。初五，四鹿。癸未。廿三，皂皂。丁巳。廿九，七鹿。丙戌。

盐公堂同人照戊子春祭知单录。

潘子乐、芝庭、丽生、晋笙、佑之、桐生、仲溪、伟如。本潘氏业，后陆续出售于人。

金秋苹、祝柳庄、叶筱珊、胡谨定甫、苏仰泉、卢廉风、张惠生、卢筱松、王耀庭、任寄鸥、陆介眉、刘味间、姚咫瞻。

戊子年苏城节气时刻较都城迟九分。

大建甲寅，癸丑朔。正月八日庚申午正初刻十一分雨水，廿三日乙亥巳正二刻七分惊蛰。

小建乙卯，癸未朔。二月八日庚寅午初三刻八分春分，廿三日乙巳申正一刻三分清明。

大建丙辰，壬子朔。三月九日庚申子初三刻十分谷雨，廿五日丙子巳正二刻五分立夏。

大建丁巳，壬午朔。四月十日辛卯子初三刻十四分小满，廿六日丁未申初二刻一分芒种。

小建戊午，壬子朔。五月十二日癸亥辰正一刻十四分夏至，廿八日己卯丑正初刻七分小暑。

大建己未，辛巳朔。六月十四日甲午戌初二刻三分大暑，三十日庚戌午初三刻九分立秋。

小建庚申，辛亥朔。七月十六日丙寅丑正一刻十二分处暑。

大建辛酉，庚辰朔。八月二日辛巳未正二刻白露。十七日丙申子初二刻七分秋分。

大建壬戌，己酉朔。九月四日壬子卯初二刻三分寒露，十九日丁卯辰正一刻一分霜降。

小建癸亥，己卯朔。十月四日壬午辰初三刻十分立冬，十九日丁酉寅正三刻十二分小雪。

大建甲子，戊申朔。十一月四日辛亥子初三刻十分大雪，十九日丙寅酉正二刻冬至。

小建乙丑，戊寅朔。十二月四日辛巳巳正一刻十三分小寒，十九日丙申寅初二刻十一分大寒。

《尔雅》：

甲阏逢，乙旃蒙，丙柔兆，丁强圉，戊著雍，己屠维，庚上章，辛重光，壬玄黓，癸昭阳。

子困敦，丑赤奋若，寅摄提格，卯单阏，辰执徐，巳大荒落，午敦牂，未协洽，申涒滩，酉作噩，戌阉茂，亥大渊献。

《史记·历书》：

焉逢，甲。端蒙，乙。端，《尔雅》作旃。游兆，丙。《尔雅》作柔兆，徐广作游桃。彊梧，丁。徒维，戊。祝犁，己。《尔雅》作屠维[1]。商横，庚。《尔雅》作上章。昭阳，辛。《尔雅》作重光。横艾，壬。《尔雅》作玄黓。尚章，癸。《尔雅》作昭阳。

困敦，子。赤奋若，丑。摄提格，寅。单阏，卯。一作亶安。执徐，辰。大芒落，巳。芒，一作荒。敦牂，午。汁洽，未。汁，一作协。涒滩，申。一作芮汉。作噩，酉。噩，一作鄂。淹茂，戌。淹，一作阉。大渊献，亥。

夜半，子。鸡鸣，丑。平旦，寅。日出，卯。食时，辰。禺中，巳。

日中，午。日仄，未。晡时，申。日入，酉。黄昏，戌。人定，亥。

建子为正，以夜半为朔。建丑为正，以鸡鸣为朔。建寅为正，以平旦为朔。正者，一岁之首。朔者，一日之首。

毕甲，橘乙，修丙，圉丁，厉戊，则己，窒庚，塞辛，终壬，极癸。月阳《尔雅》

陬正，如二，寎三，余四，皋五，且六，相七，壮八，玄九，阳十，辜十一，涂十二。月名《尔雅》

《史记·历书》“夜半朔旦冬至”，《索隐》曰：“以建子为正，故以夜半为朔。其至与朔同日，故云夜半朔旦冬至。若建寅为正，则以平旦为朔。”《历术甲子篇》

“历建作于孟春”，《索隐》曰：“《上元太初历》等，皆以建寅为正。”“次顺四时，卒于冬分时”，《索隐》曰：“言建历起孟春，尽季冬，冬尽之后，分为来春。”“鸡三号，卒明”，《索隐》曰：“言夜至鸡三鸣则天晓，乃始为正月一日。”“抚十二节，卒于丑”，《正义》曰：“自平明寅至鸡鸣

---

① “屠维”，稿本原作“著雍”，当为“徒维，戊”条漏书之笔误，据《尔雅》改。

丑，凡十二辰，辰尽丑，又至明朝寅，使一日一夜，故曰幽明。"《史记·历书第四》

鹄山钱庄名源丰润。

石来保字仲龢。

翁已兰住上海大马路集贤里。移寓后马路仁美里。

王夔石十月廿四日生辰，庚寅生。

造印信笺封在临顿路显子巷口润昌号作坊。

徐剑华表叔住扬州北柳巷龙背南首。

上海宝善街王大吉寄售四川保宁府穆复泰范记半夏曲，每两制钱二百文。戊子二月十二日正张。

朱福保，号辅廷，妙喜人，白榆先生之孙，现住宜兴东门东关桥南麦场。

徐敦瀛，号季海，住湖南省宝南局。五祖姑母之嗣孙。

朱少愚，住海盐城内西门大街通奉第。寄信由嘉兴南门大街大和典转递。

任秀山，森昌，盛京局坐庄，与子湘相好。

盐公堂同人

潘佑之、桐生、仲溪、伟如、子乐、英庭、丽生、晋笙、金秋苹、祝柳庄、叶筱珊、胡谨定甫、苏仰泉、卢廉风、张惠生、卢筱松、王耀庭、任老潜、陆介眉、刘味间、姚愢瞻。凡廿一家而附股者不列焉。照戊子五月知单录。

陈德兴窑货栈，在宜兴县城南大街城隍庙北首，掌柜号柏亭。

恽竹坡，住常州府城内周线巷。

刘文楠，住南京侯府防营报销局。

光绪十六年后

覆朱少虞借款书

顷奉环云，具悉壹是规元一千两，顷已由竹石兄交来，如数收到。此本借款，若不立券，不知者且疑弟借端生发，无以自明矣。来书情意真挚，感何可言。今拟以正款立券，而邀免子金，则盛情既已叨领，而弟心亦安，想执事当不责其冒昧也。弟拟于中秋后即行，尚拟回家度岁，不知能来得及否？谨呈手书借券一张，祈检收示覆手泐，祗请古安。

今借到少虞仁兄大人98规元壹千两，期至年底归还，言明情借，不起息，后欲有凭，立此存照。此据。

光绪十六年八月初五日立借券，姚彦侍。

华墅出官：徐世杰号讷庵，其先士佳拙庵。吏主小枢，又许午号晓初。

凌麐余寓上海四马路胡家宅鸿文书局。

朱少虞信，由嘉兴南门内大和典转寄。

吴子檙宝德，行九，子权堂弟。

吴道甫，云南转运局，在武昌芝麻岭。

赵竹君寓武昌大朝街。

云南文报局在上海铁马路宝顺里第一衖，有委员驻局，委员知州衔，分省前先补用知县，包家吉号鸿卿。

熊儿寓上海大东门外施家衖黄医室同寓。

徐龙伯住松江啸园。

培之暂寓福建省城西门街虎婆宫河沿五福巷口。

恽兰生住天津东门外扒头街。

吴硕卿住粤省正南街。

其他题跋

上海图书馆《弓斋日记》同治十三年前：

〔夹纸一张〕

《弓斋日记》

此盖归安姚觐元先生所书也。先生字彦侍，晚年寓萧家巷，在川东时曾刻《三韵》，在粤又刻《咫进斋丛书》。

寓苏日记中多宋元名画及荛圃题跋。

京友中多提仲复，乃沈秉成也。

杨寿祺记

周越然《言言斋藏书目》卷三“子部甲”：

姚弓斋彦侍手书日记。清道光十三年正月初一日至七月十四日，光绪四年全年、五年正月初一日至四月十三日、八年十一月二十三日至十二月三十日、九年正月初一日至六月初二日、十年全年、十三年全年、十五年正二两月、十六年四月十三日至十月朔日。

未刻稿本，所用之纸，尺寸行格逐年不同，丝栏之色，或红或蓝，亦不一律，共三全年，二十五个月，又四十余日。

瞿凤起《书〈弓斋日记钞〉稿本后》

此为归安姚觐元原稿，海宁陈乃乾校录，所记实为古籍经眼录，或系阅肆购藏，或从同好借钞，(渡)〔跋〕校兼录，所附诸家跋文各举其所长，可称美备。其尤珍者，如宋刻本《百川学海》、金刻本《蔡松年词》、元刻本《续颜氏家训》原考为宋刻，实系元刻、明弘治刻王昀《(渊)〔湖〕州府志》、汲古阁毛氏钞本《六艺纲目》、旧写本《杜荀鹤集》等类，多为稀见者。全书虽仅二万余言，辞简意赅，足资考证。复经陈氏校订，更为详备。姚氏藏书虽早星散，幸赖此稿留有鸿爪，陈氏之功有足多者。外此，其涉足书林掌故编校之役，凡五十余年，毕生精力，尽萃于斯，惜乎长才未竟，客死他乡，近有其旧雨胡道静先生等，谋辑其附见于书刊艺林之遗文，因忆曩年所录其《弓斋日记钞》旧稿，敬赘言以为之介。

（《铁琴铜剑楼研究文献集》之《瞿凤起文存》）

《中国近现代稀见史料丛刊》已出书目

第一辑

莫友芝日记
汪荣宝日记
翁曾翰日记
邓华熙日记
贺葆真日记
徐兆玮杂著七种
白雨斋诗话
俞樾函札辑证
清民两代金石书画史
扶桑十旬记(外三种)

第二辑

翁斌孙日记
张佩纶日记
吴兔床日记
赵元成日记(外一种)
1934—1935中缅边界调查日记
十八国游历日记
潘德舆家书与日记(外四种)
翁同爵家书系年考
张祥河奏折
爱日精庐文稿
沈信卿先生文集
联语粹编
近代珍稀集句诗文集

第三辑

孟宪彝日记
潘道根日记
蟫庐日记(外五种)
王癸避难日志　辛卯年日记
嘉业堂藏书日记抄
吴大澂书信四种
赵尊岳集
贺培新集
珠泉草庐师友录　珠泉草庐文录
校辑民权素诗话廿一种

第四辑

江瀚日记
英轺日记两种
胡嗣瑗日记
王振声日记
黄秉义日记
粟奉之日记
王承传日记
唐烜日记
王锺霖日记(外一种)
翁同龢家书诠释
甲午日本汉诗选录
达亭老人遗稿

第五辑

袁昶日记
吉城日记
有泰日记
额勒和布日记
孟心史日记·吴慈培日记
孙毓汶日记信稿奏折(外一种)
高等考试锁闱日录
东游考察学校记
翁同书手札系年考
辜鸿铭信札辑证
郭则沄自订年谱
庚子事变史料四种(外一种)
《申报》所见晚清书院课题课案汇录
近现代"忆语"汇编

第六辑

江标日记
高心夔日记
何宗逊日记
黄尊三日记
周腾虎日记
沈锡庆日记
潘钟瑞日记
吴云函札辑释
新见近现代名贤尺牍五种
稀见淮安史料四种
杨懋建集
叶恭绰全集
孙凤云集
贺又新张度诗文集
王东培笔记二种

第七辑

豫敬日记　洗俗斋诗草
宗源瀚日记(外二种)
曹元弼日记
耆龄日记
恩光日记
徐乃昌日记
翟文选日记
袁崇霖日记
潘曾绶日记
常熟翁氏友朋书札
王振声诗文书信集
吴庆坻亲友手札
画话
《永安月刊》笔记萃编
浙江省文献展览会文献叙录
杨没累集

第八辑

徐敦仁日记
王际华日记
英和日记
使蜀日记　勉喜斋主人日记　浮海日记
翁曾纯日记　瀚如氏日记(外二种)
朱鄂生日记
谭正璧日记
近代女性日记五种(外一种)
阎敬铭友朋书札
海昌俞氏家集
师竹庐随笔
邵祖平文集